Alle Rechte, einschließlich das des vollständigen oder
auszugsweisen Nachdrucks in jeglicher Form, sind vorbehalten.

Der Preis dieses Bandes versteht sich einschließlich der
gesetzlichen Mehrwertsteuer.

Umwelthinweis:
Dieses Buch wurde auf chlor- und säurefreiem Papier gedruckt.

Kristan Higgins

Ich habe mich verträumt

Roman

Aus dem Amerikanischen von
Annette Hahn

MIRA® TASCHENBUCH
Band 25668
1. Auflage: Juni 2013

MIRA® TASCHENBÜCHER
erscheinen in der Harlequin Enterprises GmbH,
Valentinskamp 24, 20354 Hamburg
Geschäftsführer: Thomas Beckmann

Copyright © 2013 by MIRA Taschenbuch
in der Harlequin Enterprises GmbH
Deutsche Erstveröffentlichung

Titel der nordamerikanischen Originalausgabe:
Too Good to be True
Copyright © 2009 by Kristan Higgins
erschienen bei: HQN Books, Toronto

Published by arrangement with
HARLEQUIN ENTERPRISES II B.V./S.àr.l

Konzeption/Reihengestaltung: fredebold&partner gmbh, Köln
Umschlaggestaltung: pecher und soiron, Köln
Redaktion: Daniela Peter
Titelabbildung: Thinkstock / Getty Images, München;
pecher und soiron, Köln
Autorenfoto: © Harlequin Enterprises S.A., Schweiz
Satz: GGP Media GmbH, Pößneck
Druck und Bindearbeiten: CPI – Ebner & Spiegel, Ulm
Printed in Germany
Dieses Buch wurde auf FSC®-zertifiziertem Papier gedruckt.
ISBN 978-3-86278-724-1

www.mira-taschenbuch.de

Werden Sie Fan von MIRA Taschenbuch auf Facebook!

*Dieses Buch ist meiner Großmutter Helen Kristan
gewidmet – der wunderbarsten Frau, die ich je kannte.*

PROLOG

Einen festen Freund zu erfinden ist für mich nichts Neues. Das gebe ich offen zu. Manche Leute sehen sich beim Schaufensterbummel Sachen an, die sie sich nie leisten können. Andere berauschen sich an Internetfotos von Cluburlauben, die sie niemals buchen werden. Und einige stellen sich vor, dass sie einen richtig netten Typen kennenlernen, obwohl sie es in Wahrheit nicht tun.

Das erste Mal passierte es, als ich in der sechsten Klasse war. Große Pause. Heather B., Heather F. und Jessica A., die drei beliebtesten Mädchen, standen wie immer in einem Kreis von Bewunderern. Sie trugen Lipgloss und Lidschatten, hatten niedliche kleine Handtaschen und … Freunde. Jungs. Mit einem Jungen zu „gehen", hieß damals nichts weiter, als dass er einen vielleicht grüßte, wenn man sich im Schulgebäude begegnete, aber trotzdem war es ein Statussymbol. Mit dem ich nicht aufwarten konnte, ebenso wenig wie mit Lidschatten. Heather F. beobachtete ihren Auserwählten Joey Ames dabei, wie er sich einen Frosch in die Hose steckte (aus Beweggründen, die wohl nur ein Junge der sechsten Klasse nachvollziehen könnte), und sagte daraufhin, dass sie sich überlege, mit Joey Schluss zu machen und vielleicht mit Jason zu gehen.

Und plötzlich, ohne großartig nachzudenken, erzählte ich einfach drauflos, dass ich auch mit jemandem zusammen sei … einem Jungen aus einer anderen Stadt. Die drei beliebten Mädchen drehten sich abrupt und offenkundig interessiert zu mir um, und schon erzählte ich von Tyler, einem richtig süßen, klugen und zuvorkommenden Jungen. Nein, mit vierzehn war er fast schon ein Mann. Seine Familie besaß eine Pferde-Ranch und wollte, dass ich dem neugeborenen Fohlen einen Namen gab, und später würde ich es abrichten, sodass es nur mir gehorchen würde, mir allein.

So einen Jungen haben wir doch alle mal erfunden, oder? Was war schlimm daran, zu glauben – na ja, beinahe zu glauben –, dass irgendwo da draußen als Ausgleich zu diesen Hosenfroschtypen ein Junge von der Pferde-Ranch existierte? Es war fast so, wie an Gott zu glauben – man musste es einfach, denn was wäre die Alternative gewesen? Die anderen Mädchen kauften es mir ab, bombardierten mich mit Fragen und begegneten mir von nun an mit Respekt. Heather B. lud mich zu ihrer bevorstehenden Geburtstagsparty ein, und ich nahm dankend an. Natürlich würde ich dann die traurige Nachricht überbringen müssen, dass Tylers Ranch abgebrannt und die Familie samt meinem Fohlen Midnight Sun nach Oregon gezogen sei. Möglicherweise ahnten die Heathers und der Rest meiner Klassenkameraden die Wahrheit, aber ich merkte, dass mir das im Grunde egal war. Mir Tyler vorzustellen … hatte sich einfach großartig angefühlt.

Später, als ich fünfzehn war und wir aus der beschaulichen Stadt Mount Vernon im Staat New York in die ungleich noblere Ortschaft Avon in Connecticut umzogen, in der alle Mädchen glatte, glänzende Haare und strahlend weiße Zähne hatten, erfand ich einen neuen Jungen. Jack, der zurückgelassene Freund in meiner Heimat. Ach, er sah ja *so* gut aus (wie ein Foto in meinem Portemonnaie bewies, das ich sorgfältig aus einem J.-Crew-Katalog ausgeschnitten hatte)! Jacks Vater besaß ein edles Restaurant namens *Le Cirque* (hey, ich war fünfzehn …). Jack und ich ließen die Sache langsam angehen … Ja, wir hatten uns schon geküsst, tatsächlich hatten wir auch schon ein bisschen gefummelt, aber er hatte so viel Respekt, dass er mich nicht weiter bedrängt hatte. Damit wollten wir warten, bis wir älter wären. Vielleicht würden wir uns bald die Verlobung versprechen, und weil seine Familie mich so sehr liebte, würde Jack mir einen Ring bei Tiffany's kaufen, nicht mit einem Diamanten, aber vielleicht mit einem Saphir, ähnlich dem von Prinzessin Diana, nur etwas kleiner.

Leider muss ich gestehen, dass ich etwa vier Monate nach Beginn meines zweiten Highschool-Jahres mit Jack Schluss machte, um für die Jungen vor Ort verfügbar zu sein. Doch mein Plan ging nicht auf … die Jungen vor Ort waren nicht sonderlich interessiert. Jedenfalls nicht an mir. Wenn allerdings meine ältere Schwester Margaret mich hin und wieder mal in ihren Semesterferien von der Schule abholte, verfielen alle Jungs angesichts ihrer klaren, strahlenden Schönheit umgehend in ehrfürchtiges Schweigen. Sogar meine jüngere Schwester, die damals erst in der Siebten war, zeigte bereits erste Anzeichen, zu einer wahren Schönheit heranzuwachsen. Ich hingegen blieb ungebunden und wünschte sehnlich, ich hätte mit meinem erfundenen Freund niemals Schluss gemacht. Es war ein herrlich warmes und befriedigendes Gefühl gewesen, mir vorzustellen, dass solch ein Junge mich mochte.

Dann kam Jean-Philippe. Jean-Philippe wurde erfunden, um einen nervigen und unglaublich aufdringlichen Jungen auf dem College abzuwehren. Er war Chemie-Student und litt, im Nachhinein betrachtet, vermutlich unter dem Asperger-Syndrom, was ihn gegenüber allen abweisenden Andeutungen meinerseits immun machte. Anstatt ihm geradeheraus zu sagen, dass ich ihn nicht mochte (das erschien mir zu grausam), bat ich meine Zimmerkollegin, mir Nachrichten aufzuschreiben und für alle sichtbar an die Tür zu kleben: „Grace – schon wieder Anruf von J-P, Du sollst in den Semesterferien nach Paris kommen und ihn *tout de suite* zurückrufen."

Ich *liebte* Jean-Philippe. Ich liebte die Vorstellung, dass irgendein gut gekleideter Franzose auf mich abfuhr. Dass er über die Brücken von Paris schlenderte, trübsinnig in die Seine starrte und sich tief seufzend nach mir verzehrte, während er Schokoladencroissants aß und guten Wein trank. Oh, was war ich in Jean-Philippe verliebt – fast so sehr wie in Rhett Butler, dem ich seit meinem vierzehnten Lebensjahr treu ergeben war!

Meine ganzen Zwanziger hindurch und selbst jetzt noch mit dreißig war es für mich so gut wie überlebensnotwendig, einen ausgedachten Freund zu präsentieren. Florence, eine der älteren Damen im Seniorenheim *Golden Meadows*, bot mir erst vor Kurzem während der Gesellschaftstanzstunde, bei der ich als Lehrerin aushelfe, ihren Neffen an. „Ach, Schätzchen, Sie würden Bertie einfach lieben!", zwitscherte sie, während ich versuchte, sie zur Rechtsdrehung beim langsamen Walzer zu bringen. „Kann ich Ihnen seine Nummer geben? Er ist Arzt – Podologe. Da gibt es allerdings ein winziges Problem. Die Mädchen heutzutage sind einfach viel zu wählerisch. Zu meiner Zeit war man als unverheiratete Frau über dreißig ja so gut wie tot. Nur weil Bertie einen Männerbusen hat ... na und? Seine Mutter war auch gut bestückt, oh ja, die hatte einen Vorbau ..."

Und schon sprang mein erfundener Freund hervor. „Hm, das klingt wirklich ganz reizend, Florence ... aber ich habe gerade erst jemanden kennengelernt, und wir ..."

Ich machte das nicht nur vor anderen, ich gebe es zu. Meine erfundenen Freunde benutze ich auch als ... nun ja, sagen wir mal, als Bewältigungsstrategie.

Vor ein paar Wochen, zum Beispiel, fuhr ich über eine dunkle, verlassene Strecke der Route 9 in Connecticut nach Hause, dachte an meinen Exverlobten und seine neue Liebe, als mir plötzlich ein Reifen platzte. Wie es bei Nahtoderfahrungen typisch ist, brausten mir, während ich mit dem Lenkrad kämpfte, um mich nicht zu überschlagen, tausend Gedanken durch den Kopf. Erstens, dass ich zu meiner Beerdigung nichts anzuziehen hätte *(ruhig, nur ruhig, du willst dich nicht überschlagen)*. Zweitens, dass ich für den Fall eines offenen Sarges hoffte, dass mein Haar zumindest im Tod nicht so kraus sein würde wie zu Lebzeiten *(gegenlenken, gegenlenken, das Heck bricht aus)*. Des Weiteren, dass meine Schwestern am Boden zerstört und meine Eltern apathisch vor Gram wären, sodass ihre endlosen Seitenhiebe zumindest für diesen Tag verstummen würden *(Gas geben, nur ein bisschen, dann kommt der Wagen wieder in die Spur)*. Und dass Andrew, verdammt noch eins, von jeder Menge Schuldgefühlen geplagt wäre! Für den Rest seines Lebens würde er sich Vorwürfe machen, dass er mich absérviert hatte *(so, jetzt langsam abbremsen, Warnblinker an, wunderbar, wir leben noch)*.

Als das Auto sicher auf dem Seitenstreifen anhielt, saß ich zitternd und zähneklappernd da und spürte mein Herz im Brustkorb rappeln wie einen losen Fensterladen im Sturm.

„Liebergottimhimmelseidank", stoßseufzte ich und tastete nach meinem Handy.

Natürlich hatte ich wieder mal keinen Empfang. Ich wartete ein paar Minuten und setzte dann resigniert zu dem an, was getan werden musste. Ich stieg in den kalten Märzregen hinaus, untersuchte den geplatzten Reifen, öffnete den Kofferraum und zog Wagenheber und Ersatzreifen hervor. Obwohl ich diese spezielle Arbeit noch nie verrichtet hatte, tüftelte ich aus, wie es gehen musste, während hin und wieder andere Wagen an mir vorbeibrausten und mich mit eisigem Matsch noch mehr durchweichten. Ich quetschte mir die Hand und zog mir eine Blutblase zu, brach einen Fingernagel ab, ruinierte meine Schuhe und war über und über mit Schlamm und Wagenschmiere besudelt.

Niemand hielt an, um zu helfen. Kein einziger verdammter Wagen. Es fuhr noch nicht mal jemand langsamer. Fluchend, unter der Grausamkeit der Welt leidend, aber auch ein bisschen stolz, dass ich allein einen Reifen gewechselt hatte, kletterte ich zähneklappernd und mit blauen Lippen wieder ins Auto. Auf der Rückfahrt dachte ich nur noch an ein heißes Bad, einen heißen Grog, meinen Flanellpyjama und die neue Folge von *Project Runway* im Fernsehen. Stattdessen erwartete mich eine weitere Katastrophe.

Alle Anzeichen deuteten darauf hin, dass Angus, mein West Highland Terrier, sich durch die Kindersicherung der frisch gestrichenen Schranktür gefressen, den Mülleimer herausgezogen, umgekippt und das zweifelhafte Hühnchen gefressen hatte, das ich am Morgen weggeworfen hatte. Die Zweifel waren nun allerdings ausgeräumt – das Hühnchen war definitiv schlecht gewesen. Mein armer Hund hatte es mit solcher Vehemenz wieder von sich gegeben, dass meine Küchenwände bis obenhin mit Hundekotze bespritzt waren – ein Klecks gelbgrüner Galle hatte es bis auf das Ziffernblatt meiner Fritz-the-Cat-Uhr geschafft. Eine Spur noch feuchten Hundedurchfalls führte ins Wohnzimmer, wo ich Angus ausgestreckt auf dem frisch gereinigten pastellfarbenen Orientteppich liegen sah. Mein Hund rülpste laut, bellte kurz und wedelte inmitten all der stinkenden Auswürfe schuldbewusst und voller Liebe mit dem Schwanz.

Keine Badewanne. Kein Tim Gunn in *Project Runway*. Kein steifer Grog.

Was das alles mit einem ausgedachten festen Freund zu tun hat? Nun ja, während ich den Teppich mit Bleichmittel und Wasser schrubbte und versuchte, Angus seelisch auf das Zäpfchen vorzubereiten, zu dem der Tierarzt geraten hatte, stellte ich mir Folgendes vor:

Ich fuhr gerade nach Hause, als mir der Reifen platzte. Ich hielt an, nahm mein Handy, palaver, palaver, bla, bla, bla. Aber was war das? Ein Wagen fuhr langsamer und blieb hinter mir stehen. Genauer betrachtet, war es ein ... ah, ja, es war ein umweltfreundliches Hybrid-Auto mit, oh, einer Arztplakette! Ein guter Samariter in Gestalt eines groß gewachsenen, schlanken Mannes Mitte bis Ende dreißig näherte sich meinem Wagen. Er beugte sich zu meinem Fenster hinunter, und da war er ... der Moment, in dem du jemanden ansiehst und ... *Kabumm!* Du weißt einfach: Er ist es!

In meiner Fantasie nahm ich das Hilfsangebot des guten Samariters an. Zehn Minuten später hatte er das Ersatzrad montiert, den geplatzten Reifen im Kofferraum verstaut und mir seine Visitenkarte gegeben. Wyatt Soundso, Dr. med., Kinderchirurgie. Ah!

„Rufen Sie mich an, wenn Sie zu Hause sind, damit ich weiß, dass alles gut gegangen ist, okay?", bat er mich lächelnd. *Kabumm!* Während ich mich am Anblick seiner attraktiven Grübchen und langen Wimpern ergötzte, kritzelte er noch seine Privatnummer auf die Rückseite.

Mit dieser Vorstellung war das Saubermachen bedeutend angenehmer.

Natürlich war mir völlig klar, dass kein freundlicher, gut aussehender Arzt meinen Reifen gewechselt hatte. Es war einfach eine Art gesunder Realitätsflucht, okay? Nein, es gab keinen Wyatt (den Namen hatte ich schon immer gemocht – er klang gewichtig und edel). Leider Gottes war so ein Typ zu gut, um wahr zu sein. Ich lief auch nicht herum und erzählte von dem Kinderarzt, der mir den Reifen gewechselt hätte, natürlich nicht! Nein. Wie schon gesagt, war das nur meine ganz private, kleine Bewältigungsstrategie. Schon seit Jahren hatte ich keinen erfundenen Freund mehr öffentlich präsentiert.

Bis vor Kurzem.

1. KAPITEL

*U*nd so hat Lincoln mit diesem einen Gesetz den Lauf der amerikanischen Geschichte verändert. Er war einer der meistgehassten Politiker seiner Zeit, trotzdem hat er die Einheit der Union bewahrt und gilt heute als einer der bedeutendsten Präsidenten, die unser Land je hatte. Und vielleicht je gehabt haben wird."

Ich hatte mich in Fahrt geredet. Wir nahmen gerade den Sezessionskrieg durch, und dies war mein Lieblingskurs. Die Teilnehmerinnen und Teilnehmer schienen allerdings im Freitagsnachmittagskoma zu liegen. Tommy Michener, an den meisten Tagen mein bester Schüler, starrte sehnsüchtig auf Kerry Blake, die sich genüsslich streckte, um Tommy mit dem Anblick dessen zu quälen, was er nicht haben konnte, und gleichzeitig Hunter Graystone IV. einzuladen, es sich zu nehmen. Parallel dazu senkte Emma Kirk betreten den Kopf. Sie war ein hübsches, liebes Mädchen, das das Pech hatte, als Externe am Unterricht teilzunehmen, sodass sie von den coolen Kids ausgeschlossen wurde, die allesamt Internatsschüler waren. Außerdem war sie heimlich in Tommy verliebt und sich seiner Besessenheit von Kerry nur zu sehr bewusst, das arme Ding. „Also, wer kann die konträren Standpunkte zusammenfassen? Irgendjemand?"

Von draußen drang Gelächter herein. Englischlehrerin Kiki Gomez hielt ihren Unterricht im Freien ab, da es ein schöner, lauer Tag war. Im Gegensatz zu meinen wirkten ihre Schüler nicht müde und abgeschlafft. Mist. Ich hätte auch nach draußen gehen sollen.

„Ich gebe euch einen Tipp", fuhr ich mit Blick in ihre verständnislosen Gesichter fort. „Bundesstaatliche Rechte versus überstaatliche Kontrolle. Union versus Sezession. Die Freiheit, unabhängig zu regieren, versus die Freiheit aller Menschen. Sklavenhaltung oder keine Sklavenhaltung. Klingelt da etwas?"

Doch was in diesem Moment klingelte, war nur die Schulglocke. Meine lethargischen Schüler erwachten zu neuem Leben und sprangen zur Tür. Ich versuchte, es nicht persönlich zu nehmen. Normalerweise zeigten meine Oberstufenschüler mehr Engagement, aber es war Freitag. Zu Beginn der Woche waren sie mit Arbeiten traktiert worden, und heute Abend fand eine Tanzveranstaltung statt. Ich verstand das.

Manning Academy gehörte zu den Privatschulen, die typisch für Neuengland waren. Imposante Backsteinbauten mit den obligatorischen Efeuranken, Magnolien und Hartriegelsträuchern, smaragdgrün leuchtenden Fußball- und Lacrosse-Feldern und dem Versprechen, dass wir Ihr Kind für den Gegenwert eines kleinen Einfamilienhauses an die Hochschule Ihrer Wahl bringen – Princeton, Harvard, Stanford, Georgetown. Die 1880 gegründete Schule war eine kleine Welt für sich. Viele der Lehrer wohnten auf dem Campus, aber diejenigen von uns, die es nicht taten – mich eingeschlossen – warteten ebenso begierig wie die Schüler auf das letzte Klingeln am Freitagnachmittag, um nach Hause eilen zu können.

Allerdings nicht an diesem Freitag. An diesem Freitag wäre ich liebend gern in der Schule geblieben, hätte Aufsicht beim Tanzabend oder beim Lacrosse-Training geführt. Egal, ich hätte sogar Toiletten geputzt. Alles wäre mir lieber gewesen als mein eigener Termin.

„Hallo Grace!" Kiki streckte ihren Kopf durch die Tür meines Kursraumes.

„Hallo Kiki. Das klang lustig bei euch da draußen."

„Wir lesen gerade *Herr der Fliegen*", erklärte sie.

„Ach, kein Wunder, dass ihr so fröhlich wart! Es geht doch nichts über ein bisschen Töten, um den Tag zu versüßen."

Sie grinste. „Und, Grace? Hast du einen Begleiter gefunden?"

Ich schnitt eine Grimasse. „Nein, hab ich nicht. Das wird nicht lustig."

„Ach, verdammt", meinte sie mitfühlend. „Das tut mir leid."

„Tja, es ist nicht das Ende der Welt", erwiderte ich tapfer.

„Bist du sicher?" Wie ich war auch Kiki Single. Und niemand außer einer alleinstehenden Frau in den Dreißigern wusste besser, dass es die Hölle war, bei einer Hochzeit ohne Begleitung aufzukreuzen. In wenigen Stunden würde meine Cousine

Kitty – die mir mal als Kind den Pony bis zu den Haarwurzeln abgeschnitten hatte – heiraten. Zum dritten Mal. In einem Kleid wie Prinzessin Diana.

„Sieh mal, da ist Eric!", rief Kiki und deutete auf mein Ostfenster. „Danke, Gott!"

Eric war der Kerl, der jeden Frühling und Herbst an der Manning die Fenster putzte. Wir hatten zwar erst Anfang April, doch es war mild und sonnig, und Eric hatte sein T-Shirt ausgezogen. Seiner durchtrainierten Schönheit bewusst, lächelte er uns an, sprühte und wischte.

„Frag ihn!", schlug Kiki vor, während wir ihn fasziniert beobachteten.

„Er ist verheiratet", entgegnete ich, ohne den Blick abzuwenden. Eric zu beäugen war das Intimste, was ich seit langer Zeit mit einem Mann gemacht hatte.

„*Glücklich* verheiratet?", fragte Kiki nach, die offenbar nicht abgeneigt gewesen wäre, ein oder zwei Ehen zu zerstören, um sich einen Mann zu angeln.

„Ja. Er liebt seine Frau abgöttisch."

„Ich hasse das", murmelte sie.

„Ich weiß. Es ist unfair."

Die männliche Perfektion namens Eric zwinkerte uns zu, warf eine Kusshand und ließ den Abzieher hin und her über die Fensterscheibe gleiten, wobei sich seine Schultermuskeln und sein Waschbrettbauch anbetungswürdig spannten und sein Haar in der Sonne glänzte.

„Ich sollte jetzt wirklich los", sagte ich, ohne mich zu rühren. „Ich muss mich noch umziehen und alles." Allein der Gedanke verursachte mir schon Bauchkrämpfe. „Kiki, bist du sicher, dass du niemanden weißt, den ich mitnehmen kann? Wen auch immer! Ich will da wirklich nicht alleine hin."

„Nein, mir fällt niemand ein", erwiderte sie seufzend. „Vielleicht solltest du jemanden anheuern, wie in diesem Film mit Debra Messing."

„Das ist eine kleine Stadt. Ein Gigolo würde sicher auffallen. Und wäre meinem guten Ruf sicher auch nicht gerade zuträglich. ‚Lehrerin der Manning heuert Prostituierten an. Eltern besorgt.' So in der Art."

„Was ist mit Julian?", hakte sie nach. Julian war mein ältester Freund, der oft mit mir und Kiki zusammen unseren „Frauenabend" verbrachte.

„Ach, meine Familie kennt ihn schon. Der würde nicht durchgehen."

„Was – als fester Freund oder als hetero?"

„Beides, schätze ich."

„Das ist zu schade. Immerhin ist er ein toller Tänzer."

„Ja, das ist er." Ich sah auf die Uhr, und das Tröpfeln der Furcht, das sich die ganze Woche immer mal wieder eingestellt hatte, wurde zur Sintflut. Es lag nicht nur daran, dass ich ohne Begleitung zu Kittys Hochzeit gehen würde. Seit unserer Trennung würde ich Andrew zum dritten Mal sehen, und ein Mann an meiner Seite würde die Begegnung definitiv leichter machen.

Tja. Sosehr ich auch wünschte, einfach zu Hause bleiben und *Vom Winde verweht* lesen oder einen Film ansehen zu können, musste ich dennoch zu der Feier gehen. Ohnehin war ich in letzter Zeit viel zu oft zu Hause geblieben. Mein Vater, mein schwuler bester Freund und mein Hund – auch wenn sie wunderbare Gefährten waren – sollten nicht die einzigen männlichen Geschöpfe in meinem Leben sein. Und es bestand die mikroskopisch kleine Chance, dass ich auf ebendieser Hochzeit jemanden kennenlernen würde.

„Vielleicht geht Eric trotzdem mit", meinte Kiki, ging zum Fenster und machte es auf. „Es muss ja niemand wissen, dass er verheiratet ist."

„Kiki, nein!", protestierte ich.

Doch sie ignorierte mich. „Eric, Grace muss heute Abend zu einer Hochzeit und ihr Exverlobter wird da sein und sie hat niemanden, der sie begleitet. Könnten Sie mit ihr hingehen? Und so tun, als würden Sie sie anbeten und so?"

„Oh, nein danke!", rief ich hastig. Meine Wangen brannten.

„Ihr Ex, hm?", meinte Eric, ohne mit dem Fensterputzen aufzuhören.

„Ja. Eigentlich kann ich mir gleich die Pulsadern auf-
schneiden." Ich lächelte, um zu zeigen, dass ich es nicht ernst
meinte.

„Sind Sie sicher, dass Sie sie nicht begleiten können?", fragte
Kiki nach.

„Meine Frau hätte damit sicher ein Problem", antwortete
Eric. „Tut mir leid, Grace. Viel Glück."

„Danke", erwiderte ich. „Es klingt schlimmer, als es ist."

„Ist sie nicht tapfer?", meinte Kiki. Eric stimmte zu und wechselte zum nächsten Fenster. Während sie ihn dabei beobachtete,
fiel Kiki beinahe hinterher. Seufzend lehnte sie sich wieder zurück. „Du gehst also allein", sagte sie mit einer Stimme, mit der
ein Arzt „Tut mir leid, es ist tödlich" sagen würde.

„Immerhin habe ich es versucht", erinnerte ich sie. „Johnny,
mein Pizzalieferant, hat eine Verabredung mit Knoblauch und
Anchovis, stell dir vor! Brandon aus dem Seniorenheim meinte,
er würde sich lieber erhängen, als jemanden zu einer Hochzeit
zu begleiten. Und wie ich erst vor Kurzem herausgefunden
habe, ist der knackige Knabe in der Apotheke erst siebzehn.
Er meinte zwar, er würde gern mitkommen, aber seine Mutter,
die Apothekerin, murmelte sofort etwas von Verführung Min-
derjähriger, sodass ich von nun an zur Apotheke in Farmington
fahren muss."

„Ups."

„Ach, egal. Ich habe niemanden gefunden, also gehe ich allein, bin tapfer und schleppe einen Kellner ab. Wenn ich Glück
habe." Ich grinste. Tapfer.

Kiki lachte. „Single zu sein ist Scheiße", verkündete sie. „Und
als Single auf eine Hochzeit zu gehen …" Sie erschauerte.

„Danke für deine aufmunternden Worte", erwiderte ich.

Vier Stunden später schmorte ich in der Hölle.

Die allzu vertraute und fast Übelkeit erregende Kombination aus Hoffnung und Verzweiflung brannte mir im Magen.
Eigentlich hatte ich gedacht, ich hätte mich in letzter Zeit wacker gehalten. Vor fünfzehn Monaten hatte mich mein Verlobter

abserviert, aber ich kauerte nicht am Daumen lutschend in Fötushaltung auf dem Boden. Ich ging zur Arbeit und hielt meinen Unterricht ab … und das sogar sehr gut, wie ich fand. Ich ging unter Leute. Okay, meine Aktivitäten beschränkten sich in erster Linie auf den Tanzkurs im Seniorenheim und das Nachstellen von Bürgerkriegsschlachten, aber ich ging unter Leute. Und ja, ich hätte wirklich liebend gern einen neuen Freund gehabt – am besten eine Mischung aus Atticus Finch und Tim Gunn mit dem Aussehen von George Clooney –, aber das war leider reine Theorie.

Hier war ich also wieder mal auf einer Hochzeit – der vierten seit dem Abservieren, der vierten ohne Begleitung – und versuchte tapfer, Fröhlichkeit zu verbreiten, damit meine Verwandten aufhörten, mich zu bemitleiden und mit merkwürdig aussehenden entfernten Cousins zu verkuppeln. Dabei versuchte ich, den „Look" zu perfektionieren – amüsiertes Interesse, innere Zufriedenheit und vollkommenes Wohlgefühl. Nach dem Motto: *Hallo, es geht mir ganz und gar gut dabei, wieder mal allein auf einer Hochzeit zu sein, und ich suche auch gar nicht verzweifelt nach einem Mann, aber wenn Sie zufällig hetero, unter fünfundvierzig, attraktiv, finanziell abgesichert und moralisch unbedenklich sind, kommen Sie her!* Sobald ich den „Look" beherrschte, würde ich als Nächstes Atome spalten, da es ungefähr dasselbe Maß an Fähigkeiten erforderte.

Aber wer wusste schon, was passieren würde? Vielleicht würde gerade heute mein Blick auf jemanden fallen, der ebenfalls Single und auf der Suche war, ohne verzweifelt oder bemitleidenswert zu wirken – nehmen wir, rein theoretisch, mal an, ein Kinderchirurg – und *Kabumm*! Wir würden es einfach wissen.

Leider ließ meine Frisur mich bestenfalls zigeunermäßig hübsch und verwegen aussehen, wahrscheinlich aber eher wie eine Reinkarnation der Schauspielerin Gilda Radner (die mit den wilden Frisselhaaren). Ich nahm mir vor, einen Exorzisten ausfindig zu machen, der die bösen Geister aus meinen Haaren vertreiben sollte, die dafür berüchtigt waren, dass sie Kämme zerbrechen und Haarbürsten fressen konnten.

Hmm. Da war tatsächlich ein süßer Kerl. Ein bisschen strebermäßig, dünn, Brille – definitiv mein Typ. Als er merkte, dass ich ihn ansah, griff er sofort hinter sich und suchte nach einer Hand, die zu einem Arm gehörte, der zu einer Frau gehörte, die er demonstrativ anstrahlte. Er drückte ihr einen Kuss auf die Lippen und blickte sich dann wieder nervös zu mir um. Schon gut, schon gut, keine Panik, Mister, dachte ich. Die Botschaft ist angekommen.

Tatsächlich schienen alle Männer unter vierzig vergeben zu sein. Allerdings gab es ein paar Achtzigjährige, von denen mich einer angrinste. Hmm. War achtzig zu alt? Womöglich sollte ich es tatsächlich einmal mit einem Sugardaddy versuchen. Vielleicht verschwendete ich mit Männern, die noch eine funktionierende Prostata und eigene Knie besaßen, nur meine Zeit. Der alte Herr hob die buschigen Brauen, aber seine Einladung an mich, sein süßes, junges Ding zu sein, endete abrupt, als seine Frau ihm den Ellbogen in die Seite rammte und mich böse anfunkelte.

„Keine Sorge, Grace. Du kommst auch bald an die Reihe", dröhnte jemand mit nebelhornlauter Stimme.

„Man kann nie wissen, Tante Mavis", erwiderte ich mit lieblichem Lächeln. Es war bereits das achte Mal heute Abend, dass ich diesen Spruch hörte, und allmählich zog ich in Erwägung, ihn mir auf die Stirn tätowieren zu lassen. *Ich mache mir keine Sorgen. Bald komme ich an die Reihe.*

„Ist es schwer, sie zusammen zu sehen?", tönte Mavis.

„Nein. Überhaupt nicht", log ich lächelnd. „Ich freue mich, dass sie zusammen sind." Gut, „freuen" war vielleicht ein bisschen übertrieben, aber trotzdem. Was sollte ich sonst sagen? Es war kompliziert.

„Du bist so tapfer", lobte Mavis. „Du bist wirklich eine ausgesprochen tapfere Frau, Grace Emerson." Dann stampfte sie davon, um sich ein neues Opfer zu suchen.

„Okay, raus mit der Sprache", verlangte meine Schwester Margaret und ließ sich neben mir auf einen Stuhl plumpsen.

„Suchst du nach einem scharfen Gegenstand, um dir die Pulsadern aufzuschlitzen? Oder willst du lieber ein bisschen Kohlenmonoxid schnüffeln?"

„Hör dich nur an, du Ausbund an Anteilnahme. Deine schwesterliche Fürsorge treibt mir geradezu die Tränen in die Augen."

Sie grinste. „Und? Sag's deiner großen Schwester."

Ich nahm einen großen Schluck Gin Tonic. „Es nervt mich schrecklich, ständig alle sagen zu hören, wie tapfer ich sei, als wäre ich ein Soldat, der auf eine Granate getreten ist. Single zu sein ist nicht das Schlimmste auf der Welt."

„Ich wünsche mir ständig, Single zu sein", erwiderte Margs, als ihr Ehemann sich näherte.

„Hallo Stuart!", grüßte ich meinen Schwager herzlich. „Ich habe dich heute gar nicht in der Schule gesehen." Stuart war der Schulpsychologe an der Manning, und tatsächlich hatte er mich vor sechs Jahren auf die freie Stelle als Geschichtslehrerin hingewiesen. Er war so etwas wie ein lebendes Stereotyp seiner Art … Oxford-Hemden unter Rautenpullundern, Slipper mit Ledertroddeln, obligatorischer Bart. Ein freundlicher, ruhiger Mann. Er hatte Margaret während des Studiums kennengelernt und war seitdem ihr ergebener Diener.

„Na, Grace, wie läuft es?", erkundigte er sich und reichte mir eine frische Version meines Standardgetränks, Gin Tonic mit Zitronenscheibe.

„Danke der Nachfrage, mir geht's toll", antwortete ich.

„Hallo Margaret, hallo Stuart!", rief meine Tante Reggie von der Tanzfläche aus. Dann sah sie mich und erstarrte. „Oh, hallo Grace, was siehst du hübsch aus! Und Kopf hoch, meine Liebe. Nicht lange, und du wirst auf deiner eigenen Hochzeit tanzen!"

„Danke, Tante Reggie", sagte ich und warf meiner Schwester einen bedeutsamen Blick zu. Nach einem kurzen traurigen Lächeln in meine Richtung tanzte Reggie wieder davon, um wie üblich Klatsch und Tratsch zu verbreiten.

„Ich halte das immer noch für ein starkes Stück", kommentierte Margs. „Wie konnten Andrew und Natalie bloß … Was, in Dreiteufelsnamen, haben sie sich nur dabei gedacht? Und wo sind sie überhaupt?"

„Grace, wie geht es dir? Machst du nur gute Miene zum bösen Spiel oder bist du wirklich okay?" Jetzt kam Mom an unseren Tisch, gefolgt von Dad, der seine Mutter im Rollstuhl dazu schob.

„Es geht ihr gut, Nancy!", sagte er scharf. „Sieh sie doch an! Findest du nicht, dass sie gut aussieht? Lass sie in Ruhe und rede nicht darüber."

„Ach, sei still, Jim. Ich kenne meine Kinder, und dieses leidet. *Gute* Eltern können das erkennen." Ihr Blick war bedeutsam und eisig zugleich.

„Gute Eltern? Ich bin ein guter Vater", gab Dad umgehend zurück.

„Es geht mir prima, Mom. Dad hat recht. Alles bestens. Hey, sieht Kitty nicht super aus?"

„Fast so schön wie bei ihrer ersten Hochzeit", kommentierte Margaret.

„Hast du Andrew gesehen?", wollte Mom wissen. „Ist es schwer für dich, Schätzchen?"

Mémé, meine dreiundneunzigjährige Großmutter, klimperte mit dem Eis in ihrem Cocktailglas. „Im Krieg und in der Liebe ist alles erlaubt. Wenn Grace ihren Mann nicht halten kann …"

„Oh, es lebt", staunte Margaret.

Mémé ignorierte sie und sah mich aus feuchten Augen abschätzend an. „Ich hatte nie Schwierigkeiten, einen Mann zu finden. Die Männer liebten mich. Zu meiner Zeit war ich eine Schönheit, musst du wissen."

„Und das bist du immer noch", sagte ich. „Wie machst du das nur, Mémé? Du siehst keinen Tag älter aus als hundertzehn."

„Also bitte, Grace", murmelte mein Vater. „Du musst doch nicht auch noch Öl ins Feuer kippen."

„Lach nur, Grace. Wenigstens hat kein Verlobter mich je abserviert." Mémé kippte den Rest ihres Manhattans hinunter und hielt Dad das Glas hin, der es ihr pflichtschuldig abnahm.

„Du brauchst keinen Mann", stellte meine Mutter entschieden

fest. „Keine Frau braucht einen." Wiederum war ihr bedeutungsschwerer Blick auf meinen Dad gerichtet.

„Was soll das denn nun bedeuten?", gab der zurück.

„Das bedeutet, was es bedeutet", erwiderte sie schnippisch.

Dad verdrehte die Augen. „Stuart, komm, wir holen eine neue Runde. Grace, ich bin heute an deinem Haus vorbeigefahren, und du brauchst wirklich neue Fenster. Margaret, gute Arbeit an dem Bleeker-Fall, Schätzchen." Es war Dads Art, so viele Themen wie möglich in eine Konversation zu schieben, wenn er zwischen seiner und meiner Mutter schon einmal Gelegenheit bekam, das Wort zu ergreifen. „Und Grace, vergiss Bull Run nächstes Wochenende nicht. Wir sind die Konföderierten."

Dad und ich waren Mitglieder von *Brother Against Brother*, einer der größten Nachspielgruppen von Bürgerkriegsszenen. Vielleicht haben Sie uns schon gesehen … wir sind die Verrückten, die sich für Paraden und nachgestellte Schlachten auf Wiesen und Feldern verkleiden, sich gegenseitig mit Platzpatronen abschießen und in wonniger Pein zu Boden sinken. Obwohl in Connecticut kaum irgendwelche Bürgerkriegsschlachten stattgefunden hatten (leider!), ignorieren wir Fanatiker von *Brother Against Brother* diese unbedeutende Tatsache geflissentlich. Unser Terminkalender beginnt Anfang des Frühjahrs, wenn wir ein paar Schlachten ortsfern nachstellen, danach geht es zu den Schauplätzen echter Schlachten in den Süden, wo wir uns mit anderen Nachspielgruppen treffen und unserer Leidenschaft frönen. Sie würden sich wundern, wie viele es von uns gibt!

„Dein Vater und diese idiotischen Schlachten", murmelte Mom und rückte Mémés Kragen zurecht. Mémé war entweder eingeschlafen oder gestorben … ach, nein, ihre knochige Brust hob und senkte sich noch. „Ich sehe mir so etwas natürlich nicht an. Ich muss mich auf meine Kunst konzentrieren. Ihr kommt doch zur Ausstellung am Wochenende, oder?"

Margaret und ich tauschten einen Blick und gaben unverbindliche Laute von uns. Moms Kunst war ein Thema, das man besser mied.

„Grace!", bellte Mémé nach ihrem plötzlichen Erwachen. „Geh nach vorn! Kitty wirft ihren Brautstrauß. Geh! Nun geh schon!" Sie drehte ihren Rollstuhl herum und fing an, ihn gegen meine Schienbeine zu rammen – etwa so rücksichtslos, wie Ramses den fliehenden israelischen Sklaven nachgestellt hatte.

„Mémé! Bitte! Du tust mir weh!" Ich wich zurück, doch das hielt sie nicht auf.

„Geh schon! Du brauchst jede Hilfe, die du kriegen kannst, Kind!"

Mom verdrehte die Augen. „Lass sie in Ruhe, Eleanor. Siehst du nicht, dass sie schon genug leidet? Grace, Schätzchen, du musst da nicht hingehen, wenn es dich traurig macht. Alle werden das verstehen."

„Es ist okay", sagte ich laut und strich mit der Hand über mein wildes Haar, das sich aus den Haarklammern gelöst hatte. „Ich werde gehen." Denn wenn ich es nicht täte, würde es verdammt noch mal schlimmer werden. *Arme Grace, sieh sie nur an, sitzt da wie ein überfahrenes Opossum am Straßenrand, kann noch nicht einmal aufstehen.* Außerdem hinterließ Mémés Rollstuhl allmählich Spuren auf meinem Kleid.

Und so schritt ich mit etwa derselben Begeisterung wie Anne Boleyn auf dem Weg zum Schafott zur Tanzfläche. Ich versuchte, mich möglichst unauffällig unter die anderen Frauen zu mischen, und stellte mich ganz hinten auf, wo ich kaum eine Chance haben würde, den Brautstrauß zu fangen. Über die Stereoanlage dröhnte *Cat Scratch Fever* – erstklassiger Metalrock –, und ich musste grinsen.

Dann entdeckte ich Andrew. Er sah mich direkt an, schuldbewusst wie die Sünde. Seine Freundin war nirgends zu erblicken. Mein Herz machte einen Satz.

Natürlich hatte ich gewusst, dass er hier war. Es war sogar meine Idee gewesen, ihn einzuladen. Aber ihn zu sehen, noch dazu in dem Wissen, dass er heute mit Natalie seinen ersten offiziellen Auftritt als Paar hatte, verursachte mir feuchte Hände und einen Eisklumpen im Bauch. Andrew Carson war immerhin der Mann gewesen, den ich hatte heiraten wollen. Der

Mann, mit dem ich bis drei Wochen vor dem geplanten Hochzeitstermin zusammen gewesen war. Der Mann, der mich verlassen hatte, weil er sich in eine andere verliebt hatte.

Auf die zweite Hochzeit meiner Cousine Kitty vor ein paar Jahren hatte Andrew mich begleitet. Wir waren damals schon eine Weile zusammen gewesen, und als der Brautstrauß geworfen wurde, war ich mehr oder weniger glücklich hingegangen, hatte verlegen getan, aber gleichzeitig in meinem Status als liierte Frau geschwelgt. Ich hatte den Strauß nicht gefangen, und Andrew hatte mir den Arm um die Schultern gelegt und gesagt: „Ich finde, du hättest dich schon ein bisschen mehr anstrengen können." Ich wusste noch genau, was für ein aufgeregtes Kribbeln ich bei seinen Worten empfunden hatte.

Jetzt war er mit seiner neuen Freundin hier. Natalie mit den langen, glatten, blonden Haaren. Natalie mit den ewig langen Beinen. Natalie, die Architektin.

Natalie, meine geliebte jüngere Schwester, die sich heute verständlicherweise sehr bedeckt hielt.

Kitty warf das Bouquet. Ihre Schwester, meine Cousine Anne, fing es auf, was zweifellos gut abgesprochen und geprobt worden war. Die Zeit der Folter war vorbei. Aber nein, Kitty hatte mich entdeckt, raffte ihre Röcke und eilte zu mir. „Du wirst auch bald an die Reihe kommen, Grace", verkündete sie laut. „Geht es dir gut?"

„Sicher", erwiderte ich. „Ich komme mir vor wie bei einem Déjà-vu! Schon wieder Frühling, schon wieder eine deiner Hochzeiten!"

„Du Ärmste." Mitfühlend, aber nicht minder selbstgefällig drückte sie meinen Arm, musterte meinen Pony (oh ja, der war in den letzten fünfzehn Jahren deutlich nachgewachsen!) und kehrte zu ihrem Bräutigam und den drei Kindern aus erster und zweiter Ehe zurück.

Dreiunddreißig Minuten später entschied ich, dass ich lange genug tapfer gewesen war. Kittys Feier war in vollem Gange, und obwohl die Musik sehr ansprechend war und es mich in den Füßen juckte, der Menge zu zeigen, wie eine Rumba auszusehen hatte, wollte ich doch lieber nach Hause. Falls ein alleinstehender, gut aussehender, finanziell abgesicherter Mann anwesend war, so hielt er sich unter einem Tisch versteckt. Noch ein kurzer Stopp im Waschraum und ich wäre weg.

Ich schob die Tür auf, warf einen schnellen, entsetzten Blick in den Spiegel – ich hatte nicht gewusst, dass mein Haar sich dermaßen stark kräuseln konnte, es stand fast waagrecht vom Kopf ab –, und wollte gerade in eine der Kabinen gehen, als ich ein Geräusch hörte. Ein trauriges Geräusch. Ich spähte unter der Kabinentür hindurch. Hübsche Schuhe: hochhackige Sandaletten aus blauem Wildleder.

„Ähem … ist alles in Ordnung?", fragte ich laut und runzelte die Stirn. Diese Schuhe hatte ich irgendwo schon einmal gesehen.

„Grace?", ertönte eine schwache Stimme. Kein Wunder, dass mir die Schuhe bekannt vorkamen. Meine jüngere Schwester und ich hatten sie letzten Winter zusammen gekauft.

„Natalie? Schätzchen, bist du okay?"

Ich hörte Stoff rascheln, dann stieß meine Schwester die Tür auf. Sie versuchte zu lächeln, doch ihre klaren blauen Augen waren nass vor Tränen. Mir fiel auf, dass ihre Wimperntusche nicht verschmierte. Natalie sah tragisch und gleichzeitig umwerfend aus, wie Ilsa, als sie Rick am Flughafen von Casablanca Lebewohl sagt.

„Was ist los, Nat?", wollte ich wissen.

„Ach, es ist nichts …" Ihre Lippen zitterten. „Alles in Ordnung."

Ich zögerte. „Ist etwas mit Andrew?"

Ihre Fassade bröckelte. „Hm … na ja … Ich glaube nicht, dass es zwischen uns funktioniert." Ihre Stimme brach und verriet ihre Verzweiflung. Sie biss sich auf die Lippe und blickte zu Boden.

„Warum?" In meinem Herzen rangen Besorgnis und Erleichterung. Gut, es würde mich nicht umbringen, wenn es mit Nat und Andrew nicht klappte, aber es lag eigentlich nicht in Natalies Natur, melodramatisch zu sein. Tatsächlich war es zwölf Jahre her, seit ich sie das letzte Mal weinen gesehen hatte – das war, als ich aufs College ging.

„Ach … es ist einfach keine gute Idee", flüsterte sie. „Aber das ist schon in Ordnung."

„Was ist passiert?", fragte ich nach. Spontan bekam ich das Bedürfnis, Andrew zu schütteln. „Was hat er getan?"

„Nichts", versicherte sie hastig. „Es ist nur, dass … äh …"

„Was?", fragte ich wieder, diesmal mit mehr Nachdruck. Sie sah mich nicht an. Ach, verdammt! „Ist es wegen mir, Nat?"

Sie schwieg.

Ich seufzte. „Nattie, bitte, antworte mir."

Nun sah sie mich kurz an, dann wieder zu Boden. „Du bist noch nicht über ihn hinweg, oder?", flüsterte sie. „Obwohl du gesagt hast, du seist es … Vorhin, als der Brautstrauß geworfen wurde, habe ich dein Gesicht gesehen, und … ach, Grace, es tut mir ja so leid. Ich hätte nie versuchen sollen …"

„Natalie", unterbrach ich sie, „ich *bin* über ihn hinweg. Ganz bestimmt. Das verspreche ich."

Daraufhin sah sie mich so schuldbewusst und kläglich an, dass mir die nächsten Worte einfach so aus dem Mund sprudelten, ohne dass ich weiter darüber nachdachte. „Die Wahrheit ist, Nat, dass ich einen neuen Freund habe."

Ups. Ich hatte das nicht wirklich sagen wollen, aber es wirkte wie ein Zauber. Natalie sah zu mir hoch, blinzelte, und während zwei weitere Tränen über ihre geröteten Wangen liefen, schimmerte Hoffnung in ihrem Blick auf. „Wirklich?"

„Ja", log ich und kramte ein Taschentuch hervor, um ihr die Tränen abzutupfen. „Schon seit ein paar Wochen."

Schlagartig sah Natalie fröhlicher aus. „Warum hast du ihn heute nicht mitgebracht?", wollte sie wissen.

„Ach, du weißt schon. Hochzeiten. Alle sind immer gleich so aufgeregt, wenn man da jemanden mitbringt."

„Aber du hast mir gar nichts erzählt." Sie runzelte leicht die Stirn.

„Na ja, ich wollte nichts sagen, bevor ich nicht sicher bin, dass es spruchreif ist." Ich lächelte wieder, da der Gedanke mir selbst gut gefiel – es war wie in alten Zeiten –, und diesmal erwiderte Nat mein Lächeln.

„Wie heißt er denn?", wollte sie wissen.

Ich zögerte nur einen winzigen Moment. „Wyatt", antwortete ich dann in Erinnerung an meine Reifenpannenfantasie. „Er ist Arzt."

2. KAPITEL

Unnötig zu erwähnen, dass der Rest des Abends für alle Beteiligten besser verlief. Natalie zog mich zurück zum Tisch, an dem unsere Familie saß, und bestand darauf, dass ich noch bliebe, da sie vorher viel zu nervös gewesen war, um überhaupt mit mir zu sprechen.

„Grace ist mit jemandem zusammen!", verkündete sie mit glänzenden Augen. Margaret, die gerade mehr oder weniger begeistert Mémés Ausführungen über ihre Nasenpolypen lauschte, sah sofort zu mir hoch. Mom und Dad unterbrachen ihr Gezänk und bombardierten mich mit Fragen, aber ich beschwichtigte sie erst einmal mit meiner „Es ist noch zu früh, um darüber zu reden"-Version. Margaret hob eine Augenbraue, sagte jedoch nichts. Aus dem Augenwinkel hielt ich Ausschau nach Andrew – er und Natalie hielten schon den ganzen Abend aus Rücksicht auf meine Gefühle Abstand voneinander –, konnte ihn aber nicht entdecken.

„Und womit verdient dieser Jemand seinen Lebensunterhalt?", wollte Mémé wissen. „Er ist doch wohl keiner von diesen verarmten Lehrern, wie ich hoffe. Deine Schwestern haben es geschafft, gut bezahlte Arbeit zu finden, Grace. Ich weiß nicht, warum du das nicht kannst."

„Er ist Arzt", antwortete ich und nahm einen großen Schluck Gin Tonic, den der Kellner gerade vorbeigebracht hatte.

„Was für ein Arzt, Schnups?", fragte Dad nach.

„Kinderarzt. Chirurg", erwiderte ich, ohne zu zögern. Und noch ein Schluck. Hoffentlich würden sie die Röte meiner Wangen meinem Cocktail zuschreiben und nicht meinem Lügen.

„Wie schön", seufzte Nat und lächelte engelsgleich. „Ach, Grace!"

„Wunderbar", sagte auch Dad. „Halt ihn fest, Grace."

„Sie muss niemanden festhalten, Jim", schalt Mom umgehend. „Also wirklich, du bist doch ihr Vater! Warum redest du ihr solchen Schwachsinn ein?" Und schon steckten die beiden im nächsten Streit. Wie gut, dass sie sich wenigstens um die arme Grace keine Sorgen mehr machen mussten!

Unter dem Vorwand, mein Handy vergessen zu haben und dringend meinen wunderbaren Arztfreund anrufen zu wollen, nahm ich bald darauf ein Taxi nach Hause. Es gelang mir auch, einen direkten Wortwechsel mit Andrew zu vermeiden. Das Thema Natalie und Andrew schob ich in guter Scarlett-O'Hara-Manier einfach beiseite – *Morgen will ich über all das nachdenken* – und konzentrierte mich stattdessen auf meinen neuen erfundenen Freund. Wie gut, dass mir vor ein paar Wochen der Reifen geplatzt war, sonst hätte ich diese Nummer nicht so schnell aus dem Ärmel ziehen können.

Wie schön wäre es gewesen, wenn es Wyatt, den Kinderchirurgen, in echt gäbe! Erst recht, wenn er auch ein guter Tänzer wäre, und sei es nur mit einem einfachen Foxtrott-Grundschritt. Wenn er Mémé hätte bezirzen und Mom über ihre Skulpturen befragen können, ohne bei der Beschreibung peinlich berührt zusammenzuzucken. Wenn er, wie Stuart, ein Golfer gewesen wäre und die beiden sich morgens auf dem Golfplatz verabredet hätten. Wenn er zufällig ein bisschen über den Bürgerkrieg gewusst hätte. Wenn er gelegentlich mitten im Satz innegehalten hätte, weil ihm bei meinem Anblick spontan entfallen wäre, was er hatte sagen wollen. Wenn er hier gewesen wäre, um mich nach oben ins Schlafzimmer zu führen, mir das unbequeme Kleid auszuziehen und mich kräftig durchzuvögeln.

Das Taxi bog in meine Straße und hielt an. Ich bezahlte den Fahrer, stieg aus und stand eine Minute lang nur da, um mein Haus zu betrachten. Es war ein kleines, dreistöckiges Häuschen im viktorianischen Stil, schmal und hoch. Ein paar wackere Narzissen standen am Wegesrand, und bald würden die Tulpenbeete in roter und gelber Pracht erblühen. Im Mai würden die Fliederbüsche an der Ostseite das ganze Haus mit ihrem unvergleichlichen Duft erfüllen. Die meiste Zeit des Sommers würde ich auf der Veranda verbringen, lesen, Artikel für diverse Fachzeitschriften schreiben und meine Farne und Begonien gießen. Mein

Zuhause. Als ich es gekauft hatte – ich korrigiere: Als Andrew und ich es gekauft hatten –, war es heruntergekommen und vernachlässigt gewesen. Jetzt war es eine Sehenswürdigkeit. *Meine* Sehenswürdigkeit, da Andrew mich verlassen hatte, bevor die neue Isolierung hochgezogen, Innenwände eingerissen und innen und außen neue Anstriche gemacht worden waren.

Als er meine hohen Absätze auf den Steinplatten klackern hörte, reckte Angus hinter dem Wohnzimmerfenster den Kopf. Ich musste grinsen … und begann dann, ein wenig zu schwanken. Offenbar war ich ein winziges bisschen angetrunken, was noch deutlicher wurde, als ich ergebnislos nach meinem Schlüssel kramte. Doch, da! Schlüssel ins Türschloss stecken, drehen … „Hallo Angus McFangus! Mommy ist wieder da!"

Mein kleiner Hund stürmte auf mich zu und drehte, von meinem bloßen Dasein überwältigt, mehrere Triumphrunden durch das Erdgeschoss – Wohnzimmer, Esszimmer, Küche, Flur und von vorn. „Hast du deine Mommy vermisst?", fragte ich jedes Mal, als er an mir vorbeisauste. „Hast du … Mommy … vermisst?" Irgendwann hatte er seine überschüssige Energie verbraucht und präsentierte mir sein Opfer des Abends, eine zerfledderte Taschentuchschachtel, die er mir stolz zu Füßen legte.

„Danke, Angus", sagte ich in dem Bewusstsein, dass dies ein Geschenk an mich war. Angus sank hechelnd zu Boden und sah mich aus vor Bewunderung leuchtenden schwarzen Knopfaugen an, die Hinterbeine ausgestreckt, als würde er fliegen: seine, wie ich sie nannte, Superhundpose. Ich setzte mich vor ihm in einen Sessel, streifte die Schuhe ab und kraulte seinen süßen kleinen Kopf. „Rate mal, mein Süßer! Wir haben jetzt einen Freund!", verkündete ich. Er leckte mir fröhlich die Hand, rülpste und rannte in die Küche. Gute Idee! Ich würde mir als Betthupferl noch etwas Ben & Jerry's gönnen. In der Küche angekommen, sah ich kurz aus dem Fenster … und erstarrte.

An der Seite des Nachbarhauses schlich ein Mann entlang. Es war natürlich schon dunkel draußen, doch im Licht der

Straßenlaterne war der Mann deutlich zu sehen, wie er langsam am Nachbargebäude entlangging. Er sah sich nach links und rechts um, hielt inne, stieg dann langsam und vorsichtig die Stufen zur Seitentür hinauf und fasste an den Türknauf. Offenbar war die Tür verschlossen. Er sah unter der Türmatte nach. Nichts. Versuchte erneut, den Türknauf zu drehen.

Ich hatte keine Ahnung, was ich tun sollte. Noch nie zuvor hatte ich beobachtet, wie in ein Haus eingebrochen wurde. In der Maple Street 36 wohnte zudem überhaupt niemand. Seit ich vor zwei Jahren nach Peterston gezogen war, hatte niemand das Nachbarhaus auch nur angesehen. Es war ein ziemlich heruntergekommener Flachbau, in den man viel Arbeit stecken müsste. Ich hatte mich oft gefragt, warum niemand es kaufte und herrichtete. Sicher gab es nichts darin, das es wert gewesen wäre, es zu stehlen …

Ich schluckte laut hörbar, und mit einem Schlag wurde mir bewusst, dass der Einbrecher, falls er in meine Richtung sähe, mich klar und deutlich erkennen könnte, da mein Licht brannte und meine Vorhänge geöffnet waren. Ohne den Blick von dem Mann zu nehmen, hob ich langsam einen Arm zur Seite und schaltete das Licht aus.

Der Verdächtige, wie ich ihn in Gedanken bereits nannte, rammte jetzt seine Schulter in die Tür. Als nichts passierte, versuchte er es erneut, kräftiger diesmal. Ich zuckte zusammen, als seine Schulter die Tür traf. Nichts. Auch ein drittes Mal brachte keinen Erfolg. Der Mann ging zu einem Fenster, legte die Hände um die Augen und spähte ins Haus.

Das alles kam mir *sehr* verdächtig vor. Nun versuchte der Mann, das Fenster zu öffnen, doch er hatte wiederum kein Glück. Gut, vielleicht hatte ich zu viele Folgen *Law & Order* gesehen – Trost und Glück der Single-Frauen landaus, landein –, aber in diesem Fall wurde doch ganz offensichtlich ein Verbrechen verübt. Nicht gut. Was, wenn der Einbrecher gleich zu mir käme? In seinen bisherigen zwei Lebensjahren hatte Angus seine Beschützerqualitäten noch nie unter Beweis stellen müssen. Schuhe zu zerkauen und Klorollen zu zerfetzen – das beherrschte er tadellos. Aber mich vor einem durchschnittlich großen Mann zu beschützen? Der noch dazu ziemlich muskulös wirkte?

Ich ließ die üblichen Horrorszenarien an meinem geistigen Auge vorbeiziehen und suchte Trost in ihrer tatsächlich geringen Wahrscheinlichkeit. Der Mann, der es gerade beim nächsten Fenster versuchte, war offensichtlich kein Mörder, der nach einem Versteck für eine Leiche suchte. Vermutlich hatte er auch kein Heroin im Wert von einer Million Dollar im Kofferraum. Und ich hoffte inständig, dass er nicht die Absicht hegte, eine durchschnittlich große Frau in einem Loch in seinem Keller festzuketten und so lange auszuhungern, bis er ihre Haut zu einem neuen Kleid vernähen könnte, wie der Typ aus *Das Schweigen der Lämmer*.

Der Einbrecher probierte es ein weiteres Mal an der Tür. Okay, Kumpel, dachte ich. *Genug ist genug. Zeit, die Polizei zu rufen.* Selbst wenn er kein Mörder war, so suchte er doch offensichtlich ein Haus zum Einbrechen. Gut, ich hatte zwei Gin Tonic getrunken (oder waren es drei gewesen?), und Trinken war nicht gerade meine Stärke, aber trotzdem. Egal, von welcher Seite ich es betrachtete, die Aktivitäten am Nachbarhaus wirkten verdammt noch mal verdächtig. Der Mann ging jetzt hinter das Haus, vermutlich, um erneut einen Zugang zu finden. Wie auch immer. Zeit, meine Steuergelder sinnvoll zu nutzen und die Polizei zu rufen.

„Hier Notrufzentrale, bitte geben Sie Ihren Notruf ab."

„Hallo, wie geht es Ihnen?", fragte ich.

„Haben Sie einen Notfall zu melden, Ma'am?"

„Oh, na ja, wissen Sie, ich bin nicht sicher", erwiderte ich und kniff die Augen zusammen, um den Einbrecher besser beobachten zu können. Allerdings sah ich ihn nicht mehr, weil er hinter dem Haus verschwunden war. „Ich glaube, in das Haus neben meinem wird eingebrochen. Ich wohne Maple Street 34 in Peterston. Grace Emerson."

„Einen Moment, bitte." Ich hörte das Rauschen eines Funkgeräts im Hintergrund. „Eine Streife ist in Ihrer Nähe, Ma'am", sagte die Frau nach einer Weile. „Und wir werden gleich eine Einheit losschicken. Was genau sehen Sie gerade?"

„Äh, gerade jetzt sehe ich nichts. Aber vorhin hat er ... die Bude ausspioniert." Ich zuckte zusammen. *Die Bude ausspioniert?* Wer war ich, Tony Soprano? „Ich meine, er ist um das Haus gegangen und hat Türen und Fenster ausprobiert. Es wohnt dort niemand, wissen Sie?"

„Danke, Ma'am. Die Polizei müsste jeden Augenblick da sein. Soll ich so lange am Telefon bleiben?", wollte sie wissen.

„Nein, ist schon gut." Ich wollte nicht wie eine Memme wirken. „Vielen Dank." Ich legte auf und kam mir einigermaßen heldenhaft vor. Hallo, ich bin eine echte Nachbarschaftswache!

Von der Küche aus konnte ich den Mann nicht mehr sehen, also schlich ich ins Esszimmer (ups, leicht schwankend ... vielleicht waren es doch drei Gin Tonic gewesen). Durch das Fenster war nichts zu erkennen und ich hörte auch keine Sirene. Wo waren die Polizisten nur? Vielleicht wäre ich doch besser in der Leitung geblieben. Was, wenn der Einbrecher merkte, dass es drüben nichts zu holen gab, und dann auf die Idee käme, hier zu suchen? *Ich* hatte viele nette Sachen. Das Sofa hatte fast zwei Riesen gekostet. Mein Computer war das Neueste vom Neuen. Zu meinem letzten Geburtstag hatten Mom und Dad mir einen exzellenten Plasmafernseher geschenkt.

Ich sah mich um. Also gut, es war vielleicht ein bisschen blöd, aber ich würde mich sicherer fühlen, wenn ich ... nun ja, nicht gerade bewaffnet wäre, aber etwas in der Art. Ich besaß keine Pistole, dafür war ich nicht der Typ. Mein Blick fiel auf den Messerblock. Nein ... das schien mir dann doch übertrieben. Gut, ich hatte zwei Gewehre auf dem Dachboden, ganz zu schweigen vom Bajonett und all dem anderen Bürgerkriegszeug, aber wir benutzten nur Platzpatronen, und ich konnte mir nicht vorstellen, jemanden mit dem Bajonett aufzuspießen, egal, wie viel Spaß ich beim Nachstellen solcher Kampfszenen auch haben mochte.

Ich schlich ins Wohnzimmer, öffnete den Schrank und wog meine Optionen ab. Bügel – ungeeignet. Schirm – zu leicht. Aber

Moment mal. Da hinten lag mein alter Feldhockeyschläger aus der Highschool. Aus Gründen der Nostalgie hatte ich ihn all die Jahre aufgehoben, um mich an die kurze Zeit meines Athletendaseins zu erinnern, und jetzt war ich froh. Es war nicht gerade eine Waffe, aber dennoch ein Schutz. Perfekt.

Angus lag mittlerweile schlafend auf dem roten Samtkissen in seinem Körbchen in der Küche. Er hatte sich auf den Rücken gerollt, die haarigen Pfoten in die Luft gestreckt, den Unterüber den Oberkiefer gepresst und wirkte nicht gerade so, als könnte er im Notfall zur unersetzlichen Hilfe werden. „Reiß dich am Riemen", flüsterte ich. „Niedlich zu sein ist nicht alles, weißt du?"

Er nieste, und ich duckte mich. Hatte der Einbrecher das gehört? Vielleicht sogar mein Telefongespräch? Ich wagte einen Blick aus dem Esszimmerfenster – immer noch keine Polizei. Und auch nebenan war nichts Besonderes mehr zu erkennen. Vielleicht war der Verdächtige weg?

Oder auf dem Weg hierher. Zu *mir*. Oder meinen Sachen. Oder mir. Man konnte nie wissen.

Der Hockeyschläger in meiner Hand beruhigte mich etwas. Vielleicht sollte ich nach oben schleichen und mich auf dem Dachboden einschließen, überlegte ich. Mich neben die Gewehre setzen, selbst wenn sie keine Munition enthielten. Die Polizei würde doch sicher allein mit ihm fertig werden. Wie aufs Stichwort kam nun ein schwarz-weißer Streifenwagen die Straße entlanggetuckert und hielt direkt vor dem Haus der Darrens. Fantastisch. Ich war in Sicherheit. Nun konnte ich beruhigt wieder ins Esszimmer schleichen und kontrollieren, ob der Einbrecher irgendwo zu sehen war.

Nein. Nichts. Nur das leise Klopfen der Fliederzweige gegen meine Fenster. Und wo ich schon bei den Fenstern war – Dad hatte recht. Sie mussten erneuert werden. Ich spürte einen Luftzug, obwohl es nicht besonders windig draußen war. Meine letzte Heizkostenabrechnung war mörderisch hoch gewesen.

Just in diesem Moment klopfte es an die Tür. Ah, die Polizei. Wer hatte behauptet, sie sei nie da, wenn man sie brauche?

Wie vom Blitz getroffen zuckte Angus zusammen, rannte zur Tür, sprang mit allen vieren gleichzeitig in die Luft und begann zu kläffen. *Jap! Japjapjapjapjap!* „Schsch!", kommandierte ich. „Sitz. Platz. Beruhige dich, Kleiner."

Mit dem Schläger in der Hand öffnete ich die Haustür.

Doch es war nicht die Polizei. Vor mir stand der Einbrecher. „Hallo", sagte er.

Ich hörte den Aufprall des Schlägers, bevor mir noch bewusst wurde, dass ich mich bewegt hatte. Dann nahm mein geschocktes Hirn alle möglichen Sachen auf einmal auf. Den dumpfen Aufprall von Holz auf Mensch. Den Nachhall der Bewegung in meinem Arm. Den verdutzten Gesichtsausdruck des Einbrechers, während er den Arm hob, um sein Auge zu schützen. Meine zitternden Beine. Das langsame Einknicken des Mannes in die Knie. Angus' hysterisches Kläffen.

„Autsch", sagte der Einbrecher schwach.

„Raus mit Ihnen", piepste ich mit drohend erhobenem Schläger. Ich schlotterte am ganzen Körper.

„Du lieber Himmel … Gute Frau!", murmelte er, mehr überrascht als alles andere. Angus knurrte wie ein erbostes Löwenbaby, biss dem Mann in den Jackenärmel und warf – fröhlich schwanzwedelnd – den kleinen Kopf hin und her, um irgendwelchen Schaden anzurichten. Auch er zitterte am ganzen Körper vor Erregung, sein Frauchen verteidigen zu können.

Sollte ich den Schläger weglegen? Oder würde der Mann dann die Gelegenheit nutzen, mich zu packen? War das nicht der Fehler, den fast alle Frauen machten, bevor sie in die Grube im Keller geworfen und ausgehungert wurden, um die Haut zu lockern?

„Polizei! Hände hoch!"

Richtig! Die Polizei! Gott sei Dank! Zwei Polizisten rannten durch meinen Vorgarten.

„Hände hoch! Wird's bald?"

Ich gehorchte, und der Hockeyschläger glitt mir aus den Fingern, prallte am Kopf des Einbrechers ab und landete auf der Veranda. „Gütiger Gott!", stöhnte der Einbrecher gequält und

38

zuckte zusammen. Angus ließ seinen Ärmel los und machte sich stattdessen über den Schläger her, den er aufgeregt anknurrte und ankläffte.

Der Einbrecher sah zu mir hoch. Die Haut um sein Auge war bereits feuerrot. Und – herrje! – war das etwa Blut?

„Hände auf den Kopf, Freundchen", sagte einer der Polizisten und zog seine Handschellen hervor.

„Das glaube ich ja nicht", sagte der Einbrecher und gehorchte mit der (wie ich mir einbildete) erschöpften Resignation eines Mannes, der das nicht zum ersten Mal erlebte. „Was habe ich getan?"

Der Polizist antwortete nicht, sondern zog nur die Handschellen fest. „Bitte gehen Sie ins Haus, Ma'am", sagte der andere.

Ich löste mich aus meiner Starre und ging auf wackligen Beinen hinein. Angus schleifte den Hockeyschläger hinter sich her, ließ ihn dann fallen und umkreiste mit vergnügten Sprüngen meine Fußknöchel. Ich sackte aufs Sofa und nahm meinen Hund in die Arme, woraufhin er mir eifrig das Kinn leckte, zweimal bellte und anfing, auf meinen Haaren herumzukauen.

„Sind Sie Ms Emerson?", erkundigte sich der Polizist nach einem vorsichtigen Schritt über den Hockeyschläger hinweg.

Immer noch heftig zitternd nickte ich. Mein Herz raste wie Seabiscuit im Endspurt seines Rennens.

„Also. Was ist hier passiert?"

„Ich sah, wie dieser Mann in das Haus gegenüber einbrechen wollte", antwortete ich, während ich mein Haar aus Angus' Fängen befreite. Meine Stimme klang ungewohnt hoch. „In dem übrigens niemand wohnt. Dann habe ich die Polizei gerufen, und auf einmal stand er auf meiner Veranda. Deshalb habe ich mich mit einem Feldhockeyschläger gewehrt. Ich habe auf der Highschool gespielt."

Ich lehnte mich wieder zurück, schluckte, sah aus dem Fenster, atmete ein paar Mal tief durch und versuchte, nicht zu hyperventilieren. Der Polizist wartete einen Moment, und ich streichelte Angus' raues Fell, sodass er genüsslich fiepte. Jetzt, wo ich darüber nachdachte, war es vielleicht nicht unbedingt nötig gewesen, dem Einbrecher eins überzuziehen. Mir fiel ein, dass er „Hallo" gesagt hatte. Zumindest hatte ich eine vage Erinnerung daran. Ja, er hatte „Hallo" gesagt. Begrüßten Einbrecher ihre Opfer normalerweise? *Hallo. Ich würde gern Ihr Haus ausrauben. Passt es Ihnen gerade?*

„Geht es Ihnen gut?", erkundigte sich der Polizist. Ich nickte. „Hat er Sie verletzt? Sie bedroht?" Ich schüttelte den Kopf. „Warum haben Sie die Tür geöffnet, Miss? Das war nicht besonders klug." Missbilligend runzelte er die Stirn.

„Ich, äh ... dachte, das wären Sie. Ich habe Ihren Wagen gesehen. Und nein, er hat mir nichts getan. Er ..." *hat nur Hallo gesagt.* „Er sah nur ... verdächtig aus? Irgendwie? Er ist ums Haus geschlichen und hat sich umgesehen. Hineingespäht, meine ich. Und da wohnt niemand. Seit ich hier wohne, hat da niemand gewohnt. Und ich wollte ihn eigentlich nicht schlagen."

Na, das klang ja wirklich sehr intelligent!

Der Polizist sah mich zweifelnd an und schrieb etwas in sein kleines schwarzes Buch. „Haben Sie getrunken, Ma'am?"

„Ein bisschen", antwortete ich schuldbewusst. „Ich bin aber nicht Auto gefahren. Ich war auf einer Hochzeit. Meine Cousine. Sie ist nicht besonders nett. Jedenfalls hatte ich einen Cocktail. Einen Gin Tonic. Na ja, wohl eher zweieinhalb. Vielleicht auch drei?"

Der Polizist klappte sein Notizbuch zu und seufzte.

„Butch?" Der zweite Polizist streckte den Kopf durch die Tür. „Wir haben ein Problem."

„Ist er weggerannt?", platzte ich heraus. „Geflohen?"

Der zweite Polizist sah mich mitleidig an. „Nein, Ma'am, er sitzt auf Ihrer Verandatreppe. Und er trägt Handschellen, Sie brauchen sich also keine Sorgen zu machen. Butch, könntest du wohl mal eine Minute herkommen?"

Butch ging weg, seine Waffe blitzte im Licht. Ich nahm Angus fest in die Arme, schlich auf Zehenspitzen zum Wohnzimmerfenster und schob den Vorhang zurück (blaue Wildseide, sehr hübsch). Der Einbrecher saß mit dem Rücken zu mir auf meiner Treppe, während Officer Butch und sein Kollege sich berieten.

Nun, da ich nicht mehr von Todesangst geschüttelt war, betrachtete ich den Mann genauer. Er hatte strubbeliges braunes Haar und war eigentlich recht attraktiv. Breite Schultern … Wie gut, dass ich mit ihm nicht in eine Schlägerei geraten war! Also … in *mehr* Schlägerei, meine ich. Muskulöse Arme, so wie der Stoff sich über dem Bizeps spannte. Das konnte allerdings auch von der verdrehten Haltung mit den hinter dem Rücken gefesselten Händen kommen.

Als würde er meine Blicke spüren, drehte der Einbrecher sich zu mir um. Erschrocken fuhr ich zurück. Sein Auge war bereits zugeschwollen. Verdammt. Ich hatte nicht die Absicht gehabt, ihn zu verletzen. Im Grunde hatte ich überhaupt nichts beabsichtigt … ich hatte nur spontan reagiert.

Officer Butch kam wieder ins Haus.

„Braucht er Eis?", flüsterte ich.

„Nein, ist schon in Ordnung, Ma'am. Er sagt, er wohnt nebenan, aber wir müssen ihn mit aufs Revier nehmen und seine Aussage überprüfen. Würden Sie mir für Rückfragen bitte Ihre Telefonnummer geben?"

„Sicher", sagte ich und sagte meine Telefonnummer auf. Dann erst begriff ich, was der Polizist gesagt hatte. *Wohnt nebenan.*

Was bedeutete, dass es mein neuer Nachbar war, dem ich gerade ein blaues Auge verpasst hatte.

3. KAPITEL

*D*as Erste, was ich am nächsten Tag nach dem Aufwachen tat, war, aus dem Bett zu rollen und durch meinen Katernebel auf das Nachbarhaus zu spähen. Alles ruhig. Kein Lebenszeichen. Zu meinem dröhnenden Kopf gesellte sich das schlechte Gewissen, als ich wieder das Bild des völlig verdutzten Einbrechers – oder Nicht-Einbrechers – vor Augen hatte. Ich würde bei der Polizei anrufen und nachfragen müssen, was weiter passiert war. Vielleicht sollte ich meinen Dad informieren – er war Anwalt. Für Steuerrecht zwar, aber trotzdem. Margaret war Strafverteidigerin. Vielleicht wäre sie die bessere Wahl.

Mist, verdammt. Ich wünschte, ich hätte den Typen nicht geschlagen. Tja. Unfälle passieren. Immerhin war er mitten in der Nacht ums Haus geschlichen, oder? Was erwartete er? Dass ich ihn auf einen Kaffee hereinbat? Außerdem … vielleicht hatte er gelogen. Vielleicht war „Ich wohne nebenan" nur ein Täuschungsmanöver gewesen. Vielleicht hatte ich der Gesellschaft einen Dienst erwiesen. Trotzdem war es neu für mich, jemanden zu schlagen. Ich hoffte sehr, der Typ war nicht allzu stark verletzt. Oder sauer.

Der Anblick meines Kleides, das ich im Trubel der letzten Nacht nicht ordentlich aufgehängt hatte, erinnerte mich an Kittys Hochzeit. An Andrew und Natalie … zusammen. An Wyatt, meinen erfundenen neuen festen Freund. Ich lächelte. Schon wieder ein ausgedachter Freund. Ich hatte es erneut gewagt.

Möglicherweise haben Sie den Eindruck bekommen, dass Natalie … nun, nicht unbedingt verzogen, aber vielleicht überbehütet war. Damit hätten Sie recht. Sie wurde von unseren Eltern, von Margs – die mit ihrer Liebe sonst eher zurückhaltend umging – und auch von Mémé geradezu vergöttert. Besonders aber von mir. Tatsächlich hatte ich die erste klare Erinnerung meines Lebens an Natalie. Es war mein vierter Geburtstag gewesen und Mémé war da, um auf uns aufzupassen. Sie rauchte in unserer Küche eine Zigarette. Im Ofen garte mein Geburtstagskuchen, und der warme Duft von Vanille mischte sich nicht unangenehm mit dem Rauch ihrer Kool Lights.

Die Küche meiner Kindheit war ein riesiger Ort voll wunderbarer, unerwarteter Schätze, aber mein Lieblingsplatz war die Vorratskammer, eine lange, dunkle Abseite mit Regalen vom Boden bis zur Decke. Oft ging ich hinein, schloss hinter mir die Tür und naschte in andächtigem Schweigen Schokoladenstreusel aus der Tüte. Es war wie ein kleines Haus in sich, komplett mit Selterswasser und Hundefutter. Marny, unsere Cockerspanieldame, leistete mir Gesellschaft und wedelte mit ihrem Stummelschwanz, während ich ihr Trockenfutter verabreichte, von dem ich selbst hin und wieder ein Stück aß. Manchmal machte Mom die Tür auf und schrie entgeistert auf, wenn sie mich und den Hund zusammengekuschelt neben dem Mixer fand. Ich fühlte mich dort drin immer sicher.

Jedenfalls war es mein vierter Geburtstag, Mémé rauchte, und ich saß mit Marny in der Vorratskammer und teilte mir mit ihr eine Schachtel Frühstückskringel, als ich hörte, wie die Hintertür geöffnet wurde. Mom und Dad kamen herein, und es ertönte geschäftiges Geraschel … Mommy war ein paar Tage weg gewesen und nun rief sie meinen Namen.

„Gracie, wo bist du? Alles Gute zum Geburtstag, mein Schatz! Hier ist jemand, der dich kennenlernen will!"

„Wo ist das Geburtstagskind?", ertönte auch Dads laute Stimme. „Will sie denn gar nicht ihr Geschenk haben?"

Plötzlich verspürte ich Sehnsucht nach meiner Mutter, die ich so lange vermisst hatte, und polterte aus der Abseite, vorbei an Mémés dünnen, krampfaderigen Beinen, auf meine Mutter zu, die – immer noch im Mantel – am Küchentisch saß. Sie hielt ein Baby im Arm, das in eine weiche rosa Decke gewickelt war.

„Mein Geburtstagsgeschenk!", rief ich begeistert.

Zwar erklärten mir die Erwachsenen, dass das Baby nicht nur für mich da sei, sondern auch für Margaret und alle anderen, und dass mein Geschenk tatsächlich ein Plüschtier sei, ein großer Hund. (Die Familiengeschichte besagt, dass ich den

Hund kurze Zeit später in die Babykrippe stopfte und so meine Eltern mit meiner Großzügigkeit beeindruckte.) Doch ich kam nie über das Gefühl hinweg, dass Natalie Rose eigentlich mir gehörte – auf jeden Fall mehr als Margaret, die dieses Gefühl als altkluge Siebenjährige gut für sich zu nutzen wusste, um ihren schwesterlichen Pflichten zu entgehen. „Grace, dein Baby braucht dich", rief sie immer, wenn Mom uns beim Füttern oder Windelwechseln um Hilfe bat. Mir machte das nichts aus. Ich genoss das Gefühl, die besondere Schwester zu sein, die große Schwester – nach vier langen Jahren, die ich von Margaret herumkommandiert oder ignoriert worden war. Mein Geburtstag wurde mehr und mehr zu einem gemeinsamen Tag von Natalie und mir – zur Feier unseres gemeinsamen Lebens – als dass es um den Beginn meines eigenen Lebens gegangen wäre. Mein Geburtstag war wichtiger geworden, weil es der Tag war, an dem ich Natalie bekommen hatte.

Und Natalie war und blieb die reinste Freude. Als Baby war sie schon eine Augenweide, und beim Heranwachsen wurde sie immer hübscher. Sie bekam lange blonde Haare, himmelblaue Augen, Wangen, so weich wie Tulpenblüten, Wimpern, so lang, dass sie ihre seidigen Brauen berührten. Ihr erstes Wort war „Gissy", und wir alle wussten, dass sie mich damit meinte.

Während sie größer wurde, sah sie zu mir auf. Margaret war trotz ihrer Launenhaftigkeit und bisweilen verächtlichen Haltung eine gute Schwester, aber eher in der Art, dass sie einen beiseite nahm und erklärte, wie man sich Ärger ersparte oder warum man ihre Sachen in Ruhe lassen sollte. Zum Spielen, zum Kuscheln und einfach zur Gesellschaft kam Nat zu mir, und ich war nur allzu bereit. Mit vier verbrachte sie Stunden damit, Klammern in meine widerspenstig krausen Haare zu klemmen, und wünschte sich laut, ihr seidig glattes Blondhaar wäre auch so eine – mit ihren Worten – „schöne braune Wolke". Im Kindergarten nahm sie mich mit, als jedes Kind sein liebstes Spielzeug vorstellen sollte, und Sie können sich bestimmt denken, wer sie am „Besondere Leute"-Tag begleiten musste. Wenn sie Hilfe beim Buchstabieren brauchte, kam sie zu mir, und ich dachte mir lustige Sätze aus, damit es Spaß machte. Bei ihren Ballettvorführungen suchte sie mich unter den Zuschauern mit den Augen, und ich strahlte sie an. Ich nannte sie Natty Bumppo, nach dem Helden aus *Der Wildtöter,* und deutete beim Vorlesen immer auf den Namen, um ihr zu zeigen, wie berühmt sie war.

So verging unsere Kindheit – Natalie war perfekt, ich bewunderte sie, Mags maulte und stand ein wenig über den Dingen. Dann, als Natalie siebzehn war und ich in meinem vorletzten Jahr am College of William & Mary, bekam ich von zu Hause einen Anruf. Natalie hatte sich schon am Vortag schlecht gefühlt, aber da es nicht ihre Art war zu jammern, zunächst nichts gesagt. Irgendwann erwähnte sie beiläufig, dass ihr Bauch furchtbar wehtue, und Mom rief sofort den Arzt. Noch bevor sie das Krankenhaus erreichten, gab es einen Blinddarmdurchbruch. Die folgende Operation war kompliziert, da die Bakterien bereits in den Bauchraum vorgedrungen waren, und sie bekam eine Bauchfellentzündung mit hohem Fieber, das nicht sinken wollte.

Als Mom anrief, saß ich gerade im Wohnheim des Colleges, neun Stunden Autofahrt entfernt. „Komm so schnell du kannst", befahl Mom. Nat war auf die Intensivstation verlegt worden und es stand nicht gut um sie.

Meine Erinnerungen an die Heimfahrt variieren zwischen „stundenlanges Grauen" und „komplett ausgeblendet". Ein Professor brachte mich zum Flughafen in Richmond. Ich weiß nicht mehr, wer es war, aber ich sehe das staubige Armaturenbrett seines Wagens noch so deutlich vor mir, als würde ich in genau diesem Moment auf dem heißen Vinylsitz neben ihm kauern. Die Windschutzscheibe hatte einen Riss, der die Scheibe von oben nach unten in zwei Bereiche teilte wie der Mississippi die Vereinigten Staaten. Ich weiß noch, dass ich am Flugsteig weinend in der Plastiksitzschale saß und dass ich die Fäuste ballte, als das Flugzeug quälend langsam über das Rollfeld kroch. Ich erinnere mich an das Gesicht meines Freundes Julian, dessen Augen bei meiner Ankunft am Flughafen vor

Angst und Mitgefühl weit aufgerissen waren. An meine Mutter, wie sie vor Natalies Zimmer im Krankenhaus schwankte, an meinen Vater, graugesichtig und stumm, und an Margaret, zusammengekrümmt in der Ecke neben dem Vorhang, der Natalie vom benachbarten Patienten trennte.

Und ich erinnere mich an Natalie, wie sie im Bett lag, über und über mit Schläuchen bedeckt. Sie wirkte so klein und einsam, dass es mir das Herz brach. Ich nahm ihre Hand und küsste sie, und meine Tränen fielen auf das Laken. „Ich bin da, Natty Bumppo", flüsterte ich. „Ich bin da." Sie war zu schwach, um zu antworten, zu krank, um die Augen zu öffnen.

Draußen redete der Arzt mit sonorer Stimme mit meinen Eltern. „... Abszess ... Bakterien ... Nierenfunktion ... Leukozytenzahl ... zu schwach."

„Lieber Gott im Himmel", flüsterte Margaret aus ihrer Ecke. „Scheiße, Grace." Unsere Blicke trafen sich und drückten das blanke Entsetzen über die Möglichkeit aus, die wir uns nicht vorzustellen wagten. Unsere goldene Natalie, das süßeste, liebste, wunderbarste Kind der Welt ... rang mit dem Tod?

Zäh vergingen die Stunden. Kaffeebecher wurden gebracht und weggetragen, Natalies Infusionsbeutel wurden gewechselt, ihre Wunde kontrolliert. Ein Tag verstrich. Sie wachte nicht auf. Eine Nacht. Ein weiterer Tag. Es ging ihr schlechter. Wir durften nur wenige Minuten am Stück zu ihr und wurden dann wieder in ein düsteres Wartezimmer mit alten Zeitschriften und farblosen Möbeln geschickt, in dem ein Neonlicht brannte, das kein Detail unserer angsterfüllten Gesichter unbeleuchtet ließ.

Am vierten Tag kam eine Krankenschwester ins Zimmer gestürmt. „Die Familie von Natalie Emerson, bitte mitkommen!", befahl sie.

„Oh Gott", stöhnte meine Mutter, das Gesicht kalkweiß. Sie stolperte, mein Vater fing sie auf und zog sie halb durch den Flur. Voller Panik, dass unsere kleine Schwester sterben müsste, rannten Margaret und ich vorneweg. Es schien ein Jahr zu dauern, bis wir den Flur durchquert hatten – jeder Schritt,

46

jedes Klatschen meiner Turnschuhsohlen, jeder Atemzug wurde von einem verzweifelten Gebet begleitet. *Bitte. Bitte. Nicht Natalie. Bitte.*

Ich war als Erste da. Meine kleine Schwester, mein Geburtstagsgeschenk, war wach und sah uns zum ersten Mal seit Tagen mit zaghaftem Lächeln an. Hinter mir stürzte Margaret ins Zimmer.

„Heiliger gekreuzigter Strohsack, Natalie!", brach es in typischer Weise aus ihr heraus. „Wir dachten, du wärst tot!" Sie machte kehrt und rannte zu der Krankenschwester zurück, die jedem von uns zehn Jahre unseres Lebens geraubt hatte.

„Nattie", flüsterte ich. Sie streckte ihre Hand nach mir aus, und Sie können sicher sein, dass ich in diesem Moment versprach, jeden Augenblick meines Lebens meine Dankbarkeit für ihre Rettung zu zeigen.

„Du hast was getan?", fragte Julian nach. Wir spazierten durch die kleine Innenstadt von Peterston, aßen Aprikosenplunder aus *Lala's Bakery* und schlürften Cappuccino. Ich hatte meinen Freund bereits mit der Geschichte erheitert, wie ich den neuen Nachbarn zusammengeschlagen hatte, und damit seinen Bericht über sein erstes selbst gekochtes Chicken Tikka Masala um Längen übertroffen.

„Ich habe ihr gesagt, ich sei fest liiert. Mit Wyatt, einem Kinderchirurgen." Ich nahm einen weiteren Bissen des noch warmen Plundergebäcks und stöhnte vor Genuss.

Julian blieb stehen und sah mich bewundernd an. „Wow."

„Ja, brillant, findest du nicht?"

„Doch, das finde ich", erwiderte er. „Du bist nicht nur wirkungsvoll gegen Kriminalität in deiner Nachbarschaft vorgegangen, du hast auch einen neuen Freund erfunden. Ein arbeitsreicher Abend!"

„Ich wünschte nur, ich hätte schon früher daran gedacht."

Julian grinste, bückte sich, um Angus ein Stück Kuchen zu geben, und ging weiter, nur um wenige Schritte später vor seinem Unternehmen erneut stehen zu bleiben. Seine Tanzschule

47

Jitterbug Dance Hall befand sich zwischen einer Reinigung und *Mario's Pizza.* Er spähte durchs Fenster, um sich zu vergewissern, dass alles in Ordnung war. Eine Frau, die hinter uns vorbeiging, warf einen kurzen Blick auf Julian, ging weiter und blieb dann abrupt stehen, um sich noch einmal umzusehen. Ich musste schmunzeln. Mein ältester Freund, der bei unserer ersten Begegnung noch ein dicklicher Außenseiter gewesen war, ähnelte jetzt einem frisch rasierten Johnny Depp, und die Reaktion dieser Frau war typisch. Wäre er nicht schwul gewesen, hätte ich ihn längst geheiratet und seine Kinder zur Welt gebracht. Wie ich war auch Julian in Liebesdingen enttäuscht worden, wobei selbst ich als seine älteste Freundin nicht genau wusste, was damals vorgefallen war.

„Dann bist du jetzt also Wyatts Mädchen", sagte er und nahm unseren Spaziergang wieder auf. „Wie heißt er mit Nachnamen?"

„Keine Ahnung. Den habe ich noch nicht erfunden."

„Tja, worauf wartest du?" Julian überlegte kurz. „Dunn. Wyatt Dunn."

„Wyatt Dunn, Kinderchirurg. Wunderbar", sagte ich.

Julian drehte sich um und lächelte die Frau hinter uns charmant an. Sie wurde rot und gab vor, etwas verloren zu haben, weshalb sie sich bücken musste. Auch das passierte immer wieder. „Und wie sieht Dr. Wyatt Dunn aus?", fragte er weiter.

„Also, er ist nicht so wahnsinnig groß … Größe wird irgendwie überschätzt, findest du nicht?" Julian schmunzelte, er war eins achtundsiebzig. „Ein bisschen schlaksig. Grübchen. Nicht zu gut aussehend, aber mit einem freundlichen Gesicht. Grüne Augen, blonde Haare. Und eine Brille, oder was meinst du?"

Julians Lächeln erstarb. „Grace. Du hast gerade Andrew beschrieben."

Ich verschluckte mich an meinem Cappuccino. „Tatsächlich? Mist. Okay, streich alles. Er ist groß, dunkel und schön. Keine Brille. Und, äh … braune Augen." Angus bellte kurz auf, um meinen guten Geschmack bei Männern zu bestätigen.

„Ich sehe da diesen Kroaten aus *Emergency Room* vor mir“, sagte Julian.

„Ja, ich weiß, wen du meinst. Perfekt. Genauso sieht Wyatt aus.“ Wir lachten.

„Hey, kommt Kiki gleich noch dazu?“, wollte er wissen.

„Leider nein. Sie hat gestern Abend jemanden kennengelernt, und diesmal ist es bestimmt der Richtige.“ Julian sprach die letzten Worte mit mir im Chor. Es war Kikis Angewohnheit, sich Hals über Kopf zu verlieben. Sie war geradezu perfekt darin, den einen zu finden, was sehr häufig geschah, meistens mit katastrophalem Ausgang, weil sie nach einem begeisternden ersten Treffen den Mann mit übereiltem Gerede von „bis ans Ende aller Tage“ verschreckte. Falls sich die Geschichte wiederholte (was sie für gewöhnlich tat, wie ich als Geschichtslehrerin nur allzu gut wusste), würde sie nächstes Wochenende um diese Zeit am Boden zerstört sein, möglicherweise mit einer einstweiligen Verfügung am Hals.

Heute also ohne Kiki. Aber das war okay. Julian und ich liebten beide Antiquitäten und Secondhand-Klamotten – schließlich war ich Geschichtslehrerin, also war das nur verständlich. Er war schwul und Tanzlehrer, was gleichermaßen passte. Wir spazierten also durch die verschlungenen, ruhigen Gässchen von Peterston, schnupperten hie und da in einen Laden, inhalierten den vielversprechenden Duft des nahenden Frühlings, und ich war glücklich. Nach einem langen, öden Winter tat es gut, wieder draußen zu sein.

Peterston, Connecticut, ist eine kleine Stadt am Farmington River, die nur von Einheimischen und schlauen Touristen besucht wird, die gut im Kartenlesen sind. Einst berühmt dafür, mehr Pflugscharen herzustellen als jeder andere Ort auf Gottes grüner Erde, war die Stadt nach einer Phase der Vergessenheit und Verwahrlosung während der letzten zehn Jahre in neuem, ruppigem Charme erblüht. Die Hauptstraße führte direkt zum Fluss, wo sich ein Spazierpfad anschloss. Tatsächlich konnte ich von dort aus zu Fuß am Farmington entlang nach Hause gehen, was ich auch häufig tat. Mom und Dad wohnten fünf

Meilen flussabwärts in Avon, und manchmal besuchte ich auch sie zu Fuß.

Ja, ich war heute Morgen sehr zufrieden. Ich liebte Julian, ich liebte Angus, der an seiner rot-violett geflochtenen Hundeleine auf kleinen Beinchen neben uns herlief. Und ich liebte die Vorstellung, dass meine Familie mich jetzt in einer Beziehung wähnte und ganz und gar über Andrew hinweg.

„Vielleicht sollte ich mir was Neues zum Anziehen gönnen", überlegte ich laut, als wir an der *Chic Boutique* vorbeikamen. „Nun, da ich mit einem Arzt zusammen bin und so. Etwas, das keine andere trägt."

„Absolut. Du wirst für all die Krankenhausveranstaltungen etwas Nettes brauchen", fiel Julian sofort ein. Wir betraten den Laden und verließen ihn etwa eine Stunde später beladen mit Tüten.

„Ich liebe es, mit Wyatt Dunn zusammen zu sein", schwärmte ich und grinste. „Vielleicht sollte ich eine Rundumverschönerung erwägen. Friseur, Maniküre, Pediküre ... Oh Gott, das habe ich schon ewig nicht mehr gemacht! Was meinst du? Willst du mitkommen?"

„Grace." Julian hielt inne. Er atmete tief durch, nickte einem Passanten zu und fuhr fort. „Grace, vielleicht sollten wir ..."

„Lieber essen gehen?", schlug ich vor und streichelte Angus, der an der Tüte mit meinen neuen Schuhen leckte.

Julian lächelte. „Nein, ich dachte eher, dass wir vielleicht versuchen sollten, jemand Echtes zu finden. Zwei echte Jemande. Du weißt schon. Vielleicht sollten wir aufhören, so viel zusammen zu unternehmen, und lieber Ausschau nach anderen halten."

Ich schwieg. Julian seufzte. „Weißt du, ich glaube, ich bin allmählich bereit dafür. Und dass du diesen falschen Freund erfindest, ist ja ganz lustig, aber ... vielleicht ist es langsam Zeit für was Reales."

„Richtig." Ich nickte bedächtig. Der Gedanke an eine echte Verabredung verursachte mir einen leichten Schweißausbruch. Es war nicht so, dass ich keine Liebe, Heirat, Ehe und so weiter wollte … Ich verabscheute nur die Vorstellung von all dem, das man vorher dafür tun musste.

„Wenn du es machst, mache ich es auch", schlug er vor. „Überleg doch bloß: Vielleicht gibt es für dich da draußen einen echten Wyatt Dunn. Du solltest dich verlieben, und dann würde Andrew nicht mehr …" Er brach ab und sah mich entschuldigend an. „Na ja. Wer weiß?"

„Sicher. Ja. Okay." Ich schloss kurz die Augen. Stellte mir Tim Gunn/Atticus Finch/Rhett Butler/George Clooney vor. „Also gut. Ich versuch's."

„Prima. Also. Ich gehe jetzt nach Hause und melde mich bei einer Online-Partnervermittlung an, und du tust dasselbe."

„Ja, General Jackson. Was immer Sie sagen, Sir." Ich salutierte, er ebenfalls, dann küsste er mich auf die Wange und machte sich auf den Weg nach Hause.

Während ich meinem Freund hinterherschaute, verspürte ich einen Stich bei der Vorstellung, Julian nur noch als Hälfte eines glücklichen Paares zu sehen. Dann würde er nicht mehr ein oder zwei Mal die Woche vorbeikommen, mich nicht mehr bitten, bei seinen Altentanzkursen im Seniorenheim auszuhelfen, nicht mehr samstagmorgens mit mir shoppen gehen. An meiner Stelle würde irgendein umwerfender Mann an seiner Seite sein.

Also, das wäre wirklich furchtbar. „Nicht, dass wir irgendwie egoistisch wären oder so etwas", murmelte ich vor mich hin. Angus kaute zur Antwort auf dem Saum meiner Jeans herum. Wir spazierten auf dem schmalen Pfad am Fluss nach Hause. Angus zog an der Leine und verhedderte sich in meinen Einkaufstüten. Am liebsten hätte er wohl ein bisschen im Fluss geplanscht, aber der war so hoch und reißend und laut, dass er sofort weggeschwemmt worden wäre. Am Rotahorn prangten rote Knospen, doch nur wenige Büsche zeigten bisher schwaches Grün. Die Erde war feucht, die Vögel zwitscherten und hüpften auf ihrer alljährlichen Suche nach einem Partner auf den Zweigen herum.

Der letzte Mann, den ich geliebt hatte, war Andrew gewesen, doch sosehr ich es auch versuchte, konnte ich mich nicht mehr daran erinnern, wie es gewesen war, als wir uns am Anfang verliebt hatten. All meine Erinnerungen an ihn waren getrübt, und trotzdem wäre es sicher schön, wieder zu jemandem zu gehören ... diesmal zum Richtigen ... der für mich geschaffen war ...

Julian hatte recht. Es wurde Zeit, neu anzufangen. Sicher, ich hatte versucht, für Kittys Hochzeit eine Begleitung zu finden. Aber eine Beziehung war etwas anderes. Ich wollte jemanden kennenlernen. Ich *musste* jemanden kennenlernen, einen Mann, den ich wirklich lieben könnte. Da draußen musste es doch einen Mann geben, der mich als das wunderbarste Geschöpf auf Gottes Erdboden betrachtete, das sein Herz zum Glühen brachte, seine Haut zum Kribbeln, seine Augen zum Strahlen und all diesen romantischen Schnickschnack. Jemanden, der mir helfen würde, den letzten Nagel in Andrews Sarg zu treiben.

Es wurde wirklich höchste Zeit.

Als ich nach Hause kam, blinkte das Lämpchen meines Anrufbeantworters. „Sie haben fünf Nachrichten", verkündete die mechanische Stimme. Wow. Das war ungewöhnlich. Je eine Nachricht war von Nat und Margaret – Nat wollte sich ganz dringend mit mir treffen und mehr über Wyatt erfahren; Margaret dagegen klang deutlich sarkastischer. Anruf Nummer drei kam von Mom, die mich an ihre bevorstehende Ausstellung erinnerte und vorschlug, ich solle doch meinen netten Doktor mitbringen. Nummer vier war von Dad mit Anweisungen für die Schlacht der nächsten Woche, ebenfalls mit dem Vorschlag, Wyatt doch mitzubringen, da *Brother Against Brother* einen Mangel an Yankees beklage.

Wie es aussah, hatte meine Familie das Märchen von Wyatt geschluckt.

Die letzte Nachricht stammte von Officer Butch Martinelli vom Peterston Police Department, der mich um Rückruf bat. Oh, verdammt! Das hatte ich ja fast vergessen. Mein Schlägereinsatz. Kleine Schweißperlen traten mir auf die Stirn. Ich wählte sofort seine Nummer und fragte nach dem netten Polizisten.

„Hallo Ms Emerson. Also … Ich habe einige Informationen über den Mann, den Sie letzte Nacht angegriffen haben."

Angegriffen? Ich hatte jemanden angegriffen? Letzte Nacht war der Kerl noch ein Einbrecher gewesen – und jetzt war er ein Opfer? „Ja, bitte", erwiderte ich gepresst. „Ich habe ihn aber nicht wirklich angegriffen – es war eher ein … unangebrachter Akt der Selbstverteidigung." *Denn er hatte Hallo gesagt, und das geht ja nun gar nicht, oder?*

„Er konnte sich ausweisen, und seine Geschichte stimmt", fuhr der Polizist fort, ohne weiter auf mich einzugehen. „Anscheinend hat er das Haus aus der Ferne gekauft, und der Schlüssel sollte für ihn hinterlegt sein, doch das war er nicht. Er hat ihn gesucht – deshalb ist er gestern um das Haus herumgegangen." Er hielt einen Moment inne, dann fuhr er fort: „Wir haben ihn über Nacht hierbehalten, da wir erst heute Morgen eine Bestätigung für seine Aussagen erhielten. Vor etwa einer Stunde haben wir ihn entlassen."

Ich schloss die Augen. „Geht es ihm gut?"

„Nun, es ist nichts gebrochen, aber er hat ein mächtiges Veilchen."

„Du meine Güte!" Was für eine tolle Art, sich mit dem Nachbarn anzufreunden! Plötzlich fiel mir noch etwas ein. „Officer Butch?"

„Ja?"

„Wenn er sich ausweisen konnte und alles … Warum haben Sie ihn dann festgehalten? Über Nacht? Das war doch eigentlich nicht nötig, oder?"

Officer Butch schwieg.

„Ich schätze, ohne triftigen Grund kann man heutzutage trotzdem eine Menge machen", plapperte ich munter weiter. „Der Patriot Act, das Ende der bürgerlichen Rechte … Ich meine …"

„Wir nehmen Notrufe sehr ernst, Ma'am. Es hatte den Anschein, als wären Sie mit dem Mann in körperlichen Disput geraten. Wir hatten den Eindruck, dass wir das überprüfen sollten." Sein Ton klang missbilligend. „Ma'am."

53

„Richtig. Natürlich, Officer. Tut mir leid. Danke für den Anruf."

Durch das Esszimmerfenster spähte ich zum Nachbarhaus. Kein Lebenszeichen. Das war gut, denn obwohl ich mich auf jeden Fall entschuldigen musste, wurde ich bei der Vorstellung, meinen Nachbarn aufzusuchen, doch leicht nervös. Ich hatte ihn geschlagen. Meinetwegen hatte er die Nacht im Gefängnis verbracht. Nicht gerade eine Bestleistung von mir.

Also gut, ich musste mich entschuldigen. Ich würde dem armen Mann ein paar Brownies backen. Und nicht einfach irgendwelche Brownies, sondern meine abartig schokoladigen Schoko-Brownies, ein Heilmittel für jede Art der Verwundung an Leib und/oder Seele.

Ich beschloss, noch niemanden aus der Familie zurückzurufen. Sie würden denken, ich verbrächte die Zeit mit Wyatt, so wie ich die Zeit mit Julian verbracht hatte. Doch anstatt getrennter Wege zu gehen, wären Wyatt und ich noch ins Kino gegangen. Genau. Wir hatten einen Film gesehen, wären dann nach Hause zurückgekehrt und jetzt ... im Bett. Danach würden wir noch etwas essen gehen. Was alles in allem eine wunderbare Art war, den Samstagnachmittag zu verbringen, wie ich fand.

„Komm mit, Angus, mein Junge", forderte ich meinen Hund auf. Er folgte mir in die Küche, ließ sich zu Boden fallen, rollte sich auf den Rücken und beobachtete von dort aus, wie ich die Zutaten für die Brownies zusammensuchte. Schokolade von Ghirardelli – nur das Beste für den Mann, den ich ins Gefängnis gebracht hatte –, ein Pfund Butter, sechs Eier. Ich schmolz, rührte, mischte und stellte die Küchenuhr. Verbrachte dreißig Minuten am Computer, um meine E-Mails zu lesen und Eltern zu antworten, die gegen die Noten ihrer Kinder protestierten und wissen wollten, was ihre kleinen Wunderkinder tun müssten, um bei mir eine Eins zu bekommen. „Besser lernen?", schlug ich meinem Rechner vor. „Mehr nachdenken?" Stattdessen tippte ich politisch korrekte Antworten und schickte sie ab.

Als die Brownies fertig waren, nahm ich sie aus dem Ofen.

Nach einem Blick zum Nachbarhaus entschied ich, dass ich noch ein wenig warten könnte. Schließlich musste ich noch Arbeiten korrigieren. Und das Badezimmer putzen. Außerdem mussten die Brownies erst abkühlen. Kein Grund, sich in überhasteter Eile der Realität zu stellen.

Irgendwann gegen acht wachte ich auf dem Sofa wieder auf, Suresh Onabis Aufsatz über die Unabhängigkeitserklärung auf dem Bauch. Auf meinem Oberkörper lag der schlafende Angus, eine halbe, zerkaute Seite des Aufsatzes im Maul. „Runter mit dir", schalt ich, schob ihn auf den Boden und betrachtete das feuchte Papier. Mist. Mein Grundsatz lautete: Wenn mein Hund die Hausaufgabe fraß, musste ich davon ausgehen, dass der Schüler oder die Schülerin sie perfekt gemacht hatte.

Ich stand auf und warf einen prüfenden Blick aus dem Esszimmerfenster. Im Nachbarhaus brannte kein Licht. Ich merkte, dass mein Herz schneller klopfte und meine Handflächen feucht wurden. Letzte Nacht war nur ein unglückliches Missverständnis passiert, erinnerte ich mich. Bestimmt würden wir trotzdem wunderbar miteinander auskommen. Ich drapierte die Brownies auf einem hübschen Teller, wählte in der Küche eine Flasche Wein aus, schloss Angus im Keller ein, damit er mir nicht nachrannte und den Typen auch noch biss, und machte mich mit meinem Friedensangebot auf den Weg nach nebenan. Brownies und Wein. Das Frühstück für Sieger. Welcher Mann konnte da widerstehen?

Der Weg zu Nummer 36 war irgendwie … Furcht einflößend. Der bröckelnde Zementpfad, das verfallene Haus, das hohe Gras, in dem Schlangen oder sonst was lauern konnten, die Stille, die wie ein feindseliges, hungriges Tier über dem Grundstück lag. *Entspann dich, Grace. Du hast nichts zu befürchten. Du bist nur die nette Nachbarin, die sich für den Schlag an den Kopf entschuldigen will.*

Die vordere Veranda des Hauses war schief, die Treppe aus weichem, verfaultem Holz. Mein Gewicht konnte sie dennoch halten, während ich leise und vorsichtig hinaufstieg. Da ich keine Hand freihatte, klopfte ich mit dem Ellbogen an die Tür und wartete. Mein Herz pochte laut in meinen Ohren. Ich erinnerte mich an das kleine … Kribbeln … das ich gespürt hatte, als ich den Nicht-Einbrecher in Handschellen auf meiner Treppe sitzen gesehen hatte … Seine jungenhafte Haartolle, die breiten Schultern. Und in der Sekunde, bevor ich ihn geschlagen hatte … Er hatte ein nettes Gesicht gehabt. *Hallo* hatte er gesagt. *Hallo.*

Auf mein Klopfen reagierte niemand. Ich stellte mir vor, wie es ablaufen könnte: Der Nachbar würde die Tür öffnen, durch die leise Musik drang – vielleicht lateinamerikanische Gitarrenmusik? Sein Gesicht, das unter einem Auge nur leicht und kaum merklich gerötet wäre, würde sich bei meinem Anblick aufhellen. „Oh, hallo meine Nachbarin!", würde er sagen und lächeln. Ich würde mich entschuldigen, und er würde lachend abwinken. Der Duft von gebratenem Huhn in Knoblauch würde zu uns herüberwehen. „Möchten Sie vielleicht reinkommen?" Ich würde einwilligen und mich nochmals für mein unglückliches Missgeschick entschuldigen. Er würde erneut abwinken: „Das hätte jedem passieren können." Wir würden uns unterhalten und auf Anhieb gut verstehen. Er würde erzählen, dass er Hunde liebte, sogar hyperaktive, verhaltensauffällige Terrier. Dann würde er seiner netten, hübschen Nachbarin ein Glas Wein einschenken …

Sehen Sie? In meiner Vorstellung waren dieser Typ und ich bereits auf dem besten Weg, gute Freunde zu werden, vielleicht sogar mehr. Leider schien er im Moment nicht da zu sein, also war er sich dieser erfreulichen Tatsache noch nicht bewusst.

Ich klopfte erneut, wenn auch leise, da ich, offen gesagt, ein bisschen erleichtert war, dass ich ihm nicht wirklich gegenübertreten musste, schöne Fantasien hin oder her. Dann stellte ich meine Geschenke vor der Haustür ab und stieg die verrotteten Stufen vorsichtig wieder hinunter.

Nun, da ich wusste, dass er nicht zu Hause war, sah ich mich eingehender um. Das Licht der Straßenlaterne tauchte den Vorgarten in unheimliches, leicht orangefarbenes Licht. Ich war noch nie hier gewesen, hatte mir aber hin und wieder Gedanken über das Haus gemacht. Es war arg vernachlässigt – Dachziegel fehlten, und vor ein Fenster im Obergeschoss war eine Plastikplane gespannt. Das Gitterwerk unter der Veranda sah aus wie ein Gebiss mit unzähligen Zahnlücken.

Es war ein schöner lauer Abend. Die Luft roch feucht nach aufziehendem Regen, vermischt mit dem kupferartigen Geruch des Flusses, und in der Ferne ertönte das melodische Quaken von Fröschen. Dieses Haus könnte richtig schön werden, dachte ich, wenn jemand es restaurierte. Vielleicht war mein Nachbar aus genau diesem Grund hier. Vielleicht würde er ein wahres Prachtstück daraus machen.

Der bröckelnde Zementpfad, der von der Straße zum Haus führte, verlief an der Seite entlang weiter nach hinten. Von dem Typen keine Spur. Allerdings lag da eine Harke quer über dem Gehweg. Jemand könnte darüber stolpern, dachte ich. Stolpern, fallen, den Kopf an der Vogeltränke aus Beton anschlagen, blutend im Gras liegen … Hatte er nicht schon genug erlitten?

Ich ging hin und hob die Harke auf. Sehen Sie? Ich war jetzt schon eine gute Nachbarin.

„Ist das von Ihnen?"

Die Stimme erschreckte mich so sehr, dass ich herumfuhr. Unglücklicherweise hielt ich noch immer die Harke in der Hand. Noch unglücklicher war, dass ich dem Mann dabei mit dem Holzgriff über die Wange schrammte. Erschrocken taumelte er zurück. Die Weinflasche, die ich gerade vor seiner Tür abgestellt hatte, fiel ihm aus der Hand und zersprang auf dem Weg krachend in tausend Stücke. Sofort waren wir von einer Wolke aus Merlot umhüllt, die die Frühlingsdüfte ausblendete.

„Ups", sagte ich mit seltsam krächzender Stimme.

„Verdammt noch mal", fluchte mein neuer Nachbar und rieb sich die Wange, „was haben Sie bloß für ein Problem?"

Als ich sein Gesicht sah, zuckte ich zusammen. Sein Auge war noch immer zugeschwollen, und selbst im schwachen Licht war die dunkle Verfärbung zu erkennen. Ganz schön beeindruckend.

„Hallo", sagte ich.

„Hallo", bellte er.

„Äh, also ... Herzlich willkommen in der Nachbarschaft", krächzte ich. „Ist alles ... äh ... in Ordnung?"

„Nein, ist es nicht."

„Brauchen Sie Eis?" Ich trat einen Schritt vor.

„Nein!" Er wich einen Schritt zurück.

„Hören Sie", begann ich erneut, „es tut mir wahnsinnig leid. Ich bin nur hergekommen, um ... na ja, um mich zu entschuldigen." Ich erkannte die Ironie in der Tatsache, dass ich ihn bei meiner Entschuldigungsmission wiederum verletzt hatte, und lachte nervös auf. Es klang wie bei Angus, wenn er Gras hochwürgte.

Der Mann sagte nichts weiter, sondern funkelte mich nur böse an, und ich ertappte mich dabei, dass ich seinen Schläger-Look ziemlich ... heiß fand. Er trug Jeans und ein helles T-Shirt, und ja, er hatte wirklich muskulöse Arme. Mit starken, kräftigen Muskeln, nicht so übermäßig definiert wie bei Leuten, die zu viele Stunden in verspiegelten Fitnessräumen verbrachten. Nein, dies waren Handwerker-Arme. Stahlarbeiter-Arme. Mann-der-Autos-reparieren-konnte-Arme. Plötzlich hatte ich das Bild von Russell Crowe in *L. A. Confidential* vor Augen. Wissen Sie noch, wie er am Ende des Films hinten im Auto sitzt, den Kiefer verdrahtet, sodass er nicht reden kann? Ich fand das unglaublich erregend.

Ich schluckte. „Hallo, ich bin Grace", sagte ich als Versuch eines Neuanfangs. „Ich möchte mich wegen ... letzter Nacht entschuldigen. Es tut mir furchtbar leid. Und natürlich tut es mir auch leid, dass ich jetzt ... schon wieder ... Bitte entschuldigen Sie." Ich sah auf seine Füße, die nackt waren. „Ich glaube, Sie bluten. Vielleicht sind Sie in eine Scherbe getreten."

Er sah nach unten, dann zu mir. Nennen Sie mich paranoid, aber er wirkte irgendwie angewidert.

Mehr brauchte es nicht. Er war verletzt, blutete, roch nach Wein und – als absolutes Schmankerl – verabscheute mich. Ich fand den Typen ungemein anziehend. Mein Gesicht fühlte sich heiß an, und ich war froh, dass es dunkel war.

„Hören Sie", sagte ich bedächtig. „Es tut mir aufrichtig leid. Es sah einfach so aus, als wollten Sie einbrechen … das ist alles."

„Vielleicht sollten Sie das nächste Mal lieber nüchtern sein, wenn Sie die Polizei rufen", gab er zurück.

Mir fiel die Kinnlade herunter. „Das war ich! Ich war nüchtern." Ich zögerte. „So ziemlich."

„Ihr Haar stand nach allen Seiten ab, Sie rochen nach Gin, und Sie haben mir mit einem Spazierstock eins übergebraten. Klingt das nüchtern für Sie?"

Schweißperlen liefen mir den Rücken hinunter. „Tatsächlich war es ein Feldhockeyschläger, und meine Haare sind immer so. Wie Sie vielleicht sehen können."

Er verdrehte die Augen – na gut, das eine Auge, das nicht zugeschwollen war … Offenbar tat das weh, denn er zuckte zusammen.

„Es war nur … Sie wirkten verdächtig, das ist alles. Ich war nicht betrunken. Vielleicht ein bisschen angeheitert, okay. Ein winziges bisschen." Ich schluckte. „Aber es war nach Mitternacht, und Sie hatten ja ganz offensichtlich keinen Schlüssel, oder? Also … Sie wissen schon. Es sah verdächtig aus. Das war alles. Es tut mir leid, dass Sie die Nacht im Gefängnis verbringen mussten. Sehr, sehr leid."

„Schön", brummte er.

Tja, das lief nicht unbedingt so gut wie in meiner Weintrink-Gitarrenmusik-Fantasie, aber es war ein Anfang. „Also", sagte ich, zu einem freundschaftlichen Abschied entschlossen, „ich habe leider Ihren Namen nicht mitbekommen."

„Den habe ich nicht genannt." Er verschränkte die Arme und starrte mich eisig an.

Na prima. „Okay. Es war nett, Sie kennenzulernen, wie auch immer Sie heißen. Ich wünsche Ihnen noch einen schönen Abend." Er schwieg weiter. Mit äußerster Vorsicht legte ich die Harke beiseite, zwang mich zu lächeln und ging an den Glassplittern vorbei … an *ihm* vorbei. Jede Bewegung war mir fast schmerzhaft bewusst. Der Weg zu meinem Haus, obwohl nur wenige Meter lang, kam mir unendlich weit vor. Ich hätte ihn

59

durch den Vorgarten abkürzen können, aber da wuchs das hohe, Schlangen beherbergende Gras.

Mein Nachbar sagte noch immer nichts, und aus dem Augenwinkel sah ich, dass er sich auch nicht bewegte. Na schön. Er war unfreundlich. Zum Nachbarschaftspicknick im Juni würde ich ihn nicht einladen. Bitte sehr.

Eine Sekunde lang stellte ich mir vor, wie ich Andrew die Geschichte erzählte. Andrew, der mich mit seinem scharfen Sinn für Humor immer zum Lachen gebracht hatte, würde sich beim Anhören dieser verkorksten Entschuldigung den Bauch halten. Aber nein. Mein Exfreund würde meine Geschichten nicht mehr zu hören bekommen. Um das Bild von Andrew zu verscheuchen, beschwor ich Wyatt Dunn herauf. Den liebenswerten, dunkelhaarigen Wyatt, der einen wunderbaren Sinn für Humor hatte und ein großes Herz … als Kinderchirurg und so.

Und wie in den Tagen meiner bitteren Jugend linderte der erfundene Freund den Schmerz über meinen grimmigen Nachbarn, den ich gerade zum zweiten Mal verunstaltet hatte.

4. KAPITEL

Andrew und ich hatten uns in Gettysburg kennengelernt – also, beim Nachstellen der Schlacht von Gettysburg, Pennsylvania, die allerdings hier in unserem schönen Connecticut stattfand. Er sollte einen namenlosen Soldaten der Konföderation spielen, „Möge Gott diesen Krieg nordstaatlicher Aggression verdammen!" rufen und nach dem ersten Bombardement der Kanonen tot umfallen. Ich war General Buford, stiller Held des ersten Tages in Gettysburg, und mein Vater war Generalmajor Meade. Es war die größte Nachstellung einer Schlacht unter Beteiligung dreier Staaten, und wir waren Hunderte (seien Sie nicht so überrascht, diese historischen Nachstellungen sind wirklich sehr beliebt). In jenem Jahr war ich Sekretärin unseres Vereins *Brother Against Brother*, und vor der Schlacht lief ich mit einem Klemmbrett herum und kontrollierte, ob alle bereit waren. Anscheinend hatte ich das ganz hinreißend gemacht … zumindest sagte mir das später ein gewisser Andrew Chase Carson.

Acht Stunden, nachdem wir angefangen hatten, lag eine ausreichende Menge Toter auf dem Schlachtfeld, und Dad erlaubte ihnen die Wiederauferstehung. Einer der Konföderierten kam auf mich zu. Als ich ihn darauf hinwies, dass die Soldaten des Bürgerkriegs wohl keine Nikes getragen hätten, lachte er, stellte sich vor und lud mich zum Kaffee ein. Zwei Wochen später war ich verliebt.

Es war in jeder Hinsicht die Beziehung, die ich mir immer erträumt hatte. Andrew war ein eher stiller Typ mit einem feinen Sinn für Ironie, er war attraktiv, aber nicht auffallend gut aussehend, mit einem ansteckenden Lachen und allgemein positiver Grundhaltung. Er war eher dünn, hatte einen verlockend empfindlichen Hals, und ich liebte es, ihn zu umarmen und seine Rippen zu spüren, was meinen Beschützerinstinkt auslöste. Wie ich war auch er ein Geschichtsfan – er war Immobilienanwalt einer großen Firma in New Haven, aber er hatte an der NYU in New York Geschichte studiert.

Wir mochten dasselbe Essen und dieselben Filme, und wir lasen die gleichen Bücher.

Wie der Sex war, wollen Sie wissen? Er war gut. Regelmäßig, forsch, handfest, sehr angenehm. Andrew und ich fanden einander attraktiv, hatten gemeinsame Interessen und führten wunderbare Gespräche. Wir lachten. Wir lauschten den Geschichten des jeweils anderen über Arbeit und Familie. Wir waren sehr, sehr glücklich. Dachte ich zumindest.

Wenn es bei Andrew irgendeine Form des Schwankens gegeben hatte, so bemerkte ich es erst im Nachhinein. Wenn gewisse Dinge mit einem Hauch der Unsicherheit gesagt wurden, so fiel es mir nicht auf. Nicht zu dem Zeitpunkt.

Während meiner Zeit mit Andrew war Natalie in Stanford, nachdem sie im Jahr zuvor ihren Abschluss an der Georgetown University gemacht hatte. Seit sie damals im Krankenhaus mit dem Tod gerungen hatte, war sie mir noch mehr ans Herz gewachsen, und ihre akademischen Erfolge begeisterten die ganze Familie. Ich dagegen war kein Überflieger, sondern, was Wissen betraf, eher ein Allround-Talent – von Geschichte einmal abgesehen. Ich war gut in Trivial Pursuit und konnte mich auf Cocktailpartys behaupten, solche Sachen. Im Gegensatz dazu war Margaret blitzgescheit und so intelligent, dass es fast schon unheimlich war. An der Harvard Law School hatte sie als Zweitbeste abgeschnitten und leitete nun die Abteilung für Strafverteidigung in der Kanzlei, in der mein Vater Partner war, was ihn mit größtem Stolz erfüllte.

Nat war eine gute Mischung. Brillant, aber bescheiden, wählte sie Architektur als perfekte Symbiose aus Kunst, Ästhetik und Wissenschaft. Ich rief sie jede Woche mehrmals an, schrieb täglich E-Mails und besuchte sie, wenn sie den Sommer über in Kalifornien bleiben wollte. Wie gern sie mich von Andrew erzählen hörte! Wie glücklich sie war, dass ihre große Schwester den Richtigen gefunden hatte!

„Wie fühlt es sich an?", wollte sie eines Abends am Telefon wissen.

„Wie fühlt sich was an?", fragte ich zurück.

„Mit der Liebe deines Lebens zusammen zu sein, du Dummerchen." An ihrer Stimme konnte ich erkennen, dass sie lächelte, und schmunzelte ebenfalls.

„Ach, es ist toll! So ... perfekt. Und auch so ... einfach, weißt du? Wir streiten nie, nicht wie Mom und Dad." Dass es anders lief als bei meinen Eltern, war für mich ein sicheres Zeichen, dass Andrew und ich auf dem richtigen Weg waren.

Nat lachte. „Einfach, hm? Aber auch leidenschaftlich, oder? Schlägt dein Herz schneller, wenn er ins Zimmer kommt? Wirst du rot, wenn du seine Stimme am Telefon hörst? Kribbelt deine Haut, wenn er dich berührt?"

Ich zögerte. „Sicher." Spürte ich diese Dinge? Bestimmt tat ich das. Natürlich. Zumindest *hatte* ich es getan, bevor diese aufregenden, neuen Gefühle zu etwas ... nun ja, Behaglicherem gereift waren.

Nach sieben Monaten zog ich in Andrews Wohnung in West Hartford ein. Drei Wochen später saßen wir vor dem Fernseher und sahen die Gefängnisserie *Oz* – zugegeben, nicht gerade die romantischste Sendung, aber trotzdem war es schön, weil wir zusammengekuschelt auf der Couch saßen. Andrew drehte sich zu mir und sagte: „Ich denke, wir sollten vielleicht heiraten, oder?"

Er kaufte mir einen wunderschönen Ring. Wir sagten es unseren Familien und wählten den Valentinstag in sechs Monaten als Hochzeitsdatum. Meine Eltern freuten sich sehr – Andrew wirkte verlässlich und solide, vertrauenswürdig. Er war Firmenanwalt mit sicherer Anstellung und guter Bezahlung, was die Sorgen meines Vaters dämpfte, ich könnte mit meinem Lehrergehalt nicht über die Runden kommen. Andrew, ein Einzelkind, wurde von seinen Eltern vergöttert, und obwohl sie nicht ganz so begeistert reagierten wie meine Eltern, schienen sie doch zufrieden. Margaret und er konnten über Anwaltsdinge reden, und auch Stuart kam mit ihm zurecht. Selbst Mémé mochte ihn – so sehr wie sie Menschen überhaupt mögen konnte.

Nur Natalie hatte ihn noch nicht kennengelernt, da sie ja weit entfernt an der Stanford saß. Als ich ihr von der Verlobung erzählte, gratulierte sie Andrew übers Telefon, aber das war's dann auch schon.

Endlich kam sie nach Hause. Es war Thanksgiving. Als Andrew und ich im Haus meiner Eltern ankamen, begrüßte Mom uns in ihrer üblichen Hektik und beschwerte sich, dass sie so früh habe aufstehen müssen, um den „verdammten Vogel" in den Ofen zu schieben. Sie schilderte, wie sie beim Füllen hatte würgen müssen und wie nutzlos mein Vater war. Dad sah ein Football-Spiel und ignorierte Mom, Stuart spielte im Wohnzimmer Klavier, Margaret las ein Buch.

Und dann kam Natalie mit ausgestreckten Armen die Treppe heruntergelaufen und drückte mich an sich. „Gissy!", rief sie.

„Hey, Natty Bumppo!", rief ich und drückte sie gleichermaßen.

„Nicht küssen, ich bin erkältet", warnte sie und lehnte sich zurück. Ihre Nase war rot, ihre Haut ein wenig trocken, sie trug eine Jogginghose und eine alte Strickjacke unseres Vaters, war ungeschminkt und hatte ihr Haar schlicht zum Pferdeschwanz gebunden – trotzdem war sie hübscher als Aschenputtel auf dem Ball.

Andrew sah sie an und ließ den Kuchenteller fallen, den er in der Hand hielt.

Natürlich war der Teller rutschig gewesen. Aus diesem feuerfesten Küchenglas, Sie wissen schon. Und Nat wurde rot, weil sie ... na ja, weil sie erkältet war, und da bekam man eben hin und wieder ein rotes Gesicht, oder? Natürlich, das war der Grund. Später musste ich mir natürlich eingestehen, dass der Teller kein bisschen rutschig gewesen war. Ich erkannte ein *Kabumm*! wenn ich es sah.

Am Esstisch saßen Natalie und Andrew einander gegenüber. Als Stuart das Scrabble-Spiel hervorholte und fragte, wer mitspielen wolle, sagte Andrew augenblicklich zu, doch Natalie lehnte ab. Am nächsten Tag gingen wir alle zusammen zum Bowling, und sie sprachen kein Wort miteinander. Später gingen wir ins Kino, und sie setzten sich so weit auseinander, wie es nur ging. Sie vermieden es, einen Raum zu betreten, wenn der andere sich darin aufhielt.

„Und, wie findest du ihn?", fragte ich Natalie. Ich tat, als wäre alles normal.

„Er ist toll", antwortete sie und wurde puterrot. „Sehr nett."

Das reichte mir. Mehr musste ich nicht hören. Warum sollten wir auch über Andrew reden? Ich fragte sie über die Uni aus, gratulierte ihr zum Praktikumsplatz bei Cesar Pelli und bewunderte erneut ihre Perfektion, ihre Intelligenz, ihr gutes Herz. Schließlich war ich schon immer ihr größter Fan gewesen.

Zu Weihnachten sahen Andrew und Natalie sich wieder. Sie mieden den Mistelzweig, als wäre er ein glühender Uranstab, und ich gab vor, nichts zu merken. Zwischen ihnen konnte ja nichts sein, denn er war mein Verlobter und sie war meine kleine Schwester. Als Dad verschlug, sie solle doch einmal mit Andrew unseren alten Schlitten ausprobieren, und beide keinen Weg fanden, sich zu drücken, lachte ich laut auf, als sie umfielen und ineinander verschlungen durch den Schnee rollten. Nein, nein, da war nichts.

Von wegen.

Ich wollte und konnte nichts sagen. Jedes Mal, wenn sich in mir diese kleine Stimme regte, für gewöhnlich um drei Uhr früh, sagte ich ihr, sie liege falsch. Andrew war doch hier bei mir. Er liebte mich. Ich streckte die Hand aus, berührte seinen knochigen Ellbogen und seinen zarten Hals. Was wir hatten, war echt. Und wenn Nat ein bisschen für ihn schwärmte … wer konnte ihr das schon verübeln?

In zehn Wochen sollte meine Hochzeit stattfinden, dann in acht, dann in fünf. Einladungen wurden verschickt. Menüs zusammengestellt. Kleidung geändert.

Dann, zwanzig Tage vor der Hochzeit, kam Andrew von der Arbeit nach Hause. Ich hatte einen Stapel Arbeiten neben mir auf dem Küchentisch liegen, und er hatte netterweise Essen vom Inder mitgebracht. Er füllte es sogar auf Teller um und goss die würzige Soße direkt über den Reis, so wie ich es gern mochte. Und dann kamen die schrecklichen Worte.

„Grace … wir müssen da über etwas reden", sagte er und starrte auf das Kulcha-Brot mit Zwiebelfüllung. Seine Stimme zitterte. „Du weißt, dass ich dich wirklich sehr gern mag."

Ich erstarrte und wagte nicht, den Blick von den Prüfungsarbeiten zu heben. Der Moment, über den ich bislang so erfolgreich vermieden hatte nachzudenken, war da. In dem Bewusstsein, dass mit Andrew von nun an alles anders sein würde, wagte ich kaum zu atmen. Mein Herz schlug schnell und dröhnend.

Er mochte mich. Ich weiß ja nicht, wie das bei Ihnen ist, aber wenn ein Typ „Ich mag dich wirklich sehr gern" sagt, weiß ich, dass es gleich ganz dick kommt. „Grace", flüsterte er, und ich schaffte es nun doch, ihn anzusehen. Während unser unberührtes Knoblauch-Naan abkühlte, stammelte er, er wisse nicht ganz, wie er das sagen solle, aber er könne mich nicht heiraten.

„Ich verstehe", sagte ich wie durch einen Nebel. „Ich verstehe."

„Es tut mir ja so leid, Grace", hauchte er fast tonlos, und man musste ihm zugutehalten, dass er Tränen in den Augen hatte.

„Ist es Natalie?", fragte ich leise. Meine Stimme klang ganz fremd.

Er sah zu Boden, das Gesicht feuerrot, und fuhr sich mit zitternder Hand durchs Haar. „Natürlich nicht", log er.

Und das war's.

Wir hatten gerade das Haus an der Maple Street gekauft, auch wenn wir dort noch nicht wohnten. Als Teil der Abfindung, oder wie immer Sie es nennen wollen – Blutgeld, Reue, Wiedergutmachung seelischer Grausamkeit – überließ er mir seinen Anteil der Anzahlung. Dad überarbeitete die Finanzierung, gewährte mir Zugriff auf einige gemeinsame Fonds, die mein Großvater mir vererbt hatte, und senkte damit die monatliche Hypothek, sodass ich sie allein bestreiten konnte. Dann zog ich ein. Allein.

Als Natalie davon erfuhr, war sie am Boden zerstört. Natürlich verriet ich ihr nicht den wahren Grund für unseren Bruch. Wortlos lauschte sie meinen Lügen … *Es passte einfach nicht … war noch nicht bereit … dachte, wir sollten lieber ganz sicher sein.*

Danach stellte sie nur eine einzige leise Frage. „Hat er sonst noch etwas gesagt?"

Sie muss gewusst haben, dass die Trennung nicht von mir ausgegangen war. Sie kannte mich besser als jeder andere. „Nein", antwortete ich knapp. „Es sollte wohl einfach nicht sein. Wie auch immer."

Natalie hatte nichts damit zu tun, versicherte ich mir selbst. Es war einfach so, dass ich den Richtigen doch noch nicht gefunden hatte, egal, wie trügerisch perfekt Andrew auch ausgesehen, sich angefühlt, gewirkt hatte. Nein, dachte ich, als ich im frisch gestrichenen Wohnzimmer meines neu gekauften Hauses saß, Brownies in mich hineinstopfte und Ken Burns' Dokumentarfilm über den Bürgerkrieg ansah, bis ich ihn auswendig mitsprechen konnte. Andrew war einfach nicht der Richtige gewesen. Na schön. Ich würde den Richtigen finden, wo auch immer er sein mochte, und hey! Dann würde die Welt sehen, was wahre Liebe war, verdammt!

Natalie machte ihren Abschluss und zog an die Ostküste zurück. Sie fand eine hübsche kleine Wohnung in New Haven und fing an zu arbeiten. Wir sahen uns oft, und ich freute mich jedes Mal. Es war nicht so, dass sie „die andere" war ... sie war meine Schwester. Der Mensch, den ich auf dieser Welt am meisten liebte. Mein Geburtstagsgeschenk.

5. KAPITEL

Am Sonntag hatte ich das zweifelhafte Vergnügen, der Ausstellungseröffnung meiner Mutter im *Chimera's* beizuwohnen, einer peinigend progressiven Kunstgalerie in West Hartford.

„Wie findest du es, Grace? Die Ausstellung hat schon vor einer halben Stunde begonnen. Hast du den jungen Mann mitgebracht?", fragte meine Mutter ruhelos, während ich versuchte, die Ausstellungsstücke zu ignorieren. Im hinteren Teil der Galerie schlich, merklich leidend, mein Vater umher und hielt sich an einem Glas Wein fest.

„Sehr ... äh ... sehr detailliert", antwortete ich. „Wirklich schön, Mom."

„Danke, mein Schatz!", rief sie. „Oh, da guckt jemand auf das Preisschild von *Essenz Nummer zwei*. Bin gleich zurück."

Als Natalie aufs College ging, beschloss meine Mutter, es sei an der Zeit, ihre künstlerische Ader auszuleben. Aus einem für uns unerfindlichen Grund entschied sie sich für Glasbläserei. Glasbläserei und die weibliche Anatomie.

Unser Familiensitz, einst künstlerisches Heim für lediglich zwei Vogeldrucke von Audubon, ein paar Ölgemälde zum Thema „Meer" sowie eine Sammlung Porzellankatzen, beherbergte nun haufenweise alle erdenklichen weiblichen Körperteile aus Glas. Vulven, Uteri, Eierstöcke, Brüste und mehr lagen auf Simsen, Regalen, Beistelltischchen und Toilettenschränken. Sehr bunt, sehr schwer und sehr anatomisch korrekt, boten die Skulpturen meiner Mutter jede Menge Gesprächsstoff im Garten-Club und waren Auslöser für ein weiteres Magengeschwür unseres Vaters.

Doch über Erfolg ließ sich nun mal nicht streiten, und zum großen Erstaunen der übrigen Familie brachten Moms Skulpturen ein kleines Vermögen ein. Als Andrew mit mir Schluss machte, lud Mom mich von den Erträgen aus *Die Entfaltung* und *Milch #4* für vier Tage auf eine Wellness-Kreuzfahrt ein. Die Serie *Samen der Fruchtbarkeit* hatte im letzten Frühjahr ein kleines Gewächshaus finanziert und im Oktober einen neuen Toyota Prius.

„Hey", sagte Margaret und gesellte sich zu uns. „Wie geht's?"

„Oh, prima", erwiderte ich. „Und dir?" Ich sah mich in der Galerie um. „Wo ist Stuart?"

Margaret kniff ein Auge zu und zeigte bedrohlich ihre Zähne, sodass sie ein bisschen wie Anne Bonny aussah, die berühmte Piratin. „Stuart ... Stuart ist nicht hier."

„Verstehe. Ist bei euch denn alles in Ordnung? Mir ist aufgefallen, dass ihr auf Kittys Hochzeit kaum miteinander gesprochen habt."

„Wer weiß das schon?", meinte Margaret. „Ich meine: wirklich. Wer zum Teufel weiß schon etwas? Da denkst du, du kennst jemanden ... wie auch immer."

Ich blinzelte verwundert. „Was ist los, Margs?"

Meine Schwester musterte die Besucher, die sich um Moms Werke scharten, und seufzte. „Ich weiß es nicht. Verheiratet zu sein ist nicht immer einfach, Grace. Wie wäre das als Spruch im Glückskeks? Gibt es hier irgendwo Wein? Mit einem leichten Schwips sind Moms Ausstellungen meist besser zu ertragen, wenn du weißt, was ich meine."

„Da drüben." Ich nickte in Richtung des kleinen Getränkebüfetts im hinteren Teil der Galerie.

„Okay. Bin gleich zurück."

Ahahaha. Ahahaha. Ooooh. Ahahaha. Das Gesellschaftslachen meiner Mutter, das man nur auf Kunstausstellungen hörte oder wenn sie versuchte, jemanden zu beeindrucken, schallte durch den Raum. Sie fing meinen Blick auf und zwinkerte mir zu, dann schüttelte sie einem älteren Mann die Hand, der ein Glas in der Hand hielt ... oh nein ... igitt! Es war ein ... eine Skulptur, um es neutral zu sagen. Ein weiterer Verkauf. Gut für Mom.

„Hallo Schätzchen. Bull Run läuft?" Mein Vater legte mir von hinten den Arm um die Schultern.

„Auf jeden Fall, Dad!" Die Schlacht am Bull Run war eine meiner liebsten. „Hast du schon deine Rolle bekommen?"

„Oh ja, ich bin Stonewall Jackson." Dad strahlte.

„Dad, das ist ja super! Herzlichen Glückwunsch! Wo findet sie statt?"

„In Litchfield", antwortete er. „Und wer bist du?"

„Ich bin ein Niemand", klagte ich. „Nur irgendein armer namenloser Konföderierter. Aber ich darf die Kanone abfeuern."

„Das ist mein Mädchen", sagte Dad stolz. „Hey, bringst du deinen neuen Freund mit? Wie hieß er noch gleich? Deine Mutter und ich freuen uns übrigens sehr, dass du wieder jemanden gefunden hast."

Ich räusperte mich. „Äh, danke, Dad. Ich bin nicht sicher, ob Wyatt an dem Wochenende Zeit hat, aber … ich werde fragen."

„Hey Dad!" Margaret verpasste unserem Vater einen Schmatz auf die Wange. „Wie verkaufen sich die Schamlippen?"

„Hört mir bloß mit der sogenannten Kunst eurer Mutter auf! Ich nenne das Pornografie!" Verstohlen sah er in Moms Richtung. *Ahahaha. Ahahaha. Oooh. Ahahaha.* „Verdammt, sie hat schon wieder eins verkauft. Ich muss hingehen und es einwickeln." Dad verdrehte die Augen und marschierte zurück nach hinten.

„Also, Grace", begann Margaret, „dieser neue Typ." Sie blickte einmal von rechts nach links, um sicherzugehen, dass uns niemand belauschte. „Hast du wirklich einen neuen Freund oder ist das schon wieder ein Schwindel?"

Sie war nicht zu Unrecht Strafverteidigerin geworden. „Erwischt", murmelte ich.

„Bist du nicht schon ein bisschen zu alt für so was?", hakte sie nach und trank einen kräftigen Schluck.

Ich schnitt eine Grimasse. „Doch. Aber bei Kittys Hochzeit habe ich Nat auf der Toilette gefunden, ganz zerknirscht vor schlechtem Gewissen." Margaret rollte mit den Augen. „Also dachte ich, ich mache es ihr leichter."

„Na klar. Für die Prinzessin muss ja immer alles leicht gemacht werden", brummte Margaret.

„Und noch was", fuhr ich leise fort. „Ich habe dieses Mitleid satt. Nat und Andrew sollen sich einfach ganz normal verhalten und aufhören, mich wie eine verkrüppelte Katze mit Haarausfall zu behandeln, die ihr Essen nicht bei sich behalten kann."

Margaret lachte. „Erwischt."

„Ich glaube schon, dass ich bereit bin, jemand Neues kennenzulernen", fuhr ich fort. „Im Moment tue ich einfach noch so, als ob, aber du wirst sehen: Schon bald werde ich jemand Richtiges finden."

„Super", meinte Margaret ohne großen Enthusiasmus.

„Also, was ist los mit dir und Stuart?", fragte ich nun, während ich einer älteren Dame Platz machte, die sich an *Lebens-Quell* heranschlich, die Skulptur eines Eierstocks, die für meine Nichtmediziner-Augen aussah wie ein klumpiger grauer Ballon.

Margaret seufzte und leerte ihr Weinglas. „Ich weiß es nicht, Grace. Ich will jetzt wirklich nicht darüber sprechen, okay?"

„Also gut." Ich runzelte die Stirn. „Aber ich sehe ihn natürlich in der Schule."

„Schön. Okay. Dann sag ihm, er kann mich mal."

„Ich … Das werde ich nicht tun, Margaret. Du meine Güte, was ist denn nur los?" Obwohl ihre Beziehung auf dem Grundsatz „Gegensätze ziehen sich an" beruhte, hatten Margaret und Stuart immer glücklich gewirkt. Sie waren bewusst kinderlos geblieben und dank Margarets Erfolgen bei Gericht einigermaßen wohlhabend. Sie wohnten in einem tollen Haus in Avon, unternahmen schicke Reisen nach Tahiti oder Liechtenstein oder dergleichen. Seit sieben Jahren waren sie verheiratet, und auch wenn es Margaret nicht lag, zu schwärmen oder sich zu brüsten, so hatte ich doch immer den Eindruck gehabt, sie wäre zufrieden.

„Oh, da wir gerade von katastrophalen Beziehungen sprechen … Hier kommen Andrew und Natalie. Mist. Dafür brauche ich mehr Wein." Sie floh zu den Getränken, um sich noch einen billigen Pinot Grigio einzuschenken.

Und da waren sie tatsächlich, die beiden Blondschöpfe, wobei Andrews Strohblond um einige Nuancen heller war als Natalies Honigblond. Sie wirkten sehr viel entspannter als auf der Hochzeit, wo sie sich nicht näher als vier Meter aneinander herangetraut hatten, damit ich nur ja nicht in Tränen ausbreche. Ja, sie wirkten geradezu glücklich. Ihre Hände berührten sich, während sie näher kamen, und man sah, dass sie kleine neckende Bewegungen mit den Fingern machten, auch wenn sie nicht richtig Händchen hielten. Zwischen ihnen knisterte es, und das war nicht nur Chemie. Es war … Bewunderung. Die Augen meiner Schwester leuchteten, ihre Wangen waren gerötet, und Andrew lag ein Schmunzeln in den Mundwinkeln. Würg.

„Hallo ihr zwei!", rief ich fröhlich.

„Hallo Grace!" Als Nat mich umarmte, wurde sie noch ein bisschen röter. „Ist er da? Hast du ihn mitgebracht?"

„Mitgebracht? Wen?", fragte ich zurück.

„Wyatt, natürlich." Sie kicherte.

„Ach so. Ja, äh … nein. Nein. Ich finde, wir sollten länger als ein paar Wochen zusammen sein, bevor ich ihn zu einer von Moms Ausstellungen mitnehme. Er ist … im Krankenhaus." Ich zwang ein Lachen hervor. „Hallo Andrew!"

„Grace, wie geht es dir?" Seine grünen Augen strahlten.

„Fantastisch, danke." Ich sah auf meinen noch unberührten Wein.

„Dein Haar sieht toll aus", befand Nat und streckte die Hand aus, um eine Strähne zu berühren, die ausnahmsweise einmal lockig war und nicht aussah wie vom Stromschlag gekraust.

„Danke, ich war heute Morgen beim Friseur", murmelte ich. „Und habe ein neues Bändigungsmittel gekauft." Ich hatte quasi selbst einen Eierstock verkaufen müssen, um mir das Zeug leisten zu können, aber na ja, zusammen mit den neuen Klamotten dachte ich, etwas mehr Haarkontrolle wäre in Ordnung. Es konnte nicht schaden, gut auszusehen, wenn ich mich auf die Suche nach dem Richtigen machte, oder?

„Wo ist Margaret?" Natalie reckte den schwanengleichen Hals. „Margs! Komm her!"

Meine ältere Schwester warf mir einen düsteren Blick zu, während sie gehorchte. Sie und Natalie gerieten hin und wieder aneinander … na gut, es wäre fairer zu sagen, dass Margaret bissige Kommentare abließ, da Natalie viel zu lieb war, um mit irgendjemandem zu streiten. Demzufolge kam ich mit beiden

jeweils besser klar als die zwei untereinander – meine Beloh-
nung für das sonst undankbare Dasein als vernachlässigtes Mittelkind.

„Gerade habe ich für dreitausend Dollar einen Uterus verkauft!", rief Mom und gesellte sich zu unserer kleinen Gruppe.

„Der schlechte Geschmack des amerikanischen Volkes ist tatsächlich grenzenlos", kommentierte Dad, der mürrisch hinter
ihr hertrottete.

„Ach, halt die Klappe, Jim. Besser noch: Finde dein eigenes
Glück und lass mir meines!"

Dad verdrehte die Augen.

„Herzlichen Glückwunsch, Mom, das ist fantastisch!", sagte
Natalie.

„Danke, meine Liebe. Gut zu wissen, dass wenigstens ein
paar Mitglieder dieser Familie meine Kunst unterstützen."

„Kunst!", schnaubte Dad.

„Also, Grace", wandte Natalie sich wieder an mich, „wann
können wir Wyatt kennenlernen? Wie heißt er noch mal mit
Nachnamen?"

„Dunn", antwortete ich leichthin. Margaret schüttelte den
Kopf. „Ich werde ihn sicher bald einmal mitbringen."

„Wie sieht er aus?", wollte Nat wissen und nahm verschwö-
rerisch meine Hand.

„Tja, er sieht natürlich blendend aus", schwärmte ich. Wie
gut, dass ich das mit Julian schon geübt hatte. „Groß, dunkle
Haare …" Ich versuchte, mir diesen Arzt aus Emergency Room
vorzustellen, aber ich hatte die Serie seit der Folge, wo die wilden
Hunde durchs Krankenhaus rennen und Personal wie Patienten
gleichermaßen bedrohen, nicht mehr gesehen. „Äh … Grübchen. Und ein tolles Lächeln." Mein Gesicht wurde heiß.

„Sie wird rot", kommentierte Andrew munter, und ich spürte
einen unerwarteten Stich des Hasses in meinem Herzen. Wie
konnte er es wagen, sich zu freuen, wenn ich jemand Neues
kennengelernt hatte?

„Das klingt ja super", lobte meine Mutter. „Nicht, dass ein
Mann dich je glücklich machen könnte, natürlich! Sieh dir

73

deinen Vater und mich an. Manchmal versuchen Ehepartner, deine Träume zu unterdrücken, Grace. Soge dafür, dass er das nicht tut. So wie dein Vater."

„Wer, glaubst du, bezahlt eigentlich deinen ganzen Glasbläserkram, hm?", gab Dad zurück. „Habe ich nicht extra die Garage für dein kleines Hobby umgebaut? Deine Träume unterdrücken, ha! Ich würde lieber was ganz anderes erdrücken!"

„Gott, was sind sie wieder lieb!", meinte Margaret. „Wer möchte sich unter die Leute mischen?"

Als ich nach der gynäkologischen Ausstellung meiner Mutter endlich nach Hause kam, riss mein mürrischer Nachbar gerade Dachschindeln vom Verandadach. Er sah nicht zu mir herüber, als ich in meine Auffahrt einbog, und auch nicht, als ich nach dem Aussteigen noch ein bisschen stehen blieb. Kein netter Mann. Jedenfalls nicht freundlich. Allerdings definitiv hübsch anzuschauen, dachte ich, bevor ich mich vom Anblick seiner muskulösen Armen losriss. Wie schön, dass es heute so warm war, dass Mürrischer Nachbar sein T-Shirt ausziehen konnte. Die Sonne glitzerte auf seinem schweißglänzenden Rücken. Seine Oberarme waren so kräftig wie meine Oberschenkel.

Eine Sekunde lang stellte ich mir vor, wie er diese kräftigen, muskulösen Arme um meinen Körper schlang. Sah vor meinem geistigen Auge, wie Mürrischer Nachbar mich gegen sein Haus presste und mit starken, männlichen Händen hochhob, um dann …

Wow, du musst dringend mal wieder flachgelegt werden, kam da ungebeten der nächste Gedanke. Mein pulsierender Duschkopf reichte offenbar nicht aus. Zum Glück hatte Mürrischer Nachbar meine lustvolle Fantasie nicht bemerkt. Tatsächlich hatte er mich überhaupt nicht bemerkt.

Ich ging ins Haus und schickte Angus zum Gassigehen, Graben und Herumtollen in meinen eingezäunten Garten. Das Kreischen einer Motorsäge zerriss die Luft. Seufzend schaltete ich den Computer ein, um endlich Julians Rat zu folgen. *Match. com, eCommitment, eHarmony*, ja, ja, ja. Zeit, einen Mann zu finden! Einen guten Mann. Einen anständigen, fleißigen, moralisch aufrechten, gut aussehenden Kerl, der mich vergötterte. Jetzt komm ich, Mister. Warten Sie's nur ab!

Nachdem ich meine Vorzüge eingegeben hatte, begutachtete ich ein paar Profile. Typ Nummer eins – nein. Zu hübsch. Typ Nummer zwei – nein. Seine Hobbys waren Autorennen und Fight Clubs. Typ Nummer drei – nein. Der sah irgendwie ganz seltsam aus. Ich musste einsehen, dass ich heute nicht gerade in bester Stimmung für so etwas war, und so korrigierte ich lieber Arbeiten über den Zweiten Weltkrieg, bis es dämmerte. Nach einer kurzen Pause, in der ich etwas von dem chinesischen Essen aufwärmte, das Julian am Donnerstag vorbeigebracht hatte, setzte ich die Korrekturarbeiten fort, kreiste Grammatikfehler ein und bat um detailliertere Antworten. An der Manning kreiste die Beschwerde, Ms Emerson sei eine strenge Lehrerin, aber hey! Schülerinnen und Schüler, die bei mir eine Eins bekamen, hatten sie sich auch verdient.

Als ich fertig war, lehnte ich mich zurück und streckte mich. An der Küchenwand tickte laut die Fritz-the-Cat-Uhr mit hin- und herpendelndem Schwanz. Es war erst acht, und der Abend lag schier endlos vor mir. Ich könnte Julian anrufen … Aber nein. Offenbar dachte mein bester Freund, wie seien Co-Abhängige, und obwohl das natürlich hundertprozentig stimmte, tat es dennoch weh. Was war denn so schlimm an Co-Abhängigkeit, hm? Immerhin hatte er mir eine E-Mail geschrieben, eine lustige Nachricht über die vier Männer, die sich bisher für sein Online-Profil interessierten und ihm dadurch Bauchschmerzen verursachten. Armer kleiner Feigling. Ich schrieb zurück, dass auch ich jetzt online zum Kennenlernen verfügbar sei und dass ich ihn im Seniorenheim *Golden Meadows* zur Tanzstunde mit den alten Herrschaften sehen würde.

Seufzend stand ich auf. Morgen war Schule. Vielleicht würde ich eines meiner neuen Outfits anziehen. Mit Angus auf den Fersen stieg ich die Treppe hinauf, um mich mit meinen neuen Kleidern vertraut zu machen. Tatsächlich, so dachte ich, als ich meinen Kleiderschrank begutachtete, wurde es auch Zeit, mal etwas wegzuwerfen. Irgendwann musste man sich der Frage stellen, wann die ehemals schicken alten Klamotten einfach nur noch altmodisch waren. Ich schnappte mir einen Müllbeutel und fing an, auszumisten. Bye-bye Pullover mit Löchern in den Achselhöhlen, Chiffon-Rock mit Brandloch am Po, Jeans, die 2002 zuletzt gut gepasst hatte! Angus nagte an einem alten Vinylstiefel herum (Was hatte ich mir dabei nur gedacht?), und ich ließ ihn gewähren.

In der letzten Woche hatte ich eine Fernsehsendung über diese Frau gesehen, die ohne Beine, geboren worden war. Sie war Automechanikerin ... aber keine Beine zu haben mache ihren Job sogar leichter, hatte sie gesagt, weil sie mit diesem kleinen Skateboard-Ding, mit dem sie auch sonst herumfuhr, einfach unter die Autos rollen konnte. Sie war ein Mal verheiratet gewesen, hatte jetzt aber zwei andere Typen und genoss das Leben im Moment einfach nur. Als Nächstes war ihr Exmann interviewt worden, ein gut aussehender Kerl mit zwei Beinen, das ganze Programm. „Ich würde alles tun, um sie zurückzugewinnen, aber ich bin einfach nicht gut genug für sie", hatte er geklagt. „Ich hoffe, sie findet, was sie sucht."

Danach war ich fast ein bisschen ... na ja, *eifersüchtig* war vielleicht nicht das richtige Wort, aber mir schien, als hätte diese Frau einen unfairen Vorteil, was Beziehungen betraf. Alle sahen sie an und dachten: *Wow, was für eine tapfere Frau! Ist sie nicht großartig?* Und was war mit mir? Was war mit den Frauen auf zwei Beinen, hm? Wie sollten wir damit bloß konkurrieren?

„Okay, Grace", schalt ich mich laut, „jetzt gehst du zu weit. Wir werden dir einen Freund suchen und dann ist gut, ja? Angus, weg da, du Lümmel, Mommy muss mit all dem Zeug auf den Dachboden steigen, sonst hast du das im Nu wieder durchgekaut, oder etwa nicht? Denn manchmal bist du wirklich ein böser, böser Junge, hm? Streite es nicht ab. Das ist meine Zahnbürste, die du da im Maul hast. Ich bin schließlich nicht blind, junger Mann!"

Ich zerrte den Müllsack mit meinen ausgemusterten Klamotten den Flur entlang bis zur Treppe, die auf den Dachboden führte. Mist, das Licht war kaputt, und ich hatte keine

Lust, noch mal nach unten zu gehen und eine neue Glühlampe zu holen. Gut, ich würde das Zeug ja ohnehin nur zwischenlagern, bis ich zur Müllhalde fahren konnte.

Als ich die schmale Treppe hinaufging, nahm ich den intensiven Geruch von Zedernholz wahr. Wie so viele viktorianische Häuser hatte auch meines ein vollwertiges Dachgeschoss mit drei Meter hohen Decken und Fenstern rundherum. Irgendwann, so stellte ich mir immer vor, würde ich hier isolieren und die Wände verkleiden und ein Spielzimmer für meine wunderbaren Kinder bauen. Mit Bücherregalen an allen Wänden und einer Malecke am großen Fenster, durch das die Sonne hereinschien. Hier könnte ein Tisch mit einer Modelleisenbahn stehen und dort ein Schminktisch mit Kleiderständer zum Verkleiden. Im Moment lagerten hier nur alte Möbel, einige Kisten mit Weihnachtsdekoration und meine Bürgerkriegsuniformen und -gewehre. Ach ja, und mein Brautkleid.

Was macht man mit einem nie getragenen, nur für einen selbst maßgeschneiderten Braukleid? Ich konnte es doch nicht einfach wegwerfen, oder? Immerhin hatte es viel Geld gekostet. Gut, wenn ich eine lebensechte Version von Wyatt Dunn fände, würde ich vielleicht noch heiraten, aber würde ich dann das Kleid anziehen wollen, dass ich für die Hochzeit mit Andrew gekauft hatte? Nein, sicher nicht. Trotzdem hing es da in seiner vakuumierten Schutzhülle abseits der Fenster, damit es nicht ausbleichte. Ich fragte mich, ob es wohl noch passte. Seitdem Schluss war, hatte ich ein paar Pfund zugelegt. Hmm. Vielleicht sollte ich es einmal anprobieren.

Na toll. Jetzt wurde ich schon wie die alte Miss Havisham aus Dickens *Große Erwartungen*, die immer nur ihr Brautkleid trug. Als Nächstes würde ich verfaultes Essen zu mir nehmen und alle Uhren auf zwanzig vor neun stellen.

Irgendetwas nagte an meinem Fußknöchel. Angus. Ich hatte ihn nicht heraufkommen gehört. „Hallo, mein Kleiner", sagte ich, hob ihn hoch und entfernte eine Nudel von seinem kleinen Kopf. Anscheinend war er irgendwie in das chinesische Essen geraten. Er winselte anhänglich und wedelte mit dem Schwanz.

„Was ist das denn? Hm? Du liebst meine Frisur? Oh, danke sehr, Angus McFangus. Wie bitte? Es ist Zeit für Ben & Jerry's-Eiscreme? Oh, da hast du absolut recht, mein kleines Genie! Was meinst du, welche Sorte? Crème Brûlée oder Chocolate Therapy?" Angus wedelte weiter mit dem Schwanz, biss mir ins Ohrläppchen und zog daran. „Autsch. Chocolate Therapy also, gut. Und natürlich darfst du mir etwas abgeben."

Ich befreite mein Ohrläppchen und wandte mich zum Gehen, doch da fiel mir draußen etwas auf.

Ein Mann.

Zwei Stockwerke unter mir lag mein mürrischer, malträtierter Nachbar auf dem Dach, und zwar auf dem hinteren Teil, wo es beinahe flach war. Er hatte etwas angezogen (leider!), und sein weißes T-Shirt leuchtete im Dunkeln. Jeans. Nackte Füße. Ich konnte erkennen, dass er … einfach nur so dalag, die Hände hinter dem Kopf verschränkt, ein Knie angewinkelt, und in den Himmel starrte.

Ich bekam ein seltsames Gefühl im Bauch, eine Mischung aus Ziehen und Kribbeln. Meine Haut begann zu prickeln, und ich spürte lang vernachlässigte Körperteile warm werden.

Langsam, um nicht gesehen zu werden, öffnete ich das Fenster einen Spalt. Das Frühlingsquaken der Frösche drang herein, der Geruch von Fluss und fernem Regen. Die feuchte Brise kühlte meine heißen Wangen.

Der Mond stieg im Westen immer höher, und mein Nachbar, der sich geweigert hatte, seinen Namen zu verraten, lag einfach auf dem Dach und starrte ins tiefe Blau des Nachthimmels.

Was für ein Mann tat so etwas?

Angus nieste verächtlich, und ich sprang vom Fenster zurück für den Fall, dass Mr Griesgram etwas gehört hatte.

Plötzlich wurde alles klar. Ich wollte einen Mann. Direkt nebenan *war* ein Mann. Ein *männlicher* Mann. Meine weiblichen Körperteile machten sich kribbelnd bemerkbar.

Gut, ich wollte eigentlich keinen bloßen Flirt. Ich wollte einen Ehemann, und auch nicht irgendeinen. Einen klugen, lustigen, warmherzigen und treuen Ehemann. Er sollte Kinder und

Tiere lieben, vor allem Hunde. Er sollte einen ehrenwerten, intellektuell anspruchsvollen Job bekleiden. Er sollte gern kochen. Er sollte immer gute Laune haben. Und er sollte mich vergöttern.

Über den Typen da unten wusste ich nicht das Geringste. Nicht einmal seinen Namen. Alles, was ich wusste, war, dass ich etwas für ihn empfand – pure Lust, um ehrlich zu sein. Aber es war ein Anfang. Schon viel zu lange hatte ich überhaupt nichts mehr für einen Mann empfunden.

Morgen, so sagte ich mir, als ich das Fenster schloss, würde ich herausfinden, wie mein Nachbar hieß. Und dann würde ich ihn zu mir zum Essen einladen.

6. KAPITEL

Und obwohl Sewell's Point keine sehr bedeutende Schlacht war, beeinflusste sie in großem Maße den Ausgang des Krieges. Chesapeake Bay war nun einmal für beide Seiten ein kritisches Gebiet. Also. Zehn Seiten über die Blockade und ihre Auswirkungen – bis Montag."

Die Klasse stöhnte. „Ms Em!" Hunter Graystone protestierte. „Das ist ungefähr zehnmal so viel wie jeder andere Lehrer aufgibt."

„Ach, ihr armen kleinen Schüler! Soll ich euch die Hand halten, während ihr schreibt?" Ich zwinkerte ihm zu. „Zehn Seiten. Zwölf für jeden, der jetzt noch protestiert."

Kerry Blake kicherte. Sie schrieb jemandem eine SMS. „Her damit, Kerry", forderte ich und hielt die Hand auf. Es war ein neues Handy mit Glitzerhülle.

Eine perfekt gezupfte Braue wurde hochgezogen. „Ms Emerson, wissen Sie überhaupt, wie viel das irgendwie gekostet hat und so? Weil, wenn mein Vater wüsste, dass Sie das irgendwie genommen haben und so, dann wäre er irgendwie total … sauer und so."

„Du darfst dein Handy im Unterricht nicht benutzen, Schätzchen", sagte ich zum ungefähr hundertsten Mal in diesem Monat. „Am Ende des Schultags bekommst du es zurück."

„Wenn Sie meinen", murmelte sie. Dann, als sie sah, dass Hunter sie beobachtete, warf sie ihr Haar zurück und streckte sich. Hunter grinste anerkennend, während Tommy Michener, der unglücklich Verliebte, augenblicklich erstarrte, woraufhin Emma Kirk den Kopf senkte. Ah, junge Liebe!

Auf der anderen Seite des Ganges hörte ich schallendes Gelächter aus Ava Machiatellis Unterricht in antiker Geschichte. Die meisten Schülerinnen und Schüler *liebten* Ms Machiatelli. Lockere Benotung, falsches Mitleid mit angeblich überfüllten Stundenplänen und daher wenig Hausaufgaben sowie die oberflächlichste Abhandlung von Geschichte seit … seit Brad Pitt den Achilles gab. Aber wie Brad Pitt ist auch Ava Machiatelli hübsch und charmant. Nehmen Sie dazu ihre tief ausgeschnittenen Pullover und engen Röcke, und Sie haben eine Marilyn Monroe als Geschichtslehrerin. Die Jungen fanden sie scharf, die Mädchen übernahmen Modetipps, die Eltern liebten sie, weil ihre Kinder fast allesamt Einsen bekamen. Ich dagegen war kein so großer Fan von ihr.

Der Schulgong kündigte das Ende der Unterrichtsstunde an. Manning Academy hatte keinen klassischen Glockenton – zu schrill für die jungen Ohren der Oberschichtsprösslinge. Trotzdem wirkten auch die sanften Zen-Klänge wie eine Elektroschocktherapie: Meine Schüler sprangen von den Stühlen und stürzten zur Tür. An Montagen war mein Bürgerkriegskurs die letzte Stunde vor der Essenspause.

„Moment noch, meine Damen und Herren", rief ich. Wie die Schafe hielten alle inne. Die meisten von ihnen waren sicher viel zu verwöhnt und weit für ihr zartes Alter, aber immerhin waren sie folgsam, das musste ich ihnen zugestehen. „Dieses Wochenende veranstaltet *Brother Against Brother* eine Nachstellung der ersten Schlacht am Bull Run, auch bekannt unter dem Namen ‚Erste Schlacht bei Manassas', von der ihr ganz bestimmt alle gehört habt, da ihr in der Hausaufgabe vom Dienstag darüber lesen solltet. Für jeden, der dort auftaucht, gibt es extra Punkte, okay? Schreibt mir eine E-Mail, falls ihr Interesse habt, und ich nehme euch gerne mit."

„Auf keinen Fall", murmelte Kerry. „So dringend brauche ich die extra Punkte dann auch wieder nicht."

„Danke, Ms Em", rief Hunter. „Klingt nach Spaß."

Natürlich würde Hunter nicht mitkommen, auch wenn er einer meiner höflichsten Schüler war. An Wochenenden unternahm er Dinge wie mit Derek Jeter vor einem Spiel der Yankees essen zu gehen oder in eines der vielen Ferienhäuser der Familie zu fliegen. Tommy Michener dagegen könnte Interesse haben, da er Geschichte anscheinend mochte – seine Arbeiten zeigten recht viel Wissen und Überblick –, aber wahrscheinlich würde er dem Gruppendruck nicht standhalten und daher doch lieber zu Hause bleiben und sich nach Kerry verzehren.

Für die nette, bodenständige Emma Kirk hatte er leider überhaupt nichts übrig.

„Hey, Tommy?", rief ich ihm nach.

Er drehte sich um. „Ja, Ms Em?"

Ich wartete, bis die anderen gegangen waren. „Ist bei dir in letzter Zeit alles okay?"

Er lächelte gezwungen. „Ach, ja. Nur der allgemeine Mist."

„Du kannst es besser treffen als mit Kerry", sagte ich freundlich.

Er schnaubte. „Das sagt mein Dad auch."

„Na, siehst du? Zwei deiner Lieblingserwachsenen sind sich einig."

„Tja, man kann sich aber nun mal nicht aussuchen, in wen man sich verliebt, oder, Ms Em?"

Ich zögerte kurz. „Nein. Da hast du wohl recht."

Tommy ging, und ich sammelte meine Unterlagen ein. Geschichte war schwer zu unterrichten. Die meisten Teenager erinnerten sich kaum an das, was letzten Monat passiert war, geschweige denn, vor eineinhalb Jahrhunderten, aber trotzdem. Ich wollte, dass sie *fühlten*, wie die Geschichte auch die Welt beeinflusste, in der wir lebten. Insbesondere der Bürgerkrieg, mein Lieblingsthema der amerikanischen Geschichte. Ich wollte, dass sie begriffen, was damals auf dem Spiel gestanden hatte, und sich die Last, den Schmerz und die Unsicherheit vorstellten, die Präsident Lincoln empfunden haben musste, oder den Verlust und den Betrug, den die Südstaatler erfuhren, die sich von den Nordstaaten getrennt …

„Hallo Grace." Ava stand im Türrahmen und stellte ihr Markenzeichen zur Schau, ein schläfriges Lächeln, gefolgt von drei langsamen, verführerischen Augenaufschlägen. Da war der erste … der zweite … und … der dritte.

„Ava! Wie geht es dir?", entgegnete ich und zwang mich zu lächeln.

„Sehr gut, danke." Sie legte den Kopf schief, sodass ihr seidiges Haar auf eine Seite fiel. „Hast du die Neuigkeiten schon gehört?"

Ich zögerte. Im Gegensatz zu mir war Ava immer auf dem neuesten Stand, was Klatsch, Tratsch und Schulpolitik an der Manning betraf. Ich gehörte zu den Lehrern, die sich sträubten, sich bei den Kuratoren und wohlhabenden Ehemaligen anzubiedern, da ich meine Zeit lieber mit Unterrichtsvorbereitung und Nachhilfe für schwache Schüler verbrachte. Ava dagegen wusste das System zu nutzen. Hinzu kam, dass ich nicht auf dem Campus wohnte (Ava besaß ein kleines Haus am Rande des Campus – man munkelte, dass sie dafür mit dem Leiter der Hausverwaltung geschlafen hatte) und sie allein schon durch die räumliche Nähe viel mehr mitbekam.

„Nein, Ava. Was sind das für Neuigkeiten?" Ich versuchte, freundlich zu klingen. Ihre Bluse war so tief ausgeschnitten, dass ich ein tätowiertes chinesisches Schriftzeichen auf ihrer rechten Brust erkennen konnte. Was bedeutete, dass jeder Jugendliche, der in ihrem Klassenzimmer saß, es auch sah.

„Dr. Eckhart tritt als Leiter des Fachbereichs Geschichte zurück. Er geht in den Ruhestand." Sie grinste wie die Katze aus *Alice im Wunderland.* „Das habe ich von Theo gehört. Wir sehen uns ja öfter." Na toll. Theo Eisenbraun war Vorsitzender des Kuratoriums der Manning Academy.

„Aha. Das ist interessant", kommentierte ich.

„Er wird es gegen Ende der Woche bekannt geben, und Theo hat mir schon geraten, mich zu bewerben." Lächel. Blinzel. Blinzel. Und … bitte warten … das dritte Blinzeln.

„Toll. Also, ich muss schnell nach Hause, etwas essen. Bis später."

„Zu schade, dass du nicht auf dem Campus wohnst, Grace. Es würde nach viel mehr Verbundenheit mit der Manning aussehen."

„Danke, dass du dir darüber Gedanken machst." Hastig schob ich meine Unterlagen in die speckige Ledertasche. Avas Neuigkeiten hatten einen wunden Punkt getroffen. Dr. Eckhart war alt, aber eigentlich war er schon lange alt gewesen. Er war derjenige, der mich vor sechs Jahren eingestellt hatte, der mich unterstützt hatte, als ein Vater mich drängte, die Note seines

83

kleinen Peyton oder seiner Katherine zu verbessern, der meine Bestrebungen, die Jugendlichen in praktische Erfahrungen einzubeziehen, sehr schätzte. Ich hatte gedacht, er würde mir Bescheid geben, wenn er ginge. Aber das war natürlich schwer einzuschätzen. An Privatschulen liefen seltsame Dinge, und für gewöhnlich stimmten Avas Informationen haargenau, das musste man ihr zugestehen.

Vor der Lehring Hall traf ich Kiki. „Hallo Grace, kommst du mit essen?"

„Ich kann nicht. Ich muss vor ‚Geschichte der Kolonien' noch nach Hause."

„Dein Hund, oder?", fragte sie nach. Kiki war stolze Besitzerin eines diabetischen Siamkaters, der aus einem mir unverständlichen Grund den Namen Mr Lucky trug. Er war auf einem Auge blind, hatte mehrere Zähne verloren, würgte überdurchschnittlich oft Gewölle hervor und litt an einem Reizdarmsyndrom.

„Ja, Angus war in letzter Zeit ein bisschen verstopft und ich will nicht heute Abend nach Hause kommen und merken, dass es schlagartig vorbei war."

„Hunde sind ja so eklig."

„Darauf werde ich nichts weiter sagen, außer, dass es gerade eine Aktion ‚Zwei für Eins' für Katzenstreu bei *Stop & Shop* gibt."

„Oh, danke!" Kiki strahlte. „Ich brauche tatsächlich neue. Hey, Grace, hab ich dir schon gesagt, dass ich jemanden kennengelernt habe?"

Während wir zu unseren Autos gingen, ließ Kiki sich über die Vorzüge eines gewissen Bruce aus, der nett, großzügig, einfühlsam, lustig, sexy, intelligent, tüchtig und vollkommen ehrlich war.

„Und wann hast du diesen Typen kennengelernt?" Ich schloss meine Fahrertür auf.

„Wir waren am Samstag Kaffee trinken. Oh Grace, ich glaube, dieser Kerl ist der Richtige. Ich meine, ich weiß, dass ich das schon mal gesagt habe, aber dieser ist wirklich perfekt."

Ich biss mir auf die Zunge. „Viel Glück", sagte ich und plante in Gedanken schon Zeit für ein tröstendes Gespräch in etwa zehn Tagen ein, wenn Bruce höchstwahrscheinlich seine Telefonnummer geändert hätte und meine Freundin weinend auf meiner Couch läge. „Sag mal, Kiki, hast du was von Dr. Eckhart gehört?"

Sie schüttelte den Kopf. „Warum? Ist er gestorben?"

„Nein. Ava hat erzählt, dass er in den Ruhestand geht."

„Und Ava weiß das, weil sie mit ihm geschlafen hat?" Kiki wohnte ebenfalls auf dem Campus und ging hin und wieder mit Ava aus.

„Na, na."

„Tja, wenn das stimmt, wäre das doch toll für dich, Grace! Nur Paul ist länger da als du, stimmt's? Du bewirbst dich doch, oder?"

„Es ist noch ein bisschen früh, um darüber zu reden", wich ich ihrer Frage aus. „Ich wollte nur wissen, ob du was gehört hast. Bis später."

Äußerst vorsichtig rangierte ich aus meiner Parklücke – manche Schüler an der Manning fuhren Autos, die mehr wert waren als mein Jahresgehalt, und es war nicht ratsam, eines von ihnen einzudellen – und fuhr aus Farmington heraus zurück nach Peterston. Die ganze Fahrt lang dachte ich über Dr. Eckhart nach. Wenn er wirklich ginge, würde ich mich tatsächlich für den Posten des Fachbereichsvorsitzenden bewerben. Um ehrlich zu sein, fand ich den Lehrplan für Geschichte an der Manning ziemlich verstaubt. Jugendliche sollten die Bedeutung der Vergangenheit spüren, und ja, manchmal musste man es ihnen auch eintrichtern – aber natürlich liebevoll.

Ich fuhr in meine Auffahrt und sah prompt den wahren Grund für meine Heimkehr, von Angus' Verdauungsproblemen einmal abgesehen. Mein Nachbar stand mit einer Motorsäge oder etwa Ähnlichem in seinem Vorgarten. Mit nacktem Oberkörper. Ich sah das Spiel seiner Muskeln, seinen kräftigen Bizeps ... hart ... glänzend ... *Okay, Grace, das reicht!*

„Howdy, Herr Nachbar", rief ich und zuckte zusammen, als die Worte aus meinem Mund kamen.

Er schaltete die Säge aus und nahm die Sicherheitsbrille ab. Ich zuckte erneut zusammen. Sein Auge sah schrecklich aus. Es war jetzt einen Spalt weit geöffnet – was immerhin ein Fortschritt gegenüber gestern war –, und das Weiß war blutunterlaufen. Von der Augenbraue bis zur Wange war die Haut blauviolett verfärbt. Und obwohl ich ihm diese Verletzung beigebracht hatte – okay, nehmen wir mal den Plural, denn ich sah auch einen schmalen rötlichen Streifen an seinem Kinn, wo ich ihn mit der Harke getroffen hatte –, wirkte er auf mich ungeheuer erregend. Er strahlte die raue, kernige Sexyness eines Marlon Brando in *Die Faust im Nacken* aus. Eines Clive Owen in *Sin City*. Eines Russell Crowe in *Gladiator* …

„Hallo", sagte er und stemmte die Hände in die Hüften. Hach, diese Pose … geradezu kalenderreif!

„Wie geht es Ihrem Auge?", erkundigte ich mich und versuchte, nicht auf seinen breiten Brustkorb zu starren.

„Na, wie sieht es wohl aus?", brummte er.

Er war also noch immer sauer. „Hören Sie, wir hatten einen schlechten Start", sagte ich mit einem, wie ich hoffte, reumütigen Lächeln. Im Haus hatte Angus meine Stimme gehört und begann, freudig zu bellen. *Jap! Jap! Jap! Japjapjapjapjap!* „Können wir noch mal von vorn anfangen? Ich bin Grace Emerson. Ich wohne nebenan." Ich schluckte und streckte meine Hand aus.

Mein Nachbar musterte mich eine Weile, dann kam er auf mich zu und gab mir die Hand. Oh Gott! Ein Stromschlag fuhr durch meinen Arm, als hätte ich an ein ungeschütztes Kabel gefasst. Seine Hand war definitiv die eines Handwerkers. Schwielig, kräftig, warm …

„Callahan O'Shea", erwiderte er.

Oh. Oh, wow! Was für ein Name! Lang vernachlässigte Regionen meines Körpers machten sich bemerkbar.

Japjapjapjapjap! Ich merkte, dass ich Callahan O'Shea (seufz!) anstarrte und seine Hand umklammert hielt. Er lächelte, nur ein ganz kleines bisschen, aber es verlieh dem Schöner-Schurke-Look einen noch attraktiveren Touch.

„Also", sagte ich mit belegter Stimme und ließ seine Hand los. „Wo haben Sie vorher gewohnt?"

„Virginia." Er starrte mich an. Das Denken fiel mir schwer.

„Virginia, hm. Wo in Virginia?", fragte ich nach. *Japjapjapjapjap!* Angus hörte sich fast schon hysterisch an. Ruhig, mein Kleiner, dachte ich, Mommy ist heiß.

„Petersburg", antwortete er. Der Typ war offenbar nicht der Redseligste, aber das war schon in Ordnung. Mit diesen Muskeln … und Augen … also, ich meine das unverletzte, nicht blutunterlaufene Auge … und wenn das andere genauso war, müsste er auch gar nichts mehr sagen, wenn er mich ansähe …

„Petersburg", wiederholte ich schwach, während ich ihn immer noch anstarrte. „Das kenne ich. Da unten gab es im Bürgerkrieg eine Menge Schlachten. Die Erste Schlacht von Petersburg … die Zweite Schlacht von Petersburg …"

Er sagte nichts dazu. *Jap! Jap! Jap!* „Und was haben Sie in Petersburg gemacht?", fragte ich weiter.

Er verschränkte die Arme. „Gesessen."

Japjapjapjap! „Wie bitte?"

„Ich bin zu drei Jahren Haft verurteilt worden und habe eineinhalb Jahre davon im Staatsgefängnis von Petersburg gesessen", erwiderte er.

Es dauerte ein paar Herzschläge, bis mir die Bedeutung seiner Worte klar wurde. *Ba-bumm … ba-bumm … ba…* Ach du meine Güte!

„Gefängnis?", krächzte ich. „Und, äh … wow! Gefängnis! Sieh mal einer an!"

Er schwieg.

„Ja, also … wann … wann sind Sie rausgekommen?"

„Freitag."

Freitag. *Freitag.* Er war gerade erst aus dem Knast entlassen worden! Er war ein Verbrecher! Und was für ein Verbrechen hatte er begangen, hm? Vielleicht war meine Überlegung mit der Grube im Keller gar nicht so abwegig gewesen. Und ich hatte ihn geschlagen! Lieber Gott im Himmel! Ich hatte einen Exknacki zusammengeschlagen und für eine Nacht ins Gefängnis gebracht! Und das ... oh Gott ... einen Tag, nachdem er aus dem Gefängnis entlassen worden war! Das hatte mich bei Callahan O'Shea, Exhäftling, sicher nicht gerade beliebt gemacht. Was, wenn er sich rächen wollte?

Ich atmete in kurzen hektischen Stößen. Ja, ich war drauf und dran, zu hyperventilieren. *Japjapjapjapjapjap!* Schließlich setzte der Flucht-Teil des Kampf-oder-Flucht-Instinkts ein.

„Wow! Hören Sie sich nur meinen Hund an! Ich gehe jetzt besser. Tschüss! Einen schönen Tag noch! Ich muss ... ich sollte gleich meinen Freund anrufen. Er wartet schon darauf. Wir telefonieren immer gegen Mittag miteinander. Ich sollte gehen. Tschüss."

Unter großer Anstrengung schaffte ich es, nicht zu rennen. Meine Haustür schloss ich allerdings sofort ab. Und schob den Riegel vor. Und kontrollierte die Hintertür. Und schloss sie ab. Wie auch die Fenster. Angus tollte mit seinen traditionellen Triumphsprüngen durchs Haus, aber ich war zu verstört, um ihm die gewohnte Aufmerksamkeit zu zollen.

Haftstrafe! Gefängnis! Ich wohnte neben einem ehemaligen Strafgefangenen! Fast hätte ich ihn zum Essen eingeladen!

Ich schnappte mir das Telefon und tippte Margarets Handynummer ein. Sie war Anwältin. Sie würde wissen, wie ich mich zu verhalten hatte.

„Margs, ich wohne neben einem ehemaligen Sträfling. Was soll ich tun?"

„Ich bin auf dem Weg zum Gericht, Grace. Ein ehemaliger Sträfling? Wofür hat er gesessen?"

„Das weiß ich nicht. Deshalb frage ich ja dich!"

„Also, was weißt du denn?", fragte sie nach.

„Er war in Petersburg, Virginia. Verurteilt zu drei Jahren. Wofür kriegt man das? Nichts Schlimmes, oder? Nichts Gruseliges?"

„Das könnte alles Mögliche sein", erwiderte Margaret munter. „Für Vergewaltigung oder Körperverletzung kann es schon mal weniger geben."

„Ach du meine Güte!"

„Jetzt bleib mal ruhig. Petersburg, hm? Das ist ein Gefängnis mit niedriger Sicherheitsstufe, da bin ich ziemlich sicher. Hör zu, Grace, ich kann dir im Moment nicht helfen. Ruf mich später noch mal an. Such ihn im Internet. Ich muss los."

„Richtig. Internet. Gute Idee", sagte ich, aber sie hatte schon aufgelegt. Unter Schweißausbrüchen setzte ich mich an den Computer. Ein Blick aus dem Esszimmerfenster bestätigte mir, dass Callahan O'Shea wieder an die Arbeit gegangen war. Er hatte die verrotteten Verandastufen entfernt und einen Großteil der Dachschindeln. Ich stellte mir vor, wie er in einem orangefarbenen Overall am Straßenrand eines Highways Müll aufsammelte. Verdammt.

„Komm schon", murmelte ich, während ich darauf wartete, dass mein Computer hochfuhr. Als sich die Suchmaschine öffnete, tippte ich „Callahan O'Shea" ein und wartete. Bingo.

Callahan O'Shea, erster Geiger der irischen Folk-Gruppe We Miss You, Bobby Sands, *erlitt minderschwere Verletzungen, als die Band am Samstag bei ihrem Auftritt in* Sullivan's Pub *in Limerick mit Müll beworfen wurde.*

Okay, das war offenbar nicht der Richtige. Ich scrollte nach unten. Leider hatte diese Band in letzter Zeit recht viel Presse bekommen … sie hatten für Aufruhr gesorgt, als sie *Rule Britannia* spielten, was ihren Zuhörern nicht besonders gefallen hatte.

In genau diesem Moment brach meine gewohnheitsmäßig unzuverlässige Internetverbindung wieder einmal zusammen. Mist.

Nach einem weiteren ängstlichen Blick zum Nachbarhaus ließ ich Angus in den Garten und ging in die Küche, um ein Mittagessen zusammenzuzaubern. Nun, da ich den ersten Schock überwunden hatte, fühlte ich mich schon etwas weniger panisch. Ich kratzte mein ganzes juristisches Wissen zusammen, das ich durch einige glückliche Stunden mit *Law & Order*, zwei Anwälte in der Familie und einen Exverlobten derselben Profession erworben hatte, und tröstete mich damit, dass drei Jahre in einem Gefängnis minimaler Sicherheitsstufe bestimmt für nichts allzu Schreckliches verhängt worden waren. Und wenn der muskulöse Mann nebenan dennoch etwas allzu Entsetzliches getan haben sollte … nun, dann würde ich eben umziehen.

Ich schlang mein Essen hinunter, rief Angus ins Haus, erinnerte ihn daran, dass er der beste Hund des Universums war, und mahnte, er solle den kräftigen Exknacki von nebenan nicht weiter beachten. Dann schnappte ich mir die Wagenschlüssel und verließ das Haus.

Während ich zum Wagen ging, hämmerte Callahan O'Shea auf seiner Veranda herum. Sonderlich Angst einflößend sah er nicht gerade aus. Eher umwerfend. Was nicht bedeutete, dass er nicht gefährlich war, aber trotzdem. Minimale Sicherheitsstufe, das war immerhin beruhigend. Und hey. Dies war *mein* Haus, *meine* Nachbarschaft – ich würde mich nicht einschüchtern lassen! Entschlossen straffte ich die Schultern. „Raus mit der Sprache, Mr O'Shea, wofür haben Sie gesessen?", rief ich zu ihm hinüber.

Mein Nachbar richtete sich auf, sah mich an und sprang so behände von der Veranda, dass ich doch ein wenig erschrak. Er bewegte sich geschmeidig wie ein … Raubtier. Am Zaun, der unsere Grundstücke trennte, verschränkte er erneut die Arme. Oh. *Schluss jetzt, Grace.*

„Was meinen Sie denn, wofür ich gesessen habe?", fragte er zurück.

„Mord?", schlug ich vor. Warum nicht gleich mit der größten Angst anfangen?

„Also bitte. Sehen Sie denn kein *Law & Order*?"

„Tätlicher Angriff und Körperverletzung?"

„Nein."

„Identitätsdiebstahl?"

„Wärmer."

„Ich muss wieder zur Arbeit", fuhr ich ihn an. Er hob eine Augenbraue und schwieg. „Sie haben ein Loch im Keller ausgehoben und eine Frau darin angekettet."

„Bingo. Jetzt haben Sie's. Drei Jahre für das Anketten einer Frau."

„Jetzt hören Sie mir mal zu, Callahan O'Shea. Meine Schwester ist Anwältin. Ich kann sie bitten, sich umzuhören und Ihre schmutzige Vergangenheit aufzudecken", was ich tatsächlich schon getan hatte, „oder Sie sagen mir einfach freiheraus, ob ich mir einen Rottweiler anschaffen muss."

„Wie mir schien, kam Ihre kleine Ratte auch ganz gut zurecht", murmelte er und fuhr sich mit der Hand durch das verschwitzte Haar, sodass es strubbelig abstand.

„Angus ist keine Ratte!", protestierte ich. „Er ist ein reinrassiger West Highland Terrier. Friedlich und liebevoll."

„Ja, friedlich und liebevoll war genau das, was ich dachte, als er neulich Nacht seine kleinen Reißzähne in meinen Arm grub."

„Also bitte. Er hat doch nur Ihren Ärmel erwischt."

Mr O'Shea streckte den Arm vor und zeigte mir zwei punktförmige Wunden am Handgelenk.

„Oh nein!", murmelte ich. „Also gut. Verklagen Sie mich, falls Sie das als Exsträfling überhaupt dürfen. Ich werde meine Schwester verständigen. Und sobald ich in der Schule ankomme, werde ich Sie im Internet auskundschaften!"

„Das sagen sie alle", kommentierte er. Dann drehte er sich abrupt um und kehrte zu seiner Säge zurück. Ich ertappte mich dabei, wie ich auf seinen Hintern starrte. *Sehr* knackig. In Gedanken versetzte ich mir eine Ohrfeige und stieg ins Auto.

Auch wenn der widerspenstige Callahan O'Shea seine schmutzige Vergangenheit nicht preisgeben wollte, so fand ich doch, dass es mir zustand zu wissen, welche Art Krimineller in meinem Nachbarhaus wohnte. Sobald mein Unterricht in neuer Geschichte beendet war, suchte ich mein winziges Büro auf und durchforstete erneut das Internet. Diesmal wurde ich fündig.

Die *Times-Picayune* aus New Orleans hatte vor zwei Jahren folgende Meldung veröffentlicht:

Callahan O'Shea bekannte sich der Anklage wegen Veruntreuung für schuldig und wurde zu drei der geforderten fünf Jahre Haft in einer Anstalt mit geringer Sicherheitsstufe verurteilt. Tyrone Blackwell bekannte sich der Anklage wegen Diebstahls für schuldig …

Alle anderen Links betrafen wiederum die unglückselige irische Band.

Veruntreuung. Nun gut. Das war nicht so schrecklich, oder? Nicht, dass es gut war, natürlich … aber nichts Gewalttätiges oder Gruseliges. Ich fragte mich, wie viel Geld Mr O'Shea wohl veruntreut hatte. Ich fragte mich außerdem, ob er Single war.

Nein. Das Letzte, was ich brauchte, war eine wie auch immer geartete Faszination für einen ungehobelten Exsträfling. Ich suchte jemanden, der zu völliger Hingabe bereit war. Einen Vater für meine Kinder. Einen Mann mit Anstand und Moral, der extrem gut aussah und exzellent küssen konnte und sich bei gesellschaftlichen Anlässen an meiner Schule behaupten konnte. Eine Art modernen General Maximus Decimus Meridius, wenn Sie so wollen. Ich durfte keine Zeit mit Callahan O'Shea verschwenden, egal, wie schön sein Name klang oder wie gut er ohne Hemd aussah.

7. KAPITEL

Sehr gut, Mrs Slovananski, eins, zwei, drei, Pause, fünf, sechs, sieben, Pause. Jetzt haben Sie es! Gut, und nun sehen Sie noch einmal Grace und mir zu." Julian und ich zeigten zwei weitere Male den Salsa-Grundschritt, wozu ich mein strahlendstes Lächeln aufsetzte und den Rock wirbeln ließ. Dann drehte Julian mich nach links, wieder zurück und ließ mich halb in die Waagrechte absinken. „Ta-da!"

Die Menge klatschte in die arthritischen Hände. Es war „Oldies-Tanzabend", das beliebteste wöchentliche Ereignis im *Golden Meadows*, und Julian ganz in seinem Element. Die meisten Abende war ich seine Tanzpartnerin und unterstützende Lehrerin. Außerdem lebte Mémé hier, und obwohl sie so liebevoll war wie ein Haifisch, der seine Jungen fraß, konnte ich nicht anders, als der seit Generationen gelebten puritanischen Familienpflicht zu folgen. Schließlich waren wir Nachfahren der ersten Passagiere der Mayflower! Lästige Verwandte zu ignorieren kam für uns nicht infrage – das stand nur anderen, glücklicheren Familien zu. Davon abgesehen gab es nur wenige Gelegenheiten zu tanzen, und ich liebte das Tanzen. Vor allem mit Julian, der das ganz hervorragend beherrschte.

„Haben das alle verstanden?", fragte Julian bei den Tanzpaaren nach. „Eins, zwei, drei, Pause – andersherum, Mrs B. – fünf, sechs, sieben, und nicht die Pause vergessen. Also gut, sehen wir mal, wie das mit Musik funktioniert! Grace, geh doch bitte zu Mr Creed und hilf ihm."

Mr und Mrs Bruno drehten sich bereits auf der Tanzfläche. Wegen ihrer Osteoporose und den künstlichen Gelenken konnten sie nicht so viel Leidenschaft in ihre Bewegungen legen, wie es die Salsa normalerweise erforderte, aber das machten sie durch ihr Mienenspiel locker wieder wett … sie strahlten nur so vor Liebe, Freude, Glück und Dankbarkeit. Es war so rührend, dass ich mich verzählte und Mr Creed zum Stolpern brachte.

„Entschuldigung", sagte ich und packte ihn ein wenig fester. „Mein Fehler." Mémé schnalzte von ihrem Rollstuhl aus abfällig mit der Zunge. Wie viele der Bewohner kam auch sie jede Woche in den Saal, um die Tänzer zu beobachten. Kurz darauf klatschte Mrs Slovananski mich ab – wie man munkelte, hatte sie schon seit einiger Zeit ein Auge auf Mr Creed geworfen –, und ich gesellte mich zu den Zuschauern. Neben uns senkte Julian äußerst vorsichtig Helen Pzorkan in die Waagrechte, um ihre schwache Blase nicht zu belasten.

„Hallo Mr Donnelly. Hätten Sie nicht Lust auf eine Runde Salsa?", fragte ich einen Mann, der immer zusah und sich zur Musik wiegte, anscheinend aber ein wenig zu schüchtern oder zu steif war, um sich auf die Tanzfläche zu wagen.

„Ach, ich würde ja gern, Grace, aber mein Knie ist nicht mehr das, was es mal war", antwortete er. „Außerdem bin ich kein guter Tänzer. Ich habe nur eine gute Figur gemacht, wenn meine Frau mit mir getanzt und mich geführt hat."

„Ich bin sicher, das stimmt nicht", erwiderte ich und tätschelte seinen Arm.

„Tja", meinte er nur und sah zu Boden.

„Wie haben Sie Ihre Frau denn kennengelernt?", fragte ich nach.

„Oh!" Lächelnd ließ er den Blick in die Ferne schweifen. „Sie wohnte bei uns nebenan. Ich kann mich an keinen Tag erinnern, an dem ich sie nicht geliebt habe. Ich war zwölf, als ihre Familie dort einzog. Zwölf Jahre alt, und trotzdem machte ich den anderen Jungs sofort klar, dass sie mit mir zur Schule gehen würde."

Er klang so wehmütig, dass ich einen Kloß im Hals bekam. „Was für ein Glück, dass Sie sich so früh schon kennengelernt haben", murmelte ich.

„Ja. Wir waren wirklich glücklich", sagte er und lächelte bei der Erinnerung erneut. „Sehr glücklich."

Bestimmt klingt es sehr nobel und selbstlos, wenn ich sage, dass ich alten Leuten Tanzen beibringe, aber tatsächlich war dies nicht selten der schönste Abend meiner Woche. Die meisten Abende verbrachte ich zu Hause, korrigierte Arbeiten und entwarf neue Testaufgaben. Montags jedoch zog ich einen bunten, weit ausgestellten Rock an (häufig sogar mit Pailletten) und ging los, um Ballkönigin zu spielen. Oft kam ich schon früher, um den alten Leuten noch etwas vorzulesen, wobei ich mich dann besonders nobel und gut fühlte.

„Gracie", rief Julian und winkte mich zu sich. Ich sah auf die Uhr – es war bereits neun und für viele der Bewohner Schlafenszeit. Julian und ich beendeten unsere Tanzstunden immer mit einer kleinen Show-Einlage, einem Tanz, bei dem wir uns noch einmal richtig ins Zeug legten.

„Was tanzen wir heute?", wollte ich wissen.

„Ich dachte an einen Foxtrott", antwortete er, wechselte die CD, ging zur Mitte der Tanzfläche und streckte dramatisch den Arm nach mir aus. Ich ging hüftschwingend zu ihm, streckte ebenfalls meine Hand aus, und er ergriff sie mit souveräner Miene. Wir drehten gleichzeitig die Köpfe zum Publikum und warteten auf die Musik. Ah. Die Drifters mit *There Goes My Baby*. Während wir lang-lang-kurz-kurz über die Tanzfläche glitten, sah Julian mir in die Augen. „Ich habe uns für einen Kurs angemeldet."

Ich neigte den Kopf, als wir die Richtung wechselten, um Mr Carlsons Gehhilfe auszuweichen. „Was für einen Kurs?"

„‚Finde den Richtigen' oder so ähnlich. Mit Geld-zurück-Garantie. Du schuldest mir sechzig Kröten. Nur ein Abend, zwei Stunden Seminar, und reg dich jetzt nicht auf, okay? Das ist eine Art Motivationskurs."

„Du meinst es anscheinend ernst, wie?"

„Sei still. Wir müssen Leute kennenlernen. Bislang hast du nur einen erfundenen Freund. Wie wäre es mit jemandem, der auch mal die Essensrechnung übernehmen kann?"

„Na schön. Es klingt nur so ... dumm."

„Und das mit dem falschen Freund ist schlau?"

Ich schwieg.

„Wir sind beide dumm, Grace, zumindest, wenn es um Männer geht. Sonst würden wir nicht als Höhepunkte unserer Woche gemeinsam die drei verschiedenen Tanz- und Casting-Shows im Fernsehen anschauen, oder?"

„Na, da ist aber einer geladen", brummte ich.

„Und im Recht." Er drehte mich elegant aus und wieder ein. „Pass auf, Süße, du wärst mir fast auf den Fuß getreten."

„Also, um ehrlich zu sein, habe ich in einer halben Stunde eine Verabredung. Siehst du. Ich bin dir in unserem ‚Such den Richtigen'-Spiel also weit voraus."

„Oh, schön für dich. Und einen tollen Rock hast du auch an. Und jetzt … zwei, drei, vier, drehen, gleiten, ta-da!"

Unser Tanz war zu Ende, und das hingerissene Publikum applaudierte. „Grace, die Grazie!", rief Dolores Barinski, eine meiner Lieblingsdamen. „Wie immer werden Sie Ihrem Namen mehr als gerecht!"

„Ach was", wehrte ich ab, genoss das Kompliment aber trotzdem. Die alten Herrschaften, männlich wie weiblich, fanden mich anbetungswürdig, bewunderten meine straffe Haut und biegsamen Gelenke. *Natürlich* war es der Höhepunkt meiner Woche! Und es war *so* romantisch! Jeder hier hatte eine Vergangenheit, irgendeine romantische Geschichte, wie er oder sie den Partner fürs Leben kennengelernt hatte. Keiner hatte ins Internet gehen und Fragebögen ausfüllen müssen, ob man Sikh sei und nach einem Katholiken suche oder ob man Piercings attraktiv fand oder nicht. Niemand hier hatte einen Kurs belegen müssen, um zu lernen, wie man einen Mann auf sich aufmerksam machte.

Allerdings hatte ich nun tatsächlich eine Verabredung über das Internet ergattert. Auf *eCommitment* hatte Dave, ein Ingenieur aus Hartford, den Wunsch geäußert, mich zu treffen. Von seinem recht konservativen und zudem überfälligen Haarschnitt einmal abgesehen, hatte er auf seinem Foto recht ansprechend gewirkt. Ich hatte zurückgeschrieben, ich würde mich liebend gern auf einen Kaffee mit ihm treffen, woraufhin Dave einen Termin vorschlug. Wer hätte gedacht, dass es so einfach war, und warum hatte ich so lange damit gewartet?

Ja, während ich zerknitterte Wangen tätschelte und mir von weichen, faltigen Händen auf die Schultern klopfen ließ, spürte ich Hoffnung in mir aufkeimen. Dave und Grace. Gracie und

Dave. Schon heute könnte ich den einen, den Richtigen kennenlernen. Ich würde ins *Rex Java's* gehen, unsere Blicke würden sich treffen, er würde seinen Kaffee verschütten, während er aufstände, um mich aufgeregt und, so wage ich zu behaupten, vollkommen fasziniert zu begrüßen. Ein Blick, und wir würden es wissen. Nach sechs Monaten würden wir die Hochzeit planen. Er würde samstagmorgens Frühstück machen, wir würden lange Spaziergänge unternehmen, und wenn ich ihm eines Tages verriete, dass ich schwanger sei, würde er dankbare Tränen weinen. Nicht, dass ich den Dingen vorausgriff oder so.

Mémé war schon weg, als die Tanzstunde endete, also musste ich nicht die übliche Kritik meiner Technik, Frisur oder Wahl der Kleidung erdulden. Ich verabschiedete mich von Julian. „Ich ruf dich noch an und gebe dir die Daten für diesen Kurs durch", sagte er nach einem Kuss auf die Wange.

„Einverstanden. Wir wollen ja nichts unversucht lassen."

„So ist's richtig!", Er zwinkerte mir zu, schwang seine Tasche über die Schulter und winkte zum Abschied.

Da mein Haar sich leider schon wieder etwas zerzaust anfühlte, ging ich kurz in den Waschraum, um es vor meinem Treffen mit Dave noch mit Wunderbändiger/Lockenverstärker/Weihwasser zu zähmen. „Hallo Dave, ich bin Grace", übte ich vor dem Spiegel. „Nein, nein, das sind Naturlocken. Ach, Sie lieben lockiges Haar? Oh, danke, Dave!"

Als ich aus dem Waschraum kam, sah ich jemanden am Ende des Ganges, der sich von mir entfernte. Er bog links in den medizinischen Trakt ein – Callahan O'Shea! Was machte der denn hier? Und warum wurde ich rot wie ein Teenager, der gerade beim Rauchen erwischt worden war? Und warum starrte ich ihm immer noch nach, wo ich doch eine Verabredung hatte, eine richtig echte Verabredung, hm? Mit diesen verwirrenden Gedanken hastete ich zu meinem Auto.

Das *Rex Java's* war etwa halb voll, hauptsächlich mit Schülern der Highschool, allerdings war niemand von der Manning da, die ja in Farmington lag. Verstohlen sah ich mich um.

Dave schien noch nicht hier zu sein ... In einer Ecke saß ein Pärchen in den Vierzigern, Händchen haltend und lachend. Der Mann schnappte sich ein Stück Kuchen von der Frau, und sie schlug ihm in gespielter Entrüstung auf die Hand und schmunzelte. Angeber, dachte ich lächelnd. Die ganze Welt konnte sehen, wie glücklich sie waren. Auf der anderen Seite an der Wand saß ein weißhaariger älterer Herr mit einer Zeitung. Aber kein Dave.

Ich bestellte einen koffeinfreien Cappuccino, setzte mich und überlegte, ob ich mich wohl noch hätte umziehen sollen. Während ich am Schaum nippte, ermahnte ich mich, meine Hoffnungen nicht zu hoch zu schrauben. Dave konnte nett sein oder ein Mistkerl. Trotzdem. Sein Foto hatte nett ausgesehen. Vielversprechend.

„Entschuldigung, sind Sie Grace?"

Ich sah auf. Vor mir stand der weißhaarige Mann. Er kam mir irgendwie bekannt vor ... ob er wohl mal bei den „Oldies" getanzt hatte? Schließlich war der Tanzkurs für alle offen. Oder kannte ich ihn von der Manning?

„Ja, ich bin Grace", erwiderte ich zögernd.

„Hallo, ich bin Dave! Nett, Sie kennenzulernen."

„Hallo ... äh ..." Mir blieb der Mund offen stehen. „Sie sind Dave? Dave von *eCommitment*?"

„Ja! Wie schön, Sie zu treffen! Darf ich mich setzen?"

„Äh ... ich ... sicher", erwiderte ich langsam.

Verwirrt beobachtete ich, wie Dave sich zu mir an den Tisch setzte und ein Bein nach außen streckte. Der Mann war fünfundsechzig – mindestens. Vielleicht sogar siebzig. Dünnes weißes Haar. Faltiges Gesicht. Hände mit hervortretenden Venen. Und bildete ich mir das nur ein oder hatte er links ein Glasauge?

„Das ist ein sehr nettes Lokal, nicht wahr?" Er rückte seinen Stuhl zurecht und sah sich um. Jupp. Das linke Auge bewegte sich nicht, es war definitiv künstlich.

„Ja, also ... hören Sie, Dave", begann ich mit einem freundlichen, aber irritierten Lächeln, „verzeihen Sie bitte, aber Ihr Foto ... Sie sahen darauf so ... jugendlich aus."

„Ach, das!" Er lachte. „Danke sehr. Also, Sie schrieben, Sie mögen Hunde? Ich auch. Ich habe einen Golden Retriever. Maddy." Als er sich vorlehnte, nahm ich den Geruch von Tigerbalm wahr. „Sie erwähnten, Sie hätten auch einen Hund?"

„Äh, ja. Ja, habe ich. Angus. Einen West Highland Terrier. Also, von wann ist es? Das Foto?"

Dave dachte eine Minute nach. „Lassen Sie mich überlegen. Ich glaube, ich habe das aufgenommen, kurz bevor ich nach Vietnam ging. Essen Sie gern auswärts? Ich liebe es. Italienisch, chinesisch, alles." Er lächelte. Er hatte immerhin noch alle seine Zähne, das musste man ihm lassen, auch wenn die meisten gelb von Nikotin waren. Ich versuchte, nicht zu schaudern.

„Ja, also, das Foto, Dave. Hören Sie. Vielleicht sollten Sie da mal ein neueres nehmen, meinen Sie nicht?"

„Kann sein", erwiderte er. „Aber Sie wären bestimmt nicht mit mir ausgegangen, wenn Sie mein wahres Alter gewusst hätten, oder?"

„Nun, das ist genau das, worauf ich hinaus will, Dave", entgegnete ich. „Eigentlich suche ich nämlich jemanden in meinem Alter. Sie schrieben, Sie seien Ende dreißig."

„Ich *war* Ende dreißig!" Dave lachte leise. „Früher einmal. Aber bedenken Sie bitte, dass ein älterer Mann durchaus seine Vorteile hat, und ich dachte, davon könnte ich Sie eher überzeugen, wenn Sie mich erst einmal persönlich kennenlernen." Er grinste breit.

„Ich bin sicher, dass es Vorteile gibt, Dave, aber die Sache ist die …"

„Oh, entschuldigen Sie bitte", unterbrach er mich. „Ich sollte eben mal schnell den Urinbeutel ausleeren. Sie haben doch nichts dagegen, oder? Ich bin in Khe Sanh verwundet worden."

Khe Sanh. Als Geschichtslehrerin wusste ich, dass das eine der blutigsten Schlachten des Vietnamkriegs gewesen war. Ich ließ die Schultern hängen. „Nein, natürlich nicht. Gehen Sie ruhig."

Er zwinkerte mir mit dem gesunden Auge zu, stand auf und ging leicht humpelnd zu den Toiletten. Toll. Jetzt würde ich bleiben müssen, weil ich einen Kriegsveteranen nicht einfach so sitzen lassen konnte, oder? Das wäre unpatriotisch. Ich konnte ja nicht gut sagen: *Entschuldigen Sie, Dave, aber ich gehe nicht mit älteren, verwundeten Kriegsveteranen aus, die nicht mehr allein pinkeln können.* Das wäre nicht nett, nein, kein bisschen.

Also verbrachte ich zu Ehren meines Landes eine weitere Stunde mit Dave und hörte alles über seine Suche nach einer guten Ehefrau, über seine fünf Kinder von drei Frauen, den erstaunlichen Rentnerrabatt für seinen vollautomatischen Fernsehsessel und welche Art Katheter er am besten vertrug.

„Tja, nun sollte ich aber gehen", sagte ich, sobald ich das Gefühl hatte, meine patriotische Pflicht zur Genüge erfüllt zu haben. „Sie sind wirklich sehr nett, Dave, aber ich suche doch jemanden in meinem Alter."

„Sind Sie sicher, dass Sie nicht wieder mit mir ausgehen wollen?", fragte er, das echte Auge auf meinen Busen und das andere irgendwo nach oben gerichtet. „Ich finde Sie sehr attraktiv. Und Sie sagten, dass Sie gern tanzen, also sind Sie bestimmt sehr … gelenkig."

Erneut unterdrückte ich ein Schaudern. „Leben Sie wohl, Dave."

Julians Kurs erschien mir mit jedem Moment interessanter.

„Kein neuer Daddy", verkündete ich Angus nach meiner Rückkehr. Es schien ihn nicht weiter zu kümmern. „Ich bin ja auch alles, was du brauchst, stimmt's?" Er bellte seine Zustimmung und sprang dann gegen die Hintertür, weil er in den Garten wollte. „Nein, mein Süßer. Mach erst Sitz … Sitz. Hör auf zu springen. Komm schon, Junge, du ruinierst mir meinen Rock. Mist." Er gehorchte nicht. „Okay, du darfst trotzdem raus. Aber das nächste Mal machst du Sitz, verstanden?" Und schon rannte er Richtung Gartenzaun.

Auf dem Anrufbeantworter war eine Nachricht. „Grace, hier ist Jim Emerson", hörte ich die Stimme meines Vater.

„Besser bekannt als Daddy", teilte ich der Maschine mit, während ich schmunzelnd die Augen verdrehte.

„Ich bin heute Abend vorbeigefahren, aber du warst nicht da", ging die Nachricht weiter. „Deine Fenster müssen ausgetauscht werden. Ich habe mich darum gekümmert. Sieh es als Geburtstagsgeschenk. Du hattest letzten Monat, oder? Jedenfalls … ist erledigt. Wir sehen uns am Bull Run." Das Gerät piepste.

Angesichts der Großzügigkeit meines Vaters wurde mir warm ums Herz. Natürlich verdiente ich genug, um über die Runden zu kommen, aber als Lehrerin bekam ich trotzdem nicht annähernd so viel wie der Rest der Familie. Natalie verdiente wahrscheinlich dreimal so viel wie ich, und sie arbeitete noch nicht mal ein Jahr. Margaret konnte sich von ihrem Jahresgehalt vermutlich ein eigenes Land kaufen. Dads Familie „hatte Geld", wie Mémé uns immer gern erinnerte, und er dazu ein komfortables Gehalt. Er sah es wohl als so etwas wie seine väterliche Pflicht an, für Hausreparaturen aufzukommen. Am liebsten hätte er es bestimmt selbst erledigt, doch er neigte dazu, sich mit Werkzeugen zu verletzen, was er spätestens nach neunzehn Stichen nach der Verletzung mit einer „widerspenstigen" Kreissäge endgültig hatte einsehen müssen.

Im Wohnzimmer setzte ich mich auf die Couch und sah mich um. Vielleicht war es auch Zeit, ein Zimmer neu zu streichen, was mir immer guttat, wenn ich deprimiert war. Aber nein. Nach etwa eineinhalb Jahren durchgehender Renovierungsarbeit sah das Haus ziemlich perfekt aus. Das Wohnzimmer war lavendelfarben gestrichen mit weißen Zierleisten und einer Tiffany-Lampe in einer Ecke. Das Sofa mit der geschwungenen Lehne hatte ich auf einer Auktion erstanden und mit grün-blau-lavendelfarbenem Stoff neu beziehen lassen. Das Esszimmer war blassgrün und in der Mitte stand ein Tisch aus Walnussholz im Stil der Jahrhundertwende. Dem Haus fehlte nichts außer neuen Fenstern. Fast beneidete ich Callahan O'Shea nebenan dafür, dass er alles neu machen konnte.

Jap! Jap! Japjapjap! „Was ist denn jetzt schon wieder los, Angus?", murmelte ich und ging in die Küche, um die Schiebetür zum Garten zu öffnen. Mein kleines weißes Fellknäuel

101

war nirgends zu entdecken, obwohl er doch eigentlich gut zu sehen war. *Jap! Jap!* Vom Esszimmerfenster aus versuchte ich, mehr zu erkennen.

Und da war er. Verdammt! Offenbar hatte er seiner Natur nachgegeben und einen Tunnel unter den Zaun gegraben. Jetzt war er im Nachbargarten und bellte jemanden an. Dreimal konnte ich raten, wer das war. Callahan O'Shea saß auf seiner treppenlosen Veranda und starrte meinen Hund an, der vom Boden aus immer wieder kläffend hochsprang und versuchte, nach seinen Beinen zu schnappen. Schwer seufzend verließ ich das Haus durch die Vordertür.

„Angus! Angus! Komm, Schätzchen!" Es überraschte mich nicht weiter, dass mein Hund nicht gehorchte. Entnervt ging ich durch meinen Vorgarten zum Haus Nummer 36. Das Letzte, was ich jetzt gebrauchen konnte, war eine erneute Konfrontation mit dem Exsträfling nebenan, aber da Angus ihn anbellte und nach ihm schnappte, hatte ich wohl keine andere Wahl. „Tut mir leid", rief ich meinem Nachbarn zu. „Er hat Angst vor Männern."

Callahan sprang von der Veranda und warf mir einen zynischen Blick zu. „Das sehe ich. Schreckliche Angst." Bei diesen Worten sprang Angus auf Callahans Arbeitsstiefel zu, grub seine Zähne ins Leder und knurrte anbetungswürdig. *Hrrrrr. Hrrrrr.* Callahan schüttelte den Fuß, was Angus vorübergehend auf Abstand brachte, doch gleich darauf fiel er mit neuem Elan über den Stiefel her.

„Angus, nein! Du bist sehr ungezogen. Entschuldigen Sie bitte, Mr O'Shea."

Callahan O'Shea schwieg. Ich bückte mich, packte mein zappelndes Haustier am Halsband und zog, doch er ließ den Stiefel nicht los. *Bitte, Angus, hör doch auf.* „Komm schon, Angus", zischte ich. „Zeit, ins Haus zu gehen. Schlafenszeit. Keksezeit." Ich zog erneut, aber Angus' untere Zähne waren auf niedliche Weise gekrümmt, und ich wollte keinen davon abbrechen.

Als ich so vornübergebeugt dastand, merkte ich, dass mein Kopf sich in Höhe von Mr O'Sheas Schritt befand, und auf einmal wurde mir merklich heiß. „Angus, loslassen! Aus, Junge. Aus!"

Angus wedelte mit dem Schwanz und schüttelte den Kopf, die Zähne fest in die Schnürsenkel des Arbeitsstiefels verbissen. *Hrrrr. Hrrrrr.* „Es tut mir schrecklich leid", sagte ich. „Normalerweise ist er nicht so ..." Ich richtete mich auf und peng! Mein Kopf stieß an etwas Hartes. Callahan O'Sheas Kinn. Seine Zähne schlugen hörbar aufeinander, und er fuhr mit dem Kopf zurück. „Herrgott noch mal!", fluchte er und rieb sich das Kinn.

„Oje, es tut mir ja so leid!", wiederholte ich. Von dem Zusammenprall dröhnte mir der Kopf.

Mit wütendem Blick griff er nach unten, packte Angus am Nacken, hob ihn hoch – es gab ein leises Schnalzen, als die Schnürsenkel aus seinem Maul flutschten – und reichte ihn mir.

„So dürfen Sie ihn eigentlich nicht hochheben", sagte ich und streichelte meinen Hund am malträtierten Hals.

„Eigentlich darf er mich auch nicht beißen", erwiderte Callahan ungerührt.

„Stimmt." Ich sah Angus an und küsste seinen kleinen Kopf. „Tut mir leid wegen Ihres, äh ... Kinns."

„Von allen Verletzungen, die ich bisher durch Sie erlitten habe, hat diese am wenigsten wehgetan."

„Oh. Na, dann ist es ja gut." Mir tat es körperlich allerdings weh, als ich rot wurde. „Also. Werden Sie hier wohnen, oder ist das eine Investition oder was?"

Er zögerte, als würde er überlegen, ob ich den Aufwand einer Antwort wert wäre. „Ich renoviere und verkaufe es dann wieder."

„Ah", meinte ich erleichtert. Angus entdeckte ein Blatt, das über meinen Rasen wehte, und zappelte, um runtergelassen zu werden. Nach kurzem Überlegen gab ich nach und sah beruhigt, dass er tatsächlich zurück auf mein Grundstück lief. „Tja, dann viel Glück beim Renovieren. Es ist ein hübsches Haus."

„Vielen Dank."

„Guten Abend."

„Wiedersehen."

Ich kehrte zu meinem Haus zurück, blieb nach ein paar Schritten jedoch noch einmal stehen und drehte mich um. „Übrigens", teilte ich meinem Nachbarn mit, „habe ich Sie tatsächlich gegoogelt und gelesen, dass Sie Geld veruntreut haben."

Callahan O'Shea schwieg.

„Ich muss sagen, ich bin ein bisschen enttäuscht. Hannibal Lecter war wenigstens interessant."

Darauf lächelte Callahan ein feines, hintergründiges Lächeln, bei dem sich Fältchen um seine Augen bildeten und sein Gesicht aufleuchtete. Ich hatte das Gefühl, als würde sich irgendetwas in meinem Unterleib zusammenballen und in Richtung meines Nachbarn drängen. Dieses Lächeln versprach alle möglichen verbotenen Dinge, der Ausdruck „hitzige Ruchlosigkeit" kam mir in den Sinn, und ich merkte, dass ich plötzlich heftig durch den Mund atmete.

Und dann hörte ich das Geräusch, ebenso wie Callahan O'Shea. Ein feines Plätschern. Wir sahen beide nach unten. Angus war zurückgekommen, hatte das Bein gehoben und pinkelte auf den Stiefel, den er eben noch hatte fressen wollen.

Callahan O'Shea lächelte nicht mehr. Er sah mich an. „Ich weiß nicht, wer von Ihnen beiden schlimmer ist", sagte er, drehte sich um und verschwand in sein Haus.

8. KAPITEL

Dreizehn Monate, zwei Wochen und vier Tage, nachdem Andrew unsere Hochzeit abgesagt hatte, fand ich, dass ich mich wacker schlug. Der Sommer direkt danach war ohne den täglichen Unterricht schlimm gewesen, aber ich hatte mich aufs Haus gestürzt und gärtnerische Ambitionen entwickelt. Wenn ich Unruhe verspürt hatte, war ich durch den Wald hinter meinem Grundstück spaziert, meilenweit flussauf- und -abwärts am Farmington River entlanggegangen, hatte mich von Mücken zerstechen und von Zweigen zerkratzen lassen, während Angus an seiner schicken Leine immer fröhlich neben mir hergelaufen war. Er liebte es, seine kleine rosa Zunge in den Fluss zu tauchen, ohne Rücksicht darauf, dass sein weißes Fell mit Schlamm bespritzt wurde.

Das Wochenende um den vierten Juli hatte ich mit einigen Tausend anderen Bürgerkriegsnachstellern in Gettysburg verbracht – dem echten Gettysburg in Pennsylvania – und im Schlachtengetümmel für ein paar Tage den Schmerz vergessen. Als ich zurückkam, ließ Julian mich in seiner Tanzschule Standardtänze unterrichten. Mom und Dad luden mich oft zu sich ein, aber aus Angst, mich zu verschrecken, gingen sie furchtbar höflich miteinander um und waren so verkrampft, dass ich mir wünschte, sie würden sich wieder normal benehmen und miteinander streiten. Margaret fuhr mit mir die Küste von Maine hinauf, und wir landeten so weit nördlich, dass die Sonne erst abends um zehn Uhr unterging. Dort am Meer verbrachten wir ein paar ruhige Tage, unternahmen Strandspaziergänge und beobachteten die Hummerboote beim Auf- und Abtanzen auf den Wellen, ohne über Andrew zu reden.

Gott sei Dank hatte ich das Haus. Böden mussten geschliffen, Paneele gestrichen und Ausverkäufe besucht werden, damit ich mein Zuhause mit hübschen Dingen füllen konnte, die keine Verbindung zu Andrew hatten. Eine Sammlung Nikoläuse, die ich zu Weihnachten auf dem Kaminsims aufstellen würde. Zwei Türknäufe aus Messing, in die *Public School, City of New York* eingraviert war. Ich nähte Vorhänge. Strich Wände. Brachte Lampen an. Ich hatte sogar ein oder zwei Verabredungen. Also gut, ich ging ein Mal aus. Das reichte, um zu merken, dass ich für jemand Neues noch nicht bereit war.

Dann begann die Schule wieder, und noch nie hatte ich mich so sehr auf meine Schüler gefreut. Sie mochten ihre Marotten haben, verzogen sein und nervtötende Floskeln wie „und so", „total" und „irgendwie" gebrauchen, aber sie waren trotzdem faszinierende Persönlichkeiten, zeigten Potenzial und wiesen einen Weg in die Zukunft. Wie immer ging ich voll und ganz in meiner Arbeit auf und hielt Ausschau nach den ein oder zwei unter ihnen, die sich von der Geschichte begeistern ließen und ihre Bedeutung für die Gegenwart so spürten, wie ich es schon als Kind gespürt hatte.

Weihnachten kam und ging vorüber, ebenso der Jahreswechsel. Am Valentinstag kam Julian mit einem Stapel Horrorfilmen, Essen vom Thailänder und Eiscreme, und wir lachten, bis wir Bauchweh bekamen, und verdrängten erfolgreich die Tatsache, dass dies mein erster Hochzeitstag hätte sein sollen und dass Julian seit acht Jahren keine Verabredung mehr gehabt hatte.

Und mein gebrochenes Herz heilte. Unglaublich, aber wahr. Die Zeit erledigte ihre Aufgabe, und Andrew verblasste zu einem dumpfen Schmerz, den ich nur noch hin und wieder empfand, wenn ich abends allein im Bett lag. War ich über ihn hinweg? Ich dachte, ja.

Dann, wenige Wochen vor Haarabschneiderin Kittys Hochzeit, gingen Natalie und ich essen. Ich hatte ihr nie den wahren Grund für unsere Trennung verraten. Tatsächlich hatte Andrew es auch niemals laut ausgesprochen. Das war nicht nötig gewesen.

Natalie suchte das Lokal aus. Sie arbeitete gerade bei *Pelli Clarke Pelli* in New Haven, einem der besten Architekturbüros des Landes. Sie musste Überstunden machen und schlug das *Omni Hotel* vor, das ein exzellentes Restaurant mit schönem Ausblick und guten Cocktails hatte.

Als ich sie sah, war ich über ihr verändertes Aussehen beinahe schockiert. Irgendwann hatte meine kleine Schwester sich von *hübsch* zu *atemberaubend schön* entwickelt. Wenn ich sie an der Uni besucht oder zu Hause gesehen hatte, hatte sie immer Jeans oder Jogginghosen getragen, typische Studentenkleidung eben, und ihr langes, glattes, blondes Haar war auf eine Länge geschnitten gewesen. Sie hatte wie ein typisches amerikanisches Mädchen ausgesehen, hübsch und frisch. Doch als sie anfing zu arbeiten, legte sie sich neue Kleidung und einen neuen Haarschnitt zu, begann, sich zu schminken und – wow! Sie sah aus wie eine moderne Grace Kelly.

„Hallo Bumppo!", sagte ich und umarmte sie stolz. „Du siehst umwerfend aus!"

„Du auch", erwiderte sie großzügig. „Jedes Mal, wenn ich dich sehe, denke ich, dass ich für diese Haare meine Seele verkaufen würde!"

„Diese Haare sind des Teufels. Sei nicht albern", erwiderte ich, war aber trotzdem gerührt. Natalie, der Engel, meinte es wirklich ehrlich.

Ich bestellte mein Standardgetränk, einen gewöhnlichen Gin Tonic – was Drinks betraf, war ich nicht sonderlich anspruchsvoll. Nat orderte einen Dirty Martini. „Welchen Wodka bevorzugen Sie?", fragte der Kellner.

„Belvedere, wenn Sie den haben", antwortete sie lächelnd.

„Ja, den haben wir. Eine exzellente Wahl", gab er, offensichtlich beeindruckt, zurück. Lächelnd fragte ich mich, wann meine Schwester gelernt hatte, guten Wodka zu trinken.

Wir unterhielten uns. Natalie erzählte mir von ihrem Team bei *Pelli*, dem Haus, das sie an der Chesapeake Bay entwarfen, wie sehr sie ihre Arbeit liebte. Im Vergleich zu ihr kam ich mir ein bisschen … nun ja, gewöhnlich vor, schätze ich. Nicht, dass ich das Lehrerdasein nicht erfüllend fand – nein, für mich war es das ganz und gar. Ich liebte die Kinder und meine Fächer und hatte an der Schule mit ihren alten Backsteingebäuden und den ehrwürdigen Bäumen fast ein Gefühl von Heimat. Doch obwohl Natalie sich offenkundig dafür interessierte, wie Dr. Eckhart bei der Fakultätssitzung eingeschlafen war, als ich vorschlug, den Lehrplan zu modernisieren, und wie sauer ich war, dass Ava nie schlechtere Noten als eine Zwei minus gab, schienen meine Neuigkeiten neben ihren zu verblassen.

Plötzlich hörten wir lautes Gelächter. Als wir uns umdrehten, sahen wir eine Gruppe von sechs oder acht Männern aus dem Fahrstuhl in die Bar kommen, und allen voran ging – Andrew.

Ich hatte ihn seit dem Tag der Trennung nicht mehr gesehen, und sein Anblick war wie ein Schlag in die Magengrube. Das Blut wich mir aus dem Gesicht und kehrte mit Übelkeit erregender Geschwindigkeit zurück. In meinen Ohren begann es zu pfeifen, mir wurde erst heiß, dann kalt, dann wieder heiß. Andrew. Nicht sehr groß, nicht richtig gut aussehend, immer noch eher dünn, mit der Brille, die ihm die spitze Nase hinunterrutschte, und dem schmalen, verletzlichen Hals … Mein Körper geriet in schreienden Aufruhr, aber mein Kopf war wie leer gefegt. Andrew lächelte einem seiner Kollegen zu und sagte etwas, und die anderen brachen erneut in Gelächter aus.

„Grace?", flüsterte Natalie. Ich antwortete nicht.

Da drehte Andrew sich plötzlich um und sah uns – und das, was gerade mit mir passiert war, passierte nun auch ihm. Er wurde weiß, dann rot und riss die Augen auf. Dann zwang er sich zu lächeln und kam zu uns herüber.

„Willst du gehen?", fragte Natalie. Ich drehte mich zu ihr und sah ohne große Überraschung, dass sie … nun ja … wunderhübsch aussah. Ihre Wangen waren leicht gerötet, nicht wie meine, auf denen man ein Steak hätte braten können. Besorgt zog sie eine fein gezupfte Augenbraue nach oben und griff mit ihren schmalen, perfekt manikürten Händen ohne Nagellack nach meinen.

„Nein! Natürlich nicht. Alles in Ordnung. Hallo Fremder!" Ich erhob mich.

„Grace", sagte Andrew, und seine Stimme klang so vertraut, dass ich sie fast als Teil von mir empfand.

„Was für eine nette Überraschung!", erwiderte ich. „Du erinnerst dich doch an Nat, oder?"

108

„Natürlich", sagte er. „Hallo Natalie."

„Hallo", hauchte sie tonlos und wandte den Blick ab.

Ich wusste nicht genau, warum ich Andrew bat, er möge sich doch ein paar Minuten zu uns setzen. Er konnte nicht ablehnen. Wir saßen so zivilisiert und nett zusammen, dass es auch ein vornehmes Teetrinken in Windsor Castle hätte sein können. Andrew schluckte, als er erfuhr, dass Nat in derselben Stadt lebte, in der er arbeitete, überspielte es aber gut. *Ninth Square, ja, da ist wunderschön restauriert worden. Ach, tatsächlich, bei Pelli, wie aufregend! Lustig, die Welt ist klein. Und du, Grace? Wie läuft's an der Manning? Nette Schüler dieses Jahr? Toll. Und, äh … geht es deinen Eltern gut? Schön, schön. Margaret und Stu? Prima.*

Und so saßen wir da, Nat, Andrew und ich und der Vier-Tonnen-Elefant, der auf dem Tisch tanzte. Andrew plapperte wie ein nervöses Äffchen, und während ich durch das Rauschen in meinen Ohren kaum richtig hören konnte, sah ich alles überdeutlich, als hätte ich bewusstseinserweiternde Drogen genommen. Natalies Hände zitterten ganz leicht, und um es zu verbergen, faltete sie sie keusch unter dem Tisch. Wenn sie Andrew ansah, weiteten sich ihre Pupillen, wobei sie es möglichst vermied, ihn überhaupt anzusehen. Oberhalb des Halsausschnitts ihrer Bluse war ihre Haut gerötet, fast fleckig. Sogar ihre Lippen sahen röter aus. Es war wie eine Live-Dokumentation auf dem Discovery Channel über das Phänomen der Anziehung zwischen zwei Menschen.

Und in dem Maß, wie Natalie … betroffen war, war Andrew … panisch. Auf seiner Stirn zeigten sich Schweißperlen, und die Spitzen seiner Ohren waren so rot, dass sie aussahen, als würden sie jeden Moment in Flammen aufgehen. Er sprach schneller als sonst und lächelte mich betont häufig an, wobei er mir nicht in die Augen sehen konnte.

„Tja", sagte er, sobald sich die Gelegenheit zur Flucht ergab, „ich sollte mal wieder zu meinen Kollegen gehen. Äh, Grace … du …du siehst toll aus. Schön, dich zu sehen!" Hektisch umarmte er mich. Ich spürte die feuchte Wärme an seinem Hals und nahm den kindlichen Geruch seiner Haut wahr, wie ein Baby beim Mittagsschlaf. Dann trat er abrupt zurück. „Natalie ... äh ... alles Gute."

Sie sah auf, und der Elefant schien zu stolpern und mit großem *Kabumm!* direkt auf den Tisch zu krachen. Denn in ihren hübschen himmelblauen Augen lag eine Welt der Qual und Schuld und Liebe und Hoffnungslosigkeit, und ich, die ich niemanden mehr liebte als meine Schwester, spürte es wie einen Schlag mit der Schaufel über den Kopf. „Alles Gute, Andrew", sagte sie knapp.

Wir sahen ihm nach, wie er zu seinen Freunden auf der anderen Seite des zum Glück großen Restaurants zurückkehrte.

„Willst du woanders hingehen?", schlug Natalie vor, als Andrew außer Sichtweite war.

„Nein, nein, hier ist es doch schön", versicherte ich ihr. „Außerdem kommt unser Essen gleich." Wir lächelten einander an.

„Geht es dir gut?", wollte sie wissen.

„Oh, ja", log ich. „Sicher. Ich meine, ich habe ihn geliebt und alles, er ist wirklich ein toller Mann, aber ... du weißt schon. Er war nicht ‚der Richtige'." Ich markierte mit den Fingern Anführungszeichen in die Luft.

„Nicht?"

„Nein. Ich meine, er ist ein wundervoller Mann und alles, aber ..." Ich hielt inne, als müsste ich nachdenken. „Ich weiß nicht. Irgendetwas hat gefehlt."

„Oh", meinte sie mit nachdenklichem Blick.

Unser Essen kam. Ich hatte ein Steak bestellt, Natalie Lachs. Die Kartoffeln waren exquisit. Wir aßen und redeten über Filme und unsere Familie, Bücher und Fernsehsendungen. Als die Rechnung kam, zahlte Natalie, und ich ließ sie. Dann standen wir auf. Meine Schwester sah nicht ein Mal in Andrews Richtung, sondern ging vor mir her direkt zur Tür.

Ich jedoch blickte zurück. Sah Andrew Natalie anstarren wie ein Junkie, der den nächsten Schuss brauchte, sehnsüchtig und leidend. Er merkte nicht, dass ich ihn ansah – er hatte nur Augen für Natalie.

Schnell folgte ich meiner Schwester nach draußen. „Danke, Nattie."

„Ach, Grace, wofür denn?", erwiderte sie vielleicht ein bisschen zu überschwänglich für den Anlass.

Auf der Fahrt im Lift nach unten klopfte mir das Herz bis zum Hals. Ich dachte an meinen vierten Geburtstag. An die Haarspangen. An das samstägliche Kuscheln im Bett. An Natalies Gesicht, als ich zum College abreiste. Ich dachte an das Wartezimmer im Krankenhaus, den Geruch von kaltem Kaffee, das grelle Licht der Leuchtstoffröhren, als ich Gott alles versprach, *alles*, wenn er nur meine Schwester rettete. Ich dachte an Natalies Blick, mit dem sie Andrew angesehen hatte.

Ich überlegte, wie stark man sein musste, um für einen anderen auf den Menschen zu verzichten, der vielleicht die Liebe seines Lebens war. Das große *Kabumm*! zu spüren und nicht darauf reagieren zu dürfen. Ich fragte mich, ob ich selbstlos genug war, diese Größe zu beweisen. Fragte mich, welche Art Schwester ich wirklich war.

„Ich habe da eine seltsame Idee", sagte ich, während wir Arm in Arm zu Natalies Wohnung gingen.

„Du hast viele seltsame Ideen", erwiderte sie fast so locker, wie es auch sonst zwischen uns gewesen war.

„Tja, diese hier ist schon sehr seltsam, aber sie fühlt sich richtig an", fuhr ich fort und blieb an der Ecke zum Stadtpark stehen. „Natalie, ich finde, du solltest …" Ich hielt einen Moment inne. „Ich finde, du solltest dich mal mit Andrew verabreden. Ich denke, vielleicht hat er zuerst die falsche Schwester kennengelernt."

Und wieder sah ich es in ihren Augen – Schock, Schuld, Reue, Schmerz … und Hoffnung. Ja, Hoffnung. „Grace, ich könnte nie …", begann sie.

„Ich weiß. Wirklich", murmelte ich. „Aber ich glaube, du und Andrew, ihr solltet reden."

Ein paar Tage später ging ich mit Andrew essen und sagte ihm dasselbe wie Natalie. Sein Gesicht spiegelte dieselben Gefühle wie Natalies – und dazu Dankbarkeit. Er brachte gentlemanlike

ein paar Einwände vor, gab letztlich jedoch nach, wie ich es geahnt hatte. Ich schlug vor, dass sie sich treffen sollten, nicht telefonieren oder mailen. Sie gingen darauf ein. Am Tag nach der
ersten Verabredung rief Natalie mich an und beschrieb erstaunt,
wie gut sie sich verstanden, wie lange sie auf einem Spaziergang
durch New Haven geredet und vor Kälte zitternd auf einer Bank
unter den Bäumen am Wooster Square geendet hätten. Sie fragte
immer wieder nach, ob es wirklich okay für mich wäre, und ich
versicherte ihr, dass es das wäre.

Und das war es auch, bis auf ein winzig kleines Problem. Ich
war nicht sicher, ob ich tatsächlich über Andrew hinweg war.

9. KAPITEL

Am Samstagmorgen wurde ich schockartig durch hysterisches Bellen geweckt – Angus kläffte und kratzte von innen an der Schlafzimmertür, als wäre ein Steak unter den Türspalt geklemmt.

„Was? Wer?", rief ich, noch kaum bei Bewusstsein. Mein Wecker zeigte gerade mal sieben Uhr. „Angus! Ich hoffe, dass mindestens das Haus brennt, sonst bekommst du Ärger!" Normalerweise schlief mein geliebtes Haustier lange und friedlich in meinem Bett, das er meist zu zwei Dritteln mit Beschlag belegte, obwohl er kaum mehr als fünfzehn Pfund wog.

Ein zufälliger Blick in den Spiegel zeigte mir, dass mein neuer Haarbändiger (zu fünfzig Dollar die Flasche) etwa um ein Uhr nachts seine Wirkung verlor, also zu der Zeit, zu der ich ins Bett gegangen war. Falls Angus mir also tatsächlich gerade das Leben rettete und demzufolge unser Foto auf der ersten Seite der Zeitung erschiene, sollte ich, bevor ich mich in die Flammen stürzte, lieber schnell noch etwas mit meinen Haaren unternehmen. Ich schnappte mir ein Haargummi, band einen Pferdeschwanz und befühlte die Tür. Kalt. Dann öffnete ich sie einen Spalt und schnupperte. Kein Rauch. Mist. Schon war die Chance dahin, von einem gut aussehenden Feuerwehrmann aus den Flammen getragen zu werden, als wäre ich leicht wie Zuckerwatte. Trotzdem ist es wohl besser, dachte ich, dass mein Haus nicht abbrennt.

Angus raste die Treppe hinunter und vollführte an der Haustür seinen üblichen Besuchertanz, bei dem er mit allen vieren gleichzeitig in die Luft sprang. Ach, ja! Heute war die Schlacht am Bull Run, und Margaret wollte mich abholen. Anscheinend hatte sie unter dem Zwang gestanden, früh aufzustehen, aber ich brauchte noch mindestens einen Kaffee, bevor ich irgendwelche Südstaatler töten konnte. Oder sollte ich heute gegen die Nordstaatler kämpfen?

Ich hob Angus hoch und öffnete die Tür. „Hallo Margaret", nuschelte ich und kniff die Augen gegen das Licht zusammen.

Auf meiner Schwelle stand Callahan O'Shea. „Nicht weh-tun!", sagte er.

Die Schwellung um sein Auge war merklich zurückgegangen und das leuchtende Lila durch Gelb und Hellbraun abgelöst worden. Er hatte blaue Augen, wie ich jetzt feststellte, und zwar von der Art, die an den Außenseiten leicht nach unten geneigt waren, sodass er ein wenig ... traurig aussah. Nachdenklich. Sexy. Er trug ein ausgeblichenes rotes T-Shirt und Jeans, und da war es wieder, dieses lästige Kribbeln in meinem Bauch.

„Sind Sie hier, um mich zu verklagen?", wollte ich wissen. Angus bellte ihn – *Jap!* – von meinem Arm aus an.

Er lächelte, und das Kribbeln wurde zu einem Ziehen.

„Nein, ich bin hier, um Ihre Fenster auszuwechseln. Netter Schlafanzug, übrigens."

Ich sah an mir hinunter. Mist. Spongebob Schwammkopf, ein Weihnachtsgeschenk von Julian. Es war eine Tradition zwischen uns, dass wir uns furchtbare Sachen schenkten ... Von mir hatte er einen Kressekopf bekommen. Dann begriff ich plötzlich, was er gesagt hatte. „Wie bitte? Sagten Sie, Sie würden meine Fenster erneuern?"

„Jupp." Er streckte den Kopf durch die Tür und sah sich im Wohnzimmer um. „Ihr Vater hat mich neulich dafür engagiert. Hat er Ihnen das nicht gesagt?"

„Nein", erwiderte ich. „Wann?"

„Am Donnerstag", sagte er. „Sie waren nicht zu Hause. Ein hübsches Häuschen haben Sie hier. Hat Daddy Ihnen das gekauft?"

Empört stemmte ich die Hände in die Hüften. „Hey!"

„Wie sieht's aus? Wollen Sie mich nicht reinlassen?"

Ich drückte Angus fester an mich. „Nein. Hören Sie, Mr O'Shea, ich glaube nicht, dass ..."

„Was? Wollen Sie nicht, dass ein Exhäftling für Sie arbeitet?"

„Ja, also ... ich ..." Es erschien mir unhöflich, es laut zu sagen. „Nein, danke." Ich lächelte gezwungen und kam mir so ehrenhaft vor wie ein Präsidentschaftskandidat, der Steuerreformen ankündigt. „Ich würde lieber jemand anderes damit beauftragen ... äh, jemanden, der schon für mich gearbeitet hat."

„Ich bin bereits beauftragt worden. Und Ihr Vater hat schon die Hälfte bezahlt." Er kniff die Augen zusammen und sah mich durchdringend an.

„Nun, das ist sehr ungünstig, und Sie werden das Geld zurückgeben müssen." Angus bellte zur Unterstützung. Braver Hund.

„Nein."

„Tja, tut mir leid, Mr O'Shea, aber ich will nicht, dass Sie hier arbeiten." Und mich im Schlafanzug sehen. Und verwirren. Und womöglich bestehlen.

Er legte den Kopf schief und musterte mich weiter. „Welch ein Drama, Ms Emerson, dass Sie mich nicht mögen, und vor allem welche Ironie, wenn man bedenkt, dass bei allen Gründen, die jemand haben könnte, den anderen nicht zu mögen, das Gewicht eindeutig auf meiner Seite liegt."

„Sie haben keine Wahl, Mister! Ich habe Sie nicht gebeten ..."

„Aber da ich bessere Manieren habe als Sie, werde ich mich mit meinem Urteil zurückhalten und lediglich erwähnen, dass ich Ihren Hang zur Gewalt nicht schätze. Wie dem auch sei, ich habe das Geld Ihres Vaters angenommen, und wenn Sie diese Fenster noch vor dem Winter ausgetauscht bekommen wollen, sollte ich rechtzeitig die Spezialanfertigung in Kansas bestellen. Und um ehrlich zu sein: Ich brauche die Arbeit. Okay? Also vergessen wir Ihre hysterische Entrüstung und ignorieren, dass ich Sie in Ihrer Tabu-Bekleidung gesehen habe ...", er musterte mich von oben bis unten, „und gehen an die Arbeit. Ich muss die Fenster ausmessen. Soll ich unten anfangen oder oben?"

In diesem Augenblick fuhr Natalies BMW in meine Auffahrt und löste bei Angus einen neuen Kläffanfall aus. Ich presste das zitternde Tier an mich und hatte das Gefühl, sein Bellen würde in meinem Kopf widerhallen.

„Können Sie die kleine Bestie nicht besser in den Griff kriegen?", erkundigte sich Callahan O'Shea.

„Still", brummte ich. „Nicht du, Angus, Schätzchen. Hallo Natalie."

„Hallo!" Sie kam die Treppe herauf und musterte meinen Nachbarn mit fragendem Blick. „Hallo, ich bin Natalie Emerson, Graces Schwester."

Mein Nachbar nahm ihre Hand und lächelte anerkennend, wofür ich ihn noch weniger mochte. „Callahan O'Shea", murmelte er. „Ich bin Graces Schreiner."

„Nein, ist er nicht", protestierte ich. „Was führt dich her, Nat?"

„Ich dachte, wir könnten zusammen einen Kaffee trinken", erwiderte sie lächelnd. „Ich muss unbedingt mehr über deinen neuen Freund erfahren. Seit Moms Ausstellung hatten wir noch gar keine Gelegenheit zu reden."

„Ein Freund?", fragte Callahan nach. „Gehe ich recht in der Annahme, dass er es gerne grob mag?"

Natalie sah erst mich verwundert an, dann Callahans Veilchen und grinste. „Komm schon, Grace, wie wäre es mit einem Kaffee? Callahan, ja? Möchten Sie auch eine Tasse?"

„Liebend gern", antwortete er und lächelte meine hübsche und plötzlich sehr irritierende Schwester an.

Fünf Minuten später starrte ich missmutig auf die Kaffeekanne, während meine Schwester und Callahan O'Shea beste Freunde fürs Leben wurden.

„Grace hat Sie tatsächlich geschlagen? Mit einem Feldhockeyschläger? Oh, Grace!" Sie brach in Gelächter aus, dieses heisere, verführerische Lachen, das Männer liebten.

„Es war Notwehr", verteidigte ich mich und holte Kaffeebecher aus dem Schrank.

„Sie war betrunken", erklärte Callahan. „Also, beim ersten Mal war sie betrunken. Beim zweiten Mal, mit der Harke, war sie einfach nur gedankenlos."

„Ich war nicht gedankenlos", widersprach ich, stellte die Kaffeekanne ab und riss die Kühlschranktür auf, um Kaffeesahne zu holen, die ich mit lautem Knall auf den Tisch stellte. „Dass ich gedankenlos bin, hat noch niemand behauptet."

„Na, ich weiß nicht, Natalie", meinte Callahan und legte den Kopf schief. „Finden Sie diesen Schlafanzug nicht auch gedankenlos?" Er musterte mich wiederum von oben bis unten.

„Das reicht, Ire. Sie sind gefeuert. Noch einmal. Immer noch. Wie auch immer."

„Ach, komm schon, Grace", sagte Natalie lachend. „Er hat doch recht. Ich hoffe nur, dass Wyatt dich darin nicht sehen muss."

„Wyatt liebt Spongebob", gab ich zurück.

Nat schenkte Callahan Kaffee ein, ohne meinen giftigen Blick zu beachten. „Callahan, haben Sie schon Graces neuen Freund getroffen?"

„Nein, habe ich nicht", antwortete er und sah mich unter erhobenen Augenbrauen an. Ich versuchte, ihn zu ignorieren. Was nicht leicht war. Er sah so verdammt … gut aus … wie er da in meiner hellen Küche saß und Kaffee aus dem kornblumen-blauen Becher der limitierten Auflage von Fiesta trank, während Angus an seinen Schnürsenkeln knabberte. Die Sonne schien auf sein strubbeliges Haar, sodass manche Strähnen zwischen dem dunklen Kastanienbraun golden aufglänzten. Er strotzte nur so vor Männlichkeit mit seinen breiten Schultern und starken Muskeln und dem Vorhaben, mein Haus zu reparieren … ver-dammt. Wer wäre da nicht erregt?

„Also, wie ist er so?", erkundigte sich Natalie. Eine Sekunde lang dachte ich, sie spräche von Callahan O'Shea.

„Hm? Oh, Wyatt? Er ist … sehr nett."

„Nett ist gut. Und wie war euer Abend neulich?", fragte sie weiter, während sie Zucker in ihren Kaffee rührte, um sich noch süßer zu machen. Verdammt. Natalie hatte neulich Abend ange-rufen, und ich hatte Andrew im Hintergrund gehört und das Ge-spräch abgewürgt, indem ich behauptet hatte, ich müsse Wyatt in Hartford treffen. Das Lügengebäude wuchs … Callahan sah mich aus seinen tiefgründigen blauen Augen an. Leicht spöt-tisch, wie mir schien.

„Oh, es war schön. Sehr nett. Unterhaltsam. Wir haben ge-gessen. Getrunken. Geküsst. Solche Sachen."

Wie außerordentlich eloquent, Grace! Und Callahan hob wieder eine Braue.

„Grace, komm schon!", drängte meine einst geliebte Schwester. „Wie ist er denn so? Ich meine, er ist Kinderchirurg, also ist er natürlich ein wunderbarer Mensch, aber gib mir doch bitte noch ein paar Details."

„Strahlend! Er hat eine strahlende Persönlichkeit", erklärte ich ein wenig zu laut. „Und er ist sehr ...", ein weiterer Blick zu Callahan, „respektvoll. Freundlich. Er ist unglaublich großzügig. Spendet Geld für Obdachlose ... und, äh ... rettet ... Katzen." Mein Gewissen, entsetzt über meine miserable Fähigkeit zu lügen, schlug die Hände über dem Kopf zusammen.

„Klingt perfekt", meinte Natalie anerkennend. „Hat er Sinn für Humor?"

„Oh ja", erwiderte ich. „Er ist sehr witzig. Aber auf eine nette Art. Nicht zynisch oder sarkastisch oder bissig. Sondern nett und liebevoll."

„Wie heißt es so schön? Gegensätze ziehen sich an", kommentierte Callahan.

„Ich dachte, ich hätte Sie gefeuert", gab ich zurück.

Er schmunzelte, sodass er wieder diese hübschen Fältchen um die Augen bekam, und mir wurden die Knie weich.

„Ich finde, er klingt großartig", kommentierte Natalie mit ihrem hübschen Lächeln.

„Danke." Ich erwiderte ihr Lächeln. Eine Sekunde lang war ich versucht, sie nach Andrew zu fragen, aber da der muskulöse Exknacki im Raum war, entschied ich mich dagegen.

„Gehst du heute zur Schlacht, Grace?" Meine Schwester nippte an ihrem Kaffee. Alles, was sie tat, sah aus, als würde sie dabei gefilmt ... anmutig, ausgeglichen und schön.

„Schlacht?", fragte Callahan.

„Sag ihm nichts", befahl ich. „Und ja, ich gehe hin."

„Tja, es tut mir sehr leid, aber ich muss wieder zurück nach New Haven", verkündete Nat bedauernd und stellte ihre Tasse ab. „Es war nett, Sie kennenzulernen, Callahan."

„Das Vergnügen war ganz auf meiner Seite", erwiderte er und stand auf. Sieh an, sieh an, er hatte sogar Manieren ... zumindest, wenn Natalie dabei war.

Ich brachte sie zur Tür, wo ich sie fest umarmte. „Alles okay mit Andrew?", fragte ich betont locker.

Es war wie einen wunderschönen Sonnenaufgang zu sehen, als ihr Gesicht schlagartig aufleuchtete. „Oh, Grace … ja."

„Wunderbar", sagte ich und schob ihre eine Haarsträhne hinters Ohr. „Ich freue mich für dich, Süße."

„Danke", murmelte sie. „Und ich freue mich auch so für dich! Wyatt klingt perfekt." Sie drückte mich an sich. „Sehen wir uns bald?"

„Bestimmt." Ich drückte sie ebenfalls, spürte, wie mein Herz sich vor Liebe zusammenzog, und sah ihr nach, wie sie zu ihrem schicken Sportwagen zurückkehrte und aus meiner Ausfahrt bog. Sie winkte noch einmal und war verschwunden. Mein Lächeln erstarb. Margaret hatte sofort gemerkt, dass Wyatt Dunn nur erfunden war, und selbst Callahan O'Shea, ein völlig Fremder, schien es zu ahnen. Nicht so Natalie. Natürlich hing für sie viel davon ab, ob ich tatsächlich mit einem tollen Typen zusammen war oder nicht. Wäre ich liiert, bedeutete das … nun ja. Ich wusste, was es bedeutete.

Seufzend kehrte ich in die Küche zurück.

„So, so." Callahan lehnte sich zurück und verschränkte die Arme hinter dem Kopf. „Ihr Freund ist also ein Katzenretter."

Ich lächelte. „Ja, das ist er. In seinem Wohngebiet gibt es ein Problem mit verwilderten Katzen. Sehr traurig. Er treibt sie zusammen in große Kisten und bringt sie ins Tierheim. Möchten Sie eine?"

„Eine verwilderte Katze?"

„M-hm. Man sagt doch, das Haustier solle der Persönlichkeit des Besitzers entsprechen."

Er lachte, ein schelmisches, verruchtes Lachen, und auf einmal wurde mir fast so schwindelig wie damals beim Besuch des Springsteen-Konzerts. „Nein, danke, Grace."

„Also, sagen Sie's mir, Mr O'Shea", forderte ich ihn brüsk auf. „Wie viel Geld haben Sie veruntreut und von wem?"

Er presste die Lippen zusammen. „Eins Komma sechs Millionen Dollar", sagte er dann. „Von meinem verehrten Arbeitgeber."

„Eins Komma ... ach du meine Güte!"

Wie mir plötzlich auffiel, lag mein Scheckbuch genau neben uns auf der Küchentheke. Ich sollte das wohl besser wegräumen, oder? Nicht, dass ich eine Million Dollar hatte, aber trotzdem. Callahan folgte meinem nervösen Blick und hob wieder seine unverletzte Augenbraue.

„Ja, es ist verlockend", sagte er. „Aber ich habe ein neues Leben angefangen. Obwohl es ausgesprochen hart wird, denen da zu widerstehen." Er nickte in Richtung meiner Sammlung antiker gusseiserner Hunde. Dann stand er auf, und meine Küche wirkte auf einmal sehr klein. „Kann ich hochgehen und die Fenster ausmessen, Grace?"

Ich machte den Mund auf, um zu protestieren, schloss ihn dann aber wieder. Es lohnte sich nicht. Wie lange würde das mit den Fenstern dauern? Ein paar Tage?

„Ja, sicher. Warten Sie einen Moment, ich will nur noch eben ... äh ..."

„Warum kommen Sie nicht einfach mit? Wenn ich dann in Versuchung gerate, Ihr Schmuckkästchen zu durchwühlen, können Sie mir gleich auf die Finger klopfen."

„Ich wollte nur nachsehen, ob das Bett gemacht ist, das ist alles", log ich. „Kommen Sie."

In den nächsten drei Minuten kämpfte ich gegen Gefühle der Lust und Verunsicherung an, während Callahan O'Shea meine Schlafzimmerfenster vermaß. Danach ging er ins Gästezimmer und wiederholte das Ganze mit schnellen, effektiven Bewegungen. Er hielt das Maßband an die Fensterrahmen und schrieb die Zahlen in ein kleines Notizbuch. Ich stand in den Türrahmen gelehnt und beobachtete seinen Rücken (seinen knackigen Hintern, um ehrlich zu sein), während er ein Fenster öffnete und hinaussah.

„Vielleicht muss ich neu verputzen, wenn ich sie austausche", sagte er, „aber das weiß ich erst, wenn ich die Fenster herausgenommen habe. Die sind ganz schön alt."

„Okay. Sicher. Klingt gut."

Er kam auf mich zu, und ich hielt den Atem an. Oh Gott.

Callahan O'Shea stand nur wenige Zentimeter von mir entfernt. Ich spürte die Wärme seines Körpers, und mein eigener Körper schien dadurch weicher zu werden und sich zu ihm zu neigen. Ich merkte, wie mein Herz sich zusammenzog und öffnete, zusammenzog und öffnete. Seine Hand, in der er noch immer das Maßband hielt, berührte meine, und plötzlich musste ich durch den Mund atmen.

„Grace?"

„Ja?", erwiderte ich flüsternd. Ich konnte den Pulsschlag in seinem Hals erkennen und fragte mich, wie es wohl wäre, diesen Hals zu küssen. Mit den Fingern durch sein dichtes Haar zu fahren. Seine …

„Könnten Sie wohl zur Seite gehen?"

Abrupt klappte ich den Mund wieder zu. „Sicher! Natürlich! Ich … war nur in Gedanken."

Er verzog den Mund zu einem allzu wissenden Lächeln.

Wir gingen wieder nach unten, und kurze Zeit später war Callahan O'Shea dann leider auch schon fertig. „Ich gebe die Bestellung auf und sage Ihnen Bescheid, wenn die Fenster kommen", sagte er.

„Super", erwiderte ich.

„Tschüss dann. Viel Glück bei der Schlacht."

„Danke." Aus unerfindlichem Grund wurde ich rot.

„Und vergewissern Sie sich, dass Sie die Türen gut abgeschlossen haben. Ich werde den ganzen Tag zu Hause sein."

„Sehr witzig. Raus mit Ihnen", sagte ich. „Ich muss los, Yankees töten."

10. KAPITEL

Der Kanonendonner dröhnte mir in den Ohren, der Pulvergeruch war scharf und belebend. Ich beobachtete, wie sechs Soldaten der Union fielen. Hinter der ersten Linie luden die Yankees nach.

„Das ist ja so bescheuert", murmelte Margaret, während sie mir das Pulver gab, damit ich meine Kanone neu laden konnte.

„Sei still", protestierte ich. „Wir erweisen der Geschichte Ehre. Und hör auf, dich zu beschweren – du stirbst noch früh genug. Und für Sie die Pest, Mr Lincoln!", rief ich laut und schickte eine stumme Entschuldigung an den guten Abe hinterher, den bedeutendsten Präsidenten, den unsere Nation je hatte. Er würde mir sicher verzeihen, da ich eine Miniaturausgabe des Lincoln Memorial in meinem Schlafzimmer stehen hatte und seine berühmte Rede von Gettysburg auswendig aufsagen konnte (und es auch gelegentlich tat).

Doch *Brother Against Brother* nahm seine Schlachten sehr ernst. Wir hatten etwa zweihundert Freiwillige, und jede Nachstellung war sorgfältig geplant, um größtmögliche historische Genauigkeit zu bieten. Die Yankee-Soldaten feuerten ihre nächste Salve ab, und Margaret fiel, die meergrünen Augen dramatisch verdreht, zu Boden. Ich wurde in die Schulter getroffen, schrie auf und brach neben ihr zusammen. „Es wird Stunden dauern, bis ich endgültig tot bin", raunte ich meiner Schwester zu. „Blutvergiftung vom Blei. Da gibt es kein Heilmittel. Selbst wenn ich in ein Feldlazarett käme, würde ich da wohl sterben. Also wie auch immer: lang und schmerzhaft."

„Ich wiederhole: Das ist echt bescheuert", meinte Margaret und klappte ihr Handy auf, um Textnachrichten zu lesen.

„Anachronismus!", bellte ich.

„Was?"

„Das Handy! Du darfst bei Nachstellungen nichts Modernes dabeihaben! Und wenn du es so bescheuert findest, warum bist du dann überhaupt mitgekommen?"

„Dad hat Junie immer wieder genervt", Margaret sprach von ihrer langjährigen Sekretärin, „sodass sie mich schließlich anflehte zuzusagen, damit er endlich nicht mehr anruft oder vorbeikommt. Außerdem wollte ich aus dem Haus."

„Tja, jetzt bist du hier, also hör auf zu jammern." Ich fasste ihre Hand und stellte mir vor, ich wäre ein Südstaatler, der Trost bei seinem gefallenen Bruder sucht. „Wir sind an der frischen Luft, es ist ein wunderschöner Tag, wir liegen im süß duftenden Klee …" Margaret schwieg. Als ich den Kopf wandte, sah ich, dass sie immer noch auf ihrem Handy las und dabei die Stirn runzelte. Das war für sie nicht weiter ungewöhnlich, aber gleichzeitig zitterten ihre Lippen, als würde sie gleich weinen. Ich setzte mich abrupt auf. „Margs? Alles in Ordnung?"

„Oh ja, alles bestens", antwortete sie.

„Sollt ihr nicht tot sein?", fragte mein Vater, der gerade vorbeikam.

„Entschuldige, Dad, ich meine, entschuldigen Sie, General Jackson", sagte ich und legte mich pflichtschuldig wieder hin.

„Margaret, bitte. Steck das weg. Viele Leute geben sich sehr große Mühe, damit hier alles authentisch wirkt."

Margaret verdrehte die Augen. „Bull Run in Connecticut. Sehr authentisch."

Dad grunzte abfällig. Ein weiterer Offizier sprang an seine Seite. „Was sollen wir tun, Sir?", fragte er.

„Sir, wir werden sie bajonettieren!", kommandierte Dad. Bei den historischen Worten durchlief mich ein Schauer. Was für ein Krieg! Die beiden Offiziere diskutierten und marschierten dann weiter, um bewaffnete Soldaten am Berghang zu formieren.

„Vielleicht brauche ich mal eine Pause von Stuart", meinte Margaret.

Ich setzte mich wieder abrupt auf und brachte damit einen Konföderierten zum Stolpern, der meine Kanone wegziehen wollte. „Entschuldigung", rief ich ihm zu. „Mach sie nieder!" Er und ein anderer Typ packten die Kanone und rollten sie unter gespieltem Beschuss und Schreien der kommandierenden Offiziere davon. „Meinst du das ernst, Margaret?"

„Ich brauche etwas Abstand", antwortete sie.

„Was ist passiert?"

Sie seufzte. „Nichts. Das ist ja das Problem. Wie sind jetzt seit sieben Jahren verheiratet, ja? Und nichts hat sich geändert. Wir machen jeden Tag dasselbe. Wir kommen nach Hause. Starren uns beim Abendessen an. Wenn er in letzter Zeit etwas von der Arbeit oder aus den Nachrichten erzählt, sehe ich ihn an und denke nur: ‚Das war's?'"

Ein früher Schmetterling landete auf einem Messingknopf meiner Uniform, klappte die Flügel auf und zu und flatterte wieder davon. Schnaufend kam ein Konföderierter angerannt. „Seid ihr nun tot oder was?", rief er.

„Oh, ja, sind wir, 'tschuldigung." Ich legte mich wieder hin und zog an Margarets Hand, bis sie meinem Beispiel folgte. „Ist da sonst noch etwas, Margs?"

„Nein." Dass sie den Kopf wegdrehte, strafte ihre Aussagen Lügen. Doch Margaret war niemand, der sich zu Bekenntnissen drängen ließ. „Es ist nur so … ich frage mich einfach, ob er mich wirklich liebt. Ob ich ihn wirklich liebe. Ob eine Ehe eben so ist oder ob wir uns nur den Falschen ausgesucht haben."

Wir lagen im Gras und schwiegen. Ich mochte Stuart gern, er war ein lieber, ruhiger Mann, wobei ich zugeben musste, dass ich ihn nicht besonders gut kannte. Ich sah ihn hin und wieder an der Schule, meist von Weitem. Die Schüler der Manning liebten ihn, so viel war sicher. Doch bei Familientreffen traten meist Moms und Dads Streitereien in den Vordergrund oder Mémés Monologe über die Schlechtigkeit der heutigen Welt, und da bekam Stuart kaum ein Wort dazwischen. Was ich allerdings wusste, war, dass er fürsorglich, klug und meiner Schwester gegenüber sehr aufmerksam war. Man konnte sogar sagen, dass er sie ein bisschen zu sehr bewunderte, da er ihr bei fast allem den Vortritt überließ.

Die Schreie fliehender Unions-Soldaten und triumphierender Südstaaten-Rebellen erfüllten die Luft.

„Können wir jetzt gehen?", erkundigte sich Margaret.

„Nein. Dad bringt gerade seine Brigade in Stellung. Warte …

warte …" Ich stützte mich auf die Ellbogen, damit ich es sehen konnte, und grinste schon in gespannter Erwartung.

„Seht auf Jacksons Brigade! Sie steht da wie eine Mauer!", kamen die berühmten Worte des Brigadegenerals Bee, gespielt von Rick Jones.

„Hurra! Hurra!" Obwohl ich eigentlich tot sein sollte, konnte ich mir die Jubelrufe nicht verkneifen. Margaret schüttelte den Kopf, musste aber schmunzeln.

„Grace, du brauchst wirklich ein normales Leben", sagte sie beim Aufstehen.

„Wie denkt Stuart denn darüber?", fragte ich, während ich mir von ihr aufhelfen ließ.

„Er sagt, ich solle tun, was auch immer nötig sei, um meinen Kopf wieder klar zu kriegen." Margaret schüttelte den Kopf, entweder vor Anerkennung oder Unmut. Wie ich sie kannte, war es eher Unmut. „Hör zu, Grace. Meinst du, ich könnte für ein oder zwei Wochen mal bei dir wohnen? Vielleicht auch länger?"

„Sicher", antwortete ich. „So lange du willst."

„Danke. Und übrigens: Ich bringe dich mit diesem Typen zusammen. Lester. Ich habe ihn letzte Woche auf Moms Ausstellung kennengelernt. Er ist Kunstschmied oder so etwas."

„Ein Kunstschmied namens Lester?", fragte ich nach. „Ach, Margaret, komm schon." Dann überlegte ich. Es konnte sicher nicht schlimmer werden als neulich mit dem Kriegsveteranen. „Sieht er gut aus?"

„Tja, das weiß ich nicht. Nicht umwerfend, aber auf eine eigene Art attraktiv."

„Lester, der Kunstschmied, auf eigene Art attraktiv. Das klingt nicht gerade vielversprechend."

„Na und? In der Not muss der Teufel eben Fliegen fressen. Und du hast doch gesagt, du wolltest jemanden kennenlernen, also musst du dich mit jemandem treffen. Okay? Okay. Ich sage ihm, er soll dich anrufen."

„Prima", murmelte ich. „Hey, Margs, hast du eigentlich mal nach diesem Namen geforscht, den ich dir gegeben habe?"

125

„Welchem Namen?"

„Von dem Exknacki. Callahan O'Shea, mein Nachbar. Er hat über eine Million Dollar veruntreut."

„Nein, dazu bin ich noch nicht gekommen. Tut mir leid. Ich werde es diese Woche machen. Veruntreuung. Das ist ja nicht sooo schlimm, oder?"

„Na ja, gut ist es auch nicht. Und es war immerhin über eine Million."

„Trotzdem besser als Vergewaltigung und Mord", meinte Margaret fröhlich. „Sieh mal, da gibt's Donuts. Gott sei Dank, ich bin am Verhungern!"

Und damit verließen wir das Schlachtfeld und gesellten uns zum Rest der Truppen, die bereits Kaffee von Starbucks tranken und Krispy Kreme Donuts aßen. Gut, das war nicht historisch authentisch, aber immerhin besser als Maultierfleisch und Schaufelkuchen.

Am Abend verbrachte ich eine Stunde damit, meine widerspenstigen Locken zu zähmen und ein neues Outfit anzuprobieren. Ich hatte zwei aufeinanderfolgende Verabredungen über *eCommitment* … Na ja, keine richtigen Verabredungen, aber Treffen, um zu entscheiden, ob es Gründe für Verabredungen gäbe. Das Erste wäre mit Jeff, der tatsächlich vielversprechend klang. Er hatte eine eigene Firma in der Unterhaltungsbranche und sein Foto sah sehr gut aus. Genau wie ich ging er gern Bergwandern, liebte es, im Garten zu arbeiten, und mochte Historienfilme. Sein Lieblingsfilm war allerdings *300*, was hoffentlich nicht bedeutete, dass er schwul war. Doch ich beschloss, das für den Moment zu vernachlässigen. Ich war mir allerdings nicht sicher, worin sein Unternehmen bestand. Unterhaltungsindustrie … hm. Vielleicht war er ein Agent oder so etwas. Oder er hatte eine Plattenfirma oder einen Club. Jedenfalls klang es spannend.

Jeff und ich wollten uns auf einen Drink in Farmington treffen, und danach würde ich zu einem kleinen Snack mit Leon fahren. Leon war Biolehrer, also war schon mal klar, dass wir uns viel zu erzählen hätten … tatsächlich war es in unseren bisherigen drei E-Mails immer um Schule gegangen, die angenehmen und unangenehmen Seiten des Lehrerdaseins, und ich freute mich darauf, auch etwas über sein Privatleben zu erfahren.

Ich fuhr zum verabredeten Ort, einem Lokal in der Nähe eines Einkaufszentrums mit viel falschem Tiffany-Zeug und Sportsouvenirs. Aufgrund des Fotos erkannte ich Jeff sofort – er war klein und irgendwie süß, braunes Haar, braune Augen, ein nettes Grübchen in der linken Wange. Wir begrüßten uns mit einer dieser ungelenken Umarmungen, bei denen man nicht wusste, wie weit man gehen konnte, und am Ende berührten sich unsere Wangen wie bei zwei Damen der feinen Gesellschaft. Doch Jeff spielte mit einem Lächeln darüber hinweg, was ihn sehr sympathisch machte. Wir folgten dem Kellner zu einem kleinen Tisch, bestellten jeder ein Glas Wein und fingen an zu reden. Von da an ging es bergab.

„Jeff, ich habe mich gefragt, was genau Sie beruflich machen", begann ich nach einem Schluck Wein.

„Ich habe ein eigenes Unternehmen", antwortete er.

„Genau. Aber was für ein Unternehmen?"

„In der Unterhaltungsbranche." Er lächelte hintergründig und schob Salz- und Pfefferstreuer nebeneinander.

„Aha. Und wie genau unterhalten Sie?"

Er grinste. „Na so!", erwiderte er, lehnte sich zurück und setzte mit einem flinken Fingerschnipsen den Tisch in Brand.

Später, nachdem die Feuerwehr den Brand gelöscht hatte und es als sicher erachtete, dass die Gäste wieder ins Lokal zurückkehren könnten, in dem noch eine Menge Schaum vom Ersticken der „Unterhaltung" herumlag, sah Jeff mich verständnislos an. „Kann denn keiner mehr was mit Zauberei anfangen?", wollte er wissen.

„Sie haben das Recht zu schweigen", zitierte ein Polizist pflichtschuldig.

„Das Feuer sollte nicht so groß sein", informierte Jeff den Beamten, den das aber offenbar nicht sonderlich interessierte.

„Dann sind Sie also Zauberer?", fragte ich nach, während ich an einer Haarsträhne roch, die angesengt worden war.

„Das ist mein Traum", erwiderte er, während der Polizist ihm Handschellen anlegte. „Magie ist mein Leben."

„Aha", meinte ich nur. „Na, dann weiterhin viel Glück."

Lag es an mir, oder warum wurden neuerdings so viele Männer in meinem Umkreis in Handschellen abgeführt? Erst Callahan O'Shea, jetzt Jeff. Allerdings hatte Callahan bedeutend besser ausgesehen als Jeff, der mehr wie ein eingesperrtes Frettchen wirkte. Ja, wenn es um Handschellen ging, war Callahan O'Shea eindeutig … Ich brach den Gedankengang ab. Gleich musste ich Leon, den Lehrer treffen, und da die Feuerwehr von Farmington so tüchtig war, hatte ich noch nicht einmal Verspätung.

Mit Leon begann es hoffnungsvoll. Sein Haar lichtete sich schon etwas, aber auf attraktive Weise, so wie bei Ed Harris. Er hatte leuchtend blaue Augen, ein jungenhaftes Lachen, und er schien mich interessant zu finden, was ihn wiederum für mich attraktiv machte. Wir redeten etwa eine Stunde über unser Lehrerdasein, klagten über allzu eifrige Eltern und lobten die Auffassungsgabe mancher Kinder.

„Jetzt möchte ich Sie einmal etwas fragen, Grace", sagte er plötzlich und schob den Teller mit unserer Vorspeise beiseite, um meine Hand zu nehmen. Wie gut, dass ich mir in der Woche eine Maniküre gegönnt hatte! Er sah mich ernst an. „Was, würden Sie sagen, ist das Wichtigste in Ihrem Leben?"

„Meine Familie", antwortete ich sofort. „Wir stehen uns sehr nah. Ich habe zwei Schwestern, eine ältere und …"

„Ich verstehe. Was sonst noch, Grace? Was kommt als Nächstes?"

„Äh, also … meine Schüler, denke ich. Ich liebe meine Schüler, und ich möchte sie für Geschichte begeistern. Sie …"

„Aha. Sonst noch etwas, Grace?"

„Na ja", erwiderte ich ein wenig angesäuert, dass er mich schon zwei Mal unterbrochen hatte, „sicher. Ich meine, ich arbeite noch ehrenamtlich in einem Seniorenheim, da gebe ich Tanzkurse mit meinem Freund Julian, der Tanzlehrer ist. Manchmal lese ich ihnen auch vor, also denen, die nicht selbst lesen können …"

„Sind Sie religiös?", wollte Leon wissen.

Ich überlegte. Ich würde mich selbst eher als spirituell bezeichnen, denn als religiös. „Irgendwie schon. Ja. Ich meine … ich gehe zur Kirche … also, einmal im Monat oder so, und ich …"

„Ich frage mich, welche Gefühle Sie für Gott hegen."

Ich blinzelte. „Gott?" Leon nickte. „Na ja, Gott ist … also … Er ist großartig." Ich stellte mir vor, wie Gott gerade die Augen verdrehte. *Komm schon, Grace. Ich sagte: „Es werde Licht", und ka-bling! Es wurde Licht! Fällt dir da nichts Besseres ein als „Er ist toll", um Gottes willen? Ha, hörst du das? Um* Gottes *willen?* (Ich hatte mir Gott immer mit sehr viel Humor vorgestellt. Den musste er doch wohl haben, oder?)

Leon kniff seine (fanatisch?) leuchtenden blauen Augen zusammen. „Ja, er ist großartig. Sind Sie Christ? Haben Sie Jesus Christus als Ihren persönlichen Retter angenommen?"

„Na ja … klar." Gut, ich konnte mich nicht erinnern, dass irgendjemand in meiner Familie (Nachkommen der Mayflower-Passagiere, Sie erinnern sich?) jemals den Begriff *persönlicher Retter* benutzt hätte … Wir waren Kongregationalisten und sahen vieles eher philosophisch. „Jesus ist auch … gut." Nun sah ich Jesus vor mir, wie er, am Kreuz hängend, den Kopf hebt. *Wow. Toll, Grace. Ist das der Lohn dafür, dass ich hier oben sterbe?*

„Jesus ist mein Begleiter", sagte Leon stolz. „Grace, ich möchte Sie in meine Kirche mitnehmen, damit Sie die wahre Bedeutung von Heiligkeit erfahren."

Die Rechnung, bitte! „Vielen Dank, Leon, aber ich habe eine eigene Kirche", antwortete ich. „Die finde ich sehr schön, und ich habe kein Interesse daran, in eine andere zu gehen."

Leon kniff wieder seine fanatisch glänzenden Augen zusammen. „Ich habe nicht den Eindruck, dass Sie Gott wahrhaftig angenommen haben, Grace." Er runzelte die Stirn.

Das reichte. Genug war genug. „Also gut, Leon, seien wir ehrlich. Sie kennen mich seit einer Dreiviertelstunde. Wie zum Teufel wollen Sie das wissen?"

Bei dem bösen T-Wort zuckte Leon zurück. „Das ist Blasphemie!", zischte er. „Es tut mir leid, Grace, aber wir haben keine gemeinsame Zukunft. Sie sollen geradewegs dorthin fahren, wo der wohnt, den Sie so unbedacht genannt haben!" Er stand auf.

„Richtet nicht, auf dass ihr nicht gerichtet werdet", erinnerte ich ihn. „Tja, nett, Sie kennengelernt zu haben und weiterhin viel Glück dabei, eine Partnerin zu finden!" Ich war ziemlich sicher, dass Gott stolz auf mich wäre. Ich hatte nicht nur ein Zitat aus der Bibel geliefert, sondern auch die andere Wange hingehalten, gewissermaßen.

Als ich wieder in meinem Wagen saß, musste ich leider feststellen, dass es erst acht Uhr war. Erst acht Uhr, und ich war schon aus Flammen gerettet und zur Hölle geschickt worden … und immer noch kein Freund in Sicht! Ich seufzte.

Zum Glück kannte ich ein gutes Heilmittel gegen Einsamkeit – es hieß *Golden Meadows*. Zwanzig Minuten später saß ich in Zimmer Nummer 403.

„*Ihr weißes Satinnachthemd glitt mit verführerischem Flüstern zu Boden.*" Ich hielt inne und sah zu meinem Publikum, das aus einem einzigen Mann bestand. „*Seine Augen strahlten tiefblau vor Lust, seine Lenden brannten beim Anblick ihres milchweißen, bebenden Busens. ‚Ich bin Euer, Mylord', sagte sie und reckte ihm ihre vollen Lippen entgegen. Sein Verstand war wie ausgeschaltet, als er die Hand nach ihrer Brust ausstreckte …* Na, das ist aber mal ein Paradebeispiel für falschen Bezug. Ich kann Ihnen versichern, dass sein Verstand auf keinen Fall nach ihrer Brust griff."

Ein weiterer Blick zu Mr Lawrence bestätigte mir denselben Grad an Aufmerksamkeit wie zuvor – nämlich gar keinen. Mr Lawrence war ein schmächtiger, zusammengekrümmter Mann mit weißem Haar und leeren Augen, der nicht sprach und mit den Händen permanent an seiner Kleidung und den Sessellehnen herumzupfte. In all den Monaten, die ich ihm schon vorlas, hatte er noch kein einziges Wort gesprochen. Hoffentlich genoss er unsere Lesezeiten wenigstens und schrie nicht innerlich nach James Joyce. „Also, zurück zur Geschichte.

Sollte er auf dieses Versprechen verbotener Leidenschaft eingehen und mit hartem Verlangen in die zarte Tiefe ihres beseligenden Schoßes vordringen?"

„Ich finde, er sollte es tun."

Ich fuhr zusammen und ließ das kitschige Taschenbuch fallen. Callahan O'Shea stand in der Tür, und der Raum wirkte plötzlich nur halb so groß. „Hey, Ire! Was machen Sie denn hier?", fragte ich ihn.

„Viel interessanter wäre die Frage, was Sie hier machen."

„Ich lese Mr Lawrence etwas vor. Es gefällt ihm." Hoffentlich beendete Mr Lawrence nicht ausgerechnet jetzt sein jahrelanges Schweigen und widersprach. „Und er ist nur einer von vielen Bewohnern dieses Heims, denen ich vorlese."

„Ach, tatsächlich? Er ist außerdem mein Großvater", sagte Callahan und verschränkte die Arme.

Ich war überrascht. „Das ist Ihr Großvater?"

„Ja."

„Oh. Tja, ich … lese den Leuten hier manchmal etwas vor."

„Allen?"

„Nein, nur denen, die …" Ich brach ab.

„… die keinen Besuch bekommen", beendete Callahan den Satz.

„Genau."

Mit meinem kleinen Leseprogramm hatte ich begonnen, als Mémé vor etwa vier Jahren hier einzog. Besuch zu bekommen war für die Bewohner von *Golden Meadows* eine Art Statussymbol, und eines Tages war ich zufällig in diesen Bereich des Hauses geraten – den gesicherten Bereich – und hatte entdeckt, dass sehr viele der Patienten vereinsamt waren, weil ihre Familien zu weit entfernt wohnten oder die trübselige Atmosphäre hier nicht ertrugen. Also fing ich an, ihnen vorzulesen. Gut, *Lord Bartons Begehren* war kein Klassiker – zumindest nicht nach literarischem Standard –, aber es schien die Aufmerksamkeit meiner Hörer zu fesseln. Mrs Kim in Zimmer 39 hatte tatsächlich geweint, als Lord Barton seiner Clarissia endlich einen Heiratsantrag machte.

Callahan stieß sich vom Türrahmen ab und trat ins Zimmer. „Hallo Pop", sagte er und gab dem alten Mann einen Kuss aufs Haar. Mr Lawrence reagierte nicht. Meine Augen brannten ein wenig, als Callahan den gebrechlichen alten Mann ansah, der wie immer ordentlich in Hose und Strickjacke gekleidet war.

„Tja, dann lasse ich Sie beide mal allein." Ich stand auf.

„Grace."

„Ja?"

„Danke, dass Sie ihn besuchen." Er zögerte, dann lächelte er mich an, und mir ging das Herz auf. „Früher hat er gern Biografien gelesen."

„Also gut", meinte ich. „Meiner Meinung nach sind der Graf und die Hure zwar weitaus belebender, aber wenn Sie das sagen ..." Ich hielt inne. „Standen Sie sich nahe?", fragte ich, ohne groß nachzudenken.

„Ja", sagte Callahan. Sein Gesichtsausdruck war unlesbar, seine Augen ruhten auf seinem Großvater, der wieder anfing, an seinem Pullover zu zupfen. Callahan legte eine Hand über die des alten Mannes, um die nervöse Bewegung zu unterbrechen. „Er hat uns großgezogen. Meinen Bruder und mich."

Ich zögerte, da ich nicht unhöflich sein wollte, doch dann siegte die Neugier. „Was ist mit Ihren Eltern passiert?"

„Meine Mutter starb, als ich acht war", antwortete er. „Meinen Vater habe ich nie gesehen."

„Das tut mir leid." Er nickte kurz. „Was ist mit Ihrem Bruder? Wohnt der auch in der Nähe?"

Callahans Gesicht versteinerte. „Ich glaube, er ist irgendwo im Westen. Wir haben ... uns entfremdet. Hier bin nur ich." Als er seinen Großvater ansah, wurde sein Blick wieder weich.

Ich schluckte. Meine eigene Familie kam mir plötzlich ganz wunderbar vor, auch wenn Mom und Dad ständig stritten und Mémé alles kritisierte. Meine Tanten und Onkel, selbst meine blöde Cousine Kitty ... und natürlich meine Schwestern – ich liebte sie alle von ganzem Herzen und konnte mir nicht vorstellen, dass wir uns jemals entfremdeten.

„Das tut mir leid", wiederholte ich beinahe flüsternd.

Callahan sah mich an, dann lachte er auf. „Ich hatte trotzdem eine relativ normale Kindheit. Ich habe Baseball gespielt, bin zelten gegangen, Fliegenfischen … Der übliche Jungenskram."

„Das ist gut", sagte ich. Meine Wangen brannten. Der Klang seines Lachens schien in meinem Brustkorb nachzuhallen. Es war nicht zu leugnen. Ich fand Callahan O'Shea definitiv zu attraktiv.

„Also, wie oft kommen Sie her?", wollte Callahan wissen.

„Ach, normalerweise ein oder zwei Mal die Woche. Ich gebe Tanzunterricht, zusammen mit meinem Freund Julian, jeden Montag von halb acht bis neun." Ich lächelte. Vielleicht käme er ja mal vorbei und sähe, wie ich in meinem wirbelnden Rock die alten Herrschaften begeisterte. Vielleicht …

„Tanzunterricht, so, so", sagte er da. „Danach sehen Sie gar nicht aus."

„Und was soll das bedeuten?"

„Sie sind gar nicht wie eine Tänzerin gebaut", kommentierte er.

„Sie sollten jetzt lieber den Mund halten", riet ich ihm.

„Sie haben ein bisschen mehr auf den Rippen als diese Hupfdohlen, die man im Fernsehen sieht."

„Sie sollten jetzt definitiv den Mund halten." Ich sah ihn böse an. Er grinste.

„Und bewegen Tänzer sich normalerweise nicht anmutig?", fuhr er fort. „Und schlagen nicht mit Hockeyschlägern und Harken auf andere Leute ein?"

„Vielleicht haben Sie ja etwas an sich, das Hockeyschläger anzieht", gab ich scharf zurück. „Wyatt habe ich noch nie geschlagen."

„Ah, ja", erwiderte Callahan. „Wo ist dieser perfekte Mann überhaupt? Ich habe ihn noch kein einziges Mal in der Nähe Ihres Hauses gesehen." Sein Blick war spöttisch, als wüsste er ganz genau, warum. Weil kein katzenliebender, gut aussehender Kinderchirurg sich für eine strubbelhaarige Geschichtslehrerin interessierte, die es an Wochenenden genoss, in nachgestellten Schlachten zu verbluten. Mein Stolz antwortete, bevor mein Verstand die Chance bekam zu arbeiten.

133

„Wyatt ist dieses Wochenende in Boston und stellt eine Studie über das Rekonvaleszenzverhalten bei Unter-Zehnjährigen vor", sagte ich. Du meine Güte! Wo kam das denn her? Anscheinend fingen die ganzen Gesundheitssendungen allmählich an, sich auszuzahlen.

„Aha." Callahan wirkte angemessen beeindruckt … zumindest sah es für mich so aus. „Und deshalb sind Sie an einem Samstagabend lieber hier als …?" Er sah mich erwartungsvoll an.

Ich war entlassen. „Ich gehe dann mal. Tschüss, Mr Lawrence. Ich werde das Buch ein andermal weiter vorlesen, wenn Ihr charmanter Enkel nicht dabei ist."

„Auf Wiedersehen, Grace", sagte Callahan, worauf ich jedoch nichts erwiderte, sondern nur zügig (und anmutig, verdammt) den Raum verließ.

Auf der Heimfahrt war meine Stimmung gedämpft. Obwohl Callahan O'Shea jedes Recht hatte, die Existenz von Wyatt Dunn zu bezweifeln, ärgerte es mich. Wenn ein solcher Mann existierte, würde er mich doch sicher lieben können, oder nicht? Das war schließlich nicht unmöglich, oder? Vielleicht, ja, vielleicht gab es irgendwo da draußen einen echten Kinderchirurgen mit Grübchen und einem tollen Lächeln. Nicht nur Zauberer mit Brandstifterneigung und religiöse Fanatiker und allzu wissende Exhäftlinge.

Wenigstens betete Angus mich an. Als er Hunde erschuf, musste Gott an Single-Frauen gedacht haben. Ich nahm Angus' Geschenk einer zerbissenen Rolle Küchenpapier und eines zerkauten Turnschuhs an, lobte ihn, dass er nichts anderes kaputt gemacht hatte, und machte mich bettfertig.

Dabei stellte ich mir vor, wie ich Wyatt Dunn von meinem Tag erzählte. Oh, wie würde er über die verunglückten Verabredungen lachen! Nun, natürlich hätte ich, wenn es ihn tatsächlich gäbe, keine verunglückten Verabredungen gehabt … aber trotzdem. Er würde lachen, und wir würden reden und Pläne für das Wochenende schmieden. Wir hätten eine zärtliche, rücksichtsvolle, wunderbare Beziehung. Wir würden fast nie streiten. Er hielte mich für den wundervollsten Menschen auf Erden. Er würde sogar mein Haar lieben und mir Blumen schicken, nur um zu zeigen, dass er an mich dachte.

Und obwohl ich genau wusste, dass er nicht echt war, fühlte ich mich besser. Die alte Magie des erfundenen Freundes wirkte noch immer. Ich wusste, ich war ein guter, kluger, wertvoller Mensch. Wenn es in Connecticut unter den verfügbaren Männern gerade keinen passenden gab – was war schon dabei, sich einen auszudenken? Taten Athleten das nicht auch? Sich einen perfekten Sprung oder Lauf vorstellen, um ihn zu erreichen? Wyatt Dunn hatte denselben Zweck.

Dass ich dabei immer wieder Callahan O'Sheas Gesicht vor Augen hatte, war reiner Zufall. Ganz bestimmt.

11. KAPITEL

*W*er ist Jeb Stuart?", schlug Tommy Michener vor.
„Korrekt!", antwortete ich. Seine Teamkollegen jubelten, und Tommy als Kapitän des Teams strahlte vor Stolz. „Noch einmal, Tom!"

„Ich bleibe bei Bürgerkriegsgenerälen, Ms Em", sagte er.

„Generäle eintausend. Dieser Vizepräsident der Konföderierten Staaten war sein ganzes Leben lang kränklich und wog oft weniger als hundert Pfund."

Hunters Team drückte den Signalknopf. „Wer ist Jefferson Davis?", schlug Mallory vor.

„Nein, tut mir leid, der war *Präsident* der Konföderation. Tommy, hat dein Team noch eine Idee?" Die Mitglieder des Teams steckten die Köpfe zusammen und beratschlagten.

Emma Kirk, die Externe, die in Tommy verliebt war, flüsterte ihm etwas ins Ohr. Ich hatte dafür gesorgt, dass sie im selben Team spielten. Er fragte etwas zurück. Sie nickte. „Wer ist Little Aleck Stevens?", sagte Emma.

„Prima, Emma! Gut gemacht!"

Tommy gab Emma High Five, und sie schien auf Wolken zu schweben.

Ich strahlte meinen Kurs an. „Bürgerkriegs-Jeopardy" war der Hit! Leider zeigte ein Blick auf die Uhr, dass die Zeit schon fast vorbei war. „Okay. Letzte Runde für alle. Seid ihr bereit? Diese Person, die den Pulitzer-Preis gewann, beschrieb in ihrem einzigen zu Lebzeiten veröffentlichten Roman den Aufstieg und Fall der Südstaaten aus der Sicht einer Frau."

Fröhlich summte ich die Melodie von *Jeopardy!* und ging zwischen den beiden Gruppen hin und her. Tommys Team diskutierte, wie viel sie riskieren wollten, aber mein Lieblingsschüler war schon wieder dabei, sich für Kerry in Pose zu werfen, also standen die Chancen gut, dass sie alles setzen würden.

„Stifte weg. Okay, Hunter, dein Team hat neuntausend Punkte. Wie hoch ist euer Einsatz? Oh, ich sehe, ihr setzt alles – sehr mutig. Also dann … Wie lautet eure Antwort?"

Hunter hielt die Tafel des Teams hoch, und ich zuckte zusammen. „Ah, nein … Tut mir leid, Hunter. Stephen Crane ist die falsche Frage. Allerdings hat er das Buch *Die rote Tapferkeitsmedaille* geschrieben, in dem es um die Schlacht von Chancellorsville geht, also wart ihr immerhin auf der richtigen Spur. Tommy? Wie viel habt ihr gesetzt?"

„Alles, Ms Em", erklärte er stolz, sah zu Kerry und zwinkerte. Emmas Lächeln kühlte merklich ab.

„Und eure Antwort?"

Tom drehte sich zu seinem Team. „Wer war Margaret Mitchell?", riefen alle im Chor.

„Richtig!", rief ich zurück.

Man konnte meinen, sie hätten den Meistertitel im Baseball errungen oder so etwas – sie stießen Siegesschreie aus, klatschten einander ab, tanzten herum und umarmten sich. Hunter Graystones Team saß stöhnend daneben.

„Tommys Team … für euch keine Hausaufgaben!", verkündete ich. Noch mehr Jubel und Tanz. „Hunters Team … tut mir leid, Freunde! Drei Seiten über Margret Mitchell, und wenn ihr *Vom Winde verweht* noch nicht gelesen habt: Schämt euch! Okay, Unterricht beendet."

Zehn Minuten später saß ich mit meinen Fachbereichskollegen im Konferenzraum – Dr. Eckhart war Vorsitzender, Paul Boccanio Zweitältester im Dienst, unser Neuzugang mit dem unglücklichen Namen Wayne Diggler war letztes Jahr direkt von der Uni zu uns gekommen, und natürlich durfte Sexbombe Ava Machiatelli auch nicht fehlen.

„Deine Klasse war ja heute außer Rand und Band", hauchte Ava in ihrer üblichen Telefonsexmanier. „Ein richtiges Chaos. Meine Klasse konnte gar nicht vernünftig arbeiten."

Nicht, dass sie das muss, um bei dir eine Eins zu bekommen, dachte ich. „Wir haben *Jeopardy* gespielt", erwiderte ich lächelnd. „Dabei blühen sie immer richtig auf."

„Und machen viel Lärm." Ein vorwurfsvolles Blinzeln … und noch eins und … ja, da war das dritte.

Dr. Eckhart schlurfte zum Kopf des Tisches und setzte sich,

was ihn einige Zeit und Mühe kostete. Dann erging er sich in einem seiner berühmten bellenden Hustenanfälle, bei denen die neuen Schüler noch bis ungefähr November in ihren Bänken zusammenzuckten. Unser Fachbereichsleiter stammte noch aus den alten Tagen vornehmer Privatschulen, als die Jugendlichen Uniformen trugen und bei Fehlverhalten in Schränke eingesperrt oder gar mit Linealen geschlagen werden durften. Oft beklagte er, dass diese schöne Zeit vorbei sei. Abgesehen davon war er ein brillanter Mann.

Jetzt setzte er sich gerade hin und faltete die arthritischen Hände. „Wie Sie sicher bereits alle gehört haben, wird dieses Jahr mein letztes als Leiter des Fachbereichs Geschichte an der Manning Academy sein."

Ich spürte, wie mir Tränen hinter den Augen brannten. Ich konnte mir Manning nicht ohne Dr. E. vorstellen. Wer würde sich dann bei Veranstaltungen des Kuratoriums oder beim gefürchteten Schulleiterempfang mit mir in eine Ecke zurückziehen? Wer würde mir den Rücken stärken, wenn wütende Eltern sich über eine Zwei plus ihres Kindes beschwerten?

„Schulleiter Stanton hat mich gebeten, den Personalausschuss zu beraten, und natürlich möchte ich Sie alle ermutigen, sich für die Position zu bewerben, da Manning schon immer stolz darauf war, diese Stellen aus den eigenen Reihen zu besetzen." Er wandte sich an das jüngste Mitglied unseres Fachbereichs. „Mr Diggler, Sie sind natürlich noch zu unerfahren, also sparen Sie sich Ihre Energie lieber für den Unterricht auf."

Wayne, der sich uns allen mit seinem Abschluss von der Georgetown weit überlegen fühlte, sank schmollend auf seinem Stuhl zusammen. „Schön", murmelte er. „Bin sowieso schon auf dem Weg nach Exeter." Wayne versprach oft zu gehen, wenn die Dinge nicht nach seinem Gusto liefen, was ungefähr zweimal pro Woche passierte.

„Und bis zu jenem glücklichen Tag, Mr Diggler, reden Sie bitte in vollständigen Sätzen." Dr. Eckhart lächelte mir zu und hustete erneut. Es war kein Geheimnis, dass der alte Kauz mich dank regelmäßiger Spenden von Doppelschoko-Brownies und meiner Mitgliedschaft bei *Brother Against Brother* besonders mochte.

„Apropos Phillips Exeter", nahm Paul das Stichwort auf und wurde rot. Er war ein äußerst fähiger Mann mit Halbglatze, Brille und fotografischem Gedächtnis für Daten.

„Ach herrje", meinte Dr. Eckhart. „Sind Glückwünsche angebracht?"

Paul grinste. „Ich fürchte, ja."

Es war nicht ungewöhnlich, dass Privatschulen sich gegenseitig Lehrer abwarben, und Paul hatte exquisite Referenzen, vor allem, weil er vor seinem Lehrerdasein in der wirklichen Welt gearbeitet hatte. Hinzu kam seine beeindruckende Ausbildung – Stanford/Yale, um es genau zu sagen –, und so war es kein Wunder, dass man ihn sich geschnappt hatte.

„Verräter", murmelte ich. Ich mochte Paul. Zur Antwort zwinkerte er mir zu. „Damit verbleiben nur meine beiden geschätzten Kolleginnen", keuchte Dr. Eckhart. „Nun gut, meine Damen, ich erwarte Ihre Bewerbungen. Reichen Sie Ihre Präsentationen bitte in Papierform ein, nicht mit diesem Computer-Blödsinn, bitte, und geben Sie darin Ihre Qualifikationen sowie eventuelle Verbesserungsvorschläge für die Organisation des Fachbereichs an."

„Danke für diese Chance, Sir", murmelte Ava und klimperte mit den Wimpern wie Scarlett O'Hara.

„Sehr wohl", sagte Dr. Eckhart nun und strich sein leicht fleckiges Hemd glatt. „Die Suche beginnt nächste Woche, wenn wir die Stelle öffentlich ausschreiben."

„Wir werden Sie sehr vermissen, Dr. Eckhart", sagte ich heiser.

„Ah. Danke, Grace."

„Oh ja, ohne Sie wird es hier nicht dasselbe sein", fügte Ava eilig hinzu.

„In der Tat." Bei seinem dritten Versuch schaffte er es aus dem Stuhl, dann ging er zur Tür. Ich schluckte schwer.

„Viel Glück, Mädels", meinte Paul fröhlich. „Falls ihr die Nachfolge auf den Job durch Schlamm-Catchen aushandeln wollt, spiele ich gern den Schiedsrichter."

„Du wirst uns wirklich fehlen", erwiderte ich grinsend.

„Das ist ja so unfair", klagte Wayne. „Als ich an der Georgetown studierte, war ich mit C. Vann Woodward zu Abend essen!"

„Ja, klar. Und ich hatte Sex mit Ken Burns", gab ich zurück, und Paul prustete. „Ganz zu schweigen von der Tatsache, dass ich eine Statistenrolle in *Glory* hatte." Das zumindest stimmte. Ich war elf Jahre alt gewesen, und Dad hatte mich nach Sturbridge mitgenommen, damit wir bei der Massenszene mitwirken konnten, in der das 54. Massachusetts Regiment Richtung Süden aufbrach. „Es war der schönste Moment meiner Kindheit", fügte ich hinzu. „Noch besser als damals, als dieser Typ von MacGyver das neue Einkaufszentrum eröffnete."

„Das ist beschämend", murmelte Wayne.

„Werd erwachsen, kleiner Mann", hauchte Ava. „Du hast nicht das Zeug dazu, einen Fachbereich zu leiten."

„Ach, du aber schon, Marilyn Monroe?", gab er zurück. „Ich bin zu gut für diese Schule!"

„Als Leiterin des Fachbereichs werde ich deine Kündigung gern entgegennehmen", informierte ich ihn gnädig. Wayne schlug mit den Händen auf den Tisch, marschierte lautstark durchs Zimmer und erfreute uns durch seinen Abgang.

„Tja", seufzte Ava. „Dann viel Glück, Grace." Sie lächelte unaufrichtig.

„Danke, gleichfalls", erwiderte ich. Es war nicht so, dass ich Ava nicht mochte – Privatschulen waren wie ein eigener Kosmos, so isoliert vom Rest der Welt, dass alle Mitarbeiter fast wie eine Familie zusammenwuchsen. Aber die Vorstellung, unter ihr zu arbeiten, bei meinem Unterricht von ihrer Zustimmung oder ihrem Missfallen abhängig zu sein, war unerträglich. Während ich ihr nachsah, wie sie hüftschwingend vor Paul den Raum verließ, merkte ich, dass ich die Zähne fest zusammenbiss.

Ein oder zwei Minuten saß ich allein im Konferenzraum und gestattete mir einen kleinen süßen Tagtraum. Dass ich die Stelle bekam. Einen fantastischen neuen Lehrer für Paul einstellte.

Den Lehrplan mit neuem Leben füllte, die Ansprüche für die Benotung anhob, sodass eine Eins in Geschichte auf der Manning tatsächlich etwas bedeutete. Die Anzahl der Schülerinnen und Schüler erhöhte, die am besonderen Förderprogramm mit College-Niveau teilnahmen – und das natürlich mit Bestnoten bestanden! Mehr Geld für Exkursionen auftrieb.

Tja. Am besten fing ich so bald wie möglich mit meiner Präsentation an, so wie Dr. Eckhart es vorgeschlagen hatte. Abgesehen davon, dass sie enge Pullover trug und schnell Einsen vergab, hatte Ava einen scharfen Verstand und war politisch geschickter als ich, was ihr sicher zugutekam. Jetzt wünschte ich, ich hätte im letzten Herbst auf der Fakultäts-Cocktailparty des Kuratoriums mehr mit den wichtigen Leuten geplaudert anstatt mich in einer Ecke zu verkriechen, schlechten Merlot zu trinken und mit Paul und Dr. Eckhart unwichtige historische Trivia auszutauschen.

Ich liebte Manning. Ich liebte die Jugendlichen, den wunderschönen Campus, vor allem in dieser Jahreszeit, wenn die Bäume zu blühen begannen und Neuengland in vollem Glanz erstrahlte. Die frischen Knospen der Blätter warfen einen hellgrünen Schleier über die Bäume, üppige Beete voller Osterglocken leuchteten am Rand der smaragdgrünen Rasenflächen, und die lachenden, flirtenden oder dösenden Schüler setzten mit ihrer bunten Kleidung Farbtupfer ins Gras.

Auf dem großen Hauptplatz entdeckte ich eine einsame Figur, die mit gesenktem Kopf und ohne einen Blick für die Wunder dieses Tages entlangtrottete. Stuart. Margaret hatte mir eine E-Mail geschickt, um zu bestätigen, dass sie eine Weile bei mir wohnen werde, woraus ich schloss, dass die Dinge nicht besser geworden waren.

Armer Stuart.

„Willkommen bei ‚Wie finde ich den Richtigen‘", begrüßte uns unser Lehrer.

„Ich kann nicht glauben, dass wir so tief gesunken sind", flüsterte ich Julian zu, der mich nervös ansah.

„Ich heiße *Lou*", fuhr unser Lehrer überfröhlich fort, „und bin seit sechzehn *wundervollen* Jahren glücklich *verheiratet*!" Ich fragte mich, ob wir applaudieren sollten. Lou strahlte uns an. „Jeder *Single* will *den einen* finden. Den einen, der uns *vervollständigt*. Ich weiß, dass meine *Felicia* ..." Er hielt inne, doch als wir nicht applaudierten, fuhr er fort: „... meine Felicia genau das *mit mir* macht."

Julian, Kiki und ich saßen im Vortragssaal des Gemeindezentrums von Blainesford. (Kikis perfekter Mann hatte sie am Mittwoch verlassen, nachdem sie ihn innerhalb einer Stunde vierzehn Mal auf dem Handy angerufen hatte.) Zwei weitere Frauen waren anwesend sowie Lou, ein gut aussehender Mann Mitte vierzig mit einem mindestens zweieinhalb Zentimeter breiten Ehering, damit es ja keine Missverständnisse gab. Mit seiner rhythmischen Sprechweise wirkte er wie ein weißer Vorort-Rapper. Ich warf Julian einen bitterbösen Blick zu, den er vorgab zu ignorieren.

Lou lächelte uns mit dem sonnigen Optimismus eines Mormonenpredigers an. „Sie alle sind aus *einem* Grund hier, und es ist keine *Schande*, es zuzugeben. Sie wollen einen *Mann* ... ähm, gehe ich recht in der Annahme, dass auch Sie einen Mann wollen, Sir?", unterbrach er seinen Sprechgesang und starrte Julian an.

Julian, heute Abend in rosa Rüschenhemd, glänzender schwarzer Hose und mit Eyeliner, sah mich an. „Korrekt", murmelte er.

„Das ist *wunderbar*! Das ist überhaupt nicht *schlimm*! Meine Methode funktioniert *auch* für ... äh, nun ja. Fangen wir einfach damit an, dass wir uns *vorstellen*. Wir werden hier viel *Persönliches* erzählen, also können wir uns auch ein bisschen *anfreunden*", schlug Lou fröhlich vor. „Wer will beginnen?"

„Hallo, ich bin Karen", sagte eine der Frauen. Sie war groß und attraktiv, fünfundvierzig Jahre alt, hatte dunkles Haar und trug einen Sportanzug. „Ich bin geschieden, und Sie werden nicht glauben, was für Schwachköpfe ich kennenlerne. Der letzte Typ, mit dem ich aus war, fragte mich, ob er meine Zehen lutschen dürfe. Mitten im Restaurant, okay? Als ich Nein sagte, nannte er mich eine frigide Kuh und ging. Und ich durfte die Rechnung bezahlen."

„Wow", murmelte ich.

„Und das war noch die beste Verabredung, die ich innerhalb eines Jahres hatte, okay?"

„Das wird sich *bald* ändern, Karen, *sehr* bald", versprach Lou zuversichtlich.

„Ich bin Michelle", sagte die nächste Frau. „Ich bin zweiundvierzig und hatte in den letzten vier Monaten siebenundsechzig Verabredungen. Siebenundsechzig *erste* Verabredungen, meine ich. Wollen Sie wissen, wie viele zweite Verabredungen ich hatte? Keine einzige. Weil alle Männer bei diesen ersten Verabredungen Idioten waren. Mein Ex ist inzwischen wieder verheiratet – mit Bambi, einer Bedienung aus dem *Hooters*, wo sie nur Modeltypen einstellen. Sie ist dreiundzwanzig, okay? Aber ich habe noch keinen einzigen vernünftigen Typen getroffen. Ich kann Sie gut verstehen, Karen."

Karen nickte zustimmend.

„Hallo, ich bin Kiki", begann nun meine Freundin. „Und ich bin Lehrerin an einer Schule in der Nähe und würde gern wissen, ob wir hier der Schweigepflicht unterliegen. Ich meine, es wird mich doch niemand auf offener Straße verraten, oder?"

Lou lachte. „Es ist keine *Schande*, an diesem *Kurs* teilzunehmen, Kiki, aber wenn Sie sich damit *wohler* fühlen, können wir ja vereinbaren, dass wir über die anderen Teilnehmer *Stillschweigen* bewahren. Bitte fahren Sie fort. Was hat Sie *hierher* geführt? Sind Sie schon über *dreißig*? Und haben *Angst*, den *Richtigen* nie zu finden?"

„Nein, ich finde ihn andauernd. Es ist nur so, dass ich dazu neige ... die Dinge vielleicht ein wenig zu überstürzen?" Sie sah mich von der Seite an, und ich nickte zustimmend. „Ich vertreibe sie", gestand sie uns.

Als Nächstes war Julian an der Reihe. „Ich bin Julian. Ich ... äh ... hatte nur einen Freund, vor etwa acht Jahren. Jetzt habe ich irgendwie ... Angst. Es ist nicht so, dass ich keinen kennenlernen kann ... Ich werde häufig angesprochen." Natürlich

143

wurde er das, er sah aus wie Johnny Depp, und mir fiel jetzt schon Karens nachdenklicher Blick auf ... *Hmm, ich frage mich, ob ich den hier umdrehen kann ...*

„Sie haben also Angst vor einer festen *Bindung*, Angst, dass es nicht *funktioniert*, und wenn Sie es gar nicht erst *versuchen*, kann auch nichts *schiefgehen*, stimmt's? Also gut!", fuhr Lou fort, ohne eine Antwort abzuwarten. „Und Sie, Miss? Wie lautet Ihr Name?"

Ich atmete tief durch. „Hallo. Ich bin Grace." Ich überlegte kurz. „Im Moment gebe ich vor, einen festen Freund zu haben. Meine Schwester ist mit meinem Exverlobten zusammen, und damit alle denken, das wäre in Ordnung für mich, habe ich meiner Familie erzählt, ich wäre mit diesem tollen Typen zusammen. Erbärmlich, oder? Und wie Sie, Karen, habe ich ein paar gruselige Verabredungen erlebt, und jetzt werde ich langsam nervös, weil es bei meiner Schwester und Andrew richtig ernst wird und ich wirklich gern jemanden finden würde. Bald. Sehr bald."

Einen Moment lang schwieg die ganze Runde.

„Ich habe auch schon Freunde erfunden", sagte Karen unter bedächtigem Nicken. „Der beste Mann, mit dem ich je zusammen war, existierte nur in meinem Kopf."

„Danke!", rief ich.

„Ich auch", sagte Michelle. „Ich habe mir sogar mal selbst einen Verlobungsring gekauft. Wunderschön. Genau, wie ich ihn wollte. Drei Monate lang habe ich ihn getragen und jedem erzählt, ich würde heiraten. Es ging so weit, dass ich an Wochenenden schon Brautkleider durchprobierte. Echt krank. Rückblickend muss ich aber sagen, dass es eine meiner schönsten Zeiten war."

„Das bringt uns zu einer meiner *Strategien*", verkündete Lou. „Männer lieben Frauen, die bereits *vergeben* sind, also ist ihr kleiner *Schwindel*, Grace, tatsächlich nicht die *schlechteste* Idee. Es ist eine gute Möglichkeit, einen Mann für sich zu *interessieren*. Eine Frau, die von *anderen* Männern begehrt wird, beweist damit, dass sie eine gewisse *Anziehungskraft* besitzt."

„Oder dass es ihr an Aufrichtigkeit fehlt?", gab ich zu bedenken.

Lou lachte herzlich, und Julian neben mir zuckte zusammen. „Tut mir leid, dass ich euch hergeschleppt habe", flüsterte er, „aber ich dachte, es wäre einen Versuch wert."

„Es sind ja nur sechzig Kröten", flüsterte ich zurück. „Außerdem können wir hinterher Margaritas trinken."

„Lassen Sie uns nun mit dem *eigentlichen* Kurs beginnen. Manche meiner *Ratschläge* mögen Ihnen vielleicht *dumm* vorkommen oder gar *altmodisch*, aber dieser Kurs heißt *Finde den Richtigen*, und meine Methoden *funktionieren*." Er hielt inne. „Bei Ihnen, Julian, bin ich nicht ganz sicher, aber versuchen Sie es einfach und erzählen mir dann, wie es gelaufen ist, okay?"

„Sicher", antwortete Julian düster.

Während der nächsten Stunde musste ich mir mehrfach auf die Lippen beißen, um nicht laut loszuprusten, und ich vermied es, Julian anzusehen, der gleichermaßen mit sich rang. Alles, was Lou sagte, klang blödsinnig, manchmal geradezu idiotisch. Es war, als würden wir in die Fünfziger zurückkehren. *Verhalten Sie sich feminin und angemessen.* Ich dachte daran, wie ich Callahan O'Shea zusammengeschlagen hatte. Wie feminin! So damenhaft! *Kein Fluchen, kein Rauchen, und trinken Sie nie mehr als ein kleines Glas Wein, in dem ein Rest bleiben sollte. Lassen Sie den Mann sich stark fühlen. Geben Sie sich selbst so attraktiv wie möglich. Tragen Sie immer Make-up und Röcke. Seien Sie gesellig. Lächeln Sie. Lachen Sie, aber leise. Klimpern Sie mit den Wimpern. Backen Sie Kekse. Seien Sie gelassen und anmutig. Bitten Sie einen Mann um Hilfe und schmeicheln Sie ihm.*

Würg.

„Zum Beispiel", hob Lou erneut an, „sollten Sie in einen *Baumarkt* gehen. Dort werden Sie *viele Männer* finden. Tun Sie so, als *wüssten* Sie nicht, welche Glühlampe Sie nehmen sollen. Bitten Sie einen Mann um seine *Meinung*."

„Ach, kommen Sie, Lou!", platzte ich heraus. „Wer will schon mit einer Frau zusammen sein, die nicht mal allein eine Glühlampe kaufen kann?"

145

„Ich weiß, was Sie *denken*, Grace", fuhr Lou seinen Singsang fort. „Sie denken: *So bin ich doch gar nicht.* Aber sehen wir der Wahrheit ins Gesicht: *Ihr* ‚Ich' funktioniert nicht, sonst wären Sie nicht in diesem *Kurs*. Habe ich recht?"

„Jetzt hat er uns", gestand Karen mit einem Grinsen.

„Das war geradezu *erniedrigend*", sagte ich und imitierte dabei Lous Sprechweise, als wir nach dem Kurs im *Blackie's* saßen und Margaritas schlürften.

„Wenigstens ist es jetzt *vorbei*", erwiderte Julian.

„Ach, hört auf, ihr zwei!", forderte Kiki. „Irgendwie hat er ja recht. Hier steht", sie hielt einen der Merkzettel hoch, „,Wenn Sie in einem Lokal sind, straffen Sie Ihre Schultern, sehen sich langsam um und sagen zu sich selbst: *Ich bin die begehrenswerteste Frau hier im Raum.* Das wird Ihnen helfen, die nötige Selbstsicherheit auszustrahlen, um Männer auf sich aufmerksam zu machen.'" In voller Konzentration runzelte sie die Stirn.

„Ich bin die begehrenswerteste Frau hier im Raum", zitierte Julian in gespielter Ernsthaftigkeit.

„Das Problem ist, dass das stimmt", meinte ich und stieß ihm den Ellbogen in die Rippen.

„Zu schade, dass du nicht hetero bist", kommentierte Kiki. „Dann könnten wir zusammen sein."

„Wenn ich hetero wäre, dann wären Grace und ich schon verheiratet und hätten sechs Kinder", entgegnete Julian galant und legte den Arm um mich.

„Ah", meinte ich und legte meinen Kopf an seine Schulter. „Sechs Kinder? Ist das nicht ein bisschen viel?"

„Also, ich werde es versuchen", verkündete Kiki. „Das ist ja unsere Hausaufgabe, richtig? Auf in den Kampf! Und übrigens bin *ich* die begehrenswerteste Frau hier im Raum. Ich strahle Selbstvertrauen aus." Sie lächelte, stand auf, ging zur Bar hinüber, verschränkte die Arme und lehnte sich über die Theke, sodass ihre Brüste vorquollen wie aufgegangener Dampfnudelteig.

Ein Mann wurde sofort aufmerksam. Er drehte sich zu ihr hin, lächelte anerkennend und sagte etwas.

146

Es war Callahan O'Shea.

Ich wurde rot. „Mist", zischte ich. Hoffentlich erwähnte Kiki nicht den Kurs, denn zum einen würde Callahan dann wissen, dass ich keinen Freund hatte, und zum anderen … na ja … Und wenn Kiki mit Männern neu anfangen wollte, sollte sie vielleicht wissen, dass Callahan gerade erst aus dem Gefängnis entlassen worden war, oder? Und er sollte vielleicht wissen, dass sie sich bei Männern ein bisschen gaga benahm?

„Vielleicht sollte ich sie warnen", raunte ich Julian zu, ohne den Blick von den beiden zu wenden. „Das ist mein Nachbar. Der Exhäftling." Ich hatte Julian von Callahans Vergangenheit erzählt.

„Ach, ich weiß nicht. Veruntreuung klang doch gar nicht sooo schlimm", meinte Julian. „Aber ich fasse es nicht, dass du nicht erwähnt hast, was für ein heißer Typ der ist!"

„Tja, also …" Ich brach ab. Kiki sagte etwas, Callahan antwortete, Kiki warf den Kopf zurück und lachte. Eines meiner Augen zuckte. „Ich … bin gleich zurück."

Ich ging zur Bar und fasste Kiki leicht am Arm. „Kann ich dich eben kurz sprechen, Kiki?", bat ich sie. Dann wandte ich mich an meinen Nachbarn. „Hallo Callahan." Ich merkte bereits, dass ich rot wurde. Und überlegte, wie mein Haar wohl aussah. Verdammt. Ich wollte hübsch sein, weil Callahan O'Shea mich ansah.

„Hallo Grace", antwortete er. Und lächelte … nur ein bisschen, aber es reichte. Dieser Mann war geradezu unverschämt attraktiv.

„Ach, ihr beide kennt euch?", erkundigte sich Kiki.

„Ja. Wir wohnen nebeneinander. Mr O'Shea ist gerade eingezogen."

Ich zögerte, da ich nicht sicher war, ob ich das Richtige tat. Aber ich war schon so lange mit Kiki befreundet, und an ihrer Stelle würde ich doch wohl auch wissen wollen, wenn ein Kerl gerade erst aus dem Gefängnis entlassen worden war, oder? Sobald sie es wusste, konnte sie ja selbst entscheiden, was sie weiter tun wollte.

Callahan musterte mich aufmerksam. Verdammt. Ich mochte wetten, er wusste genau, was ich dachte.

„Kiki, Julian und ich haben da mal eine Frage", sagte ich schließlich.

„Okay", meinte sie unsicher. Ich zog sie ein paar Meter weg, ohne Callahan anzusehen. „Äh, Kiki", flüsterte ich, „dieser Typ kommt gerade aus dem Gefängnis. Wegen Veruntreuung von über einer Million Dollar." Ich biss mir auf die Lippe.

Sie zuckte zusammen. „Ach, Mist!", raunte sie. „Das ist ja mal wieder typisch! Muss ich mir ausgerechnet einen Verbrecher aussuchen! Aber er sieht doch umwerfend aus, oder?"

„Und er scheint ... Na ja, er ist ... Ich fand einfach, dass du es wissen solltest."

„Du hast recht, Grace. Ich habe auch so schon genug durchgemacht, oder? Da muss ich mich nicht auch noch mit einem Exsträfling einlassen."

Kiki ging wieder zur Bar, um ihr Getränk entgegenzunehmen, und ich folgte ihr mit einigem Abstand. Callahan beobachtete uns. Sein Lächeln war verschwunden. „Nett, Sie kennenzulernen, Callahan", sagte Kiki höflich.

Er warf mir einen wissenden Blick zu, sagte jedoch nichts, sondern neigte nur kurz den Kopf. „Einen schönen Abend noch", meinte er dann und drehte sich wieder zu dem Baseballspiel um, das im Fernseher über der Theke lief. Kiki und ich kehrten an unseren Tisch zurück.

Inzwischen war unser Artischocken-Dip gebracht worden. Julian knabberte Taco-Chips und sah sich mit seinen dunklen Zigeuneraugen im Lokal um. Ein gut aussehender blonder Mann erwiderte seinen Blick mit gleicher Intensität.

„Schnapp ihn dir!" Ich nickte in Richtung des Mannes. „Du bist die begehrenswerteste Frau hier drin, denk dran."

„Er sieht aus wie dieser Footballspieler. Tom Brady", murmelte Julian.

„Woher weißt du, wer Tom Brady ist?", fragte ich nach.

„Jeder Schwule in den USA weiß, wer Tom Brady ist", erwiderte er.

148

„Vielleicht *ist* es ja Tom Brady", meinte Kiki. „Man kann nie wissen. Na los, versuch es! Lass ihn sich männlich und klug fühlen. Setz deine weiblichen Reize ein."

Einen Moment lang schien Julian es in Erwägung zu ziehen, dann zuckte er mit den Schultern. „Nah", sagte er. „Wieso brauche ich einen Mann, wo ich doch euch zwei Hübschen habe?"

Den restlichen Abend über warf ich immer wieder mal einen Blick auf Callahans Rücken, während der Hamburger aß und das Baseballspiel anschaute. Doch er sah kein einziges Mal zu mir.

12. KAPITEL

Am Sonntagmorgen wurde ich schon wieder von Angus' hysterischem Gebell aus dem Bett geholt. Verschlafen stolperte ich die Treppe hinunter. Diesmal war es Margaret, die mit Koffer und wütendem Gesicht vor der Tür stand.

„Da bin ich", sagte sie. „Hast du Kaffee?"

„Ja, sicher, lass mich eben Wasser aufsetzen", antwortete ich schlaftrunken. Letzte Nacht war ich lange auf gewesen und hatte alle zweihundertneunundzwanzig herrlich pathetischen Minuten von *Götter und Generäle* gesehen und hemmungslos geweint, als General Jackson, schon halb im Delirium, die letzten Befehle an sein Regiment hervorbellte. Man konnte also sagen, dass ich an einem Konföderationskater litt, und Margaret in ihrer misslaunigen Pracht, so früh am Morgen … das tat einfach nur weh. Sie marschierte in die Küche, und ich tapste hinterher.

„Und? Was ist passiert?", erkundigte ich mich, während ich den gemahlenen Kaffee abmaß.

„Merk dir eins, Grace", verkündete Margaret mit ihrer Herr- und-Gebieter-Stimme, „heirate nie einen Mann, den du wie einen Bruder liebst."

„Bruder – schlecht. Verstanden."

„Ich mein's ernst, Klugscheißer." Sie beugte sich vor und hob Angus hoch, der an ihrem Schuh knabberte. „Gestern wollte ich von Stuart wissen: ‚Wie kommt es, dass wir nie Sex auf dem Küchentisch haben?' Und weißt du, was er geantwortet hat?" Sie starrte mich anklagend an.

„Was?", fragte ich nach und setzte mich zu ihr an den Tisch.

Sie senkte die Stimme, um ihren Mann nachzuahmen. „‚Ich bin nicht sicher, dass das gesund ist.' Ist das zu fassen, verdammt? Wie viele Männer würden Sex auf dem Küchentisch ausschlagen? Willst du wissen, wann Stuart und ich es tun?"

„Nein, ganz bestimmt nicht", erwiderte ich.

„Montag, Mittwoch, Freitag und Samstag", listete sie auf.

„Wow", meinte ich. „Das klingt doch ganz gut für …"

„Es steht in seinem Terminkalender. Er malt einen kleinen Stern in die Neun-Uhr-Spalte, um sich daran zu erinnern. Geschlechtsverkehr mit Ehefrau. Abgehakt."

„Aber trotzdem ist es doch schön, dass er …"

„Und das ist das ganze Problem, Grace. Nicht genug Leidenschaft. Deshalb bin ich hergekommen."

„In die Heimat der Leidenschaft", murmelte ich.

„Tja, dableiben konnte ich nicht! Vielleicht nimmt er mich jetzt ein bisschen ernster. Vielleicht auch nicht. Im Moment ist mir das eigentlich egal. Ich bin vierunddreißig, Grace. Ich will Sex auf dem Küchentisch! Ist das so verkehrt?"

„Also, ich würde mal sagen, nein", ertönte eine Stimme. Wir drehten uns um. Callahan O'Shea stand in der Küchentür. Angus ließ sein übliches Wutgebell erklingen und zappelte, um sich aus Margarets Armen zu befreien. „Ich habe angeklopft", erklärte Callahan entschuldigend. „Hallo, ich bin Callahan. Der gut aussehende Nachbar."

Margarets Gesichtsausdruck wandelte sich von erbost zu erfreut – wie ein Löwe, der ein dreibeiniges Babyzebra entdeckt. „Hallo Callahan, der gut aussehende Nachbar. Ich bin Margaret, die heiße Schwester."

„Die heiße *verheiratete* Schwester", warf ich ein. „Margaret, darf ich dir Callahan O'Shea vorstellen? Callahan, meine Schwester, seit vielen Jahren glücklich verheiratet und momentan offenbar unter dem verflixten siebten leidend."

„Hey, es sind tatsächlich sieben Jahre! Stimmt!" Margaret hörte schlagartig auf, Callahan sehnsüchtig anzustarren. „Sie sind also der Veruntreuer, hm?"

„Genau." Callahan neigte den Kopf, dann wandte er sich an mich. „Und deshalb für den Umgang mit anständigen Menschen nicht geeignet, stimmt's, Grace?"

Ich wurde puterrot. Ah, ja. Kiki und meine Warnung. Callahan sah mich kühl an.

„Ihre Fenster sind gestern gekommen. Wenn Sie wollen, kann ich heute mit dem Einbau anfangen."

Ich schloss die Augen und versuchte mir vorzustellen, wie

dieser Kerl meine Weihnachtsmannsammlung klaute. „Sicher."

„Wie wäre es, wenn ich nur dann arbeite, wenn Sie im Haus sind?", schlug er vor. „Dann können Sie Ihr Scheckbuch und die Familienerbstücke im Auge behalten und mich vielleicht abtasten, bevor ich gehe."

„Das mit dem Abtasten könnte ich auch machen!", bot Margaret eifrig an.

„Sehr witzig", sagte ich. „Tauschen Sie einfach die Fenster aus. Wie lange wird es dauern?"

„Drei Tage. Vielleicht fünf, je nachdem, wie gut die alten rauszunehmen sind. Dabei könnte ich übrigens Hilfe gebrauchen, falls Ihr Freund heute kommt."

Ach du liebe Zeit! Meinen blöden Freund hatte ich schon fast vergessen. Margaret sah mich scharf an. „Hm. Der arbeitet heute", sagte ich und schickte eine stumme Warnung an Margaret.

„Er scheint ja nicht oft herzukommen, soweit ich das beurteilen kann." Callahan verschränkte seine muskulösen Arme und zog eine Augenbraue hoch.

„Tja, er ist eben sehr beschäftigt."

„Was macht er noch gleich?", wollte Callahan wissen.

„Er ist …", ich wünschte, ich hätte etwas weniger Kitschiges genommen, „… Kinderchirurg."

„So edel", murmelte Margaret und grinste in ihren Kaffeebecher.

Callahans Haare standen an einer Seite ab, und nach dem, wie meine Finger zuckten, waren sie wohl gerade versucht, durch dieses dichte, weiche, störrische Durcheinander zu fahren. Ich befahl meinen Fingern, mit dem Tagträumen aufzuhören.

„Also, Sie können gern heute mit den Fenstern anfangen, Callahan", sagte ich. „Möchten Sie vorher vielleicht einen Kaffee?"

„Nein danke", antwortete er. So viel zu meinem Friedensangebot. „Wo soll ich anfangen? Und wollen Sie erst alle Wertsachen aus dem Raum entfernen?"

„Okay, hören Sie. Es tut mir leid, dass ich meiner Freundin gesagt habe, dass Sie gerade aus dem Gefängnis kommen. Aber Sie sind ein verurteilter Verbrecher, und …"

„Und was?"

Ich seufzte. „Und Sie können hier anfangen."

„Die Küche, also." Damit drehte er sich um und ging aus dem Haus, vermutlich, um das erste Fenster zu holen.

Als er draußen war, lehnte Margaret sich vor. „Habt ihr beide Streit? Und warum hast du ihm gesagt, du hättest einen Freund?", wollte sie wissen. „Der ist ja schnuckelig. An deiner Stelle würde ich ihn sofort verführen."

„Wir haben keinen Streit! Wir kennen uns ja kaum. Und ja, er sieht umwerfend aus, aber das spielt hier keine Rolle."

„Warum? Ich denke, du willst flachgelegt werden."

„Schsch! Sprich leiser. Ich habe ihm gesagt, ich sei vergeben."

„Warum denn das?" Margaret schlürfte ihren Kaffee.

Ich seufzte. „Natalie war letztes Wochenende hier und wollte alles Mögliche über Wyatt wissen …" Margaret, die fantasieloseste Kreatur der Welt, hatte nie verstanden, was ich an meinen erfundenen Freunden fand. „Wie auch immer. Ich finde, es ist gar nicht schlecht, wenn er denkt, dass hin und wieder ein Mann hier vorbeikommt. Nur für den Fall, dass er meine Wertsachen ausspionieren will."

„Ich hätte nichts dagegen, dass er meine ausspioniert." Ich sah sie böse an. „Okay, okay. Aber er ist heiß. Ich frage mich, ob er an einer Affäre interessiert wäre."

„Margaret!"

„Entspann dich. Ich mache doch nur Spaß."

„Margs, da wir gerade von Freunden sprechen … Wolltest du mich nicht mit diesem Schmied verkuppeln? Allmählich bin ich ganz schön verzweifelt."

„Ach ja, genau. Lester, der Kunstschmied. Komischer Kerl. Ich werde ihn anrufen."

„Ich kann's kaum erwarten", murmelte ich.

Sie trank noch einen Schluck Kaffee. „Hast du wohl irgendwas zu essen? Ich bin am Verhungern. Ach, übrigens habe ich ein bisschen Schmutzwäsche mitgebracht, ich hoffe, das ist in Ordnung. Ich musste einfach schnell aus dem Haus. Und wenn Stuart anruft, will ich nicht mit ihm sprechen, okay?"

„Natürlich. Sonst noch etwas, Eure Majestät?"

„Könntest du wohl mal Magermilch besorgen? Diese Kaffee-sahne bringt mich noch um." Margaret gehörte zu den Leuten, die nur fettarmen Käse aßen und nicht wussten, was ihnen entging.

Callahan kehrte mit einem neuen Fenster in die Küche zurück und lehnte es gegen die Wand.

„Sind Sie verheiratet, gut aussehender Nachbar?", fragte Margs.

„Nein", kam die Antwort. „Soll das ein Antrag sein?"

Margaret grinste anzüglich. „Vielleicht", murmelte sie.

„Margaret! Lass ihn in Ruhe!"

„Wie lange waren Sie eingebuchtet, Al Capone?", fragte meine Schwester weiter. „Oh Gott, dieser Knackarsch!", raunte sie mir zu, ohne den Blick von ihm zu nehmen.

„Hör auf", flüsterte ich zurück.

„Neunzehn Monate", antwortete Callahan. „Und danke." Er zwinkerte Margaret zu. Sofort spürte ich ein warmes Ziehen im Unterleib.

„Neunzehn Monate von drei Jahren?", fragte Margs nach.

„Ich sehe, Sie haben Ihre Hausaufgaben gemacht." Er lächelte meine Schwester an. Meine hübsche Schwester. Meine hübsche, rothaarige, blitzgescheite Schwester mit gutem Einkommen und noch dazu Kleidergröße 34.

„Na ja, Grace hatte mich gebeten, Sie zu überprüfen, wo Sie doch eine Gefahr für ihre Sicherheit darstellen."

„Halt die Klappe, Margaret." Ich wurde rot.

„Haben Sie sonst noch Fragen?", erkundigte sich Callahan freundlich.

„Haben Sie schon eine Frau gehabt, seit Sie draußen sind?", fragte Margaret und studierte eingehend ihre Fingernägel.

„Ach herrje!", krächzte ich.

„Sie meinen, ob ich auf meinem Weg in die Stadt am örtlichen Freudenhaus angehalten habe?"

„Genau", bestätigte Margaret, ohne mein entsetztes Quieken zu beachten.

„Nein. Keine Frauen."

„Wow. Und wie war das im Bau? Freundinnen gehabt?", fuhr sie fort. Ich schloss die Augen.

Callahan dagegen lachte. „Es war nicht die Art von Gefängnis."

„Da müssen Sie ja sehr einsam sein", sagte Margaret und grinste anzüglich hinter seinem Rücken.

„Bist du jetzt fertig mit deinem Verhör?", fuhr ich sie an. „Er hat zu arbeiten."

„Spielverderber", meinte Margaret. „Aber du hast recht. Und ich muss in die Kanzlei. Ich bin Anwältin, Callahan, hat Grace Ihnen das gesagt? Strafverteidigung. Wollen Sie meine Karte?"

„Ich bin komplett resozialisiert", erwiderte er mit einem Grinsen, das alle möglichen Arten verbotenen Verhaltens versprach.

„Ich kenne Leute im Amt für Bewährungshilfe. Sehr gut sogar. Ich werde Augen und Ohren offen halten."

„Tun Sie das", sagte er.

„Ich bring dich jetzt in dein Zimmer", sagte ich, zog Margaret aus dem Stuhl und schnappte ihren Koffer. „Du kannst keine Affäre mit ihm haben", zischte ich, sobald wir oben waren. „Du wirst Stuart nicht betrügen. Er ist ein lieber Kerl, Margaret. Und es bricht ihm das Herz. Neulich habe ich ihn in der Schule gesehen, und er wirkte wie ein getretener Hund."

„Gut. Zumindest nimmt er mich jetzt ernst."

„Du meine Güte! Du bist ja so verwöhnt!"

„Ich muss in die Kanzlei", sagte sie, ohne auf meine letzte Bemerkung einzugehen. „Wir sehen uns zum Abendessen, okay? Hast du Lust zu kochen?"

„Oh." Ich holte tief Luft. „Ich werde gar nicht hier sein."

„Wieso? Verabredung mit Wyatt?" Sie hob ihre schmalen Augenbrauen.

Ich griff nach oben, um mein widerspenstiges Haar zu glätten. „Äh, nein. Also, ja. Doch. Wir sind bei Natalie eingeladen. Doppelverabredung."

„Heilige Maria, ewige Jungfrau, Grace!", murmelte meine Schwester.

„Ich weiß, ich weiß. Wyatt wird leider eine Notoperation durchführen müssen, Gott segne seine Gabe."

„Du bist eine dumme Kuh. Hey, danke übrigens, dass ich hierbleiben darf", sagte Margaret zur Tür des Gästezimmers, als sie sich kurz daran erinnerte, dass sie für die Zuflucht dankbar sein sollte.

„Gern geschehen", sagte ich. „Und lass Callahan in Ruhe."

Fürs Erste fand ich genug im ersten Stockwerk zu tun, sodass ich meinem Nachbarn fernbleiben konnte. Ich ging unter die Dusche. Während das warme Wasser über meinen Körper rann, stellte ich mir vor, was passieren würde, wenn Callahan O'Shea plötzlich ins Bad käme. Wenn er sein T-Shirt ausziehen, seinen Gürtel lösen, aus seiner ausgeblichenen Jeans steigen und zu mir unter die Dusche steigen würde. Mich in seine starken Arme nähme, seine warmen, fordernden Lippen auf meine presste, seinen … Ich blinzelte heftig, drehte das kalte Wasser auf und beendete die Dusche.

Nachdem sie Callahan und mir ein fröhliches „Auf Wiedersehen" zugerufen hatte, machte Margaret sich auf den Weg ins Büro. Dafür, dass sie gerade ihren Mann verlassen hatte, wirkte sie beunruhigend beschwingt. Ich dachte mir für meine Zwölftklässler ein Quiz über den Wiederaufbau nach dem Bürgerkrieg aus und benutzte dazu meinen Laptop anstelle des Computers im Wohnzimmer. Dann korrigierte ich Aufsätze meiner Zehntklässler über die Regierung unter Roosevelt. Von unten tönten das Kreischen der Säge, das Klopfen des Hammers und das unmelodische Pfeifen von Callahan O'Shea als angenehmes Durcheinander zu mir herauf.

Auch wenn er immer noch gelegentlich knurrte, gab Angus es schließlich auf, sich unter meiner Schlafzimmertür hindurchgraben zu wollen, und rollte sich auf einem sonnenbeschienenen Fleck auf den Rücken. Dabei wurden seine entzückenden krummen Zähnchen im Unterkiefer sichtbar. Ich konzentrierte mich wieder auf die Arbeiten meiner Schüler, schrieb Bemerkungen an den Rand und Kommentare ans Ende, lobte sie für Momente der Klarheit und Einsicht und deutete auf Textstellen hin, auf die sie noch etwas mehr Mühe hätten verwenden können.

Eine ganze Weile später ging ich nach unten. Vier der unteren acht Fenster waren bereits ausgetauscht. Callahan drehte sich um. „Ich glaube nicht, dass ich die Fensterbänke auch austauschen muss. Und wenn die Fenster oben so einfach gehen wie die hier unten, werde ich Montag oder Dienstag fertig sein."

„Oh. Okay", sagte ich. „Das sieht toll aus."

„Freut mich, dass es Ihnen gefällt."

Er sah mich an, ohne zu lächeln, ohne sich zu bewegen. Ich starrte zurück. Und starrte. Und starrte noch länger. Er hatte ein kantiges und, ja, schönes Gesicht, aber es waren vor allem seine Augen, die mich faszinierten. Callahan O'Sheas Augen erzählten eine Geschichte.

Die Luft zwischen uns schien sich zu verdichten, und ich spürte, wie mein Gesicht – und andere Körperteile – warm wurden.

„Ich mache mich besser wieder an die Arbeit", sagte er, drehte mir den Rücken zu und tat genau das.

13. KAPITEL

Sobald ich die Tür aufstieß, wusste ich, dass Natalie und Andrew bereits zusammenwohnten. Unverkennbar hing sein Geruch in Natalies Wohnung wie der süße Duft von Babyshampoo. „Hallo!" Ich umarmte meine Schwester und strich ihr über das glatte Haar.

„Hallo! Wie schön, dich zu sehen!" Natalie nahm mich fest in die Arme und lehnte sich dann zurück. „Wo ist Wyatt?"

„Hallo Grace!", rief Andrew aus der Küche.

Mein Magen krampfte sich zusammen. Andrew bei Natalie. So heimelig.

„Hallo Andrew", grüßte ich zurück. „Wyatt hat noch im Krankenhaus zu tun und kommt später nach." Meine Stimme klang ruhig und gefasst. Gut gemacht!

„Aber er kommt, oder?" Natalie zog beunruhigt die Brauen hoch.

„Ja, sicher. Es wird nur noch ein bisschen dauern."

„Ich habe diese fantastische Cremetorte zum Nachtisch gebacken." Nat lachte. „Ich will doch einen guten Eindruck machen!"

Natalies Wohnung befand sich im Ninth Square von New Haven, einem aufwendig restaurierten Teil der Altstadt, nicht weit von ihrer Arbeitsstelle entfernt. Ich war natürlich schon hier gewesen, hatte ihr beim Einzug geholfen und ihr zur Einweihung diese kleine metallene Pferdestatue geschenkt. Aber jetzt war es anders. Wie lange waren Nat und Andrew nun schon zusammen? Einen Monat? Sechs Wochen? Und seine Sachen lagen bereits überall verstreut … ein Jackett in der Garderobe, seine Laufschuhe neben der Tür, das *New York Law Journal* am Kamin. Wenn er nicht bereits hier wohnte, so war er zumindest häufig hier. Sehr häufig.

„Hallihallo!" Andrew kam aus der Küche, umarmte mich kurz, und ich spürte die vertrauten spitzen Knochen. Was ich heute irgendwie als sehr unangenehm empfand.

„Hallo", erwiderte ich und brachte ein Lächeln zustande.

„Wie geht es dir?"

„Toll! Wie wär's mit einem Drink? Wodka Gimlet? Appletini? White Russian?" Andrews Augen hinter der Brille funkelten. Er war immer stolz darauf gewesen, sich das Jurastudium durch Jobs als Barmixer finanziert zu haben.

„Ich hätte gern einen Wein", entgegnete ich, um ihm die exhibitionistische Freude des Cocktailmixens zu verwehren.

„Weiß oder rot? Wir haben einen guten Cabernet Sauvignon offen."

„Einen weißen, bitte." Mein Lächeln fühlte sich leicht verkrampft an. „Aber Wyatt trinkt sehr gern Cabernet."

In diesem Moment war ich Dr. Wyatt Dunn äußerst dankbar. Ohne ihn würde dieser Abend schrecklich werden, selbst wenn dieser Mann gar nicht existierte. Ich setzte mich aufs Sofa, und Natalie erzählte dies und das – wie sie heute nirgends Tilapia bekommen konnte und bis nach Fair Haven zu dem kleinen Fischmarkt unten am Quinnipiac River hatte fahren müssen. Bei der Vorstellung, wie die elegante Natalie mit dem Fahrrad bis zum italienischen Markt gefahren war, wo der Besitzer die Schöne zweifellos von vorn bis hinten bedient und noch ein paar Biscotti extra in die Tüte geworfen hatte, musste ich ein Seufzen unterdrücken. Natalie mit der hübschen Wohnung und Natalie mit der guten Einrichtung. Natalie mit meinem Exverlobten, die mir sagte, wie gespannt sie darauf sei, meinen erfundenen schönen Freund kennenzulernen.

Es war nicht so, dass ich Natalie gern anlog – und dazu meine Eltern, meine Großmutter und sogar Callahan O'Shea –, aber es war weitaus besser, als die arme Grace zu sein, die für ihre Schwester sitzen gelassen worden war. Okay, es war moralisch verwerflich zu lügen, aber hey! Wenn es je eine Rechtfertigung fürs Lügen gegeben hatte, dann diese.

Einen kurzen Moment lang blitzte ein anderes Szenario vor meinem inneren Auge auf. Callahan O'Shea, wie er neben mir saß und die Augen verdrehte, weil Andrew in der Küche so eine Show abzog und Petersilie hackte wie ein wild gewordener Gibbon. Wie Cal seinen starken, warmen Arm um mich

159

legte und murmelte: „Ich kann nicht fassen, dass du mit diesem Hanswurst verlobt warst."

Ja, genau. So würde es ablaufen … und dann würde ich im Lotto gewinnen und entdecken, dass ich das Resultat einer heißen Liebesnacht zwischen Margaret Mitchell und Clark Gable war.

Um mich abzulenken, sah ich mich in Natalies Wohnzimmer um. Mein Blick blieb sofort am Kaminsims hängen. „Die kenne ich doch", sagte ich und spürte, wie es mir die Kehle zuschnürte. „Andrew, das ist doch die Uhr, die ich dir geschenkt habe, oder? Wow!"

Eindeutig, das war sie. Eine hübsche, whiskyfarbene Kaminuhr mit buttergelbem Ziffernblatt, verschnörkelten Zahlen und einem Messingschlüssel, um sie aufzuziehen. Ich hatte sie bei einem Antiquitätenhändler in Lichtfield gefunden und Andrew vor zwei Jahren zu seinem dreißigsten Geburtstag geschenkt. Ich hatte die ganze verdammte Party geplant, gute Verlobte, die ich war! Ein Picknick auf einer Uferwiese des Farmington River. Seine Freunde von der Arbeit – die damals *unsere* Freunde gewesen waren – und Ava, Paul, Kiki, Dr. Eckhart, Margaret, Stuart, Julian, Mom und Dad sowie Andrews schnöseligen Eltern, denen ein Picknick in aller Öffentlichkeit nicht sonderlich behagt hatte. Was war das für ein wunderbarer Tag gewesen! Damals, als Andrew mich noch geliebt hatte. Bevor er meiner Schwester begegnet war.

„Oh. Genau. Ich liebe diese Uhr", sagte er leicht verlegen und reichte mir den Wein.

„Das ist gut, weil sie nämlich ein Vermögen gekostet hat", entgegnete ich mit perversem Vergnügen. „Ein Unikat."

„Und sie ist … wundervoll", murmelte Andrew.

Das weiß ich, Blödmann. „Ihr habt es ja wirklich sehr gemütlich. Wohnst du jetzt auch hier, Andrew?", fragte ich nur ein kleines bisschen lauter als nötig.

„Tja, also … äh, noch nicht ganz … Ich muss noch ein paar Monate Miete für meine Wohnung bezahlen. Also, nein, noch nicht richtig." Er warf Natalie einen nervösen Blick zu.

„M-hm. Aber da so viele Sachen von dir ja schon hier sind …"
Ich trank einen kräftigen Schluck Chardonnay.

Keiner von beiden sagte etwas. Betont freundlich fuhr ich
fort: „Das ist doch schön. Spart Miete. Total logisch." *Und
schnell.* Aber natürlich waren sie verliebt. Wer wäre nicht verliebt in Natalie, den Stolz unserer Familie? Nat war jünger.
Blond, blauäugig. Größer. Dünner. Hübscher. Klüger. Herrje,
ich wünschte, Wyatt Dunn wäre echt! Wünschte, Callahan
O'Shea wäre hier! Alles andere als dieser Nachhall der Ab-
weisung, der einfach nicht verklang. Ich lockerte meinen ver-
krampften Unterkiefer, setzte mich neben meine Schwester und
sah sie an. „Oh Gott, wir sehen uns wirklich überhaupt nicht
ähnlich."

„Oh, doch, das finde ich schon!", erklärte sie in vollem Ernst.
„Abgesehen von der Haarfarbe. Weißt du noch, wie ich in der
Highschool mal diese Dauerwelle gemacht habe? Und dann
mein Haar braun färbte?" Sie lachte und legte ihre Hand auf
mein Knie. „Ich war am Boden zerstört, als es dann doch nicht
so aussah wie bei dir."

Und schon war es vorbei. Ich konnte Natalie einfach nicht
böse sein. Es war fast so, als wäre es mir nicht *vergönnt,* sauer auf
Natalie zu sein, niemals. Ich erinnerte mich an den Tag, den sie
beschrieb. Sie hatte sich ihr wunderbares glattes Haar tatsächlich mit einer Heimdauerwelle verunstaltet und es dann noch in
einem hässlichen Braunton gefärbt. Sie war vierzehn gewesen
und hatte in ihrem Zimmer gesessen und geheult, als die chemi-
schen Locken nicht ausfielen wie gewünscht. Eine Woche später
waren ihre Haare wieder glatt und sie die einzige Brünette der
Schule mit blondem Haaransatz gewesen.

Sie hatte so sein wollen wie ich. Sie fand, dass wir uns ähnlich sahen – obwohl ich sieben Zentimeter kleiner und acht
Kilo schwerer war, unauffällige graue Augen und auffällig tü-
ckisches Haar hatte.

„Ja, da ist tatsächlich eine Ähnlichkeit", sagte Andrew. Ach,
halt doch die Klappe, dachte ich. *Da nehme ich nun an Kursen
teil, um einen Ehemann aufzutreiben, suche Männer im Internet*

und schmachte einen Exsträfling an, und du hast dieses Prachtstück *und verdienst es kein bisschen.* Tja. Ich schätze, mein
Ärger war wohl doch noch nicht ganz verflogen. Zumindest
nicht Andrew gegenüber.

Er schien meine Stimmung aufzufangen. „Ich sehe lieber
mal nach dem Risotto. Hoffentlich quillt es jetzt endlich, sonst
muss ich noch einen Risotto-Tanz aufführen oder so etwas."
Mit diesen Worten eilte er in die Küche wie eine aufgescheuchte
Krabbe.

„Ist alles in Ordnung, Grace?", erkundigte sich Natalie.

Ich atmete tief durch. „Sicher." Ich hielt kurz inne. „Na ja,
Wyatt und ich haben uns gestritten."

„Oh, nein!"

Ich schloss die Augen. Es war erschreckend, wie gut ich mittlerweile im Lügen war. „Doch. Er kümmert sich so aufopfernd
um all die Kinder, weißt du?" *Ja, Grace, ein echtes Arschloch,
dein Kinderchirurg!* „Ich meine, es ist bewundernswert. Ich bin
total verrückt nach ihm. Aber ich sehe ihn kaum."

„Ich schätze, das ist wohl das Berufsrisiko", murmelte Natalie und sah mich mitfühlend an.

„Ja."

„Aber er macht es doch sicher wieder gut, hoffe ich?", fragte
sie nun nach, und ich erwiderte, ja, das tue er. Frühstück im
Bett … mit Erdbeeren und Waffeln, die nur ein kleines bisschen angebrannt waren, so lieb von ihm, er sei manchmal wie
ein Kind … die Blumen, der er geschickt hat (ich hatte mir tatsächlich selbst einen Strauß geschickt). Wie er mir zuhörte … so
aufmerksam allem lauschte, was in der Schule passiert ist. Der
hübsche Schal, den er mir letztes Wochenende gekauft hat (ich
hatte tatsächlich einen neuen Schal, nur, dass ich ihn an dem Tag,
als Julian und ich shoppen gewesen waren, selbst gekauft hatte).

„Oh, hey, habe ich dir schon erzählt, dass ich mich für die
Stelle als Vorsitzende des Fachbereichs Geschichte bewerbe?",
wechselte ich dann das Thema.

„Ach, Grace, das ist ja wunderbar!", rief meine Schwester.
„Du könntest da so viel verbessern! Unter deiner Leitung wird

das alles bestimmt richtig aufblühen!"

Wie auf ein Stichwort klingelte in diesem Moment mein Handy. Ich stand auf, griff in meine Tasche, kramte es hervor und klappte es auf. „Wyatt", flüsterte ich Natalie zu und lächelte.

„Okay, dann lasse ich euch mal ein bisschen Privatsphäre." Sie wollte aufstehen.

„Nein, bleib ruhig da", sagte ich. Schließlich sollte sie das Gespräch mitbekommen … zumindest das Ende. „Hallo Liebling!"

„Hallo Schätzchen", sagte Julian. „Ich überlege, meinen Namen zu ändern."

„Oh, nein! Geht es ihm gut?", wollte ich wissen und dachte sogar an das besorgte Stirnrunzeln, das ich auf der Herfahrt im Rückspiegel geübt hatte.

„Etwas Männlicheres, weißt du? Will oder Jack. Oder Spike. Was denkst du?"

„Ich denke, er kann froh sein, dass er dich als Arzt erwischt hat", antwortete ich entschieden.

„Nein, das ist vielleicht doch zu protzig. Wie wäre es mit Mike? Oder Mack? Na ja, vielleicht ändere ich doch nichts. Meine Mutter würde mich umbringen."

„Nein, nein, das ist schon in Ordnung, Liebling. Das verstehe ich. Natürlich werden sie das. Nein … sie wissen doch, womit du dein Geld verdienst! Schließlich bist du ja kein …", ich überlegte kurz, „kein Schreiner oder Mechaniker oder so. Du rettest immerhin Leben!"

„Komm wieder runter, Mädchen", meinte Julian.

„Du hast recht."

„Was gibt es zum Essen?", fragte mein Freund.

„Risotto, Spargel und Fisch. Tilapia. Und eine leckere Torte, für die meine Schwester sich extra ins Zeug gelegt hat."

„Ich gebe Grace ein paar Stücke mit!", rief Natalie.

„Ja, ich will auf jeden Fall etwas von der Torte", bekräftigte Julian. „Die habe ich mir verdient. Sollen wir noch ein bisschen plaudern? Willst du, dass ich dir einen Antrag mache?"

„Nein, nein, Schatz, ist schon gut. Dann wünsche ich dir noch eine gute Nacht", antwortete ich.

„Ich liebe dich", sagte Julian. „Jetzt sag du es."

„Oh, äh, ich dich auch." Mein Gesicht glühte – so weit wollte ich dann doch nicht gehen, einem erfundenen Freund meine Liebe zu gestehen. Dann klappte ich das Handy zu und seufzte. „Tja, er schafft es nicht. Die OP war komplizierter als erwartet, und er will in der Nähe bleiben, bis der Kleine das Gröbste überstanden hat."

„Ooh", seufzte Natalie. In ihrem Gesicht spiegelte sich Bewunderung. „Ach, Grace, es tut mir ja so leid, dass er nicht kommen kann, aber … mein Gott, er hört sich wundervoll an!"

„Das ist er", bestätigte ich. „Das ist er."

Nach dem Essen begleitete Nat mich noch bis zum Parkplatz in der Tiefgarage. „Es tut mir sehr leid, dass ich Wyatt nicht kennenlernen konnte", sagte sie. „Aber wie schön, dass du da warst." Ihre Stimme hallte von den Betonmauern wider.

„Danke." Ich schloss den Wagen auf, stellte die Tupperdose mit Julians großzügigem Stück Torte auf den Rücksitz und drehte mich wieder zu Natalie um. „Dann ist es mit dir und Andrew also wirklich ernst?"

Sie zögerte. „Ja. Ich hoffe, das ist okay für dich."

„Na ja, ich habe nicht gewollt, dass es nur eine kurze Affäre ist", erwiderte ich ein wenig scharf. „Das würde wirklich wehtun, weißt du? Ich bin nur … ich freue mich. Es ist gut."

„Bist du sicher?"

„Ja, bin ich."

Sie lächelte ihr aufrichtiges, seliges Lächeln. „Danke. Wenn ich Wyatt endlich einmal kennenlerne, muss ich mich unbedingt bei ihm bedanken. Um die Wahrheit zu sagen: Ich glaube, ich hätte mich von Andrew getrennt, wenn du keinen neuen Freund gehabt hättest. Es würde sich dann einfach falsch anfühlen."

„Hm", meinte ich nur. „Tja, ich … ich sollte fahren. Tschüss, Nattie. Danke für das leckere Essen."

Auf dem Nachhauseweg begann es in Strömen zu regnen, und die Scheibenwischer meines kleinen Autos rackerten sich tapfer ab, damit ich etwas sehen konnte. Es war eine ungemütliche Nacht, kälter als normal und recht stürmisch, so wie an dem Abend, als mir der Reifen geplatzt war. Als ich Wyatt Dunn zum ersten Mal begegnet war. Ich schnaubte.

Eine Sekunde lang stellte ich mir vor, ich hätte damals auf der Toilette bei Kittys Hochzeit nichts gesagt. Hätte Natalie nicht ihr Schuldgefühl genommen und zugegeben, dass ich es für falsch hielt, wenn eine Frau mit einem Mann ausging, der mal mit ihrer Schwester verlobt gewesen war. Dann wäre Andrew ein für alle Mal aus meinem Leben verschwunden, und ich hätte nie mehr mit ansehen müssen, wie seine Augen bei Natalies Anblick vor Dankbarkeit und Faszination aufleuchteten – ein Ausdruck, den ich, offen gestanden, vorher nie bei ihm gesehen hatte. Nein, wenn Andrew *mich* angesehen hatte, hatte man Zuneigung, Respekt und Zufriedenheit erkennen können. Das alles waren gute Empfindungen, aber kein *Kabumm!* Ich hatte ihn geliebt. Er hatte dieses Gefühl nicht mit derselben Intensität erwidert.

Obwohl Margaret, als ich nach Hause kam, bereits im Gästezimmer schlief und Angus sich sehr anstrengte, mir mitzuteilen, dass ich die wunderbarste Kreatur auf Gottes Erde war, fühlte sich das Haus leer an. Ach, hätte ich doch nur diesen netten Doktorfreund, der mich jetzt anriefe! Ach, wäre er jetzt doch nur auf dem Weg zu mir! Ich würde ihm ein Glas Wein einschenken und die Schultern massieren, und er würde dankbar zu mir auflächeln. Vielleicht würden wir uns hier auf der Couch zusammenkuscheln und dann ins Bett gehen. Angus würde Wyatt Dunn nicht einmal ansatzweise zwicken, weil Angus – in dieser Fantasie zumindest – ein ausgezeichneter Menschenkenner war und Wyatt einfach nur verehrte.

Ich putzte mir die Zähne, wusch das Gesicht, schnitt meinem Haar eine Grimasse und überlegte plötzlich, ob ich nicht noch mal auf den Dachboden gehen sollte. Ja. Besser wäre das. Schließlich hatte es heftig geregnet, auch wenn es im Moment nur noch neblig und feucht war. Ich musste nachsehen, ob … vielleicht ein Fenster offen war? Vielleicht regnete es später noch einmal? Es hatte bestimmt nichts damit zu tun, dass Callahan O'Shea auf dem Dach liegen könnte, denn es war kühl und …

Callahan O'Shea *lag* auf dem Dach. Gut für dich, Cal, dachte ich, du bist nicht der Typ, den ein bisschen Neuenglandwetter von seinem Vorhaben abbringen kann.

Er musste es im Gefängnis vermisst haben, draußen zu sein. Gut, offenbar war es eine Art Luxusbau gewesen, aber wenn ich ihn mir vorstellte, trug er einen orangefarbenen Overall oder gestreifte Häftlingskleidung und saß in einer Gitterzelle mit Metallbett. (Es gab einfach nicht genügend Filme mit Luxusgefängnissen, also war das Gefängnis meiner Fantasie identisch mit dem in *Die Verurteilten).*

Eine Sekunde lang stellte ich mir vor, wie es wohl wäre, mit Callahan O'Shea dort unten auf dem Dach zu liegen, in seinem Arm, den Kopf an seiner Schulter. Das Bild war so deutlich, dass ich den Schlag seines Herzens unter meiner Hand spürte und seine Finger, die mit meinem Haar spielten. Hin und wieder würde einer von uns dem anderen etwas zuflüstern, aber die meiste Zeit lägen wir einfach nur still da.

„Verschwende nicht deine Zeit", warnte ich mich leise selbst. „Auch ohne Vorstrafe wäre er nicht dein Typ." *Außerdem,* so fügte meine kleine irritierende innere Stimme hinzu, *kann er dich noch nicht einmal leiden.* Hinzu kam dieses unbehagliche Gefühl, das ich jedes Mal in Gegenwart meines großen, muskulösen Nachbarn empfand … nein. Ich wollte Trost, Sicherheit, Stabilität. Keine kribbelnde Erregung und sexuelle Anziehung. Egal, wie gut es von hier oben auch aussah.

14. KAPITEL

„Grace?"

Angus knurrte böse und sprang davon, um eine Motte anzugreifen. Ich sah von meiner Gartenarbeit auf – Stiefmütterchen auf der rückseitigen Veranda eintopfen. Es war Sonntagmorgen, und Callahan O'Shea war wieder hier und stand in der Küche an der Schiebetür. Er hatte sich schon früh an die Arbeit gemacht, aber Margaret war gerade laufen (sie trainierte für einen Marathon, also wusste man nie, wann sie zurückkam), sodass er keinen Grund hatte, Pause zu machen und zu flirten.

„Ich muss das Regal unter dem Fenster wegschieben. Möchten Sie vorher Ihren … Krimskrams ausräumen?"

„Natürlich." Ich stand auf und wischte mir die Hände ab.

Mein „Krimskrams" waren hauptsächlich DVDs und Sammelfiguren. Wortlos packte ich die Sachen auf die Couch … eine Tabakdose aus den 1880ern, eine kleine Kanone, eine Porzellanfigur von Scarlett O'Hara in ihrem grünen Kleid aus den Samtvorhängen und ein gerahmter Dollar der Konföderierten Staaten.

„Wie es aussieht, mögen Sie den Bürgerkrieg", kommentierte er, als er die DVD-Sammlung betrachtete. *Glory, Unterwegs nach Cold Mountain, Die rote Tapferkeitsmedaille, Der Mann vom großen Fluss, Fackeln im Sturm, Der Texaner, Götter und Generäle, Gettysburg* und die Sonderausgabe der Dokumentation von Ken Burns auf DVD, ein Weihnachtsgeschenk von Natalie.

„Ich bin Geschichtslehrerin", sagte ich.

„Aha. Das erklärt so manches", erwiderte er und betrachtete die Filme genauer. *„Vom Winde verweht* steckt ja noch in der Verpackung. Haben Sie noch eine andere Ausgabe?"

„Ach, das! Nein. Meine Mutter hat mir den Film geschenkt, aber ich fand immer, das erste Mal sollte ich ihn auf einer Kinoleinwand sehen, wissen Sie? Um dem Film die gebührende Ehre zu erweisen."

„Dann haben Sie ihn noch nie gesehen?"

„Nein. Allerdings habe ich vierzehn Mal das Buch gelesen. Und Sie?"

„Ich habe den Film gesehen." Er lächelte ein bisschen.

„Auf der Leinwand?"

„Nein. Im Fernsehen."

„Das zählt nicht", entgegnete ich.

„Ich verstehe." Er lächelte ein wenig mehr, und ich spürte ein Ziehen im Unterleib. Wir schoben das Regal zur Seite. Dann nahm er seine Säge und wartete darauf, dass ich aus dem Weg ging. Was ich nicht tat.

„Also, Callahan ... Warum haben Sie eine Million Dollar veruntreut?"

„Eins Komma sechs Millionen Dollar", korrigierte er und steckte den Stecker der Säge in die Steckdose. „Warum stiehlt jemand wohl etwas?"

„Ich weiß es nicht", antwortete ich. „Warum?"

Er sah mich mit seinen dunklen Augen an und schien zu überlegen. Ich wartete. Es lag etwas in seinem Gesichtsausdruck, das eine Geschichte versprach, und ich wollte sie hören. Er musterte mich, wohl um zu entscheiden, was er sagen sollte und wie. Ich wartete.

„Hallo Süße, ich bin wieder da!" Die Haustür wurde aufgestoßen und Margaret kam herein – erhitzt, errötet, umwerfend. „Schlechte Nachricht, Leute: Mom ist auf dem Weg hierher. Ich habe ihren Wagen bei *Lala's Bakery* gesehen. Beeilung! Ich bin fast einen neuen Weltrekord gelaufen, um vor ihr hier zu sein."

Meine Schwester und ich stürzten in den Keller. „Callahan, helfen Sie uns mal!", kommandierte Margaret.

„Was ist los?", wollte Callahan wissen, während er uns folgte. Am Fuß der Kellertreppe hielt er abrupt inne. „Oh mein Gott!" Langsam sah er sich um.

Mein Keller war ein Skulpturenlager. Unsere gute Mom war sehr großzügig mit ihrer Kunst, und so häuften sich in meinem Keller gläserne weibliche Geschlechtsteile.

„Toll hier", meinte Callahan nüchtern.

„Seien Sie still. Schnappen Sie sich einfach ein Teil und schaffen es nach oben. Keine Zeit für Geplänkel", befahl Margaret. „Unsere Mom kriegt einen Anfall, wenn sie erfährt, dass Grace das Zeug hier unten versteckt. Ich spreche aus Erfahrung." Sie griff sich *Heim des Lebens* (einen Uterus) und *Nest #12* (Eierstock) und rannte die Treppe hinauf.

„Vermieten Sie hier unten auch?", fragte Callahan.

„Hören Sie bloß auf", sagte ich und konnte mir das Grinsen nicht verkneifen. „Bringen Sie das bitte einfach nach oben und stellen es in ein Regal oder so. Machen Sie, dass es aussieht, als würde es immer da stehen." Ich drückte ihm *Brust in Blau* in die Arme. Die Skulptur war schwer und vielleicht hätte ich ihn vorwarnen sollen, denn er bekam sie nicht richtig zu fassen, weshalb ich noch einmal nachfasste, genau wie er, und am Ende hielten wir beide das Ding zwischen uns, seine Hände auf meinen. Ich sah ihm in die Augen, und er lächelte.

Kabumm!

Fast hätten meine Knie nachgegeben. Er duftete nach Holz und Seife und Kaffee, seine Hände waren groß und warm, und seine Augen, die außen so interessant nach unten geneigt waren, leuchteten, und seine Körperwärme … Ich bekam Lust, mich über die *Brust in Blau* zu beugen und ihn einfach … Sie wissen schon … einfach … Wen kümmerte es schon, dass er ein Exsträfling war? Veruntreuung? Schnickschnack! Obwohl mir vage bewusst war, dass ich ihn unpassenderweise mit einem Ausdruck ungezügelter Lust betrachtete, anstatt mit dem freundlichen Blick der fröhlichen Nachbarin, war ich wie erstarrt.

Eine Hupe ertönte. Über uns verfiel Angus in lautes Gebell und rammte – dem Klang nach zu urteilen – seinen kleinen Körper mehrfach gegen die Haustür.

„Beeilt euch da unten!", brüllte Margaret. „Ihr wisst doch, wie sie ist."

Der Bann war gebrochen. Callahan nahm die Skulptur, griff sich eine weitere und hastete nach oben. Ich tat dasselbe – mit hochrotem Kopf.

Schnell schob ich *Versteckter Schatz* ins Bücherregal und

stellte *Portal in Grün* auf dem Couchtisch ab, wo es obszön auseinanderklaffte.

„Hallo-o!", rief Mom von der Veranda. „Angus, aus. Aus! Ruhig, mein Kleiner. Nein. Hör auf. Sei still, Hund. Nicht bellen."

Ich hob meinen Hund hoch und öffnete die Tür. Mein Herz schlug immer noch wie wild. „Hallo Mom! Was führt dich denn hierher?"

„Ich habe Kuchen mitgebracht!", flötete sie. „Hallo Angus! Wer ist ein süßes Baby, hm? Hallo Margaret, Schätzchen. Stuart meinte, ich würde dich hier finden. Und oh, hallo. Wer sind Sie?"

Ich blickte mich um. Callahan stand in der Küchentür. „Mom, das ist mein Nachbar, Callahan O'Shea. Callahan, meine Mutter, die berühmte Glaskünstlerin Nancy Emerson."

„Es ist mir ein Vergnügen. Ich schätze Ihre Arbeiten sehr." Callahan gab meiner Mutter die Hand, und Mom sah mich fragend an.

„Dad hat ihn engagiert, um die Fenster auszuwechseln", erklärte ich.

„Ich verstehe", sagte Mom misstrauisch.

„Ich muss wieder nach nebenan und dann in den Baumarkt, Grace. Brauchen Sie noch etwas?", fragte Callahan in meine Richtung.

Einen Kuss! „Äh, nein. Im Moment fällt mir nichts ein", antwortete ich und errötete erneut.

„Dann bis später. Nett, Sie kennengelernt zu haben, Mrs Emerson." Wir sahen ihm nach, wie er das Haus verließ.

Mom löste als Erste ihren Blick von der geschlossenen Tür. „Margaret, wir müssen reden. Kommt mit, Mädchen, setzen wir uns in die Küche. Oh, Grace, das gehört aber nicht da hin! Das ist nicht witzig. Das ist ernsthafte Kunst, Süße."

Callahan O'Shea hatte die *Brust in Blau* in meine Obstschale gelegt, mitten zwischen die Orangen und Birnen. Ich musste grinsen. Margaret unterdrückte ein Prusten, während sie die Kuchentüte öffnete. „Oh, wie schön! Mohnschnecken! Willst du auch eine, Grace?"

„Setzt euch, Mädchen. Margaret. Was ist da los mit dir und Stuart, du meine Güte?"

Ich seufzte. Mom war nicht gekommen, um mich zu besuchen. Ich war die problemlose Tochter. Mit Margaret war es eher schwierig gewesen – als Jugendliche hatte sie rebelliert, auf der Uni wurde sie zum Überflieger, der sich ein wenig überheblich gebärdete und immer auf Konfrontation aus war. So ganz hatte sie das nie abgelegt. Natalie war natürlich von Anfang an das Goldkind gewesen, und seit sie beinahe gestorben war, hatte man jeden weiteren Schritt als reines Wunder erachtet.

Das einzig Dramatische in meinem Leben war mein Bruch mit Andrew gewesen. Sicher, meine Eltern liebten mich, auch wenn sie meine Berufswahl zur Lehrerin als einen etwas zu einfachen Weg ansahen. („Wer kann, der kann", hatte Dad gesagt, als ich damals verkündete, ich würde nicht Jura studieren, sondern amerikanische Geschichte in der Hoffnung, Lehrerin zu werden. „Und wer nicht kann, wird Lehrer.") Meine Sommerferien wurden als Affront gegen die „normal arbeitende Bevölkerung" angesehen. Die Tatsache, dass ich während der Schulzeit sklavisch schuftete – unterrichten und korrigieren und Unterrichtspläne erstellen, mich mit Schülern nach der Schulzeit in meinem Büro treffen, das Debattierteam anleiten, zu Schulveranstaltungen gehen, Tanzabende und Ausflüge beaufsichtigen, neue Lehrmethoden recherchieren und heikle Eltern besänftigen, die von ihren Kindern in allem nur Bestleistungen erwarteten –, wurde im Gegensatz zu meiner ganzen freien Zeit nicht gewertet.

Mom lehnte sich zurück und beäugte ihre Älteste. „Und? Spuck's aus, Margaret!"

„Ich habe ihn nicht richtig verlassen", sagte Margaret und biss herzhaft in die Schnecke. „Ich ... vertreibe mir eben nur vorübergehend hier die Zeit."

„Ach, das ist doch lächerlich", schalt Mom. „Euer Vater und ich haben auch unsere Probleme. Aber mich seht ihr nicht einfach zu Tante Mavis rennen, oder?"

„Das kommt daher, dass Tante Mavis einfach unerträglich

ist", konterte Margaret. „Grace ist höchstens halb so schlimm wie Tante Mavis, oder, Gracie?"

„Danke, Margs. Lass mich hinzufügen, welch ein Privileg es war, heute Morgen deine ganzen dreckigen Sachen in meinem Gästezimmer verteilt zu sehen. Soll ich Eure Wäsche waschen, Majestät?"

„Tja, da du ja keine richtige Arbeit hast – gern!"

„Keine richtige Arbeit? Zu unterrichten ist besser als einen Haufen Drogendealer …"

„Beruhigt euch, Mädchen. Willst du Stuart verlassen?", wollte Mom wissen.

Margaret schloss die Augen. „Ich weiß es nicht."

„Tja, ich finde das lächerlich. Du hast ihn geheiratet, Margaret. Da geht man nicht einfach. Man bleibt da und strengt sich an, bis die Sache wieder läuft."

„So wie bei dir und Dad?", höhnte Margaret. „Da könnt ihr mich besser umbringen. Ja, Grace? Wärst du dann so nett?"

„Dein Vater und ich sind vollkommen …" Sie brach ab und betrachtete ihren Kaffeebecher, als würde ihr gerade ein Licht aufgehen.

„Vielleicht solltest du auch bei Grace einziehen?", schlug Margaret vor und hob eine Augenbraue.

„Okay, sehr witzig. Nein, du kannst nicht hier einziehen, Mom." Ich warf Margs einen bösen Blick zu. „Im Ernst, Mom", fuhr ich fort. „Du und Dad, ihr liebt euch, stimmt's? Ihr frotzelt eben gern."

„Ach, Grace!" Sie seufzte. „Was hat denn Liebe damit zu tun?"

„Ich hoffe doch, dass Liebe etwas damit zu tun hat", protestierte ich.

Mom seufzte erneut. „Wer weiß schon, was Liebe ist?" Sie wedelte verächtlich mit der Hand.

„Liebe ist ein Schlachtfeld", murmelte Margs. „Wie in dem Lied – *Love is a battlefield*."

„*All you need is love*", konterte ich.

„Liebe stinkt", gab sie zurück. „Oder *Love hurts*?"

„Ach, hör auf, Margs", sagte ich. „Mom? Was wolltest du sagen?"

„Ach, Kinder ... Man gewöhnt sich eben an jemanden ... Ich weiß auch nicht. Manchmal könnte ich euren Vater umbringen – er ist ein langweiliger alter Anwalt für Steuerrecht. Seine Vorstellung von Spaß ist es, sich bei einer dieser dummen nachgestellten Bürgerkriegsschlachten hinzulegen und tot zu spielen."

„Hey. Ich liebe diese dummen Schlachten auch", fuhr ich dazwischen, doch sie ignorierte meinen Einwand.

„Trotzdem gehe ich nicht einfach weg, Margaret. Schließlich haben wir geschworen, einander zu lieben und zu ehren, auch wenn es uns umbringt."

„Oh, das klingt aber romantisch", meinte Margaret.

„Glaubt mir: Es geht mir furchtbar auf die Nerven, dass er sich über meine Kunst so lustig macht. Was macht *er* denn schon? Rennt verkleidet herum und schießt durch die Gegend. *Ich* erschaffe etwas. *Ich* feiere die weibliche Form. *Ich* verwirkliche mich mit mehr als nur Grunzen und Sarkasmus. *Ich* ..."

„Noch Kaffee, Mom?", fragte Margs.

„Nein, ich muss los." Trotzdem blieb sie sitzen.

„Mom", begann ich vorsichtig, „wie bist du eigentlich dazu gekommen, die ... äh ... weibliche Form zu feiern, wie du es ausdrückst? Wie hat das angefangen?" Margaret sah mich düster an, doch ich war wirklich neugierig. Ich hatte schon studiert, als Mom ihr neues Talent entdeckte.

Sie schmunzelte. „Die Wahrheit ist ... Es war ein Unfall. Ich hatte versucht, so eine kleine Glaskugel zu machen, wie man sie ans Fenster hängt oder an den Christbaum, wisst ihr? Ich hatte Schwierigkeiten, den Ansatz sauber zu verarbeiten, und da kam euer Vater rein und sagte, es sehe wie eine Brustwarze aus. Also behauptete ich, das sei Absicht, und er wurde puterrot und ich dachte, wie würden andere das wohl sehen? Also brachte ich es zu *Chimera*, und die Leute liebten es."

„Mmm", brummte ich. „Was kann man daran auch nicht lieben?"

„Ich meine es ernst, Grace. Im *Hartford Courant* haben sie

mich als postmoderne Feministin mit der Ästhetik von Mapple-
thorpe und O'Keefe auf Drogen bezeichnet."

„Und das alles wegen einer verunglückten Christbaum-
kugel", warf Margaret ein.

„Die erste war ein Unfall, aber der Rest ist ein Fest des physio-
logischen Wunders Frau", verkündete Mom. „Ich liebe meine
Arbeit, auch wenn ihr Mädchen zu prüde seid, um meine Kunst
zu würdigen. Ich habe eine neue Karriere, die Leute bewundern
mich. Und wenn es euren Vater ärgert – umso besser."

„Ja", meinte Margs, „warum Dad nicht ärgern? Er hat dir ja
nur alles gegeben."

„Margaret, meine Liebe, dazu möchte ich gern erwidern,
dass er derjenige war, der alles bekommen hat, und ganz besonders du solltest meine Haltung anerkennen. Ich bin immer
nur schmückendes Beiwerk gewesen, Mädchen. Euer Vater kam
nach Hause, ließ sich einen Martini servieren und ein Essen, für
das ich stundenlang in der Küche gestanden hatte – in einem
Haus, das makellos sauber war, mit klugen, wohlerzogenen und
tollen Kindern –, und dann ging es ab ins Bett auf eine Runde
groben Sex."

Margaret und ich zuckten gleichzeitig zusammen.

Mom wandte sich an Margaret. „Er war vollkommen verwöhnt, und ich war unsichtbar. Wenn ich ihn also ärgere, Margaret, du erstgeborene Frucht meiner Lenden, dann solltest du
eigentlich ‚Gut gemacht, Mutter' sagen. Denn immerhin nimmt
er mich jetzt wahr, und dazu musste ich nicht einmal ins Haus
meiner Schwester rennen."

„Autsch", meinte Margaret. „Ich blute, Grace." Sie grinste.

„Hört auf zu streiten, ihr beide", sagte ich. „Mom, wir sind
sehr stolz auf dich. Du bist eine, äh, Visionärin. Wirklich."

„Danke, meine Liebe." Mom erhob sich. „Tja, jetzt muss ich
mich beeilen. Ich halte in der Bücherei einen Vortrag über meine
Kunst und Inspiration."

„Hoffentlich nur vor volljährigem Publikum", murmelte
Margaret, während sie mir Angus vom Schoß nahm und Kuss-
grimassen für ihn schnitt.

Mom seufzte und sah zur Decke. „Grace, du hast Spinnweben da oben. Und sitz gerade, Süße. Bringst du mich noch zum Auto?"

Ich gehorchte und ließ Margaret mit Angus allein, die ihn mit dem Rest ihrer Mohnschnecke fütterte.

„Grace", sagte meine Mutter draußen, „wer war dieser Mann, der vorhin da war?"

„Meinst du Callahan?", fragte ich nach. Sie nickte. „Mein Nachbar, wie ich es gesagt habe."

„Wie auch immer. Geh nicht hin und vermurkse eine gute Sache für einen Handwerker."

„Gott, Mom!", rief ich. „Du kennst ihn doch überhaupt nicht! Er ist sehr nett."

„Ich weise ja nur darauf hin, dass du da eine gute Sache mit deinem netten Arzt hast, Schätzchen. Oder nicht?"

„Ich werde nicht mit Callahan ausgehen, Mutter", erwiderte ich gereizt. „Er ist nur ein Typ, den Dad angeheuert hat."

Ah, verdammt! Da war er und stieg gerade in seinen Truck. Natürlich hatte er das gehört. Seinem Gesichtsausdruck nach zu urteilen, hatte er nur den letzten Satz gehört, und nicht, dass ich ihn nett fand.

„Nun denn", sagte Mom etwas ruhiger. „Es ist nur so, dass du seit der Trennung von Andrew wie ein Gespenst herumläufst, Schätzchen. Und es ist schön, dass dein junger Mann dir wieder etwas Farbe auf die Wangen gebracht hat."

„Ich dachte, du bist Feministin", entgegnete ich.

„Das bin ich."

„Tja, du hättest mich täuschen können! Vielleicht liegt es daran, dass einfach genug Zeit vergangen ist und ich tatsächlich ganz allein über ihn hinweggekommen bin. Vielleicht liegt es am Frühling. Vielleicht geht es mir in der Arbeit gerade sehr gut. Hast du gehört, dass ich mich um die Leitung des Fachbereichs bewerben werde? Vielleicht geht es mir einfach so gut, ohne dass es etwas mit Wyatt Dunn zu tun hat."

„Hm. Tja, wie auch immer", sagte Mom. „Ich muss los, meine Liebe. Tschüss. Steh gerade."

175

„Sie bringt mich noch ins Grab", verkündete ich, als ich in die Küche zurückkam. „Das heißt, wenn ich nicht vorher schon *sie* umbringe."

Margaret brach in Tränen aus.

„Ach du meine Güte!", rief ich. „Das hab ich doch nicht so gemeint! Margs, was ist los?"

„Mein blöder Ehemann!", schluchzte sie und wischte sich mit beiden Händen die Tränen vom Gesicht.

„Schon gut, Süße. Ganz ruhig." Ich gab ihr eine Serviette, damit sie sich schnäuzen konnte, und massierte ihre Schultern, während Angus ihr fröhlich die Tränen ableckte. „Was ist denn nun wirklich los, Margs?"

Sie holte krampfhaft Luft. „Er will, dass wir ein Kind bekommen."

Mir fiel die Kinnlade herunter. „Oh."

Margaret hatte nie Kinder gewollt. Wörtlich hatte sie gesagt, dass die Erinnerung an Natalie, wie sie künstlich beatmet worden war, ausgereicht habe, um jeglichen Mutterinstinkt in ihr zu ersticken. Sie schien Kinder wohl zu mögen – auf Familienfeiern hielt sie die Babys unserer Cousinen im Arm und redete mit älteren Kindern auf angenehm erwachsene Art. Sie hatte aber auch immer schon gesagt, dass sie zu selbstsüchtig sei, um jemals Mutter zu sein.

„Dann ist das jetzt also doch zum Thema geworden? Wie geht es dir damit?", fragte ich.

„Beschissen", fuhr sie mich an. „Ich verstecke mich bei dir, flirte mit deinem ansehnlichen Nachbarn, rede nicht mit meinem Mann, und dann gibt ausgerechnet Mom mir Ratschläge für eine gute Ehe! Ist es nicht offensichtlich, wie ich mich fühle?"

„Nein", entgegnete ich fest. „Und außerdem heulst du meinen Hund nass. Also schieß los, Schätzchen. Ich werde es auch niemandem erzählen."

Sie sah mich verheult, aber dankbar an. „Ich fühle mich ... irgendwie betrogen", gab sie zu. „Als würde er damit sagen, dass ich nicht ausreiche. Und du weißt ja, dass er ... Also, er kann manchmal ganz komisch sein." Sie fing wieder an zu schluchzen.

„Er ist nicht gerade der aufregendste Mann der Welt, oder?"

Ich murmelte etwas wie nein, das sei er nicht.

„Und deshalb fühle ich mich wie vor den Kopf gestoßen."

„Aber was denkst du, Margs? Könntest du dir vorstellen, ein Kind zu haben?"

„Nein! Ich weiß es nicht! Vielleicht! Ach, verdammt. Ich gehe duschen." Sie stand auf und gab mir meinen Hund, der das letzte Stück Mohnschnecke von meinem Teller stibitzte und rülpste. Und das war vorerst das Ende unseres vertraulichen Schwesterngesprächs.

15. KAPITEL

Am Mittwochabend bereitete ich mich auf meine Verabredung mit Lester, dem Kunstschmied, vor. Er hatte endlich angerufen und am Telefon auch einigermaßen normal geklungen, aber seien wir ehrlich – mit einem Namen wie Lester und einem Aussehen, das man als „auf seine eigene Weise attraktiv" zusammengefasst hatte ... na ja, ich hegte nicht allzu große Hoffnungen.

Trotzdem fand ich, es wäre nicht das Schlimmste, wenn ich mal aus dem Haus käme. Ich könnte meine weiblichen Reize und ein paar der Techniken an ihm ausprobieren, die Lou uns in dem Kurs beigebracht hatte. Ja, ich war verzweifelt.

Margaret arbeitete – seit unserem Gespräch am Wochenende hatte sie kein Wort mehr über ihren Ehemann verloren. Angus beobachtete mich, während ich resigniert Lous Rat befolgte und einen Rock anzog, der ... ja, der kurz genug war, um zu zeigen, dass ich tolle Beine hatte. Ein bisschen Lippenstift, ein bisschen Weihwasser aufs Haar, und ich war fertig. Ich küsste Angus mehrere Male, bat ihn, nicht eifersüchtig, einsam oder deprimiert zu sein, erklärte, er könne gern fernsehen und Pizza bestellen, merkte, dass ich mich schon viel zu sehr wie eine verrückte Hundetante anhörte, und machte mich auf den Weg.

Lester und ich waren im *Blackie's* verabredet, und ich fand, ich könnte zu Fuß gehen. Es war ein wunderbarer Abend, nur ein bisschen kühl, und im Westen war ein feiner Streifen Rot zu erkennen, während die Sonne in Zeitlupe ihren Untergang zelebrierte. Einen Moment lang betrachtete ich mein Haus. Ich hatte für Angus die Tiffany-Lampe angelassen, und auch das Verandalicht brannte. Die Knospen der Pfingstrosen waren noch geschlossen, aber in etwa einer Woche würden sie zu üppigen Blüten aufplatzen und ihren Duft durchs ganze Haus verströmen. Der Plattenweg war gesäumt von Lavendel, Farnen und Heide, und am Fuß meines Briefkastens drängten sich dicht und grün die großblättrigen Funkien.

Es war ein perfektes Haus, das problemlos als Titelfoto für

ein Wohnmagazin herhalten konnte – gemütlich, einladend, einzigartig. Nur eines fehlte – der Mann im Haus. Die Kinder. Die wunderbare Familie, die ich mir immer darin vorgestellt hatte ... und die mittlerweile in nicht mehr greifbare Nähe entschwunden war.

Vielleicht wundern Sie sich, warum ich das Haus nach der Trennung von Andrew nicht verkauft habe. Immerhin hatte es unser gemeinsames Haus sein sollen. Aber ich liebte es und hatte so viel daraus machen können. Die Vorstellung, das leise Rauschen des Farmington River nicht mehr hören zu können ... anderen die Bepflanzung von Garten und Veranda zu überlassen ... war mir einfach unerträglich gewesen. Und ja, vielleicht hielt ich ja am letzten Überbleibsel fest, das ich von Andrew und mir besaß. Wir hatten hier glücklich sein wollen ...

Statt zu unserem gemeinsamen Haus wurde es also zu meinem. Es war meine Trauertherapie, und während ich plante und werkelte und es zu einem tröstenden Ort mit vielen schönen Dingen und überraschenden kleinen Details verwandelte, stellte ich mir meine Rache an Andrew vor. Dass ich einen anderen kennenlernen würde, der besser, klüger, größer, lustiger, reicher, netter und so weiter war ... Jemand, der mich, verdammt noch mal, anbetete. Dann würde Andrew schon sehen! Und bereuen, dass er Schluss gemacht hatte. Und dann wäre er für den Rest seines dummen Lebens einsam und elend.

Offensichtlich war es nicht so gekommen, sonst würde ich nicht hier auf dem Gehweg stehen, einen erfundenen Freund an der einen, einen Kunstschmied an der anderen Hand und einen beunruhigend erregenden Exsträfling dazwischen.

„Na los", befahl ich mir selbst. Margaret hatte zwar im Moment nicht so den Draht zur Liebe, aber sie würde mich sicher nicht mit einem schrecklichen Typen verkuppeln wollen. Lester, der Kunstschmied. Es war allerdings schwer, bei dem Namen in Begeisterung zu verfallen. Lester. Les. Nein. Nichts.

Im *Blackie's* war es voll, und ich bedauerte augenblicklich, dieses Lokal ausgewählt zu haben. Was sollte ich jetzt tun – allen Männern auf die Schulter klopfen und fragen, ob sie Lester, der

Schmied, seien? *Ist hier ein Kunstschmied anwesend? Wenn Sie Kunstschmied sind, bitte sofort an der Bar melden.*

„Was kann ich Ihnen bringen?", fragte der Barkeeper.

„Einen Gin Tonic, bitte."

„Kommt sofort."

Tja, hier war ich nun und versuchte wieder einmal, den „Look" auszustrahlen, die Selbstsicherheit, die Attraktivität, diesen „Ich bin nur ein amüsierter Beobachter des Lebens"-Look, der keine Ähnlichkeit haben sollte mit „Fixiert darauf, Freund zu finden, damit nicht allein, wenn Schwester Exverlobten heiratet, was wohl bald passieren wird, verdammt! Gute Tänzer bevorzugt".

„Entschuldigung, sind Sie Grace?", hörte ich eine Stimme neben meiner Schulter. „Ich bin Lester."

Ich drehte mich um. Bekam große Augen. Mein Herz blieb stehen, um sofort mit hundertachtzig Schlägen pro Minute wieder einzusetzen.

„Sie sind Grace, oder?", fragte der Mann.

„Danke", murmelte ich. Wie in *Danke, Gott!* Dann schloss ich den Mund und lächelte. „Hallo. Ich meine, ja. Ich bin Grace. Hallo. Es geht mir gut, danke."

Ich brabbelte wie ein Idiot. Das hätten Sie auch, wenn dieser Typ Sie angesprochen hätte. Lieber Gott im Himmel und Margaret, danke! Denn vor mir stand ein Mann der Sorte, die jede Frau der Welt sofort mit Schlagsahne und Schokosoße vernaschen würde. Schwarzes Haar. Schwarze Zigeuneraugen. Anbetungswürdige Grübchen. Offenes Hemd, um dunkle Haut und glatten Hals zu enthüllen, die man gut und gerne ablecken könnte. In gewisser Hinsicht sah er wie Julian aus, aber gefährlicher, weniger nur zum Anschmachten. Dunkler. Größer. Heterosexuell. Hoffentlich!

Der Barkeeper reichte mir meinen Drink, und wie in Trance gab ich ihm einen Zwanziger. „Behalten sie den Rest", murmelte ich.

„Ich habe einen Tisch für uns", sagte Lester. „Da drüben, weiter hinten. Kommen Sie."

Er ging voran, was bedeutete, dass ich seinen Hintern betrachten konnte, während wir uns durch die Menge schlängelten. Innerlich dankte ich Margaret, dass sie mich mit diesem Lester zusammengebracht hatte, der so viel mehr war als „auf ganz eigene Weise attraktiv", und ich schwor, ihr Blumen zu schicken, Brownies zu backen und die Wäsche zu waschen.

„Ich war ganz aufgeregt, als Margaret anrief", meinte Lester, als er sich setzte. Er hatte bereits ein Bier vor sich stehen und trank nun einen Schluck. „Sie ist ja so cool."

„Oh", erwiderte ich, immer noch im Idiotenmodus. „Das ist … ja. Das ist sie. Ich liebe meine Schwester."

Er lächelte, und ich seufzte unhörbar auf.

„Sie arbeiten an einer Schule?", fragte er nun.

Ich versuchte, mich zusammenzureißen. „Ja, genau", antwortete ich. „Ich bin Geschichtslehrerin an der Manning Academy."

Ich brachte ein paar vollständige Sätze über meine Tätigkeit hervor, konnte mich jedoch nicht entspannen. Dieser Mann sah einfach unfassbar gut aus! Er hatte dichtes, etwas längeres Haar, das sich anmutig um sein Gesicht wellte. Seine Hände waren wundervoll, kräftig und dunkel, mit langen Fingern und einer kleinen Verletzung, die ich am liebsten wieder gutgepustet hätte.

„Und, Lester? Was machen Sie so als Kunstschmied?"

„Tja, also … Ich habe Ihnen eines meiner Werke mitgebracht. Ein kleines Geschenk als Dankeschön, dass Sie mit mir ausgehen." Er griff in eine zerschlissene Ledertasche neben sich und suchte nach etwas.

Ein Geschenk. Oh! Ich schmolz dahin wie … na, wie ein Haufen schmelzendes Metall natürlich. Er hatte etwas für mich gemacht!

Jetzt richtete er sich auf und stellte das Objekt auf den Tisch.

Es war wunderschön. Aus Eisen gefertigt, erhob sich eine abstrakte Figur aus einer Grundplatte wie ein anmutig geschwungener Bogen, mit zum Himmel erhobenen Armen und Haar, das wie im Sommerwind aufflatterte. „Oh", hauchte ich ergriffen. „Das ist wunderschön."

„Danke", sagte er. „Das gehört zu einer Serie, an der ich gerade arbeite, und sie verkauft sich wirklich gut. Aber diese Figur hier ist etwas ganz Besonderes, Grace." Er hielt inne und sah mich aus seinen dunklen Augen eindringlich an. „Ich finde dich fantastisch, Grace. Ich hoffe, dass wir uns gut verstehen. Es ist eine Art Hoffnungsgeschenk."

„Wow", sagte ich. „Ja." Wie in *Ja, ich werde dich heiraten und dir vier gesunde Kinder schenken.*

Er lächelte wieder, und ich tastete nach meinem Drink und leerte ihn in einem Zug.

„Würdest du mich bitte eine Sekunde entschuldigen?", fragte Lester höflich. „Ich muss einen kurzen Anruf erledigen, dann bin ich gleich wieder da. Tut mir leid."

„Ach, das macht doch nichts", brachte ich hervor. Ich konnte gut etwas Zeit gebrauchen, um mich wieder in den Griff zu bekommen, da ich praktisch kurz vor dem Orgasmus stand. Wer konnte es mir verübeln? Mr Wundervoller Zigeunermann *mochte* mich. Wollte eine *Beziehung* mit mir. Konnte es tatsächlich so einfach sein? Ich stellte mir vor, wie ich ihn zum nächsten Familientreffen mitnahm. Wie er mich das nächste Mal begleitete, wenn Natalie und Andrew mich zu sich einluden. Wie Callahan O'Shea mich mit dem schönen Zigeunermann sah! Wäre das nicht obercool? Du meine Güte!

Ich fischte mein Handy aus der Tasche und drückte die Kurzwahl für zu Hause.

„Margaret", flüsterte ich eindringlich, als sie abhob. „Ich liebe ihn! Vielen Dank! Er ist großartig! Er ist nicht auf seine eigene Art attraktiv! Er ist unglaublich sexy!"

„Ich habe gerade *Götter und Generäle* eingelegt", sagte Margaret. „Siehst du dir diesen Mist wirklich an?"

„Er ist wunderbar, Margaret!"

„Also gut. Schön, dass ich behilflich sein konnte. Er war ganz heiß darauf, mit dir auszugehen. Tatsächlich hat er zuerst mich um eine Verabredung gebeten, aber ich habe meinen Ehering aufblitzen lassen. Das bereue ich jetzt natürlich", fügte sie einigermaßen überrascht hinzu.

182

„Oh, da kommt er wieder. Nochmals danke, Margs. Ich muss auflegen." Ich drückte die Beenden-Taste und lächelte, als Lester wieder mir gegenüber Platz nahm. Mein gesamter Körper pulsierte vor Verlangen.

In der nächsten halben Stunde schafften wir es, uns zu unterhalten. Gut, ich hatte Schwierigkeiten, mich zu konzentrieren, und so versuchte ich zu zeigen, dass ich eine gute Zuhörerin war, auch wenn ich kaum etwas mitbekam, weil ich vor Erregung nur so zitterte. Also innerlich. Vage bekam ich mit, dass Lester von seiner Familie erzählte, wie er Kunstschmied geworden war, wo er in New York und San Francisco ausstellte. Er hatte eine längerfristige Beziehung gehabt (zu einer Frau, was unterschwellige Ängste zum Verstummen brachte), aber es hatte nicht funktioniert. Jetzt war er auf der Suche nach einer neuen, festen Beziehung. Er liebte es, zu kochen, und konnte es kaum erwarten, mir ein Abendessen zu kredenzen. Er wollte Kinder. Er war perfekt.

Dann klingelte sein Handy. „Ach, Mist! Tut mir leid, Grace", sagte er mit entschuldigendem Lächeln, während er das Display begutachtete. „Auf diesen Anruf habe ich gewartet."

„Ist schon gut, geh ruhig dran", sagte ich und nippte an meinem Gin Tonic. *Mach, was immer du willst, Baby. Ich gehöre dir.*

Lester schob sein Handy auf. „Was willst du, Schlampe?", zischte er, das Gesicht vor Wut verzerrt.

Ich verschluckte mich, hustete und fuhr auf meinem Stuhl hoch. Die anderen Gäste um uns herum wurden still. Lester beachtete sie nicht weiter.

„Tja, rate mal, wo ich bin!", bellte er und drehte sich ein wenig von mir weg. „Ich bin in einer *Bar* mit einer *Frau*! Da hast du's, du dreckige Hure! Und ich werde sie mit in unser Haus nehmen und dort *Sex* mit ihr haben!" Seine Stimme wurde immer lauter und überschlug sich fast. „Ganz genau! Auf der *Couch*, in unserem *Bett*, auf dem Küchen*boden*, auf dem gottverdammten Küchen*tisch*! Wie gefällt dir das, du verlogene Drecksschlampe?" Dann schob er sein Handy wieder zu, sah mich an und lächelte. „Wo waren wir?", fragte er freundlich.

183

„Äh ...", sagte ich und sah starr vor Schreck in die Runde. „War das deine Ex?"

„Sie bedeutet mir nichts mehr", erklärte Lester. „Hey, hast du Lust, mit zu mir zu gehen? Ich könnte uns etwas kochen."

All meine inneren Organe schienen sich vor Entsetzen zusammenzuziehen. Ich hatte plötzlich keine Lust mehr auf Lesters Küche, vielen Dank. „Also, äh ... Lester ... Findest du, ich liege völlig daneben, wenn ich behaupte, dass du doch nicht über sie hinweg bist?" Ich versuchte zu lächeln.

Lesters Gesichtszüge entgleisten. „Ach, verdammt", schluchzte er. „Ich liebe sie noch immer! Ich liebe sie, und es macht mich völlig fertig!" Er legte seinen Kopf auf den Tisch und schlug mehrmals heulend und schniefend mit der Stirn auf die Tischplatte.

Ich fing den Blick unserer Bedienung auf und deutete auf mein Glas. „Noch einen, bitte!"

Eineinhalb Stunden später hatte ich alles über Stefania, die kaltherzige Russin, gehört: Dass sie ihn wegen einer anderen Frau verlassen hatte ... wie er zu ihrem Haus gefahren war und immer wieder ihren Namen gebrüllt hatte, bis die Polizei ihn schließlich wegbringen musste ... wie er sie in einer einzigen Nacht einhundertundsieben Mal angerufen hatte ... dass er in einer öffentlichen Leihbücherei auf einer antiken Landkarte Russland übermalt hatte und deshalb einhundert Stunden gemeinnützige Arbeit leisten musste. Ich nickte, murmelte Trostworte und bestellte noch einen Drink (ich hatte ihn bitter nötig, und schließlich war ich zu Fuß unterwegs – was war also schlimm daran?). Künstler, dachte ich, während ich seinen Schimpftiraden lauschte. Ich war auch abserviert worden, und trotzdem brach ich nicht heulend in fremden Vorgärten zusammen. Vielleicht könnte Kiki etwas mit ihm anfangen ...?

„Tja, dann ... Viel Glück, Les", sagte ich, als ich ihn zu seinem Wagen begleitete. Fröstelnd rieb ich mir die Arme. Die Nacht war kühl geworden, und um die Straßenlampen hing milchiger Dunst.

„Ich hasse die Liebe", verkündete er dem Himmel über uns. „Töte mich doch einfach, Universum!"

„Ach, Kopf hoch", meinte ich. „Und … danke für die Drinks."

Ich sah ihm nach, wie er vom Parkplatz fuhr. Um nichts in der Welt wäre ich mit in seinen Wagen gestiegen, obwohl er mir freundlicherweise angeboten hatte, mich mitzunehmen. Seufzend sah ich auf meine Armbanduhr. Zehn Uhr an einem Mittwochabend. Und wieder ein möglicher Mann weniger.

Mist. Ich hatte meine Skulptur im Lokal vergessen, und unabhängig davon, ob der Künstler nun gestört war oder nicht, gefiel sie mir. Möglicherweise könnte sie in der nächsten Zeit noch an Wert gewinnen. *Kunstschmied in Anstalt eingewiesen. Preise steigen in ungeahnte Höhen.* Ich nahm mir vor, Margaret zu erwürgen, sobald ich nach Hause käme. Schließlich war sie Anwältin – vor dem nächsten Verkuppeln sollte sie den Mann gefälligst erst überprüfen!

Ich kehrte in die Bar zurück, holte die kleine Statue, schlängelte mich wieder durch die dicht an dicht stehenden Gäste und drückte gegen die Tür. Sie klemmte. Ich schob kräftiger, und als sie sich plötzlich öffnete, prallte ich mit jemandem zusammen, der gerade hereinkommen wollte.

„Autsch", sagte er.

Ich schloss die Augen. „Passen Sie doch auf", murmelte ich zur Begrüßung.

„Sieh mal an! Ich hätte wissen müssen, dass Sie das sind", erwiderte Callahan O'Shea. „Wieder eine Verabredung mit dem Alkohol, Grace?"

„Ich hatte eine Verabredung mit einem Mann, vielen Dank. Und Sie sollten sich hüten, auf andere zu zeigen. Trinkt ein Ire in einer Bar etwa nichts?"

„Wie ich sehe, sind Sie tatsächlich wieder betrunken. Ich hoffe, Sie setzen sich nicht mehr ans Steuer." Er reckte den Kopf und sah zur Theke. Ich drehte mich um. Eine attraktive blonde Frau winkte mit den Fingern und lächelte.

„Ich bin nicht betrunken! Und ich fahre nicht, also machen Sie sich keine Sorgen. Viel Spaß bei Ihrer Verabredung! Sagen

Sie ihr, sie soll einen Doppelten bestellen." Damit marschierte ich an ihm vorbei in die kühle Nacht.

Callahan O'Shea mochte ein arroganter, verwirrender Mann sein, aber ich musste zugeben, dass er mit der Einschätzung meines Zustands nicht ganz falschlag. Eigentlich hatte ich ja auch etwas essen wollen, aber als die Bedienung kam, war Lester gerade auf dem Höhepunkt seiner Tirade gegen die Liebe angekommen, und in dem Moment Buffalo Wings zu bestellen, hätte ich als unsensibel empfunden. Nun gut. Ich war nicht wirklich betrunken, nur ein bisschen angeheitert. Dazu der üppige Duft des Flieders … Eigentlich war es ein tolles Gefühl.

Der Nebel war dichter geworden, und ich konnte mir gut vorstellen, was mein Haar gerade machte. Fast spürte ich, wie es sich voll Feuchtigkeit sog, einkräuselte und in alle Richtungen ausbreitete. Ich atmete noch mehr der von Flieder geschwängerten Luft ein und stolperte – die logische Folge, wenn man auf Peterstons schiefen Gehsteigen die Augen schloss –, kam jedoch schnell wieder ins Gleichgewicht.

„Ich kann nicht fassen, dass Ihr Freund Sie in Ihrem Zustand allein nach Hause gehen lässt, Grace. Das ist unverantwortlich."

Ich drehte mich um. „Sie schon wieder! Was wollen Sie hier?"

„Sie nach Hause bringen. Oh, ich sehe, Sie haben einen Emmy gewonnen." Callahan neigte den Kopf, um meine Statue besser betrachten zu können.

„Das ist ein sehr schönes Geschenk. Von Wyatt. Der es für mich gekauft hat. Und Sie müssen mich nicht nach Hause bringen."

„Irgendjemand sollte es tun. Im Ernst: Wo ist Ihr ominöser Freund?"

„Er hat morgen schon sehr früh eine OP, also ist er gegangen."

„Aha", meinte Callahan. „Warum hat er Sie nicht wenigstens noch nach Hause gefahren? Musste er wieder wilde Katzen zusammentreiben?"

„Ich *wollte* zu Fuß gehen. Ich habe darauf bestanden. Außerdem – was ist mit Ihrer Freundin? Haben Sie sie einfach in einer Bar wie dieser allein gelassen? Tz, tz!"

„Das ist nicht meine Freundin."

„Aber ich hab doch gesehen, wie Sie Ihnen freudig zuwinkte."

„Aber trotzdem ist sie nicht meine Freundin."

„Das ist wirklich schwer zu glauben", entgegnete ich. „Wer ist sie denn sonst?"

„Meine Bewährungshelferin." Callahan grinste. „Und jetzt sagen Sie Onkel Cal die Wahrheit, Grace. Gab es da einen kleinen Stunk mit Ihrem Freund?"

„Nein, wir haben nicht gestunken. Gestritten ... was auch immer. Und das ist die Wahrheit und nichts als die Wahrheit." Vielleicht war es an der Zeit, das Thema zu wechseln. „Sind Sie wirklich Ire?"

„Was denken Sie denn, Sie Genie?"

Ich denke, Sie sind ein Mistkerl. Ups. Hatte ich das laut gesagt?

„Vielleicht sollten Sie lieber eine Cola bestellen, wenn Sie das nächste Mal ausgehen, hm?", schlug er vor. „Wie viel haben Sie getrunken?"

„Ich hatte vier Gin Tonic – eigentlich nur dreieinhalb –, und ich trinke nicht sehr oft, also ja, vielleicht spüre ich das ein bisschen. Das ist alles." Wir kamen an die Gerüstbrücke über den Eisenbahngleisen.

„Dann vertragen Sie also nicht viel. Wie viel wiegen Sie überhaupt?"

„Aber, Cal!", gab ich die Empörte. „Es ist eine Todsünde, eine Frau nach ihrem Gewicht zu fragen, also lassen Sie das, Bursche."

Er lachte mit diesem erdigen, herrlich frivolen Unterton. „Ich mag es, wenn Sie mich Bursche nennen. Und ich nenne Sie Schnapsdrossel, wie finden Sie das?"

Ich seufzte laut. „Hören Sie, Callahan O'Shea, König der irischen Kobolde, danke, dass Sie mich bis hierher begleitet haben. Es sind jetzt nur noch ein paar Blocks, also warum gehen Sie nicht wieder zu Ihrer Freundin?"

„Weil das hier nicht die beste Gegend ist und ich nicht will, dass Sie allein nach Hause gehen."

Oha. Es war tatsächlich eine der übleren Ecken der Stadt ... Wenn in der Zeitung über einen geplatzten Drogendeal geschrieben wurde, dann hatte er meist hier stattgefunden, unter der Brücke. Verstohlen sah ich Callahan von der Seite an. Abgesehen davon, dass er viel zu gut aussah, musste ich zugeben, dass er sehr ... nun ja ... fürsorglich war.

„Danke. Sind Sie sicher, dass es Ihrer Freundin nichts ausmacht?"

„Warum sollte es ihr etwas ausmachen? Ich leiste gemeinnützige Arbeit."

Als wir auf der anderen Seite der Brücke die Treppe hinunterstiegen, verlor ich kurz den Halt. Callahan streckte die Hand aus und packte mich, bevor etwas passieren konnte, und eine Sekunde lang hing ich in seinen Armen. In seinen warmen, festen, beruhigenden Armen. Die ganze Nacht hätte ich so stehen können! Er duftete auch gut, verdammt ... nach Holz und Seife.

Plötzlich griff er nach oben und zupfte mir etwas aus dem Haar ...ein Blatt. Betrachtete es einen Moment und ließ es fallen. Hielt mich wieder fest. Warm lag seine Hand auf meinem Oberarm.

„Also. Ihre Freundin", durchbrach ich die Stille. „Ähm. Sie scheint nett zu sein. Sieht nett aus, meine ich." Mein Herz fühlte sich an wie ein zappelnder Fisch im Todeskampf.

Callahan ließ mich los. „Sie ist nett. Aber nicht meine Freundin. Wie ich ja bereits sagte."

„Oh." Ich spürte die Erleichterung bis in meine Knie, die bedrohlich zitterten. Nein. Ich wollte nicht, dass Callahan eine Freundin hatte. Und was bedeutete das? Wir setzten uns wieder in Bewegung, Seite an Seite, eingehüllt in den Nebel, der uns vor den gelegentlich vorbeihuschenden Scheinwerfern abschirmte und die Geräusche der Autos dämpfte. Ich schluckte. „Also, Cal, haben Sie denn ... äh ... überhaupt eine Freundin?"

Er sah mich kurz von der Seite an. „Nein, Grace, habe ich nicht."

„Sie sind wohl nicht der Typ für feste Beziehungen, wie? Wollen sich noch nicht binden, hm?"

„Ich würde gern eine feste Beziehung eingehen", erwiderte er. „Heiraten, ein paar Kinder bekommen, am Wochenende den Rasen mähen …"

„Tatsächlich?" Ich quiekte fast. Callahan schien mir eher der Typ, der zu *Bad to the Bone* als Begleitmusik einen Raum betrat. Rasen mähen, während Kinder daneben herumsprangen? Hm. Hm.

„Tatsächlich." Er schob die Hände in die Taschen. „Ist es nicht das, was Sie und Dr. Wunderbar auch wollen?"

„Oh. Äh, sicher. Denke ich. Ich weiß nicht." Das war kein das Thema, das ich leicht beschwipst besprechen wollte. „Es wäre nicht leicht mit einem Mann, der mit seiner Arbeit verheiratet ist", sagte ich lahm.

„Stimmt", meinte Callahan.

„Tja, die Dinge sind nicht immer so wunderbar, wie sie scheinen", fügte ich hinzu und überraschte mich selbst.

„Ich verstehe." Callahan blieb stehen und sah mich an. Er lächelte, nur ein kleines bisschen, und sah dann zu Boden. Ich wusste rein gar nichts über diesen Menschen. Nur, dass er verdammt attraktiv war. Dass er eine Familie wollte. Dass er für ein Verbrechen im Gefängnis gesessen hatte.

„Hey, Cal, tut es Ihnen leid, dass Sie das Geld genommen haben?", fragte ich spontan.

Er legte den Kopf schief und schien nachzudenken. „Das ist kompliziert."

„Warum spucken Sie's nicht aus, Ire? Was haben Sie getan?"

Er lachte. „Vielleicht erzähle ich es Ihnen irgendwann. Aber jetzt sind wir fast zu Hause."

Fast zu Hause. Als würden wir zusammenwohnen. Als könnte er noch mit reinkommen, ohne dass Angus ihn biss. Als würde ich uns eine Kleinigkeit zu essen machen – oder er –, und wir würden einen Film einlegen. Oder auch nicht. Wir könnten auch einfach nach oben gehen. Ein paar Kleidungsstücke ausziehen. Ein bisschen im Bett herumturnen.

„Da wären wir", sagte Callahan und brachte mich über meinen Weg zur Veranda. Das gusseiserne Treppengeländer war

189

glatt und kalt – im Vergleich dazu fühlte sich Callahans Hand auf meinem Rücken noch wärmer an. Oh. Einen Moment mal. Seine *Hand* auf meinem *Rücken*. Er *berührte* mich, und es fühlte sich einfach nur gut an, als würde eine kleine Sonne dort liegen und ihre Wärme in alle möglichen Körperteile ausstrahlen.

Ich drehte mich zu ihm, um etwas zu sagen – ich wusste nur nicht, was. Beim Anblick seines Lächelns und seiner eindringlichen Augen war jeder Gedanke wie weggewischt.

Ich bekam weiche Knie, mein Herz schien sich auszudehnen. Einen Moment lang spürte ich fast, wie es wäre, Callahan O'Shea zu küssen, und die Macht dieser Vorstellung ließ die Schmetterlinge in meinem Bauch aufflattern. Ich öffnete leicht die Lippen, schloss die Augen … Er war wie ein Magnet, der mich zu sich hinzog.

„Gute Nacht, meine kleine Schnapsdrossel", sagte er.

Abrupt öffnete ich wieder die Augen. „Genau! Gute Nacht, Bursche. Danke, dass Sie mich nach Hause gebracht haben."

Nach einem weiteren Lächeln, das mir bis ins Mark fuhr, drehte er sich um und ging – zurück zu der Frau, die nicht seine Freundin war. Und ich stand da und wusste nicht, ob ich erleichtert oder enttäuscht sein sollte.

16. KAPITEL

Hallo Dad." Nach der Schule hin und wieder bei meinen Eltern vorbeizuschauen war mir zur Gewohnheit geworden – manchmal lernt man aus Erfahrung eben nicht. Im Grunde genommen waren meine Eltern, jeder für sich genommen, wunderbare Menschen. Mein Vater war ein Planer und sehr verlässlich, so wie Väter es sein sollten, fand ich, und seine Begeisterung für die Zeit des Amerikanischen Bürgerkriegs verband uns auf ganz besondere Weise. Und meine Mutter war eine dynamische, intelligente Frau. Sie war uns als Kindern immer eine liebevolle Mutter gewesen, die Halloween-Kostüme genäht und Plätzchen gebacken hatte. Gut, meine Eltern hatten das meiste getrennt unternommen; ich kann mich nur an wenige Male erinnern, die sie gemeinsam ausgegangen waren. Sie hatten Freunde und führten ein normales Privatleben, aber was tiefe und hingebungsvolle Liebe oder Leidenschaft betraf … sagen wir einfach, wenn es so etwas zwischen ihnen gab, dann konnten sie es gut verstecken.

Das machte mir Sorgen. Was, wenn dies die Art von Ehe war, in der auch ich enden würde – den ganzen Tag unterdrückt und genervt von meinem Partner, mit dem Wunsch, ein anderes Leben gewählt zu haben? Ich dachte an Margaret. Ich dachte an Mémé und ihre drei Ehemänner, von denen sie keinen in liebevoller Erinnerung hatte.

Dad saß am Küchentisch, vor sich seinen tägliche Viertelliter Wein, den er nur aus gesundheitlichen Gründen trank. Ich ließ Angus von der Leine, sodass mein Hund seinen zweitliebsten Menschen der Welt begrüßen konnte.

„Hallo Schnups", sagte er und blickte von seinem *Wall Street Journal* auf. Dann sah er meinen Hund. „Angus! Wie geht's dir, Kumpel?" Angus sprang mit allen vieren in die Luft und bellte vor Liebe. „Wer ist mein guter Junge, hm? Bist du ein braver Hund?"

„Eigentlich nicht", gestand ich ihm. „Er hat den Nachbarn gebissen. Den Schreiner."

„Oh, wie geht es mit den Fenstern voran?", wollte Dad wissen und hob Angus hoch, um ihn besser streicheln zu können.

„Sie sind fertig." Und ich musste zugeben, dass ich enttäuscht war. Kein Callahan O'Shea mehr in meinem Haus. „Er hat fantastische Arbeit geleistet. Nochmals danke, Daddy."

Er lächelte. „Gern geschehen. Hey, ich habe gehört, dass du in Chancellorsville General Jackson bist."

„Ich bekomme ein Pferd und alles." Ich lächelte bescheiden. Eines der Mitglieder von *Brother Against Brother* war Stallbesitzer und verlieh hin und wieder Pferde an diejenigen, die reiten konnten. Leider durfte ich nur Snowlight reiten, ein dickes, schon älteres weißes Pony mit flauschiger Mähne und gelegentlichem Anflug von Narkolepsie. Konkret bedeutete es, dass Snowlight sich hinlegte, wenn laute Geräusche ertönten, was ein Voranstürmen der berittenen Truppen weniger dramatisch erscheinen ließ als erwünscht. Als General Jackson würde ich in dieser Schlacht allerdings angeschossen werden, also könnte sich Snowlights Narkolepsie sogar als nützlich erweisen.

„In Bull Run warst du übrigens toll", sagte ich. Dad nickte und blätterte seine Zeitung um. „Wo ist Mom?"

„In der Garage."

„Im Studio!", erscholl klar und deutlich Moms Stimme aus dem *Studio* – sie hasste es, wenn man Garage dazu sagte, weil sie meinte, es setze sie in ihrem Status als Künstlerin herab.

„Ja, sie ist in ihrem *Studio*! Und macht ihre Pornostatuen!", brüllte Dad zurück und klatschte die Zeitung auf den Tisch. „Ach, Grace! Wenn ich gewusst hätte, dass deine Mutter durchdreht, sobald ihr Mädchen alle auf dem College seid …"

„Weißt du, Dad, du könntest Mom schon ein bisschen mehr Anerkennung für ihre …"

„Das ist kein Porno!" Mit gerötetem Gesicht von ihrem Gasbrenner stand meine Mutter in der Tür. Angus lief in die Garage, um ihre Kunstwerke anzubellen.

„Hallo Mom", sagte ich. „Wie kommst du mit deinen … äh, Skulpturen voran?"

„Hallo Schätzchen." Mom gab mir einen Kuss auf die Wange. „Ich versuche, ein leichteres Glas zu verarbeiten. Der letzte Glasuterus, den ich verkauft habe, wog neun Kilo, aber die leichten brechen immer so schnell. Angus, nein! Halt dich von dem Eierstock fern!"

„Angus! Kekse!", rief ich. Mein Hund kam zurück in die Küche, Mom schloss hinter ihm die Tür und ging zu der speziellen Hundekeksdose, die sie für Angus angeschafft hatte (Enkel gab es ja noch keine, Sie verstehen …).

„Hier, du kleiner Süßer!", gurrte Mom. Angus machte Platz und hob die Vorderpfoten hoch, sodass Mom vor Entzücken fast in Ohnmacht fiel. „So süß! Ja, das bist du! Du bist ein *süßer* Hund! Du bist mein kleiner Angus-Pu!" Dann richtete sie sich wieder auf und sah mich an. „Und? Was führt dich her, Grace?"

„Oh, ich habe mich nur gefragt, ob ihr in letzter Zeit mal mit Margaret gesprochen habt", erwiderte ich. Angus schmollte, weil er nicht mehr im Mittelpunkt stand, und trottete davon, um etwas kaputt zu machen. Seit ihrem Tränenausbruch neulich in meiner Küche hatte ich kaum mehr ein Wort mit meiner Schwester wechseln können, da sie sich noch mehr als sonst in ihrer Arbeit vergrub.

Mom warf Dad einen bösen Blick zu. „Jim, unsere Tochter ist hier. Könntest du wohl bitte deine Zeitung weglegen und ihr zuhören?"

Dad verdrehte nur die Augen und las weiter.

„Jim!"

„Ist schon gut, Mom. Dad entspannt sich nur. Er hört trotzdem zu, oder?"

Mein Vater nickte, meine Mutter seufzte resigniert.

„Tja, also, was Margaret und Stuart betrifft … Wer weiß?", meinte Mom. „Sie werden ihren Weg schon finden. Eine Ehe ist kompliziert, Schätzchen. Das wirst du eines Tages selbst feststellen." Mom schnipste gegen Dads Zeitung, worauf er seine Frau böse anstarrte. „Stimmt's, Jim? Kompliziert."

„Mit dir ja", brummte mein Vater.

„Da wir gerade von Ehe sprechen, meine Süße: Natalie möchte uns alle am Sonntag zum Brunch einladen – hat sie dir das schon erzählt?"

„Ehe? Was?", krächzte ich.

„Wie?", meinte Mom.

„Du hast gesagt: ‚Da wir gerade von Ehe sprechen.' Sind die beiden verlobt?"

Dad senkte seine Zeitung und sah mich über seine Lesebrille hinweg an. „Wäre das für dich in Ordnung, Schnups?"

„Äh … ja! Natürlich! Sicher! Hat sie es euch gesagt? Mir hat sie nichts gesagt."

Mom tätschelte meine Schulter. „Nein, nein, sie hat nichts gesagt. Aber, Grace, Schätzchen …" Sie hielt inne. „Es scheint ganz so, als würde es nicht mehr lange dauern."

„Oh, ich weiß! Sicher! Ich hoffe ja auch, dass sie heiraten werden. Sie passen gut zusammen."

„Und du hast ja jetzt Wyatt, also ist es für dich nicht mehr so schlimm, oder?", meinte Mom.

Einen kurzen Moment war ich versucht, die Wahrheit über Wyatt Dunn, den erhabenen Arzt, zu gestehen. *In Wahrheit, Mom und Dad, habe ich mir den Typen nur ausgedacht, damit Nat sich nicht so schuldig fühlt. Und ach, übrigens … Es könnte sein, dass ich mich in den Exsträfling von nebenan verguckt habe.* Aber was würden sie dazu sagen? Ich konnte mir ihre Gesichter gut vorstellen … die Bestürzung, die Sorge, die Angst, dass ich jetzt vollkommen übergeschnappt war. Die Gewissheit, dass ich noch nicht über Andrew hinweg war, dass ich ohne Aussicht auf Heilung verletzt worden war, dass meine Schwärmerei für Callahan O'Shea meine instabile Gefühlslage aufzeigte. „Genau", antwortete ich also langsam. „Ich habe Wyatt. Und außerdem Arbeiten, die ich korrigieren muss."

„Und ich muss mein *Kunstwerk* vollenden", sagte Mom und schnipste erneut gegen Dads Zeitung. „Also mach dir dein verdammtes Abendessen selbst."

„Schön! Das tue ich gern! Seit du *Künstlerin* geworden bist, schmeckt dein Essen sowieso nicht mehr."

„Werd erwachsen, Jim." Dann drehte Mom sich abrupt zu mir. „Schätzchen, warte noch. Wir wollen Wyatt kennenlernen." Sie griff nach dem Kalender, der neben dem Kühlschrank hing. „Lass uns gleich einen Termin ausmachen."

„Ach, Mom, du weißt doch, wie es ist. Er ist furchtbar beschäftigt. Außerdem arbeitet er ein paar Tage pro Woche in Boston zum ... äh, als Berater. Oben im Kinder... Aber ich muss jetzt wirklich los. Bis bald. Wegen eines Termins melde ich mich noch."

Während ich durch die Stadt fuhr und meine Einkäufe erledigte – Angus brav auf meinem Schoß, um mir beim Lenken zu helfen – hallte das Echo diverser Kennenlerngeschichten in meinem Kopf wider. Meine Eltern waren zusammengekommen, als mein Vater Rettungsschwimmer am Lake Waramaug war. Meine Mutter, die dort mit ihren Freundinnen schwimmen gegangen war, hatte so getan, als würde sie ertrinken. Sie war sechzehn gewesen und hatte für ihre Freundinnen nur herumalbern wollen, aber Dad, der alles immer sehr genau und wörtlich nahm, hatte das nicht durchschaut. Er sprang in den See, zog sie raus, und als er merkte, dass sie kein bisschen Wasser in den Lungen hatte, schimpfte er so sehr mit ihr, dass sie in Tränen ausbrach. Worauf er sich in sie verliebte.

Margaret und Stuart lernten sich bei einem Probe-Feueralarm in Harvard kennen. Es war eine bitterkalte Nacht im Januar, und Margs trug nichts außer ihrem Schlafanzug. Stuart wickelte sie in seinen Mantel und ließ sie auf seinem Schoß sitzen, damit sie nicht mit bloßen Füßen im Schnee stehen musste. Dann trug er sie in ihr Zimmer zurück (und direkt ins Bett, wie sie immer erzählten).

So eine schöne Geschichte wollte ich auch haben. Ich wollte nicht sagen: „Oh, Daddy und ich haben uns auf einer Webseite kennengelernt, weil wir beide so schrecklich verzweifelt waren, dass uns nichts anderes einfiel." Oder: „Ich habe Daddy dazu gebracht, sich in mich zu verlieben, indem ich ständig Make-up trug und vorgab, ich könnte allein keine Glühlampe kaufen."

Andrew und ich hatten solch eine Geschichte gehabt. Eine tolle Geschichte. Wie viele Leute können schon erzählen, sie hätten ihren Ehepartner kennengelernt, als sie tot in Gettysburg lagen? Es war eine kuriose, witzige Geschichte. Und natürlich hatten auch Natalie und Andrew eine schöne Geschichte, wie ich mich selbst erbarmungslos erinnerte, während ich sanft Angus' Kopf zur Seite schob, damit ich etwas sehen konnte. *Ich war erst mit ihrer Schwester verlobt, aber ein Blick auf Natalie, und ich wusste, ich hatte das falsche Emerson-Mädel erwischt! Hahaha!*

„Hör auf", schalt ich mich selbst. „Du wirst jemanden finden. Bestimmt. Er muss ja nicht perfekt sein. Nur gut genug. Und ja, Natalie und Andrew werden sehr wahrscheinlich heiraten. Das wissen wir doch und sind nicht überrascht. Wir werden die Neuigkeit ganz gelassen aufnehmen."

Dennoch konnte ich den leisen Anflug von Panik nicht abschütteln, während ich meine Einkäufe erledigte ... Lebensmittel, Kleidung aus der Reinigung, mehr von dem guten, günstigen Chardonnay. Wohin ich auch ging, stellte ich mir die Geschichte vor. In der Weinhandlung: *Er hat mir einen Wein empfohlen, und wir kamen ins Gespräch ... Die Flasche habe ich extra aufgehoben, siehst du? Sie steht da drüben im Regal.* Leider war der Mann an der Kasse sechzig Jahre alt, komplett mit Ehe- und Rettungsring. Im Supermarkt: *Wir haben uns vor der Kühltruhe mit Ben & Jerry's getroffen und darüber diskutiert, welches Eis besser ist: Vanilla Heath Bar oder Coffee Heath Bar. Und bis heute können wir uns nicht einigen.* Aber nein, der einzige Mensch vor Ben & Jerry's war ein Mädchen von ungefähr zwölf Jahren, das sich mit Cinnamon Bun eindeckte. In der Reinigung: *Er holte gerade einen Abendanzug ab und ich meine Offiziersuniform der Konföderierten ...* Leider traf ich dort nur die nette, kleine Besitzerin. „Passen Sie auf, dass Sie nicht erschossen werden", sagte sie, als sie mir die graue Uniform aushändigte.

„Aber darum geht es doch gerade", erwiderte ich. Mein Lächeln fühlte sich gezwungen an.

Als ich nach Hause kam, verstaute ich die Lebensmittel, nahm Angus eine Schachtel Tampons weg, gab ihm stattdessen einen Kaustick, schenkte mir großzügig ein Glas Wein ein und ging auf den Dachboden, um meine Uniform zu verstauen. Normalerweise tat ich das nur im Winter, aber heute Abend schien es mir ausnahmsweise auch einmal angebracht. Und das Licht ließ ich nur aus, weil ich den Weg ja kannte.

Er war da. Callahan O'Shea lag wieder auf dem Dach, die Arme hinter dem Kopf verschränkt, und starrte in den Himmel.

Wir lernten uns kennen, als ich ihm mit meinem Feldhockeyschläger eins überzog. Ich dachte, er wollte das Nachbarhaus ausrauben. Wie sich herausstellte, wollte er das nicht – er war einfach nur ein Typ, der gerade aus dem Gefängnis entlassen worden war. Wofür er gesessen hatte? Ach, er hatte nur über eine Million Dollar gestohlen.

Seufzend riss ich mich von seinem Anblick los und ging wieder nach unten. Stellte mir vor, dass Wyatt Dunn nach Hause käme, mich in den Arm nähme und seine Wange gegen mein Haar drückte. Angus würde weder bellen noch beißen. Wir würden uns in meinem selten benutzten Esszimmer an den Tisch setzen, und ich würde ihm ein Glas Wein einschenken, woraufhin er mich nach meinen Schülern fragen würde. Munter würde ich ihm erzählen, wie ich die Klasse heute in Süd- und Nordstaatler eingeteilt hatte und sie debattieren ließ, wer im Recht war, und wie die Schüler dabei den Südstaatenakzent nachgeahmt und über Emma Kirk gelacht hatten, als sie „Fiddle-dee-dee" sagte.

Mein kleiner Tagtraum war so intensiv, dass ich, als es plötzlich an die Tür klopfte, eigentlich Wyatt erwartete, den ich irgendwie heraufbeschworen hätte. Angus verfiel in sein übliches hysterisches Gebell, also nahm ich ihn hoch und sah durch den Spion. Es war Callahan O'Shea, der ganz offensichtlich sein Dach verlassen hatte. Ich wurde glutrot und öffnete die Tür.

„Hallo", sagte ich, meinen knurrenden Hund fest im Arm.

„Hallo." Callahan lehnte sich gegen den Türrahmen.

„Ist alles in Ordnung?"

„Jupp." Er sah mich nur aus seinen indigoblauen Augen an, und mir fiel zum ersten Mal auf, dass goldene Flecken in seiner Iris zu sehen waren. Er trug ein hellgrünes T-Shirt, und ich nahm den Geruch von frisch gespaltenem Holz wahr.

„Was kann ich für Sie tun?" Meine Stimme klang belegt.

„Grace."

„Ja?", hauchte ich.

„Ich will, dass Sie aufhören, mich auszuspionieren."

Oh, verdammt! Schuldbewusst biss ich mir auf die Unterlippe. „Ausspionieren? Ich will Sie doch nicht … Ich … Ich spioniere Sie nicht …"

„Vom Dachboden aus. Haben Sie ein Problem damit, wenn ich auf dem Dach liege?"

„Nein! Ich habe nur …" *Grrrr. Grrrr. Jap!* Angus wand sich, um mir vom Arm zu springen, was ein guter Vorwand war, erst einmal nicht zu antworten. „Warten Sie, bitte, eine Sekunde. Oder kommen Sie doch herein. Ich muss Angus eben in den Keller sperren."

Ich verfrachtete Angus in den Keller, atmete ein paar Mal tief durch und drehte mich dann wieder zu meinem Nachbarn, der einen Schritt ins Haus getreten war und nun erwartungsvoll eine Augenbraue hochzog.

„Hören Sie, Callahan, ich habe dort oben nur ein paar Sachen verstaut. Ich habe Sie rein zufällig gesehen und mich gefragt, was Sie da wohl machen, okay? Es tut mir leid."

„Grace, wir beide wissen, dass Sie spioniert haben. Reden Sie sich nicht raus."

„Na, da ist aber jemand ziemlich eingebildet, oder?", erwiderte ich. „Ich habe nur meine Bürgerkriegsuniform verstaut. Sie können hochgehen und das nachprüfen, wenn Sie wollen." Im Keller hörten wir Angus bellen, um meine Aussage zu bekräftigen.

Callahan trat einen Schritt näher und musterte mich von oben herab – im wörtlichen und übertragenen Sinne, wie es mir vorkam. Sein Blick wanderte von meinem Haar zu … oh Gott … meinem Mund. „Was ich eigentlich wissen will", begann er, „ist, warum Ihr Freund Sie so verdammt oft allein lässt." Seine Stimme klang ganz weich.

Es fuhr mir heiß durch den Körper, und ich hatte das Gefühl, wie von einem Magneten angezogen zu werden, gegen dessen Kraft ich ankämpfte. „Tja … also …", begann ich schwach. Ich räusperte mich. „Ich bin auch nicht sicher, ob das weiterhin so funktioniert. Wir müssen das … äh, neu bewerten."

Sag ihm, dass du frei bist, Grace. Sag einfach, du und Wyatt hättet euch getrennt.

Ich tat es nicht. Ehrlich gesagt, war es mir unheimlich. Mein ganzer Körper zitterte, weil ich Callahan so nahe war und weil ich Angst hatte. Angst, dass er nur mit mir spielte, und Angst, weil ich wusste, dass ich kurz davor war, ihn zu Boden zu zerren und ihm die Kleidung vom Leib zu reißen.

Dieses aufwühlende Bild wurde fast augenblicklich durch ein anderes, sehr viel weniger wünschenswertes verdrängt: wie Callahan mich zurückstößt und mit höhnischem Ausdruck in seinem markanten Gesicht entschieden *Nein danke* sagt.

„Also gut." Meine Stimme klang forsch und lehrerinnenhaft. „Gibt es sonst noch etwas, Mr O'Shea?"

„Nein." Trotzdem sah er mich unverwandt an, und sein Blick ging mir durch und durch, sodass es schwer war, Augenkontakt zu halten. Ich wurde bestimmt puterrot, denn mein Gesicht brannte wie Feuer.

„Kein Ausspionieren mehr", sagte er schließlich leise. „Verstanden?"

„Ja", flüsterte ich. „'tschuldigung."

Dann drehte er sich um und ging, und ich stand mit wackligen Beinen in meinem Wohnzimmer und hatte das Gefühl, ein zu enges Korsett zu tragen.

Also gut, ich musste zugeben, dass ich mich ungemein zu Callahan O'Shea hingezogen fühlte. Und das war nicht gut. Zunächst einmal war ich nicht sicher, ob er mich überhaupt leiden konnte. Und zweitens … na ja. Es war nicht nur diese Exsträfling-Sache. Gut, wenn er jemanden zu Brei geschlagen hätte, wäre er ganz sicher aus dem Rennen gewesen. Veruntreuung war

199

zwar auch ein Verbrechen, aber ... nicht sooo schlimm, oder? Wenn er es bereute ... und außerdem hatte er seine Schuld gegenüber der Gesellschaft beglichen.

Nein, es war nicht nur seine Vergangenheit, auch wenn ich der Vergangenheit generell viel Bedeutung beimaß. Es lag daran, dass ich mein ganzes Leben lang immer gewusst hatte, was ich wollte. Andrew war der eine gewesen, und man schaue sich nur an, wie das geendet hatte. Was ich jetzt wollte, war ein anderer Andrew, nur ohne diese Komplikation mit dem Sich-in-die-Schwester-Verlieben.

Callahan O'Shea war verdammt attraktiv, aber ich würde mich in seiner Gegenwart nie entspannen können. Er war nicht der Typ, der mich bewundernd ansehen würde. Er ... er ... ach, Mist, er war einfach *zu* ... alles. Zu groß, zu gut aussehend, zu anziehend, zu *aufwühlend*. In seiner Nähe spürte ich zu viel. Es war beunruhigend. Er machte mich reizbar und erregt und schroff, wo ich doch lieb und nett und sanft sein wollte. Ich wollte sein wie ... na ja, wie Natalie. Und ich wollte einen Mann, der mich so ansah, wie Andrew Natalie ansah. Nicht wie Callahan, der mich ansah, als würde er jedes noch so kleine schmutzige Geheimnis von mir kennen.

17. KAPITEL

*I*ch saß noch spätabends in der Manning und stellte meine Präsentation für den Ausschuss zusammen, als unverhofft Stuart hereinschneite.

„Hallo Stuart!" Ich stand auf, um ihm einen Kuss auf die Wange zu geben.

„Wie geht es dir, Grace?", fragte er höflich nach.

„Ach, ganz gut", antwortete ich. „Nimm doch Platz. Möchtest du einen Kaffee oder irgendwas?"

„Nein danke. Ich möchte nur ein paar Minuten deiner Zeit." Stuart sah schrecklich aus. Er hatte dunkle Ringe unter den müden Augen, und in seinem Bart schimmerte ein Grau, das vor wenigen Wochen noch nicht da gewesen war. Obwohl wir an derselben Schule arbeiteten, sahen wir uns selten, da Stuarts Büro sich in Caybridge Hall auf der südlichen Seite des Campus befand und damit weit entfernt von Lehring, wo der Fachbereich Geschichte passenderweise in einem der ältesten Gebäude untergebracht war.

Ich setzte mich wieder hinter meinen Schreibtisch und sah Stuart an. „Willst du über Margaret sprechen?", fragte ich leise.

Er blickte zu Boden. „Grace ..." Er schüttelte den Kopf. „Hat sie dir erzählt, warum wir ... getrennt sind?"

„Ähm ..." Ich überlegte, da ich nicht wusste, wie viel ich ihm sagen sollte. „Sie hat ein paar Sachen angedeutet."

„Ich habe vorgeschlagen, dass wir doch ein Kind haben könnten", sagte er da. „Und sie ist quasi explodiert. Wie es scheint, haben wir auf einmal alle möglichen Probleme, von denen ich vorher nie etwas gemerkt hatte. Anscheinend bin ich langweilig. Ich erzähle nicht genug von der Arbeit. Sie hat das Gefühl, mit einem Fremden zu leben. Oder einem Bruder. Oder einem Neunzigjährigen. Wir haben nicht genug Spaß, wir packen nicht einfach die Zahnbürste ein und fliegen auf die Bahamas – und das, wo sie siebzig Stunden pro Woche arbeitet. Grace! Wenn ich vorschlagen würde, dass wir irgendwo hinfliegen, würde sie mich umbringen!"

Da hatte er sicherlich recht. Margaret war ziemlich ungestüm, um es mal freundlich auszudrücken.

Stuart seufzte schwer. „Dabei wollte ich doch lediglich darüber reden – nur reden –, ob wir nicht vielleicht doch ein Kind haben wollen. Wir haben uns gegen Kinder entschieden, als wir fünfundzwanzig waren, Grace. Das ist lange her. Ich dachte, wir könnten es einfach noch mal neu überdenken. Und jetzt sagt sie, sie will die Scheidung."

„Scheidung?", krächzte ich. „Mist. Das wusste ich nicht, Stuart." Ich schwieg eine Weile, dann sagte ich: „Aber du kennst Margaret doch. Sie ist immer gleich so aufbrausend. Ich bezweifle, dass sie wirklich …" Ich brach ab. Ich hatte keine Ahnung, was Margaret wollte. Einerseits konnte ich mir nicht vorstellen, dass sie sich einfach so von Stuart scheiden ließe. Andererseits war sie schon immer sehr impulsiv gewesen. Und absolut unfähig, einen Fehler zuzugeben, wenn sie sich geirrt hatte.

„Was soll ich tun?", fragte Stuart bedrückt.

„Ach, Stuart!" Ich stand auf, ging zu ihm hin und tätschelte unbeholfen seine Schulter. „Hör zu", sagte ich, „eines, was sie mir gesagt hat, war, dass …" *ihr Sex nur zu fest verabredeten Zeiten habt …* Ich schnitt eine Grimasse. „Äh, vielleicht war alles ein bisschen zu sehr … Routine? Bei euch beiden? Hin und wieder also eine kleine Überraschung …", *auf dem Küchentisch,* „… wäre vielleicht nicht schlecht. Nur um ihr zu zeigen, dass du sie wirklich … ernst nimmst?"

„Aber ich nehme sie doch ernst", protestierte er und wischte sich kurz über die Augen. „Ich liebe sie, Grace. Ich habe sie immer geliebt. Ich verstehe nicht, warum das plötzlich nicht mehr ausreicht."

Zum Glück war meine Schwester nicht da, als ich nach Hause kam. Wie Stuart schon sagte, arbeitete sie immer sehr lange in ihrer Kanzlei. Ich bereitete ein kleines Abendessen zu und machte mich dann für meinen Senioren-Tanzabend fertig.

Callahan war in den letzten Tagen mit seinem eigenen Haus beschäftigt gewesen, und seit seiner Aufforderung, ihn nicht mehr zu beobachten, hatte ich ihn nicht mehr gesehen. Durch mein Fenster betrachtete ich das neu gedeckte Dach mit der hübschen kleinen Dachterrasse hinten. Seit zwei Tagen arbeitete er vornehmlich im Inneren des Hauses, sodass ich ihn nicht mehr heimlich bewundern konnte. Schade.

„Komm mit, Angus-Baby. Los geht's!" Ich packte meine Sachen zusammen und verließ das Haus, während Angus fröhlich neben mir hersprang. Er wusste genau, was der weit schwingende Rock seiner Mommy bedeutete. Ich stieg ins Auto, legte den Rückwärtsgang ein und setzte zurück auf die Straße, wie ich es schon Hunderte Male getan hatte.

Doch anders als bei den Hunderten Malen zuvor hörte ich ein furchtbares metallisches Knirschen.

Callahans Pick-up parkte an der Straße, noch dazu sehr nahe an meiner Ausfahrt. Also gut, vielleicht nicht *so* nahe, aber da ich mich seit meinem Einzug an eine völlig freie Ausfahrt gewöhnt hatte, war ich die Kurve etwas zu … ja. Okay. Es war mein Fehler gewesen.

Ich stieg aus, um den Schaden zu begutachten. Mist. Callahan wäre wohl wenig erfreut zu hören, dass ich ihm sein linkes Rücklicht beschädigt hatte. Glücklicherweise war mein eigenes Auto echte deutsche Wertarbeit, sodass es nur einen kleinen Kratzer abbekommen hatte.

Seufzend sah ich auf die Uhr und machte mich pflichtschuldig auf den Weg zu Callahans Haustür.

Ich klopfte. Keine Reaktion. „Callahan?" Nichts. „Ich habe gerade Ihren Wagen angefahren." Wieder nichts. Na schön, er war nicht da. Leider hatte ich keinen Stift dabei, und wenn ich jetzt erst wieder ins Haus ginge, würde ich zu spät zum Tanzen kommen. Ich war sowieso schon sehr knapp dran.

Er würde warten müssen. Ich lief wieder zu meinem Wagen, scheuchte Angus vom Fahrersitz und machte mich auf den Weg ins *Golden Meadows.*

Während ich fuhr, Angus auf dem Schoß und seine süßen kleinen Pfötchen auf dem Lenkrad, wünschte ich plötzlich, ich wäre zur alleinerziehenden Mutter geeignet. Ich könnte einfach in einer Samenbank vorbeischauen und bingo! Kein Mann mehr nötig. Das Leben wäre so viel einfacher.

Ich fuhr am See vorbei. Die Sonne ging gerade unter und ein Paar Kanadagänse setzte kreisend und mit anmutig gereckten schwarzen Hälsen zur Landung an. Sobald sie aufs Wasser aufsetzten, schwammen sie sofort aufeinander zu und kontrollierten, ob der Partner sicher gelandet war. Wunderschön. Das war die Art von Fürsorglichkeit, die ich suchte. Na toll. Jetzt beneidete ich schon Gänse!

Als ich auf den Besucherparkplatz des Seniorenheims fuhr, besserte sich meine Laune schlagartig. Dieser Ort tat meiner Seele wohl. „Hallo Shirley", grüßte ich die Empfangsdame beim Hineingehen.

„Hallo Grace." Sie lächelte. „Und wen haben wir denn da? Das ist ja Angus! Hallo mein Süßer! Hallo! Möchtest du einen Keks?" Belustigt sah ich zu, mit welcher Verzückung Shirley sich über meinen Hund hermachte. Angus, der hier sehr beliebt war und genau wusste, dass er ein dankbares Publikum hatte, hob die rechte Vorderpfote und legte den kleinen Kopf schief, woraufhin Shirley schwärmerisch aufseufzte.

„Würde es Ihnen etwas ausmachen, auf Angus aufzupassen?", fragte ich, während Angus sauber und vornehm den angebotenen Keks aß (schließlich befanden wir uns in der Öffentlichkeit).

„Etwas ausmachen? Natürlich nicht! Ich liebe ihn! Oh ja, das tue ich. Ich liebe dich, du süßer kleiner Angus!"

Lächelnd setzte ich den Weg Richtung Atrium fort, wo wir jede Woche den „Oldies-Tanzabend" veranstalteten. „Hallo zusammen!", rief ich.

„Hallo Grace!", kam es im Chor zurück. Ich umarmte und küsste und drückte die alten Leute und merkte, wie mir das Herz aufging.

Julian war natürlich auch da, und beim Anblick meines guten alten Freundes wäre ich vor Freude fast in Tränen ausgebrochen. „Du hast mir gefehlt, du hässlicher Knopf", sagte ich. Wegen des Angebots einer kostenfreien Blutdruckmessung war der Tanzkurs letzte Woche ausgefallen.

„Du hast mir auch gefehlt", entgegnete er und schnitt eine Grimasse. „Diese Verabredungssache funktioniert bei mir nicht. Ich würde sagen, wir vergessen es."

„Was ist passiert?"

„Eigentlich überhaupt nichts. Es ist nur … Ich bin wohl nicht dafür geschaffen, mit jemandem zusammen zu sein. Zumindest nicht in romantischer Hinsicht. Und *so* schlimm ist es ja nun auch nicht, allein zu sein, oder?"

„Nein", log ich. „Kein bisschen! Komm morgen zu *Project Runway* vorbei, okay? Dann machen wir es uns vor dem Fernseher gemütlich."

„Danke. Ich war ja so einsam." Er lächelte traurig.

„Ich auch, Julian." Erleichtert drückte ich ihm die Hand.

„Also gut, liebe Leute!", rief Julian. Er strich mir kurz über die Wange und drückte auf Play. „Tony Bennett fordert Sie auf: *Sing, you Sinners!* Gracie, wir tanzen Jitterbug!"

Drei Tänze später setzte ich mich erhitzt und keuchend neben meine Großmutter. „Hallo Mémé." Ich gab ihr einen Kuss auf die faltige Wange.

„Du siehst wie ein Flittchen aus", zischte sie.

„Danke, Mémé! Du siehst heute aber auch hübsch aus!", erwiderte ich laut.

Meine Großmutter war seltsam … ihr größtes Vergnügen war es, andere Leute fertigzumachen, aber ich wusste, dass sie auch stolz darauf war, dass ich herkam und alle mich mochten. Auch wenn sie nie ein nettes Wort sagte, hatte sie mich trotzdem gerne um sich. Irgendwo in ihrer alten verbitterten Seele, so dachte ich, gab es die „nette Mémé", die ihre drei Enkeltöchter ganz bestimmt zumindest ein bisschen lieb hatte. Bislang hielt die „gemeine Mémé" diese „nette Mémé" allerdings gefesselt und geknebelt in irgendeiner Ecke fest, aber man konnte nie wissen, wann sie sie freigab.

„Was gibt es Neues, Mémé?", erkundigte ich mich.

„Was interessiert dich das?", knurrte sie.

„Es interessiert mich eben. Und es würde mich noch mehr interessieren, wenn du hin und wieder mal nett zu mir wärst."

„Wozu denn? Du willst doch sowieso nur mein Geld." Abfällig winkte sie mit der von Altersflecken übersäten Hand.

„Ich hätte gedacht, in den letzten zweihundert Jahren deines harten Lebens hättest du alles Geld so gut wie aufgebraucht", antwortete ich.

„Tja, ich habe noch genug. Immerhin habe ich drei Ehemänner begraben, und worin liegt der Sinn der Ehe, wenn man kein Geld dabei gewinnt?"

„Das ist ja so romantisch, Mémé. Wirklich. Ich muss gleich weinen."

„Ach, werd erwachsen, Grace. Eine Frau in deinem Alter hat keine Zeit zu verlieren. Und du solltest mir mehr Respekt erweisen. Sonst streiche ich dich noch aus meinem Testament."

„Ich sag dir was, Mémé", meinte ich und streichelte ihre knochige Schulter. „Nimm meinen Anteil und gib ihn aus. Unternimm eine Kreuzfahrt. Kauf dir ein paar Diamanten. Heuer einen Gigolo an."

Sie schnaubte, sah mich aber nicht an. Stattdessen beobachtete sie die Tänzer. Vielleicht täuschte ich mich, aber es kam mir so vor, als würde ihr kleiner Finger im Takt zu *Papa loves Mambo* klopfen. Ich musste lächeln. „Möchtest du tanzen, Mémé?" Schließlich konnte sie noch gut laufen – der Rollstuhl war eher Effekthascherei, außerdem konnte sie damit besser Leute anstoßen.

„Tanzen?", schnaubte sie. „Mit wem denn, du Dummerchen?"

„Na ja, ich …"

„Wo ist dieser Man, von dem du immer sprichst? Hast ihn wohl vertrieben, wie? Das überrascht mich nicht. Oder hat er sich in deine Schwester verliebt?"

Ich fuhr zusammen. „Mein Gott, Mémé!", stöhnte ich, während ich einen Kloß im Hals bekam.

„Ach, komm drüber weg. Das war doch nur ein Scherz." Sie sah mich verächtlich an.

Immer noch wie vor den Kopf geschlagen, stand ich auf und ließ mich von Mr Demming zu einem recht steifen Walzer

206

auffordern. Mémé war der einzige lebende Großelternteil, den ich noch hatte. Meinen leiblichen Großvater hatte ich nie kennengelernt – er war der erste der drei Ehemänner gewesen, die Mémé zu Grabe getragen hatte, aber ich liebte ihn trotzdem, weil mein Vater so viele wunderbare Geschichten über ihn erzählt hatte. Mémés andere zwei Männer waren sehr nett gewesen: Grandpa Jake, der starb, als ich zwölf war, und Poppa Frank, der während meines Studiums verstarb. Die Eltern meiner Mutter waren kurz nacheinander gestorben, als ich auf der Highschool war. Auch sie waren sehr liebe Menschen gewesen. Dass mein einzig verbliebener Großelternteil unleidlich wie Kamelspucke war, betrachtete ich als grausame Ungerechtigkeit des Schicksals.

Als die Tanzstunde vorüber war, küsste Julian mich auf die Wange und verabschiedete sich. Mémé beobachtete uns wie ein Geier und wartete, dass ich sie wie eine treue Sklavin zu ihrem Apartment begleitete. Aus Erfahrung wusste ich, dass es keinen Sinn hatte, sie darauf hinzuweisen, dass sie meine Gefühle verletzt hatte. Sie würde es nur schlimmer machen, indem sie sagte, ich habe keinen Sinn für Humor, und dann würde sie meinen Vater anrufen und sich über mich beschweren. Resigniert packte ich die Griffe ihres Rollstuhls und schob sie langsam den Gang entlang.

„Edith", sagte Mémé plötzlich laut, sodass eine verschüchtert aussehende alte Frau abrupt stehen blieb. „Das ist meine Enkelin Grace. Sie besucht mich gerade. Grace, Edith ist neu hier." Sie verzog die Lippen zu einem hinterhältigen Lächeln. „Haben Sie diese Woche schon Besuch bekommen, Edith?"

„Ja, also, mein Sohn und seine …"

„Grace kommt jede Woche, nicht wahr, Grace?"

„Das stimmt. Ich helfe beim Tanzunterricht aus", sagte ich. „Sie sind herzlich eingeladen, auch einmal mitzumachen."

„Oh, ich liebe es, zu tanzen!", rief Edith. „Wirklich? Kann ich einfach dazukommen?"

„Von halb acht bis neun", antwortete ich lächelnd. „Ich werde nächste Woche nach Ihnen Ausschau halten."

Mémé, die sich bestimmt ärgerte, dass es ihr nicht gelang, Edith Minderwertigkeitsgefühle einzuimpfen, markierte einen Hustenanfall, um die Aufmerksam wieder auf sich zu lenken.

„Schön, Sie kennengelernt zu haben", sagte ich zu Edith und hielt es für angebracht, den Rollstuhl weiterzuschieben. Wir kamen ins Foyer.

„Stopp!", befahl Mémé. Ich gehorchte. „Sie da! Was wollen Sie?"

Aus einem der Gänge, die vom Foyer abzweigten, kam ein Mann. Es war Callahan O'Shea.

„Wenn Sie glauben, dass Sie hier jemanden ausrauben können, muss ich Sie informieren, dass überall Sicherheitskameras installiert sind. Und wir haben eine Alarmanlage. Die Polizei kann in wenigen Sekunden hier sein."

„Sie beide müssen verwandt sein", bemerkte Callahan trocken.

Ich schmunzelte. „Meine Großmutter, Eleanor Winfield. Mémé, das ist mein Nachbar Callahan O'Shea."

„Oh, der Ire." Sie schnaubte verächtlich. „Leih ihm bloß kein Geld, Grace. Das vertrinkt er nur. Und lass ihn um Gottes willen nicht in dein Haus. Die stehlen."

„Ja, so etwas habe ich gehört", erwiderte ich schmunzelnd. Callahan lächelte mich an, und da war wieder dieses warme, ziehende Gefühl in meinem Unterleib.

„Als ich Kind war, hatten wir ein irisches Dienstmädchen", fuhr Mémé fort. Sie musterte Callahan mit verkniffenem Gesicht. „Eileen hieß sie. Oder Irene. Vielleicht auch Colleen. Kennen Sie sie?"

„Meine Mutter", sagte Callahan spontan. Ich hätte beinahe losgeprustet.

„Sie hat uns sieben Löffel gestohlen, bis mein Vater sie dann erwischte. Sieben!"

„Oh, was haben wir diese Löffel geliebt", sagte er. „Wir hatten ja so viel Spaß – haben damit gegessen, uns gegenseitig auf den Kopf gehauen und sie nach den Schweinen in unserer Küche geworfen. Was für eine glückliche Zeit!"

„Das ist nicht lustig, junger Mann", empörte sich Mémé.

Ich fand es sehr lustig. Tatsächlich wischte ich mir die Tränen aus den Augen vor Lachen. „Besuchen Sie Ihren Großvater, Callahan?", konnte ich gerade noch hervorbringen.

„Genau", erwiderte er.

„Wie geht es ihm? Meinen Sie, er will, dass ich wiederkomme und den Rest vom Grafen und Clarissia lese?"

Er grinste. „Da bin ich mir ganz sicher."

Ich lächelte zurück. „Einen Moment lang dachte ich, Sie wären wegen Ihres Wagens hier."

Sein Lächeln versiegte. „Was ist mit meinem Wagen?"

Ich spürte, dass ich rot wurde. „Es ist kaum zu sehen."

„Was, Grace?"

„Nur ein kleiner Kratzer", erwiderte ich und zog schuldbewusst die Schultern hoch. „Vielleicht ist das Rücklicht kaputt."

Er runzelte die Stirn. „Tatsächlich ist es ganz sicher kap… Hey, ich bin versichert."

„Das müssen Sie auch sein", brummte er.

„Grace! Bring mich zu meinem Apartment", befahl Mémé.

„Ganz ruhig, Pascha", erwiderte ich. „Ich rede mit meinem Nachbarn."

„Mach das doch morgen." Böse sah sie zu Callahan auf, und er starrte böse zurück. Ich musste wieder grinsen. Es gefiel mir, wenn ein Mann sich von Mémé nicht einschüchtern ließ – davon gab es nicht viele.

„Wie sind Sie hergekommen, Callahan?", wollte ich wissen. „Denn ich kann ja wohl davon ausgehen, dass Sie nicht das Auto genommen haben."

„Mit dem Fahrrad", antwortete er.

„Soll ich Sie mit zurücknehmen? Es ist schon dunkel", bot ich an.

Eine Sekunde lang musterte er mich nur. Dann huschte ein feines Lächeln über seine Lippen, und mir kribbelte es schon wieder im Bauch. „Gern. Danke, Grace."

„Du sollst ihn lieber nicht mitnehmen!", entrüstete sich Mémé. „Wahrscheinlich wird er dich erwürgen und deine Leiche im See versenken."

„Stimmt das?", fragte ich Callahan.

„Ich hatte daran gedacht", gestand er.

„Tja, Ihr schmutziges Geheimnis ist durchschaut."

Er schmunzelte. „Erlauben Sie?" Er fasste die Griffe von Mémés Rollstuhl und schob los. „Wohin geht's, die Damen?"

„Schiebt mich da etwa dieser Ire?" Mémé versuchte, den Kopf weit genug zu drehen, um ihn sehen zu können.

„Ach, komm schon, Mémé." Ich tätschelte ihre Schulter. „Er ist ein großer, starker, gut aussehender Kerl. Lehn dich einfach zurück und genieß die Fahrt."

„Du klingst wie ein Flittchen", murmelte sie, gehorchte aber trotzdem und wünschte uns an ihrer Tür kurz angebunden eine gute Nacht. Dann starrte sie Callahan so lange an, bis er den Hinweis verstand und ein paar Schritte weiterging, damit er nicht die Haufen von Gold in ihrem Zimmer liegen sähe und in Versuchung käme, sie auszurauben.

„Gute Nacht, Mémé", sagte ich artig.

„Trau ihm nicht", flüsterte sie. „Es gefällt mir nicht, wie er dich ansieht."

Ich blickte den Gang hinunter zu Callahan und hätte am liebsten gefragt, wie genau er mich denn ansehe. „Okay, Mémé."

„Was für eine reizende alte Dame", kommentierte Callahan, als ich zu ihm zurückkehrte.

„Sie ist ganz schön schrecklich", gab ich zu.

„Besuchen Sie sie oft?"

„Leider ja."

„Warum?"

„Aus Pflichtbewusstsein", antwortete ich.

„Sie tun eine Menge für Ihre Familie, oder?", fragte er. „Tun die denn auch etwas für Sie?"

Empört zuckte ich zusammen. „Aber ja! Sie sind toll. Wir stehen uns alle sehr nahe." Aus irgendeinem Grund hatte mich seine Bemerkung verletzt. „Sie kennen meine Familie nicht. Das hätten Sie nicht sagen sollen."

„Hm." Er zog eine Augenbraue hoch. „Heilige Grace, die Märtyrerin?"

„Ich bin kein Märtyrer!", protestierte ich.

„Ihre Schwester zieht bei Ihnen ein und kommandiert Sie herum, Ihre Großmutter behandelt Sie wie Dreck, aber Sie sagen nichts dazu, und Sie belügen Ihre Mutter, dass Sie ihre Skulpturen mögen … Für mich klingt das ziemlich märtyrerhaft."

„Sie haben keine Ahnung, wovon Sie sprechen", fuhr ich ihn an. „Soweit ich weiß, haben Sie zwei Verwandte, von denen einer nicht mehr mit Ihnen sprechen will und der andere es nicht mehr kann. Was wissen Sie also von Familie?"

„Sieh an, sieh an, sie hat also doch Zähne!" Er klang auf widersinnige Weise befriedigt.

„Hören Sie. Mein Angebot, Sie mitzunehmen, müssen Sie nicht unbedingt akzeptieren, Callahan O'Shea. Von mir aus können Sie gern Ihr Fahrrad nehmen und von einem Auto überfahren werden, das ist mir egal."

„Wenn Sie mit dem Auto unterwegs sind, ist die Chance dazu allerdings sehr groß, hab ich recht?"

„Ich wiederhole: Seien Sie still oder fahren Sie allein nach Hause."

„Schon gut, schon gut, beruhigen Sie sich", sagte er. Ich beschleunigte meine Schritte, und meine Tanzschuhe klapperten laut auf dem gefliesten Boden.

Bei Shirley am Empfang holte ich meinen Hund wieder ab. „Ist er brav gewesen?", erkundigte ich mich.

„Wie ein Engel!", gurrte Shirley. „Hm? Warst du lieb, Schätzelchen?"

„Welches Beruhigungsmittel haben Sie benutzt?", wollte Callahan wissen.

„Hey, Sie sind der Einzige, den er nicht mag", log ich, als Angus seine kleinen schiefen Zähnchen bleckte und Callahan anknurrte. „Er ist eben ein guter Menschenkenner."

Draußen regnete es, weshalb meine Pfingstrosen morgen früh fünf Zentimeter höher wären (und mein Haar fünf Zentimeter kürzer). Brummig wartete ich, bis Callahan sein Fahrrad vom Laternenpfahl losgekettet und zu meinem Auto geschoben hatte. Dann öffnete ich den Kofferraum und wartete, doch

211

Callahan stand einfach nur da, ließ sich nassregnen und starrte mich an.

„Und?", drängte ich. „Packen Sie's rein."

„Sie müssen mich nicht mitnehmen, wenn Sie nicht wollen, Grace. Ich habe Sie verärgert. Ich kann allein fahren."

„Ich bin nicht verärgert. Seien Sie nicht albern. Heben Sie Ihr Fahrrad ins Auto. Angus und ich werden nass."

„Ja, Ma'am."

Ich beobachtete ihn, wie er sein Fahrrad anhob und im Kofferraum verstaute. Es passte nicht vollständig hinein, und ich ermahnte mich innerlich, langsam zu fahren, um nicht an einem Abend gleich zwei von Callahans Fahrzeugen zu beschädigen. Dann stieg ich mit Angus in den Wagen und kontrollierte kurz mein Haar im Rückspiegel – es war tatsächlich von bösen Geistern besessen. Ich seufzte.

„Sie sind süß, wenn Sie sauer sind", meinte Callahan, als er einstieg.

„Ich bin nicht sauer", erwiderte ich.

„Das ist schon in Ordnung, wenn Sie sauer sind", sagte er und schnallte sich an.

„Ich bin nicht sauer!" Diesmal schrie ich es fast.

„Wie Sie meinen." Er streifte mich mit seinem Arm, und ich hatte das Gefühl, als würde ein elektrischer Schlag durch meinen Körper fahren. Reglos starrte ich geradeaus und wartete, dass es verebbte.

Callahan sah mich an. „Sitzt der Hund immer auf Ihrem Schoß, wenn Sie fahren?"

„Wie soll er es sonst lernen, wenn er nicht übt?" Callahan schmunzelte, und ich merkte, wie mein Ärger (ja, okay, ich war tatsächlich ein bisschen sauer) nachließ. Die Erregung jedoch blieb. Rückwärts (und sehr vorsichtig) manövrierte ich aus der Parklücke. Callahan O'Shea roch gut. Irgendwie warm. Nach Holz und Regen – eine unglaublich angenehme Kombination. Ich fragte mich, ob er wohl etwas dagegen hätte, wenn ich mein Gesicht eine Weile an seinen Hals drücken würde. Allerdings sollte ich das lieber nicht beim Fahren tun.

„Wie geht es Ihrem Großvater denn so?", erkundigte ich mich.

„Keine Veränderung." Callahan starrte aus dem Fenster.

„Was denken Sie: Kann er Sie erkennen?" Zu spät fiel mir ein, dass mich das überhaupt nichts anging.

Callahan schwieg eine Weile. „Nein, ich glaube nicht."

Hundert Fragen drängten sich mir auf. *Weiß er, dass Sie im Gefängnis waren? Was haben Sie vorher gemacht? Warum spricht Ihr Bruder nicht mehr mit Ihnen? Warum haben Sie es getan?*

„Also, Callahan", begann ich, während ich mit Angus' Unterstützung links in die Elm Street abbog, „wie kommen Sie mit dem Haus voran?"

„Ganz gut", antwortete er. „Sie sollten mal vorbeikommen und es sich ansehen."

„Sicher." Ich zögerte, entschied dann aber, es geradeheraus zu fragen. „Callahan – was haben Sie eigentlich vor dem Gefängnis gemacht?"

„Ich war Buchhalter."

„Ach ja?" Ich hätte eher auf etwas in der freien Natur getippt – Cowboy, zum Beispiel. Nicht auf eine Arbeit am Schreibtisch. „Und wollen Sie das wieder machen? Das ist doch recht langweilig, oder?"

„Ich habe meine Lizenz verloren, Grace. Ich habe das Gesetz gebrochen."

Ach, verdammt. Genau. „Und *warum* haben Sie das Gesetz gebrochen?", fragte ich nach.

„Warum wollen Sie das so unbedingt wissen?"

„Darum!", erwiderte ich. „Man wohnt schließlich nicht jeden Tag neben einem verurteilten Verbrecher."

„Vielleicht will ich ja nicht als verurteilter Verbrecher betrachtet werden, Grace. Vielleicht will ich als der Mensch betrachtet werden, der ich jetzt bin. Die verlorene Zeit wieder aufholen und die Vergangenheit hinter mir lassen und all diesen Kram."

„Ach, wie süß! Tja, ich bin Geschichtslehrerin, Mr O'Shea. Für mich spielt die Vergangenheit nun mal eine große Rolle."

„Da bin ich sicher." Seine Stimme war kühl.

„Der beste Indikator für die Zukunft ist das Verhalten in der Vergangenheit", zitierte ich.

„Wer hat das gesagt? Abraham Lincoln?"

„Tatsächlich war das Dr. Phil. Der mit der Talkshow." Ich lächelte. Callahan blieb ernst.

„Was wollen Sie damit sagen, Grace? Dass Sie erwarten, dass ich auch *Ihr* Geld veruntreue?"

„Nein! Nur … na ja, Sie hatten offenbar das Bedürfnis, das Gesetz zu brechen – also, was sagt mir das? Irgendetwas muss es bedeuten, aber da Sie Ihren Mund ja nicht aufmachen und reden, weiß ich nicht, was."

„Was sagt Ihre Vergangenheit denn über Sie?", fragte er zurück.

Meine Vergangenheit war Andrew. Was sagte das aus? Dass ich keine gute Menschenkenntnis besaß? Dass ich, verglichen mit Natalie, schlechter abschnitt? Dass ich nicht gut genug war? Dass Andrew ein Arschloch war?

„Da ist der See", sagte ich. „Wenn Sie vorhaben, meine Leiche zu entsorgen, sollten Sie es besser jetzt tun."

Er zog einen Mundwinkel hoch, schwieg aber.

Wir bogen in unsere Straße ein. „Also, Ihr Wagen …", begann ich. „Das tut mir wirklich leid. Ich werde gleich morgen meine Versicherung anrufen."

„Die haben Sie ja bestimmt als Kurzwahlnummer gespeichert", kommentierte Callahan trocken.

„Sehr witzig."

Er lachte, ein kehliges, tiefes Lachen, das ich direkt in meinem Unterleib spürte. „Danke fürs Mitnehmen, Grace."

„Falls Sie jemals Ihre Sünden beichten wollen – ich stehe bereit."

„So, so. Jetzt sind Sie also vom Märtyrer zum Priester avanciert. Gute Nacht, Grace."

18. KAPITEL

*D*er ist … äh, wunderschön", sagte ich und musste mehrfach blinzeln, als ich den Ring betrachtete. Verdammt, das war er tatsächlich. Der Diamant hatte etwa ein Karat, vielleicht ein bisschen mehr, war tropfenförmig und steckte in einer hübschen Fassung. Er gefiel mir. Tatsächlich gehörte er mir. Nun ja, das stimmte nicht ganz. Mir gehörte sozusagen ein Zwilling davon, der in meinem Schmuckkästchen zu Hause steckte und darauf wartete, dass ich ihn verpfändete. Du meine Güte, hätte Andrew nicht ein wenig origineller sein können? Ich meine … er hatte sich zwei Schwestern als Verlobte ausgesucht, da hätte er doch zumindest unterschiedliche Ringe wählen können! Also wirklich!

„Danke", sagte Nat, ohne zu wissen, dass wir jetzt identische Verlobungsringe von ein und demselben Mann besaßen. Wir waren bei meinen Eltern im Garten, nur Nat und ich. Der Rest der Familie befand sich im Haus – Andrew, Mémé, Margaret, Mom und Dad.

„Bist du sicher, dass das okay für dich ist?", fragte Natalie und schob ihre Hand in meine.

„Das Einzige, was nicht okay ist, ist, dass du ständig fragst, ob es okay sei", erwiderte ich ein wenig scharf. „Bitte, Natalie. Hör auf damit." Leicht schuldbewusst, weil ich so bissig geworden war, drückte ich ihre Hand. „Ich freue mich, dass du glücklich bist."

„Du bist einfach die Beste, Grace. Dass du Andrew und mich zusammengebracht hast … das ging weit über das hinaus, was man von dir hätte erwarten dürfen."

Ach ja? Erzähl mir was Neues … Ich schnaubte kurz, dann sah ich meine kleine Schwester an. Die Sonne glänzte auf ihrem Haar, und die dunklen Wimpern berührten ihre Wangen, als sie wieder ihren Ring betrachtete.

„Habt ihr denn schon einen Termin festgelegt?", erkundigte ich mich.

„Na ja, da wollte ich dich noch nach deiner Meinung fragen", erwiderte sie. „Andrew und ich finden, es sollte sehr bald sein. Damit wir es hinter uns haben, weißt du? Damit wir einfach verheiratet sein können. Nichts Großartiges. Nur die Familie und ein paar Freunde und hinterher ein Abendessen. Was meinst du?"

„Klingt doch gut."

„Grace", begann sie zögernd, „ich habe mir überlegt, ob du wohl meine erste Brautjungfer sein möchtest. Ich weiß, die Umstände sind ziemlich verrückt, aber ich muss dich fragen. Und wenn du nicht willst, verstehe ich das natürlich. Aber seit ich klein war, habe ich mir immer vorgestellt, dass du das eines Tages machst. Margaret soll natürlich auch Brautjungfer sein, aber du eben die erste, ja?"

Es war mir unmöglich, Nein zu sagen. „Sicher", murmelte ich, „es ist mir eine Ehre." Mein Herz schien sehr langsam und heftig zu schlagen, und mir wurde ein wenig schwindelig.

„Danke", flüsterte Natalie und nahm mich in den Arm. Eine Minute lang war es, als wären wir wieder kleine Mädchen – ihr Gesicht lag warm und glatt an meinem Hals, ich streichelte ihr blondes Haar und atmete den süßen Duft ihres Shampoos ein.

„Ich kann nicht glauben, dass du heiratest", flüsterte ich und spürte Tränen in meine Augen steigen. „Ich will dich immer noch huckepack reiten lassen und deine Haare flechten."

„Ich hab dich lieb, Grace", flüsterte sie.

„Ich hab dich auch lieb, Natty Bumppo", presste ich um meinen dicken Kloß im Hals herum hervor. Meine kleine Schwester, die ich als Kind gebadet, gewickelt und geherzt und der ich vorgelesen und Zöpfe geflochten hatte, trat in einen neuen wichtigen Lebensabschnitt. Fünfundzwanzig Jahre lang war ich Natalies wichtigste Bezugsperson gewesen und sie meine, und nun würde sich das ändern. Seien wir ehrlich: Als ich mit Andrew zusammen gewesen war, hatte er Natalie nicht von ihrem Thron in meinem Herzen verstoßen können. Sicher, ich hatte ihn geliebt … aber Natalie war ein Teil von mir. Teil meiner Seele und Teil meines Herzens, so wie das nur bei Schwestern sein kann.

Dutzende von Erinnerungen schwirrten mir durch den Kopf. Ich mit zehn, als mir die Mandeln rausgenommen worden waren, ich nach einem unruhigen Narkoseschlaf erwachte und sah, dass Natalie achtzehn Bilder mit Pferden für mich gemalt und in meinem Zimmer verteilt hatte – auf dem Boden, dem Stuhl, dem Schreibtisch –, sodass ich überall Pferde sah, wohin ich auch blickte. Wie ich Kevin Nichols verprügelt hatte, weil er ihr Kaugummi ins Haar geklebt hatte. Wie ich zur Universität abreiste und Natalie ihr Gesicht vor lauter Anstrengung, zu lächeln, verkrampfte, damit ich nicht sähe, dass sie eigentlich weinte.

Ich liebte sie und hatte sie immer geliebt, so sehr, dass es wehtat. Ich konnte – und wollte – nicht zulassen, dass Andrew sich zwischen uns stellte.

Sie drückte mich noch einmal und setzte sich dann auf. „Ich kann nicht fassen, dass ich Wyatt immer noch nicht kennengelernt habe", sagte sie.

„Ich weiß", erwiderte ich. „Er will dich ja auch unbedingt kennenlernen." Leider befand sich Wyatt gerade auf einem Medizinkongress in San Francisco. Ich hatte kurz mit dem Gedanken gespielt, meiner Familie zu beichten, dass Wyatt und ich uns getrennt hätten, dann entschied ich jedoch, dass ich ihn noch ein wenig länger brauchte. Heute Morgen hatte ich „medizinische Kongresse" und „Chirurgen" gegoogelt und die Sache in San Francisco gefunden. Sehr passend.

„Läuft es denn gut mit euch?", wollte Natalie wissen.

„Ach, ja, schon. Aber er arbeitet zu viel. Wenn es ein Haar in der Suppe gibt, dann das." Mein hinterhältiger Plan bestand darin, solcherlei Bemerkungen zu streuen, damit ich die Trennung später besser begründen könnte. „Ständig ist er im Krankenhaus, und jetzt auch noch der Kongress … Er lebt nur für seine Arbeit. Aber das ist wohl die Standard-Beschwerde einer jeden Arztfrau."

Ups. Den letzten Satz hatte ich eigentlich nicht sagen wollen. Natalies Gesicht begann zu leuchten.

„Denkst du denn, ihr werdet heiraten?"

Ach, Mist. „Na ja ... Ich weiß es nicht. Das mit der Arbeit müssen wir noch klären, und natürlich habe ich auch schlechte Erfahrungen gemacht."

Da, schon wieder etwas, das ich nicht hatte sagen wollen. Natalie zuckte zusammen.

„Ich meine, ich habe mir schon mal den Falschen ausgesucht, also will ich jetzt vorsichtig sein und alles. Sichergehen, dass es diesmal der Richtige ist."

„Aber meinst du denn, er ist es?"

Ich neigte den Kopf und tat, als würde ich ernsthaft nachdenken. Schließlich würden Wyatt und ich uns trennen, und das besser früher als später, da ich diese Sache nicht ewig durchziehen konnte. „Er ist ..." Ich schenkte Natalie ein Lächeln, das verhaltene Bewunderung ausdrücken sollte. „Er ist schon großartig, Nat. Ich wünschte nur, wir könnten mehr Zeit zusammen verbringen."

Die Hintertür wurde aufgestoßen und Margaret baute sich vor uns auf. „Grace, dein Hund hat gerade eine Vulva zerbrochen, und Mom will sowieso, dass ihr zum Essen reinkommt." Sie stemmte die Fäuste in die Hüften. „Und ist euch nie in den Sinn gekommen, dass ich eifersüchtig auf euren kleinen Club sein könnte? Allmächtiger Christus mit seinen fünf heiligen Wunden! Könnt ihr mich nicht hin und wieder auch mal beachten?"

„Sie flucht wie eine zum Seemann konvertierte Nonne", murmelte Natalie.

„Ja. Man muss sich wundern, wie sie ihre Freizeit verbringt", fügte ich hinzu.

„Hör auf zu jammern", schalt Nat unsere große Schwester. „Ihr zwei wohnt schließlich zusammen, also erzähl du mir nichts von Clubs!"

Margaret kam näher. „Rutsch rüber, Lieblingsschwester", brummte sie und schubste mich, sodass sie sich danebensetzen konnte. „Ist alles klar bei euch? Ich hab schon die ganze Zeit durchs Fenster geguckt."

„Alles bestens. Ich werde Natalies erste Brautjungfer", sagte ich. Es fühlte sich okay an. Ja. Das wäre in Ordnung.

„Du liebe Zeit, Natalie! Du willst Andrews Exverlobte als deine erste verdammte Brautjungfer?"

„Ja", sagte Natalie ruhig. „Aber nur, wenn sie will."

„Und das tue ich." Ich streckte Margaret die Zunge heraus.

„Ach? Und was bin ich, Nat? Kann ich vielleicht hinterher den Boden wischen? Vielleicht könnte ich beim Empfang die Teller waschen und hin und wieder einen kurzen Blick auf Euch werfen, sofern Ihr nicht meint, dass ich durch Eure goldene Schönheit geblendet werde, Eure Majestät."

„Hör sie dir an!" Natalie kicherte. „Willst du meine Brautjungfer sein, liebste Margaret?"

„Oh, ja, danke, gern. Ich kann es kaum erwarten." Margaret warf mir einen kritischen Blick zu. „Erste Brautjungfer, hm? Wie gruselig."

„Margs, du hast Wyatt doch bestimmt schon kennengelernt, oder?", fragte Natalie nun.

Margaret schob die Zunge in eine Wange. „Na klar", antwortete sie. Ich schloss die Augen.

„Und? Was hältst du von ihm?" Nat setzte sich gerade und grinste. Sie hatte diese Mädchengespräche schon immer geliebt.

„Na ja, abgesehen davon, dass er am linken Fuß sechs Zehen hat, ist er ganz süß", meinte Margaret.

„Sehr witzig", sagte ich. „Das ist nur eine kleine Ausbuchtung, Natalie."

Nat lachte. „Was sonst noch, Margs?"

„Also, wie er Grace immer am Ohr leckt, ist ziemlich widerlich. Vor allem in der Kirche. Igitt."

„Komm schon, ich meine es ernst." Kichernd wischte Natalie sich über die Augen.

„Und ein Augapfel rollt immer so unkontrolliert hin und her."

Als unsere Mutter kam, um nachzusehen, was ihre Töchter vom Essen abhielt, fand sie uns hilflos vor Lachen auf der Bank unter dem Walnussbaum sitzen.

Noch während ich mit Angus am Farmington entlang nach Hause spazierte, hielt meine gute Laune an. Durch den kleinen

Wald am Ufer führte ein gewundener Pfad, und obwohl die ersten Mücken schon herumschwirrten, taten sie einem nichts, wenn man sie ignorierte. Angus trabte an der langen Leine neben mir her und blieb häufig stehen, um zu pinkeln, zu schnüffeln und wieder zu pinkeln, damit alle anderen Hunde, die nach uns des Weges kamen, wussten, dass Angus McFangus vor ihnen da gewesen war.

Nachdem sie lange über Moms Kalender gebrütet hatten, waren sich Natalie und Andrew über ein Datum einig geworden. Siebter Juni, ein Tag nach der Abschlussfeier an der Manning. In vier Wochen. Vier Wochen Zeit, um mit meinem erfundenen Freund Schluss zu machen, vier Wochen, um eine neue Begleitung für eine erneute Hochzeit zu finden. Ich stellte mir vor, wie es wäre, allein zu dieser Hochzeit zu gehen. Uuaahh. Allerdings war der Gedanke, alle Hebel in Bewegung zu setzen, um jemanden zu finden, gleichermaßen schrecklich.

Angus bellte und zitterte. Ein Stück weiter vorn stand ein Fliegenfischer mit hohen Stiefeln im Fluss und schwang die lange Schnur seiner Angelrute in elegantem, wellenartigem Bogen durch die Luft. Die Sonne schien auf sein strubbeliges Haar, und ich lächelte, kaum überrascht, meinen Nachbarn hier zu sehen.

„Fangen Sie auch etwas oder versuchen Sie nur, gut auszusehen?", rief ich ihm zu.

„Howdy, Nachbarin", rief er zurück. „Bis jetzt habe ich noch nichts gefangen."

„Sie armer Tropf." Ich balancierte über die Felssteine, um näher zu kommen. „Reißen Sie mir mit Ihrem Haken ja nicht die Augen aus!", warnte ich.

„Warum nicht? Ich finde, ich bin Ihnen durchaus ein paar Schnitte und blaue Flecken schuldig", erwiderte er und kam auf mich zugewatet. Angus begann zu bellen. „Ruhig, Hund", kommandierte Callahan mit fester Stimme, und Angus wurde hysterisch. *Japjapjapjap! Japjapjapjapjap!*

„Sie haben wirklich ein Händchen für Tiere", kommentierte ich. „Fangen kleine Kinder eigentlich zu weinen an, wenn sie Sie sehen?"

Er lachte. „Was machen Sie hier draußen, Grace?"

„Ach, ich bin nur auf dem Heimweg."

„Möchten Sie sich einen Augenblick setzen? Ich habe Kekse", lockte er.

„Sind die selbst gemacht?"

„Wenn Sie mit selbst gemacht meinen, dass ich selbst zum Bäcker gegangen bin und sie gekauft habe, dann ja", antwortete er. „Sie sind gut – allerdings nichts im Vergleich zu Ihren Brownies. Die waren überirdisch lecker. Und damit allen Schmerz wert, den ich ertragen musste, um sie zu bekommen."

„Oh, das war ein so schönes Kompliment, dass ich Ihnen vielleicht noch einmal welche backe." Ich setzte mich auf den Felsvorsprung, der über den Fluss ragte, und hielt Angus auf dem Schoß, von wo aus er Callahan anknurrte.

„Warum lassen Sie Angus nicht von der Leine?", schlug Callahan vor.

„Oh nein", sagte ich. „Dann würde er sofort ins Wasser springen und weggespült werden." Ich drückte meinen kleinen Schatz. „Und wir wollen doch nicht, dass du ertrinkst, hm? Mein kleines süßes Hundchen, hm? Nein, das wollen wir nicht."

„Einige von uns vielleicht doch", meinte Callahan trocken. Die Kekse waren von *Lala's* – eigentlich schade, dass ich Sachen aus der Bäckerei auf zwanzig Meter erkennen konnte –, leckere, krosse Erdnussbutterkekse mit glitzernden Zuckerkristallen in der als Gitternetz aufgetragenen Glasur.

Callahan hielt Angus einen Keks hin, und der schnappte ihn und erwischte dabei leider auch Callahans Finger. Callahan zog umgehend seine Hand zurück, seufzte, betrachtete die verwundete Stelle und hielt mir den Finger hin. Zwei kleine Blutstropfen waren zu sehen.

„Sie Ärmster", sagte ich. „Soll ich den Notarzt rufen?"

„Warum nicht einen Anwalt?", entgegnete er und hob eine Augenbraue. „Vielleicht Margaret. Ihr Hund wird zunehmend zur Bedrohung. Unter uns gesagt, kann ich gar nicht fassen, dass ich noch am Leben bin."

„Hm, das ist wirklich tragisch. Aber Sie ziehen ja bald weg, oder?"

„Jupp. Ich bin sicher, Sie werden mich vermissen."

Verdammt. Natürlich würde ich ihn vermissen. Die Sonne schien auf sein Haar und brachte alle möglichen Brauntöne zum Vorschein – Nussbraun, Karamell und Gold. Es war nicht fair, dass dieser Typ aussah wie in einer Werbung aus dem Landhauskatalog und selbst in Anglerhose und Flanellhemd sexy wirkte. Er trug die Ärmel aufgekrempelt, sodass seine gebräunten Unterarme zu sehen waren. Er hatte goldene, gerade Wimpern, die absolut grundlos attraktiv waren, und alle meine weiblichen Körperteile flehten darum, dass ich etwas unternehmen möge.

Ich räusperte mich. „Und, Callahan? Wie ist es um Ihr Liebesleben bestellt? Ich habe Sie zufällig wieder mit dieser Blonden aus der Bar gesehen."

„Spionieren Sie wieder herum, Grace? Ich dachte, wir hätten eine Abmachung."

Ich seufzte. „Sie stand auf Ihrer Veranda. Ich habe Unkraut gejätet." Ich hielt inne. „Sie haben sie geküsst."

„Auf die Wange", sagte er.

„M-hm. Was manche Frauen sehr romantisch finden." Er schwieg. „Und? Was ist mit dem Rasen, den Sie mähen wollen?"

„Das ist aber ein ziemlich grobes Bild, wenn Sie auf Sex anspielen wollen, oder nicht, Grace?"

Ich blinzelte, dann musste ich lachen. „Ich meinte doch nur, was Sie damals gesagt hatten. Dass Sie eine Frau wollen und Kinder und einen Rasen, den Sie mähen können."

„Und genau das will ich." Er warf seine Angelschnur wieder aus, ohne mich anzusehen.

„Und wie kommen Sie mit der Suche voran?"

„Nicht schlecht", antwortete er nach ein paar Sekunden. Angus knurrte.

Nicht schlecht. Was sollte das bedeuten? „Tja." Ich stand auf und klopfte meine Jeans ab. „Danke für den Keks, Mister. Und viel Glück mit dem Angeln. Nach Frau und Fisch."

„Ich wünsche Ihnen einen schönen Tag, Grace."

„Danke, gleichfalls."

Während ich den restlichen Weg nach Hause ging, versuchte ich mir meine Sehnsucht nach Callahan O'Shea auszureden. Rief mir ins Gedächtnis, dass er kein Mann zum Heiraten war, jedenfalls nicht für mich. Wir waren nicht kompatibel. Weil ... tja, also ... weil ...

Also gut. Callahan O'Shea war definitiv eine Augenweide. Vielleicht mochte er mich. Immerhin *flirtete* er mit mir ... zumindest ein bisschen. Manchmal. Mit Margaret flirtete er mehr, um ehrlich zu sein. Neulich hatte ich sie reden gesehen, lachend wie alte Freunde am Gartenzaun. Leider musste ich zu dem Zeitpunkt telefonieren, sodass ich sie nicht belauschen konnte.

Eines war jedenfalls klar. Ich fühlte mich in seiner Gegenwart nicht sicher. Nicht, weil ich Angst hatte, er würde mich ausrauben oder so etwas. Nein, das nicht. Aber wenn Andrew mir schon das Herz gebrochen hatte, was würde Callahan O'Shea erst damit anstellen? Es zermalmen, bis nichts mehr übrig war als Staub? Seien wir ehrlich: Jemand wie ich – die kleine Lehrerin, die mit alten Leuten tanzte, Filme über den Sezessionskrieg liebte und ihn nachstellte – konnte nicht mit jemandem wie Callahan zusammen sein, diesem kraftstrotzenden, gefährlich wirkenden Mann mit krimineller Energie, der puren Sex-Appeal ausstrahlte. Das wäre sicher keine gute Idee. Die Katastrophe wäre vorprogrammiert.

Ich wünschte nur, ich könnte aufhören, darüber nachzudenken.

19. KAPITEL

Es war eine große Erleichterung, Julian wieder als regelmäßigen Teil meines Lebens zurückzuhaben. Und heute Abend hatte ich nicht nur ihn bei mir, sondern auch den attraktiven, lässig-eleganten Tim Gunn, der im Fernsehen die Designer-Castingshow moderierte. Auch Margaret hatte sich herabgelassen, uns Gesellschaft zu leisten – es gab Popcorn und Brownies, und ich war so glücklich wie schon lange nicht mehr.

In der Schule war es diese Woche anstrengend gewesen. Die Kinder taten alles andere lieber als lernen, und die diesjährigen Schulabgänger betrachteten das Schuljahr mit den Zusagen ihrer entsprechenden Colleges bereits als beendet. Ich verstand das und hatte ihnen *Glory* gezeigt, anstatt sie lernen zu lassen, aber trotzdem. Ich konnte auch nicht nichts tun, so wie Ava, die die Schülerinnen und Schüler des letzten Jahrgangs SMS schreiben und quatschen ließ, obwohl es bis zum Schuljahresende noch einige Wochen hin war.

Apropos Ava: Ihre Präsentation für das Kuratorium war (zumindest ihren eigenen Worten nach) hinreißend gewesen. Die Tatsache (laut Kiki, gestützt von Paul und angedeutet von Ava selbst), dass sie mit dem Vorsitzenden schlief, gereichte ihr sicher nicht zum Nachteil. Meine eigene Präsentation stand kurz bevor, und ich hatte sie mehrfach eifrig überarbeitet und überlegt, ob ich meine Änderungsvorschläge zurücknehmen und eher dem Status quo zusprechen sollte.

Was neue Bekanntschaften betraf, so hatte *eCommitment* mir einen Bestatter präsentiert, der als leidenschaftliches Hobby Tiere präparierte (was wohl nachvollziehbar war, jedoch nicht bedeutete, dass ich mit ihm ausgehen musste) sowie einen Arbeitslosen, der im Keller seines Elternhauses wohnte und Pokémon-Karten sammelte. Du liebe Zeit! Ich hatte erst einmal die Nase voll vom Suchen. Gut, ich war nicht allzu lange dabei gewesen, aber ich brauchte eine Pause. Ich würde mit Wyatt Schluss machen und meiner Familie einfach sagen, er sei ein

Workaholic, Ende. Dann könnte ich entspannen und das Leben genießen. Ich hielt es für einen tollen Plan.

„Wer ist das schon wieder?", fragte Margaret und schob sich noch mehr Popcorn in den Mund. Eigentlich sollte sie an einem Schriftsatz arbeiten und hatte tatsächlich einen Schreibblock vor sich liegen, aber der war vergessen, sobald sie meinen Sirenenruf zu meiner Lieblingssendung gehört hatte.

„Das ist der, der seiner Mutter mit nur sechs Jahren ein Abendkleid genäht hat", antwortete Julian und streichelte Angus' Rücken. „Das Wunderkind. Süß sieht er auch aus. Ich glaube, der ist schwul."

„Ach wirklich?", meinte Margaret. „Hm. Ein Typ, der Frauenkleider entwirft … schwul … Wer hätte das gedacht?"

„Na, na. Wir wollen doch keine Vorurteile schüren", schalt Julian.

„Sagte der schwule Tanzlehrer", fügte Margaret grinsend hinzu.

„Erwiderte die gereizte heterosexuelle Strafverteidigerin", konterte Julian.

„Gab der Mann zurück, der jeden Tag eine halbe Stunde lang sein Haar stylt, drei Katzen besitzt und ihnen Pullover strickt", sagte Margaret.

„Schnaubte die hübsche, verbitterte Workaholic, die ihren sanftmütigen Ehemann verließ und ihn damit praktisch kastrierte", entgegnete Julian. Die beiden grinsten sich vergnügt an.

„Du hast gewonnen", sagte Margaret. „Die gereizte Hetero ergibt sich der Tanzfee." Julian klimperte mit seinen beeindruckenden Wimpern.

„Kinder! Hört auf, euch zu streiten, oder es gibt kein Eis", verkündete ich ganz im Sinne meines friedliebenden Charakters als Mittelkind. „Ach, seht mal! Tim gibt ihnen eine neue Aufgabe." Wir verfielen in Schweigen, um Tim Gunns Worten genau zu folgen. Natürlich klingelte genau in diesem Moment das Telefon.

„Geh nicht ran", zischte Julian und stellte den Fernseher lauter.

Nachdem ich aufs Display gesehen hatte, konnte ich seinem Befehl leider nicht mehr folgen. „Hallo Nat!"

„Hallo Gissy. Wie geht's dir so?"

„Toll", erwiderte ich, während ich gleichzeitig versuchte, der Sendung zu folgen. Oh. Kleider aus Material, das auf Müllhalden gefunden wurde! Das würde spannend werden.

„Was machst du gerade?", erkundigte sich Natalie.

„Oh, äh, wir sehen *Project Runway*", antwortete ich.

„Ist er da? Ist Wyatt bei dir?"

„Nein, Julian ist hier. Wyatt ist in … Boston."

Julian fuhr herum und rutschte näher, um mich besser hören zu können. Im Fernsehen wurde Werbung eingeblendet.

„Also, hör zu, ich möchte euch einladen. Andrew und ich wollen am Freitagabend ein Familienessen organisieren, mit den Carsons und euch allen – also auch dir und Wyatt!"

Ich zuckte zusammen.

„Er wird doch wohl endlich einmal freihaben, oder, Grace? Ich meine, es gibt doch auch andere Ärzte in Boston, stimmt's?" Sie kicherte.

„Äh … Essen? Mit den Carsons?" Margaret schnitt eine Grimasse, Julian machte ein entsetztes Gesicht. Sie erinnerten sich gut an Andrews Eltern. Ich tat so, als würde ich mir in den Kopf schießen.

„Hm … Freitag?" Ich gestikulierte Julian und Margaret, damit sie mir halfen. „Ach, wir … äh … haben da schon etwas vor."

„Grace, komm schon", sagte Natalie. „Allmählich wird das lächerlich."

Du hast ja keine Ahnung, dachte ich.

Margaret sprang auf und riss mir den Hörer aus der Hand. „Hallo Nat, hier ist Margs." Sie lauschte ein paar Sekunden. „Tja, Nat, schade, aber ist dir vielleicht mal der Gedanke gekommen, dass Grace Angst hat, Wyatt könnte sich in dich verlieben?"

„Hör auf! Das ist nicht nett. Gib mir das Telefon, Margaret!" Ich wand es ihr aus der Hand. „Natalie? Da bin ich wieder."

„Grace, das stimmt doch nicht, oder?", hauchte sie erschrocken.

„Nein, natürlich nicht!" Ich sah Margaret böse an und senkte meine Stimme. „Ich sage dir jetzt etwas im Vertrauen, weil ich weiß, dass du das verstehen wirst." Margaret seufzte laut. „Nat", fuhr ich fort, „du weißt ja, dass Wyatt und ich im Moment nicht viel Zeit miteinander verbringen. Und ich habe ihm gesagt, dass es mir allmählich reicht. Also hat er für das Wochenende etwas Besonderes geplant …"

Natalie schwieg einen Moment. „Tja, ich schätze, ihr braucht ein bisschen Zeit für euch allein."

„Genau. Du verstehst das. Aber sag den Carsons liebe Grüße und dass ich sie ja bald auf der Hochzeit sehen werde und so weiter."

„Okay. Hab dich lieb, Grace."

„Ich hab dich auch lieb, Nattie." Ich beendete die Verbindung und drehte mich zu Margs und Julian um. „Wyatt und ich werden einen heftigen Streit haben", kündigte ich an.

„Der arme Kerl. Wäre er doch nur nicht so versessen darauf, Kinder zu heilen!", sagte Margaret.

„Ich bin sicher, es wird ihm das Herz brechen", meinte Julian zwinkernd.

Ich ging in die Küche, um mir ein Eiswasser einzuschenken, und in der Hoffnung auf einen Keks trippelte Angus sofort hinterher. Ich kniete mich hin, bedeutete meinem Hund, Sitz zu machen, und belohnte ihn dafür mit einem Keks und einem Streicheln seines Kopfes.

Ich hatte genug von Wyatt und auch von Margaret, genug vom Streiten meiner Eltern, genug von Mémé, genug von Natalie und Andrew. Einen kurzen Moment dachte ich an Callahan O'Shea, wie er mich gefragt hatte, ob meine Familie auch etwas für mich tue. Tja. Ich hatte auch genug davon, dauernd an ihn zu denken, weil ich dadurch nur unruhig und lüstern und an vernachlässigten Stellen ganz kribbelig wurde, und dann schlief ich nicht gut und war müder als je zuvor.

Sobald Natalies Hochzeit vorüber wäre, würde ich einen

schönen langen Urlaub machen, vielleicht in Tennessee, um mir dort ein paar Schlachtenorte anzusehen. Vielleicht auch in England. Oder Paris, wo ich vielleicht einen echten Jean-Philippe kennenlernen würde.

Angus legte seinen Kopf auf meinen Fuß. „Ich liebe dich, McFangus", sagte ich. „Du bist Mommys Bester."

Ich richtete mich auf und konnte nicht widerstehen, in Callahans Haus nach Lebenszeichen zu suchen. Aus einem der oberen Fenster drang schummriges Licht. Vielleicht war es sein Schlafzimmerfenster. Vielleicht hatte er dort Sex mit einer potenziellen Ehefrau. Wenn ich nach oben ginge, zum Beispiel auf den Dachboden, könnte ich vielleicht mehr sehen … oder wenn ich ein gutes Fernglas kaufte … oder wenn ich den Flieder hinaufklettern und mich an der Regenrinne nach oben hangeln würde, dann, ja, dann hätte ich bestimmt einen perfekten Ausblick in dieses Zimmer. Du meine Güte, war das erbärmlich!

„Grace." Margaret stand in der Küchentür. „Alles in Ordnung?"

„Ja, sicher."

„Hör zu, ich werde dich und Julian am Freitag zum Abendessen schicken, okay? Als Dankeschön, dass du mich aufgenommen hast und ich so eine Nervensäge sein darf." Sie klang ungewohnt liebevoll.

„Das ist aber nett von dir."

„Junie soll euch etwas Schönes reservieren, ja? In einem richtig schicken Restaurant. Ihr bestellt jede Menge zu trinken, zweimal Nachtisch, das ganze Programm." Sie kam zu mir und legte mir den Arm um die Schulter, was für sie als stachlige Schwester eine immens zärtliche Geste war. „Und noch mehr Spaß habt ihr, wenn ihr euch vorstellt, dass ihr gerade die Carsons verpasst."

Am Freitagabend brachte uns der Kellner des *Soleil* zu unserem reservierten Tisch. Es war ein wunderschönes Restaurant in Glastonbury mit Blick auf den Connecticut River – eine Sorte Lokal, in der ich noch nie gegessen hatte, sehr modern und sehr teuer. Auf unserem Weg zum Tisch kamen wir nicht nur an einem verglasten Weinlager vorbei, sondern auch an einem speziellen gläsernen Glaskühlschrank für Designer-Wodka. Die Küche war an einem Ende offen, sodass wir die eifrig hantierenden Köche beobachten konnten, wie sie mit Tellern und Zutaten jonglierten und sich auf Französisch unterhielten. Unser Kellner mit Namen Cambry reichte uns Karte um Karte – Weinliste, Spezialitäten des Tages, Martiniliste, normale Speisekarte, Empfehlungen, allesamt in Leder gebunden mit eleganter Aufschrift. „Genießen Sie Ihr Essen", sagte er und sah Julian aufmerksam an. Mein Freund beachtete ihn nicht weiter, wie es so seine Art war.

„Sieh dir das nur an, Grace", meinte er, während wir über der Martiniliste brüteten. „Genau die Art von Restaurant, in die Wyatt dich ausführen würde."

„Meinst du? Ich finde es ein bisschen zu überkandidelt."

„Er will dich beeindrucken. Er betet dich an."

„Das reicht aber nicht, Wyatt", erwiderte ich gespielt ernst. „Ich verstehe ja, wie sehr du dich deiner Arbeit verpflichtet fühlst, aber ich will mehr. Du bist ein wunderbarer Mann, und ich wünsche dir viel Glück. Ich werde dich immer in guter Erinnerung behalten, aber ciao."

Julian legte beide Hände auf sein Herz. „Oh, Grace, es tut mir ja so leid. Ich werde dich ewig lieben und bereuen, dass meine Arbeit unserer Liebe im Weg stand, aber ich kann diese armen Kinder nicht einfach irgendeinem tollpatschigen Stümper überlassen, wo doch nur ich die notwendigen …" Julians Kopf fuhr herum, als der Kellner an uns vorbeiging. „Oh, das sieht gut aus. Was ist das, Lachs? Ich glaube, das bestelle ich." Er sah wieder zu mir. „Wo war ich?"

„Egal. Es ist vorbei. Meine Familie wird am Boden zerstört sein." Mein Freund lachte auf. „Julian", fuhr ich etwas leiser fort, „weißt du noch, wie du gesagt hast, du würdest nicht mehr nach einem Mann suchen wollen?"

„Ja." Er runzelte die Stirn.

„Tja, ich will immer noch einen Mann."

229

Seufzend lehnte er sich zurück. „Ich weiß. Ich auch. Es ist nur so schwer."

„Ich glaube, ich bin ein bisschen in meinen Nachbarn verliebt, den Exhäftling."

„Wer wäre das nicht?", murmelte Julian.

„Er ist nur ein bisschen zu …"

„Überwältigend?", schlug mein Freund vor.

„Genau", stimmte ich zu. „Ich glaube, er mag mich auch, aber um aktiv etwas zu unternehmen, bin ich zu …"

„Angsthasig?"

„Ja."

Julian nickte mitfühlend.

„Aber was ist mit dir, Julian? Du müsstest die Männer doch eigentlich mit Händen und Füßen abwehren. Der Kellner, zum Beispiel, starrt dich die ganze Zeit an. Er ist süß. Du könntest wenigstens mal mit ihm reden."

„Tja, vielleicht mache ich das."

Ich blickte durch das Fenster auf den Fluss. Die Sonne versank in einem malerischen Ballen buttriger Wolken und der Himmel war blassrosa und pfirsichfarben. Es war wunderschön, und ich merkte, wie ich entspannte.

„Okay, Grace, versuch es", sagte Julian, nachdem wir das Essen bestellt hatten (wobei er den süßen Kellner ignorierte) und unsere kühlen Spezial-Martinis schlürften. „Erinnerst du dich an Lou aus unserem Verkupplungskurs? Wir kennen bereits Regel Nummer eins."

„Ich bin die schönste Frau in diesem Raum", sagte ich gehorsam auf.

„Ja, Grace, aber du musst es auch fühlen. Sitz nicht so krumm, richte dich auf."

„Ja, Mutter", erwiderte ich und trank noch einen Schluck.

„Regel Nummer zwei. Sieh dich um und lächle, weil du weißt, dass jeder Mann im Raum sich glücklich schätzen könnte, dich zu kriegen, und du kannst jeden haben, den du willst."

Ich tat, wie mir geheißen. Mein Blick blieb an einem älteren Mann hängen, der weit über achtzig war. Sicher, der wäre bestimmt glücklich, mich zu kriegen. Wie schon meine Verabredung mit Dave Urinbeutel bewiesen hatte, spürten ältere Männer bei mir ein gewisses Etwas. Aber würde der Barkeeper, der einem jungen Clark Gable ohne Schnurrbart verlockend ähnlich sah, auch so empfinden?

„Glaub an dich", beschwor mich Julian. „Nein, Grace, so geht das nicht! Wo liegt dein Problem?"

Ich verdrehte die Augen. „Mein Problem liegt darin, dass das bescheuert ist, Julian. Stell mich neben … ich weiß nicht, Natalie, zum Beispiel, oder Margaret, und ich bin *nicht* die schönste Frau im Raum. Frag Andrew, ob er sich glücklich geschätzt hat, mich gekriegt zu haben, und er wird vermutlich Ja sagen. Denn ohne mich hätte er niemals seine jetzige hinreißende Verlobte getroffen!"

„Uh! Haben wir etwa unsere Tage? Sieh zu und lerne, mein Schatz", erwiderte Julian, ohne weiter auf mein Gejammer einzugehen. Schmollend beobachtete ich, wie mein Freund sich zurücklehnte und seinen Blick ein Mal durch den Raum schweifen ließ. Pling, plang, plong! Drei Frauen an verschiedenen Tischen hörten mitten im Satz auf zu reden und erröteten.

„Klar, bei Frauen bist du toll", kommentierte ich. „Aber du willst keine Frau. Denkst du, ich habe nicht gemerkt, wie du am liebsten unter den Tisch gekrochen wärst, als unser Keller dich hier bezirzen wollte? Versuch's bei den Jungs, Julian."

Er kniff kurz seine wunderschönen Augen zusammen. „Na schön." Nun wurde er tatsächlich selbst ein bisschen rot, aber ich freute mich, dass er es versuchte.

Und wie erwartet: Als er den Blick unseres Kellners auffing, der gerade einen Teller von der Küchentheke aufnahm, schien der sich auf dem Weg zu unserem Tisch vor Eifer fast zu überschlagen. „Hier, bitte sehr", hauchte er Julian zu. „Austern Rockefeller. Guten Appetit."

„Danke", sagte Julian und sah zu ihm auf. Der Kellner öffnete leicht die Lippen. Julian hielt den Blickkontakt.

Sieh an, sieh an. Sollte mein guter Freund tatsächlich sein selbst auferlegtes Keuschheitsgelübde brechen und sich wieder auf einen Mann einlassen? Lächelnd schlürfte ich eine der Austern – köstlich – und beschloss, kurz meine Handynachrichten zu überprüfen, während die beiden hübschen Männer sich hingebungsvoll anstarrten. Ach herrje! Jetzt fing Julian doch tatsächlich ein Gespräch an! Wunder gab es immer wieder!

Ich hatte mein Handy heute vor der letzten Unterrichtsstunde ausgeschaltet, in der ich meine Zehntklässler einen Test schreiben ließ, und es seitdem nicht wieder eingeschaltet. Um ehrlich zu sein, mochte ich Handys nicht besonders gern. An manchen Tagen vergaß ich sogar, das Ding überhaupt einzuschalten. Aber Moment mal … Das war komisch! Ich hatte sechs Nachrichten!

So viele Nachrichten auf einmal hatte ich noch nie gehabt. Was war da los? War Mémé gestorben? Bei dem Gedanken wurde ich von unerwarteter Trauer ergriffen. Ich rief meine Mailbox auf, und während Julian mit Cambry, dem Kellner, flirtete, wartete ich auf das Abspielen der Nachrichten.

„Sie haben sechs neue Nachrichten. Nachricht eins." Die Stimme meiner älteren Schwester ertönte. „Grace, hier ist Margaret. Hör zu, Süße, geht heute Abend nicht ins *Soleil*, okay? Es tut mir wirklich leid, aber ich glaube, als Mom heute Nachmittag in der Kanzlei anrief, hat June ihr gesagt, wo ihr hingeht. Ich schätze, Mom will Wyatt unbedingt kennenlernen, deshalb hat sie dort ebenfalls einen Tisch reserviert. Mit den Carsons. Also nicht hingehen, ja? Ich bezahle eure Rechnung auch von irgendwo anders, gebt sie mir dann einfach. Ruf mich zurück, wenn du das abhörst."

Die Nachricht war von 15.45 Uhr.

Ach … du … liebe Zeit!

Nachricht zwei. „Hallo Grace, Margs noch mal. Mom hat mich gerade angerufen. Sie essen definitiv im *Soleil*, also geht woanders hin, ja? Ruf mich an." Das war um 16.15 Uhr.

Nachrichten drei bis fünf lauteten ähnlich, wobei Margaret immer hektischer und kurz angebundener klang. Kaltes Entsetzen stieg in mir auf. Nachricht sechs lautete wie folgt: „Grace, wo zum Teufel bist du? Wir fahren jetzt zum Restaurant. Die

232

Carsons, Andrew, Nat, ich, Mom und Dad und Mémé. Ruf mich an! Für sieben Uhr ist reserviert."

Ich sah auf die Uhr. Es war 18.35 Uhr.

Julian und Cambry lachten gerade, und Cambry schrieb seine Telefonnummer auf ein Stück Papier. „Julian?" Ich brachte kaum ein Flüstern hervor.

„Eine Sekunde, Grace", erwiderte Julian. „Cambry und ich …" Dann bemerkte er meinen Gesichtsausdruck. „Was ist los?"

„Meine Familie ist auf dem Weg. Hierher."

Er riss die Augen auf. „Ach du Schande!"

Cambry sah uns verwirrt an. „Gibt es ein Problem?", wollte er wissen.

„Wir müssen leider sofort gehen", antwortete ich. „Auf der Stelle. Familiennotfall. Hier." Ich kramte in meiner Tasche nach dem Geschenkgutschein, den Margarets Sekretärin aus dem Internet ausgedruckt hatte. Mein Puls raste. Ich durfte hier nicht gefunden werden. Auf gar keinen Fall! Der Familie würde ich einfach sagen, wir hätten kurzfristig umdisponiert. Das war's. Kein Problem.

Gerade als wir aufstanden, hörte ich das schreckliche Gesellschaftslachen meiner Mutter. *Ahahaha! Ahahaha! Oooh…ahahaha.* Ich sah zu Julian. „Lauf", zischte ich.

„Wir brauchen einen anderen Ausgang", sagte Julian zu Cambry.

„Durch die Küche", erwiderte er sofort. Die beiden sausten los, und ich wollte sofort hinterherlaufen, da verfing sich der Schulterriemen meiner Handtasche am Stuhl eines anderen Gastes. Er sah auf.

„Ach herrje", sagte er, „Sie hängen fest." *Oh ja, Mister, auf mehr als eine Weise.* Ich lächelte ihm panisch zu und riss an der Tasche. Der Riemen löste sich nicht.

Jahrelanges Tanzschultraining hatte Julian schnell und geschmeidig gemacht wie eine Schlange. Er tänzelte im Zickzack durch die Tische in Richtung Küche, ohne zu bemerken, dass ich nicht mehr hinter ihm war.

„Hier, bitte sehr", sagte der Gast und befreite die Tasche vom Stuhl. Und gerade als ich mich umdrehte, um meinem Freund hinterherzugaloppieren, hörte ich die Stimme meiner Mutter.

„Grace! Da bist du ja!"

Meine komplette Familie strömte in das Lokal. Margaret, mit großen Augen. Andrew und Nat, Händchen haltend. Dad, der Mémés Rollstuhl schob, gefolgt von Mom. Außerdem die Carsons – Letitia und Ted.

Mein Verstand schien komplett auszusetzen. „Hallo zusammen!", hörte ich mich wie durch einen Nebel sagen. „Was macht ihr denn hier?"

Nat drückte mich an sich. „Mom bestand darauf, dass wir euch überraschen. Nur, um Hallo zu sagen – wir wollen euch nicht den gemeinsamen Abend verderben." Sie löste sich wieder, um mich anzusehen. „Es tut mir wirklich leid. Ich habe sie hundert Mal gebeten, es nicht zu tun, aber du weißt ja, wie sie ist."

Margaret sah mich an und zuckte mit den Schultern. Tja, sie hatte es versucht. Ich hörte meinen Pulsschlag in den Ohren und fühlte ein hysterisches Lachen in mir aufsteigen wie eine zappelnde Forelle.

„Grace, Schätzchen! Du bist ja so eine Geheimniskrämerin!", rief Mom und sah zu unserem Tisch, auf dem ganz verlassen zwei Martinis und ein Teller mit Rockefeller-Austern standen. „Ich habe Letitia von deinem wunderbaren Arztfreund erzählt, und sie konnte es gar nicht erwarten, ihn kennenzulernen, und da musste ich ihr sagen, dass noch nicht einmal *wir* ihn kennengelernt haben, und da dachte ich, na ja, da schlage ich doch am besten gleich zwei Fliegen mit einer Klappe. Du erinnerst dich an die Carsons, oder?"

Natürlich erinnerte ich mich. Ich war drei Wochen davon entfernt gewesen, ihre Schwiegertochter zu werden! Eines Tages, irgendwann in ferner Zukunft, würde ich meiner Mutter das hier verzeihen können. Wobei, wenn ich genauer darüber nachdachte – nein. Meiner Erfahrung nach waren die Carsons unnahbare, zugeknöpfte Menschen ohne jeglichen Sinn für Humor.

Mir gegenüber hatten sie nie etwas anderes gezeigt als distanzierte Höflichkeit.

„Guten Abend, Mrs Carson, Mr Carson. Schön, Sie wiederzusehen." Die Carsons lächelten unsicher. Ich erwiderte ihr Lächeln in gleicher Weise.

„Was esst ihr da? Sind das Austern? Ich esse keine Schalentiere", dröhnte Mémé. „Die sind eklig und schleimig und voller Bakterien. Ich habe auch so schon genug Verdauungsprobleme."

„Grace, Schätzchen, es tut mir leid, wenn wir euch hier stören", murmelte Dad und gab mir einen Kuss auf die Wange. „Deine Mutter ist ein bisschen wild geworden, als sie hörte, dass ihr nicht kommt. Was siehst du hübsch aus! Also, wo ist er? Wo wir nun schon mal hier sind."

Andrew sah mich an. Immerhin kannte er mich ziemlich gut. Er neigte den Kopf und lächelte erwartungsvoll.

„Er ist … äh … auf der Toilette", sagte ich.

Margaret schloss die Augen.

„Genau. Er … ähm … fühlt sich nicht besonders gut. Ich gehe besser mal nachsehen. Und sage ihm, dass ihr hier seid."

Meine Wangen brannten, als ich durch das Restaurant ging (und ging und ging – mein Gott, es schien ewig zu dauern). Im Foyer gestikulierte Cambry in Richtung der Toiletten, und tatsächlich war dort Julian, der im Vorraum der Herrentoilette wartete und durch den Türspalt lugte. „Was sollen wir tun?", flüsterte er. „Ich habe Cambry gesagt, was los ist. Er kann uns helfen."

„Ich habe behauptet, Wyatt ginge es nicht gut. Und jetzt musst du Wyatt spielen." Ich spähte zurück ins Lokal. „Jesus, Maria und Joseph auf dem Esel, da kommt mein Dad! Geh in eine Kabine. Los!"

Die Tür schnappte zu, und ich hörte, wie eine Kabinentür zugeschlagen wurde, während mein Vater auf mich zukam. „Grace, Süße! Wie geht es ihm?"

„Ach, nicht so gut, Dad. Er muss etwas gegessen haben, das er nicht vertragen hat."

„Der Ärmste! Was für ein grässlicher Umstand, die Familie seiner Freundin kennenzulernen!" Dad lehnte sich gegen die Wand. „Soll ich mal nachsehen gehen?"

„Nein! Nein, nein." Ich schob die Tür zur Herrentoilette ein Stückchen auf. „Liebling? Geht es dir besser?"

„Ohhhmmmm", stöhnte Julian schwach.

„Ich bin hier, wenn du mich brauchst", erwiderte ich und ließ die Tür wieder zufallen. „Dad, ich wünschte wirklich, ihr wärt nicht gekommen. Das ist ...", *eine lächerliche Farce,* „... unser besonderer Abend."

Immerhin schaute er jetzt beschämt drein. „Tja, deine Mutter ... du weißt ja, wie sie ist. Sie fand, die ganze Familie sollte hier sein, um den Carsons zu zeigen ... na ja, dass es dir gut geht und alles."

„Genau. Und das tut es." Ich verfluchte mich ja selbst. Ich hätte einfach zu dem blöden Essen gehen und sagen sollen, dass Wyatt etwas anderes vorgehabt habe oder eine Notoperation durchführen müsse oder Ähnliches. Stattdessen stand ich hier und log meinen Vater an. Meinen guten alten Vater, der mich liebte und mit mir zu Bürgerkriegsschlachten ging und mir neue Fenster bezahlte.

„Dad?", sagte ich zögernd. „Also, was Wyatt angeht ..."

Dad klopfte mir liebevoll auf die Schulter. „Keine Sorge, Schnups. Es ist bestimmt ein bisschen peinlich, aber niemand wird ihm später so ein bisschen Durchfall übel nehmen."

„Na ja, die Sache ist die ..."

„Wir sind ja nur froh, dass du jemanden hast, meine Süße. Ich will nicht verschweigen, dass ich mir Sorgen gemacht habe. Mit Andrew Schluss zu machen – nun, das war schon eine große Sache. Jeder hat ein oder zwei Mal erlebt, dass ihm das Herz gebrochen wurde. Und ich weiß, dass du es nicht freiwillig getan hast."

Ich sah ihn verblüfft an. „Ach ja?" Es war so schmerzhaft gewesen, allen zu erzählen, es sei in gegenseitigem Einverständnis gewesen ... dass wir uns einfach nicht sicher fühlten, die Richtigen füreinander zu sein ...

„Aber sicher, Schnups. Du hast ihn geliebt, das war eindeutig. Dass du deine Schwester mit ihm hast ausgehen lassen …" Dad seufzte. „Tja, zumindest hast du nun jemand anderes gefunden. Den ganzen Weg hierher hat Natalie immer wieder erzählt, wie toll dein neuer Freund ist. Ich glaube, sie fühlt sich immer noch schuldig."

Tja. Dahin war mein schwacher Wunsch zu beichten. Ein Mann kam den Gang entlang und sah uns an.

„Der Freund meiner Tochter ist krank", erklärte Dad. „Durchmarsch." Ich schloss die Augen.

„Oh", meinte der Mann. „Äh … danke. Ich schätze, ich kann noch warten." Er machte kehrt und ging in den Speisesaal zurück.

Dad schob die Tür ein Stückchen auf. „Wyatt, mein Bester? Hier ist Graces Dad, Jim Emerson."

„Hallo Sir", murmelte Julian mit verstellter, tiefer Stimme.

„Kann ich Ihnen irgendwie helfen?"

„Nein danke." Zur Erhöhung der Glaubwürdigkeit schickte Julian ein Stöhnen hinterher. Dad zuckte zusammen und zog die Tür wieder zu.

„Warum gehen wir nicht zurück, Dad?", schlug ich vor. Ich schob die Tür erneut auf. „Liebling? Ich bin gleich wieder da."

„Okay", erwiderte Julian heiser und hustete. Offen gesagt fand ich, dass er es ein wenig übertrieb, aber hey! Ich schuldete dem Mann mein Erstgeborenes! Dad nahm meine Hand, während wir ins Lokal zurückkehrten, und ich drückte sie dankbar. Meine Familie hatte sich mittlerweile um einen großen Tisch platziert. Die Carsons musterten stirnrunzelnd die Speisekarte, Mémé inspizierte das Silberbesteck, und Mom sah aus, als würde sie vor lauter überschüssiger Energie gleich abheben. Andrew, Nat und Margaret blickten zu mir auf.

„Wie geht es ihm?", wollte Nat wissen.

„Nicht so gut", antwortete ich. „Eine schlechte Auster oder so etwas."

„Hab ich doch gesagt. Austern sind nur dreckiger, zäher

Schleim", verkündete Mémé, woraufhin ein Gast am Nebentisch hörbar würgte.

„Sie sehen gut aus, Grace", sagte Mrs Carson. Sie neigte den
Kopf, als wäre sie beeindruckt, dass ich mir nicht die Kehle auf-
geschlitzt hatte, als ihr Sohn mich verließ.

„Danke, Mrs Carson." Etwa einen Monat lang hatte ich sie
Letty genannt. Wir waren mal zusammen essen gegangen, um
über die Hochzeit zu reden.

„Ich habe hier irgendwo ein paar Tabletten", sagte Mom und
kramte in ihrer Handtasche.

„Nein, nein, ist schon gut. Es ist eher … na ja. Wir werden
gleich nach Hause fahren. Es tut mir ja so leid. Wyatt würde
euch gern kennenlernen, aber ihr versteht das sicher." Ich unterdrückte ein Seufzen. Nicht nur, dass ich mit einem erfundenen Freund zusammen war – jetzt hatte er auch noch Durchfall! Wie beeindruckend! Ganz und gar der Typ, um Andrew
eifersüchtig zu machen.

Moment mal. Soweit ich wusste, war Wyatt Dunn nicht erfunden worden, um irgendjemanden eifersüchtig zu machen.
Ich warf einen Blick zu Andrew. Auch er sah mich an, während
er immer noch Natalies Hand hielt, und in seinen Augen erkannte ich etwas wie … Zuneigung? Er zog einen Mundwinkel
hoch, und ich wandte den Kopf ab.

„Ich bringe euch noch zum Auto", sagte Natalie.

„Du bleibst hier." Margs' Worte klangen fast wie ein Bellen.
„Unter diesen Umständen will er dich bestimmt nicht kennenlernen, Dummchen." Natalie setzte sich wieder.

Ich gab meiner Mutter einen Kuss, winkte Mémé zu und verließ endlich den Speisesaal. Kellner Cambry wartete vor der To-
ilettentür. „Sie können den Hinterausgang benutzen", flüsterte
er und schob die Tür auf. „Julian? Die Luft ist rein."

„Es tut mir schrecklich leid", entschuldigte ich mich bei
meinem Freund. „Und herzlichen Dank", fügte ich zu Cambry
gewandt hinzu und drückte ihm einen Zwanziger in die Hand.
„Das war äußerst nett von Ihnen."

„Gern geschehen. Und es war irgendwie lustig", meinte

Cambry. Er führte uns zu einem anderen Ausgang, weit vom Haupteingang entfernt, gab Julian die Hand und hielt sie dabei sehr lange fest.

„Tja, also mir hat der Abend gefallen", verkündete Julian, während wir vom Parkplatz fuhren. „Und stell dir vor, Grace! Ich bin verabredet! Jedes Unglück hat doch auch sein Gutes."

Ich sah meinen Freund an. „Du warst toll da drin!"

„Durchfall vorzutäuschen ist eine meiner Spezialitäten", erwiderte er, und wir brachen in so schallendes Gelächter aus, dass ich rechts ranfahren musste.

20. KAPITEL

*W*arum wollen Sie die Amerikanische Revolution zusammen mit dem Vietnamkrieg unterrichten?", erkundigte sich Schulrektor Stanton und runzelte die Stirn.

Zu zehnt – der Rektor, Dr. Eckhart, sieben Kuratoren und ich – saßen wir an dem großen Konferenztisch aus Walnussholz in Bigby Hall, dem Verwaltungshauptgebäude von Manning, das auf dem Titelblatt all unserer Werbebroschüren abgebildet war. Ich hielt mein Präsentationsgespräch vor dem Personalausschuss und fühlte mich schrecklich. Gestern Nacht war ich bis zwei Uhr morgens aufgeblieben, um an meiner Rede zu feilen und sie einzustudieren, bis ich der Meinung war, dass sie saß. Dann war ich morgens um sechs Uhr aufgestanden, hatte mich in eines meiner Wyatt-Outfits geworfen, das sowohl Konservativismus als auch Kreativität ausstrahlen sollte, mein Haar gebändigt und trotz meines unruhigen Magens ein gutes Frühstück eingenommen. Nun saß ich hier und fragte mich, wozu ich mir all die Mühe überhaupt gemacht hatte.

Es lief nicht gut. Ich hatte meinen Vortrag beendet, und die sieben Kuratoren einschließlich Theo Eisenbraun – Avas vermutlicher Liebhaber – starrten mich mit unterschiedlichen Graden der Verständnislosigkeit an. Und wie ich mit wachsender Panik bemerkte, schien Dr. Eckhart zu schlafen.

„Das ist eine sehr gute Frage", antwortete ich in meiner besten Lehrerinnenstimme. „Die Amerikanische Revolution und der Vietnamkrieg haben vieles gemeinsam. In den meisten Fachbereichen wird Geschichte chronologisch gelehrt, was meines Erachtens ein bisschen trocken sein kann. Aber bei der Revolution geht es darum, dass eine fremde Armee ins Land kommt und gegen eine kleine Truppe schlecht bewaffneter Bürger Krieg führt, die den Krieg dann durch List, gute Kenntnisse des Gebiets und die schlichte Weigerung aufzugeben gewinnen. Dasselbe gilt für Vietnam."

„Aber die Kriege fanden in verschiedenen Ländern statt", warf Adelaide Compton ein.

„Dessen bin ich mir bewusst", erwiderte ich ein wenig zu scharf. „Ich habe nur das Gefühl, dass es Vorteile bringt, Geschichte nach Themengebieten zu unterrichten, und nicht nur nach Epochen. In manchen Fällen jedenfalls."

„Sie wollen einen Kurs mit dem Titel ‚Der Missbrauch von Macht' einrichten?", fragte nun Randall Withington, der vor einiger Zeit einmal Senator unseres schönen Staates gewesen war. Sein ohnehin schon recht gerötetes Gesicht zeigte zusätzliche rote Flecken.

„Ich halte das für einen sehr wichtigen Aspekt der Geschichte, ja", entgegnete ich, während ich mich innerlich krümmte. Senator Withington war damals wegen Korruption und, ähem, Machtmissbrauchs zum Rücktritt gedrängt worden.

„Tja, das ist ja alles sehr interessant", meinte Hunter Graystone III., Vater von Hunter IV. und ehemaliger Schüler der Manning. Er deutete auf mein vierundfünfzigseitiges Dokument, in dem ich die Lehrpläne für alle vier Schuljahre, erforderliche Kurse, Wahlfächer, Benotungsrichtlinien, Budgetberechnungen, Exkursionen, Mitarbeitervorschläge, Unterrichtsstrategien, gewünschte Elternmitarbeit und fächerübergreifende Themen aufgelistet hatte, inklusive Farbtafeln, Fotos, Grafiken und Tabellen. Das Ganze hatte ich bei *Kinko's* in zehnfacher Ausfertigung drucken und binden lassen. Mr Graystone hatte seine Broschüre noch nicht einmal geöffnet. Verdammt. Seinem Sohn Hunter hatte ich im Zwischenzeugnis eine Zwei gegeben (was sehr fair war, das kann ich Ihnen sagen), und bei meiner Begrüßung vor etwa einer Stunde hatte Mr Graystone mich genau an diese Tatsache erinnert. „Warum fassen Sie nicht einfach alles für uns zusammen, Ms Emerson?"

Dr. Eckhart sah auf – zum Glück war er doch nicht eingeschlafen –, und nickte mir aufmunternd zu.

„Gern." Ich versuchte zu lächeln. „Tja, in Kürze könnte man es folgendermaßen zusammenfassen." Ich atmete tief durch und beschloss, alles auf eine Karte zu setzen. „Ich möchte, dass die

Schüler der Manning den Einfluss der Geschichte auf die heutige Zeit begreifen. Ich möchte die Vergangenheit für sie lebendig machen, damit sie verstehen, durch welche Opfer wir an den Punkt gelangt sind, an dem wir heute stehen." Ich sah alle Kuratoren einzeln an, damit sie spürten, wie sehr ich in meinem Unterrichtsfach aufging. „Ich möchte, dass unsere Schülerinnen und Schüler von der Vergangenheit lernen, und zwar eindringlicher, als es mit dem Auswendiglernen von Fakten geschieht. Ich will, dass sie spüren, wie sich die ganze Welt aufgrund der Tat eines einzelnen Menschen verändern kann, ob es nun Heinrich VIII. war, der eine neue Religion gründete, oder Dr. King, der sich vor dem Lincoln Memorial für Gleichberechtigung einsetzte."

„Und wer ist Dr. King?", wollte Adelaide wissen.

Mir fiel die Kinnlade herunter. „Martin Luther King jr.? Der afroamerikanische Bürgerrechtler?"

„Natürlich. Richtig, fahren Sie fort."

Um mich zu beruhigen, atmete ich wieder tief durch und fuhr fort: „So viele Jugendliche fühlen sich schon nicht mehr der jüngsten Vergangenheit verbunden, spüren keine Verbindung zu den Grundsätzen ihres Staates und leben in einer Welt, in der sie viel zu sehr von wahrhaften Erkenntnissen abgelenkt sind. Textnachrichten, Computerspiele, Online-Chatten … das alles hindert sie daran, die heutige Welt und das wahre Leben zu begreifen. Dabei müssen sie verstehen, wie wir vom Damals zum Heute gekommen sind. Das müssen sie unbedingt! Denn unsere Vergangenheit bestimmt unsere Zukunft – als Individuen, als Staat, als *Welt*. Sie müssen die Vergangenheit verstehen, weil diese Kinder und Jugendlichen die Zukunft sind."

Mein Herz klopfte, mein Gesicht brannte, meine Hände zitterten. Ich atmete tief ein und faltete meine verschwitzten Hände. Ich war fertig.

Niemand sagte etwas. Kein Wort. Es herrschte Schweigen, und zwar unangenehmes. Wären wir im Freien gewesen, hätte man sicher die sprichwörtlichen Grillen zirpen gehört.

„Hm … Sie denken also, dass Kinder unsere Zukunft sind",

sagte Theo und unterdrückte dabei ein Grinsen.

Ich schloss kurz die Augen. „Ja", antwortete ich, „das sind sie. Und sie werden hoffentlich die Fähigkeit haben, nachzudenken, wenn das Schicksal sie dazu beruft, zu handeln. Also, dann ..." Ich stand auf und schob meine Unterlagen zusammen. „Vielen Dank für Ihre Zeit."

„Das war ... sehr interessant", sagte Adelaide. „Tja, dann ... viel Glück."

Mir wurde versichert, dass ich Nachricht bekäme, wenn ich in die zweite Bewerbungsrunde aufgenommen würde. Natürlich würden sie die Stelle auch extern ausschreiben, bla, bla, blubb, Rhabarber, Rhabarber. Was die nächste Runde betraf, so sah ich meine Chancen als zweifelhaft. Bestenfalls zweifelhaft.

Der Inhalt meiner leidenschaftlichen Ansprache verbreitete sich offenbar schnell, denn als ich später am Tag Ava im Lehrerzimmer traf, schmunzelte sie hintergründig. „Hallo Grace." Blinzel ... blinzel ... und warten ... ja, da war es: blinzel. „Wie ist denn deine Präsentation gelaufen?"

„Ach, ganz toll", log ich. „Sehr positiv."

„Schön für dich", murmelte sie, ging zum Waschbecken, spülte ihren Kaffeebecher aus und sang dabei „*I believe the children are our future ...*" von Whitney Houston.

Ich knirschte mit den Zähnen. „Wie lief es denn bei dir, Ava? Meinst du, dein Push-up-BH hat die Kuratoren zu deinen Gunsten beeinflusst?"

„Ach, Grace, du tust mir leid", erwiderte sie, während sie sich neuen Kaffee einschenkte. „Es ist nicht mein Dekolleté, das sie lieben, Schätzchen. Es ist meine Art, mit Menschen umzugehen. Wie auch immer. Viel Glück!"

In diesem Moment steckte Kiki ihren Kopf durch die Tür. „Grace, hast du mal eben Zeit? Oh, hallo Ava, wie geht's dir?"

„Fantastisch, danke", hauchte Ava. Blinzel. Blinzel. Und – blinzel.

„Alles in Ordnung?", fragte Kiki nach, als ich zu ihr in den Flur kam und die Tür hinter mir schloss.

„Nein, eigentlich geht's mir beschissen."

„Was ist passiert?"

„Meine Präsentation lief nicht so gut", gestand ich ihr. All meine Arbeit – auf einen Whitney-Houston-Song reduziert! Zu meinem Ärger spürte ich jetzt auch noch einen Kloß im Hals.

„Ach, meine Liebe, das tut mir leid." Sie streichelte mir den Arm. „Hör zu, willst du am Freitag mit zu Julians ‚Tanznacht für Singles' gehen? Und dich von dem ganzen Ärger ablenken? Ich habe immer noch niemanden kennengelernt – Gott weiß, warum! Dabei habe ich die Methoden von diesem Lou ausprobiert, als hätte er sie in Stein gemeißelt vom Berg Sinai getragen!"

„Kiki, dieser Kurs war Schwachsinn, findest du nicht? Willst du einen Mann wirklich dadurch für dich gewinnen, dass du ihm etwas vorspielst, das du gar nicht bist?"

„Gibt es eine andere Möglichkeit?", erwiderte sie. Ich seufzte. „Okay, okay, du hast recht. Aber gehst du mit mir zu diesem Tanz? Bitte! Nur, um dich abzulenken?"

„Ach, nein", sagte ich. „Lieber nicht."

Sie senkte die Stimme. „Vielleicht findest du jemanden, den du zur Hochzeit deiner Schwester mitnehmen kannst", schlug sie vor, boshaft, wie sie war.

Ich verzog das Gesicht.

„Es ist doch einen Versuch wert", lockte sie.

„Satan, weiche hinfort", murmelte ich. „Na gut, vielleicht. Ich verspreche nichts, aber vielleicht."

„In Ordnung, toll!", sie sah auf die Uhr. „Mist, ich muss los. Mr Lucky braucht sein Insulin, und wenn ich zu spät komme, scheißt er alles voll und bekommt dann Krämpfe. Wir reden später!" Und weg war sie, um das in Gestalt ihres Katers wandelnde medizinische Desaster zu versorgen.

„Hallo Grace."

Ich drehte mich um. „Hallo Stuart! Wie läuft's denn so?"

Er seufzte. „Ich hatte gehofft, das könntest du mir sagen."

Ich verkniff mir eine gereizte Bemerkung. „Stuart, hör mal … Du musst etwas unternehmen. Ich bin nicht euer Vermittler, okay? Ich wünsche mir sehr, dass ihr wieder miteinander klarkommt, aber du musst etwas tun. Findest du nicht?"

„Ich weiß nur nicht, *was* ich tun soll", klagte er, nahm die Brille ab und rieb sich die Augen.

„Tja, du bist seit sieben Jahren mit ihr verheiratet, Stuart! Komm schon, da muss dir doch was einfallen!"

Die Tür des Lehrerzimmers wurde geöffnet. „Gibt es ein Problem?", fragten Avas Brüste. Also gut, eigentlich fragte sie mit ihrem Mund, aber bei dem Dekolleté, das sie heute zeigte, nahm man nichts anderes wahr.

„Nein, kein Problem, Ava", erwiderte ich knapp. „Das ist ein Privatgespräch."

„Oh, wie geht's dir denn, Stu?", gurrte sie. „Wie ich höre, hat deine Frau dich verlassen. Das tut mir sehr leid. Manche Frauen wissen einen guten, anständigen Mann einfach nicht zu schätzen." Sie schüttelte traurig den Kopf, blinzelte, blinzelte, blinzelte und stolzierte dann mit wackelndem Hintern den Gang hinunter.

Stuart starrte ihr nach.

„Stuart", bellte ich. „Geh und verabrede dich mit deiner Frau. Bitte."

„Richtig", murmelte er und riss sich von Avas Anblick los. „Das werde ich, Grace."

Am Abend saß ich seufzend über meinen Korrekturen und kreiste mit rotem Stift Kerry Blakes „hingehangen" ein und schrieb „hingehängt" darüber. Ich musste im Bett korrigieren, da Margaret den Computer in meinem kleinen Arbeitszimmer benutzte, um Scrabble zu spielen. Hingehangen. Also wirklich!

Kerry war ein kluges Mädchen, aber schon mit ihren siebzehn Jahren wusste sie, dass sie für ihren Lebensunterhalt niemals würde arbeiten müssen. Ihre Mutter hatte in Harvard studiert und war Partner in einer Bostoner Firmenberatung. Ihr Vater besaß eine Software-Firma mit Niederlassungen in vier Ländern, die er häufig mit seinem Privatjet besuchte. Kerry würde ungeachtet ihrer Noten und Testergebnisse auf eine Elite-Uni kommen. Und falls ein Wunder geschähe und sie sich entschied zu arbeiten, anstatt die Paris-Hilton-Route einzuschlagen, würde sie vermutlich irgendeinen hoch bezahlten Job mit riesigem Büro bekommen, drei Stunden Mittagspause machen dürfen und zu irgendwelchen Meetings herumdüsen, wo sie kaum erwähnenswerte Arbeit täte und die Lorbeeren erntete, die andere für sie erarbeiteten. Wenn Kerry also ein falsches Präteritum benutzte, würde das niemanden interessieren.

Außer mich. Ich wollte, dass sie ihr Gehirn benutzte, anstatt sich auf ihrem Status auszuruhen, aber Kerry interessierte sich natürlich nicht im Mindesten dafür, was ich dachte. So viel war klar. Das Kuratorium teilte möglicherweise ihre Ansicht.

„Grace!", dröhnte Margarets Stimme durchs Haus, sodass Angus zusammenzuckte. Ich fand, dass meine ältere Schwester mit jedem Tag Mémé ähnlicher wurde. „Ich koche Vollkornnudeln mit Brokkoli zum Abendessen. Willst du auch welche?"

Ich verzog das Gesicht. „Nein danke. Ich werde mir später etwas zusammenbrutzeln." Irgendetwas mit Käse. Oder Schokolade. Oder beidem.

„Alles klar. Ach herrje! Stuart ist hier."

Gott sei Dank! Ich sprang zum Fenster und Angus folgte mir fröhlich. Tatsächlich: Mein Schwager kam den Weg zum Haus heraufmarschiert. Es war fast dunkel, aber sein Standard-Oxfordhemd leuchtete in der Dämmerung. Um besser lauschen zu können, schlich ich hinaus in den Flur und zog hinter mir die Tür zu, damit Angus mich nicht verriet. Nach Stuarts verhaltenem Klopfen stampfte Margaret zur Tür. Ich konnte ihren Hinterkopf erkennen, mehr aber nicht.

„Was willst du?", fragte sie barsch. Allerdings bemerkt ich einen heiteren Unterton in ihrer Stimme … Endlich *unternahm* Stuart mal etwas, was Margaret für gewöhnlich sehr schätzte.

„Margaret, ich finde, du solltest wieder nach Hause kommen." Stuart sprach sehr leise, und ich musste mich anstrengen, um etwas zu hören. Mehr sagte er nicht.

„Das war's?", bellte Margaret als Echo meiner eigenen Gedanken. „Das ist alles, was dir einfällt?"

„Was soll ich denn sonst noch sagen, Margaret?", fragte er hilflos. „Ich vermisse dich, ich liebe dich. Komm wieder zurück."

Plötzlich bekam ich feuchte Augen.

„Warum? Damit wir uns weiterhin jeden Abend anstarren und zu Tode langweilen können?"

„Ich habe das nie so empfunden, Margaret. Ich war sehr glücklich", entgegnete Stuart. „Wenn du kein Kind haben willst, ist das in Ordnung, aber all diese anderen Sachen … Ich weiß nicht, was du von mir willst. Ich bin nicht anders als früher."

„Was möglicherweise das Problem ist", erwiderte Margaret scharf.

Stuart seufzte. „Wenn es etwas Bestimmtes gibt, das ich tun soll, dann tue ich es, aber du musst es mir sagen. Das ist nicht fair."

„Wenn ich es dir sagen muss, dann zählt es ja nicht", gab Margaret zurück. „Das wäre wie geplante Spontaneität, Stuart. Ein Widerspruch in sich."

„Du willst also, dass ich unerwartete und überraschende Dinge tue", sagte Stuart. Seine Stimme klang auf einmal hart. „Soll ich etwa nackt die Hauptstraße hinunterlaufen? Wie wäre es, wenn ich anfinge, mir Heroin zu spritzen? Soll ich eine Affäre mit der Putzfrau anfangen? Wäre das überraschend genug?"

„Jetzt stellst du dich absichtlich blöd, Stuart. Bis du herausgefunden hast, was ich meine, habe ich dir nichts mehr zu sagen. Gute Nacht." Margaret schloss die Tür, lehnte sich von innen dagegen und spähte kurz darauf durch die kleine Fensterscheibe. „Verdammt noch mal", murmelte sie. Ich hörte, wie ein Motor ansprang. Offensichtlich fuhr Stuart wieder davon.

Margaret sah mich, wie ich auf dem obersten Treppenabsatz kauerte. „Und?", fragte sie.

„Margaret", begann ich vorsichtig, „er liebt dich, und er will dich glücklich machen. Zählt das etwa gar nicht?"

„So einfach ist das nicht, Grace!", erwiderte sie. „Er liebt es, wenn jeder Abend unseres Lebens genauso ist wie der vorige. Abendessen. Ein nettes Gespräch über Literatur und aktuelle Ereignisse. Sex an den vorgeschriebenen Tagen. Hin und wieder ein Essen auswärts, wo er eine halbe Stunde braucht, um eine Flasche Wein zu bestellen. Es ist so langweilig, dass ich schreien könnte!"

„Hör zu, Mitbewohnerin", sagte ich. „Meine Meinung dazu lautet: Er ist ein anständiger, fleißiger, intelligenter Mann, und er vergöttert dich. Ich finde, du benimmst dich wie ein verwöhntes Kind."

„Grace", entgegnete sie scharf, „da du nie verheiratet warst, zählt deine Meinung nicht besonders viel. Also kümmere dich um deine eigenen Sachen, okay?"

„Ja, natürlich, Margs. Ach, übrigens ... Wie lange, meinst du, wirst du hier noch bleiben?" Okay, das war gemein, aber es fühlte sich gut an.

„Warum?", meinte Margaret. „Störe ich dich etwa in deiner Zweisamkeit mit Wyatt?" Damit stampfte sie in die Küche zurück.

Zehn Minuten später, als in mir das Gefühl aufkam, dass *ich* die Kontrolle über mein Haus haben und mich nicht in meinem Schlafzimmer verstecken sollte, ging ich nach unten. Margaret stand am Herd und rührte in ihren Nudeln, während ihr die Tränen vom Kinn tropften. „Es tut mir leid", sagte sie kleinlaut.

„Schon gut", erwiderte ich seufzend, während mein Ärger verpuffte. Margaret weinte sonst nie. Wirklich niemals.

„Ich liebe ihn, Grace. Zumindest glaube ich das, aber manchmal hatte ich einfach das Gefühl zu ersticken. Als würde er es, wenn ich anfinge zu schreien, nicht einmal merken. Ich will keine Scheidung, aber ich kann auch nicht mit einem Stück Pappe verheiratet sein. Es ist, als würde es theoretisch gut funktionieren, aber wenn wir tatsächlich zusammen sind, sterbe ich. Ich weiß nicht, was ich tun soll. Wenn er doch nur ein Mal aus seinen Gewohnheiten ausbrechen könnte! Und ein Kind ..." Sie begann zu schluchzen. „Ich habe das Gefühl, Stuart will damit sagen, dass ich ihm nicht mehr reiche. Dabei sollte er mich doch vergöttern!"

„Was er auch tut, Margs!"

Sie hörte nicht zu. „Außerdem bin ich eine blöde Ziege – wer will mich schon als Mutter?"

„Du bist keine blöde Ziege. Wenigstens nicht immer", versicherte ich ihr. „Angus liebt dich. Das ist doch ein gutes Zeichen, oder nicht?"

„Willst du, dass ich wieder gehe? In ein Hotel ziehe oder so etwas?"

„Nein, natürlich nicht. Du weißt ganz genau, dass du so lange hierbleiben kannst, wie du willst", entgegnete ich. „Komm her, lass dich drücken."

Sie nahm mich in die Arme und drückte fest. „Entschuldige, dass ich das mit Wyatt gesagt habe."

„Schon gut." Ich drückte sie ebenfalls. Angus, eifersüchtig auf die Liebe, die gerade nicht ihm galt, sprang hoch und begann zu fiepen.

Margaret trat zurück, nahm ein Taschentuch und wischte sich die Augen. „Willst du was essen?", bot sie an. „Ich habe genug für uns beide."

Ich sah mir an, was sie als Abendessen bezeichnete. „Eigentlich vermeide ich es, Bindfäden zu essen", sagte ich, woraufhin Margs mich angrinste. „Aber ich habe auch keinen Hunger. Ich glaube, ich setze mich einfach ein bisschen nach draußen." Ich schenkte mir ein Glas Wein ein, klopfte ihr auf die Schulter, um zu signalisieren, dass ich nicht sauer war, und ging mit meinem Hund in die süß duftende Nacht hinaus.

Von einem meiner Adirondack-Stühle aus betrachtete ich meinen Garten. Angus schnüffelte am hinteren Zaun entlang, um das Gelände zu prüfen – guter Wachhund, der er war. Alle Blumen, die ich im letzten Jahr gepflanzt hatte, gediehen prächtig. Die Pfingstrosen trugen schwere Blüten, deren zuckriger Duft in die Nacht strömte. Über die Kiefern hinweg, die mich vor der Nummer 32 abschirmten, roch ich Zitronenmelisse, und auf Callahans Seite wuchsen schlank und grazil die Iris, in Weiß und Violett, mit dem Duft von Vanille und Trauben. Der Flieder auf der Ostseite des Hauses war mittlerweile verblüht, aber der Geruch war immer noch unbeschreiblich schön, beruhigend und belebend zugleich. Als einziges Geräusch war der Fluss zu hören, der zu dieser Jahreszeit voll und reißend über die Felsen rauschte. Von irgendwo ertönte ein Zugsignal, dessen melancholischer Klang gut zu dem Gefühl der Einsamkeit in meinem Herzen passte.

Warum konnten Menschen allein nicht glücklich sein? Die Liebe nahm dein Herz als Geisel. Für Margaret und Natalie, meine Eltern, Julian, selbst meinen süßen kleinen Angus würde ich meine Seele verkaufen. Wie meine letzten Aktionen bewiesen hatten, würde ich alles tun, um jemanden zu finden, der mich mit derselben Hingabe liebte, die ich zu geben bereit war. Die fernen Tage mit Andrew kamen mir vor, als hätte sie jemand anderes erlebt. Und selbst wenn ich jemanden fände, welche Garantie hatte ich, dass es halten würde? Ich musste mir ja nur meine Eltern ansehen, die die ganze Zeit aufeinander herumhackten. Margaret und Stuart ... sieben Jahre, die vor unseren Augen zu zerbröckeln schienen. Kiki, Julian und ich, die wir unentschlossen dahintrieben ...

Plötzlich merkte ich, dass ich weinte. Ich wischte mir mit dem Ärmel über die Augen und nahm einen großen Schluck Wein. Blöde Liebe. Margaret hatte recht. Liebe war Scheiße.

„Grace?"

Ich hob abrupt den Kopf. Callahan O'Shea stand auf seinem Dach und sah zu mir herunter.

„Hallo", sagte ich.

„Alles in Ordnung?", wollte er wissen.

„Ja ... sicher", erwiderte ich schwach.

„Wollen Sie raufkommen?"

Meine Antwort überraschte mich selbst. „Okay."

Ich ließ Angus weiter einen Farn beschnuppern und ging durch das kleine Tor, das meinen rückwärtigen Garten vom vorderen trennte, zu Callahans Terrasse. Die Planken seiner neu angelegten Holzterrasse dufteten frisch und sauber und glänzten hell in der Nacht. Die Sprossen der Metallleiter, die aufs Dach führte, fühlten sich kalt an. Ich stieg nach oben und sah dort meinen Nachbarn stehen.

„Hallo", sagte er und streckte die Hand aus.

„Hallo." Seine Hand war warm und fest, und ich war froh,

dass er mich hielt, da ich mich auf Leitern nicht besonders wohlfühlte. An dieser Hand fühlte ich mich sicher. Seine Hand war alles, was ich dazu brauchte. Nur sehr unwillig ließ ich sie wieder los.

Auf dem Dach lag eine dunkle Decke ausgebreitet. „Willkommen auf meinem Dach", sagte Callahan. „Setzen Sie sich."

„Danke." Etwas verunsichert folgte ich seiner Aufforderung. Cal nahm neben mir Platz. „Was machen Sie hier draußen?", fragte ich ihn. Meine Stimme klang ein wenig zu laut in der stillen, kühlen Nacht.

„Ich sehe mir einfach gern den Himmel an", antwortete er. Doch er sah nicht zum Himmel. Er sah zu mir. „Das konnte ich im Gefängnis nicht oft."

„Ja, der Himmel ist schön", sagte ich. Toll, Grace. Beeindruckende Erkenntnis. Ich spürte die Wärme seiner Schulter neben mir. „Tja, dann."

„Tja, dann." Er lächelte verhalten, und in meinem Bauch kribbelte es. Dann streckte er sich auf der Decke aus und verschränkte die Arme hinter dem Kopf. Nach kurzem Zögern tat ich es ihm gleich.

Es war wirklich schön. Die Sterne glitzerten, der Himmel spannte sich über uns wie dunkler Samt. Das sanfte Rauschen des Flusses wurde nur von irgendeinem Nachtvogel übertönt, der alle paar Minuten einen Triller in die Luft schickte. Und da war Callahan O'Shea, warm und ruhig, nur wenige Zentimeter von mir entfernt.

„Haben Sie gerade geweint?", fragte er freundlich.

„Ein bisschen", gab ich zu.

„Ist alles in Ordnung?"

Ich zögerte. „Na ja, Margaret und Stuart machen gerade eine schwere Phase durch. Und meine andere Schwester, Natalie – erinnern Sie sich?" Er nickte. „Sie wird in ein paar Wochen heiraten. Ich schätze, mir war einfach wehmütig ums Herz."

„Sie und Ihre Familie", kommentierte er leise. „Die haben Sie ganz schön in der Mangel."

„Das stimmt wohl", bestätigte ich düster.

Der ferne Vogel trillerte erneut. Zur Antwort bellte Angus kurz auf. „Waren Sie je verheiratet?", fragte Callahan unvermittelt.

„Nein." Ich starrte in die Sterne. „Aber ich war schon mal verlobt. Vor zwei Jahren." Ach Gott! Zwei Jahre war es schon her! Das klang nach einer langen Zeit.

„Warum haben Sie die Verlobung gelöst?"

Ich drehte mich um, damit ich ihn ansehen konnte. Nett, dass er davon ausging, dass *ich* die Verlobung gelöst hatte. Nett, aber falsch. „Das habe ich nicht. Er war es. Er hat sich in eine andere verliebt." Komisch … Wenn ich es so sagte, klang es gar nicht mal so schlimm. *Er hat sich in eine andere verliebt.* So was passierte.

Callahan O'Shea drehte den Kopf. „Klingt, als wäre er ein Idiot", sagte er leise.

Oh. *Oh.* Da war es wieder, dieses warme, wellenartige Kribbeln in meinem Innern. Ich schluckte. „Er war nicht so übel", sagte ich und blickte wieder in den Himmel. „Was ist mit Ihnen, Callahan? Sind Sie dem Altar je nahe gekommen?"

„Bevor ich ins Gefängnis kam, war ich mit einer Frau zusammen. Es war eigentlich ziemlich ernst."

„Warum ging es auseinander?"

„Tja, wir hatten auch so schon einige Probleme", antwortete er. „Aber dass ich verurteilt wurde, gab dann den letzten Ausschlag."

„Vermissen Sie sie?" Ich musste es fragen.

„Ein bisschen. Manchmal. Aber es kommt mir vor, als hätten unsere glücklichen Zeiten in einem anderen Leben stattgefunden. Ich kann mich kaum daran erinnern."

Diese Feststellung entsprach so sehr meinen eigenen Gedanken zu Andrew, dass ich erstaunt den Mund öffnete. Callahan musste meine Überraschung bemerkt haben, denn er schmunzelte. „Was ist?", wollte er wissen.

„Nichts. Ich … ich weiß nur, wie sich das anfühlt." Wir schwiegen eine Weile, dann fragte ich ihn das, worüber ich schon einige Male nachgedacht hatte. „Hey, Callahan. Ich habe

252

gelesen, Sie hätten sich für schuldig bekannt. Wollten Sie einen Prozess umgehen?"

Er starrte weiter in den Himmel und sagte erst einmal nichts. „Es lagen viele Beweise gegen mich vor", antwortete er schließlich.

Wie schon zuvor hatte ich den Eindruck, dass er mir nicht alles sagte, was es zu sagen gab. Aber es war *sein* Verbrechen und *seine* Vergangenheit, und die Nacht war zu schön, um weiter zu drängen. Ich lag mit Callahan O'Shea auf dem Dach, und das war genug. Tatsächlich war es wunderschön.

„Grace?" Oh, ich liebte es, wie er meinen Namen aussprach, mit dieser tiefen, weichen Stimme, die auch ein klein wenig heiser klang, wie fernes Donnergrollen in einer heißen Sommernacht.

Ich wandte den Kopf, um ihn anzusehen, doch er starrte weiter zu den Sternen. „Ja?"

„Sind Sie mit dem Katzenretter fertig?"

Mein Herz machte einen Satz, und mir stockte der Atem. Für den Bruchteil einer Sekunde stellte ich mir vor, dass ich Callahan die Wahrheit über Wyatt Dunn erzählte. Ich stellte mir vor, wie er mich ansah, erst ungläubig, dann entsetzt, wie er die Augen verdrehte und sich abfällig über meinen Gefühlszustand äußerte. Das wollte ich ganz sicher nicht provozieren. Callahan O'Shea wollte wissen, ob ich mit Wyatt fertig war, weil er … ja, da bestand kein Zweifel mehr … weil er sich für mich interessierte.

Ich biss mir auf die Unterlippe. „Äh … Wyatt … Also, das war in der Theorie besser als im wahren Leben", sagte ich und schluckte schwer. Das war nicht wirklich eine Lüge. „Also, ja. Wir haben uns getrennt."

„Gut." Dann drehte er sich zu mir. Sein Gesicht war ernst, seine Augen im schwachen Licht der Sterne nicht zu erkennen. Mein Puls schien sich zu verlangsamen, und der Fliederduft stieg mir zu Kopf. Callahan hatte lange, verführerische Wimpern, und es war unheimlich, so dicht neben ihm zu liegen, ihn anzusehen – zum Greifen nah …

253

Ganz langsam streckte er die Hand aus und strich mit dem Handrücken über meine Wange. Es war nur eine minimale Berührung, doch ich sog scharf die Luft ein. Er würde mich küssen. Oh Gott! Mein Herz schlug so heftig, als würde es meinen Brustkorb sprengen wollen. Callahan lächelte.

Dann gellte Margarets Stimme durch die Luft. „Grace? Grace, wo bist du? Nat ist am Telefon!"

„Ich komme!", rief ich und sprang auf die Füße. Als Angus sah, dass sein Frauchen auf dem Dach war, brach er in lautes Gebell aus. „Tut mir leid, Cal. Ich … ich muss gehen."

„Feigling", murmelte er, lächelte jedoch.

Ich ging zur Leiter, blieb aber noch einmal stehen. „Vielleicht könnte ich irgendwann noch mal hier raufkommen", sagte ich.

„Vielleicht könntest du das", bestätigte er und setzte sich mit einer schnellen, anmutigen Bewegung auf. „Ich hoffe es."

„Ich muss los", sagte ich atemlos und eilte die Leiter hinunter, so schnell ich konnte. Während ich in meinen Garten zurückkehrte, wo Angus sich augenblicklich beruhigte, hörte ich Callahan leise lachen. Mein Herz klopfte so stark, als wäre ich tausend Meter gelaufen.

„Was hast du draußen gemacht?", zischte Margaret, als ich zur Veranda kam. „Warst du mit Callahan da oben?"

„Hallo Margaret", rief Callahan vom Dach.

„Was habt ihr zwei da oben gemacht?", rief sie zurück.

„Doktorspiele", erwiderte er. „Wollen Sie auch mal?"

„Führen Sie mich nicht in Versuchung, Gefangener von Alcatraz", antwortete sie, während sie mir das Telefon in die Hand drückte.

„Hallo?", keuchte ich.

„Hallo Grace. Tut mir leid – störe ich?" Nat klang ganz kleinlaut.

„Oh, nein. Ich habe nur …" Ich räusperte mich. „Ich habe nur mit Callahan von nebenan gesprochen. Was gibt es?"

„Na ja, ich habe mich gefragt, ob du wohl diesen Samstag Zeit hättest", sagte sie. „Oder hast du einen Termin in der Schule? Oder zu irgendeiner Schlacht?"

Ich trat durch die Schiebetür in die Küche und studierte meinen Kalender. „Nein. Da ist alles frei."

„Würdest du wohl mit mir das Brautkleid aussuchen?"

Ich zuckte nur leicht zusammen. „Sicher!", antwortete ich aufrichtig. „Um wie viel Uhr?"

„Hm, vielleicht so gegen drei?" So, wie sie sich anhörte, stimmte da etwas nicht.

„Das wäre gut", gab ich zurück.

„Bist du sicher?"

„Ja! Natürlich, Bumppo. Warum klingst du so komisch?"

„Margaret meinte, dass ich dich vielleicht in Ruhe lassen und allein einkaufen gehen soll."

Die gute alte Margs. Meine ältere Schwester hatte recht – es wäre schön, diese spezielle Hochzeit schwänzen zu können, aber ich musste nun mal hin. „Ich will mitkommen, Nat", sagte ich. Und ein Teil von mir wollte es wirklich. „Wir sehen uns dann Samstag um drei."

„Warum verhätschelst du sie so?", wollte Margaret wissen, als ich aufgelegt hatte. Angus kam ins Zimmer gerannt und wuselte um ihre Füße, doch sie ignorierte ihn. „Sag ihr, sie soll die Augen aufmachen und sich mal jemand anderes suchen. Sie schwebt nicht mehr in Lebensgefahr, Grace."

„Das weiß ich, liebste Margaret. Aber es geht nun mal um ihr Hochzeitskleid. Und ich bin über Andrew hinweg. Es ist mir egal, dass sie ihn heiratet, sie ist unsere kleine Schwester, und wir sollten beide für sie da sein."

Margaret setzte sich auf einen Küchenstuhl und nahm Angus auf den Schoß, der ihr dafür liebevoll das Kinn leckte. „Prinzessin Natalie. Dass sie zur Abwechslung ja nicht mal an jemand anderes denkt!"

„So ist sie nicht! Herrje, Margaret, warum bist du nur immer so hart zu ihr?"

Margaret zuckte mit den Schultern. „Vielleicht bin ich der Meinung, dass sie hin und wieder mal die Härte des Lebens spüren muss. Sie hat ein allzu behütetes Leben geführt, Grace. Bewundert, hübsch, klug. Sie hat immer alles bekommen."

„Ganz im Gegensatz zu dir, du armes verhutzeltes Waisenkind?", entgegnete ich.

„Ja, ich bin so klein und zerbrechlich." Sie seufzte. „Du weißt, was ich meine, Grace. Gib's zu. Nat ist auf einer weichen weißen Wolke durchs Leben geglitten, mit einem beschissenen Regenbogen über dem Kopf, während um sie herum die Vögel zwitscherten. Ich dagegen habe mich durchgebissen, und du … du hast …" Sie brach ab.

„Ich habe was?"

Sie zögerte kurz. „Du bist gegen ein paar Mauern geprallt."

„Meinst du Andrew?"

„Ja, sicher. Aber weißt du noch, als wir damals nach Connecticut zogen und du ganz verloren warst?" Natürlich erinnerte ich mich. Damals hatte ich Jack vom *Le Cirque* erfunden. „Und das Jahr nach dem College, als du bei Mom und Dad gewohnt hast?", fuhr Margaret fort. „Wo du als Bedienung gearbeitet hast?"

„Ich hatte mir eine Auszeit genommen, um zu überlegen, was ich tun will", erwiderte ich. „Außerdem ist Bedienen etwas, von dem ich mein Leben lang profitieren werde."

„Sicher. Daran ist ja auch nichts Falsches. Es ist nur so, dass Nat sich noch nie etwas überlegen musste, noch nie verloren war, noch niemals Selbstzweifel hatte und nie fürchten musste, das Leben könnte etwas anderes für sie sein als wunderbar. Bis sie Andrew begegnete und endlich etwas fand, das sie nicht haben konnte – und du es ihr dann freiwillig gabst. Ich finde sie einfach ziemlich egozentrisch, das ist alles."

„Ich glaube, du bist nur eifersüchtig", stichelte ich.

„Natürlich bin ich eifersüchtig", gab Margaret liebevoll zurück. Also ehrlich – ich würde sie nie durchschauen. „Hey", fügte sie hinzu, „was hast du da mit deinem heißen Nachbarn auf dem Dach gemacht?"

Ich atmete tief durch. „Wir haben uns nur den Himmel angesehen. Und geredet."

Margaret musterte mich eindringlich. „Bist du an ihm interessiert, Grace?"

Ich merkte, dass ich rot wurde. „Irgendwie schon. Ja. Also …
ganz sicher."

„M-hm." Margs lächelte ihr Piratenlächeln.

„Und?"

„Und nichts. Er ist eine große Verbesserung zu Andrew, dem
Blassen. Oh Gott, stell dir mal vor, Callahan O'Shea zu vögeln!
Allein bei seinem Namen krieg ich schon einen Orgasmus." Sie
lachte, und ich schmunzelte zögerlich. Margaret stand auf und
tätschelte mir die Schulter. „Vergewissere dich nur, dass du es
nicht tust, um Andrew zu zeigen, dass es einen Mann gibt, der
heiß auf dich ist, okay?"

„Wow. Das ist ja so romantisch, dass ich heulen könnte!"

Sie grinste wieder wie die Piratin, die sie hätte sein sollen. „Tja,
ich geh rauf. Ich muss noch eine Zusammenfassung schreiben,
und dann leg ich mich aufs Ohr. Gute Nacht, Gracie." Sie
überreichte mir mein Hündchen, das seinen Kopf auf meine
Schulter legte und unterwürfig seufzte. „Und, Grace, noch
etwas, solange ich dieses Große-Schwester-Ding durchziehe."
Sie seufzte. „Ich weiß, dass du eine neue Beziehung suchst und
alles, und ich mache dir auch keinen Vorwurf, aber egal, wie toll
Callahan ohne Hemd aussieht, wird er immer vorbestraft sein,
und das hängt einem Menschen nun mal sein Leben lang an."

„Ich weiß", gestand ich. Zu meiner großen Überraschung
hatten Ava und ich es beide in die zweite Bewerbungsrunde
geschafft. Ich hegte zwar immer noch keine großen Hoffnungen, aber Margs hatte recht. An der Manning würde Callahan O'Sheas Vergangenheit etwas bedeuten. Das war zwar
nicht schön, aber so war es nun mal.

„Sei dir einfach sicher, was du willst, Kleines", meinte Margaret. „Mehr sage ich nicht. Ich glaube, mit Callahan wirst du
deinen Spaß haben, und den kannst du ganz sicher brauchen,
aber denk daran, dass du Lehrerin an einer Privatschule bist,
und so etwas könnte den feinen Leuten an der Manning etwas
ausmachen. Ganz zu schweigen von Mom und Dad."

Ich schwieg. Wie gewöhnlich hatte Margaret recht.

21. KAPITEL

Ich habe den Auftrag für die Skulptur eines Babys im Mutterleib für das Yale Haven's Kinderkrankenhaus", verkündete Mom am nächsten Abend. Wir alle – Margaret, Mémé, Mom und Dad und ich – waren im Haus meiner Eltern zum Essen versammelt.

„Das klingt gut, Mom", sagte ich und nahm ein Stück von dem exzellenten Braten.

„Und sie gelingt mir sehr gut, wenn ich das selbst mal so sagen darf", fuhr sie fort.

„Was du jede halbe Stunde tust", brummte Dad.

„Ich bin bei deiner Geburt fast gestorben", verkündete Mémé. „Sie mussten mich betäuben. Als ich drei Tage später wieder zu mir kam, sagten sie, ich hätte einen wunderhübschen Sohn."

„Ja, so stelle ich mir eine Geburt vor", murmelte Margaret und kippte ihren Wein hinunter.

„Das Problem ist nur, dass der Kopf des Babys immer wieder abbricht …"

„Was für werdende Mütter sicher nicht gerade beruhigend ist", warf Margaret ein.

„… und ich keinen Weg finde, das zu ändern", beendete Mom ihren Satz und starrte Margaret wütend an.

„Wie wäre es mit Klebeband", schlug Dad vor. Ich unterdrückte ein Lachen.

„Jim, musst du permanent meine Arbeit herabsetzen? Hm? Grace, sitz nicht so krumm, Liebes. Du bist so hübsch, warum kannst du nicht gerade sitzen?"

„Eine gute Erziehung kann man immer an der Haltung erkennen", kommentierte Mémé, fischte die Olive aus ihrem Martini und ließ sie sich in den Mund fallen. „Eine Dame sitzt niemals krumm, Grace, und was ist heute mit deinem Haar los? Du siehst aus, als wärst du gerade vom elektrischen Stuhl gestiegen."

„Oh, gefällt es dir, Mémé? Es hat ein Vermögen gekostet, aber ‚Stromschlag' war tatsächlich genau der Look, den ich wollte. Danke."

„Mutter", sagte Dad, „was möchtest du denn dieses Jahr an deinem Geburtstag unternehmen?"

Mémé hob eine ihrer schmal gezupften Augenbrauen. „Oh, dass du daran gedacht hast! Ich dachte schon, du würdest ihn vergessen. Bisher hat noch niemand ein Wort darüber verloren."

„Natürlich denke ich an deinen Geburtstag", meinte Dad entnervt.

„Hat er ihn je vergessen, Eleanor?", fragte Mom scharf und zeigte sich damit auf seltene Weise mit Dad solidarisch.

„Oh, *ein* Mal hat er ihn vergessen", erwiderte Mémé säuerlich.

„Als ich sechs war." Dad seufzte.

„Als er sechs war. Ich dachte, er würde mir wenigstens eine Karte malen, aber nein. Nichts."

„Tja, ich dachte, wir könnten am Freitag essen gehen", lenkte Dad von der Vergangenheit ab. „Du, Nancy und ich, die Mädchen und ihre Männer. Was meinst du? Klingt das gut?"

„Wo sollen wir denn hingehen?"

„Irgendwo, wo es sündhaft teuer ist und du dich den ganzen Abend beschweren kannst", sagte Margaret. „Das muss doch das Paradies für dich sein, oder, Mémé?"

„Oh, ich muss leider absagen", erklärte ich aus einem Impuls heraus. „Wyatt hält einen Vortrag in New York und ich habe ihm versprochen mitzukommen. Tut mir sehr leid, Mémé. Ich hoffe, du hast einen schönen Abend."

Gut, ich hatte eigentlich geplant, meiner Familie zu sagen, dass Wyatt und ich uns getrennt hätten – zu Natalies Hochzeit hätte ich keine Entschuldigung mehr gehabt, und das wäre schwierig geworden mit einem Wyatt, der nur erfunden war. Aber die Vorstellung, Mémé einen ganzen Freitagabend im Detail über ihre Nasenpolypen erzählen zu hören, Mom und Dad beim Streiten zuzusehen, während Natalie und Andrew sich anschmachteten und Margaret jeden anzickte … nein. Callahan O'Shea hatte recht. Ich tat sehr viel für meine Familie. Mehr als genug. Wyatt Dunn konnte ein letztes Mal als Entschuldigung herhalten, bevor wir, oh weh, gezwungen wären, getrennte Wege zu gehen.

„Aber es ist mein Geburtstag", protestierte Mémé. „Sag deinem Freund doch ab."

„Nein", entgegnete ich lächelnd.

„Zu meiner Zeit hatte man noch Respekt vor dem Alter", brummte sie.

„Ja, ich finde auch, dass die Inuit das früher richtig gemacht haben", warf Margaret ein. „Die Alten würdevoll auf einer Eisscholle auszusetzen. Was meinst du, Mémé?"

Ich musste lachen und erntete einen bösen Blick meiner Großmutter. „Hört mal, ich muss jetzt gehen. Arbeiten korrigieren und so weiter. Ich hab euch lieb. Wir sehen uns zu Hause, Margs."

„Prost, Grace!" Mit wissendem Lächeln hob sie ihr Glas. „Hat Wyatt eigentlich noch einen Bruder?"

Ich lächelte, klopfte ihr auf die Schulter und ging.

Als ich zehn Minuten später in meine Auffahrt bog, sah ich sofort zu Callahans Haus hinüber. Vielleicht war er da. Vielleicht wünschte er sich Gesellschaft. Vielleicht würde er mich wieder beinahe küssen. Vielleicht würde es diesmal nicht beim „Beinahe" bleiben ...

„Nichts ist unmöglich", sagte ich und stieg aus. Im Fenster erschien Angus' kleiner Kopf, und das übliche Willkommensgebell erscholl. „Eine Sekunde, mein Süßer!", rief ich und ging geradewegs zum Haus Nummer 36. Klopfte entschlossen an die Tür. Wartete.

Doch niemand öffnete. Maßlos enttäuscht klopfte ich erneut. Als ich zur Straße schaute, fiel mir verspätet auf, dass Callahans Truck nicht dastand. Seufzend drehte ich mich um und ging nach Hause.

Der Wagen war auch am nächsten Tag nicht da, und am übernächsten auch nicht. Nicht, dass ich herumspionierte, natürlich ... Ich sah nur alle zehn Minuten oder so aus dem Fenster und musste mir widerstrebend eingestehen, dass ich ihn ... oh weh ... vermisste. Ich vermisste seine kleinen Scherze, seine wissenden Blicke, die starken Arme. Die kribbelnde Lust, die ein einziger Blick von ihm auslösen konnte. Und als er auf dem

Dach mein Gesicht berührt hatte, war ich mir vorgekommen wie das schönste Geschöpf auf Erden.

Also wo war er, verdammt? Warum nervte es mich so, dass er für ein paar Tage weg war? Vielleicht steckte er wieder in einem orangefarbenen Overall und sammelte Müll vom Fahrbahnrand des Freeway auf, weil er irgendwie gegen die Bewährungsauflagen verstoßen hatte. Vielleicht war er ein Maulwurf der CIA und aktiviert worden, so wie Clive Owen in *Die Bourne Identität*. „Muss noch eben jemanden umbringen, Schatz ... Komme später zum Essen!" Das schien jedenfalls besser zu Callahan zu passen als ein Bürojob, so viel war sicher.

Vielleicht ... vielleicht hatte er eine Freundin. Das glaubte ich zwar nicht, aber ich wusste es natürlich nicht sicher.

Am Freitagabend hatte ich schließlich genug davon, mich wegen Callahan zu quälen, und beschloss, lieber mit Kiki zu Julians Single-Tanznacht zu gehen, als weiterhin über seinen Verbleib zu grübeln. Eigentlich sollte ich ja mit Wyatt in New York sein. Margaret saß griesgrämig mit einem Haufen Arbeit und einer Flasche Wein in der Küche und klagte, dass sie mit der Familie essen gehen müsse.

Und so befand ich mich um neun Uhr abends anstatt am Esstisch mit Mémé, die vermutlich gerade maulend ein teures Essen an ihrem Zwerchfellbruch vorbeischob, und meinen Eltern, die pausenlos dazu zankten, auf der Tanzfläche und wirbelte mich zu Gloria Estefan durch Julians Tanzsaal. Ich tanzte mit Julian, ich tanzte mit Kiki, ich tanzte mit Cambry, dem Kellner, und amüsierte mich prächtig.

Männer gab es für mich hier keine – den einzigen annehmbar attraktiven Hetero hatte Kiki sich geschnappt, und die beiden schienen sich gut zu verstehen. Da Cambry offenbar einen Haufen Freunde mitgebracht hatte, waren auch nicht, wie sonst üblich, nur jede Menge Frauen mittleren Alters versammelt, sondern es gab eine bunte Mischung.

Ich hatte nichts dagegen. Es bedeutete, dass die Männer gut tanzten, geschmackvoll gekleidet waren und – eine der großen Ungerechtigkeiten dieses Lebens – unerhört gut flirteten. Ja, schwule Männer waren generell bessere Freunde als heterosexuelle Männer, vom Sexuellen einmal abgesehen, wo die Sache dann doch nicht funktionierte. Trotzdem hätte ein schwuler Freund mir wenigstens Bescheid gesagt, wenn er für ein paar Tage die Stadt hätte verlassen müssen. Nicht, dass Callahan mein Freund war, natürlich.

Ich ließ meine Gedanken von der Musik vertreiben, lachte, wirbelte herum und gab meine Tanzkünste zum Besten, wofür Cambrys Freunde mich angemessen bewunderten.

Während mir die Musik in den Ohren dröhnte und ich mit einem gut aussehenden Kerl nach dem anderen Salsa tanzte, spürte ich Glück und Geborgenheit. Es war schön, einmal nicht bei meiner Familie zu sein, schön, nicht nach Liebe zu suchen, schön, einfach nur Spaß zu haben. Guter alter Wyatt Dunn! Diese letzte Verabredung war mit Sicherheit unsere beste.

Als Julian nach hinten ging, um die Musik zu wechseln, folgte ich ihm. „Das ist toll!", schwärmte ich. „Sieh dir all die Leute an! Du solltest das regelmäßig veranstalten. Schwulen- und Singles-Tanznacht."

„Ich weiß", erwiderte er grinsend und blätterte durch seine Playlisten. „Was sollen wir als Nächstes spielen? Es ist schon zehn Uhr. Die Zeit vergeht wie im Flug! Vielleicht etwas Langsameres – was meinst du?"

„Klingt gut. Ich bin absolut fertig. Das ist definitiv anstrengender als das Tanzen mit den Oldies. Meine Füße tun weh." Julian schmunzelte. Er sah so unverschämt gut aus wie immer, dazu aber glücklicher. Der Schatten, der ihn auf so tragische Weise anziehend machte, schien sich gelichtet zu haben. „Wie läuft es mit Cambry?", erkundigte ich mich.

Julian wurde rot. „Oh, sehr gut", gestand er schüchtern. „Wir haben uns schon zwei Mal getroffen. Könnte sein, dass wir uns bald küssen."

Ich drückte seinen Arm. „Das ist schön."

„Fühlst du dich nicht ... vernachlässigt?"

„Nein! Ich freue mich für dich! Es hat ja lang genug gedauert!"

„Ich weiß. Und, Grace, du …" Er sah auf – und machte plötzlich ein entsetztes Gesicht. „Oh nein, Grace! Deine Mutter!"

„Was?" Sofort stellte ich mir das Schlimmste vor: Mémé war gestorben. Dad hatte einen Herzinfarkt erlitten. Mom suchte mich, um mir die schlimme Botschaft zu überbringen. Bitte, nicht Nat oder Margs, flehte ich innerlich.

„Sie tanzt", sagte Julian und reckte den Hals. „Mit einem von Cambrys Freunden. Tom, glaube ich."

„Sie tanzt? Ist mein Vater auch hier?" Ich stand hinter Julian und spähte ihm über die Schulter.

„Ich sehe ihn nicht. Vielleicht war ihr einfach danach, zu tanzen", sagte er. „Oh, sie kommt in unsere Richtung. Versteck dich, Grace! Eigentlich bist du ja in New York!"

Bevor meine Mutter mich entdecken konnte, schlüpfte ich in Julians Büro. Erwachsenes Verhalten? Nein. Aber warum eine schöne Nacht ruinieren, wenn ich sie durch simples Verstecken retten konnte? Ich drückte mein Ohr gegen die Tür, um besser hören zu können.

„Hallo Nancy!", sagte Julian betont laut. „Wie schön, Sie zu sehen!"

„Hallo Julian, mein Bester", antwortete Mom. „Oh, ist das nicht schön hier? Ich bin zwar kein Single, aber ich hatte einfach Lust zu tanzen. Ist das in Ordnung?"

„Aber natürlich", erwiderte Julian mit Nachdruck. „Sie werden zwar ein paar gebrochene Herzen zurücklassen, aber bleiben Sie ruhig, so lange Sie mögen, und amüsieren Sie sich. Sollen wir tanzen?"

„Eigentlich würde ich gern mal eben telefonieren, geht das?"

„Von meinem Telefon aus? In meinem Büro?" Julian schrie es fast.

„Ja, mein Guter. Wäre das in Ordnung?"

„Äh, ja, sicher! Natürlich können Sie von meinem Büro aus telefonieren!"

Blitzartig sprang ich von der Tür weg, riss die nächste Schranktür auf, sprang hinein und zog die Tür hinter mir zu. Gerade noch rechtzeitig!

„Danke, Julian. Und jetzt gehen Sie. Los! Ich will Sie nicht von Ihren Gästen fernhalten."

„Aber sicher, Nancy. Äh … lassen Sie sich Zeit." Ich hörte, wie die Tür geschlossen wurde, nahm den Geruch von Julians Lederjacke wahr. Hörte das Piepsen der Telefontasten, als meine Mutter jemanden anrief. Wartete mit klopfendem Herzen.

„Die Luft ist rein", flüsterte sie und legte wieder auf.

Die Luft ist rein? Rein wofür? Für wen? Ich war versucht, die Tür einen Spalt zu öffnen, wollte mich aber nicht verraten. Schließlich war ich nicht nur *nicht* mit meinem Arztfreund in New York, ich versteckte mich zudem in einem Schrank und belauschte meine Mutter. Die Luft war rein. Das klang nicht gut.

Mist. Ich wusste, dass meine Eltern nicht die harmonischste Ehe führten, aber das war schon immer so gewesen. Normal. Hatte Mom noch einen anderen? Betrog sie Dad? Mein armer Vater! Wusste er Bescheid?

Unentschlossen blieb ich, wo ich war, einen Kloß im Hals, mit rasendem Puls. Ich merkte, dass ich mich an Julians Jackenärmel festklammerte. Beruhige dich, Grace, beschwor ich mich selbst. Vielleicht war ‚Die Luft ist rein' ja nicht so mysteriös wie ich vermutete. Vielleicht hatte Mom etwas ganz anderes gemeint.

Aber nein. Die Bürotür wurde erneut geöffnet und geschlossen.

„Ich habe dich da draußen tanzen sehen", erklang barsch eine männliche Stimme. „Du bist diese Künstlerin, oder? Alle Männer haben dich genau beobachtet. Und waren heiß auf dich."

Also gut, das stimmte mit Sicherheit nicht. Ich runzelte die Stirn. Alle Männer da draußen, bis auf zwei, waren schwul. Falls sie meine Mutter beobachtet hatten, dann aus Gründen ihres modischen Chics.

„Schließ die Tür ab", raunte meine Mutter.

In der Dunkelheit meines Verstecks bekam ich große Augen. Du meine Güte! Ich klammerte mich noch fester an den Ärmel, krallte mich mit den Fingernägeln in das weiche Leder …

„Du bist so schön." Die Stimme klang heiser … und vage vertraut.

„Sei still und küss mich, Fremder", befahl Mom. Es wurde still.

Kalt vor Angst schob ich die Tür ein klitzekleines Stückchen auf und wagte einen Blick nach draußen. Und machte mir fast in die Hose.

Meine Eltern vergnügten sich in Julians Büro.

„Wie heißt du?", fragte mein Vater und musterte meine Mutter mit verklärtem Blick.

„Spielt das eine Rolle?", entgegnete Mom. „Küss mich noch mal. Küss mich, wie eine Frau geküsst werden will!"

Mein Erstaunen wandelte sich in Horror, als mein lieber alter Dad meine Mutter packte und lüstern küsste … oh Gott, mit Zunge! Schaudernd fuhr ich zurück und schloss die Tür, so leise ich konnte – nicht, dass das von Bedeutung gewesen wäre, denn die beiden stöhnten ziemlich laut –, und stopfte mir den Jackenärmel in den Mund, um nicht laut loszuschreien, während ich von Kopf bis Fuß eine Gänsehaut bekam. Meine Eltern. Meine Eltern machten *Rollenspiele*. Und ich steckte im Schrank fest!

„Oh, ja! Mehr. Ja!", stöhnte meine Mutter.

„Ich will dich. Seit dem Augenblick, als du in diese schmierige Kaschemme gekommen bist, habe ich dich begehrt."

Ich bohrte mir die Zeigefinger in die Ohren. *Lieber Gott*, betete ich. *Bitte mach, dass ich auf der Stelle taub werde. Bitte? Bitte, bitte!* Ich hätte natürlich auch einfach die Tür öffnen und sie auffliegen lassen können. Aber dann hätte ich erst einmal erklären müssen, was ich dort machte. Warum ich mich versteckte. Warum ich mich nicht schon früher gezeigt hatte. Und dann hätte ich mir die Erklärung meiner Eltern anhören müssen, was *sie* dort machten.

„Oh ja, genau da!", gurrte meine Mutter. Das mit den Fingern funktionierte nicht, also nahm ich die Handballen. Oh Gott, ich konnte immer noch etwas hören! „Tiefer … höher …"

„Autsch! Mein Ischias! Nicht so schnell, Nancy!"

„Hör auf zu reden und tu es einfach, gut aussehender Fremder!"

Oh, bitte, Gott! Ich werde auch Nonne. Ehrlich. Brauchst du keine Nonnen mehr? Mach, dass sie aufhören! Als erneut lautes Stöhnen erklang, versuchte ich, mental an einen glücklichen Ort zu entfliehen ... eine Wiese voller Wildblumen, Gewehrschüsse, Kanonendonner. Konföderierte und Yankees, die starben wie die Fliegen ... aber nein.

„Oh, Baby", hauchte meine Mutter.

Ich konnte hier unmöglich bleiben und meinen Eltern bei ... sonst was zuhören, aber gerade als ich aus dem Schrank springen und sie im Namen des Anstands aufhalten wollte, änderte meine Mutter (oder Gott) ihre Meinung.

„Nicht hier, Fremder. Nehmen wir uns ein Zimmer."

Danke, gütiger Gott! Ach, und was das Nonnending betrifft ... wie wäre es mit einer netten fetten Spende an Brot für die Welt?

Ich wartete noch ein paar Minuten, versuchte, tief durchzuatmen, und riskierte dann einen Blick. Sie waren verschwunden.

Die Tür wurde aufgestoßen, und ich zuckte zurück, doch es war nur Julian.

„Alles in Ordnung?", rief er. „Hat sie dich gesehen? Sie ist ohne ein weiteres Wort gegangen, einfach zur Tür raus ..." Julian musterte mich genauer. „Grace, du bist ja weiß wie die Wand! Was ist passiert?"

Ich gab einen erstickten Laut von mir. „Äh ... du solltest vielleicht den Tisch verbrennen."

Dann wollte ich nur noch weg und nie mehr zurückkehren. Ich schlüpfte an Julian vorbei in den Tanzsaal, winkte Kiki kurz zu, die immer noch mit dem Hetero tanzte, und eilte nach Hause. Während ich zitternd im Auto saß und dachte, der Satan hätte mir mit seinem glühenden Dreispitz ein Loch in die Seele gebrannt, dachte ein Teil von mir, dass ... *schauder* ... ich eigentlich glücklich sein konnte, dass meine Eltern ... *würg* ... sich noch so gut verstanden. Dass es mehr in ihrer Ehe gab als Gekeife und Gezänk, egal, wie ekelhaft das für ihr Kind auch sein mochte. Ich kurbelte das Fenster herunter und sog kühle saubere Frühlingsluft in meine Lungen. Vielleicht könnte eine Hypnosetherapie diese Nacht für immer aus meinem Bewusstsein löschen?

Aber ja, doch. Es war gut zu wissen, dass meine Eltern sich immer noch … äh … liebten.

Schauder. Ich bog in meine Auffahrt.

Callahans Haus lag wie zuvor im Dunkeln.

22. KAPITEL

Am nächsten Tag fand ich mich erneut im Schoß der Familie wieder – Margs, Natalie, ich und das verruchte Weibsstück, vormals bekannt als meine Mutter, hatten sich zum Kleiderkauf in *Birdie's Brautladen* versammelt.

Also gut, eigentlich waren es nur Mom und Natalie, die ein Kleid kauften. Margaret und ich tranken Strawberry Margaritas aus einer von Margs umsichtigerweise mitgebrachten Thermoskanne, während wir vor der Umkleidekabine auf Natalies Erscheinen im nächsten Kleid warteten. Umkleidekabine war tatsächlich nicht das richtige Wort – es war eher ein Umkleidesaal mit Sofas, Sesseln, Tischchen und einem riesigen, per Vorhang abgetrennten Areal, in dem die zukünftige Braut sich in das nächste hinreißende Brautkleid werfen konnte.

„Den hast du dir verdient", murmelte Margaret und nahm selbst einen großen Schluck direkt aus der Kanne.

„Oh ja, das habe ich", stimmte ich zu. Mom und Nat standen hinter dem Vorhang, und nur Moms Stimme war zu hören. „Ein kleiner Abnäher hier … Heb mal den Arm, Schätzchen … Und da …"

Mom wirkte heute ganz normal. Ich fragte mich, ob sie wohl noch an den gestrigen Abend dachte, an dem sie und Dad es fast im Büro von Julians Tanzschule getrieben hatten. Bäh. Vielleicht dachte sie auch an den Tag, an dem sie mit mir ein Brautkleid kaufen gewesen war. Margaret hatte bei Gericht eine Aussage aufnehmen müssen, Nat war noch an der Stanford gewesen, und so waren nur Mom und ich losgezogen und hatten uns amüsiert. Gut, ich hatte gleich das erste Kleid gekauft, das ich anprobiert hatte, da ich ehrlich gesagt nicht so der Prinzessinnentyp bin und ein weißes Kleid für mich genauso gut aussah wie das andere. (Irgendwie hatte ich auf einen Reifrock gehofft, so wie ihn Ms Mitchell im zweiten Kapitel von *Vom Winde verweht* für Scarlett beschrieben hatte, aber Moms entsetzter Blick hatte mich schnell in die Realität zurückgeholt.) Ich konnte mich kaum erinnern, wie das Kleid tatsächlich aussah, abgesehen davon, dass es weiß und schlicht war. Ich würde es auf eBay verkaufen müssen. *Brautkleid: ungetragen.*

„Oh, das ist aber auch hübsch!", flötete ich, als Nat durch den Vorhang trat. Sie sah aus, wie eine Braut aussehen musste … aufgeregt, strahlend, mit funkelnden Augen und verschämtem Lächeln.

„Das erste war besser", meinte Margaret. „Diese Rüschen am Ausschnitt gefallen mir nicht."

„Ja, Rüschen sind out", bestätigte ich und trank noch einen Schluck.

„Ich weiß nicht", sagte Natalie leise und starrte in den Spiegel. „Ich mag Rüschen."

„Es sind hübsche Rüschen", korrigierte ich hastig.

„Du siehst wunderschön aus", verkündete Mom treuselig. „Du könntest einen Müllbeutel tragen und würdest immer noch schön aussehen."

„Ja, Prinzessin Natalie." Margaret verdrehte die Augen. „Du könntest Krötenhäute tragen und würdest bezaubernd aussehen."

„Ich dachte mehr an Sack und Asche", fügte ich leise hinzu, was mir ein befriedigtes Grunzen meiner älteren Schwester einbrachte.

Nat lächelte, doch ihr Blick schweifte in die Ferne. „Es ist mir egal, was ich anhabe. Ich will einfach nur verheiratet sein", murmelte sie.

„Würg", sagte Margaret. Ich grinste.

„Natürlich willst du das." Mom tätschelte Nat die Schulter. „So habe ich damals auch empfunden. Und Margaret auch."

„Ach ja?", meinte Margaret.

Mom, der zu spät bewusst wurde, dass hier im Moment andere Gefühle berücksichtigt werden mussten, sah mich mit nervösem Lächeln an. Ich erwiderte es. Vor langer Zeit, ja, hatte ich dasselbe gefühlt. Mit Andrew verheiratet zu sein war vor langer Zeit alles gewesen, was ich gewollt hatte. Film- und Scrabble-Abende, Wochenenden auf Antiquitätenmärkten oder Schlachtfeldern, ausschweifender Sex auf einem Bett, auf dem die Sonntagsausgabe der *New York Times* verstreut lag. Später ein paar Kinder. Lange Sommerurlaube am Cape Cod oder Fahrten quer durchs Land. Rhabarber, Rhabarber, bla, bla, blubb.

Und während ich so dasaß und meine Schwester bewunderte, merkte ich plötzlich, dass sich selbst damals schon, vor Andrews Geständnis, all diese Vorstellungen ein wenig … schwach angefühlt hatten. Ich hatte mir diese Zukunft mit einer solchen Entschlossenheit vorgestellt, dass ich hätte misstrauisch werden müssen. Es war zu schön gewesen, um wahr zu sein.

„Wie war denn dein Ausflug in die große Stadt, Grace?", fragte Natalie unvermittelt.

Ich sah zu Margaret, die natürlich bereits informiert war. „Tja, ich muss euch leider mitteilen, dass Wyatt und ich …" Ich machte ein effektheischende Pause, um angemessenes Bedauern auszudrücken. „…getrennte Wege gehen."

„Was?", empörten sich Nat und Mom im Chor.

Ich seufzte. „Ach, er ist schon ein toller Mann, aber … er arbeitet einfach zu viel. Ich meine, ihr habt ihn ja noch nicht einmal kennenlernen können, oder? Was sagt das darüber aus, was für ein Ehemann er sein würde?"

„Ja, das wäre schlecht", kommentierte Margaret. „Außerdem fand ich ihn gar nicht sooo toll."

„Sei still, Margaret." Mom setzte sich neben mich, um eine Runde mütterlichen Trost zu spenden.

„Ach, Grace", meinte Natalie und biss sich auf die Lippe. „Er klang so wunderbar. Ich … ich dachte, du wärst schrecklich verliebt. Du hattest ja sogar schon mal Heirat erwähnt."

Margaret verschluckte sich fast. „Tja", sagte ich, „ich will eben keinen Ehemann, der sich nicht richtig um die Kinder und mich kümmern kann. Es war schon lästig, dass er ständig ins Krankenhaus gerannt ist."

„Aber er hat Kindern das Leben gerettet, Grace!", protestierte Natalie.

„Ja." Ich trank noch einen Schluck Margarita. „Das stimmt. Und deshalb ist er ein großartiger Arzt – aber nicht unbedingt ein großartiger Ehemann."

„Vielleicht hast du recht, Schätzchen. Die Ehe ist so schon anstrengend genug", sagte Mom. Ich versuchte, das Bild von letzter Nacht zu verdrängen, aber es war mir wie auf die Innenseite der Lider tätowiert. Mom und Dad, wie sie ... Würg!

„Wie geht es dir damit, Grace?", erkundigte sich Margaret, wie ich sie auf der Fahrt hierher gebeten hatte.

„Ach, weißt du ... eigentlich ganz gut", antwortete ich munter.

„Du hast kein gebrochenes Herz?", hakte Natalie nach, die sich als weiße Wolke vor mich hingekniet hatte.

„Nein. Nicht einmal ein kleines bisschen. Es ist besser so. Und ich glaube, wir werden Freunde bleiben", sagte ich, worauf Margaret mir ihren Ellbogen zwischen die Rippen stieß. „Vielleicht auch nicht. Vielleicht zieht er nach Chicago. Also werden wir sehen. Mom, wie kommst du mit deinen Kunstwerken voran?" Ein Thema, das mit Sicherheit von meinem Liebesleben ablenkte.

„Allmählich wird es ein bisschen langweilig", erwiderte Mom. „Ich überlege, in den männlichen Bereich zu wechseln. Die ganzen Schamlippen und Eierstöcke habe ich mittlerweile satt. Vielleicht ist es wieder mal Zeit für einen guten altmodischen Penis."

„Warum nicht Blumen, Mom? Oder Häschen ... oder Schmetterlinge? Müssen es denn Genitalien sein?", wollte Margs wissen.

„Wie kommen Sie hier voran?" Ladenbesitzerin Birdie kam mit einem weiteren Kleid auf dem Arm herbeigerauscht. „Oh, Natalie, Liebes, Sie sehen fantastisch aus! Wie auf einem Werbefoto! Wie ein Filmstar! Eine Prinzessin!"

„Vergessen Sie nicht die griechische Göttin", fügte Margaret hinzu.

„Ja, Artemis, aus Schaum geboren", stimmte Birdie zu.

„Das wäre dann Aphrodite", kommentierte ich.

„Oh, Faith, hier ist Ihr Kleid", sagte Birdie und reichte mir ein roséfarbenes, bodenlanges Kleid.

„Grace. Ich heiße Grace."

„Probier's an!", forderte Natalie und klatschte in die Hände. „Die Farbe wird dir hervorragend stehen, Grace!"

„Ja, hochverehrte erste Brautjungfer. Ihr seid an der Reihe, hübsch zu werden", brummte Margaret.

„Hey, komm darüber hinweg", erwiderte ich und stand auf. „Zieh dein eigenes Kleid an, Margaret, und benimm dich."

„Deins ist gleich hier", sagte Natalie und sah zu Birdie, die Margs ein Kleid reichte, das noch ein paar Nuancen heller war als meines. Margaret und ich verschwanden hinter zwei verschiedenen Vorhängen, um uns umzuziehen.

Ich hängte das Kleid an einen Haken, zog Jeans und T-Shirt aus und freute mich, dass ich neue Unterwäsche gekauft hatte, sodass ich nicht gar so schlunzig aussah. Ich schlüpfte in das Kleid, befreite mein Haar aus dem Reißverschluss und rettete meine linke Brust, die kurzfristig im Oberteil feststeckte. Bitte schön. Hier einmal ziehen, dort einmal schieben, und fertig.

„Komm schon, lass dich ansehen!", rief Natalie ungeduldig.

„Ta-da!" Bereitwillig trat ich aus meinem Umkleideabteil.

„Oh! Fabelhaft! Das ist wirklich deine Farbe!", rief Natalie begeistert. Sie trug inzwischen ein anderes Brautkleid aus glänzender weißer Seide mit bravem Halsausschnitt und eng anliegendem, perlenbesticktem Oberteil und bauschendem Rock. Margaret, schnell und effizient wie immer, stand bereits schmollend und umwerfend in Blassrosa da und wartete.

„Komm her, Grace", forderte Mom mich auf. „Stell dich neben deine Schwestern und lass dich ansehen."

Ich gehorchte. Stellte mich auf die kleine Empore neben die blonde elegante Natalie. Auf der anderen Seite stand Margaret mit ihrem goldroten stylischen Bob, dünn wie ein Jagdhund und mit ihren unwiderstehlichen Wangenknochen auf kesse Weise attraktiv. Meine Schwestern waren, schlicht gesagt, wunderschön. Geradezu umwerfend schön.

Und dann war da ich. Wie ich im Spiegel sah, hatte mein Haar unter dem feuchten Wetter gelitten und vollführte seinen Wildes-Tier-Trick. Unter meinen Augen zeigten sich dunkle Ringe. (Wer konnte nach dem Mitanhören des elterlichen

Sexvorspiels schon schlafen?) In den letzten Monaten hatte ich dank meiner Trostsuche bei Ben & Jerry's dickere Oberarme bekommen. Ich erkannte eine erschreckende Ähnlichkeit zu dem Foto unserer Urgroßmutter mütterlicherseits, die aus Kiew ausgewandert war.

„Ich sehe aus wie Uroma Zladova", kommentierte ich.

Mom hob den Kopf. „Ich habe mich schon immer gewundert, woher du diese Haare hast", murmelte sie überrascht.

„Tust du nicht", erwiderte Natalie treuselig.

„War das nicht eine Wäscherin?", fiel Margaret ein.

Ich verdrehte die Augen. „Na toll. Nat ist Cinderella, Margs ist Nicole Kidman, und ich bin Oma Zladova, Wäscherin der Zaren."

Zehn Minuten später stand Birdie mit unseren Kleidern an der Kasse, Mom stöberte zwischen Schleiern, Margaret las in ihrem BlackBerry, und ich brauchte frische Luft. „Wir sehen uns draußen, Nat", sagte ich.

„Grace?" Natalie legte eine Hand auf meinen Arm. „Das mit Wyatt tut mir leid."

„Oh", erwiderte ich, „danke."

„Du wirst noch jemanden finden", murmelte sie. „Der Richtige wird irgendwann kommen. Bald bist auch du an der Reihe."

Die Worte kamen wie ein Schlag ins Gesicht. Nein, schlimmer als die Worte war … verdammt, meine Augen brannten … das Mitleid. In der ganzen Zeit, seit Andrew und ich uns getrennt hatten, war Natalie voller Mitgefühl gewesen – und Schuld und sicher auch einer Menge anderer Gefühle, aber sie hatte mich nie bemitleidet. Nein. Meine jüngere Schwester hatte immer, *immer* zu mir aufgesehen, auch wenn es mir mal schlecht ging. Noch nie zuvor hatte sie mich so angesehen wie eben. Jetzt war ich die arme, bedauernswerte Grace.

„Vielleicht werde ich nie den Richtigen treffen", entgegnete ich spitz. „Aber, hey. Du und Andrew könnt mich dann ja als Kindermädchen engagieren, richtig?"

Sie wurde blass. „Grace … So hab ich das nicht gemeint."

„Sicher", sagte ich schnell. „Ich weiß. Aber du kennst mich,

Nat. Single zu sein empfinde ich nicht als das Schlimmste auf der Welt. Es ist ja nicht so, als hätte ich ein Bein oder einen Arm zu wenig."

„Oh, nein! Natürlich nicht. Ich weiß." Sie lächelte unsicher.

Ich atmete tief durch. „Ich … ich warte draußen."

„Schön. Wir sehen uns am Auto." Damit kehrte sie zu unserer Mutter und ihrem Brautkleid zurück.

Als ich nach dem Kleiderkauf nach Hause kam, war ich ganz schlapp von der Anstrengung, Spaß gehabt haben zu müssen. Nach *Birdie's* waren wir noch essen gewesen und hatten fröhlich Einzelheiten der Hochzeit geplant. Es waren noch andere Verwandte dazugekommen – Moms Schwestern und, herrje! auch Cousine Kitty, Königin der Frischverheirateten, die strahlte und schwärmte, wie wunderbar das Eheleben doch sei. Ihr drittes, wohlgemerkt … Beim ersten und zweiten Mal war es offenbar nicht so toll gewesen, aber das lag ja in der Vergangenheit, und nun war Kitty Expertin fürs Glücklichsein bis ans Ende aller Tage.

In nur wenigen Wochen würden Andrew und Natalie Mann und Frau sein. Ich konnte es kaum erwarten. Im Ernst – ich wollte einfach nur, dass es vorbei war! Dann endlich könnte ich ein neues Kapitel meines Lebens aufschlagen.

Angus kratzte an der Küchentür, um hinausgelassen zu werden. Mittlerweile regnete es, und in der Ferne grollte leiser Donner. Angus gehörte nicht zu den Hunden, die Stürme fürchteten – er hatte das Herz eines Löwen, mein kleiner Schatz –, aber er wurde nicht gerne nass. „Komm bald zurück", mahnte ich.

Sobald ich die Tür öffnete, sah ich den dunklen Schatten am hinteren Zaun. Ein Blitz leuchtete auf. Verdammt … ein Skunk! Ich sprang Angus hinterher. „Nein, Angus! Bleib hier, mein Junge!"

Doch es war zu spät. Wie ein weißes wildes Knäuel raste Angus durch den Garten. Ein weiterer Blitz zeigte, dass das Tier ein Waschbär war. Erschrocken sah es auf, dann verschwand es unter dem Zaun, vermutlich durch ein Loch, das Angus einmal gegraben hatte. Ein Waschbär könnte meinen Hund ernsthaft verletzen, da der nicht schlau genug war, sich zurückzuhalten. „Angus! Komm her! Komm schon, Junge!" Es hatte keinen Zweck. Wenn er ein Tier verfolgte, gehorchte Angus nur selten, und so war auch er ruck, zuck verschwunden, unter dem Zaun hindurch, dem Waschbär hinterher.

„Verdammt!", fluchte ich, drehte mich um, rannte ins Haus, holte eine Taschenlampe und rannte wieder nach draußen und durch Callahans Garten, damit ich nicht bei mir über den Zaun klettern musste.

„Grace? Alles in Ordnung?" Das Licht auf der hinteren Veranda ging an. Er war zurück.

„Angus jagt einen Waschbären", rief ich nur und sprintete, ohne anzuhalten, an Callahans Terrasse vorbei durch seinen Garten in den Wald. Ich keuchte bereits. Bilder meines süßen kleinen Hundes mit herausgerissenem Augapfel und blutigen Striemen auf dem Rücken tanzten vor meinem inneren Auge. Waschbären kämpften wild, und dieses Riesenvieh könnte meinen kleinen Schatz bestimmt zerreißen.

„Angus!", rief ich wieder. Meine Stimme klang vor Angst ganz hoch und piepsig. „Willst du Kekse, Angus? Kekse!" Der Strahl meiner Taschenlampe beleuchtete den Regen und die nassen Äste im Wäldchen. Während mir beim Laufen die Zweige ins Gesicht schlugen, spürte ich eine neue Angst: der Fluss. Der Farmington River lag nur hundert Meter entfernt, voll und mit starker Strömung von Schmelzwasser und Frühlingsregen. Er war auf jeden Fall heftig genug, meinen kleinen, nicht sehr klugen Hund mit sich fortzureißen.

Neben mir tauchte ein weiterer Lichtkegel auf. Callahan, in Regenjacke und mit Yankees-Käppi, hatte mich eingeholt.

„Wo ist er hingelaufen?", wollte er wissen.

„Oh, Callahan, danke", keuchte ich. „Ich weiß es nicht. Er ist unter dem Zaun hindurchgekrabbelt. Er gräbt da immer Löcher, die ich normalerweise auffülle, aber diesmal … habe ich …" Ich musste zu sehr schluchzen, um weitersprechen zu können.

„Hey, keine Sorge, Grace. Wir werden ihn schon finden."

Callahan legte einen Arm um meine Schultern und drückte mich kurz, dann leuchtete er mit seiner Taschenlampe in die Bäume.

„Ich glaube nicht, dass er da hochklettern kann, Cal", sagte ich, mein Gesicht nass vor Regen und Tränen.

„Aber der Waschbär. Vielleicht hat Angus ihn auf einen Baum gejagt. Wenn wir den Waschbären finden, finden wir vielleicht auch deinen Hund."

Ein schlauer Gedanke, aber nach fünf Minuten, in denen wir rundum alle Bäume angeleuchtet hatten, hatten wir weder den Waschbären noch meinen Hund entdecken können. Und auch sonst keine Hinweise auf ihn – nicht, dass ich ein Spurenleser gewesen wäre oder so etwas. Wir befanden uns jetzt näher am Fluss. Sein Rauschen, das ich sonst als beruhigend empfunden hatte, klang bedrohlich und grausam.

„Wo bist du denn die letzten Tage über gewesen?", fragte ich Callahan, während ich unter einen herabgestürzten Ast leuchtete. Kein Angus.

„Becky brauchte mich für einen kurzen Job in Stamford", antwortete er.

„Wer ist Becky?"

„Die Blonde aus der Bar. Sie ist eine alte Freundin aus der Highschool. Arbeitet als Maklerin. So bin ich auch an dieses Haus gekommen."

„Du hättest mir ruhig sagen können, dass du wegfährst", bemerkte ich mit einem Seitenblick. „Ich habe mir Sorgen gemacht."

Er lächelte. „Das nächste Mal."

Ich rief erneut nach Angus, pfiff, klatschte in die Hände. Nichts.

Doch dann hörte ich in einiger Entfernung ein kurzes Bellen, gefolgt von einem Jaulen, wie unter Schmerzen. „Angus! Angus, mein Schatz, wo bist du?" Ich stolperte in die Richtung, aus der ich die Wehlaute gehört hatte. Sie kamen vom Fluss her. Oder *aus* dem Fluss? Das hatte ich nicht erkennen können.

Es war schwer, etwas außer dem Geräusch des Regens und des rauschenden Wassers zu hören. Ich sah Bilder mit Angus vor

276

mir … wie ich ihn gekauft hatte, als winziges, zitterndes, kokosnussweißes Knäuel … seine leuchtenden Augen, mit denen er mich jeden Morgen anstarrte, bis ich wach wurde … seine lustige Pose als Superhund … wie er auf dem Rücken schlief, die Pfoten in der Luft und die schiefen kleinen Zähne im Unterkiefer entblößt … Jetzt weinte ich richtig. „Angus!", schluchzte ich wieder und wieder.

Wie kamen zum Fluss. Normalerweise fand ich ihn immer schön – das plätschernde, seidige Wasser, die Steine darunter, die weiße Gischt, wo die Strömung auf einen Felsen oder Ast traf … Heute war er bedrohlich und dunkel wie eine schwarze Schlange. Ich ließ den Lichtstrahl meiner Taschenlampe über das Wasser gleiten, voller Angst, einen leblosen weißen Körper darin schwimmen zu sehen.

„Verdammt!", schluchzte ich.

„Er wird schon nicht ins Wasser gehen", versuchte Callahan, mich zu beruhigen, und nahm meine Hand. „Er ist dumm, aber er hat Instinkte, oder? Er wird nicht ertrinken wollen."

„Du kennst Angus nicht", heulte ich. „Er ist stur. Wenn er etwas will, dann lässt er sich durch nichts aufhalten."

„Aber wenn er den Waschbären jagt, dann wird der Waschbär schlau genug sein, nicht ins Wasser zu gehen", erwiderte Callahan. „Komm mit. Wir suchen weiter."

Wir gingen am Ufer entlang durch den Wald, immer weiter von zu Hause weg, und riefen meinen Hund unter dem Versprechen, er könne alle Süßigkeiten haben, die er wolle. Das Jaulen war nicht mehr zu hören, nur das Zischen des Regens auf den Blättern. Ich trug keine Strümpfe in meinen mittlerweile schlammüberzogenen Gartenclogs aus Plastik und hatte eiskalte Füße. Das war alles mein Fehler! Angus buddelte ständig irgendwelche Löcher, das wusste ich. Aus genau diesem Grund überprüfte ich jedes Wochenende den hinteren Zaun. Aber heute hatte ich es vergessen. Heute war ich mit der blöden Natalie zum Brautkleidkauf gewesen.

Mein Leben ohne meinen Hund wollte ich mir nicht vorstellen. Angus, der auf meinem Bett schlief, seit Andrew mich verlassen hatte. Der mich brauchte, auf mich wartete. Dessen kleiner Kopf jedes Mal, wenn ich nach Hause kam, im Wohnzimmerfenster auftauchte, weil er sich unbändig über meine bloße Existenz freute. Ich hatte ihn verloren. Ich hätte dieses blöde Loch stopfen müssen und hatte es nicht getan, und nun war er fort.

Stockend holte ich Luft, heiße Tränen rannen mir über das regennasse Gesicht.

„Da ist er", sagte Callahan und leuchtete nach vorn.

Er hatte recht. Etwa dreißig Meter abseits vom Fluss stand Angus neben einem kleinen Haus, das wie meines an den Wald grenzte. Er schnüffelte an einer umgekippten Mülltonne und sah auf, als er meine Stimme hörte. „Braver Hund! Guter Junge! Du hast Mommy große Angst gemacht! Ja, das hast du!" Angus wedelte zustimmend mit dem Schwanz, bellte, und dann hatte ich ihn im Arm, drückte das kleine, vor Freude zappelnde Bündel an mich und küsste immer wieder seinen kleinen nassen Kopf.

„Na, dann ist ja alles wieder gut." Callahan kam dazu und lächelte. Ich versuchte ebenfalls zu lächeln, aber mein Mund verzerrte sich immer wieder, sodass es mir nicht gelang.

„Danke", brachte ich mühsam hervor. Callahan streckte die Hand aus, um Angus zu streicheln, doch der drehte blitzschnell den Kopf und schnappte nach ihm.

„Undankbares Geschöpf", knurrte Callahan und tat so, als sei er ihm böse. Dann bückte er sich, schob den Müllbeutel in die umgekippte Tonne zurück und stellte sie wieder auf.

„Danke fürs Helfen, das war unglaublich lieb von dir", sagte ich immer noch zitternd, und drückte meinen Hund gegen die Brust.

„Sag das nicht so überrascht", gab Callahan schmunzelnd zurück.

Wir gingen über die Auffahrt des Hauses zur Straße. Sie kam mir bekannt vor, ein wenig vornehmer als die Maple Street und etwa einen halben Kilometer entfernt. Der Regen ließ allmählich nach. Angus kuschelte sich wie ein Baby an mich: seine

Wange an meiner, Vorderpfoten über meiner Schulter, Blickrichtung hinter meinen Rücken. Ich schlang meine Jacke um seinen Körper und dankte den Naturgewalten, dass mein kleiner dummer Hund, den ich bestimmt mehr liebte, als gut war, verschont geblieben war.

Den Naturgewalten und Callahan O'Shea. Er war an diesem kalten, regnerischen Abend mitgekommen und nicht eher gegangen, als bis wir meinen Hund gefunden hatten. Dabei hatte er außerdem darauf verzichtet, Floskeln von sich zu geben wie: „Ach, der kommt schon von allein zurück." Nein, Callahan war bei mir geblieben, hatte mich beruhigt und getröstet. Hatte den Müll aufgesammelt, den Angus ausgekippt hatte. Ich wollte etwas sagen, war aber nicht sicher, was. Als ich ihn von der Seite ansah, spürte ich mein Gesicht vor Hitze brennen.

Nun bogen wir in die Maple Street, und ich sah das Licht in meinem Haus. Ich blickte an mir hinunter. Callahan und ich waren nass bis auf die Knochen und von den Knien abwärts mit Schlamm bedeckt. Und mit seinem nassen, dreckigen Fell sah Angus mehr wie ein Wischmopp aus denn wie ein Hund.

Callahan bemerkte meinen Blick. „Warum kommt ihr nicht erst noch mit zu mir?", schlug er vor. „Da könnt ihr euch den Dreck abwaschen. Dein Haus ist ja mehr ein Museum, stimmt's?"

„Nein, kein Museum", erwiderte ich. „Es ist nur sauber und aufgeräumt."

„Sauber. Genau. Also, willst du mit zu mir kommen? Es spielt keine Rolle, wenn meine Küche schmutzig wird. Ich arbeite sowieso noch daran."

„Gern. Danke." Ich hatte mich schon gefragt, wie es wohl in Callahans Haus aussah und was er dort tat. „Wie kommst du eigentlich voran? Mit der Renovierung und so?"

„Gut. Komm rein, ich führ dich rum", bot er an, als könnte er meine Gedanken lesen.

Wir betraten das Haus durch die Hintertür. „Ich hole ein paar Handtücher", sagte Callahan, zog seine Arbeitsstiefel aus und verschwand in ein angrenzendes Zimmer. Angus, den ich immer noch auf der Schulter trug, gab einen Schnarchlaut von sich, und ich musste schmunzeln. Ich schlüpfte aus den dreckigen Gartenclogs, schob mir mit einer Hand das Haar aus dem Gesicht und sah mich um.

Callahans Küche war fast fertig. Vor einem neu eingesetzten Erkerfenster standen ein Tapeziertisch und drei unterschiedliche Stühle. Die Küchenschränke waren aus Walnussholz mit Glastüren, und die Thekenflächen aus grauem Speckstein. Wo die Armaturen eingesetzt werden mussten, klafften noch Löcher, aber es gab bereits einen Herd mit zwei Platten und einen Kühlschrank, groß wie ein Schlafsaal. Ich sollte ihn definitiv einmal zum Essen einladen, dachte ich. Wo er doch so nett zu mir war. Wo er so lieb meine Hand gehalten hatte. Wo ich ihn so heiß fand und mich nicht mehr erinnern konnte, warum ich ihn einst für eine schlechte Wahl gehalten hatte.

Er kam zurück. „Hier." Er nahm mir den schlafenden Hund ab und wickelte ihn in ein großes Handtuch. Er rubbelte ihm das Fell ab, sodass Angus den fremden Mann, der ihn da festhielt, schläfrig anblinzelte. „Nicht beißen", warnte Callahan. Angus wedelte mit dem Schwanz. Cal schmunzelte.

Dann drückte er meinem Hund einen Kuss auf den Kopf.

Das war es. Ohne bewusst zu steuern, was ich tat, registrierte ich, wie ich meine Arme um Callahans Hals schlang, seine Baseballkappe abnahm, meine Finger in sein feuchtes Haar schob, Angus zwischen uns einquetschte und Callahan O'Shea küsste. Endlich.

„Das wurde aber auch Zeit", murmelte er dicht an meinem Mund. Dann erwiderte er meinen Kuss.

23. KAPITEL

Sein Mund war warm und weich und hart zugleich, er fühlte sich stark an und heiß, und er leckte mein Kinn, während er mich küsste ... oh, nein, Moment mal. Das war Angus, und Callahan lachte, ein tiefes, raues Lachen. „Okay, okay, warte", murmelte Cal und wich zurück. Mit einer Hand hielt er Angus im Arm, mit der anderen umfasste er meinen Hinterkopf. Oh, Mist, mein Haar! Der Mann konnte darin einen Finger verlieren ... Doch er löste sich behutsam von mir, setzte meinen kleinen feuchten Hund auf den Boden, richtete sich auf und sah mir in die Augen. Angus bellte einmal kurz, dann lief er irgendwohin davon, denn ich hörte seine Krallen über den Boden kratzen. Sehen konnte ich nichts außer dem Mann vor mir. Seinen wunderbaren, zum Küssen einladenden Mund, den leichten Schatten seines nachwachsenden Bartes, die an den äußeren Winkeln leicht abwärts geneigten, dunkelblauen Augen.

Oh, das waren Augen, in denen ich mich lange, lange Zeit verlieren konnte! Ich spürte, wie seine Körperwärme mich umfing, und öffnete die Lippen.

„Willst du hierbleiben?", fragte er schwer atmend.

„Ja", krächzte ich.

Und dann küssten wir uns erneut. Sein Mund, heiß und fordernd ... meine Hände in seinem Haar ... seine Arme, die mich umschlangen, mich an ihn pressten ... und er fühlte sich so gut an, so groß und sicher und gleichzeitig auch ein wenig beängstigend ... männlich und hart. Und seine Lippen ... Gott, konnte der Mann küssen! Er küsste mich, als wäre ich das Wasser am Ende eines langen Marsches durch brennenden Sand. Ich spürte die Wand an meinem Rücken, spürte das Gewicht seines Körpers auf meinem und dann seine Hände unter meinem nassen T-Shirt, heiß und fordernd auf meiner feuchten Haut. Ich zog ihm das Hemd aus der Jeans und ließ meine Hände über seinen muskulösen Rücken gleiten. Meine Knie wurden weich wie Butter, als er meinen Hals küsste. Dann schob er die Hände weiter nach oben, und nun konnte ich mich wirklich kaum noch aufrecht halten, aber er drängte mich gegen die Wand und küsste mich immer weiter, meinen Hals, meinen Mund, alles. Durch die Zeit im Gefängnis war Callahan O'Shea wohl ziemlich ausgehungert, und die Tatsache, dass er hier mit *mir* zusammen war, *mich* küsste … war einfach überwältigend. Ein Mann wie er! Mit mir!

„Bist du dir sicher?", wollte er wissen und wich ein Stück zurück, um mich anzusehen. Seine Augen waren dunkel und seine Wangen gerötet. Ich nickte, und da küsste er mich einfach weiter und packte meinen Po, hob mich hoch und trug mich in ein anderes Zimmer. Mit einem Bett, Gott sei Dank! Dann kam Angus, bellte und sprang an uns hoch, und Callahan lachte. Ohne mich abzusetzen, schob er meinen Hund vorsichtig mit dem Fuß zur Seite und schloss die Tür mit der Schulter.

Jetzt waren wir also allein. Angus jaulte und kratzte an der Tür. Callahan ignorierte ihn einfach und setzte mich ab. Dann nahm er mein Gesicht in seine Hände und trat ganz dicht an mich heran.

„Er wird die ganze Tür zerkratzen", flüsterte ich, als Cal mit den Lippen über meinen Hals fuhr.

„Das ist mir egal", murmelte er. Dann zog Callahan O'Shea mir die Bluse aus, und ich hörte auf, mir weiter Gedanken um den Hund zu machen.

Das fordernde Drängen, das er vorhin gespürt zu haben schien, war offenbar verpufft, denn plötzlich passierte alles wie in Zeitlupe. Seine Hände lagen heiß auf meinem Körper, er beugte sich vor, um meine Schulter zu küssen, streifte den Träger meines Hemdchens beiseite, kratzte mit seinen nachgewachsenen Bartstoppeln über die empfindliche Haut, während sein Mund sich weich und sanft anfühlte. Seine Haut war glatt und straff, und darunter spürte ich das Spiel seiner Muskeln.

Ohne dass ich bewusst wahrnahm, wie wir uns bewegten, standen wir plötzlich direkt am Bett, denn er zog mich mit sich hinunter und lächelte dieses leicht verschlagene, hintergründige Lächeln, das mir Bauchkribbeln verursachte. Dann schob er eine Hand unter meinen Hosenbund, streichelte mich dort eine Weile, bevor er geschickt den Knopf öffnete. Er küsste mich wieder, langsam und spielerisch, und drehte sich dann, sodass ich auf ihm lag. Er hielt mich fest und ich küsste seinen lächelnden Mund, liebkoste ihn mit meiner Zunge. Oh Gott, er schmeckte so gut! Ich konnte nicht fassen, dass ich all die letzten Monate so einsam hatte sein können, wo nebenan diese Küsse auf mich gewartet hatten. Ich hörte ihn tief und kehlig stöhnen, während er mit den Fingern in mein nasses Haar fuhr, und bog mich ein Stück zurück, um ihn anzusehen.

„Das wurde wirklich Zeit", flüsterte er wieder, und danach waren keine Worte mehr nötig.

Eine Stunde später spürte ich im ganzen Körper eine fast vergessene, süße Trägheit. Ich lag auf der Seite, mein Kopf auf Callahans Schulter, sein Arm um meinen Oberkörper. Verstohlen sah ich in sein Gesicht. Seine Augen waren geschlossen, und die langen, geraden Wimpern berührten seine Wangen. Er lächelte. Vermutlich schlief er, aber er lächelte.

„Was guckst du?", murmelte er, ohne die Augen zu öffnen. Okay, er schlief nicht, und er war offenbar allsehend.

„Du siehst ganz schön gut aus, Ire", sagte ich.

„Wäre es sehr schlimm für dich zu erfahren, dass ich Schotte bin?"

„Nein, wenn ich dich mal in einem Kilt sehen kann." Ich grinste. „Außerdem bist du dann mit Angus verwandt."

„Super." Er lächelte immer noch, und mein Herz schien sich auszudehnen. Callahan O'Shea. Ich lag nackt mit Callahan O'Shea im Bett. Das war verdammt fantastisch.

„Ein Schotte, so, so", sagte ich und zog mit dem Finger eine Linie über seine Schulter.

„M-hm. Na ja, mein Großvater ist Schotte. Mein Vater war vermutlich Ire, daher der irische Name, aber ich bin in Schottland geboren." Er öffnete die Augen wie ein ermatteter Drache und grinste. „Sonst noch irgendwelche weiteren Fragen?"

„Äh … na ja … wo ist das Badezimmer?" Okay, das war nicht gerade romantisch, aber die Natur forderte ihr Recht.

„Zweite Tür links", antwortete er. „Aber bleib nicht zu lange weg."

Ich schnappte mir die Decke, die sauber gefaltet am Fußende des Bettes lag, und ging in den Flur. Angus schlief vor dem Kamin im Wohnzimmer, das nur durch das Licht in der Küche erhellt wurde, und schnarchte. Braver Junge.

Im Badezimmer knipste ich das Licht an und blinzelte. Als ich mein Spiegelbild sah, zuckte ich zusammen. Du meine Güte! An meinem Kinn klebte Dreck, auf meiner Stirn war ein roter Striemen von irgendeinem Zweig, der mir ins Gesicht geschlagen war, und mein Haar … mein Haar … sah eher wie Wolle aus statt Haar. Ich verdrehte die Augen, kämmte es mit den Händen, befeuchtete eine stark abstehende Stelle, ging auf die Toilette und wusch meine Hände. Bemerkte, dass meine Füße ganz schmutzig waren. Wusch sie nacheinander im Waschbecken.

„Was machst du da alles?", rief Cal aus dem Schlafzimmer. „Hör auf, mein Badezimmerschränkchen zu durchforsten, und komm zurück ins Bett, Frau!"

Der Spiegel reflektierte mein Grinsen. Meine Wangen brannten. Erneut wickelte ich mich in die Decke – schließlich war ich eine anständige Frau … – und kehrte zu Callahan zurück. Als er mich sah, setzte er sich abrupt auf.

„Das kommt vom Regen", erklärte ich und strich mit der Hand über mein Haar. „Da benimmt es sich immer ein bisschen verrückt."

Doch er sah mich nur an. „Du bist wunderschön, Grace", sagte er, und das besiegelte alles.

Ich war verrückt nach Callahan O'Shea.

Am nächsten Morgen öffnete ich vorsichtig ein Auge. Die Uhr auf dem Nachtschrank zeigte 6.37 Uhr. Callahan lag neben mir und schlief.

Es dauerte eine Minute, bis ich wusste, wo ich war, und dann spürte ich ein warmes Ziehen. Callahan O'Shea schlief neben mir! Nachdem wir uns geliebt hatten. Drei Mal. Ähem! Noch dazu ganz überwältigend, wie ich hinzufügen möchte. So sehr, dass ich beim zweiten Mal Angus geweckt hatte, der daraufhin versuchte, sich unter der Schlafzimmertür hindurchzugraben, um zu sehen, warum sein Frauchen all diese komischen Geräusche von sich gab.

Und nicht nur das, es war auch … lustig gewesen. Heiß und leidenschaftlich, ja, das hatte ich von einem Kerl wie Callahan O'Shea erwartet. Aber dass er mich zum Lachen bringen konnte, damit hatte ich nicht gerechnet. Und dass er beinahe fasziniert darüber staunte, wie weich meine Haut doch sei. Als ich irgendwann gegen drei Uhr aufgewacht war, hatte er mich angesehen und gegrinst, als wäre es der Weihnachtsmorgen.

„Hey, Cal?", flüsterte ich. Er rührte sich nicht. „Callahan?" Ich küsste ihn auf die Schulter. Er roch ja *so* gut! Oh Gott, nach drei Mal in der letzten Nacht sollte man meinen, ich hätte allmählich genug … „Hey, Hübscher. Ich muss los." Ich überlegte kurz, „Liebling" hinzuzusetzen, aber das kam mir doch ein wenig … zu lieblich vor. „Wach auf, Bursche!"

Nichts. Er rührte sich kein bisschen. Ich hatte ihn geschafft – armer Kerl!

Ich merkte, dass ich grinste. Von Ohr zu Ohr. Vielleicht summte ich auch leise vor mich hin. Noch ein Kuss und ein weiterer Blick auf den umwerfend fantastischen Callahan O'Shea, und ich schlüpfte aus dem warmen Bett und schlich auf Zehenspitzen aus dem Zimmer. Meine dreckigen Klamotten klemmte ich mir unter den Arm. Angus sprang auf, sobald er mich sah. „Pssst", flüsterte ich. „Onkel Cal schläft noch."

Nach einem kurzen Blick durchs Wohnzimmer konnte ich erkennen, dass Callahan hier gearbeitet hatte. Das Parkett roch immer noch ein wenig beißend nach Polyurethan-Lack, und die Wände waren blassgrau gestrichen. In der Ecke stapelten sich ein paar Bretter, und um zwei der vier Fenster waren bereits hübsche Holzrahmen gezogen.

Es war ein schönes Haus oder würde es sein, sobald Callahan damit fertig wäre. Die Kacheln am Kamin waren blau lackiert, und die Treppe zum ersten Stock hatte zwar noch kein Geländer, war aber breit und einladend. Es war die Art von Haus, die noch sorgfältig errichtet worden war, mit kleinen Fenstern und breiten Fensterbänken, Zierleisten an den Wänden und im Muster verlegten Eichendielen. Die Art von Haus, die so nicht mehr gebaut wurde.

Angus fiepte. „Schon gut, Junge", flüsterte ich. In der Küche fand ich einen Stift und ein Stück Papier neben dem Telefon. „Verehrter Mr O'Shea", schrieb ich.

Herzlichen Dank für die freundliche Unterstützung letzte Nacht beim Suchen und Finden meines geliebten Angus. Ich hoffe, Sie haben wohl geruht. Ich habe heute Morgen die unleidige Pflicht, ein paar Yankee-Horden in Chancellorsville abzuwehren (auch bekannt unter dem Namen Haddam Meadows an der Route 154, eine Querstraße der Route 9, falls Sie Interesse hegen, uns beim Zurückdrängen der aggressiven Nordstaatler zuzusehen.) Sollte ich unverletzt überleben, hoffe ich sehr, dass unsere Wege sich in naher Zukunft erneut kreuzen werden.
Mit den besten Wünschen,
Grace Emerson (Miss)

Blöd oder niedlich? Ich entschied, dass es süß war, und klemmte die Nachricht ans Telefon. Dann warf ich einen letzten Blick auf den wunderschönen schlafenden Mann, hob Angus hoch und schlich aus dem Haus. Mein Hund brauchte dringend ein Bad und ich ebenfalls.

24. KAPITEL

Hier entlang, erstes Bataillon von Virginia!", brüllte ich auf Snowlights Rücken. Gut, das dicke kleine Pony wirkte nicht gerade wie ein Kampfross, aber es war besser als nichts.

Margaret marschierte neben mir auf. „Ich muss wirklich mit diesem Mist aufhören", sagte sie und zerrte an ihrer Uniform. „Ich sterbe gleich vor Hitze."

„Tatsächlich sollst du da drüben sterben, am Fluss", korrigierte ich sie.

„Ich kann nicht fassen, dass du damit freiwillig dein Privatleben ausfüllst."

„Und doch bist auch du hier und machst mit." Ich wandte mich an meine Truppen. „„Wer sollte nicht siegen mit Truppen wie diesen?'", zitierte ich laut. Meine Soldaten jubelten.

„Bist du gestern früh ins Bett gegangen?", erkundigte sich Margaret. „Das Licht war aus, Angus war ruhig, und das schon um halb zehn, als Mom mich bei dir absetzte."

„Jupp. Der Schlaf vor Mitternacht ist doch der beste", erwiderte ich, wobei mein Gesicht verräterisch rot wurde und zu brennen begann. Margs hatte mich heute Morgen frisch geduscht in der Küche angetroffen, bevor sie mit ihrem eigenen Wagen zum Schlachtfeld aufgebrochen war, da sie später einen Termin in Middletown hatte, sodass ich ihr noch nichts von den neuesten Entwicklungen bezüglich unseres heißen Nachbarn erzählen konnte.

„Hey, gestern im Gericht habe ich einen netten Typen getroffen und gedacht, du könntest vielleicht seine Nummer haben wollen", sagte Margaret, während sie auf einen Unions-Soldaten zielte.

„Warte, nicht schießen!", warnte ich. „Sonst schläft Snowlight ein. Er hat Narkolepsie." Liebevoll tätschelte ich meinem Pony den Hals.

„Nicht zu fassen", murmelte Margs kopfschüttelnd. Dann legte sie erneut an und sagte ohne viel Überzeugung: „Peng!"

Der Soldat, dem die Unzulänglichkeit meines Pferdes wohl bewusst war, ließ sich mit der geforderten Dramatik fallen, krallte sich ein paar Sekunden lang in den Boden und blieb dann reglos liegen. „Soll ich ihm sagen, dass er dich anrufen kann?"

„Also, eigentlich brauche ich jetzt niemandes Nummer mehr", entgegnete ich.

„Warum? Hast du einen gefunden?"

Ich sah sie an und lächelte. „Callahan O'Shea."

„Ach du Schande!", rief sie und sah mich ungläubig an. In diesem Moment zündete Grady Jones, in seinem anderen Leben Apotheker, in einiger Entfernung eine Kanone, und Margaret sank gehorsam zu Boden. „Du hast mit ihm geschlafen!", rief sie. „Mit Callahan, stimmt's?"

„Würdest du wohl bitte leiser sein, Margaret? Immerhin bist du tot." Ich stieg ab und gab Snowlight eine Karotte aus meiner Tasche, damit ich noch etwas mit meiner Schwester reden konnte. „Und: Ja, das habe ich. Letzte Nacht."

„Mein Gott!"

„Wieso?", fragte ich nach. „Was ist aus ‚Grace, du hast ein bisschen Spaß verdient' geworden?"

Margaret rückte ihre Waffe zurecht, damit sie nicht drauflag. „Hör zu, Grace. Natürlich hast du Spaß verdient. Ganz bestimmt. Und mit Callahan hast du sicher einen Riesenspaß …"

„Oh ja! Also wo liegt das Problem?"

„Na ja, eigentlich bist du doch nicht auf der Suche nach Spaß, oder?"

„Doch! Ich … Was meinst du damit?"

„Na, du willst doch eigentlich ein Happy End, oder? Keine Affäre."

„Ruhe da! Ihr seid tot!", bellte ein vorbeimarschierender Yankee.

„Das ist ein Privatgespräch", bellte Margaret zurück.

„Das ist eine Schlacht", zischte er.

„Nein, Schätzchen, das nennt man ‚so tun als ob'. Ich enttäusche Sie ja nur ungern, aber wir befinden uns nicht wirklich in einer Schlacht des Bürgerkriegs. Und wenn Sie es authentischer wollen, kann ich Ihnen gern dieses Bajonett in den Allerwertesten rammen!"

„Margaret, hör auf! Er hat recht. Tut mir leid", sagte ich dem Soldaten der Union, den ich glücklicherweise nicht persönlich kannte. Er schüttelte den Kopf und ging weiter, nur um ein paar Meter weiter vorn erschossen zu werden.

Ich sah wieder zu meiner Schwester hinunter, die sich einen Arm über das Gesicht hielt, um die Sonne abzuschirmen. „Was Callahan betrifft, Margs: Zufällig will er auch das ganze Programm. Ehe, Kinder, einen Rasen, den er mähen kann … Das hat er selbst gesagt."

Margaret nickte. „Tja, schön für ihn." Sie schwieg einen Moment. In der Ferne knallten Schüsse, gellten Schreie. Gleich würde ich wieder aufsteigen, einen Erkundungsritt unternehmen und versehentlich unter Beschuss meiner eigenen Leute geraten, was zu einer grausigen Armamputation und schließlich meinem Tod führen würde, aber ich zögerte noch. Die Sonne brannte uns gnadenlos auf die Köpfe, und aus der Wiese stieg süßlich der Grasduft auf.

„Nur eins noch, Gracie", begann Margaret. „Hat Callahan dir je erzählt, was genau bei seiner Veruntreuungsgeschichte passiert ist?"

„Nein", gab ich zu. „Ich habe ihn ein oder zwei Mal gefragt, aber er hat es mir nicht gesagt."

„Frag noch mal", riet sie mir.

„Weißt *du* es?"

„Ich kenne ein paar Details. Ich habe nachgeforscht."

„Und?", fragte ich nach.

„Hat er je einen Bruder erwähnt?" Margaret setzte sich auf und kniff die Augen zusammen.

„Ja. Sie reden nicht miteinander."

Margaret nickte. „Das möchte ich wetten. Offenbar war der Bruder der Präsident der Firma, von der Callahan das Geld veruntreut hat."

Ach herrje! Ich schätze, mein verdattertes Gesicht sprach Bände, denn Margaret tätschelte beruhigend mein Bein. „Frag ihn, Grace. Ich wette, er wird alles erzählen, jetzt, wo ihr es treibt und alles."

„Wie romantisch und wortgewandt du das wieder ausdrückst! Kein Wunder, dass die Klienten dich lieben!", murmelte ich.

„General Jackson! Hier drüben ist Ihre Meinung gefragt!", rief mein Vater, sodass ich eilends aufsaß und meine Schwester ihrem Schicksal überließ.

Für den Rest der Schlacht grübelte ich über die kleine Bombe nach, die Margaret hatte platzen lassen, und obwohl ich das ganze Programm planmäßig durchspielte, konnte ich der Verkörperung des guten Generals heute keine rechte Begeisterung abgewinnen. Als ich schließlich angeschossen wurde, glitt ich vorsichtig von Snowlights Rücken, bevor er vom Knallen der Schüsse ohnmächtig wurde, und war froh, die Sache hinter mir zu haben. Ich stöhnte die letzten, pathetischen Worte des Generals auf dem Schlachtfeld: „Lasst uns den Fluss noch queren und im Schatten der Bäume dann ruh'n'", und die Schlacht war vorbei. Gut, in Wahrheit verstarb Stonewall Jackson erst acht Tage später, aber selbst *Brother Against Brother* war nicht gewillt, jetzt noch eine ganze Woche Totenwache nachzuspielen.

Als ich nach Hause zurückkehrte, war es fast fünf Uhr. Es kam mir vor, als wäre ich tagelang weg gewesen, nicht nur ein paar Stunden. Aber ich hatte ja auch die letzte Nacht bei Callahan verbracht. Allein beim Gedanken daran bekam ich wieder weiche Knie und spürte ein angenehmes Glückskribbeln. Allerdings mischte sich dazu nun auch das leicht beklemmende Gefühl, noch nicht die ganze Wahrheit über ihn zu kennen.

Zunächst musste ich aber meinen Hund versorgen, der bereits unermüdlich neben mir hochsprang und bellte, um mich zu erinnern, wer meine wahre Liebe war. Ich entschuldigte mich gründlich für mein langes Fernbleiben – auch wenn meine Mutter vorbeigefahren war, um ihn zu füttern, zu bürsten und mit ihm spazieren zu gehen. Die großmütterliche Liebe hatte Angus offenbar nicht ausgereicht, denn zur Strafe für meine

Abwesenheit hatte er mir einen Slipper zerkaut. Er war ein böser Hund, aber ich hatte nicht das Herz, es ihm zu sagen, wo er doch so verdammt niedlich war!

Es klopfte. Laut. „Ich komme!", rief ich und lief zur Tür.

Vor mir stand Callahan O'Shea, die Hände in den Taschen, und sah mich wütend an.

„Hallo", sagte ich und wurde trotz seines bösen Blickes rot. Er hatte einen so wunderbaren Hals, braun wie Karamell und bereit, geküsst zu werden.

„Wo zum Teufel bist du gewesen?", fuhr er mich an.

„Ich … ich war bei einer Schlacht", antwortete ich. „Ich habe dir eine Nachricht hinterlassen."

„Ich habe keine Nachricht gefunden", grollte er.

„Neben dem Telefon", erwiderte ich und hob die Augenbrauen. Offensichtlich war er sehr aufgebracht. Was ich sehr erregend fand.

„Was stand denn drauf?", wollte er wissen.

„Da stand, dass … Na ja, du kannst es ja lesen, wenn du wieder zu Hause bist."

„War das nur eine einmalige Sache, Grace?" Er klang gereizt.

Ich verdrehte die Augen. „Komm rein, Cal", sagte ich und zog an seiner Hand. „Ich wollte sowieso mit dir reden, aber nein, das sollte ganz sicher keine einmalige Sache werden. Du meine Güte, wofür hältst du mich? Aber eins nach dem anderen. Ich bin am Verhungern. Willst du Pizza bestellen?"

„Nein. Ich will wissen, warum ich allein aufgewacht bin."

Er klang so sauer und beleidigt und hinreißend, dass ich schmunzeln musste. „Ich habe versucht, dich zu wecken, Bursche, aber du warst regelrecht komatös." Er kniff die Augen zusammen. „Hör zu, wenn ich mit rüberkommen und dir die Nachricht zeigen soll, bitte."

„Nein. Ist schon gut." Er lächelte nicht.

„Gut, hm?"

„Na ja, nein, Grace, es ist nicht gut. Ich bin den ganzen Tag rumgelaufen, ohne zu wissen, wo du steckst. Deiner Mutter habe ich wohl einen Riesenschrecken eingejagt, als ich herkam, denn sie wollte nicht aufmachen und mit mir reden, und ja, ich bin schrecklich sauer."

„Weil du meine Nachricht nicht gefunden hast, Brummbär. Die sehr nett geschrieben war, wenn ich das mal erwähnen darf, und absolut keinen Anlass zur Befürchtung eines One-Night-Stands gab. Was ist jetzt mit der Pizza, oder muss ich mir den eigenen Arm abkauen? Ich habe nämlich schrecklichen Hunger."

„Ich koche", brummte er immer noch mit böse funkelnden Augen.

„Ich dachte, du bist sauer auf mich", erinnerte ich ihn.

„Ich habe nicht gesagt, dass ich *gut* koche." Dann nahm er mich in die Arme, hob mich hoch und küsste mich, dass mir Hören und Sehen verging.

„Essen kann warten", keuchte ich.

Hm, vielleicht war es nicht das Klügste, wenn man bedachte, dass wir etwas zu klären hatten, aber hey! Diese blauen Augen, dieses herrlich strubbelige Haar ... Habe ich erwähnt, dass er mich trug? Den ganzen Weg die Treppe hinauf, über seiner Schulter, wie ein Höhlenmensch? Und dass er danach nicht mal außer Atem war? Und wie er mich küsste – hungrig und fordernd, sodass ich ganz dahinschmolz, nichts anderes mehr wahrnahm und nicht einmal merkte, dass Angus die ganze Zeit an Cals Hosenbein nagte, bis Callahan lachte, Angus packte und in den Flur verfrachtete, wo mein kleiner Hund zwei Mal bellte und sich davonmachte, um etwas anderes kaputt zu beißen.

Als ich Callahan so ansah, der an meinem Türrahmen lehnte, mit aufgeknöpftem Hemd, sehnsüchtigem Blick und feuchten Lippen ... dachte ich fast, ich würde keinen Sex mehr brauchen, wenn ich ihn nur weiter ansehen könnte, wie er so dastand und hintergründig lächelte ... Äh, was habe ich gerade gesagt? *Natürlich* brauchte ich den Sex! Es bestand kein Grund, sich solch eine Gelegenheit mit solch einem Mann entgehen zu lassen!

Als wir eine Weile später nach unten gingen, lag Margaret auf der Veranda im Liegestuhl. Angus auf ihrem Schoß stöhnte gelegentlich auf, während sie ihm das Fell streichelte.

„Ich habe komische Geräusche gehört", rief sie und drehte

den Kopf, als wir die Küche betraten. „Ich dachte, draußen ist es sicherer."

„Willst du ein Glas Wein, Margaret?", fragte ich sie.

„Klar", gab sie lustlos zurück.

Callahan kümmerte sich darum. Er öffnete den Kühlschrank, als würde er hier wohnen, und holte eine Flasche Chardonnay heraus. „Ist der okay?", wollte er wissen.

„Wunderbar", antwortete ich und gab ihm den Korkenzieher. „Danke, Bursche. Und nicht nur fürs Wein-Entkorken."

Er grinste. „Gern zu Diensten, Ma'am. Zu allen Diensten … Soll ich uns etwas kochen?"

„Sehr gern. Margaret, willst du mit uns essen?"

„Nein danke. Allein die Pheromone um euch herum würden mich ersticken."

Ich ging auf die Veranda, setzte mich neben meine Schwester und stemmte meine nackten Füße gegen das Geländer. „Alles in Ordnung, Margaret?"

„Stuart hat ein Rendezvous", verkündete sie. „Mit deiner Kollegin, Eva oder Ava oder irgend so ein anderer Pornoname."

Mir klappte der Unterkiefer herunter. „Oh, Margs. Bist du sicher, dass es ein richtiges Rendezvous ist? Keine berufliche Verabredung unter Kollegen?"

„Na ja, er geht mit ihr essen und hat sich große Mühe gegeben, mich zu erinnern, wer sie ist." Sie verstellte ihre Stimme, um Stuart zu imitieren: „‚Du erinnerst dich sicher an sie. Ziemlich attraktiv, unterrichtet Geschichte, so wie Grace …' Arschloch." Margarets Mund begann verräterisch zu zucken.

„Ach, vielleicht will sie sich nur bei ihm einschmeicheln, damit sie in dieser Vorsitz-Geschichte seine Unterstützung hat", schlug ich vor. „Sie weiß bestimmt, dass er mit dem Rektor befreundet ist."

„Er würde nicht gegen deine Interessen handeln", erwiderte sie.

„Ich gewähre seiner Frau Unterschlupf – vielleicht ja doch", entgegnete ich. Sie sagte nichts weiter. Durch die Schiebetür sah ich zu Callahan. Er stand an der Küchentheke und schnitt irgendetwas klein, und er passte so gut dorthin, dass mir schwindelig wurde. Dann bekam ich schlagartig ein schlechtes Gewissen, weil es mir so gut ging, während Margaret leiden musste.

„Margaret", begann ich vorsichtig, während meine Schwester ihre Knie anstarrte, „vielleicht ist es an der Zeit, dass du zu Stuart zurückkehrst. Geht zur Eheberatung oder so etwas. Einfach hierzubleiben macht es nicht besser."

„Stimmt", erwiderte sie. „Nur, dass es dann so aussieht, als würde ich angekrochen kommen, weil ich eifersüchtig bin, was auch stimmt, wenn ich jetzt so darüber nachdenke, aber ich will ihm nicht die Genugtuung geben zu denken, dass er mich nur zu betrügen braucht, damit ich wieder angerannt komme wie ein dressierter Hund." Angus bellte aus Solidarität. „Wenn er mich zurückhaben will, dann soll er, verdammt noch mal, was unternehmen!" Sie hielt inne. „Etwas anderes, als andere Frauen zu vögeln", fügte sie hinzu.

„Was kann ich tun?"

„Nichts. Hör zu, ich gehe in den Keller, ja? Um einen deiner Kitschfilme anzusehen oder so etwas, ist das okay?"

„Sicher", sagte ich. „Äh … vielleicht übernachte ich heute bei Cal."

„Schön. Bis später." Sie stand auf, drückte kurz meine Schulter und ging in die Küche. „Hey, Sträfling, du solltest mit meiner Schwester über deine schmutzige Vergangenheit reden. Okay? Viel Spaß." Sie nahm ihr Weinglas und verschwand in den Keller.

Ich blieb allein auf der Veranda sitzen und lauschte den Vögeln, die ihren Abendgesang anstimmten. Mit dem Duft von frisch gemähtem Gras, dem zart gefärbten Himmel, der friedlichen Stimmung dieser Jahreszeit fühlte ich mich glücklich. In der Küche klapperte Callahan mit Tellern und irgendetwas zischte in der Pfanne. Plötzlich hatte ich ein überwältigendes Gefühl von … nun, es war mit Sicherheit zu früh, von *Liebe* zu sprechen, aber Sie wissen schon. Zufriedenheit. Reine und leider unterschätzte Zufriedenheit. Angus leckte mir die Knöchel, als wüsste er, was ich empfand.

Cal öffnete die Schiebetür, kam mit unseren Tellern nach

draußen und stellte mir einen auf den Schoß. Ein Omelett mit Vollkorntoast. Perfekt. Er setzte sich in den Liegestuhl, den Margaret verlassen hatte, und biss in seinen Toast. „Also. Meine schmutzige Vergangenheit", begann er.

„Vielleicht sollte ich wissen, was du getan hast, um ins Gefängnis zu kommen."

„Richtig", erwiderte er knapp. „Du solltest es wissen. Iss, und ich rede."

„Ich dachte einfach, dass ich es von dir hören sollte, Cal. Margaret weiß …"

„Grace, ich wollte es dir heute sowieso sagen. Deshalb war ich ja so sauer, als du plötzlich weg warst. Also iss."

Gehorsam probierte ich ein Stück Omelett, das heiß war und schaumig und ganz hervorragend. Ich schenkte Cal ein, wie ich fand, ermutigendes Lächeln und wartete.

Callahan stellte seinen Teller ab und drehte den Stuhl herum, damit er mich besser ansehen konnte. Er lehnte sich leicht vor, hielt seine kräftigen Hände locker umfasst und starrte mich eine Minute lang nur an, was das Kauen ein wenig unangenehm machte. Dann seufzte er und blickte zu Boden.

„Ich habe das Geld nicht wirklich veruntreut. Aber ich wusste davon, ich habe die Person nicht gemeldet, die es veruntreut hat, und ich habe mitgeholfen, dass es verborgen blieb."

„Wer hat das Geld denn genommen?", fragte ich nach.

„Mein Bruder."

Ich verschluckte mich fast. „Oh", hauchte ich.

In der nächsten halben Stunde erzählte Callahan mir eine faszinierende Geschichte. Dass er und sein Bruder Pete eine große Baufirma gehabt hatten. Dass die Regierung nach dem Hurrikan Katrina endlos viel Geld in den Wiederaufbau gesteckt hatte. Dass das Geschäft chaotisch gewesen war, Bestellungen verloren gingen, jede Menge Forderungen von Versicherungen kamen, dass sich in New Orleans viel kriminelle Energie breitmachte. Und dann, eines Nachts, entdeckte er zufällig bei einer Bank auf den Cayman Islands ein Konto unter seinem Namen mit eins Komma sechs Millionen Dollar.

„Ach du Scheiße!", stöhnte ich.

Er antwortete nicht, sondern nickte nur.

„Was hast du gemacht?"

„Na ja, es war vier Uhr morgens und ich war völlig perplex, als ich meinen Namen da auf dem Bildschirm sah. Ich konnte aber auch nicht wegsehen, weil ich dachte, dass mein Bruder – denn es konnte kein anderer als er gewesen sein – das Geld jederzeit transferieren könnte. Oder ausgeben. Ach, ich weiß auch nicht. Also eröffnete ich ein neues Konto und überwies das ganze Geld dorthin."

„Sind diese Konten nicht passwortgeschützt und so was?", fragte ich nach. (Immerhin hatte ich John Grisham gelesen.)

„Ja, das schon. Aber er hatte den Namen unserer Mutter genommen. Mit PINs und Passwörtern war er noch nie besonders schlau gewesen. Hat immer seinen Geburtstag genommen oder den Namen unserer Mutter. Jedenfalls überlegte ich mir, dass ich ihn zur Rede stelle und wir dann einen Weg finden, das Geld wieder dorthin zurückzuüberweisen, wo es hingehörte. Wir arbeiteten im Stadtteil Ninth Ward, bauten die Häuser wieder neu auf, und ich dachte mir, wir lassen das Geld einfach wieder dort einfließen."

„Warum hast du nicht die Polizei verständigt?"

„Weil es um meinen Bruder ging."

„Aber er hat diese ganzen Menschen betrogen! Und er benutzte dich für seine Geldschieberei! Oh Gott, Ninth Ward war der Stadtteil von New Orleans, den es am schlimmsten getroffen hatte …"

„Ich weiß." Cal seufzte und fuhr sich mit den Fingern durchs Haar. „Ich weiß, Grace. Aber …" Er brach ab. „Aber er war auch der Bruder, der mich ein Jahr lang in seinem Zimmer hatte schlafen lassen, nachdem Mom gestorben war. Der mir beigebracht hatte, wie man einen Baseball schlägt und wie man Auto fährt. Er hatte immer gesagt, wir würden mal zusammen arbeiten. Ich wollte ihm eine Chance geben, die Sache zu bereinigen." Cal sah mich an, und sein Gesicht wirkte plötzlich sehr viel älter. „Er war mein großer Bruder. Ich wollte nicht, dass er ins Gefängnis geht."

Ja, das kannte ich. Dass man für die Familie etwas völlig Unvernünftiges tat – oder? „Also, was ist passiert?", erkundigte ich mich ruhig. „Was hat er gesagt?" Ich stellte meinen leeren Teller zur Seite.

„Tja, was konnte er schon sagen? Es tue ihm leid, er sei da so reingerutscht, alle anderen würden es auch machen … Aber er willigte ein, dass wir das Geld einfach wieder in die Projekte fließen lassen und es so loswerden." Er schwieg einen Moment, wie in Gedanken versunken. „Zu unserem Unglück hatte die Aufsichtsbehörde die Firma bereits unter Beobachtung gestellt. In dem Moment, da ich das Geld überwies, gab ich ihnen eine Spur, und sie schlugen zu." Er senkte den Blick und schüttelte den Kopf.

„War dein Bruder auch im Gefängnis?", fragte ich leise.

Cal sah nicht auf. „Nein, Grace. Er hat gegen mich ausgesagt."

Ich schloss die Augen. „Oh, Cal!"

„Ja."

„Hast du … Was hast du getan?"

Wieder ein tiefer Seufzer. „Mein Bruder hatte Vorsichtsmaßnahmen ergriffen. Über allem stand mein Name, und es war sein Wort gegen meines. Und ich war der Buchhalter. Pete behauptete, selbst wenn er es gewollt hätte, hätte er nicht gewusst, wie so etwas funktioniert, schließlich sei ich der College-Boy von der Uni und alles. Die Staatsanwaltschaft fand ihn einfach überzeugender, schätze ich. Mein Anwalt sagte, sie würden jeden, der die Opfer von Katrina bestiehlt, mit größter Härte bestrafen, also ließ ich mich auf einen Handel ein."

Angus sprang auf meinen Schoß, und ich streichelte ihn abwesend. „Warum hast du mir das nicht schon früher erzählt, Cal? Ich hätte dir geglaubt."

„Wirklich? Sagt nicht jeder Verurteilte, er sei in Wahrheit unschuldig? Dass er reingelegt wurde?"

Das war natürlich ein Argument. Ich schwieg. „Ich habe keine Möglichkeit zu beweisen, dass ich nicht genau das getan habe, wessen mein Bruder mich beschuldigte", fügte er leise hinzu.

Ich spürte einen plötzlichen, heftigen Stich im Herzen bei der Vorstellung, wie es mir gehen würde, wenn Margaret oder Natalie mich verrieten. Ich konnte es mir nicht vorstellen. Gut, Natalie hatte sich in Andrew verliebt, aber das war ja nicht ihre Schuld gewesen. Zumindest hatte ich nie so gedacht, und ich kannte meine Schwester. Aber dass der eigene Bruder dich ins Gefängnis schickt für ein Verbrechen, das er selbst begangen hat ... Kein Wunder, dass Callahan nicht gern über seine Vergangenheit sprach!

„Du wolltest mir das heute also alles erzählen? Auch wenn Margs dich nicht darauf angesprochen hätte?"

„Ja."

„Warum ausgerechnet jetzt? Warum nicht schon früher, als ich dich gefragt habe?"

„Weil das gestern der Anfang von etwas war. Zumindest dachte ich das." Seine Stimme klang hart. „Also, das war die Geschichte. Jetzt weißt du Bescheid."

Ein paar Minuten lang saßen wir einfach nur schweigend da. Angus, der es nicht länger aushielt, ignoriert zu werden, bellte auf und wedelte mit dem Schwanz, damit ich mich um ihn kümmerte. Ich streichelte sein weiches Fell, rückte sein Halsband zurecht und stellte fest, dass er während unserer Unterhaltung Callahans Omelett gefressen hatte.

„Cal?", meinte ich schließlich.

„Ja?" Er sprach fast tonlos und hatte die Schultern hochgezogen.

„Möchtest du irgendwann mal mit meiner ganzen Familie zusammen essen?"

Ein, zwei Sekunden lang blieb er wie erstarrt sitzen, dann sprang er förmlich auf mich zu. „Ja", sagte er lächelnd.

Er schlang seine starken Arme um mich und küsste mich lange und leidenschaftlich, während Angus um uns herumsprang und ihn zwickte. Dann räumten wir die Teller weg und gingen zu Callahans Haus hinüber.

25. KAPITEL

Der nächste Tag, der letzte Montag im Mai, war Memorial Day, und da es der Gedenktag für alle im Krieg für das Vaterland Gefallenen war, musste ich nicht in aller Herrgottsfrühe aus Callahans Bett kriechen, um über ein Schlachtfeld zu robben. Stattdessen gingen wir zu *Lala's,* um Brötchen und Gebäck zu kaufen, und spazierten anschließend den gewundenen Fußweg am Farmington River entlang zurück.

„Hast du heute Nachmittag schon etwas vor?", fragte Callahan und trank einen Schluck vom mitgenommenen Kaffee.

„Was wäre, wenn?", fragte ich zurück. Dabei zog ich heftig an Angus' Leine, damit er sich nicht auf die arme tote Maus am Wegrand stürzte.

„Dann würdest du das absagen müssen." Schmunzelnd schlang er einen Arm um meine Taille.

„Ach wirklich?"

„M-hm." Er wischte mir einen Rest Kuchenglasur vom Kinn, dann küsste er mich.

„Also gut. Ich stehe dir voll und ganz zur Verfügung", murmelte ich.

„Das gefällt mir", erwiderte er und küsste mich erneut, lange, langsam und intensiv, sodass meine Knie zitterten, als er mich wieder losließ. „Ich hole dich dann um zwei Uhr ab, aber jetzt bin ich erst mal beschäftigt. Heute werden die Armaturen installiert."

„Mit dem Haus bist du fast fertig, oder?", erkundigte ich mich und verspürte einen plötzlichen Stich.

„Hm-hm."

„Was passiert dann?"

„Ich habe ein anderes Haus zum Renovieren, ein paar Orte weiter nördlich. Aber wenn du willst, komme ich weiterhin her und lege mich bei diesem Haus aufs Dach, damit du mich ausspionieren kannst. Falls die neuen Besitzer nichts dagegen haben."

„Ich habe dich nie ausspioniert. Das war mehr so ein Anschmachten."

Er grinste, dann sah er auf die Uhr. „Also gut. Ich muss los."
Er küsste mich ein letztes Mal, dann ging er den Weg zu seinem
Haus hinauf. „Zwei Uhr – nicht vergessen!"

Ich ließ Angus an der langen Leine laufen, damit er am Farn
schnüffeln konnte, und trank meinen Kaffee aus. Dann ging ich
Arbeiten korrigieren.

Während ich die Aufsätze meiner Schülerinnen und Schüler
durchsah, drängte sich mir ein unangenehmer Gedanke auf. Ich
musste dem Personalausschuss von Callahan erzählen. Schließlich gehörte er jetzt zu meinem Leben, und ich sollte offen damit
umgehen. Wie auch immer es dazu gekommen sein mochte,
Callahan hatte einige Zeit im Gefängnis gesessen. Auch wenn
seine Motive ehrenhaft gewesen waren, hatte er ein Verbrechen
vertuscht. Das war eine Tatsache, die ich nicht versuchen sollte
zu verheimlichen. Es war außerdem eine Tatsache, die mir nun
vermutlich jede noch so geringe Chance nahm, Leiterin des
Fachbereichs Geschichte zu werden. Leute mit Vorstrafenre-
gister waren nicht gut angesehen, wenn es um die Erziehung
von Kindern ging.

Ich seufzte schwer. Aber ich hatte keine andere Wahl, ich
musste es sagen.

Um Punkt zwei Uhr kam Cal an die Tür. „Bist du bereit,
Frau?", rief er durch die Fliegengittertür, während Angus im
Haus knurrte und herumsprang.

„Ich muss noch vier Arbeiten korrigieren. Könntest du noch
eine halbe Stunde warten?"

„Nein. Nimm sie mit ins Auto, ja?"

Ich verbeugte mich. „Ja, Massa." Er grinste. „Wohin fahren
wir?"

„Das wirst du sehen, wenn wir da sind. Wann, denkst du,
wird dieser Hund mich endlich mögen?"

„Vielleicht nie." Ich hob Angus hoch und gab ihm einen
Kuss. „Auf Wiedersehen, Angus, mein Süßer. Sei brav. Mommy
liebt dich."

„Autsch. Das war wirklich … wow! Beneidenswert", sagte
Cal. Ich knuffte ihn in die Schulter. „Bitte nicht schlagen,

Grace", meinte er lachend. „Du solltest mal deinen Hang zur Gewalt therapieren lassen. Im Gefängnis wurde ich kein einziges Mal geschlagen, aber kaum wohne ich neben dir ... Sieh mich nur an! Mit Stöcken verprügelt, vom Hund gebissen, das Auto zerbeult ..."

„Sei nicht so ein Weichei. Man sollte meinen, das Gefängnis hätte dich ein wenig abgehärtet und zum Mann gemacht!"

„Die Art von Gefängnis war das nicht." Lächelnd öffnete er die Beifahrertür. „Wir hatten Tennisstunden. Keine Messerkämpfe, da muss ich dich leider enttäuschen, mein Schatz."

Mein Schatz. Wie schwebend glitt ich in den Truck. *Mein Schatz.* Callahan O'Shea hatte mich *Schatz* genannt.

Zehn Minuten später waren wir auf der Interstate Richtung Westen unterwegs. Ich zog eine Arbeit hervor und begann zu lesen.

„Bist du gern Lehrerin?", wollte Callahan wissen.

„Oh ja", antwortete ich umgehend. „Die Kinder in diesem Alter sind klasse. Natürlich könnte ich ihnen die Hälfte der Zeit den Hals umdrehen, aber die andere Hälfte liebe ich sie einfach. Und um sie geht es ja beim Unterrichten."

„Die meisten Leute mögen Teenager aber nicht besonders, oder?"

„Na ja, es ist nicht das leichteste Alter. Kleine Kinder lieben alle, oder? Aber Teenager ... bei denen zeigt sich gerade, zu welcher Persönlichkeit sie heranwachsen. Das ist toll zu beobachten. Und natürlich liebe ich das Fach, das ich unterrichte."

„Bürgerkrieg, ja?"

„Eigentlich unterrichte ich die gesamte amerikanische Geschichte, aber ja, der Bürgerkrieg ist mein Spezialgebiet."

„Warum magst du ihn so? Das war doch ein schrecklich brutaler Krieg, oder nicht?"

„Das stimmt", erwiderte ich. „Aber in keinem anderen Krieg kämpften die Menschen so sehr für ihre Überzeugung. Es ist eine Sache, ein fremdes Land zu bekämpfen, mit einer fremden Kultur, mit Städten, die du möglicherweise nie gesehen hast. Aber im Sezessionskrieg ... Überleg mal, was einen dazu bringt, gegen sein eigenes Land, seine eigenen Landsleute zu kämpfen, so wie Abraham Lincoln es getan hat. Der Süden kämpfte für seine Unabhängigkeit als Staatenverbund, aber der Norden kämpfte für die Zukunft der gesamten Nation. Es war ein herzzerreißender Krieg, weil er so persönlich war. Es ging um *uns*. Ich meine, wenn du Lincoln mit jemandem vergleichst wie …"

Ich merkte, dass ich die Stimme erhoben hatte und mich ein bisschen so anhörte wie der Fernsehprediger am Sonntagmorgen. „Entschuldige", sagte ich und wurde rot.

Schmunzelnd drückte Callahan meine Hand. „Es gefällt mir, wie du darüber sprichst", sagte er. „Du gefällst mir, Grace."

„Dann geht es also um mehr als die Tatsache, dass ich die erste Frau war, die du nach dem Gefängnis geküsst hast?"

„Tja, das ist natürlich nicht zu vernachlässigen", erklärte er ernst. „Prägung nennt man das doch, oder, Frau Lehrerin?"

Ich schlug ihm im Spaß auf den Arm. „Sehr witzig. Und jetzt lass mich in Ruhe. Ich muss Arbeiten korrigieren."

„Sehr wohl, Ma'am."

Cal fuhr ruhig weiter, unterbrach mich kein einziges Mal, sondern kommentierte nur ein paar Sätze, die ich vorlas. Zwei oder drei Mal bat er mich, die Angaben seines Navigationsgeräts zu überprüfen, was ich gerne tat. Es war eine schöne und entspannte Fahrt.

Nach etwa einer Stunde fuhr Callahan vom Highway ab. Ein Schild zeigte an, dass wir uns in Easting, New York, befanden, Einwohnerzahl 7512. Wir fuhren eine Straße mit Pizzeria, Friseur, Spirituosengeschäft und einem Restaurant namens *Vito's* entlang. „Also, Mr O'Shea, aus welchem Grund haben Sie mich nach Easting, New York, gebracht?", wollte ich wissen.

„Das wirst du nach der nächsten Straßenecke sehen, wenn die Angaben auf dem Navigationsgerät stimmen", antwortete er und fuhr in eine Parklücke am Straßenrand. Dann stieg er aus und hielt mir die Tür auf. Ich nahm mir vor, Mr Lawrence das nächste Mal, wenn ich ihm vorlas, zu danken. Callahan O'Shea hatte wunderbare Manieren. Er nahm meine Hand und schmunzelte.

„Du machst einen sehr selbstzufriedenen Eindruck", kommentierte ich.

„Oh ja", sagte er und küsste meine Hand. Alle Bedenken, die ich wegen seiner Vergangenheit und meiner Chancen auf die Fachbereichsleitung gehabt hatte, verflogen, und zurück blieb nur ein warmes, erfüllendes Gefühl von Glück. Ich konnte mich nicht erinnern, wann ich mich das letzte Mal so leicht und unbeschwert gefühlt hatte. Vielleicht noch nie.

Dann sah ich, wohin Callahan mich gebracht hatte, blieb abrupt stehen und brach in Tränen aus.

„Überraschung", sagte er und nahm mich in die Arme.

„Oh, Cal", schniefte ich an seiner Schulter.

Am Ende des nächsten Straßenzugs stand ein kleines Filmtheater mit gemauertem Eingang und breiten Fenstern, und der Duft von frischem Popcorn stieg uns in die Nase. Aber das Tollste war die Anzeigetafel über der Markise. Eingerahmt von Glühbirnen stand dort in schwarzen Buchstaben auf weißem Hintergrund: *Jubiläums-Sondervorstellung! Sehen Sie auf großer Leinwand:* ... und darunter ganz groß: *Vom Winde verweht.*

„Oh, Cal", wiederholte ich, diesmal halb erstickt, weil ich einen so großen Kloß im Hals hatte.

Der Teenager an der Kasse sah verwundert in mein verheultes Gesicht, während Cal uns Karten, Popcorn und Root Beer kaufte. Die Vorstellung war gut besucht – anscheinend war ich nicht die Einzige, die sich danach gesehnt hatte, die größte Liebesgeschichte aller Zeiten auf der Kinoleinwand zu sehen.

„Wie hast du das gefunden?", fragte ich Callahan, als wir uns setzten und ich mir die Tränen abwischte.

„Das habe ich vor ein paar Wochen im Internet gefunden", antwortete er. „Du hast doch gesagt, du hättest ihn noch nie gesehen, und da habe ich mich gefragt, ob er überhaupt noch gezeigt wird. Ich wollte es dir schon sagen, aber dann hast du dich ja endlich über mich hergemacht, sodass ich dachte, es wäre ein nettes Rendezvous."

Vor ein paar Wochen. Er hatte schon vor ein paar Wochen so an mich gedacht. Wow.

„Danke, Callahan O'Shea", sagte ich und schmiegte mich an ihn, um ihn zu küssen. Er schob eine Hand in meinen Nacken, und sein Mund war weich und warm und schmeckte nach Popcorn mit Butter. Ich genoss das kribbelnde Gefühl in meinem Bauch, bis die weißhaarige Dame hinter uns versehentlich (oder absichtlich) mit dem Fuß gegen unsere Sitze stieß. Dann ging das Licht aus und mein Herz fing an zu rasen. Cal grinste und drückte meine Hand.

In den nächsten Stunden verliebte ich mich neu in Scarlett und Rhett und erlebte all die Gefühle von damals noch einmal, als ich mit vierzehn zum ersten Mal das Buch gelesen hatte. Ich zuckte zusammen, als Scarlett Ashley ihre Liebe erklärte, feixte, als Rhett beim Tanzabend für sie bot, biss die Zähne zusammen, als Melly ihr Baby bekam, kaute an den Fingernägeln, als Atlanta brannte. Nach dem letzten Satz, als Katie Scarlett O'Hara Hamilton Kennedy Butler entschlossen, trotzig und ungebrochen den Kopf hob, brach ich in hemmungsloses Schluchzen aus.

„Ich schätze, ich hätte ein paar Valium mitbringen sollen", murmelte Callahan beim Abspann und reichte mir eine Serviette, da mir die Taschentücher ausgegangen waren, als Rhett dem Heer der Konföderation beitrat.

„Danke", krächzte ich. Die weißhaarige Dame hinter uns tätschelte meine Schulter, als sie aufstand.

„Gern geschehen", erwiderte Cal und lächelte wieder sein hintergründiges, verführerisches Lächeln.

„Hat dir der Film gefallen?", brachte ich noch hervor.

Er sah mich an. „Ich liebe diesen Film, Grace", antwortete er.

Als wir nach Peterston zurückkamen, war es schon fast neun. „Hast du Hunger?", fragte Callahan, als wir an *Blackie's* vorbeifuhren.

„Und wie!"

„Gut." Er fuhr auf den Parkplatz, stieg aus und nahm meine Hand. Händchenhalten ist eine der tollsten Erfindungen der Menschheit, dachte ich, während wir ins Restaurant gingen. Es war eine kleine Geste und dennoch eine klare Aussage der Zusammengehörigkeit. Und Händchenhalten mit Callahan O'Shea war erregend und beruhigend zugleich.

Wir fanden eine freie Sitznische, und Cal setzte sich neben mich anstatt gegenüber. Er legte einen Arm um meine Schultern, zog mich an sich, und ich atmete seinen sauberen, seifigen Duft ein. Verdammt. Ich war schwer verliebt.

„Möchtest du Chicken Wings?", erkundigte er sich mit Blick auf die Karte.

„Du wirst heute Nacht auf jeden Fall verführt", sagte ich. „Erst *Vom Winde verweht* und jetzt Buffalo Wings. Ich kann dir nicht widerstehen."

„Dann hat mein heimtückischer Plan also funktioniert." Er fasste mein Kinn, drehte meinen Kopf und küsste mich, hungrig und sanft und süß wie Karamellsoße, und ich dachte bei mir, dass ich für den Rest meines Lebens dieses Rendezvous als das perfekteste und romantischste in Erinnerung behalten würde, das ich oder eine andere Frau auf der Welt je erlebt hatte. Als ich die Augen öffnete, sah Callahan mich schmunzelnd an. Er stupste mich sanft am Kinn und widmete sich wieder der Karte.

Durch und durch glücklich und zufrieden sah ich mich um. Die Welt war einfach nur schön. Ein gut aussehender Typ fing meinen Blick auf und prostete mir zu. Er kam mir bekannt vor. Ach, ja, Eric, der Fensterputzer der Manning, der seine Frau liebte. Und sie war wirklich hübsch. Sie hielten Händchen. Ein weiteres glückliches Paar, wie schön! Ich winkte zurück.

„Hallo Grace", hörte ich da eine Frauenstimme. Ich sah auf und widerstand dem Drang, das Gesicht zu verziehen.

„Hallo Ava. Wie geht es dir?", erwiderte ich kühl. Immerhin hatte sie ein Rendezvous mit meinem Schwager gehabt.

„Sehr gut, danke", gurrte sie und musterte Callahan. Blinzel … blinzel … und … das dritte Blinzeln. „Ich bin Ava Machiatelli."

305

„Callahan O'Shea", stellte mein Freund sich vor und schüttelte ihr die Hand.

„Ava, wie ich hörte, bist du neulich mit Stuart ausgegangen", sagte ich.

„M-hm." Sie lächelte. „Der Arme. Er brauchte ein bisschen … Aufmunterung." Ich presste die Zähne zusammen und verdammte Stuart, weil er sich wie ein typischer Mann verhalten hatte, und Ava, weil sie in Bezug auf Sex kein Gefühl für Anstand besaß.

Ava drehte sich um und winkte in Richtung Theke. „Kiki! Hier drüben!" Sie wandte sich wieder zu Cal und mir. „Kiki hat sich dieses Wochenende anscheinend von jemandem getrennt und ist ziemlich mies drauf", erklärte sie. „Ich habe ihr Margaritas verschrieben."

Tatsächlich wirkte Kiki, die sich jetzt dazugesellte, recht deprimiert (und auch ein wenig beschwipst). „Hallo Grace. Ich habe dich heute ungefähr zehn Mal angerufen. Erinnerst du dich an den Typen vom Tanzabend? Tja, der hat mich abserviert!" Sie sah zu Callahan. „Hallo …" Dann hielt sie abrupt inne. „Mein Gott, das ist doch der Exknacki!", rief sie aus.

„Nett, Sie wiederzusehen", sagte Callahan und hob eine Augenbraue.

„Exknacki?", fragte Ava nach.

Es herrschte ungemütliches Schweigen. Szenen meiner Bewerbungspräsentation tanzten vor meinen Augen. Mist.

„Veruntreuung, stimmt's?", sagte Kiki nun und warf mir einen bösen Blick zu. Ach, ja. Mit genau dieser Begründung hatte ich sie vor Callahan gewarnt. Verdammt!

„Genau", bestätigte Callahan.

Avas Augen begannen zu leuchten. „Veruntreuung, wie faszinierend!"

„Tja", sagte ich nun, „nett, euch gesehen zu haben. Viel Spaß noch."

„Oh, den werden wir haben." Ava grinste breit. „Sehr erfreut, Sie kennenzulernen, Callahan." Und damit kehrten die zwei uns den Rücken.

„Alles in Ordnung?", erkundigte sich Callahan.

„Die arbeiten beide an der Manning", erklärte ich, während Ava und Kiki sich nicht allzu weit entfernt an einen Tisch setzten.

„Aha."

„Und nun werden alle wissen, dass ich mit einem Exsträfling zusammen bin", fügte ich hinzu.

„Wahrscheinlich." Er sah mich erwartungsvoll an.

„Tja", sagte ich und drückte seine Hand. „Wie es aussieht, *bin* ich nun mal mit einem Exsträfling zusammen." Ava und Kiki steckten die Köpfe zusammen. Ich bekam leichte Bauchschmerzen. „Dann wollen wir jetzt mal Buffalo Wings bestellen."

Bedauerlicherweise hatte ich keinen Hunger mehr.

26. KAPITEL

Am nächsten Morgen fuhr ich früh zur Schule und ging geradewegs zum Rektor.

Ich war nicht früh genug gewesen.

„Grace, ich habe Sie erwartet", begrüßte mich Dr. Stanton, als ich wie eine reumütige Schülerin vor seinem Schreibtisch Platz nahm. „Heute Morgen bekam ich einen recht beunruhigenden Anruf von Theo Eisenbraun."

„Richtig." Ich merkte, dass ich anfing zu schwitzen. „Tja, also … Ich wollte es Ihnen selbst sagen, aber ich schätze, die Neuigkeit hat sich schon herumgesprochen. Ich habe einen neuen Freund, und er … äh … war wegen Veruntreuung im Gefängnis."

Dr. Stanton seufzte. „Ach, Grace."

„Dr. Stanton, ich hoffe sehr, dass meine Fähigkeiten für sich sprechen", fuhr ich fort. „Ich liebe Manning, ich liebe die Schüler, und ich finde nicht, dass mein Privatleben Einfluss auf meine Beurteilung als Lehrkraft haben sollte. Oder als … äh … potenzielle Leiterin des Fachbereichs Geschichte."

„Natürlich", murmelte er. „Da haben Sie absolut recht. Wir schätzen Sie sehr, Grace."

Tja. Wir beide wussten, dass ich in der Patsche saß. Falls ich je eine Chance gehabt hatte, Fachbereichsleiterin zu werden, war sie hiermit wohl verspielt. „Der Ausschuss berät sich diese Woche, Grace. Wir werden dann auf Sie zukommen."

„Danke." Ich ging in mein winziges Büro in Lehring Hall und setzte mich in den alten Ledersessel, den Julian und ich auf einem Flohmarkt gefunden hatten. Verdammter Mist! Missmutig kaute ich an einem Fingernagel und starrte durchs Fenster auf den wunderschönen Campus hinaus. Die Kirschblüten wogten wie üppiger Schaum im Wind, als wären die Zweige mit rosa Schlagsahne besprüht. Die hübschen Blüten des Hartriegels schienen in der Luft zu schweben, und das Gras leuchtete smaragdgrün. Es war die schönste Zeit an der Manning. Nächsten Mittwoch endete das Schuljahr, und zwei Tage später fand die Abschlussfeier statt. Am Tag vor Natalies und Andrews Hochzeit.

Fachbereichsleiterin zu sein wäre eine große Herausforderung für mich gewesen – immerhin war ich erst einunddreißig und hatte keinen Doktortitel in Geschichte. Hinzu kam, dass mir politisches Gebaren nicht besonders lag und ich kaum Erfahrung im Bereich Verwaltung hatte, abgesehen von meinem Vorsitz im Lehrplankomitee. Vielleicht hatte ich ohnehin nie eine echte Chance gehabt.

Trotzdem hatte ich es in die letzte Runde geschafft – was vielleicht aber nur eine Geste der Höflichkeit gegenüber einem Mitglied der Manning gewesen war. Falls jedoch mein Zusammensein mit Callahan O'Shea meine Chancen zunichtegemacht hatte … nun ja. Er war es wert. Hoffte ich. Nein, *wusste* ich. Wenn ein Verzicht auf die Stelle als Fachbereichsleiterin der Preis war, den ich dafür zahlen musste, dann war das eben so. Nach dieser Erkenntnis ließ ich meinen armen Fingernagel in Ruhe, setzte mich aufrecht hin und startete meinen Computer.

„Hallo Grace." Verschlafen blinzelte Ava mich von der Tür aus an, ein wissendes Lächeln auf den glänzenden Lippen. „Wie geht es dir heute Morgen?"

„Mir geht es wunderbar, Ava. In jeder Hinsicht. Und dir?" Ich setzte ein munteres Lächeln auf und wartete.

„Wie ich hörte, warst du heute Morgen bei Dr. Stanton." Sie grinste. An einer Privatschule blieb nichts verborgen. „Ein Exhäftling als Freund, Grace? Kein besonders gutes Vorbild für die Heranwachsenden an der Manning, oder?"

„Tja, wenn wir hier Moral und Anstand bewerten wollen, dann schlägt es wohl das Ausgehen mit verheirateten Kollegen, oder? Darüber könnte man direkt streiten."

„Das könnte man wohl", murmelte sie. „Der Ausschuss tagt am Donnerstag, wusstest du das?"

„Wie ich hörte, haben die ihre Entscheidung bereits getroffen", ertönte eine knurrige Stimme. „Guten Morgen, die Damen."

„Guten Morgen, Dr. Eckhart", sagte ich.

„Hallo", hauchte Ava.

„Könnte ich Sie einen Moment sprechen, Ms Emerson?", krächzte er.

„Bis dann", flötete Ava und stolzierte mit schwingenden Hüften davon.

„Haben Sie es schon gehört?", fragte ich Dr. Eckhart, als er in mein Büro kam.

„Ja, das habe ich, Grace. Ich bin hier, um Ihnen Mut zu machen." Er bekam einen Hustenanfall und hörte sich wie immer so an, als wollte er ein kleines Kind aus seinen Lungen pressen. Als er wieder zu Atem kam, hatte er feuchte Augen. „Grace", sagte er lächelnd, „viele unserer Aufsichtsratsmitglieder sind selbst schon mit dem Gesetz in Konflikt geraten, vor allem, was kreative Finanzierungsmethoden betrifft. Versuchen Sie, sich keine Sorgen zu machen."

Ich lächelte halbherzig. „Danke. Haben die sich wirklich schon entschieden?"

„Wie ich hörte, wollen sie heute Nachmittag die letzten Bedingungen ausarbeiten, aber sie haben sich wohl schon letzte Woche auf jemanden verständigt. Ich habe Sie empfohlen, meine Liebe."

Ich bekam einen Kloß im Hals. „Danke, Sir. Das bedeutet mir mehr, als ich sagen kann."

Der Gong zur ersten Stunde ertönte. Dr. E. schlurfte zu Mittelalterlicher Geschichte für Stufe zehn davon, und ich ging zu meinen Zwölftklässlern. Noch zwei Unterrichtsstunden über den Bürgerkrieg, dann würden sie in die Welt entlassen werden. Viele von ihnen würde ich nie wiedersehen.

Ich schob die Tür auf und betrat, von meinen Schülerinnen und Schülern unbemerkt, das Klassenzimmer. Hunter IV. saß vor Kerry Blake, die ein kurzes T-Shirt mit tiefem Ausschnitt trug, das wohl auch eine Prostituierte angemessen gekleidet hätte, aber sicher so teuer gewesen war wie mein gesamter Wochenlohn. Vier Schüler tippten auf ihren BlackBerrys herum, obwohl deren Benutzung in den Klassenräumen verboten war. Molly, Mallory, Madison und Meggie versuchten, sich gegenseitig mit ihren Sommerreisezielen zu übertrumpfen – eine flog nach Paris zu einem Praktikum bei Chanel, eine andere wollte in Nepal bergsteigen, eine hatte eine Rafting-Tour auf dem Colorado gebucht, und die vierte würde, ihren eigenen Worten nach, einen langsamen Selbstmord begehen, indem sie den Sommer mit ihrer Familie verbrächte. Emma starrte Tommy Michener an, der mit dem Kopf auf dem Tisch döste.

Vielleicht war ich doch keine so gute Lehrerin, wie ich dachte. Hatte ich diesen Jugendlichen wirklich das beigebracht, was ich ihnen mit bester Absicht für ihr Leben hatte mitgeben wollen? Würden sie je begreifen, wie wichtig es war, unsere Vergangenheit zu kennen? Diese Gedanken, zusammen mit der Erkenntnis, dass ich meine Chance auf die Leitungsstelle möglicherweise vertan hatte, legten in mir einen Schalter um.

„Guten Morgen, Prinzen und Prinzessinnen!", bellte ich, und wie ich befriedigt feststellen konnte, zuckten die meisten schuldbewusst zusammen. „Dieses Wochenende, meine lieben Kinder, findet die Nachstellung der Schlacht von Gettysburg statt." Allgemeines Stöhnen und Augenverdrehen. „Teilnahme ist Pflicht. Wer nicht kommt, erntet eine Sechs in Unterrichtsbeteiligung, die, wie ihr sicher alle wisst, ein Drittel der Gesamtnote ausmacht, und selbst wenn ihr es alle bereits auf ein College geschafft haben solltet, so werdet ihr sicher einen guten Notendurchschnitt vorweisen müssen. Hab ich recht? Habe ich. Wir treffen uns am Samstagmorgen um neun Uhr vor diesem Gebäude."

Vor lauter Entsetzen war der gesamte Kurs für einen Moment sprachlos. Dann protestierten sie im Chor. „Das ist nicht fair! Ich habe Lacrosse-Training/ein Fußballspiel/Baseball-Karten! Meine Eltern werden …"

Ich ließ sie eine Minute lang protestieren, dann lächelte ich und sagte schlicht: „Nicht verhandelbar."

Als ich nachmittags nach Hause kam, sah Angus süßer aus denn je, also befand ich, dass ein Walzer angebracht wäre. Ich nahm meinen kleinen Hund auf den Arm, summte Angus' Lieblingslied *Take it to the Limit* von den Eagles und tanzte – eins, zwei, drei, eins, zwei, drei – mit ihm durchs Wohnzimmer. Ich sang:

„So put me on a highway, and show me a sign", und Angus jaulte mit. Wie schon gesagt, es war sein Lieblingslied.

Ich wusste nicht genau, warum es mir trotz der Sache mit der Fachbereichsleitung so gut ging. „Es gibt ja noch mehr im Leben als Arbeit, stimmt's, McFangus?", fragte ich meinen Hund. Beglückt leckte er mir die Wange.

Es stimmte. Nicht mehr lange und Natalie und Andrew wären verheiratet, was einen endgültigen Schlussstrich unter meine frühere Beziehung zu Andrew setzen würde. Der Sommer stand bevor und damit eine Zeit des Lesens, Entspannens und Schlachten-Schlagens.

Und ich war mit Callahan O'Shea zusammen. Eine Welle des Glücks stieg mir von den Füßen aus den ganzen Körper hinauf. Callahan O'Shea wollte eine Frau und Kinder und ein Haus mit Garten zum Rasenmähen. Ich fühlte mich durchaus imstande, ihm bei all seinen Wünschen zur Seite zu stehen.

„Darf ich abklatschen?"

Wenn man vom Teufel sprach ... Da stand er leibhaftig mit seinem teuflischen Grinsen vor meiner Tür. Angus versteifte sich und begann zu bellen.

„Komm rein." Ich setzte mein treues Haustier ab, das sich sofort an Cals Knöcheln zu schaffen machte. *Hrrr. Hrrr.* Cal beachtete ihn nicht weiter, sondern fasste meine Hand und nahm Tanzhaltung ein.

„Ich weiß eigentlich nicht, was ich hier tue", gestand er, während er zum Walzerschritt ansetzte und mir auf den Fuß trat.

„Ich zeig's dir", sagte ich. Sein Nacken unter meiner Hand war warm, und er roch nach Holz und Mann und Arbeit. Mein Herz begann schneller zu schlagen, und das Glücksgefühl wurde stärker.

„Eigentlich fand ich den Klammer-Blues immer am schönsten", erwiderte er und zog mich in seine Arme. Unsere Füße bewegten sich kaum noch ... abgesehen davon, dass Cal hin und wieder Angus abschütteln musste. Ich fuhr mit den Händen über Callahans Rücken und stutzte, als ich Papier in seiner Hosentasche fühlte.

„Ach ja", sagte Callahan und trat einen Schritt zurück. „Das gehört dir. Der Postbote hat es aus Versehen bei mir eingeworfen." Er reichte mir einen Umschlag.

Auf dem festen, cremefarbenen Papier stand in schnörkeliger, dunkelgrüner Schrift mein Name. „Das muss die Hochzeitseinladung meiner Schwester sein", sagte ich und öffnete den Umschlag. Und tatsächlich – in stilvollem klassischen Design standen dort die Worte: *Gemeinsam mit ihren Eltern laden Natalie Rose Emerson und Andrew Chase Carson Dich ganz herzlich zu ihrer Hochzeit ein …* Ich sah zu Callahan auf. „Willst du mich zu der Hochzeit begleiten?"

Er lächelte. „Gern."

Gern. Einfach so. Was für ein Unterschied zu den fast übermenschlichen Bemühungen, die ich vor Kittys Hochzeit angestrengt hatte! Ich zögerte. „Äh … Ich glaube, ich habe das noch gar nicht gesagt, aber erinnerst du dich, dass ich erwähnte, ich sei schon mal verlobt gewesen?" Cal nickte. „Tja, das war mit Andrew. Der jetzt meine Schwester heiratet."

Erstaunt zog Cal die Brauen hoch. „Tatsächlich?"

„Ja. In dem Moment, als er Natalie kennenlernte, wurde ihm mit einem Schlag klar, dass sie die Richtige für ihn war, nicht ich."

Callahan schwieg eine ganze Weile und sah mich nur an. Schließlich fragte er: „Geht es dir gut damit, dass die beiden zusammen sind?" Angus zerrte an seinem Hosenbein.

„Ja. Sicher", erwiderte ich. „Zuerst war es schwierig, aber jetzt geht es mir gut."

Cal sah mich eine weitere Minute schweigend an. Dann bückte er sich, hob Angus hoch, der zuerst knurrte und dann an Callahans Daumen nagte. „Ich würde sagen, es geht ihr mehr als gut, oder, Angus?" Er lehnte sich vor, küsste mich auf den Hals, und ich spürte am ganzen Körper, dass er verdammt recht hatte. Ich war bis über beide Ohren in Callahan O'Shea verliebt.

27. KAPITEL

*D*och bis über beide Ohren verliebt zu sein bedeutete nicht, dass alles perfekt war.

„Ich finde, wir sollten einfach noch ein bisschen warten", sagte ich ein paar Tage später zu Cal, als wir nach West Hartford fuhren.

„Das ist keine gute Idee", erwiderte er, ohne mich anzusehen. Wir waren auf dem Weg zur anstrengendsten Form unserer Familientreffen: Moms Kunstausstellung. Na ja, eigentlich waren ja alle unsere Familientreffen anstrengend, aber Moms Ausstellungen waren eben sehr speziell. Allerdings war es der einzige Abend vor Natalies Hochzeit, an dem die gesamte Familie noch einmal Zeit hatte. Uns stand der offizielle Familieneinführungshorror bevor.

„Callahan, vertrau mir. Es ist meine Familie. Sie werden … na, du weißt schon, ein bisschen ausflippen. Niemand will hören, dass eine Tochter der Familie mit einem verurteilten Verbrecher zusammen ist."

„Ich bin aber nun mal verurteilt worden, und ich finde, wir sollten offen damit umgehen."

„Okay, hör zu. Du bist noch nie bei einer Ausstellung meiner Mutter gewesen. Es ist nervenaufreibend. Mein Dad wird völlig verkrampft sein, meine Mutter hektisch umherwirbeln … Außerdem ist meine Großmutter so gut wie taub, also muss ich schreien, und es ist ein öffentlicher Ort und so weiter. Das ist heute einfach nicht der richtige Zeitpunkt, Cal."

Ich hatte meinen Eltern und Natalie gesagt, dass ich jetzt mit dem Nachbarn zusammen war. Sonst nichts.

Meine Eltern machten sich Sorgen, weil sie dachten, ich hätte einen guten, überfleißigen Arzt gegen einen Schreiner eingetauscht. Was schon schlimm genug war, ohne dass sie wussten, dass der Mann neunzehn Monate hinter Gittern gesessen hatte. Nicht, dass es in seinem Gefängnis Gitter gegeben hätte, aber solche Feinheiten waren für die Familie, deren Vorfahren man bis zur Mayflower zurückverfolgen konnte, nicht relevant.

„Eigentlich wundere ich mich, dass du es ihnen nicht schon längst gesagt hast", sagte Callahan.

Ich sah zu ihm hinüber. Er hielt die Lippen fest aufeinandergepresst. „Hör zu, Bursche, mach dir keine Sogen. Ich versuche nicht, irgendetwas zu verheimlichen. Ich will nur, dass sie dich zuerst kennenlernen und ein bisschen mögen. Wenn ich da reingehe und sage: ‚Hallo dies ist mein Freund, der vor Kurzem aus dem Gefängnis entlassen wurde', werden sie einen Riesenschreck bekommen. Wenn sie vorher schon feststellen konnten, was für ein toller Typ du bist, dann wird es nicht mehr so schlimm sein."

„Wann willst du es ihnen denn sagen?"

„Bald", antwortete ich. „Cal. Bitte. Im Moment habe ich den Kopf voll. Das Schuljahr ist fast zu Ende, ich habe noch nichts vom Personalausschuss gehört, eine Schwester heiratet, die andere will ihren Mann verlassen … Können wir dieses erste Kennenlernen nicht einfach hinter uns bringen, ohne meiner Familie dein Haftstrafenregister zu präsentieren? Bitte! Ich würde gern immer nur *eine* schwere Krise zur Zeit erleben. Ich verspreche, dass ich es ihnen bald sagen werde. Nur nicht heute Abend."

„Es kommt mir unaufrichtig vor."

„Das ist es nicht! Es ist nur … das vorübergehende Vorenthalten eines kleinen Details. Wir müssen doch nicht herumlaufen und dich als Callahan O'Shea, den Exknacki, vorstellen, oder?"

Er antwortete zunächst nicht. „Na schön, Grace", sagte er dann, „wie du willst. Trotzdem fühlt es sich falsch an."

Ich nahm seine Hand. „Danke." Nach einer Minute drückte er ebenfalls zu.

„Du bist mit der Hilfskraft zusammen? Du hast diesen netten Arzt hinausgeworfen, um mit der Hilfskraft zusammen zu sein?" Mémé sah aus wie eine Frau, die gerade in eine Schlange gebissen hatte. Nein, eigentlich wie eine Schlange, die gerade in eine Schlange gebissen hatte. Sie rauschte ein Stück näher und streifte dabei ein Podest, sodass *Hinein ins Licht* (vermutlich ein Geburtskanal, tatsächlich sah es aber eher aus wie der Holland Tunnel) gefährlich zu wackeln begann. Ich hielt das Kunstwerk vorsichtshalber fest und sah auf meine missbilligende Großmutter hinab.

„Mémé, bitte hör auf, Callahan ‚die Hilfskraft' zu nennen, ja? Wir sind keine Großgrundbesitzer", begann ich. „Und wie ich schon sagte …" Ich atmete tief durch, um die nächste Lüge besser überstehen zu können. „… Wyatt war ein sehr netter Mann, aber wir passten einfach nicht zusammen. Okay? Okay."

Margaret, die in der Nähe stand, hob eine Braue. Ich sehnte mich nach mehr Wein und versuchte sowohl sie als auch Mémé zu ignorieren, die schon wieder alle Iren als Diebe und Bettler beschimpfte.

Die Kunstgalerie *Chimera* war mit Körperteilen übersät. Offensichtlich war Mom nicht die einzige Künstlerin, die sich der menschlichen Anatomie widmete, und sie zeigte sich einigermaßen irritiert, dass noch ein weiterer Künstler ausstellte (Gelenke – Kugel-, Sattel- und Scharniergelenke, die jedoch nicht so gefragt waren wie Moms eher … äh … intime Stücke, von denen die meisten aussahen, als gehörten sie in einen Sexshop). Ich riss mich vom Anblick des *Verlangens in Grün* los (lassen Sie Ihrer Fantasie freien Lauf) und stellte mich neben Callahan, der mit meinem Vater sprach.

„So, so, Sie sind also Schreiner?", dröhnte Dad in seiner munteren Stimme, die er gern bei Handwerkern einsetzte – ein wenig zu laut mit gelegentlichen grammatikalischen Ausrutschern, um zu zeigen, dass auch er nur ein ganz gewöhnlicher Kerl war.

„Dad, du hast Cal doch angeheuert, damit er meine Fenster austauscht, erinnerst du dich? Dann weißt du doch schon, dass er Schreiner ist."

„Experte für Restaurationen?", schlug Dad hoffnungsvoll vor.

„Nein, eigentlich nicht", antwortete Callahan freundlich und ging somit nicht auf Dads Versuch ein, ihm mehr Glanz zu

316

verleihen. „Und eigentlich in nichts ein Experte. Einfach ein ganz normaler Schreiner."

„Er leistet wunderbare Arbeit", fügte ich hinzu. Cal sah mich stirnrunzelnd an.

„Was würde ich darum geben, wenn ich meine juristischen Bücher gegen einen Hammer eintauschen könnte!", rief Dad. Ich schnaubte – soweit ich mich erinnern konnte, war es immer Mom gewesen, die im Haushalt irgendwelche Dinge repariert hatte. Dad konnte nicht mal ein Bild aufhängen. „Schon immer Schreiner gewesen?", fuhr mein Vater mit einem unvollständigen Satz fort, um seine Solidarität mit der Arbeiterklasse zu demonstrieren.

„Nein, Sir. Ich bin einmal Buchhalter gewesen." Cal sah mich wieder an. Ich lächelte und schob meine Hand in seine.

Offenbar hatte Mom das gehört und kam angerauscht. „Sie hatten also eine *Erleuchtung*, Callahan?", fragte sie, während sie eine ihrer Skulpturen auf fast anzügliche Weise streichelte. „Das habe ich auch erlebt. Da war ich, eine Mutter und Hausfrau, aber in mir rang eine Künstlerin um Anerkennung! Am Ende musste ich meine neue Identität einfach annehmen."

„Tanzsaalflittchen?", raunte ich Margaret zu. Ich hatte ihr alles über mein Erlebnis in Julians Tanzschule erzählt – warum sollte ich allein leiden? –, und sie schnaubte. Mom sah mich fragend an, zog Cal dann aber zu *Begierde* hinüber, um ihm das Wunder künstlerischer Ausdruckskraft zu erläutern. Callahan zwinkerte mir zu. Gut. Er entspannte sich.

„Hallo Leute! Wir haben es geschafft!" Über das Summen der Menge hinweg ertönte die melodiöse Stimme meiner jüngeren Schwester.

Natalie und Andrew hielten Händchen. „Hallo Grace!", sagte Nat und sprang vor, um mich zu umarmen.

„Was ist mit mir?", brummte Margaret.

„Zu dir komme ich doch noch!" Nat grinste. „Hallo Margaret, ich hab dich genauso lieb wie Grace, okay?"

„Das solltest du auch", knurrte Margs. „Hallo Andrew."

„Hallo die Damen. Wie geht's denn allen so?"

„Alle leiden, Andrew, also gesell dich zu uns", erwiderte ich lächelnd. „Schön, dass ihr gekommen seid!"

„Wir wollten Callahan doch unbedingt kennenlernen", sagte Natalie. „Du und Wyatt, wie lange wart ihr zusammen? Zwei Monate? Und ich habe nicht ein Mal die Gelegenheit bekommen, ihm die Hand zu geben." Nat musterte meinen neuen Freund. „Gott, Grace, was sieht er umwerfend aus! Sieh dir mal diese Arme an! Der könnte glatt ein Pferd hochheben!"

„Hallo, ich stehe direkt neben dir", sagte Andrew zu meiner Schwester. Ich schmunzelte in mein Weinglas und spürte ein warmes Ziehen im Unterleib. Genau, Andrew, dachte ich, dieser große, starke, umwerfende Mann ist dein Nachfolger. Ich fragte mich, was Cal wohl von meinem Ex hielt. Cal sah zu mir herüber, lächelte, und das Ziehen wurde zu einem sehnsüchtigen Brennen. Ich lächelte zurück, und Cal lauschte erneut den Ausführungen meiner Mutter.

„Sieh sie dir nur an", kommentierte Nat zu Margaret gewandt. „Sie ist verliebt."

Ich wurde rot. Andrew sah mich fragend an und blickte dann zu Boden.

„Ich fürchte, du hast recht, Nat", entgegnete Margs. „Grace ist schwer verliebt, der arme Tropf. Und da wir gerade von armen Tröpfen sprechen ... Andrew, könntest du dich wohl nützlich machen und uns noch etwas Wein bringen?"

„Ja, M'am", antwortete Andrew gehorsam.

„Übrigens", sagte ich, „möchte Mom, dass ihr euch eine Skulptur als Hochzeitsgeschenk aussucht." Ich sah Nat vielsagend an.

„Oh, Liebling, lass uns schnell etwas aussuchen", erwiderte Natalie. „Das kleinste, was auch immer es ist. Mein Gott, sieh dir das an! *Himmelspforten*. Wow, ist das riesig!" Sie spazierten davon.

Dad kam zu Margs und mir. „Gracie-Liebling", begann er, „kann ich kurz mit dir sprechen?"

Margaret seufzte schwer. „Da werde ich schon wieder verstoßen! Und dann wundern sich die Leute, warum ich so aggressiv bin! Na schön. Dann gehe ich mal und stöbere zwischen den Schamlippen." Bei ihren letzten Worten zuckte Dad zusammen. Dann wartete er, bis sie außer Hörweite war.

„Ja, Dad?" Ich hob ein Schultergelenk hoch, um es zu bewundern. Ups. Plötzlich hielt ich zwei Teile in Händen.

„Tja, Schnups, ich frage mich, ob du nicht zu vorschnell mit deinem Arzt Schluss gemacht hast", sagte Dad, während ich versuchte, die Gelenkteile wieder zusammenzusetzen. „Sicher, er muss viel arbeiten, aber denk doch nur daran, was er tut! Kindern das Leben retten! Ist das nicht die Art von Mann, die du willst? Ein Schreiner ... also, ich will ja nicht snobistisch klingen oder so ..."

„Du klingst ausgesprochen snobistisch, Dad", erwiderte ich und drückte den Humerus (Oder war es die Ulna? Ich hatte in Biologie eine Zwei minus gehabt.) in die Gelenkpfanne zurück. „Aber du denkst ja schon, dass ein Lehrer auf derselben Stufe steht wie ein Feldarbeiter, also ..."

„Das denke ich nicht", sagte Dad. „Aber trotzdem. Als Baumwollpflückerin würdest du wahrscheinlich mehr verdienen."

Callahan, den meine Mutter aus ihren Klauen entlassen hatte, kam zu mir.

„Da sind Sie ja!", bellte mein Vater freundlich und schlug Callahan hart auf den Rücken, sodass sein Wein im Glas schwappte. „Nun, junger Mann – erzählen Sie mir etwas von sich."

„Was möchten Sie wissen, Sir?", fragte Cal zurück und nahm meine Hand.

„Grace sagt, Sie seien Finanzbuchhalter gewesen." Dad lächelte anerkennend.

„Ja", erwiderte Cal.

„Und ich nehme an, dass Sie dafür studiert haben."

„Ja, Sir. Betriebswirtschaft. Ich war auf der Tulane."

Siehst du? sendete ich mit stummem Blick zu Dad. *Er ist wirklich in Ordnung, und hör jetzt auf, ihn auszufragen!* Er ignorierte es. „Warum haben Sie denn ..."

Mom unterbrach ihn. „Haben Sie Familie hier in der Gegend, Callahan?"

„Mein Großvater ist im Seniorenheim *Golden Meadows*", antwortete Cal.

„Wer ist es? Kenne ich ihn?", krächzte Mémé. Sie kam so rasant angerollt, dass beinahe eine Brust von ihrem Podest gefallen wäre.

„Er heißt Malcolm Lawrence", gab Callahan Auskunft. „Hallo Mrs Winfield. Schön, Sie wiederzusehen."

„Nie von ihm gehört", gab Mémé schnippisch zurück.

„Er wird im Flügel für Demenzkranke betreut", sagte Callahan. Ich drückte seine Hand. „Meine Mutter starb, als ich noch klein war, und mein Großvater zog meinen Bruder und mich groß."

Mom hob die Augenbrauen. „Ein Bruder? Und wo lebt der?"

Cal zögerte. „In … in Arizona. Verheiratet, keine Kinder. Ich habe also nicht viel Familie."

„Sie Ärmster", meinte Mom. „Familie zu haben ist ja so ein Segen!"

„Ach ja?", hakte ich nach, worauf sie tadelnd mit der Zunge schnalzte.

„Sie! Ire!" Mémé pikste Cal mit knochigem Finger ins Bein. „Sind Sie hinter dem Geld meiner Enkelin her?"

Ich seufzte. Laut. „Du meinst Margaret, Mémé. Ich habe eigentlich nicht viel, Cal."

„Ah, tja, dann muss ich mich wohl an Margs ranmachen", entgegnete er. „Und da wir gerade vom Schwesterntauschen reden …", fügte er so leise hinzu, dass nur ich es hören konnte.

„Hallo, ich bin Andrew Carson." Der große Blasse kam zu uns, meine schöne, strahlende Schwester im Schlepptau. Andrew schob seine Brille auf der Nase hoch und streckte die Hand aus. „Nett, Sie kennenzulernen."

„Callahan O'Shea", erwiderte Cal und schüttelte Andrew fest die Hand. Andrew krümmte sich leicht zusammen, und ich musste mir ein Schmunzeln verkneifen. *Genau, Andrew! Er könnte dich zu Brei schlagen.* Nicht, dass ich Gewalttaten unterstützen wollte, oh nein! Es war nur einfach wahr.

„Schön, Sie wiederzusehen, Callahan", sagte nun Natalie.

„Hallo Natalie", sagte Cal mit charmantem Lächeln. Natalie wurde rot, formte lautlos *Wow!* mit den Lippen, und ich grinste zustimmend.

„Also, Sie sind ... Installateur, ja?", sagte Andrew und musterte Cals kräftige Statur von oben bis unten. Dabei lächelte er in sich hinein, als dächte er: *Oh, ja, ich habe schon von Handwerkern gehört. Sie sind also einer von denen!*

„Er ist Schreiner", korrigierten Natalie und ich im Chor.

„So wunderbar, mit den Händen zu arbeiten", dröhnte Dad. „Werde das auch viel häufiger machen, wenn ich mal im Ruhestand bin. Meine eigenen Möbel bauen. Vielleicht eine Räucherkammer."

„Eine Räucherkammer?", fragte ich. Cal versuchte, nicht zu schmunzeln.

„Bitte, Dad. Erinnerst du dich nicht mehr an die Kreissäge?", fragte Natalie und lächelte Callahan zu. „Mein Vater hat sich fast den Daumen amputiert, als er einmal versuchte, selbst etwas zu bauen. Andrew ist auch so."

„Das war eine widerspenstige Säge", murmelte mein Vater.

„Natalie hat recht", bestätigte Andrew gut gelaunt und legte einen Arm um ihre Taille. „Grace, weißt du noch, wie ich damals versucht habe, diesen Wandschrank zu befestigen, als wir am Anfang zusammenzogen? Ich habe mich fast umgebracht. So etwas habe ich nie wieder gemacht. Zum Glück kann ich es mir jetzt leisten, jemand anderes für diese Arbeit zu bezahlen."

Verwundert sah Natalie ihn an, doch er bemerkte es nicht, sondern setzte nur ein falsches Lächeln auf. Cal lächelte nicht. Sieh an, sieh an. Andrew war eifersüchtig! Wie schön. Und wie edel von Cal, nicht darauf einzugehen. Doch ich spürte, wie er sich neben mir verspannte.

„Trotzdem ist es eine Schande, die gute Ausbildung so zu vergeuden", fuhr Dad fort. Oh Gott! Jetzt hob er sicherlich zu seiner „Such dir eine Arbeit mit anständiger Bezahlung"-Rede an – eine Rede, die ich schon viel zu oft gehört hatte. Und mit „anständiger Bezahlung" meinte er nicht, dass man seine Rechnungen bezahlen und ein bisschen was zur Seite legen konnte. Er meinte sechsstellige Summen. Schließlich war er Republikaner.

„Eine Ausbildung ist nie vergeudet, Dad", sagte ich schnell, bevor Callahan antworten konnte.

„Sind Sie hier aus der Gegend, Calvin?", erkundigte sich Andrew mit seltsam eulenhaft geneigtem Kopf.

„Ich heiße Callahan", berichtigte mein Freund. „Und ja, ich stamme aus Connecticut. Ich bin in Windsor aufgewachsen."

„Und wo haben Sie gewohnt, bevor Sie wieder herkamen?", wollte Andrew wissen.

Callahan sah mich an. „Im Süden", sagte er. Seine Stimme klang angespannt. Ich versuchte, meine Dankbarkeit zu zeigen, indem ich seine Hand drückte. Er erwiderte die Geste nicht.

„Ich liebe den Süden!", rief meine Mutter. „So temperamentvoll, so leidenschaftlich, so … *Die Katze auf dem heißen Blechdach*!"

„Reiß dich zusammen, Nancy", knurrte Mémé und ließ ihre Eiswürfel klirren.

„Sag mir nicht, was ich tun soll, altes Weib", murrte Mom in dem Wissen, dass Mémé zu taub war, es zu hören.

„So, so. Und warum haben Sie als Buchhalter aufgehört?", fragte Dad nach. Herrje, er war so hartnäckig wie ein Hund mit einem Knochen.

„Könnten wir vielleicht mal aufhören, Callahan zu verhören, hm?", schlug ich mit scharfer Stimme vor.

Dad warf mir einen beleidigten Blick zu. „Ach, Schnups! Ich versuche doch nur herauszufinden, warum jemand einen guten, sicheren Job aufgibt, nur um den ganzen Tag mit den Händen zu arbeiten."

„Das ist eine ehrliche Frage", warf Andrew ein.

Ah, ehrlich! Das Stichwort. Ich schloss die Augen. Gleich kommt's, dachte ich. Und ich hatte recht.

Callahan ließ meine Hand los. „Ich wurde wegen Veruntreuung von über einer Million Dollar verurteilt", verkündete er ruhig. „Ich habe meine Zulassung verloren und neunzehn

Monate in einem Gefängnis in Virginia verbracht." Er sah erst meinen Vater an, dann meine Mutter, dann Andrew. „Sonst noch Fragen?"

„Sie sind ein Verbrecher?", rief Mémé und reckte ihren knochigen Hals, um Cal zu mustern. „Ich wusste es."

Bis zum Ende der Ausstellung hatte ich es geschafft, meiner Familie Callahans Situation besser zu erklären. Gut, ich hatte ziemlich herumgestammelt, aber ich war ja auch nicht darauf vorbereitet gewesen. Ich hatte vorgehabt, mir etwas Überzeugenderes auszudenken als *Es ist nicht so schlimm, wie es sich anhört* ... außerdem hatte Margs mich im Stich gelassen, weil sie einen Notfall in der Kanzlei bearbeiten musste und ankündigte, sie werde nicht vor Mitternacht zu Hause sein.

„Bist du jetzt glücklich?", fragte ich Callahan, als ich in den Wagen stieg und mich mit hölzernen Bewegungen anschnallte.

„Grace, es ist immer besser, von Anfang an ehrlich zu sein", erwiderte er mit starrer Miene.

„Tja, jetzt hast du deinen Willen ja bekommen."

„Hör zu." Er ließ den Motor noch nicht an. „Tut mir leid, wenn es für dich unangenehm war. Aber deine Familie sollte Bescheid wissen."

„Und ich *hätte* es ihnen ja gesagt! Nur nicht heute Abend."

Er sah mich eine ganze Weile an. „Es kam mir verlogen vor."

„Das war kein Lügen! Ich wollte die Wahrheit Stück für Stück enthüllen. Es langsam angehen. Rücksicht auf die Gefühle der anderen nehmen, das war alles."

Schweigend saßen wir im Wagen und starrten geradeaus. Mein Hals war wie zugeschnürt, meine Hände schwitzten. Eines war klar. Ich würde demnächst viel Zeit am Telefon verbringen müssen.

„Grace", sagte Callahan ruhig. „Bist du sicher, dass du mit mir zusammen sein willst?"

Ich fuhr herum. „Cal! Ich habe mir diese Woche quasi selbst ins Bein geschossen wegen dir. Ich habe meinem Rektor erzählt, dass wir zusammen sind. Ich nehme dich zur Hochzeit meiner Schwester mit! Ich fand es nur nicht nötig, dass du mit einem scharlachroten Buchstaben auf der Stirn durch die Gegend läufst."

„Hätte ich deinen Vater etwa anlügen sollen?"

„Nein! Ich wollte nur … an der Präsentation feilen, das ist alles. Ich kenne meine Familie, Cal. Ich wollte es ihnen leichter machen, deine Vergangenheit zu verstehen. Stattdessen bist du mit gezückter Waffe vorgeprescht."

„Tja, ich habe nun mal nicht viel Zeit zu verlieren."

„Warum? Hast du einen Hirntumor? Sind dir Bluthunde auf der Spur? Wartet ein UFO darauf, dich zu entführen?"

„Nicht, dass ich wüsste", erwiderte er trocken.

„Na also. Ich bin nur ein bisschen … sauer. Das ist alles. Ich … Hör zu, lass uns nach Hause fahren. Ich muss ein paar Anrufe erledigen. Und ich sollte heute zu Hause bleiben", sagte ich.

„Grace", begann er.

„Cal, wahrscheinlich habe ich schon zwanzig Nachrichten auf meinem Anrufbeantworter. Ich muss die Abschlussarbeiten meiner Abgänger korrigieren und bis Freitag die Noten aller Klassen einreichen. Ich habe immer noch nichts wegen der Stelle gehört. Ich bin im Stress. Ich brauche heute mal ein wenig Zeit für mich. Okay?"

„Okay." Er ließ den Motor an, und wir fuhren schweigend nach Hause. Als wir in meiner Auffahrt hielten, sprang ich aus dem Wagen.

Er stieg ebenfalls aus. „Gute Nacht", sagte er.

„Gute Nacht", erwiderte ich und wollte ins Haus gehen. Dann drehte ich mich noch einmal um, ging zurück und küsste ihn. Ein Mal. Ein weiteres Mal. Und noch ein Mal. „Ich bin nur ein wenig angespannt", erklärte ich noch einmal, als ich fertig war.

„Okay. Und auch sehr süß", sagte er.

„Spar dir das, Bursche", erwiderte ich und drückte seine Hand.

„Ich konnte einfach nicht lügen", stellte er noch einmal fest und sah zu Boden.

Es war schwer, einem Mann dafür böse zu sein. „Das verstehe ich." Im Haus hörte ich Angus bellen. „Aber ich muss jetzt wirklich noch arbeiten."

„Richtig." Er gab mir einen Kuss auf die Wange und ging zu seinem Haus. Seufzend schloss ich meine Tür auf.

28. KAPITEL

Einige Stunden später, nachdem ich meine Eltern angerufen (beziehungsweise beruhigt) und meine Korrekturarbeiten erledigt hatte, ertappte ich mich dabei, wie ich mal wieder aus meinem abgedunkelten Wohnzimmer zu Cals Haus hinüberstarrte.

Als ich Dr. Stanton am Anfang der Woche von Callahan erzählt hatte, war das im Hinblick auf eine mögliche gemeinsame Zukunft mit ihm geschehen. Es war seltsam. Vor ein paar Monaten noch hatte ich mir bei dem Mann, an den ich mich endgültig binden wollte, immer noch Andrew vorgestellt. Also, nicht sein Gesicht ... aber viele seiner Qualitäten. Seine sanfte Stimme, seinen feinen Sinn für Humor, seine Intelligenz, selbst seine kleinen Unzulänglichkeiten, etwa seine Unfähigkeit, Reifen zu wechseln oder einen verstopften Abfluss zu reparieren. Jetzt hingegen ... Ich lächelte. Callahan O'Shea konnte sehr wohl Reifen wechseln. Vermutlich konnte er sogar einen Wagen kurzschließen.

Ich streichelte Angus' Kopf, was mir ein dankbares Fiepen und einen liebevollen Biss in den Daumen einbrachte. Wenn ich mit Callahan allein war, war ich ganz verrückt nach ihm. Wenn seine Vergangenheit mit meiner kleinen Welt aus Beruf und Familie kollidierte, wurde es schon schwieriger. Aber wie Cal bereits festgestellt hatte, hatten wir es jetzt immerhin hinter uns. Alle wussten Bescheid. Wir mussten keine Informationen mehr zurückhalten. Und das war gut so.

Ich hörte ein leises Klopfen und sah auf die Uhr. Acht Minuten nach neun. Zum Glück schlief Angus gerade zu fest, um in seine übliche Raserei zu verfallen, und so machte ich Licht und schlich auf Zehenspitzen zur Tür in der Annahme, es sei Callahan.

Er war es nicht.

Vor mir stand Andrew. „Hallo Grace", sagte er mit seiner sanften Stimme. „Hast du einen Moment Zeit?"

„Sicher", erwiderte ich langsam. „Komm doch rein."

Das letzte Mal, als Andrew dieses Haus gesehen hatte, in dem wir gemeinsam hatten wohnen wollen, waren noch nicht alle Wände eingezogen und die Küche nicht vorhanden gewesen, Leitungen und Dämmung hatten offen gelegen, die Böden waren nicht geglättet und teilweise beschädigt gewesen, die Treppenstufen verfärbt und vom Alter gedunkelt.

„Wow", sagte er und drehte sich einmal langsam im Kreis. Angus auf der Couch hob ruckartig den Kopf. Doch bevor er Andrew angreifen konnte, nahm ich ihn hoch.

Ich räusperte mich. „Soll ich dich herumführen?", bot ich an.

„Gern", antwortete er, ohne Angus' Knurren zu beachten. „Es ist wunderschön geworden."

„Danke. Tja, hier ist das Esszimmer, wie man sieht, und die Küche. Da ist mein Arbeitszimmer – erinnerst du dich, dass es vorher nur eine Abseite war?"

„Oh ja, stimmt", sagte er. „Und du hast die Wand zum Schlafzimmer eingerissen, oder?"

„M-hm", murmelte ich. „Ich dachte ... Ich wollte einfach eine große Küche."

Der ursprüngliche Plan hatte darin bestanden, unten unser Schlafzimmer einzurichten. Wir hatten mindestens zwei Kinder gewollt, vielleicht sogar drei, also sollten die Zimmer oben Kinderzimmer werden. Später, wenn unsere Kinder zum College gegangen und Andrew und ich älter gewesen wären, hätten wir uns nicht immer die Treppen rauf und runter schleppen müssen. Jetzt war der als Schlafzimmer geplante Raum zur Hälfte Küche und zur Hälfte Arbeitszimmer geworden.

An der Wand tickte laut meine Fritz-the-Cat-Uhr mit schwingendem Schwanz. *Tick ... tick ... tick ...*

„Zeigst du mir auch, wie es oben aussieht?", wollte Andrew wissen.

„Natürlich." Ich drückte Angus ein wenig fester an mich und folgte Andrew die schmale Treppe hinauf nach oben. Mir fiel auf, dass er immer noch so dünn und schmächtig war. Hatte ich das mal attraktiv gefunden? „Das ist also mein Schlafzimmer", erklärte ich steif, „und hier ist das Gästezimmer, in dem gerade

Margaret wohnt, und da ist die Tür zum Dachboden – der ist noch nicht weiter ausgebaut. Und am Ende des Flurs ist das Badezimmer."

Andrew ging den Flur hinunter, spähte in jedes Zimmer und streckte dann den Kopf ins Bad. „Unsere Wanne!", rief er freudig.

„Meine Wanne", korrigierte ich automatisch. Meine Stimme klang hart.

Er schnitt eine Grimasse. „Ups, tut mir leid. Du hast recht. Aber es sieht alles schön aus."

Wir hatten die alte Porzellanwanne mit den Löwenfüßen an einem Wochenende in Vermont entdeckt, wo wir uns bei einem Bed & Breakfast eingemietet, nach Antiquitäten gestöbert und uns geliebt hatten. Die Badewanne stand im Hinterhof eines Farmers, der sie einst als Tränke für seine Schweine benutzt hatte. Er verkaufte sie für fünfzig Dollar, und wir hatten große Mühe, sie zu dritt in Andrews Subaru zu verfrachten. Dann fand ich eine Firma, die Badewannen neu beschichtete, und als wir sie wiederbekamen, sah sie neu, weiß und glänzend aus. Andrew schlug vor, dass wir uns auch ohne Wasseranschluss schon einmal nackt hineinsetzen könnten. Was wir dann auch taten. Eine Woche später machte er Schluss. Ich konnte nicht fassen, dass ich das Ding überhaupt behalten hatte.

„Erstaunlich, wie toll du das alles hinbekommen hast", sagte er nun und lächelte mich voller Stolz an.

„Danke." Ich ging wieder nach unten, und Andrew folgte mir. „Möchtest du ein Glas Wasser? Kaffee? Wein? Bier?" Ich unterdrückte ein Stöhnen. *Toll, Grace. Warum backst du dem Mann nicht auch noch einen Kuchen? Oder grillst ein paar Shrimps und ein Steak?*

„Ich nehme einen Wein", antwortete er. „Danke, Grace."

Auf dem Weg in die Küche murmelte er seine Anerkennung zu diversen kleinen Details – dem Deckenfries, der Kuckucksuhr im Eingangsbereich, den Ziersternen aus Bronze, die ich hinter dem Küchentisch an die Wand genagelt hatte.

„Also, was führt dich her, Andrew?", fragte ich endlich, während ich zwei Gläser Wein ins Wohnzimmer trug. Er setzte sich auf das viktorianische Sofa, dessen Neubezug so viel Geld gekostet hatte. Ich nahm den Ohrensessel, gab Angus ein unförmiges Stück Rohleder zum Kauen, damit er sich nicht über Andrews Schuhe hermachte, und sah den Verlobten meiner Schwester erwartungsvoll an.

Er holte tief Luft und lächelte. „Tja, das ist ein bisschen blöd, Grace, aber ich fand, ich sollte ... na ja, dich etwas fragen."

Es war ein Gefühl, als würde mir das Herz in den Magen rutschen und dort feststecken wie ein Pfirsichkern. „Okay."

Er blickte zu Boden. „Hm ... das ist jetzt unangenehm für mich." Er brach ab, sah auf und zog eine seiner Grimassen.

Ich lächelte unsicher.

„Ich schätze, ich sage es am besten geradeheraus", meinte er. „Gracie, was soll das mit diesem Kerl?"

Der Pfirsichkern schien sich zu drehen und dabei mein Inneres zu verletzen. Das Lächeln gefror auf meinem Gesicht. Andrew wartete mit freundlicher, besorgter Miene. „Wie meinst du das?", fragte ich schließlich mit leiser, zitternder Stimme.

Andrew kratzte sich die Wange. „Grace", begann er erneut und lehnte sich vor, „entschuldige bitte, wenn ich das frage, aber hat das etwas mit Natalie und mir zu tun?"

„Wie bitte?" Meine Stimme war nur ein Krächzen. Ich packte meinen Hund und setzte ihn mir schützend auf den Schoß. Angus ließ das Lederstück fallen und knurrte Andrew pflichteifrig an. Braver Hund.

Andrew seufzte. „Hör zu, ich will ganz offen sein, Grace. Dieser Typ scheint mir ... na ja ... nicht richtig für dich. Ein ehemaliger Häftling, Gracie? Ist es wirklich das, was du willst? Ich ... na ja, ich habe diesen anderen Kerl nie kennengelernt, Wyatt, oder? Den Arzt? Aber nach dem, was Natalie erzählt hat, klang er großartig."

Ich schloss die Augen. *Natalie hat ihn nie gesehen, du Blödmann. Ich* habe *ihn nie gesehen.* Aber für Natalie hatte sehr viel davon abgehangen, dass ich mit Wyatt Dunn zusammen

gewesen war, also war ihre Fantasie wohl mit ihr durchgegangen. So wie meine mit mir.

„Grace", fuhr Andrew fort, „dieser Typ ... Ich hoffe einfach,
du tust das nicht aus ... na ja ...“

„Verzweiflung?", schlug ich vor.

Er zuckte zusammen, korrigierte mich aber nicht. „Du bist
sehr ... hm ... großzügig gewesen", fuhr er fort. „Ich bin sicher,
die ganze Situation mit Natalie und mir ist für dich sehr ... unangenehm gewesen. Für mich war sie es auf jeden Fall, und ich
kann mir nur vorstellen, wie es dir dabei ging.“

„Wie nett von dir, meine Gefühle zu berücksichtigen", murmelte ich. Der Pfirsichkern schien sich in mein Fleisch zu
drehen.

„Aber ... wie heißt er gleich noch mal? Der Vorbestrafte?“

„Callahan O'Shea.“

„Ja, also ich finde ... er ist nichts für dich.“

Ich presste die Lippen zusammen. „Tja, weißt du, Andrew,
er hat diese eine, ganz wunderbare Eigenschaft. Er ist nicht in
meine Schwester verliebt. Was ich, wie du dir vielleicht denken
kannst, sehr erfrischend finde.“

Andrew wurde rot und nickte kurz. „Punkt für dich, Gracie.
Aber selbst mit ...“

„Und ich fühle mich genötigt, darauf hinzuweisen", fuhr
ich in meiner „Ruhe im Klassenraum"-Stimme fort, sodass
Angus mitfühlend jaulte, „dass dich mein Liebesleben überhaupt nichts mehr angeht.“

„Aber du liegst mir immer noch am Herzen", protestierte er
schwach, und in diesem Moment hätte ich ihm am liebsten in
die Eier getreten.

„Mach dir keine Mühe, Andrew.“ Ich musste mich sehr bemühen, vor Wut nicht zu schreien. „Es geht mir gut. Callahan
ist ein guter Mann.“

„Bist du sicher, Grace? Denn er hat so etwas an sich ... Ich
traue ihm nicht.“

Ich setzte Angus ab und starrte Andrew kühl an. „Wie interessant, dass gerade du das sagst, Andrew. Denn überleg mal,

330

was mit dir und mir passiert ist. Ich dachte, du liebst mich. Ich dachte, wir würden verdammt gut zusammenpassen. Und ich lag falsch. Das ist also wirklich komisch. Du traust Callahan nicht, und ich traue dir nicht so recht, Andrew, und ich habe keine Ahnung, was dich dazu bringt, herzukommen und meinen Geschmack bezüglich Männern zu hinterfragen."

Er wollte etwas sagen, aber ich schnitt ihm das Wort ab. „Was ich über Callahan weiß, ist, dass er ein Verbrechen aufgedeckt hat und es bereinigen wollte. Gleichzeitig hat er versucht, seinen Bruder zu schützen. Er hat alles für den Menschen riskiert, der ihm am meisten bedeutete, und ist dabei auf die Schnauze gefallen."

„Tja, wenn du das so hindrehst ..."

„Ich drehe nichts, Andrew. Hast *du* jemals etwas riskiert? Du ..." Mir versagte vor Wut die Stimme. Mein Herz raste, mein Gesicht brannte. „Du hast mich gebeten, dich zu heiraten, und wusstest dabei, dass ich dich abgöttisch liebte, während du nicht dasselbe empfunden hast. Aber du dachtest, es wäre an der Zeit, eine Familie zu gründen, und ich war da und bereit. Dann hast du meine Schwester gesehen und dich verliebt und kein Sterbenswörtchen gesagt. Stattdessen hast du bis drei Wochen vor der Hochzeit gewartet, um alles abzublasen. Drei Wochen! Mein Gott, Andrew! Findest du nicht, du hättest schon ein bisschen früher damit herausrücken können?"

„Ich habe nie ..."

„Ich bin noch nicht fertig." Er klappte den Mund zu. „Selbst bei Natalie hast du dich nur zurückgelehnt und nichts unternommen. Obwohl sie die Liebe deines Lebens ist, oder? Aber wenn ich nicht gewesen wäre, hättest du nie wieder mit ihr gesprochen."

Er wurde dunkelrot. „Ich habe doch gesagt, dass ich dir sehr dankbar bin, dass du Nat und mich zusammengebracht hast."

„Ich habe das nicht für dich getan, Andrew. Ich habe es für sie getan. Du aber ... du hast nicht mal für sie gekämpft, hast nicht versucht, mit ihr zu reden ... du hast einfach nur dagesessen wie eine Topfpflanze und nichts gemacht."

Er ließ die Schultern hängen. „Was hätte ich denn tun sollen?", fragte er kleinlaut zurück. „Ich konnte doch nicht einfach mit der Schwester meiner Exverlobten ausgehen. Ich wollte dich nicht in eine unangenehme Situation bringen."

„Und trotzdem bist du jetzt hier, allein, eine Woche vor eurer Hochzeit."

Er seufzte, ließ sich zurück gegen die Sofalehne fallen und fuhr mit einer Hand durch sein hellblondes Haar. „Du hast recht, Grace. Ohne deinen Segen hätte ich nie mit Natalie gesprochen. Auf keinen Fall wollte ich dich noch mehr verletzen. Ich dachte damals, es wäre das Richtige. Oder etwa nicht?" Er blickte so betreten drein, dass ich ihn am liebsten geschüttelt hätte.

Dann sah ich Tränen in seinen Augen, und meine Wut war mit einem Schlag verraucht. „Ich weiß es nicht, Andrew. Die Situation war damals kompliziert."

„*Genau*", entgegnete er, und – *Gott!* – hatte ich ihn satt! In den letzten drei Jahren war ich wie besessen von Andrew gewesen, und mal war es mir gut damit gegangen und mal schlecht, aber jetzt reichte es.

„Hör zu", sagte ich matt. „Es rührt mich, dass du dir Sorgen wegen Callahan machst, aber … tja, da hast du nun mal nichts mehr zu melden, Andrew. Was ich mache, geht dich nichts mehr an."

Er lächelte traurig. „Na ja, du bist bald meine Schwägerin. Da gehst du mich doch noch etwas an."

„Spar dir das, Kumpel." Doch ich sagte es mit einem Lächeln. Um Natalies willen.

Er stellte sein Weinglas auf den Couchtisch und stand auf. „Ich sollte gehen", erklärte er und sah sich wieder um. „Das Haus ist wunderschön, Grace. Du hast tolle Arbeit geleistet."

„Ich weiß." Ich öffnete die Tür.

Andrew trat auf die Veranda. Ich folgte ihm und schloss die Fliegengittertür, damit Angus nicht hinauslaufen konnte. Andrew drehte sich zu mir um. „Du wirst immer etwas Besonderes für mich sein, weißt du?", sagte er, ohne mir in die Augen zu sehen.

Ich zögerte. „Tja. Danke."

Er legte seine dünnen Arme um meinen Oberkörper und umarmte mich steif. Nach einer Sekunde tätschelte ich seine Schulter. Da wandte Andrew unvermittelt den Kopf und küsste mich.

Es war kein romantischer Kuss, dafür war er viel zu spitz. Aber es war auch kein schwägerlicher Kuss auf die Wange. Wie für ihn typisch, hatte Andrew sich wieder mal nicht entscheiden können. Idiot.

Ich fuhr zurück. „Hast du den Verstand verloren?"

„Was?", meinte er nur und sah mich verständnislos an.

„Na ja, du magst es vielleicht für blöd halten, aber ich denke, du solltest das nie wieder tun, okay? Niemals!"

„Mist. Entschuldige." Er schnitt eine Grimasse. „Ich habe nur … Es tut mir leid. Macht der Gewohnheit. Ich weiß nicht. Ich wollte nur … vergiss es. Es tut mir aufrichtig leid."

Ich wollte nur noch, dass er ging. „Tschüss, Andrew."

„Gute Nacht, Grace." Damit drehte er sich um und ging über die Verandatreppe zu seinem Wagen. Er ließ den Motor an, winkte und setzte rückwärts aus der Ausfahrt.

„Den bin ich erst mal los!", murmelte ich. Gerade wollte ich wieder ins Haus gehen, da sah ich etwas in der Dunkelheit und wurde starr vor Schreck.

Callahan O'Shea stand an der Grenze unserer Grundstücke, und wenn Blicke töten könnten, wäre ich auf der Stelle umgefallen.

29. KAPITEL

Callahan", stammelte ich. „Hey! Du hast mich aber erschreckt!"

„Was zum Teufel war das denn?", knurrte er.

Ich winkte ab. „Das war gar nichts." *Er findet nur, dass du nicht gut genug für mich bist, das ist alles.* „Willst du reinkommen?"

„Grace", presste er zwischen den Zähnen hervor. „Das sah aber nicht nach *nichts* aus. Es sah aus, als hätte der Verlobte deiner Schwester dich gerade geküsst. Der Typ, den du einmal heiraten wolltest!"

„Dann muss ich jetzt wohl einiges erklären, wie?", meinte ich. Er kniff die Augen zusammen. Ah, er war eifersüchtig! Komisch, was für eine Genugtuung das manchmal sein kann, oder? Leider schien Callahan mein Amüsement nicht zu teilen. „Nun steh nicht einfach da und sei sauer, Mr O'Shea. Komm rein. Du kannst mich auch drinnen noch in die Mangel nehmen."

Callahan stieß einen unterdrückten Fluch aus, kam die Treppe hoch und ging ins Haus, ohne auf Angus zu achten, der angriffslustig auf ihn zusprang. Stattdessen musterte er die Weingläser auf dem Tisch und machte ein noch böseres Gesicht.

„Es ist nicht so, wie du denkst", sagte ich.

„Und was denke ich?"

„Du denkst …" Ich verzog das Gesicht zu einem Lächeln. „Du denkst, dass Andrew sich an mich rangemacht hat."

„Das schien mir offensichtlich."

„Der Schein trügt. Jetzt setz dich, bitte, Cal. Möchtest du Wein?"

„Nein danke." Er setzte sich auf den Platz, den gerade noch Andrew eingenommen hatte. „Und? Warum war er hier? Und küsst dich auf den Mund?"

Ich setzte mich wieder in meinen Sessel, nahm einen Schluck Wein und betrachtete meinen Schatz. Ja. Definitiv eifersüchtig. Aber vielleicht war jetzt nicht der richtige Augenblick, um ihm zu sagen, dass ich das unglaublich sexy fand. „Andrew hat mich schon sehr, sehr lange nicht mehr geküsst. Warum er es heute getan hat, weiß ich auch nicht. Er sagt, es sei die Macht der Gewohnheit gewesen."

„Das ist das Dümmste, was ich je gehört habe!"

Angus knurrte, während er sich fest in Callahans Arbeitsstiefel verbiss.

„Bist du eifersüchtig?" Ich konnte mir die Frage nicht verkneifen.

„Oh ja! Das bin ich! Du hast diesen mageren kleinen Wicht geliebt, und heute Abend kommt er her und küsst dich. Wie soll ich mich dabei wohlfühlen?"

„Tja, zum einen solltest du dich glücklich fühlen, weil Andrew, wie du schon sagtest, ein magerer kleiner Wicht ist. Und du bist genau das Gegenteil."

Callahan wollte etwas sagen, hielt aber inne. „Danke." Er zog einen Mundwinkel hoch.

„Gern geschehen." Ich schmunzelte.

„Hast du noch Gefühle für ihn, Grace?", wollte er wissen. „Wenn ja, dann sag es mir hier und jetzt."

„Nein, habe ich nicht. Wie du schon sagtest: magerer kleiner Wicht."

Callahan musterte mich eine Weile, dann griff er nach unten, um seinen Schuh aus Angus' Fängen zu befreien. „Geh zu deiner Mommy", sagte er. Angus gehorchte, sprang mir auf den Schoß und rollte sich zusammen. Callahan lehnte sich zurück und sah mich an. Er wirkte schon sehr viel entspannter als gerade eben. „Beunruhigt es dich? Dass Andrew eine andere küsst als Natalie?"

Ich dachte darüber nach. „Nein. Als die beiden sich das erste Mal gesehen haben, haben sie sich auf der Stelle verliebt, einfach so. *Kabumm!* Als wären sie vom Blitz getroffen worden."

„Oder von einem Feldhockeyschläger", warf Cal ein.

Oh. *Oh.* Mir wurde kribbelig. „Jedenfalls", fuhr ich errötend fort, „ist Andrew hierhergekommen, weil er …" Ich überlegte. „… sich Sorgen macht."

„Weil du mit einem Exsträfling zusammen bist."

„Korrekt." Ich streichelte Angus über den Kopf und erntete ein wohliges Fiepen.

„Der Mann, der dich für deine Schwester hat sitzen lassen, hat also ein Problem mit meiner Moral."

„Bingo." Ich lächelte ihn an. „Und ich habe ihm gesagt, dass du ganz wunderbar und ehrenhaft bist, und vielleicht habe ich auch erwähnt, wie gut du ohne Kleidung aussiehst." Callahan lächelte. „Außerdem habe ich gesagt, was ich am liebsten an dir mag, nämlich, dass du weder in Natalie noch in Margaret verliebt bist, sodass ich davon ausgehe, dass du bei mir bleibst."

„Grace", sagte Callahan ernst und lehnte sich vor, „ich kann mir nicht im Mindesten vorstellen, mich in eine deiner Schwestern zu verlieben. Nicht, nachdem ich dich kennengelernt habe."

Ich bekam spontan einen Kloß im Hals. Niemand ... *niemand* ... hatte mich je mit meinen Schwestern verglichen und für besser befunden. „Danke", flüsterte ich.

„Bitte", murmelte er und sah mir in die Augen. „Soll ich Andrew finden und zu Brei schlagen?"

„Nee", meinte ich. „Das wäre viel zu einfach."

Er lachte und beugte sich vor, um den Schuh, den Angus malträtiert hatte, neu zu binden. „Willst du Natalie sagen, dass ihr Verlobter rumläuft und andere Frauen küsst?"

Auch darüber dachte ich kurz nach. „Nein. Ich bin ehrlich überzeugt, es hatte nichts zu bedeuten. Ich meine ... also wirklich, da habe ich von Angus schon leidenschaftlichere Küsse bekommen." Ganz zu schweigen von dir, Bursche, fügte ich im Stillen hinzu. „Ich glaube, es war nur ein Reflex."

„Was, wenn nicht?"

Ich schüttelte den Kopf. „Doch, das war es. Da bin ich sicher. Er liebt Natalie! Sie sind verrückt nacheinander. Das hast du doch gesehen."

Cal zögerte, dann nickte er kurz. „Schätze ja."

Er schätzte? Jeder konnte doch sehen, dass Natalie und Andrew füreinander bestimmt waren! Es war offensichtlich. Oder nicht?

Angus wachte aus seinem Kurzschlaf auf, sprang von meinem Schoß und trabte in die Küche, um zu sehen, ob durch irgendein Wunder sein Fressnapf aufgefüllt worden war.

Callahan lehnte sich wieder zurück und sah aus wie ein Bewerber für den „Sexiest Man Alive". Die ganze Zeit mit Andrew hatte ich nie so empfunden wie jetzt … lustvolle Erregung vermischt mit dem Gefühl, dass er … na ja, dass er mich mochte. Er hatte mich erwählt. Er *begehrte* mich. Er nahm sogar Angus in Kauf.

„Und wie kommt deine Familie damit klar, dass Prinzessin Grace mit einem Exknacki zusammen ist?", fragte er mit leichtem Schmunzeln.

Ich entschied, ihm nichts von Dads Elf-Punkte-Liste zu erzählen, die zeigen sollte, warum Cal nicht gut für mich sei, oder dass Mom bereits mit einem Privatdetektiv telefoniert hatte. „Sie werden sich daran gewöhnen."

„Deinen Katzensammler-Arzt haben sie wohl für die bessere Wahl gehalten, wie?"

Seine Worte fühlten sich an wie ein Schwall Eiswasser auf mein Herz. Ach, ja. Doktor Wyatt Dunn, Kinderchirurg. „Äh … also …" Ich nagte an einem Daumennagel. „Was das betrifft …"

„Was?" Cal grinste. „Sag nicht, der ist auch noch vorbeigekommen, um dich zu küssen!"

„Nein, nein. Äh. Da wir gerade davon sprechen, Cal … Ich muss dir noch etwas sagen. Etwas, das dir vielleicht nicht gefallen wird." Ich merkte, dass ich immer noch auf meinem Daumen herumkaute, und legte die Hände in den Schoß. Dann atmete ich tief durch und sah Callahan an.

Er hörte auf zu lächeln, und sein Gesicht wurde völlig ausdruckslos. „Schieß los", sagte er leise.

„Tja … also, das ist eigentlich ganz witzig", begann ich und versuchte zu kichern. Mein Herz klopfte wie wild. „Es ist nämlich so: Ich … ich bin nie mit Wyatt Dunn zusammen gewesen. Dem Arzt. Dem Kinderchirurgen."

Cal rührte sich nicht. Er blinzelte nicht einmal.

„Ja", fuhr ich fort und schluckte schwer, da mein so Mund trocken war wie Arizona im Juli. „Äh ... ich habe ihn erfunden."

Das einzige Geräusch, das ich hörte, war das Ticken der Fritz-the-Cat-Uhr und das Klimpern von Angus' Hundemarken, während er in der Küche herumschnüffelte. *Tick ... tick ... tick.*

„Du hast ihn erfunden."

„Also ... ja!" Ich lachte panisch. „Natürlich! Ich meine ... komm schon! Du hast es doch geahnt, oder? Ein gut aussehender, alleinstehender Hetero-Kinderchirurg? Einen solchen Typen hätte ich doch nie bekommen!"

Oje, das kam ganz falsch heraus.

„Aber einen Typen wie mich konntest du wohl bekommen." Callahan klang gefährlich ruhig.

Mist. „Ich ... na ja, so habe ich das nicht gemeint. Ich meinte, dass es so einen Typen gar nicht geben kann. Er ist ... du weißt schon. Zu schön, um wahr zu sein."

„Du hast ihn erfunden", wiederholte Cal.

„M-hm", krächzte ich und krallte verlegen die Zehen in den Teppich.

„Dann sag mir doch bitte, Grace: Warum solltest du so etwas tun?" Seine ruhige Stimme klang regelrecht unheilschwanger.

Eine Weile antwortete ich nicht. Der Tag, an dem ich Wyatt Dunn erfunden hatte, schien in weiter Ferne zu liegen. „Na ja, also, wir waren alle auf einer Hochzeit." So knapp ich konnte, erzählte ich ihm von den Bemerkungen und Kommentaren, vom Brautstrauß, von Nat auf der Toilette. „Ich wollte nur nicht, dass Natalie denkt, ich wäre nicht über Andrew hinweg", sagte ich. „Und um ehrlich zu sein ..." Cal hob skeptisch eine Augenbraue, schwieg jedoch. „... hatte ich es satt, dass alle mich ansehen, als wäre ich ... na ja, eine Aussätzige."

„Also hast du gelogen." Er sprach immer noch sehr leise und wirkte ruhig wie eine Bronzestatue. Mein Herz schlug so heftig, dass mir fast schlecht wurde. „Du hast deine ganze Familie angelogen."

„Na ja, also, sie haben sich alle besser gefühlt. Und Margaret wusste Bescheid", murmelte ich und sah zu Boden. „Und mein Freund Julian. Und Kiki", fügte ich hinzu.

„Ich kann mich an mindestens eine Verabredung von dir mit diesem Kerl erinnern", sagte Cal. „Und Blumen … Hat er dir nicht Blumen geschickt?"

Mein Gesicht wurde so rot, dass es praktisch glühte. „Ich … äh, habe sie mir selbst geschickt. Und … ich habe ein oder zwei Mal so getan, als wäre ich verabredet." Ich zog den Kopf zwischen die Schultern und räusperte mich. „Cal, hör zu. Es war dumm, das weiß ich. Ich wollte nur, dass alle denken, mir ginge es gut."

„Du hast gelogen, Grace", wiederholte er, nun nicht mehr ganz so ruhig. Tatsächlich sogar ziemlich laut, und man konnte sogar ziemlich wütend sagen. „Ich glaube das nicht! Du hast mich angelogen! Seit Monaten! Ich habe gefragt, ob du dich von diesem Typen getrennt hättest, und du hast gesagt, du wärst nicht mehr mit ihm zusammen!"

„Und das war ich ja auch nicht, oder?" Mein nervöses Lachen klang wie ein trockenes Würgen. „Ja. Stimmt. Ich habe gelogen. Das war vermutlich ein Fehler."

„Vermutlich?", bellte er.

„Okay, es war definitiv ein Fehler! Ich gebe es zu, es war dumm und unreif, und ich hätte es nicht tun sollen, aber ich stand mit dem Rücken zur Wand, Cal!"

„Das muss man dir lassen, Grace." Seine Stimme war wieder ausdruckslos und ruhig. „Du bist eine ausgezeichnete Lügnerin. Ich hatte tatsächlich etwas geahnt, stimmt, aber dann hast du meine Zweifel restlos zerstreut. Gut gemacht."

Autsch. Bebend sog ich die Luft ein. „Cal, hör mich an. Es war kindisch, das weiß ich. Aber versuch doch, mich zu verstehen."

„Du hast mich angelogen, Grace. Du hast fast jeden angelogen, den du kennst!" Er fuhr sich mit der Hand durchs Haar und wandte sich ab. Allmählich wurde *ich* wütend. *So* schlimm war es nun auch wieder nicht gewesen. Niemand war verletzt worden. Tatsächlich hatte meine Lüge einige Leute davor bewahrt, sich unnötige Sorgen um die arme verlassene Grace zu machen. Und auch mir war es damit besser gegangen.

„Callahan, sieh mal", sagte ich ruhig. „Ich habe eine Dummheit gemacht, das gebe ich zu. Und so ungern ich dir das sagen möchte, aber Menschen machen Fehler. Manchmal tun sie blöde Dinge, vor allem für Menschen, die sie lieben. Von solchen Sachen hast du doch sicher schon gehört."

Daraufhin sah er mich nur wieder böse an, schwieg aber weiter. Kein Verständnis, kein Mitgefühl. Und so fuhr ich fort.

„Ich meine ... komm schon, Cal. Du bist auch nicht perfekt. Hm? Du hast auch etwas Dummes getan, um jemanden zu schützen, den du liebst. Und ich muss gestehen, dass ich es fast ein bisschen seltsam finde, ausgerechnet von dir eine Moralpredigt zu hören."

„Und was soll das jetzt bedeuten?"

„Das bedeutet, dass du der Exhäftling bist, der für seinen Bruder ein Verbrechen verschleiert hat, und deshalb vor zwei Monaten erst aus dem Knast gekommen ist."

Ups. Das hätte ich vielleicht nicht sagen sollen. Er sah jetzt nicht mehr angespannt aus, sondern regelrecht zornig. Und ruhig. Eine schreckliche Kombination.

„Grace", sagte er ruhig und stand auf. „Ich kann nicht fassen, dass ich mich so in dir getäuscht habe."

Es war, als würde er mein Herz zerschmettern. Ich sprang auf und stellte mich tränenüberströmt vor ihn. „Warte, Callahan. Bitte." Ich holte tief Luft. „Ich dachte, dass ausgerechnet du das verstehen würdest. Wir haben beide aus den richtigen Beweggründen heraus etwas Falsches getan."

„Du bist noch nicht über Andrew hinweg", konstatierte er.

„Ich bin ganz sicher über Andrew hinweg", widersprach ich. Es stimmte. Und es war schrecklich, dass er mir nicht glaubte.

„Du hast gelogen, damit die Leute denken, du wärst es. Du hast immer weiter gelogen, und auch jetzt lügst du noch und merkst nicht einmal, dass an diesem Bild etwas nicht stimmt, oder?" Cal starrte zu Boden, als könnte er es nicht ertragen, mich anzusehen. Als er fortfuhr, sprach er ganz leise.

„Du hast deine Familie belogen, Grace, und du hast mich be-logen." Nur mit Mühe, so schien es, sah er mir in die Augen. „Ich gehe jetzt. Und für den Fall, dass das nicht klar ist: Es ist aus."

Er schlug die Tür nicht zu. Nein, schlimmer noch: Er schloss sie ganz, ganz leise.

30. KAPITEL

*D*as ist, also, irgendwie total lahm." Kerrys Gesichtsausdruck zeigte eine Mischung aus Abscheu, Fassungslosigkeit und Märtyrertum, wie es nur ein Teenager hinbekam.

„Ich dachte, wir könnten auf Pferden reiten", jammerte Mallory. „Sie haben doch gesagt, wir wären in der Kavallerie. Der Typ da drüben hat ein Pferd. Warum kann ich kein Pferd haben?"

„Stellt euch vor, wir wären abgestiegen", erwiderte ich barsch. Meine Stimmung war in den letzten achtundvierzig Stunden nicht gerade besser geworden.

Meine selbstgerechte Entrüstung war ungefähr zehn Minuten, nachdem Callahan die Haustür so unwiderruflich geschlossen hatte, verschwunden und ich stand heiß vor Scham und Schock in meinem plötzlich so leeren Leben. Callahan O'Shea, der mich hübsch und witzig fand, der nach Holz und Sonne roch, wollte nichts mehr mit mir zu tun haben.

Den restlichen Abend verbrachte ich trotz Julians und Margarets redlichem Bemühen, mich mit einem DVD-Marathon der ersten Staffel von *Project Runway* und jeder Menge Mango-Martinis abzulenken, in einem Nebel aus Selbstverachtung. Ich konnte weder essen noch trinken und heulte fast unablässig, während Tim Gunn seine Teilnehmer zu immer höheren Leistungen peitschte. Bis in die frühen Morgenstunden wurde ich immer wieder von Schluchzern geschüttelt, bis ich schließlich gegen sechs Uhr einschlief, nur um kurz darauf wieder schlagartig wach zu werden, da mir einfiel, dass ich meinen Bürgerkriegskurs zur Nachstellung der Schlacht von Gettysburg bestellt hatte. Ich stürzte drei Becher Kaffee hinunter und stand nun in meiner blauen Uniform mit Koffeinkribbeln im Kopf und Herzschmerz in der Brust vor ihnen.

„Ihr Lieben, die Schlacht von Gettysburg dauerte drei Tage", verkündete ich. „Sie kostete über siebentausend Männern das Leben, und Zehntausende wurden verwundet – insgesamt sind also etwa achtundzwanzig Prozent der Soldaten, das entspricht jedem dritten bis vierten, gefallen oder verwundet worden. Es war die blutigste Schlacht in der Geschichte Amerikas und ein Wendepunkt im Sezessionskrieg. Der Anfang vom Ende für den Süden, der sich hatte abspalten wollen."

Ich sah in die elf kritischen Gesichter vor mir. „Hört zu", fuhr ich müde fort. „Ich weiß, dass ihr das hier lahm findet. Ich weiß, wir sind in Connecticut und nicht in Pennsylvania. Ich weiß, dass ein paar Hundert spinnerte Geschichtsfreaks wie ich, die verkleidet herumlaufen und mit Platzpatronen schießen, euch nicht auf Anhieb in Begeisterung versetzen."

„Warum haben Sie uns dann gezwungen mitzukommen?", wollte Hunter wissen, was Kerry mit einem „Aber echt, ey" kommentierte.

Ich zögerte. „Ich will, dass ihr versucht … nur versucht und nur für die nächsten paar Stunden, euch so gut, wie ihr könnt, in die Lage dieser Soldaten hineinzuversetzen. Stellt euch vor, wie es wäre, so leidenschaftlich an etwas zu glauben, dass ihr bereitwillig euer Leben dafür geben würdet. Für eine Idee. Für eine Lebensweise. Für die Zukunft eures Landes, eine Zukunft, von der ihr wisst, dass ihr selbst sie vielleicht nicht mehr erleben werdet. Ihr glücklichen, netten, wohlgenährten, reichen Kinder seid hier, weil ihr auf den Schultern der Geschichte dieses Landes steht. Ich möchte nur, dass ihr das spürt – nur ein bisschen."

Kaelen und Peyton verdrehten die Augen, Hunter sah heimlich auf sein Handy, Kerry Blake begutachtete ihre lackierten Fingernägel.

Tommy Michener hingegen starrte mich fasziniert und mit leicht geöffnetem Mund an und Emma Kirk machte große Augen.

„Dann mal los", sagte ich. „Denkt daran, wir sind ein Teil der Ersten Kavallerie. Dort drüben ist General Buford. Tut, was er sagt und … na ja. Was auch immer."

Stöhnend und kichernd folgten mir die Jugendlichen zu den Mitgliedern von *Brother Against Brother*, die sich bereits als Unions-Soldaten aufgestellt hatten. General Buford (besser bekannt als Glen Farkas, Buchhalter aus Litchfield), ritt die Reihe seiner Männer ab. Als sie das schnaubende Pferd und den Säbel des Generals sahen, wurden meine Schülerinnen und Schüler ehrfürchtig still. Glen machte das wirklich gut.

„Wann geht's los?", flüsterte Tommy.

„Sobald General Heth angreift", flüsterte ich zurück.

„Ich bin tatsächlich ein bisschen aufgeregt", meinte Tommy grinsend. Ich klopfte ihm auf den Arm und lächelte zurück.

Und dann kamen sie. Die Schreie der Rebellen gellten durch die Luft, und Dutzende Konföderierte rannten über den Hügel auf uns zu.

„Vorwärts, Männer!", rief General Buford und gab seinem Pferd die Sporen. Mit einem Aufschrei folgte ihm die Erste Kavallerie. Tommy Michener, an der Spitze seiner Kameraden, hielt die ungeladene Muskete über den Kopf und schrie aus Leibeskräften.

Fünf Stunden später fuhr ich mit einem breiten Grinsen im Gesicht den Minibus der Manning zur Schule zurück.

„Das war ja so cool, Ms Em!"

„Haben Sie gesehen, wie ich den Typen mit meinem Bajonett fertiggemacht habe?"

„Ich war ja irgendwie, also, richtig eingeschüchtert!"

„Ich dachte, das Pferd trampelt gleich über mich drüber!"

„Tommy und ich haben die Kanone bedient! Haben Sie das gesehen?"

„Und als diese anderen Typen da hinter uns auftauchten … als wir sozusagen eingekreist wurden, irgendwie!"

Kerry Blake behielt ihre gelangweilte Pose zwar bei, doch die anderen plapperten aufgeregt durcheinander wie die Äffchen. Und ich triumphierte innerlich. Endlich. Endlich hatte das Thema, das wir ein ganzes Halbjahr lang besprochen hatten, einen kleinen Eindruck in ihrer schmucken, behüteten Welt hinterlassen.

An der Manning angekommen, stiegen alle aus dem Wagen. „Das Foto schicke ich Ihnen per E-Mail, Ms Em", kündigte Mallory an. Obwohl man bei Nachstellungen über moderne

Technik die Nase rümpfte, hatten wir ausnahmsweise ein Foto von uns vor einer Kanone gemacht. Mein Kurs und ich. Ich würde das Bild vergrößern und rahmen lassen und in meinem Büro aufhängen. Und wenn ich Leiterin des Fachbereichs würde, könnte ich …

Tja. Wie es aussah, würde ich wohl nicht Fachbereichsleiterin werden. Die offizielle Entscheidung war zwar noch nicht bekannt gegeben worden, aber mit meinem Geständnis vor Dr. Stanton, dass ich mit einem ehemaligen Häftling zusammen war, hatte ich vermutlich jede Chance vertan. Ich überlegte, ob ich ihm sagen sollte, dass ich nicht mehr mit Callahan zusammen war. Aber nein. Wenn ich die Stelle als Vorsitzende nur deshalb nicht bekam, weil ich mit jemandem zusammen war oder nicht, dann wollte ich sie auch nicht.

Vielleicht hat Callahan sich inzwischen beruhigt, dachte ich, als ich nach Hause fuhr. Vielleicht verstand er mich jetzt ja. Vielleicht hatte er mich auch vermisst. Vielleicht erschien ihm meine Lüge nicht mehr so schlimm, nachdem etwas Zeit verstrichen war. Vielleicht …

Als ich in meine Straße bog, sah ich im Vorgarten meines Nachbarn das Hinweisschild eines Immobilienmaklers. *Zu verkaufen.* Mein Herz setzte einen Schlag aus. Natürlich hatte ich gewusst, dass Cal das Haus wieder verkaufen wollte, aber ich war nicht davon ausgegangen, dass es so bald geschehen würde.

Die Haustür wurde geöffnet, und eine Frau trat auf die Veranda … die Blondine aus der Bar. Seine Maklerfreundin. Callahan kam direkt hinterher.

Margarets Wagen stand nicht in der Auffahrt, was bedeutete, dass ich jetzt keine Unterstützung erhalten würde. Sie saß gerade an einem großen Fall, deshalb war sie bestimmt in ihrer Kanzlei. Ich war auf mich allein gestellt. Ich machte die Tür auf und stieg aus.

„Hallo Cal", rief ich. Meine Stimme klang einigermaßen ruhig.

Er sah auf. „Hallo", sagte er und schloss die Haustür. Er und die Frau gingen den Weg entlang, auf dem ich Callahan mit der Harke verletzt hatte.

„Hallo, ich bin Becky Mango, wie die Frucht", stellte die Frau sich vor und streckte die Hand aus.

„Hallo", erwiderte ich. „Grace Emerson, wie Ralph Waldo." Na, das klang ja schön hochnäsig. „Ich wohne nebenan", fügte ich hinzu und sah Callahan an. Er betrachtete seinen Garten, der in der letzten Woche bepflanzt worden war. Nicht mich.

„Was für ein hübsches Haus!", rief Becky aus. „Wenn Sie es je verkaufen wollen, rufen Sie mich an!" Sie griff in ihre Tasche und zog eine Karte hervor. *Becky Mango, Mango Properties Ltd., gepr. Maklerin.* Dazu ein Logo wie auf dem Zu-ver-kaufen-Schild.

„Danke, das werde ich", sagte ich und wandte mich dann an den stur geradeaus schauenden Mann neben ihr. „Cal, kann ich dich kurz sprechen?"

Sein Blick war distanziert und skeptisch. Es tat höllisch weh. „Sicher."

„Callahan, sehen wir uns nächste Woche?", wollte Becky wissen. „Ich glaube, ich habe noch ein Objekt, das dich interessieren könnte, unten in Glastonbury. Viel Arbeit, soll nächsten Monat auf den Markt."

„Okay. Ich ruf dich an." Wir sahen ihr nach, während sie in ihr Auto stieg und davonfuhr.

„Dann bist du ... hier jetzt fertig?", fragte ich, obwohl die Antwort auf der Hand lag.

„Jupp." Er warf eine Reisetasche auf die Ladefläche seines Pick-ups.

„Und wohin fährst du jetzt?" Meine Augen brannten, und ich musste heftig blinzeln.

„Ich arbeite erst einmal an einem Haus in Granby", sagte er. „Ich will in der Gegend bleiben, bis mein Großvater ... solange er noch da ist." Er nahm die Schlüssel aus der Tasche, ohne mich anzusehen. „Aber ich habe das Gefühl, er wird nicht mehr allzu lange bei uns bleiben."

Ich bekam einen Kloß im Hals. Cals letzter Verwandter, abgesehen von seinem Bruder, mit dem er keinen Kontakt mehr hatte. „Das tut mir leid, Cal", flüsterte ich.

„Danke. Danke auch, dass du ihn immer besucht hast." Er sah mich kurz an, dann blickte er wieder zu Boden.

„Callahan." Ich legte eine Hand auf seinen warmen, muskulösen Arm. „Können wir ... noch mal reden?"

„Worüber denn, Grace?"

Ich schluckte. „Über unseren Streit. Über ... du weißt schon. Dich und mich."

Er lehnte sich gegen den Pick-up und verschränkte die Arme. Seine Körpersprache war nicht gerade ermutigend. „Grace, ich glaube, du bist ... Ich glaube, es gibt ein paar Dinge, die du klären musst." Er wollte weitersprechen, hielt jedoch inne und schüttelte den Kopf. „Sieh mal", fuhr er fort, „du hast mich vom ersten Tag an angelogen. Ich komme damit nicht klar. Ehrlich gesagt, weiß ich nicht, ob du wirklich über Andrew hinweg bist, und ich will nicht dein Lückenbüßer sein. Ich will etwas anderes. Ich will ... na, du weißt, was ich will." Jetzt sah er mich direkt an, jedoch ohne sichtbares Gefühl.

Eine Frau, ein paar Kinder, einen Rasen, den er am Wochenende mähen konnte. „Cal, ich ..." Ich brach ab und kaute auf meinem Daumennagel. „Okay. Du willst absolute Ehrlichkeit, also bin ich jetzt ganz ehrlich. Du hast teilweise recht. Ich habe diesen Freund erfunden, weil ich noch nicht ganz über Andrew hinweg war. Und ich wollte nicht, dass jemand das merkt, weil ich mich damit so ... klein gefühlt habe. So dumm ... weil ich nicht von dem Kerl loskam, der mich wegen meiner Schwester verlassen hatte. Bevor irgendjemand das merken könnte, habe ich lieber einen tollen Freund vorgetäuscht. Und dass die anderen dachten, ich hätte diesen tollen Typen, der mich liebt und bewundert ... das war mal eine nette Abwechslung."

Er nickte kaum merklich, schwieg jedoch.

„Als Andrew sich in Natalie verliebte ..." Ich zögerte kurz, dann fuhr ich fort. „Ich habe ihn geliebt, er hat mich nicht ganz so sehr geliebt, und dann sieht er Natalie, meine perfekte kleine Schwester, nur ein einziges Mal an und ist bis über beide Ohren verknallt. Es war schwer, damit klarzukommen."

„Da bin ich sicher", sagte Cal, nicht unfreundlich.

„Was ich aber eigentlich sagen will … Ich bin jetzt wirklich über Andrew hinweg, Callahan. Ich weiß, ich hätte dir die Wahrheit über Wyatt sagen sollen, aber …" Mir versagte die Stimme. Ich räusperte mich und überwand mich fortzufahren. „Ich wollte nicht, dass du mich als jemanden siehst, der einfach ausgetauscht wurde."

Er seufzte. Sah zu Boden und schüttelte leicht den Kopf. „Ich habe über den Abend nachgedacht, als ich dich von *Blackie's* nach Hause gebracht habe", sagte er. „Du hattest eine Verabredung gehabt, stimmt's?" Ich nickte. „Ich wette, du warst ziemlich … verzweifelt."

„Ja", gestand ich flüsternd.

„Und danach war ich so ungefähr deine letzte Chance, oder? Die Hochzeit deiner Schwester rückte immer näher und du hattest noch niemanden gefunden, der dich begleitet. Der Exknacki von nebenan war das Beste, was du kriegen konntest."

Ich zuckte zusammen. „Nein, Cal. So war es nicht!"

„Vielleicht", erwiderte er. Nachdem er etwa eine Minute lang geschwiegen hatte, sagte er: „Wenn du über Andrew hinweg bist, dann freue ich mich für dich, Grace. Aber sonst kann ich nichts mehr für dich tun."

Ach, verdammt. Jetzt musste ich weinen. Die Tränen brannten in meinen Augen, und mein Hals tat weh, als würde ich erwürgt. Callahan merkte es. „Und um ganz offen zu sein", fügte er leise hinzu, „möchte ich nicht mit jemandem zusammen sein, der lügt, um besser dazustehen. Jemandem, der nicht die Wahrheit sagen kann."

„Ich habe die Wahrheit gesagt! Ich habe dir alles erzählt!", krächzte ich.

„Und was ist mit deiner Familie, Grace? Hast du vor, es da auch allen zu erzählen? Auch Andrew und deiner Schwester?"

Bei der Vorstellung krümmte ich mich zusammen. Wie Scarlett O'Hara hatte ich mir vorgenommen, es morgen zu tun. Oder übermorgen. Vielleicht auch nie. Wahrscheinlich hatte ich gehofft, die Wyatt-Dunn-Fantasie würde sich einfach so in der Vergangenheit auflösen.

Callahan sah auf die Uhr. „Ich muss los."

„Cal", brachte ich mühsam hervor, „ich wünsche mir wirklich sehr, dass du mir verzeihst und mir noch eine Chance gibst."

Er sah mich lange an. „Alles Gute, Grace. Ich hoffe, du kannst deine Angelegenheiten klären."

„Okay", flüsterte ich und blickte auf meine Schuhe, damit er mein Gesicht nicht sehen konnte. „Ich wünsch dir auch alles Gute."

Dann stieg er in seinen Wagen und fuhr davon.

In meinem Haus setzte ich mich an den Küchentisch und ließ die Tränen über mein Gesicht laufen, wo Angus sie munter ableckte. Na toll. Ich hatte es vermasselt. Wie ich Wyatt Dunn jemals für eine gute Idee halten konnte, war mir schleierhaft. Ich hätte nie … Wenn ich nur … Nächstes Mal …

Nächstes Mal? Hm. Schmerzhaft wurde mir bewusst, dass Typen wie Callahan O'Shea nicht auf Bäumen wuchsen. Dass das Schicksal mir einen wunderbaren Mann ins Nachbarhaus gesetzt und ich Wochen damit zugebracht hatte, meine Vorurteile zu pflegen. Dass ich genau wie mein Idol Scarlett O'Hara nicht erkannt hatte, was direkt vor meiner Nase war. Dass jeder Kerl, der eineinhalb Stunden Auto fährt, um mich *Vom Winde verweht* im Kino sehen zu lassen, zehn Mal, nein hundert Mal so viel wert war wie ein Typ, der mich zwanzig Tage vor der Hochzeit abservierte. *Das wurde aber auch Zeit*, hatte Callahan beim ersten Mal gesagt, als ich ihn geküsst hatte. Er hatte auf mich gewartet.

Bei dem Gedanken daran musste ich wieder heftig schluchzen. Angus jaulte und drückte mir seinen kleinen Kopf gegen den Hals. „Ist schon gut", sagte ich mit wenig Überzeugung. „Alles wird wieder gut."

Ich putzte mir die Nase, wischte meine Augen trocken und starrte in meine Küche. Es war so hübsch hier. Während ich es jetzt so ansah, fiel mir erst auf, *wie* perfekt es war. Alles war mit Bedacht ausgesucht worden, um über Andrew hinwegzukommen – Farben, die beruhigten, Möbel, die Andrew selbst nie gewählt hätte. Das ganze Haus war ein Schrein zur Andrew-Bewältigung.

Und doch war es nicht Andrew, den ich jetzt überall sah, sondern Callahan. Callahan in meiner Küche, wie er mich wegen meines Pyjamas aufzog … Callahan, wie er die Skulpturen meiner Mutter schleppte … Callahan, wie er Angus abschüttelte und wie er auf die Knie sank, nachdem ich ihm mit dem Schläger eins übergezogen hatte. Wie er mir ein selbst gemachtes Omelett servierte und alles über seine Vergangenheit erzählte.

In absehbarer Zeit würde jemand anderes das Haus nebenan kaufen. Vielleicht eine Familie oder ein älteres Ehepaar oder eine alleinstehende Frau. Oder gar ein alleinstehender Mann.

Eines aber wusste ich. Ich wollte das nicht mit ansehen. Ohne groß darüber nachzudenken, holte ich die Visitenkarte aus der Tasche und griff zum Telefon. Als Becky Mango sich meldete, sagte ich einfach nur: „Hallo, hier ist Grace Emerson, wir haben uns gerade kennengelernt. Ich möchte mein Haus verkaufen."

31. KAPITEL

Die Abschlussfeier an der Manning fand am selben Tag statt wie das traditionelle Familienessen am Vorabend von Natalies Hochzeit. Eine Woche nach unserem Gettysburg-Abenteuer endete der Unterricht, und ich gab jedem außer Kerry Blake eine Eins plus für die Teilnahme. Kerry bekam nur eine Drei, mit der sie als Endnote eine Zwei minus und die Schule sieben Anrufe ihrer erbosten Eltern erhielt. Dr. Eckharts letzte Amtshandlung als Leiter des Fachbereichs Geschichte war die Verteidigung meiner Notengebung. Ich würde den Mann wirklich vermissen.

Mit hallenden Schritten ging ich durch den Schulflur in meinen Klassenraum, den ich am Vortag gründlich aufgeräumt hatte. Im August würde ich ein Sommerseminar über den Amerikanischen Bürgerkrieg geben, aber die nächsten zwei Monate würde ich die Schule zunächst nicht mehr betreten. Und wie am Schuljahresende üblich, bekam ich wieder mal einen Kloß im Hals.

Ich sah mich im Zimmer um und lächelte beim Anblick des Gruppenfotos, das die gute Mallory für mich sogar hatte vergrößern und rahmen lassen. Meine Abschlussklasse, meine Erste Kavallerie. Die meisten von ihnen würde ich nie wiedersehen. Vielleicht würden mir einige in den nächsten Monaten noch ein paar E-Mails schreiben, aber schon bald würde keiner von ihnen mehr einen Gedanken an die Schulzeit verschwenden. Allerdings würde ich den Besuch einer Schlachtnachstellung verpflichtend in meinen Lehrplan aufnehmen.

Ich betrachtete die Abdrucke der Rede von Gettysburg sowie der Unabhängigkeitserklärung, die ich all meinen Schülerinnen und Schülern jeweils am ersten Schultag laut vorlas, Jahr für Jahr. Und um den Jugendlichen ein Gefühl für die Geschichte unseres Landes zu geben, hatte ich die Wände schamlos mit Kinoplakaten vollgepinnt. *Glory, Der Soldat James Ryan, Mississippi Burning, Der Patriot, Full Metal Jacket, Flags of Our Fathers* – und, ein wenig verschämt, innen an der Tür *Vom Winde verweht*, auf dem Rhett eine skandalös tief dekolletierte Scarlett auf den Armen trug und ihr tief in die Augen blickte. Nun, da ich den Film gesehen hatte, liebte ich das Poster mehr denn je.

Der Kloß in meinem Hals schien anzuschwellen. Zum Glück riss mich da ein sanftes Klopfen an der Tür aus meiner Nostalgie. „Herein", rief ich. Es war Dr. Eckhart.

„Guten Morgen, Grace", sagte er auf seinen Gehstock gestützt.

„Hallo Dr. Eckhart." Ich lächelte. „Wie geht es Ihnen?"

„Heute bin ich doch ein wenig sentimental, Grace, ein wenig sentimental. Meine letzte Abschlussfeier an der Manning."

„Ohne Sie wird es nicht mehr dasselbe sein, Sir", erwiderte ich.

„Nein", stimmte er zu.

„Ich hoffe, wir können trotzdem hin und wieder zusammen essen gehen", sagte ich aufrichtig.

„Aber natürlich, meine Liebe. Und es tut mir sehr leid, dass Sie nicht Fachbereichsleiterin geworden sind."

„Tja, wie es aussieht, haben sie sich eine äußerst kompetente Kraft geangelt."

Die neue Fachbereichsleiterin hieß Louise Steiner und kam von einer Privatschule in Los Angeles. Sie hatte bedeutend mehr administrative Erfahrung als Ava oder ich, zudem einen Doktortitel in Europäischer Geschichte und einen Master in Amerikanischer. Kurz gesagt: Sie hatte uns ohne große Anstrengung aus dem Rennen geworfen.

Wie Kiki mir erzählte, war Ava so wütend gewesen, dass sie mit Theo Eisenbraun Schluss gemacht hatte. Sie wollte sich jetzt an anderen Schulen bewerben, aber ich glaubte nicht, dass sie uns tatsächlich verlassen würde. Es wäre sehr viel Aufwand, und Ava hatte sich noch nie gern angestrengt.

„Reisen Sie dieses Jahr noch nach Pennsylvania?", erkundigte sich Dr. Eckhart. „Oder zu anderen Schlachtenorten?"

„Nein", antwortete ich. „Ich werde diesen Sommer umziehen und daher gar nicht verreisen." Ich umarmte den alten Mann liebevoll. „Danke für alles, Dr. Eckhart. Ich werde Sie sehr vermissen."

„H-hm", räusperte er sich und tätschelte meine Schulter. „Da müssen Sie aber nicht gleich sentimental werden."

„Hallo? Oh, Entschuldigung. Ich wollte nicht stören." Dr. Eckhart und ich sahen auf. Eine attraktive Frau etwa Mitte fünfzig mit kurzen grauen Haaren und einem eleganten Leinenkostüm stand in der Tür. „Hallo, ich bin Louise. Schön, Sie wiederzusehen, Dr. Eckhart. Und Sie müssen Grace sein."

„Hallo", erwiderte ich und ging hin, um meiner neuen Vorgesetzten die Hand zu schütteln. „Herzlich willkommen an der Manning. Wir haben gerade von Ihnen gesprochen."

„Ich würde mich gern einmal mit Ihnen unterhalten, Grace. Dr. Eckhart hat mir Ihre Präsentation gezeigt, und Ihre Änderungsvorschläge für den Lehrplan fand ich sehr interessant."

„Danke sehr", sagte ich mit einem Seitenblick zu Dr. Eckhart, der gerade seine leicht gelblichen Fingernägel studierte.

„Vielleicht können wir uns nächste Woche einmal zum Mittagessen treffen und ein paar Dinge beraten", schlug Louise vor.

Ich lächelte Dr. Eckhart zu und wandte mich wieder an Louise. „Mit Vergnügen", erwiderte ich.

Nachdem die Kappen in die Luft geworfen worden waren und die Schulabgänger ihr Durchhaltevermögen bei einem leckeren Brunch hinreichend gefeiert hatten, ging ich zu meinem Auto. Mir blieben noch zwei Stunden, um zu duschen, mich umzuziehen und ins *Soleil* zu fahren, wo Natalies Essen stattfand.

„Und wieder ein Jahr vorbei", sagte da eine vertraute Stimme.

Ich drehte mich um. „Hallo Stuart." Er sah … älter aus. Grauer. Und trauriger.

„Ich wünsche dir schöne Ferien", sagte er höflich und studierte einen besonders hübschen rosa Hartriegelstrauch.

„Danke", murmelte ich.

„Wie … wie geht es Margaret?" Unsicher sah er mich an.

Ich seufzte. „Sie ist gereizt, eifersüchtig und anstrengend. Vermisst du sie?"

„Ja."

Ich blickte ihm zwei, drei Sekunden lang direkt in seine

traurigen Augen. „Stuart?", fragte ich sanft. „Hattest du mit Ava eine Affäre?"

„Was? Mit diesem Piranha?", fragte er entsetzt zurück. „Du meine Güte, nein! Wir sind essen gegangen. Ein Mal. Und da habe ich nur von Margaret geredet."

Also gut. Ich beschloss, ihm einen Tipp zu geben. „Wir sind heute Abend im *Soleil* in Glastonbury. Neunzehn Uhr dreißig. Sei spontan."

„*Soleil.*"

„Genau." Ich sah ihn eindringlich an.

Er nickte kurz. „Einen schönen Tag noch, Grace." Dann drehte er sich um und marschierte davon. Sein graues Haar leuchtete hell in der Sonne. Viel Glück, mein Freund, dachte ich.

„Ms Em! Warten Sie!" Tommy Michener und ein Mann – vermutlich sein Vater, der Ähnlichkeit nach zu urteilen – kamen auf mich zugeeilt. „Ms Emerson, das ist mein Vater. Dad, das ist Ms Em … die uns zu der Schlacht mitgenommen hat."

Der Vater schmunzelte. „Hallo. Jack Michener. Tom spricht andauernd von Ihnen. Er sagt, bei Ihnen sei der Unterricht am schönsten gewesen."

Tommys Vater war groß und schlank, mit Brille und grau meliertem schwarzen Haar. Wie sein Sohn hatte er ein freundliches, offenes und ausdrucksstarkes Gesicht. Sein Händedruck war warm und trocken.

„Grace Emerson. Nett, Sie kennenzulernen. Sie haben einen großartigen Sohn. Und das sage ich nicht nur, weil er sich für Geschichte interessiert."

„Ja, er ist ein Prachtjunge", bestätigte Mr Michener und legte Tommy einen Arm um die Schultern. „Deine Mom wäre sehr stolz auf dich gewesen", fügte er in Richtung seines Sohnes hinzu, und ein leiser Schmerz überzog sein Gesicht. Ah, ja. Tommys Mutter war gestorben, kurz bevor er auf die Manning kam.

„Danke, Dad. Oh, hey, da ist Emma. Ich bin gleich zurück", rief Tommy und rannte davon.

„Emma, so, so", meinte Mr Michener lächelnd.

„Sie ist ein wunderbares Mädchen", informierte ich ihn. „Und schon das ganze Jahr hindurch heimlich in Ihren Sohn verliebt."

„Ach, junge Liebe", entgegnete Jack Michener schmunzelnd. „Gott sei Dank bin ich kein Teenager mehr." Ich lächelte. „Hat Tom Ihnen erzählt, dass er Geschichte an der New York University studieren wird?"

„Ja, hat er. Das freut mich wirklich sehr", erwiderte ich. „Und wie ich schon sagte, er ist ein toller Junge. Sehr klug und aufgeschlossen. Ich wünschte, ich hätte mehr Schüler wie ihn."

Tommys Vater nickte erfreut. Ich sah zu meinem Wagen. Jack Michener machte keine Anstalten zu gehen, und da er nun mal der Vater meines Lieblingsschülers in diesem Jahrgang war, beschloss ich, noch ein wenig länger mit ihm zu reden. „Was machen Sie denn beruflich, Mr Michener?"

„Oh, bitte nennen Sie mich Jack." Er lächelte wieder, so offen und fröhlich wie Tommy. „Ich bin Arzt."

„Ach, wirklich?", erwiderte ich höflich. „Welche Sparte?"

„Pädiatrie", antwortete er.

Ich stutzte. „Sie sind Kinderarzt? Etwa Chirurg?"

„Genau. Hat Tommy Ihnen das erzählt?"

„Sie sind tatsächlich Kinderchirurg?", fragte ich noch einmal nach.

„Ja. Warum? Hatten Sie etwas anderes gedacht?"

Ich unterdrückte ein Prusten. „Nein, also ... nein. Tut mir leid. Ich musste nur gerade an etwas denken." Ich atmete tief durch. „Tja ... also. Das muss eine sehr erfüllende Arbeit sein." Die Ironie der Situation war unfassbar.

„Oh ja, es ist wunderbar." Er schmunzelte wieder. „Obwohl ich dazu neige, viel zu viel Zeit im Krankenhaus zu verbringen ... Aber ich liebe meine Arbeit."

Ich musste schon wieder ein Kichern unterdrücken. „Das ist schön."

Er schob die Hände in die Taschen und neigte den Kopf zur Seite. „Grace, hätten Sie Lust, heute mit Tommy und mir zu Abend zu essen? Wir sind nur zu zweit hier und ..."

„Oh, vielen Dank", antwortete ich, „aber ich kann nicht. Meine Schwester heiratet morgen, und heute Abend ist das traditionelle Familienessen vor der Hochzeit."

Sein Lächeln ließ etwas nach. „Oh. Tja, vielleicht ein andermal?" Er hielt inne und errötete. „Vielleicht auch ohne Tommy? Wir leben in New York. Das ist nicht allzu weit entfernt."

Ein Rendezvous! Der Kinderchirurg bat mich um ein Rendezvous. Beinahe hätte ich hysterisch aufgelacht, aber ich konnte gerade noch an mich halten. „Äh … danke, das ist wirklich sehr nett von Ihnen." Ich zögerte. „Aber die Sache ist die …"

„Sie sind verheiratet?"

„Nein, nein. Ich habe nur gerade eine Trennung hinter mir und bin noch nicht ganz darüber hinweg."

„Tja, das verstehe ich."

Wir schwiegen einen Moment lang peinlich berührt. „Oh, da kommt Tommy wieder", sagte ich dann erleichtert.

„Wunderbar. Es war sehr nett, Sie kennenzulernen, Grace. Noch einmal vielen Dank für alles, was Sie für meinen Sohn getan haben."

Tommy nahm mich in den Arm. „Tschüss, Ms Em", sagte er, „Sie sind die beste Lehrerin hier. Ich habe vom ersten Tag an für Sie geschwärmt."

Ich drückte ihn kurz und bekam feuchte Augen. „Ich werde dich vermissen, Junge", sagte ich aufrichtig. „Schreib mir, okay?"

„Darauf können Sie wetten! Ich wünsche Ihnen einen tollen Sommer!"

Und damit ließen mein Lieblingsschüler und sein Kinderchirurgenvater mich zurück, und ich wunderte mich mehr denn je über die Ironie des Schicksals.

32. KAPITEL

„Ahahaha. Ahahaha. Oooh. Ahahaha." Das Öffentlichkeitslachen meiner Mutter tönte laut und gekünstelt über den Tisch.

„Hoohoohoohoo!", grölte Andrews Mutter, die natürlich nicht nachstehen wollte, umgehend zurück. Margaret trat mir von gegenüber mit entnervtem Blick gegen das Schienbein, und ich zuckte vor Schmerz zusammen.

„Bist du nicht froh, dass du nicht in diese Familie einheiratest?", zischte sie.

„Sehr froh", flüsterte ich zurück.

„Margaret, bist du betrunken?", fragte Mémé laut. „Ich hatte mal eine Cousine, die auch keinen Alkohol vertragen konnte. Abstoßend! Grässlich! Zu meiner Zeit waren Damen beim Trinken immer zurückhaltend."

„Und bist du nicht froh, dass diese Zeiten endlich vorbei sind, Mémé?", gab Margaret zurück. „Möchtest du noch einen Cocktail?"

„Danke, meine Liebe", erwiderte Mémé besänftigt. Margaret gab dem Kellner ein Zeichen und hob grinsend ihr Glas in meine Richtung.

„Oh ja, lasst uns anstoßen!", rief Natalie. „Liebling, worauf sollen wir trinken?"

Andrew erhob sich, und seine Eltern blickten bewundernd zu ihm auf. „Dies ist ein ausgesprochen glücklicher Tag für uns", sagte er, wirkte jedoch leicht verlegen. Ganz kurz sah er mich an, dann fuhr er fort. „Nattie und ich sind überglücklich. Und wir sind glücklich, dass ihr alle hier seid, um dieses Glück mit uns zu teilen."

„Zumindest weiß ich, dass *ich* Glück hatte", raunte ich Margaret zu und verdrehte die Augen.

„Ein guter Redner ist er ja nicht gerade, oder?", meinte sie gerade laut genug, dass unsere Mutter es hören konnte. Mom überspielte es mit einer neuen Runde *Ahahaha. Ahahaha. Oooh. Ahahaha.*

Der Kellner brachte die Vorspeisen. Es war Cambry. „Hallo!", rief ich. „Wie geht es dir?"

„Gut", erwiderte er grinsend.

„Wie ich hörte, sind wir nächste Woche bei Julian zum Essen eingeladen."

„Wenn er nicht noch kneift", meinte Cambry und stellte die Austern Rockefeller vor mir ab.

Julian hatte endlich eine Beziehung. Gut, das Wort verursachte ihm immer noch Bauchkrämpfe und Schweißausbrüche, aber er war fest mit Cambry zusammen, der hier als Bedienung arbeitete, während er sein Jurastudium beendete.

„Bleib dran", sagte ich. „Du tust ihm gut. Er kommt kaum noch vorbei, um mit mir die Tanzshow im Fernsehen zu gucken. Eigentlich sollte ich dich hassen."

„Und? Tust du es?" Besorgt hob er eine Augenbraue.

„Nein, natürlich nicht. Aber du musst ihn teilen. Er ist mein bester Freund seit der Highschool."

„Ich werde es mir merken."

„Grace, ich dachte, von den Austern hier bekommt man Lebensmittelvergiftung", bellte Mémé, woraufhin ein Gast am Nebentisch spontan in seine Serviette spuckte.

„Nein, nein", entgegnete ich laut. „Sie sind ausgezeichnet. Ganz frisch!" Ich lächelte dem fremden Gast aufmunternd zu, während ich mir unter seinem nervösen Blick selbst eine in den Mund schob.

„Aber haben die deinen Arzt neulich nicht fast umgebracht?", wollte Mémé wissen und drehte sich zu den Carsons, die höflich lächelten. „Er saß zwanzig Minuten auf der Toilette", informierte sie die beiden, als wären sie damals nicht selbst dabei gewesen. „Durchmarsch, wissen Sie? Mein zweiter Mann hatte auch immer solche Magenprobleme. An manchen Tagen konnten wir nicht mal das Haus verlassen. Und der Geruch!"

„Es war so schlimm, dass die Katze ohnmächtig wurde", formte Margaret lautlos mit den Lippen.

„Es war so schlimm, dass die Katze ohnmächtig wurde", verkündete Mémé.

„Okay, Mutter", sagte Dad, der einen roten Kopf bekommen hatte. „Ich glaube, das reicht."

„Ahahaha. Ahahaha. Oooh. Ahahaha", lachte Mom mit bösem Blick auf ihre Schwiegermutter, die gerade einen weiteren Cocktail hinunterkippte. Was mich betraf, so hatte ich Mémé noch nie lieber gemocht als gerade jetzt. Cambry versuchte vergeblich, ein Lachen zu unterdrücken, und ich wünschte mir aufrichtig, er und Julian würden für immer zusammenbleiben. Selbst wenn das bedeuten sollte, dass ich als arme alter Jungfer niemanden mehr hätte, um mir die einsamen Abende zu vertreiben. Vielleicht brauchte Angus eine Hundegattin. Vielleicht könnte ich seinen kleinen Eingriff rückgängig machen lassen und Hundezüchterin für Leute werden, die sich von hinreißenden ungezogenen Fellknäueln gern die Einrichtung zerstören ließen. Oder auch nicht.

Ich sah über den Tisch zu Natalie. Sie trug ein blassblaues Kleid und hatte ihr glattes, honigfarbenes Haar am Hinterkopf zusammengedreht und mit einer Spange befestigt, die mein eigenes Haar verschlingen würde wie eine Venusfliegenfalle. Sie sah überglücklich aus. Als sie sich ein Stück Brot nehmen wollte, streifte sie aus Versehen Andrews Hand und wurde rot. Hach! Sie bemerkte meinen Blick, und ich lächelte meiner hübschen Schwester zu. Sie lächelte zurück.

„Grace, wo ist Callahan?", fragte sie dann plötzlich und drehte den Kopf, um nach ihm zu suchen. „Kommt er noch nach?"

Mist. Tatsache war, dass ich gehofft hatte, nicht groß darüber reden zu müssen. Dass wir uns getrennt hatten, wusste nur Margaret. Das hatte zwei Gründe. Erstens hoffte ich immer noch, Cal würde erkennen, dass er ohne mich nicht leben konnte, und mir verzeihen. Und zweitens wollte ich Nattie nicht den Abend verderben. Sie würde sich um mich sorgen und mich bedauern, weil schon wieder jemand nicht mehr mit mir zusammen sein wollte, genau wie Andrew.

Zum Glück hatte ich gerade eine Auster im Mund, also grinste ich nur, zeigte auf meinen Mund und kaute. Und kaute. Und kaute noch ein bisschen länger, bis die Auster ein salziger, fast flüssiger Brei war.

„Wer ist Callahan?", erkundigte sich Mrs Carson und sah mich mit durchdringendem Blick an.

„Grace hat einen wunderbaren neuen Freund", verkündete Mom laut.

„Einen ehemaligen Häftling", sagte Mémé und rülpste. „Einen irischen Verbrecher mit großen Händen. Stimmt's, Grace?"

Mr Carson verschluckte sich, und Mrs Carson machte große Augen. „Tja", begann ich.

„Er war mal Finanzbuchhalter", sagte mein Vater fröhlich. „Hat an der Tulane studiert."

Margaret seufzte.

„Ich denke, er ist Handwerker, Grace!", bellte Mémé. „Gärtner oder Holzfäller oder so etwas – ich kann mich nicht mehr erinnern."

„Oder Minenarbeiter. Oder Schäfer", fügte Margaret hinzu, sodass ich prustend auflachte.

„Er ist ein sehr netter Mann", versicherte Mom, die sowohl ihre älteste Tochter als auch Callahans kriminelle Vergangenheit ignorierte. „Und er sieht sehr gut aus."

„Ja, das tut er!", bestätigte Natalie und wandte sich an die Carsons. „Er und Grace geben ein wundervolles Paar ab. Man sieht sofort, dass sie verrückt nacheinander sind."

„Er hat Schluss gemacht", verkündete ich ruhig, nachdem ich mir den Mund abgewischt hatte. Margaret verschluckte sich an ihrem Wein. Während sie in ihre Serviette hustete, gab sie mir das Daumen-hoch-Zeichen.

„Der Gärtner hat dich abserviert? Wie? Was hat er gesagt?", wollte Mémé wissen. „Warum nuschelst du so, Grace?"

„Callahan hat Schluss gemacht, Mémé", sagte ich laut. „Er fand, ich müsse in puncto Aufrichtigkeit an mir arbeiten."

„Das hat der Verbrecher gesagt?", krächzte Mémé.

„Mistkerl!", entrüstete sich meine Mutter. Sonst sagte niemand etwas. Natalie sah aus, als hätte ich ihr eins übergebraten.

360

„Danke, Mom", entgegnete ich. „Aber leider muss ich sagen, dass er recht hatte."

„Ach, Gracie-Schnups, nein! Du bist wundervoll", sagte Dad. „Was weiß der denn schon? Er ist ein Idiot. Ein Exhäftling und ein Idiot."

„Ein Exhäftling?", keuchte Mr Carson.

„Nein, ist er nicht, Dad. Er ist kein Idiot, meine ich. Ein Exhäftling ist er schon, Mr Carson", stellte ich klar.

„Tja", meinte Mom, während sie zwischen den Carsons und mir hin und her sah, „denkst du denn, du könntest wieder mit deinem Kinderchirurgen zusammenkommen? Das war doch so ein netter junger Mann!"

Wow! Erstaunlich, wie viel Macht eine Lüge haben konnte! Ich sah zu Margaret. Sie erwiderte meinen Blick und hob eine Braue. Ich drehte mich wieder zu meiner Mutter.

„Es gab keinen Kinderchirurgen, Mom", erklärte ich laut und deutlich, damit auch Mémé es hören konnte. „Ich habe ihn erfunden."

Kaum zu glauben, aber es machte fast Spaß, diese Bombe platzen zu lassen. Fast. Margaret lehnte sich mit breitem Grinsen zurück. „Erzähl weiter, Grace", sagte sie, und zum ersten Mal seit langer Zeit sah sie richtig glücklich aus.

Ich setzte mich gerade hin, obwohl mein Herz so heftig klopfte, dass ich Angst hatte, ich müsste mich übergeben. Mir zitterte die Stimme … aber ich sprach tapfer weiter. „Ich habe so getan, als wäre ich mit jemandem zusammen, damit Natalie und Andrew sich nicht schuldig fühlen. Und damit endlich alle aufhören, mich wie einen armen, ausgesetzten, kranken Hund zu behandeln."

„Oh, Grace", flüsterte Nat.

„Was? Das kann doch nicht dein Ernst sein!", rief Dad.

„Doch, ist es, Dad. Es tut mir leid." Ich schluckte schwer. Endlich wurde ich es los … mein Geständnis. Ich redete einfach weiter und sprach dabei immer schneller und schneller. „Andrew hat sich von mir getrennt, weil er sich in Natalie verliebt hatte, und das hat wehgetan. Sehr sogar. Aber ich fand mich damit ab und wollte nicht der Grund dafür sein, dass sie nicht zusammen sein können. Also erfand ich Wyatt Dunn, den unglaublich perfekten Typen, und alle fühlten sich besser, und dann blieb ich einfach dabei, denn um ehrlich zu sein, fühlte es sich auch toll an, so zu tun, als hätte ich einen großartigen festen Freund. Aber dann habe ich mich in Callahan verliebt und musste natürlich mit Wyatt Schluss machen, und dann, an dem Abend, als Andrew gekommen ist und mich auf der Veranda geküsst hat, fand Cal das gar nicht gut, und wir haben darüber und alles Mögliche geredet, und da habe ich ihm das mit Wyatt erzählt. Und er hat Schluss gemacht. Weil ich gelogen hatte."

Mein Atem ging in krampfhaften Stößen, und mein Rücken war nass geschwitzt. Margaret griff über den Tisch und legte ihre Hand auf meine. „Braves Mädchen", murmelte sie.

Natalie saß vollkommen reglos. Die Carsons drehten sich entsetzt zu ihrem Sohn, der aussah, als hätte man ihm gerade in den Bauch geschossen – mit großen Augen und bleichem Gesicht. Im gesamten Restaurant war es so still, dass man die Grillen hätte zirpen hören, hätte es Grillen gegeben.

„Warte mal … Moment mal …", stammelte mein Vater verwirrt. „Mit wem habe ich denn dann auf der Toilette gesprochen?"

„Sei still, Jim", zischte meine Mutter.

„Das war Julian, der sich als Wyatt ausgegeben hat", antwortete ich. „Sonst noch Fragen? Kommentare? Nein? Okay, dann werde ich mich jetzt mal ein bisschen an die frische Luft begeben."

Mit hochrotem Kopf und zitternden Beinen stand ich auf und ging quer durch das Lokal. Alle Gäste sahen mir stumm hinterher. Als ich ins Foyer kam, eilte Cambry herbei, um mir die Tür zu öffnen. „Du bist großartig", raunte er mir zu, während ich vor das Restaurant trat.

„Danke", flüsterte ich zurück.

Er war so rücksichtsvoll, mich allein zu lassen. Ich zitterte am ganzen Körper, und das Herz schlug mir bis zum Hals. Wer hatte gesagt, ein Geständnis erleichtere die Seele? Ich hätte mich am liebsten übergeben. Ein Stück weiter vorn entdeckte ich eine kleine Bank und ließ mich darauf sinken. Ich presste mir die kalten Finger auf die heißen Wangen, schloss die Augen und bemühte mich, ruhig und gleichmäßig zu atmen. Ein und aus. Wenn ich es nur schaffte, nicht zu hyperventilieren oder ohnmächtig zu werden, wäre schon viel gewonnen.

„Grace?", erklang schwach Natalies Stimme. Ich hatte sie nicht kommen gehört.

„Hey, Nattie", entgegnete ich bedrückt, ohne aufzusehen.

„Darf ich mich zu dir setzen?"

„Sicher. Natürlich." Sie nahm neben mir Platz. Als sie ihre Hand in meine schob, blickte ich auf unsere verschränkten Finger. Ihr Verlobungsring blitzte. „Mein Ring sah haargenau so aus", murmelte ich.

„Ich weiß. Wer kauft schon die gleichen Ringe für Schwestern?"

„Wahrscheinlich hat er sich nicht mehr daran erinnert. Er kann ja noch nicht mal zwei passende Socken zusammensuchen."

„Erbärmlich", murmelte sie.

„Männer", murmelte ich.

„Schon blöd, manchmal."

Da konnte ich ihr nur recht geben ... zumindest in Andrews Fall. „Hat er dir von dem Kuss erzählt?", flüsterte ich.

Ich hatte nichts verderben wollen. Besser, ich hätte ein bisschen nachgedacht, bevor ich den Mund aufmachte.

Sie schwieg eine Weile. „Ja, das hat er." Über uns zwitscherte eine Spottdrossel.

„Was hat er gesagt?", fragte ich, mehr aus Neugier als sonst etwas.

„Er sagte, es sei ein Fehler gewesen. Als er da mit dir im Haus war, nachdem er dich vorher mit dem anderen gesehen hatte ... Er war eifersüchtig."

Ich sah meine Schwester kurz von der Seite an. „Und was hast du gedacht?"

„Tja, ich dachte: Was für ein Arschloch!", antwortete sie,

sodass mir vor Schreck die Kinnlade runterfiel. „Wir hatten unseren ersten Streit. Ich habe ihm gesagt, dass er schon genug Unheil angerichtete hat und dass es absolut unmöglich gewesen ist, dich zu küssen. Dann habe ich ein paar Türen zugeknallt und bin eine Weile herumgestampft."

Natalie war rot geworden. „Wie erfrischend", sagte ich.

Sie schnaubte. „Und ich war … eifersüchtig. Nicht, dass ich ein Recht darauf gehabt hätte, nach allem, was ich dir angetan habe!"

Ich drückte ihre Hand. „Man kann sich gegen das große *Kabumm!* nicht wehren."

Fragend sah sie mich an.

„Du weißt schon", erklärte ich. „Den Donnerschlag. Nur ein Blick, und es passiert und dieser ganze Quatsch." Ich hielt inne. „Aber anscheinend habt ihr euch ja wieder vertragen, oder?"

Sie nickte kurz. „Ich glaube schon", flüsterte sie. Eine Weile schaute sie stumm vor sich hin und drückte dabei ganz fest meine Hand. In ihren Augen glänzten Tränen. „Grace, es tut mir ja so leid, dass ich mich von allen Männern auf der Welt ausgerechnet in ihn verlieben musste. Dass ich dir so wehgetan habe." Sie seufzte schwer. „Ich habe es noch nie gesagt, aber jetzt tue ich es. Es tut mir wahnsinnig leid."

„Tja, weißt du, das war wirklich beschissen", gab ich zu. Es tat gut, es einmal auszusprechen.

„Bist du sauer auf mich?" Zwei Tränen rannen ihr über die Wangen.

„Nein", sagte ich sofort. Dann überlegte ich noch einmal. „Also … jetzt nicht mehr. Ich habe mich sehr bemüht, nicht sauer zu sein. Und um ehrlich zu sein, war ich eher sauer auf Andrew. Aber ein Teil von mir war einfach nur fassungslos. Es war nicht fair."

„Du weißt, dass du mir der liebste Mensch auf der ganzen Welt bist. Der letzte Mensch, den ich je wissentlich verletzen würde. Das lag nie in meiner Absicht. Ich hasste mich dafür, dass ich mich in Andrew verliebt habe. Ich hasste es." Jetzt weinte sie richtig.

Ich legte ihr meinen Arm um die Schultern und zog sie an mich, sodass unsere Köpfe sich berührten, während wir Seite an Seite dasaßen, ohne uns anzusehen. Ich fand es nicht schön, dass meine Schwester weinte, aber vielleicht musste es einfach sein. Und vielleicht musste ich es auch einfach mal sehen. „Tja", meinte ich leise, „es hat wehgetan. Ziemlich. Ich wollte nicht, dass du es merkst. Aber jetzt bin ich darüber hinweg. Wirklich."

„Dass du dir Wyatt nur ausgedacht hast …" Sie brach ab. „Ich glaube, das ist das Netteste, das je ein Mensch für mich getan hat. Und natürlich hat es mir gefallen!" Sie lachte bitter. „Irgendwie habe ich geahnt, dass da was faul ist, weißt du? Ich hatte dir alles abgenommen … bis du von den streunenden Katzen anfingst." Sie grinste.

Ich verdrehte die Augen. „Ich weiß."

Nat seufzte. „Ich schätze, ich wollte die Wahrheit gar nicht wissen." Wir schwiegen eine Weile. „Weißt du, Grace", fuhr sie dann fort, „du musst nicht mehr auf mich aufpassen. Du musst mich nicht mehr vor jedem negativen Gefühl beschützen."

„Na ja", meinte ich und spürte, wie mir die Tränen kamen, „irgendwie muss ich das schon. Als große Schwester ist das doch meine Aufgabe."

„Vergiss deine Aufgabe", sagte sie einfach und schob mir eine Haarsträhne hinters Ohr. „Vergiss, dass du die große Schwester bist. Lass uns einfach Schwestern sein. Auf Augenhöhe, okay?"

Ich sah in den klaren blauen Himmel. Seit ich vier Jahre alt war, hatte ich mich um Natalie gekümmert, sie bewundert, beschützt. Vielleicht wäre es wirklich ganz schön, sie einfach nur … lieb zu haben. Einfach nur Liebe zu spüren anstatt Bewunderung. Auf Augenhöhe … wie sie gesagt hatte.

„Wie bei Margaret", überlegte ich laut.

„Oh Gott, werd bloß nicht wie Margaret!", stöhnte sie mit gespieltem Entsetzen auf, und wir brachen in Gelächter aus. Dann klappte sie ihre Handtasche auf und reichte mir ein Taschentuch – natürlich hatte sie ein niedliches kleines Päckchen mit aufgedruckten Rosen dabei –, und wir saßen noch einen Moment Händchen haltend da und lauschten dem Gesang der Spottdrossel.

„Grace?", meinte sie dann.

„Ja?"

„Ich fand Callahan richtig nett."

Das zu hören, war, als würde jemand auf einen blauen Fleck drücken, um zu sehen, ob es noch wehtat. Das tat es. „Ich auch", flüsterte ich. Sie drückte meine Hand und war so klug, nichts weiter zu sagen. Nach einer Weile räusperte ich mich und sah zum Restaurant hinüber. „Sollen wir wieder reingehen?"

„Nö", meinte sie. „Sollen die sich ruhig wundern. Wir könnten einen Streit inszenieren, nur so aus Spaß."

Ich lachte. Die gute alte Nattie. „Du hast mir gefehlt", gab ich zu.

„Du mir auch. Es war schwer – immer zu überlegen, ob es dir wirklich so gut geht, wie du vorgibst, gleichzeitig aber Angst zu haben, nachzufragen. Und ich war auch eifersüchtig. Dass du und Margaret zusammen wohnt."

„Ach, du kannst sie ruhig nehmen. Du und Andrew", antwortete ich. „So lange ihr wollt."

„Andrew würde keine Woche durchhalten." Sie grinste.

Mir fiel etwas ein. „Nattie", begann ich vorsichtig, „zum Thema Augenhöhe ..." Sie nickte mir aufmunternd zu. „Ich möchte dich um einen Gefallen bitten."

„Alles, was du willst."

Ich drehte mich ein Stück herum, um sie anzusehen. „Nat. Ich möchte morgen nicht deine erste Brautjungfer sein. Lass Margaret das machen. Ich bin gern deine Brautjungfer und gehe mit dir zum Altar und alles, aber nicht als erste. Das wäre irgendwie ... blöd. Okay?"

„Okay", willigte sie sofort ein. „Aber sorg dafür, dass Margaret nicht die Augen verdreht oder sonst irgendwelche Grimassen zieht."

„Tut mir leid, dafür kann ich nicht garantieren", erwiderte ich lachend. „Aber ich versuche es."

Ich stand auf und zog meine kleine Schwester auf die Füße. „Gehen wir zurück, ja? Ich bin am Verhungern."

Wir hielten uns an den Händen, bis wir wieder am Tisch

standen. Als sie uns sah, sprang Mom auf wie ein nervöser kleiner Spatz. „Mädchen! Ist alles in Ordnung?"

„Ja, Mom. Alles prima."

Mrs Carson verdrehte die Augen und schnaubte verächtlich, und plötzlich ging unsere Mutter auf sie los. „Ich wäre dir sehr verbunden, Letitia, wenn du mit diesem überheblichen Getue aufhören könntest!", sagte sie so laut, dass man es durchs ganze Lokal hören konnte. „Wenn du etwas sagen möchtest, tu es!"

„Ich bin ... Ich habe ..."

„Dann hör auf, meine Mädchen zu behandeln, als wären sie nicht gut genug für deinen Sohn! Und Andrew, eines sag ich dir: Wir dulden das alles nur, weil Natalie uns darum gebeten hat. Wenn du noch mal einer unserer Töchter das Leben versaust, reiße ich dir die Leber raus und brate sie mir. Hast du verstanden?"

„Ich ... äh ... habe verstanden, Mrs Emerson", erwiderte Andrew kleinlaut und vergaß ganz, dass er unsere Mutter duzen durfte.

Mom setzte sich wieder hin, und Dad sah sie an. „Ich liebe dich", sagte er voller Ehrfurcht.

„Natürlich tust du das", erwiderte sie brüsk. „Sind jetzt alle bereit zu bestellen?"

„Ich vertrage keine Rote Bete", rief Mémé. „Die kommt mir immer wieder hoch."

Den Rest des Essens schafften wir zunächst ohne weiteren Zwischenfall. Doch dann ... Ich kämpfte gerade gegen das Bedürfnis an, meine Crème-Brûlée-Schüssel sauber zu lecken, als es im Eingangsbereich laut wurde.

„Ich will meine Frau sprechen", verkündete jemand mit erhobener Stimme. „Sofort."

Stuart.

Er stürmte ins Lokal und sah in seinem üblichen Oxford-Pullunder, der beigefarbenen Hose und den College-Schuhen lieb und brav aus wie immer, aber sein Gesicht war vollkommen ernst, und seine Augen funkelten vor Entschlossenheit.

„Margaret, das geht jetzt lange genug", rief er, ohne uns andere weiter zu beachten.

„Hmm", meinte Margaret nur und kniff die Augen zusammen.

„Wenn du kein Baby willst, ist das in Ordnung. Und wenn du Sex auf dem Küchentisch willst, sollst du ihn haben." Er sah seine Frau an. „Aber du kommst mit mir nach Hause, und zwar sofort, und alles Weitere werde ich gern mit dir diskutieren, sobald du nackt in unserem Bett liegst." Er hielt kurz inne. „Oder auf dem Tisch." Er wurde rot. „Und wenn du das nächste Mal ausziehst, sollte das endgültig sein, denn ich werde mich nicht mehr wie ein Fußabstreifer behandeln lassen. Hast du verstanden?"

Margaret stand auf, legte ihre Serviette neben den Teller und sah mich an. „Du brauchst nicht auf mich zu warten", sagte sie. Dann nahm sie Stuarts Hand und führte ihn mit einem dicken Grinsen im Gesicht durch das Restaurant nach draußen.

33. KAPITEL

Sobald ich Andrew sah, wusste ich Bescheid.

Es gab ein Problem.

Die Orgel spielte Mendelssohns Hochzeitsmarsch. Die etwa fünfzig Gäste, von denen die meisten entweder mit der Braut oder dem Bräutigam verwandt waren, standen auf und drehten sich erwartungsvoll zu uns, den ungleichen Emerson-Schwestern, um. Stuart trug ein verschmitztes Schmunzeln auf den Lippen, als hätte er letzte Nacht viel Aufregendes erlebt. Ich grinste ihn an. Er nickte und hob zum kurzen Gruß zwei Finger an die Stirn. Weiter vorn standen Cousine Kitty und Tante Mavis, die mir mit aufgesetztem Mitgefühl zulächelten, als ich vorbeiging. Ich widerstand dem Drang, ihnen den Finger zu zeigen (Mayflower-Abstammung hin oder her, aber schließlich befanden wir uns in einer Kirche), und blickte stattdessen nach vorn, wo ich zum ersten Mal an diesem Tag dem Bräutigam ins Gesicht sah.

Er fuhr sich mit einer Hand durchs Haar. Schob die Brille nach oben. Hustete in die Faust. Sah mich nicht an. Biss sich auf die Lippe.

O-oh! Er sah ganz und gar nicht aus wie ein Mann, für den sich in wenigen Minuten der schönste Lebenstraum erfüllen würde! Eher schien ihm das Ganze unangenehm. Das war nicht gut!

Ich warf Andrew einen fragenden Blick zu, doch er vermied es weiterhin, mich anzusehen. Stattdessen irrte sein Blick durch die Kirche und wanderte unstet von Gast zu Gast wie eine Fliege, die in ihrem Fluchtinstinkt unablässig gegen eine Fensterscheibe prallt.

Ich hob meinen Rock an, stieg die Stufen zum Altar hinauf und machte Margaret Platz. „Wir haben ein Problem", flüsterte ich.

„Was redest du? Sieh sie doch an!", flüsterte sie zurück.

Ich musterte Natalie, die wunderhübsch und strahlend an Dads Arm auf uns zukam. Dad wirkte stolz und würdevoll und nickte einigen Gästen zu, während er seine jüngste Tochter zu der pompösen Musik zum Altar führte. „Aber sieh dir mal Andrew an!", raunte ich Margaret zu.

Margaret tat es. „Ach, der ist nervös", murmelte sie.

Doch ich kannte Andrew besser.

Nattie hatte den Altar erreicht. Dad küsste sie auf die Wange, schüttelte Andrew die Hand und setzte sich dann neben Mom, die ihm liebevoll den Arm streichelte. Andrew und Nattie drehten sich zum Priester. Nat strahlte. Andrew … weniger.

„Liebe Gemeinde, wir sind hier versammelt", begann Reverend Miggs.

„Warten Sie. Es tut mir leid", unterbrach Andrew mit schwacher, zitternder Stimme.

„Heilige Muttergottes", stöhnte Margaret. „Wage es ja nicht, Andrew."

„Liebling?", fragte Nat beunruhigt. „Alles in Ordnung?" Mir krampfte sich der Magen zusammen, mein Atem stockte. Oh Gott …

Andrew wischte sich den Schweiß von der Stirn. „Nattie … es tut mir leid."

Ein Raunen ging durch die Menge. Reverend Miggs legte Andrew eine Hand auf den Arm. „Nun, mein Sohn", begann er.

„Was ist los?", flüsterte Natalie. Margaret und ich traten gleichzeitig rechts und links neben sie, wie um sie vor allem, was da kommen mochte, zu schützen.

„Es ist Grace", hauchte er fast tonlos. „Es tut mir leid, aber ich habe immer noch Gefühle für Grace. Ich kann dich nicht heiraten, Nat."

Die Menge stöhnte kollektiv auf.

„Was soll denn der Scheiß?", bellte Margaret, doch ich nahm sie kaum wahr. Ich hörte weißes Rauschen im Ohr und sah, wie meiner kleinen Schwester alles Blut aus dem Gesicht wich. Sie schwankte. Margaret und der Priester stützten sie.

Ich ließ meinen Blumenstrauß fallen, schob mich an Margaret vorbei und schlug Andrew mit aller Wucht mitten ins Gesicht.

Die nächsten Minuten waren irgendwie verschwommen.

Ich weiß noch, dass Andrews Trauzeuge versuchte, ihn wegzuziehen (mein Schlag hatte ihn zu Fall gebracht), während ich meinem Exverlobten und Beinaheschwager wiederholt mit meinen spitzen Schuhen gegen die Schienbeine trat. Seine Nase blutete, was ihm sehr gut stand, wie ich fand. Als Nächstes erinnere ich mich, dass meine Mutter mich unterstützte, indem sie Andrew mit der Handtasche auf den Kopf schlug. Vielleicht versuchte sie sogar, seine Leber herauszureißen, um sie zu braten, aber solcherlei Details sind unklar. Außerdem hörte ich Mrs Carson schreien. Spürte, wie Dad mich um die Taille fasste, um mich von Andrew wegzuziehen, der halb auf den Altarstufen lag und versuchte, vor meinen Tritten und Moms wenig effektiven, aber höchst befriedigenden Schlägen wegzukriechen.

Am Ende verzogen sich die Gäste des Bräutigams aus der Kirche, während die Carsons, der Trauzeuge und Andrew selbst, ein Taschentuch aufs Gesicht gepresst, sich auf einer Seite zusammenkauerten. Natalie saß fassungslos in der ersten Reihe, umringt von Margaret, mir, Mom und Dad, während Mémé wie ein altersschwacher Collie im Rollstuhl die Leute aus der Kirche scheuchte.

„Braut ohne Bräutigam", murmelte Natalie tonlos.

Ich kniete mich vor sie hin. „Ach, Süße! Was können wir tun?" Eine Minute lang sahen wir uns nur an. Dann nahm ich ihre Hand.

„Ist schon gut", flüsterte sie. „Ich werd's überstehen."

„Er ist es nicht mal wert, dass du ihn anspuckst, Nattie", sagte Margaret und streichelte ihr über den Kopf.

„Er ist das Taschentuch nicht wert, in das du dich schnäuzt", fügte Mom hinzu. „Blödmann. Drecksack. Peniskopf."

Nat sah zu Mom auf und fing an zu lachen, was ein wenig hysterisch klang. „Peniskopf. Der ist gut, Mom."

Schweren Schrittes trat Mr Carson zu uns. „Äh … Das tut uns alles sehr leid", sagte er. „Offenbar hat er es sich anders überlegt."

„Das haben wir begriffen", fauchte Margaret.

„Es tut uns leid", wiederholte er und sah erst Natalie an, dann mich. „Sehr leid."

„Danke, Mr Carson", erwiderte ich. Er nickte kurz und kehrte zu Frau und Sohn zurück. Einen Augenblick später waren sie durch den Seiteneingang verschwunden. Ich hoffte, ich würde sie nie mehr wiedersehen.

„Was möchtest du denn jetzt tun, mein Schatz?", wollte Dad von Natalie wissen.

Nat blinzelte. „Tja", meinte sie nach einer Weile, „ich finde, wir sollten in den Club gehen und das ganze gute Essen genießen." Ihre Augen füllten sich mit Tränen. „Ja, das machen wir. Oder?"

„Bist du sicher?", fragte ich nach. „Du musst jetzt nicht die Tapfere spielen, Bumppo."

Sie drückte meine Hand. „Ich hatte die beste Lehrerin."

Und so kam es, dass alle Gäste der Familie Emerson gemeinsam zum Country Club fuhren, Shrimps und Filet Mignon aßen und Champagner tranken.

„Gut, dass ich ihn los bin", murmelte Nat, während sie ihr wohl fünftes Glas Champagner schlürfte. „Bestimmt. Es wird nur eine Weile dauern, bis ich das durch und durch begriffen habe."

„Ich persönlich mochte ihn schon nicht, als Grace ihn damals zum ersten Mal angeschleppt hat", meinte Margs. „Schmieriges kleines Würstchen. Immobilienrecht – ich bitte euch! Was für ein Schlappschwanz!"

„Welcher Mann ist so blöd, gleich zwei Emerson-Mädchen abzuservieren?", meinte Dad empört. „Zu schade, dass wir keine Kontakte zur Mafia haben. Sonst könnten wir seine Leiche im Farmington River entsorgen lassen."

„Ich glaube nicht, dass die Mafia etwas mit weißen protestantischen Amerikanern angelsächsischer Herkunft zu tun haben will", kommentierte Margaret, tätschelte Natalies Schulter und schenkte ihr noch mehr Champagner ein. „Aber der Gedanke ist verlockend."

Nattie würde es überstehen, da war ich sicher. Sie hatte recht: Andrew hatte sie nicht verdient. Ihr Herz würde heilen. Meines hatte es schließlich auch geschafft.

Ich ging hin, um mich eine Weile neben Mémé zu setzen. Sie beobachtete Cousine Kitty, die so sensibel wie ein Rhinozeros mit ihrem Mann zu *Endless Love* tanzte. „Und? Was hältst du von der ganzen Sache, Mémé?", wollte ich wissen.

„Das musste ja passieren. Die Leute sollten sich an mir ein Beispiel nehmen. Die Ehe ist eine geschäftliche Vereinbarung. Heirate wegen des Geldes, Grace, und es wird dir nicht leidtun."

„Danke für den Rat." Ich klopfte ihr auf die knochige Schulter. „Aber jetzt mal im Ernst, Mémé: Warst du je verliebt?"

Ihr Blick verlor sich in der Ferne. „Nicht besonders", erwiderte sie. „Da war mal ein Junge … tja. Er war keine passende Partie für mich. Hatte nicht meine Klasse, verstehst du?"

„Wer war er?"

Sie sah mich scharf an. „Was sind wir heute neugierig! Hast du eigentlich zugenommen, Grace? Um die Hüften siehst du ein wenig kräftiger aus. Zu meiner Zeit haben Frauen Miederhosen getragen."

So viel zu einem offenen Gespräch unter Frauen. Ich seufzte, fragte Mémé, ob sie noch etwas trinken wolle, und marschierte zur Bar, an der bereits Margaret stand.

„Und?", fragte ich. „Wie war der Küchentisch?"

„Ach, eigentlich nicht besonders bequem", antwortete sie und grinste. „Du weißt ja, letzte Nacht war es eher feucht, und dadurch klebte ich irgendwie fest, als er …"

„Okay, das reicht", unterbrach ich schnell. Sie lachte und bestellte ein Glas Mineralwasser.

„Wasser, hm?"

Sie verdrehte die Augen. „Na ja, noch als ich bei dir wohnte, hatte ich mir überlegt, dass … also, dass ein Kind vielleicht gar nicht so schrecklich wäre. Irgendwann. Vielleicht. Wir werden sehen. Gestern Nacht hat er gesagt, er wolle ein Mädchen, das genauso ist wie ich …"

„Ist er verrückt?"

Sie sah mich an, und ich bemerkte, dass ihre Augen feucht wurden. „Ich fand das einfach nur süß, Grace. Damit hat er mich drangekriegt."

„Ja, aber dann müsst ihr sie großziehen. Diese Mini-Margs", entgegnete ich mit gespieltem Entsetzen. „Der Mann muss dich wirklich lieben!"

„Ach, sei still!", rief sie, musste aber lachen. „Aber das mit dem Baby ist … na ja. Irgendwie okay."

„Ach, Margs!" Ich lächelte. „Ich glaube, du wärst eine tolle Mutter. In mancherlei Hinsicht, zumindest."

„Dann wirst du babysitten, ja? Wann immer ich Kotze im Haar habe und ein schreiendes Kind auf dem Arm und kurz davor bin, den Kopf in den Ofen zu stecken?"

„Auf jeden Fall." Ich drückte sie kurz, was sie geschehen ließ, ja, sogar erwiderte.

„Geht's dir gut, Grace?", fragte sie dann. „Diese ganze Geschichte mit Andrew ist doch unglaublich, oder?"

„Eines kannst du glauben: Ich bin froh, wenn ich den Namen nie wieder hören muss", entgegnete ich. „Mir geht es gut. Es tut mir nur für Natalie so leid."

Doch sie würde sich wieder erholen. Schon jetzt lachte sie über etwas, das mein Vater erzählte. Meine Eltern saßen dicht neben ihr, und Mom fütterte sie fast schon zwanghaft mit Vorspeisen. Andrew war ihrer nicht würdig gewesen.

Oder meiner. Nein, Andrew hatte mich nie verdient gehabt, das sah ich jetzt ein. Ein Mann, der Liebe als selbstverständlich hinnimmt, ist einfach ein Mistkerl.

Callahan O'Shea war da schon ein anderes Kaliber.

„Wie sehen denn deine Pläne für den Sommer aus?", erkundigte sich Margaret. „Hast du schon Angebote für das Haus bekommen?"

„Zwei sogar", antwortete ich und trank einen Schluck Gin Tonic.

„Ich muss schon sagen, dass ich mich sehr wundere", bemerkte Margs. „Ich dachte immer, du liebst dieses Haus."

„Das tue ich auch. Also … das habe ich. Es ist nur … Es wird Zeit für einen Neuanfang. Eine Veränderung ist nicht das Schlimmste auf der Welt, oder?"

„Nein, wohl nicht", sagte sie. „Na komm. Setzen wir uns zu Natalie."

„Da sind sie ja!", strahlte mein Vater, als wir uns näherten. „Jetzt sind die drei hübschesten Mädchen der Welt zusammen. Ich meine natürlich vier", fügte er schnell hinzu und legte seinen Arm um Mom, die die Augen verdrehte.

„Dad, hat Grace dir schon erzählt, dass sie ihr Haus verkauft?", fragte Margaret.

„Was? Nein! Aber Schätzchen! Warum hast du nichts gesagt?"

„Weil das keine Gruppenentscheidung sein sollte, Dad."

„Aber wir haben doch gerade erst neue Fenster einsetzen lassen!"

„Weshalb wir das Haus auch viel besser verkaufen können, wie die Maklerin sagte", erwiderte ich ruhig.

„Und wo willst du hinziehen?", wollte Mom wissen. „Doch nicht weit weg, oder?"

„Nein, nicht weit." Ich setzte mich neben Nat, die bereits den gleichgültigen *Look* kultivierte, den ich von eineinhalb Jahren einstudiert hatte. „Alles klar, Kleine?"

„Ja. Mir geht's gut. Also, nicht richtig gut, aber … du weißt schon." Ich nickte.

„Hast du eigentlich etwas von der Stelle bei euch im Fachbereich gehört?", erkundigte sich Margs.

„Oh, ja", antwortete ich. „Sie haben jemanden von außerhalb genommen, aber sie scheint sehr gut zu sein."

„Vielleicht gibt sie dir eine Gehaltserhöhung", überlegte Dad. „Es wäre doch schön, wenn du mehr verdienen würdest als ein sibirischer Landarbeiter."

„Ich habe schon überlegt, ob ich mir als Edelhure etwas dazuverdienen soll", meinte ich. „Kennt ihr irgendwelche Politiker, die Bedarf haben?"

Natalie lachte auf, und wir mussten schmunzeln.

Eine Weile später, nach dem Essen, suchte ich die Toilette auf. Aus einer Kabine drang die Stimme meiner lieben Cousine Kitty.

„… anscheinend hat sie also nur vorgegeben, einen Freund zu haben, damit wir sie nicht bemitleiden", sagte Kitty. „Der Arzt war reine Erfindung! Und dann gab es da wohl einen Häftling, dem sie ins Gefängnis geschrieben hat …" Die Spülung rauschte, und Kitty kam aus der Kabine. Und aus dem benachbarten Abteil trat Tante Mavis. Als sie mich sahen, erstarrten sie.

„Hallo die Damen", sagte ich liebenswürdig und strich vor dem Spiegel mein Haar glatt. „Amüsiert ihr euch? So viel Klatsch und Tratsch und nur so wenig Zeit!"

Kittys Gesicht lief so rot an wie ein Pavianpopo. Tante Mavis, die abgebrühter war, verdrehte lediglich die Augen.

„Habt ihr sonst noch Fragen zu meinem Liebesleben? Irgendwelche Informationslücken? Was wollt ihr wissen?" Ich lächelte, verschränkte die Arme über der Brust und starrte sie unbeirrt an.

Kitty und Mavis tauschten Blicke. „Nein, Grace", antworteten sie dann einstimmig.

„Also gut", sagte ich. „Und nur zu eurer Information: Er saß bereits im Todestrakt. Leider hat der Gouverneur die Aussetzung des Vollzugs abgelehnt, also bin ich wieder auf der Suche." Ich zwinkerte, schmunzelte über ihre entsetzten Gesichter und schob mich an ihnen vorbei in eine Kabine.

Als ich zum Tisch zurückkehrte, wollte Nat gerade gehen. „Du kannst gern eine Weile bei mir wohnen, Bumppo", bot ich ihr an.

„Oh, danke, Grace, das ist sehr lieb von dir. Aber ich habe Mom und Dad schon zugesagt, dass ich erst einmal bei ihnen bleibe."

„Soll ich dich fahren?"

„Nein, Margs nimmt mich mit. Außerdem hast du für heute schon genug getan. Vielen Dank, dass du Andrew vertrimmt hast!"

„War mir ein Vergnügen", erwiderte ich in vollem Ernst. Ich gab meiner Schwester einen Kuss und nahm sie lange in den Arm. „Ruf mich morgen früh an, ja?"

„Das werde ich. Danke", flüsterte sie.

Ich beschloss, ebenfalls aufzubrechen. Es schien zwar schon eine Ewigkeit her, aber ich hatte meinen betagten Freundinnen im *Golden Meadows* versprochen, nach der Hochzeit bei ihnen vorbeizuschauen, damit sie mein Kleid sehen und alles über den Ablauf erfahren könnten. Doch da Dad seine Mutter bereits vor dem Hauptgang ins Seniorenheim zurückgebracht hatte, wussten vermutlich alle schon Bescheid.

Trotzdem wollte ich hinfahren. Heute fand der Samstagabend-Ball statt, und vielleicht würde ich jemanden zum Tanzen finden. Auch wenn derjenige kaum unter achtzig sein würde, war mir seltsamerweise doch nach Tanzen zumute.

Ich fuhr quer durch die Stadt und stellte mein Auto auf dem Parkplatz des Heimes ab. Von Callahans zerbeultem Pick-up war nichts zu sehen. Seit dem Tag, als er sein Haus in der Maple Street verlassen hatte, war ich ihm nicht mehr begegnet, allerdings hatte ich einmal bei seinem Großvater vorbeigeschaut. Wie Cal bereits erwähnt hatte, ging es dem alten Mann nicht besonders gut. Wir würden das Buch wohl nicht mehr fertig lesen.

Spontan entschied ich, Mr Lawrence auch jetzt noch einmal zu besuchen. Wer weiß? Vielleicht war Callahan ja doch da? Betsy, die diensthabende Schwester, ließ mich in den Trakt. „Den Enkel haben Sie gerade verpasst", sagte sie mit der Hand über der Sprechmuschel ihres Telefons.

Schade. Aber ich war ja auch nicht wegen Callahan gekommen. Langsam ging ich den Flur dieser speziellen Abteilung hinunter und hörte die vertrauten traurigen Geräusche – leises Stöhnen, klagende Stimmen und viel zu viel Stille.

Die Tür zur Mr Lawrences Zimmer stand offen. Schlafend lag er in seinem Bett und wirkte unter der blauen Decke klein und verhutzelt. An seinem Arm war der Schlauch einer Infusionsflasche befestigt, und ich spürte, wie mir die Tränen in die

Augen stiegen. Aus meiner langjährigen Erfahrung mit Bewohnern dieses Heimes wusste ich, dass die Infusion normalerweise bedeutete, dass der Patient nichts mehr aß und trank.

„Hallo Mr Lawrence, hier ist Grace", flüsterte ich und setzte mich neben ihn. „Die Ihnen immer vorgelesen hat, erinnern Sie sich? *Lord Bartons Begehren?* Der Lord und die Hure?"

Natürlich antwortete er nicht. Soweit ich mich erinnern konnte, hatte ich die Stimme von Callahans Großvater nie gehört. Ich fragte mich, wie sie wohl geklungen hatte, als er noch jung gewesen war und Callahan und seinem Bruder das Fliegenfischen beigebracht, ihnen bei den Hausaufgaben geholfen, sie zum Gemüseessen und Milchtrinken ermahnt hatte.

„Hören Sie, Mr Lawrence." Ich legte meine Hand auf seinen dünnen Arm. „Ich wollte Ihnen etwas sagen. Ich war eine Weile mit Ihrem Enkel zusammen, Callahan. Und ich habe es vermasselt, sodass er mit mir Schluss gemacht hat." Ich verdrehte die Augen – eigentlich hatte ich kein Geständnis am Totenbett geplant gehabt. „Jedenfalls wollte ich Ihnen sagen, dass er ein ganz wunderbarer Mann ist."

Ich bekam einen Kloß im Hals und musste flüstern. „Er ist klug und lustig und rücksichtsvoll, und er arbeitet sehr fleißig, wissen Sie das? Sie sollten das Haus sehen, das er gerade renoviert hat! Das hat er ganz fantastisch gemacht!" Ich hielt inne. „Und er liebt Sie wirklich sehr. Er kommt immer hierher. Und er ... na ja, er sieht wirklich gut aus. Der Apfel ist da wohl nicht weit vom Stamm gefallen, schätze ich."

Es war kaum zu hören, ob Mr Lawrence noch atmete. Ich nahm seine knorrige, kühle Hand und hielt sie eine Weile fest. „Ich wollte nur noch sagen, dass Sie ihn ganz wunderbar erzogen haben. Sie können wirklich stolz auf ihn sein. Das ist alles."

Dann beugte ich mich vor und drückte Mr Lawrence einen Kuss auf die Stirn. „Ach, eines noch: Der Lord heiratet Clarissia am Ende. Er findet sie in dem Turm und rettet sie und sie leben ... na, Sie wissen schon ... glücklich bis ans Ende ihrer Tage."

„Was machst du denn hier, Grace?"

Ich fuhr zusammen, als hätte mir jemand ein Brandeisen aufs Fleisch gedrückt. „Mémé! Meine Güte, hast du mich erschreckt!", flüsterte ich.

„Ich habe dich gesucht. Dolores Barinski hat gesagt, du wolltest zum Tanzabend kommen, und der hat schon vor einer Stunde angefangen."

„Richtig." Ich warf einen letzten Blick auf Mr Lawrence. „Dann lass uns mal gehen."

Ich schob meine Großmutter durch den Gang, fort von der einzigen Verbindung, die ich noch zu Callahan O'Shea hatte, und ahnte, dass ich Mr Lawrence wohl nicht mehr wiedersehen würde. Tränen liefen mir über die Wangen. Ich schniefte.

„Ach, sei doch nicht traurig", krächzte Mémé autoritär aus ihrem Thron. „Wenigstens hast du mich noch! Der Mann ist noch nicht mal mit dir verwandt. Ich weiß nicht, warum du da überhaupt immer hingegangen bist."

Ich blieb stehen und ging um den Rollstuhl herum, damit ich meiner Großmutter ins Gesicht sagen konnte, was für eine schreckliche Nervensäge sie war – wie selbstgefällig und gemein, egoistisch und unsensibel. Aber als ich dann ihr dünnes Haar und das runzlige Gesicht sah und die mit Altersflecken übersäten Hände mit den zu groß gewordenen Ringen, brachte ich es nicht übers Herz.

„Ich hab dich lieb, Mémé!"

Überrascht sah sie auf. „Was ist denn heute mit dir los?"

„Nichts. Ich wollte es dir nur sagen."

Sie atmete tief durch und runzelte die Stirn, was ihr Gesicht noch faltiger machte. „Tja. Können wir jetzt weiter?"

Ich lächelte, stellte mich wieder hinter den Rollstuhl und schob Mémé in den Tanzsaal. Der Abend war in vollem Gang, und ich tanzte mit allen, die ich kannte, und mit anderen, die ich noch nie gesehen hatte. Sogar Mémé drehte ich ein paar Runden im Kreis, bis sie mich anzischte, ich würde mich lächerlich machen und ob ich im Country Club zu viel getrunken hätte. Also schob ich sie wieder an den Rand. Später. Nach zwei Liedern.

Alle bewunderten mein Kleid, tätschelten mir die Hände, und selbst meine Frisur erntete Lob. Ich war beinahe glücklich. Nat hatte ein gebrochenes Herz, und meines war auch nicht gerade in Bestzustand. Ich hatte etwas Wunderbares und Seltenes mit Callahan O'Shea zerstört und mich durch einen erfundenen Freund vor meiner Familie zum Affen gemacht. Aber es war okay. Also, das mit dem Affen war okay. Callahan allerdings würde ich sicher noch sehr, sehr lange vermissen.

34. KAPITEL

Als ich vom Seniorenheim nach Hause kam, war es fast zehn Uhr. Angus präsentierte mir zwei Rollen zerfetztes Klopapier und trottete dann in die Küche, um mir zu zeigen, wo er ein paar Papierknäuel ausgewürgt hatte. „Immerhin hast du auf die Fliesen gespuckt", lobte ich ihn und streichelte seinen Kopf. „Danke, dass du in die Küche gegangen bist." Er bellte ein Mal und streckte sich dann in Superhund-Pose aus, um mir beim Aufwischen zuzusehen.

„Ich hoffe, dir wird unser neues Haus gefallen", sagte ich, während ich die leider allzu vertrauten Gummihandschuhe überstreifte, die ich immer nahm, wenn Angus … äh, einen Unfall hatte. „Aber ich suche uns ein ganz tolles Haus aus, keine Sorge." Angus wedelte mit dem Schwanz.

Gestern hatte Becky Mango angerufen. „Ich weiß, das klingt vielleicht komisch", sagte sie, „aber ich habe mich gefragt, ob Sie wohl an dem Haus nebenan interessiert wären. Das Callahan renoviert hat? Es ist einfach zauberhaft."

Ich hatte gezögert. Ich liebte das Haus – oh ja! Aber ich wohnte nun schon in einem Haus, das mich immer an eine gescheiterte Beziehung erinnerte. Cals Haus zu kaufen, auch wenn es in etwa dasselbe kostete wie meines, hätte aus mir doch zu sehr eine Miss Havisham wie in *Große Erwartungen* gemacht, die bis zum Tod ihrer großen Liebe nachtrauerte. Nein. Mein nächstes Haus sollte meine Zukunft betreffen, nicht meine Vergangenheit. „Stimmt's, Angus?" Er bellte seine Zustimmung, rülpste dann und legte sich auf den Rücken, wohl um anzudeuten, ich könnte eine Putzpause einlegen und ihm den Bauch kraulen. „Später, McFangus", murmelte ich.

Sorgfältig wischte ich alles auf, was er auf dem Boden verteilt hatte, und achtete darauf, dass mein Kleid nicht beschmutzt wurde. Es war ein hübsches Kleid, das ich der Heilsarmee bringen würde, da ich es nie mehr wiedersehen wollte. Das und mein Brautkleid. Vielleicht würde Natalie mich bitten, ihres ebenfalls mitzunehmen.

Morgen würde ich anfangen zu packen. Auch wenn ich noch kein neues Haus gefunden hatte, würde ich bald umziehen. Ich könnte all meine alten Flohmarktkäufe durchsehen und vielleicht selbst einen Vorgartenflohmarkt veranstalten – nach dem Motto „Alles neu" und so weiter.

Während ich die letzten Reste Erbrochenes mit Küchenpapier vom Boden aufwischte und in den Mülleimer stopfte, sprang Angus auf und raste laut bellend aus der Küche. *Jap! Japjapjap!*

„Was ist los, mein Süßer?", fragte ich ihn und ging ins Wohnzimmer.

Japjapjap!

Ich spähte durch die Vorhänge vors Haus, und mein Herz machte solch einen Satz, dass ich fast das Gefühl hatte, zu ersticken.

Auf meiner Veranda stand Callahan O'Shea.

Er sah mich an, hob eine Augenbraue und wartete.

Während ich zur Tür ging, konnte ich mich kaum auf den Beinen halten, so sehr zitterten mir die Knie. Ich öffnete, und Angus attackierte umgehend einen von Cals Arbeitsstiefeln. Cal beachtete ihn nicht weiter.

„Hallo", sagte er.

„Hallo", krächzte ich.

Sein Blick fiel auf meine Hände, an denen ich noch immer die Gummihandschuhe trug. „Was machst du?"

„Äh … Hundekotze aufwischen."

„Lecker."

Ich stand einfach nur da. Callahan O'Shea! Hier. Auf meiner Veranda, wo wir uns zum ersten Mal begegnet waren.

„Wärst du so nett, deinen Hund zur Ordnung zu rufen?", bat er, während Angus sich in sein Hosenbein verbiss, den kleinen Kopf hin und her schüttelte und sein kätzchenhaftes Knurren verlauten ließ.

„Äh … sicher. Natürlich", erwiderte ich. „Angus! In den Keller, Junge! Komm schon!" Mir zitterten die Knie, aber ich schaffte es, Angus hochzuheben und über die Kellertreppe zu

Moms Skulpturen hinunterzuscheuchen. Er jaulte kurz, akzeptierte dann sein Schicksal und war still.

Ich drehte mich wieder zu Callahan. „Was führt dich denn in diese Gegend?" Mein Hals war so zugeschnürt, dass ich die Worte kaum herausbrachte.

„Deine Schwestern haben mir einen Besuch abgestattet", antwortete er leise.

„Ach ja?" Verblüfft öffnete ich den Mund.

„M-hmm."

„Heute?"

„Vor etwa einer Stunde. Sie haben mir von Andrew erzählt."

„Aha." Ich machte den Mund wieder zu. „Schlimme Sache."

„Wie ich hörte, hast du ihn verprügelt."

„Ja, das stimmt", murmelte ich. „Einer meiner glanzvollsten Momente." Dann stutzte ich. „Woher wussten sie, wo sie dich finden?" Mir hatte Callahan jedenfalls keine Adresse hinterlassen.

„Margaret hat ihre Freunde bei der Bewährungshilfe angerufen."

Ich verkniff mir ein Schmunzeln. Gute alte Margs.

„Natalie meinte, ich sei ein Idiot", murmelte Callahan mit so tiefer Stimme, dass es in meinem Bauch vibrierte.

„Oh", krächzte ich und lehnte mich gegen die Wand, um mehr Halt zu haben. „Tut mir leid. Du bist kein Idiot."

„Sie hat erzählt, du hättest allen die Wahrheit gesagt." Cal trat einen Schritt näher an mich heran, und mir wurde fast schwindelig vor Herzklopfen. „Und meinte, ich sei ein Idiot, wenn ich eine Frau wie dich einfach so verließe."

Er nahm eine meiner Hände und zog den Handschuh ab. Dann tat er dasselbe mit der anderen, und ich starrte auf unsere Hände, weil es schwer war, Cal in die Augen zu sehen.

„Es ist allerdings so", fuhr er leise fort, während er weiter meine verschwitzten Hände mit seinen angenehm trockenen festhielt, „dass sie mir das gar nicht mehr sagen musste. Weil ich es schon selbst herausgefunden hatte."

„Oh."

„Aber ich muss zugeben, dass ich es schön fand, dass deine Schwestern endlich einmal etwas für dich getan haben anstatt andersherum." Er hob mein Kinn an, sodass ich ihm in seine wunderschönen Augen sehen musste. „Grace", flüsterte er, „ich war tatsächlich ein Idiot. Gerade ich sollte doch wissen, dass Menschen manchmal komische Dinge für diejenigen tun, die sie lieben. Und dass jeder eine zweite Chance verdient."

Zitternd atmete ich ein, und meine Augen füllten sich mit Tränen.

„Die Sache ist die", fuhr Cal fort, und ein feines Schmunzeln schlich sich in seine Mundwinkel. „Seit dem Moment, als du mir mit deinem Feldhockeyschläger eins übergebraten hast ..."

„Das musst du wohl immer wieder erwähnen, wie?", murmelte ich.

Jetzt grinste er richtig. „... und auch, als du mich mit der Harke verletzt und meinen Truck verbeult und mir von deinem Dachboden aus nachspioniert hast und dein Hund mich ständig angegriffen hat – bei alledem wusste ich immer, dass du genau die Richtige für mich bist, Grace."

„Oh", flüsterte ich und merkte, wie mir die Lippen zitterten, weil ich gleich losheulen würde. Es sah bestimmt nicht sehr vorteilhaft aus, aber ich konnte es nicht verhindern.

„Gib uns noch eine Chance, Grace. Hm? Was sagst du?" Sein Lächeln verriet, dass er sich meiner Antwort schon sehr sicher war.

Doch statt zu antworten, schlang ich ihm einfach die Arme um den Nacken und küsste ihn lange und leidenschaftlich. Denn wenn man den einen trifft, dann weiß man einfach Bescheid.

EPILOG

Zwei Jahre später

Wir werden unseren Sohn *nicht* Abraham Lincoln O'Shea nennen. Überleg dir was anderes." Mein Ehemann versuchte, einen bösen Blick aufzusetzen, was jedoch nicht ganz gelang, da Angus ihm das Kinn ableckte. Es war Sonntagmorgen, wir lagen noch im Bett, die Sonne schien durch die Fenster, und der Geruch von Kaffee mischte sich mit dem süßen Duft der Rosen, die in einer kleinen Vase auf dem Nachtschrank standen.

„Du hast doch schon Stonewall abgelehnt", erinnerte ich ihn, während ich mir den gigantischen Bauch rieb. „Stonewall O'Shea. Es gäbe bestimmt keinen anderen Jungen mit dem Namen im Kindergarten."

„Grace. Du bist schon vier Tage über dem Termin. Jetzt sei ernst. Das ist unser Kind. Und wenn es schon einen Bürgerkriegsnamen tragen soll, dann Yankee. Okay? Schließlich stammen wir beide aus Neuengland. Angus, nimm deine Zunge aus meinem Ohr. Igitt."

Ich kicherte. Nachdem wir zusammengezogen waren, hatte Callahan meinen Hund einem achtwöchigen Gehorsamskurs unterzogen. Kinder brauchen Strukturen, hatte Cal gesagt, und seitdem betete Angus ihn an.

Ich versuchte es erneut. „Wie wäre es mit Ulysses O'Shea?"

„Wenn schon, dann Grant. Grant O'Shea. Das ist ein Kompromiss, Grace."

„Grant O'Shea ... nein. Tut mir leid. Wie wär's mit Jeb?"

„Der ist es, Madam!" Er beugte sich vor, kitzelte mich, und kurz darauf lachten und knutschten wir wie die Teenager.

„Ich liebe dich", flüsterte er, die Hand auf meinem Bauch.

„Ich liebe dich auch", flüsterte ich zurück.

Ja, wir hatten geheiratet. Ich hatte den Jungen von nebenan bekommen. Und das Haus nebenan gleich dazu. Cal meinte, es sei nicht richtig, dass es jemand anderes bekommt als wir, und so ließen wir zwei Wochen nach Natalies Nichthochzeit einen gemeinsamen Kaufvertrag aufsetzen.

Dass ich neben meinem alten Haus wohnte, störte mich kein bisschen. Ich war dankbar, dass mein trauriges, gebrochenes Herz dort langsam hatte heilen können. Und immerhin hatte ich meinen zukünftigen Ehemann dort zum ersten Mal gesehen.

Natalie ging es gut. Sie war immer noch Single, arbeitete viel und wirkte glücklich. Sie war mit ein paar Männern ausgegangen, aber etwas Ernstes hatte sich noch nicht ergeben. Stuart und Margaret waren vor einem Jahr Eltern geworden – ihr Sohn James hatte die ersten vier Monate seines Lebens fast nur geschrien, um sich dann in einen properen Buddha mit Grübchen zu verwandeln, der ständig lächelte und sabberte und von seiner Mutter abgöttisch geliebt wurde.

„Hmm, riechst du gut", murmelte Cal an meinem Hals, den er auf höchst angenehme Weise küsste. „Sollen wir ein bisschen rummachen?"

Ich sah ihn an, seine langen, geraden Wimpern, das ständig verwuschelte Haar, die warmen dunkelblauen Augen … Ich hoffe, unser Sohn sieht exakt so aus wie er, dachte ich und spürte vor lauter Liebe ein solches Ziehen im Herzen, dass ich nicht antworten konnte. Dann spürte ich ein anderes Ziehen und etwas Nasses noch dazu.

„Liebling?", fragte Callahan, als ich mich versteifte. „Ist alles in Ordnung?"

„Weißt du was? Ich glaube, mir ist gerade die Fruchtblase geplatzt."

Eine halbe Stunde später versuchte Cal verzweifelt, mich aus dem Haus zu bekommen, während Angus im Keller wütend bellte, weil Callahan ihn so unsanft hinunterbefördert hatte. Doch Callahan war nicht in der Stimmung für Geduld und Nettigkeiten, stattdessen hastete er ein letztes Mal nervös durch die Zimmer. Aufgrund Margarets langer, beschwerlicher Geburt, von der sie immer wieder gern in allen Details berichtete, wusste ich, dass das Baby sicher noch eine Weile brauchen würde, bis es zur Welt kam. Die Hebamme hatte dasselbe gesagt, aber Cal war überzeugt, dass ich mich jeden Moment hinhocken und sein Kind an Ort und Stelle aus dem Leib pressen würde … oder, schlimmer noch, am Straßenrand zwischen hier und dem Krankenhaus.

„Hast du meine Lutscher eingesteckt?", fragte ich ruhig, während ich die Liste vom Vorbereitungskurs durchging.

„Ja, habe ich." Er war vollkommen aufgeregt – vielleicht wäre *ängstlich besorgt* passender –, was ich absolut hinreißend fand. „Komm schon, Liebling, lass uns fahren. Das Baby kommt, vergiss das nicht."

„Ich werde es versuchen, Callahan. Was ist mit meinem hübschen Bademantel? Mein Haar wird schon schlimm genug aussehen, da kann ich wenigstens vom Hals abwärts hübsch sein." Erneut überflog ich die Liste. „Und vergiss nicht die Kamera."

„Die hab ich, Grace. Nun komm schon, Liebling. Lass uns das Kind nicht hier im Flur bekommen!"

„Cal, ich hatte erst zwei Wehen. Entspann dich." Er gab einen seltsam kehligen Laut von sich, den ich ignorierte. „Hast du an die Babysachen gedacht? Den kleinen blauen Strampelanzug mit dem Hund darauf?"

„Ja, mein Schatz, bitte, ich bin die Liste auch schon durchgegangen. Denkst du, wir können zum Krankenhaus fahren, bevor der Junge drei wird?"

„Oh, mein Konzentrationsobjekt! Vergiss das nicht!" Die Hebamme hatte geraten, etwas mitzubringen, auf das ich mich während der Wehen konzentrieren könne, etwas, das ich gern betrachtete.

„Ich hab ihn." Cal griff über die Eingangstür und holte mein Objekt von der Wand – es war der Feldhockeyschläger, den er dort am Tag unseres Einzugs aufgehängt hatte. „Also gut, Liebes, aber lass uns jetzt losfahren und unseren Jungen holen. Soll ich dich tragen? Das geht sicher schneller. Komm, leg einen Arm um meinen Hals, dann heb ich dich hoch …"

Neunzehneinhalb beeindruckende und unvergessliche Stunden später hatten wir einiges gelernt. Erstens, dass ich sehr, sehr laut schreien konnte, wenn die Situation es erforderte.

Zweitens, dass Cal bei einer Geburt zwar erstaunlich gut helfen konnte, aber auch dazu neigte zu weinen, wenn seine Frau Schmerzen hatte. (Da denkt man, man könne einen Kerl nicht noch mehr lieben, und dann so etwas ...!) Und drittens, dass auch Ultraschallaufnahmen irren können.

Unser Junge war ein Mädchen.

Wir nannten sie Scarlett.

Scarlett O'Hara O'Shea.

– ENDE –

DANKSAGUNG

Wie immer bin ich meiner Agentin Maria Carvainis für ihre weisen Ratschläge zu großem Dank verpflichtet, ebenso Donna Bagdasarian und June Renschler für ihren Enthusiasmus hinsichtlich dieser Geschichte.

Ich danke Keyren Gerlach bei HQN Books für ihre klugen Kommentare und Tracy Farrell für ihre Unterstützung und Ermutigung.

Dank an Julie Revell Benjamin und Rose Morris, meine „Schreibfreundinnen" und Schriftstellerkolleginnen, sowie Beth Robinson von PointSource Media, die sowohl meine Webseite als auch die Buch-Trailer so fantastisch gestaltet.

Ich danke meinen Freunden und meiner Familie, die sich immer und ewig meine Ideen anhören – Mom, Mike, Hilly, Jackie, Nana, Maryellen, Christine, Maureene und Lisa. Es ist ein großes Glück, so wundervolle Verwandte und Freunde zu haben!

Dank an meine wunderbaren Kinder, die mir das Leben versüßen, und vor allem an meinen Schatz Terence Keenan. In deinem Fall werden Worte niemals ausreichen.

Schließlich danke ich auch meinem Großvater Jules Kristan, einem Mann mit hingebungsvoller Treue, scharfem Verstand und grenzenloser Güte. Die Welt ist ein besserer Ort, Poppy, weil du mit gutem Beispiel vorangingst.

Lesen Sie auch:

Shannon Stacey

Ein bisschen Kowalski gibt es nicht

Ab Juni 2013 im Buchhandel

Band-Nr. 25670
8,99 € (D)
ISBN: 978-3-86278-726-5

Jedes Mal wenn die New England Patriots in der Tabelle auf-rückten, gönnte Kevin Kowalski sich einen One-Night-Stand.

Ein Sieg für sein Team war ein Sieg für ihn. Es war zwar nicht so, dass er sonntags immer unbedingt Gesellschaft brauchte, aber es gab eben eine Menge Angebote. Kevin schob ein Glas Bier über den Holztresen der besten Sportsbar der Hauptstadt von New Hampshire – seiner Bar. Dann hob er den Kopf und bemerkte, dass eine Blondine ihn beobachtete. Die Patriots gingen gerade in Stellung, aber statt gebannt auf den Bildschirm zu schauen, sah sie ihn an. Ein sicheres Zeichen, dass heute nicht nur der Quar-terback seiner Mannschaft zum Schuss kommen würde.

Seltsamerweise ließ die Blonde mit den aufgespritzten Lippen, Silikonbrüsten und anzüglichen Blicken ihn aber völlig kalt.

Das lag an der Dunkelhaarigen am Ende der Bar. Nicht un-bedingt weil sie hübsch war oder sich unter ihrem Pullover und den Jeans eine tolle Figur abzeichnete. Gut, zugegeben, beides schadete auch nicht gerade.

Trotzdem gab es einen anderen Grund, aus dem Kevin sie im Auge behielt. Der Typ, mit dem sie da war, hatte mehr als genug, trank aber lustig weiter. Er mochte spießig aussehen in seinem gebügelten Hemd und den Stoffhosen, benahm sich im Moment aber einfach wie jeder betrunkene Mistkerl. Entweder hatte er schon ein paar Cocktails gekippt, bevor er in die Bar gekommen war, oder er vertrug nichts. Die paar Scotch, die er hier getrunken hatte, durften einen Mann eigentlich nicht gleich umhauen.

Jedenfalls wurde er aufdringlich, und der Dunkelhaarigen war deutlich anzumerken, dass sie am liebsten abgehauen wäre. Das war ihrem Begleiter aber offensichtlich egal, denn er ver-suchte schon wieder, sie zu betatschen. Sie wehrte ihn ab, und sofort ging das Spiel wieder von vorn los.

In Jasper's Bar & Grill gab es nur drei Regeln: keine Kippen, keine Handgreiflichkeiten, keine sexuelle Belästigung. Wenn eine Frau Nein sagte, meinte sie Nein. Basta.

Die Patriots machten den nächsten Punkt, und alles johlte vor Begeisterung, sodass die Gläser hinter der Bar klirrten. Die Blondine hüpfte auf ihrem Barhocker auf und ab, und ihre

Brüste hüpften mit. Der betrunkene Spießer hob sein Glas und schwenkte es in Kevins Richtung, weil er mehr wollte.

Kevin ging zu ihm rüber, allerdings ohne Nachschub zu liefern. „Hör mal, Alkohol gibt es für dich nicht mehr, aber ich mache dir gern einen Kaffee oder bringe dir eine Cola."

Der Spießer wurde knallrot, und Kevin seufzte. Einer von *der* Sorte. Als der Typ den Hintern vom Barhocker schwang, nickte Kevin Paulie zu. Sie verdrehte die Augen und griff zum Telefon.

„Ich bin nicht blau, gib mir noch einen Scotch!", rief der Spießer.

Die Dunkelhaarige legte ihm eine Hand auf den Arm, damit er sich wieder hinsetzte. „Komm, Derek, lass uns einfach …"

„Für wen hältst du dich eigentlich, dass du mir Vorschriften machen willst?", pöbelte er Kevin an.

„Mir gehört der Laden, und deshalb bestimme ich hier die Regeln."

„Beth, sag diesem Arsch, dass ich jetzt sofort einen Whisky kriege!"

Kevin schüttelte den Kopf. „Kein Stück."

Und dann ging alles sehr schnell. Der Spießer wollte ihm wohl eine verpassen, schwankte aber und stieß seine Begleitung mit dem Ellbogen fast vom Barhocker. Sie landete in den Armen des Gastes neben ihr, der offensichtlich erfreut über seinen Fang war. Kevin war dadurch kurz abgelenkt, der Spießer holte aus und traf ihn mit einem schwachen Schlag am Kinn.

Dann starrte er Kevin erschrocken an. Offenbar fiel ihm jetzt erst auf, was er da gerade getan hatte. Bevor er Reißaus nehmen konnte, hatte Kevin ihn am Kragen gepackt. Als ehemaliger Polizist hatte er mit solchen Situationen Erfahrung.

Derek zappelte wie ein Fisch am Haken. Tatsächlich hätte er es fast geschafft, sich zu befreien. Kevin reichte es nun langsam, und er riss einmal kräftig den Arm nach unten, woraufhin Dereks Nase unsanft Bekanntschaft mit dem Tresen schloss.

Er heulte auf wie ein Kleinkind … und die anderen Gäste flippten aus. Das Stammpublikum war zwar eher zahm, aber die Männer hatten natürlich absolut nichts gegen eine gepflegte Prügelei.

Okay, okay, Prügelei war in diesem Fall stark übertrieben. Derek hielt sich die Hand unter die Nase, versuchte die Blutung zu stoppen und schrie wie am Spieß. Die Gäste zuckten zusammen, als wäre eine Sirene losgegangen.

„Ruhe jetzt, Mann, oder ich geb dir eins auf die Zwölf", schrie Kevin ihn an, was seine Gäste natürlich weiter anstachelte.

„Ja, los, zeig's ihm!"

„Oh Gott, seine Nase!" Beth befreite sich aus der Umarmung des Gastes neben ihr und schnappte sich ein paar Servietten von der Bar. Die wollte sie unter Dereks Nase halten, aber der stieß sie weg.

Als in dem Moment zwei Polizisten hereinkamen, wurde es endlich still in der Bar, und das Gejohle erstarb. Derek hörte auf zu kreischen und begann stattdessen, verzweifelt zu stöhnen.

„Hey, Kowalski!", rief der ältere der beiden Gesetzeshüter.

„Hey, Jonesy. Hat dein Vater sich über die Karten für das Spiel gefreut?"

„Machst du Witze? Zehnte Reihe, genau an der Fünfzig-Yard-Linie? Er war begeistert! Ich soll dich herzlich von ihm grüßen."

„Hab ich gern gemacht", sagte Kevin, ohne Dereks Kragen loszulassen. Er ließ keine Gelegenheit aus, um seine guten Beziehungen zum örtlichen Polizeirevier zu pflegen. Nicht nur weil er früher in Boston selbst für die Truppe gearbeitet hatte, sondern weil jeder kluge Barbesitzer das tat. „Ich hab hier einen Kandidaten für dich."

„Was ist dem denn passiert?"

„Ist mit dem Gesicht auf den Tresen geknallt. Passiert immer wieder mal, du weißt ja, wie das ist."

Kevin ließ Derek los, und bevor Jonesy seine Handgelenke packen konnte, versuchte der Idiot, aus der Bar zu fliehen.

Jonesys junger Kollege wollte ihn stoppen, stolperte aber über Beths ausgestrecktes Bein. Ob das Zufall gewesen war, durfte bezweifelt werden, aber zumindest sah es nicht zu offensichtlich nach Absicht aus. Der Polizist landete auf dem Boden. Jonesy sprang über seinen Partner hinweg und sprintete, so schnell es in seinem Alter noch ging, hinter Derek her.

Beth hyperventilierte fast.

Entschlossen warf Jonesy sich schließlich mit der vollen Wucht seiner einhundert Kilo auf Derek und brachte ihn zur Strecke, während sein Partner sich gerade wieder aufrappelte. Der zückte die Handschellen, und Applaus brandete in der Bar auf. Allerdings waren die Handschellen wohl überflüssig – es sah nicht so aus, als würde Derek noch weiter Widerstand leisten wollen.

„Warum tun Sie ihm das an?"

Kevin musterte die Dunkelhaarige, die genauso wütend zu sein schien wie ihr am Boden liegender Begleiter. „Ich tu ihm doch gar nichts! Und ansonsten scheinen Sie vergessen zu haben, dass er Sie geschlagen hat!"

„Hat er doch überhaupt nicht! Er ist nur aus dem Gleichgewicht gekommen, als er *Sie* schlagen wollte!"

Klar, das machte die Sache natürlich besser! „Aber betatscht hat er Sie, oder habe ich mir das etwa auch eingebildet?"

Jetzt verdrehte diese Frau doch tatsächlich die Augen! „Das hatte ich voll unter Kontrolle."

„Nein, unter Kontrolle ist der Kerl jetzt."

„Hören Sie mal, es ist nicht so, wie Sie … Ach, vergessen Sie's! Jedenfalls müssen Sie ihm jetzt helfen."

Kevin schaute zu Derek hinüber. Der schwergewichtige Jonesy saß auf ihm drauf, und der junge Polizist ließ gerade die Handschellen zuschnappen. Im Moment hätte Kevin nichts für den Kerl tun können, selbst wenn er gewollt hätte – was nicht der Fall war.

„Sie verklag ich! Ich nehm Ihnen den letzten Cent ab!", brüllte Derek über die Schulter hinweg. „Und du bist entlassen, du blöde Kuh!"

Ups. Kevin schaute Beth an. „Ich dachte, Sie hätten einfach nur ein mieses Date."

Sie kletterte wieder auf ihren Barhocker und ließ die Stirn geräuschvoll auf den Tresen knallen. „Sie haben mich gerade meinen Job gekostet!"

Dank jahrelanger Tresenerfahrung schaffte er es gerade noch, ihr nicht zu sagen, dass sie damit Riesenglück hatte. „Wie wäre es mit einem Bier?", fragte er stattdessen.

Deutsche Erstveröffentlichung

Kristan Higgins
Zurückgeküsst

Harper muss dringend zur Hochzeit ihrer Schwester. Und dort überschlagen sich die Ereignisse! Zuerst wird sie von einem Bären überfallen, knutscht als Folge hemmungslos mit ihrem Exmann Nick und muss am nächsten Morgen feststellen, dass alle Flughäfen gesperrt sind und sie nicht nach Hause kommt. Außer... ja, außer sie nimmt Nicks Angebot an, mit ihm in seinem roten Mustang quer durch die USA zu fahren ...

Band-Nr. 25634
8,99 € (D)
ISBN: 978-3-86278-484-4
eBook: 978-3-86278-553-7
400 Seiten

Kristan Higgins
Mit Risiken und Nebenwirkungen

Alle Vierbeiner in Georgebury scheinen im Moment zu schwächeln. Woran liegt das bloß? Natürlich an Ian McFarland, dem gut aussehenden neuen Tierarzt! Sämtliche Tierbesitzerinnen müssen dringend bei ihm vorbeischauen, um ein Auge auf ihn zu werfen. Da ist Callie Grey, Expertin für Fettnäpfchen aller Art, keine Ausnahme. In ihrem Fall braucht allerdings nicht ihr Hund eine Impfung, sondern sie selbst männliche Zuwendung ...

Band-Nr. 25593
8,99 € (D)
ISBN: 978-3-86278-319-9
eBook: 978-3-86278-408-0
416 Seiten

Deutsche Erstveröffentlichung

Deutsche Erstveröffentlichung

Shannon Stacey
Ein bisschen Kowalski gibt es nicht

Moment mal – die hübsche Lady da am Tresen wird belästigt! Doch als Kevin Kowalski, Besitzer der Sportsbar, ihren aufdringlichen Verehrer k.o. schlägt, erlebt er gleich mehrere Überraschungen. Die erste: Das Opfer, Beth Hansen, ist sauer auf ihn. Die zweite: Nicht lange, und er sieht Beth wieder – was in einem heißen One-Night-Stand endet. Die dritte: Kevin wird Daddy! Und die vierte Überraschung: Beth denkt gar nicht daran, ihn in ihr Leben zu lassen. Aber Kevin nimmt es sportlich. Gewinner ist schließlich der, der zuerst am Ziel ankommt. Und seines ist glasklar: Beth, Baby und Flitterwochen.

Band-Nr. 25670
8,99 € (D)
ISBN: 978-3-86278-726-5
eBook: 978-3-86278-800-2
304 Seiten

Lisa Kleypas
Zaubersommer in Friday Harbor

Glas verwandelt sich in Schmetterlinge – wie Lucy Marinn ihre Glasbilder gestaltet, grenzt wirklich an Magie. Doch ihr Privatleben liegt in tausend Scherben. Denn Lucy ist allein, seit ihr Ex sie betrogen hat – mit ihrer Schwester! Um sein Gewissen zu erleichtern, will er sie jetzt mit dem Winzer Sam Nolan verkuppeln. Niemals hätte Lucy gedacht, dass so etwas funktioniert. Aber irgendwie stiehlt sich immer wieder ein verträumtes Lächeln auf ihr Gesicht, wenn sie Sam anschaut. Zu schade, dass er nicht an die Liebe glaubt …

Band-Nr. 25662
7,99 € (D)
ISBN: 978-3-86278-718-0
320 Seiten

Deutsche Erstveröffentlichung

Kommen Sie an Bord – Seeräuberin Kate erwartet Sie!

Deutsche Erstveröffentlichung

Band-Nr. 25658
8,99 € (D)
ISBN: 978-3-86278-707-4
416 Seiten

Claire Garber
Die Liebe ist ein Dieb und der Pirat der Träume

Im Namen der Liebe geben wir Lebensziele auf, vernachlässigen Freundinnen und nehmen zu – und was bleibt, wenn die Liebe dann gestorben ist? Dieser Frage geht Redakteurin Kate Winters alias Piratin Kate in ihrer vielbeachteten Rubrik der Zeitschrift „True Love" nach. Aber bis Kate erkennt, dass man eigene Träume verfolgen und wahre Liebe finden kann, sind viele Anschläge auf ihrer Computer-Tastatur und noch mehr Küsse von ihrem Jugendfreund Peter Parker nötig …